KB083484

정판교집 하

鄭板橋集

Anthology of Zheng Ban-qiao(Zheng Xie)

저자 정섭(鄭燮, 1693~1765)은 청대의 저명한 문인이자 화가로, 자는 克柔, 호는 板橋, 江蘇 興化 사람이다. 乾隆 원년(1736) 진사에 합격해 山東 范縣과 濰縣에서 10여 년 동안 知縣을 지냈다. 관직 재임 기간 전후에는 주로 揚州에서 서화로 생활하면서 蘭·竹 그림과 '六分半體'라는 독특한 서체로 명성을 얻었고, 당시 개성적인 畵派였던 '揚州八怪' 중의 일원으로 활동했다. 문학 방면에서는 사촌아우에게 자신의 내면을 진솔하게 전한 '家書', 현실사회에 대한 분노와 삶에 대한 애환을 담은 詩·詞 작품들이 유명하다.

역자 양귀숙(梁貴淑, Yang Gui-sook)은 숙명여자대학교 중문과를 졸업하고, 타이완 푸런[輔仁]대학에서 『王安石 絶句詩 硏究』로 석사학위를, 성균관대학교에서 『鄭燮 文學 硏究』로 박사학위를 취득했다. 「梁啓超의 詩文에 나타난 朝鮮問題 인식」, 「중국 근대 시기 詩歌에 나타난 朝鮮問題 인식」 등 논문과 『상칭과 타오훙』(공역), 『중화무도지·안휘권』(공역) 등 저술이 있다.

해제 이등연(李騰淵, Lee Deung-yearn)은 한국외국어대학교 중국어과를 졸업하고, 타이완 푸런[輔仁]대학에서 『話本小說 世界觀 硏究』로 석사학위를, 한국외국어대학교에서 『晩明 小說理論 硏究』로 박사학위를 취득했다. 현재 전남대학교 인문대학 중어중문학과 교수로 재직하고 있다. 「중국문학사의 분기문제 논의 과정 검토」, 「20세기 전반기 중국문학사 편찬 체제 변천 연구關于20世紀前半期中國文學史編寫體例의演變」 등 논문과 『중국소설사의 이해』(공저), 『연안문예강화』(역서), 『중국사상사』(공역) 등 저술이 있다.

정판교집鄭板橋集 하

1판 1쇄 인쇄 2017년 2월 25일 **1판 1쇄 발행** 2017년 3월 10일

지은이 정섭 **옮긴이** 양귀숙 **해제** 이등연 **펴낸이** 박성모 **펴낸곳** 소명출판
등록 제13-522호 **주소** 137-878 서울시 서초구 서초중앙로6길 15, 1층
대표전화 (02) 585-7840 **팩시밀리** (02) 585-7848
이메일 somyungbooks@daum.net **홈페이지** www.somyong.co.kr

ISBN 979-11-5905-138-8 94820 **값** 33,000원 ⓒ 2017, 한국연구재단
ISBN 979-11-5905-136-4 (전 2권)

이 번역도서는 2006년도 정부재원(교육인적자원부 학술연구조성사업비)으로 한국연구재단의 지원에 의하여 연구되었음.

정판교집 하

정섭 지음 | 양귀숙 옮김 | 이등연 해제

鄭板橋集

소명출판

◈ 일러두기

1. 이 번역본은 1962년 中華書局에서 출간한 鄭燮 『鄭板橋集』을 저본으로 삼았다. 이 책은 板橋의 원래 自刻本에 근거하여 淸 乾隆 48년(1783)에 간행된 淸暉書屋 覆刻本 이래 기존 石印本 등에서 이어져온 일부 缺詩 부분을 복원시킨 후, 여기에 그동안 수집된 文 12편 · 書札 4통 · 詩 10제 · 題畵 111則(초판 기준) 등 '補遺' 부분과 『淸史列傳』 등 傳記文 8편 및 「鄭板橋年表」를 '부록'으로 추가하여 正字體 활자로 인쇄한 정본이다. 다만, '補遺'는 초판본 이후 재판 과정에서 계속 보충되었기에 이 부분은 1975년 重刊本에 따랐다. 한편, 上海古籍出版社에서 이 中華書局本을 簡體字本으로 출간(1979)하면서 일부 오자를 수정하고 '補遺'에 새로운 題畵詩文을 첨가했는데, 필요시 이 판본도 참고하였다.
2. 이 역서의 저본인 中華書局本 『鄭板橋集』에서는 전체 작품을 家書 · 詩鈔 · 詞鈔 · 小唱(道情) · 題畵 · 補遺 등 여섯 갈래로 나누어 수록했는데, 이 번역본에서는 이 여섯 갈래와 '補遺'를 1에서 7까지 숫자로 표시하고, 그 안의 개별 작품에 다시 번호를 붙여 그 작품의 소속을 쉽게 파악할 수 있게 했다.
3. 번역문 속에서 우리말의 직접적 대응이 아닌 한자를 표시하거나, 문맥의 자연스러움을 위해 역자가 보충해 넣은 표현은 [ ] 부호를 사용했다.
4. 주석은 원문에 다는 것을 원칙으로 삼고 우리말 번역문에서는 그 주석 내용을 적절히 풀어 옮겼기에 따로 주를 달지 않았다. 판교의 詩文에 관한 대표적인 주석서로 卞孝萱 編 『鄭板橋全集』(齊魯書社, 1985); 王錫榮 注 『鄭板橋集詳注』(吉林文史出版社, 1986); 華耀祥 箋注 『鄭板橋詩詞箋注』(廣陵書社, 2008); 王錫榮 著 『名家講解鄭板橋詩文』(長春出版社, 2009) 등이 있다. 이들 저서에서 참고한 주석 가운데 주석자의 독창적인 관점은 그 출처를 『卞孝萱』『王錫榮』『華耀祥』과 같이 약칭하여 밝혔다. 해제의 경우, 해당 작품 이해에 도움 될 수 있다고 판단되는 관련 사항이나 간단한 감상 의견을 제시했다.
5. 번역문에서는 한자를 괄호 속에 병기하였으나 주석과 해제에서는 번잡함을 피하기 위해 국한문을 혼용하였다. 고유명사의 독음은 한국 한자음으로 표기하는 것을 원칙으로 삼았다.
6. 원문의 현대식 문장부호는 번역 저본인 中華書局本 『鄭板橋集』의 체제에 따르되, 그 標點 방식에 동의할 수 없는 경우에는 역주에서 이를 따로 언급해 다루었다. 기타 문장부호 표기 등은 일반적인 관례에 따랐다.
7. 책머리에 있는 도판은 원래 中華書局本 『鄭板橋集』을 따랐고, 그 외 본문 속의 서화들은 역자가 따로 넣은 것임을 밝혀둔다.

　삼천 년 부단히 이어져온 중국문학의 역사적 흐름을 다루는 중국문
학사 저작들의 공통적 특징 가운데 하나는 '대표적' 작가, 작품, 갈래 중
심의 '주류 위주' 시각이 깊고 넓게 자리 잡고 있다는 점이다. 물론 장구
한 문학사의 흐름 속에 등장했던 수많은 작가, 작품, 갈래를 다룰 때 남
다르게 두드러진 성과를 이룬 '대표'를 앞세우는 건 자연스런 일이다.
뭇별처럼 다양한 전통시기 작가들 가운데 굴원(屈原), 도연명(陶淵明), 이
백(李白), 두보(杜甫), 백거이(白居易), 한유(韓愈), 소식(蘇軾), 구양수(歐陽脩),
탕현조(湯顯祖), 조설근(曹雪芹)······ 등 위대한 작가를 우선적으로, 핵심
적으로 다루는 것에 달리 이의가 있을 수 없다. 그런데 비슷한 맥락에
서, 문학의 '갈래' 변천을 살필 경우엔 흔히 '한 시대마다 그 시대의 문
학이 있다一代有一代之文學'는 식으로 '대표적 갈래'를 강조하는 경향이
있다. 청말 문학이론가 왕국유(王國維)가 『송원희곡고(宋元戲曲考)』 서문
에서 "무릇 한 시대마다 한 시대의 문학이 있다. 초의 이소, 한대의 부,
육조의 변려문, 당대의 시, 송대의 사, 원대의 곡은 모두 이른바 한 시
대를 대표하는 문학으로, 후대에서 이어질 수가 없었던 것들이다凡一代

有一代之文學：楚之騷, 漢之賦, 六代之駢語, 唐之詩, 宋之詞, 元之曲, 皆所謂一代之文學, 而後世莫能繼焉者也.」라고 강조한 이래(사실은 그 이전에도 비슷한 주장을 한 사람들이 여럿 있었다), 후대 문학사들 대부분이 이런 관점의 자장(磁場)에서 자유롭지 못했던 것이다. 한 시대에 크게 흥성한 문학 장르를 강조하는 이 시각 자체가 잘못된 것은 아닐 것이다. 그러나 문제는 특정한 장르나 작품이 그 시대가 아닌 경우엔 '이어지지' 못했다고 단정하다 보니 후대 명·청 왕조의 작가·작품은 복고적 모방 외에 따로 볼만한 것이 별로 없다고 경시하게 된다. 그 결과, 두 시대에 나름대로 특별한 성과를 이룬 작가들도 이 시각의 자장 때문에 제대로 평가되지 못한 경우가 적지 않았다. 요컨대, 한 시대 문학성과를 특정 장르나 작품에만 독단적으로 한정하게 될 때 야기되는 편파성을 극복하여 문학사 흐름을 온전하게 복원하기 위해서는 그 동안 제대로 검토되지 못한 작가·작품의 실상을 새롭게 탐색할 필요가 있는 것이다.

바로 이런 문제의식 아래 역자는 청대 작가 가운데 시문·서화에서 독특한 성과를 이룬 판교(板橋) 정섭(鄭燮)에 주목하여 박사학위논문『정섭 문학 연구』(1996)에서 그의 시·문을 검토한 바 있다. '양주팔괴(揚州八怪)'의 대표적 인물로 유명한 정판교의 삶과 예술적 성과는 여러 가지 모순이 직조된 채 매우 다층적인 성격을 지닌다. 광기와 방일(放逸)이 넘쳐나는가 하면 전통 유자(儒者)로서의 경세(經世)와 인애(仁愛)를 잃지 않는다. 유가 전통의 애민(愛民)·인치(仁治) 정신을 바탕으로 당대 현실에서 몸부림치는 청관(淸官)이기도 하고, 그런 이상이 좌절된 상태의 곤궁한 생활과 분노 속에서도 탈속의 고고함을 견지하는 예술가였다. 역자는 무엇보다도 이처럼 인자한 청관이자 고고한 예술가, 전통·보수와 초월·창신(創新)이 대립, 공존하는 판교의 삶과 예술 세계에 깊은 흥미를 느꼈고, 이를 연구과정에서 새롭게 다뤄보고자 했던 것이다. 그러나 당시 개인적 한계 때문에 여러 문제점을 남긴 채 논문을 마무리해야만 했고, 내내 아쉬움이 적지 않았다. 그 뒤 마침 2006년 한국학술진흥재단(현 한국연구재단)의 '고전명저번역사업'에 『정판교집』이 포함되어 있어 그 미진함을 보완할 심정으로 이 역주 작업을 시작했다. 그러나 천성이 우졸(愚拙)한 탓으로 그로부터 거의 십 년 가까운 세월이 지난 이제야 겨우 간행하게 되었다. 번역 작업을 시작할 시점에는 판교 시문에 관한 문헌적 주석서로 변효훤(卞孝萱)의 『정판교전집(鄭板橋全集)』(齊魯書社, 1985), 주해서로 왕석영(王錫榮)의 『정판교집상주(鄭板橋集詳注)』(吉林文史出版社, 1986) 정도가 있었지만, 작업을 진행하는 사이 화요상(華耀祥)의 『정판교시사전주(鄭板橋詩詞箋注)』(廣陵書社, 2008)와 왕석영(王錫榮)의 앞 책 수정본 『명가강해정판교시문(名家講解鄭板橋詩文)』(長春出版社, 2009) 등이 더 출간되어 적지 않은 도움을 받을 수 있었다. 다만, 그들의 관점 가운데 일부 주관적·편향적 시각에 대해서는 비판적으로 검토해 수용 여부를 밝히고자 노력했다.

돌이켜 보면, 타이완 유학 시절에 우연히 알게 된 정판교 문학을 그동안 학문 대상으로 삼아 공부해오면서 줄곧 변하지 않는 느낌 한 가지는 판교는 참 치열하면서도 정겨운 삶을 살았다는 점이다. 이런 점은 민고(民苦)와 영사(詠史), 목민과 퇴은, 전원생활과 서화예술 등을 소재로 한 시사(詩詞)에서도 다양하게 확인되지만, 특히 사촌아우에게 보낸 '가서(家書)'에서 가장 직접적으로 드러난다. 자유롭게 쓴 열여섯 통 편지글마다 꾸밈없이 표현된 그의 고민과 인생철학을 읽을 때면 늘 잔잔한 울림이 느껴지곤 한다. 그런 울림 속에서 새삼 떠오르는 판교의 명구, '바보되기 어렵구나[難得糊塗]'. 스스로도 그 경지를 자못 체득할 날이 있을까.

긴 세월 동안 단속(斷續)을 거듭하며 작업을 진행하는 내내 늘 한 마음으로 격려해주면서, 특히 해제 부분을 맡아 함께 해준 동반자 등연에게 고맙다. 사실은 해제를 넘어서서 번역 초고를 놓고 줄곧 같이 논의했기에 이 책은 두 사람의 공동 작업이라 해도 과언이 아니다. 이 일로 함께 하는 시간이 적어졌어도 불평 없이 건강하게 제 길을 착실히 가고 있는 병윤, 윤원, 두은에게도 깊은 사랑을 전한다. 아울러, 처음 정판교 연구를 시작할 때 여러 모로 도움이 되었던 김미형·김인수 두 분께,

그리고 원고 편집하느라 애쓰신 소명출판 여러분께 두루 감사드린다.

이 책이 정판교에 관심 가진 국내 독자들께 조금이나마 도움이 되길 기원하며, 잘못된 부분에 대해 강호 제현의 아낌없는 질정을 바랄 뿐이다.

2017년 2월
역자

제4부 소창小唱

제5부 판교 제화板橋題畵

제6부 보유補遺

제7부 부록附錄

정판교집 전체 차례

詞鈔

3. 사초詞鈔

3.0 자서自序

　　정섭의 사는 기록해 보존해두기에 부족하다. 난정(蘭亭) 누(樓) 선생께서는 정섭의 사가 시보다 낫기에 먼저 상재하고 나중에 진보하면 다시 추려 선정하는 것도 괜찮겠다고 말씀하셨다. 슬프다! 이 정섭에게 무슨 발전이 있었던가! 내 나이 서른에서 마흔에 이를 때까지는 기운이 성하고 학문에 부지런했기에 이전 작품들을 살필 때면 번번이 태워버리고자 했다. 마흔 대여섯이 되자 이전 작품들이 오히려 낫게 느껴졌다. 쉰을 벗어나자 한 번 읽을 때마다 자못 아주 의기양양한 기분을 느꼈다. 심력이 날로 떨어지고 학문이 날로 퇴보하자 자신의 못남을 잊고 이전엔 잘했다고 믿으니 그 성과 없음이 분명한 것을 잘 알 수 있겠다. 누 선생은 이 정섭의 향시 스승인지라 나를 아끼시려다 보니 그 못난 것을 잊으신 게 아니겠는가?

육종원(陸種園) 선생은 함자가 진(震)으로, 고을의 선배이시다. 이 정섭이 어려서 그 분을 따라 사를 배웠기에 [여기에] 두 수를 함께 간각(刊刻)하여 그 일부를 보여드리고자 한다.

글을 쓸 때는 천 번 따져보고 만 번 생각하면서 제대로 된 한 가지를 구하고, 거듭 고치고 고쳐야만 탈이 없는 법이다. 그러나 고쳐서 좋게 되는 경우는 열에 일곱이고, 고쳐서 나쁘게 되는 경우 또한 열에 셋이다. 어긋나고 막히고 애매하고 졸렬한 것들이 오히려 [빼내기 힘든] 가시덤불 속에 들어간 탓에 아예 없애거나 고치지 못하게 된다면, 이는 학자의 한 덩이 고심거리다. 정섭이 사십 년간 사를 지으며 여러 차례 고치고 없앤 것이 이루 헤아릴 수가 없을 정도이다. 허나 이번 각본(刻本)에는 옛것 그대로인 것이 아주 많은데, 이 안에서 시고 달고 쓰고 매운 맛을 두루 맛보면 얻는 것 또한 적지 않으리라. 세간에서 부형과 스승되는 사람들은 그 자제의 문장이 소략하고, 거침없고, 시원하고, 활달하면 그저 기뻐하되 유별나고, 아득하고, 애매하고, 졸박하면 곧장 걱정한다. 나는 세월을 좀 더 기다리고자 한다. 그러면 반드시 곡절 있게 마음을 드러내고, 깊이 있고 통쾌하게 표현하는 오묘함을 얻게 되리라. 천하에 속성으로 좋게 이룰 수 있는 경우가 어디 있단 말인가!

청년 시절에 즐길 때는 진관(秦觀)과 유영(柳永)을 공부했고, 중년에는 감개의 심정으로 신기질(辛棄疾)과 소식(蘇軾)을 공부했고, 노년에는 조용히 관조하며 유과(劉過)와 장첩(蔣捷)을 공부했다. 이 모두가 시절의 추이에 따른 것으로 나 스스로 알고 한 일이 아니다. 사람이 또한 어떻게 [시절의] 기세에서 벗어날 수 있겠는가!

원문

詞鈔 · 自序

變詞不足存錄. 蘭亭樓夫子¹謂變詞好於詩, 且付梓人, 後來進益, 不妨

再更定. 嗟乎! 爕何進也? 爕年三十至四十,
氣盛而學勤, 閱前作輒欲焚去; 至四十五六,
便覺得前作好; 至五十外, 讀一過便大得意.
可知其心力日淺, 學殖日退, 忘己醜而信前
是, 其無成斷斷矣. 樓夫子是爕鄉試²房師³,
得毋愛忘其醜乎?

　　陸種園先生諱震⁴, 邑中前輩, 爕幼從之
學詞, 故刊刻二首, 以見一斑.⁵

　　爲文須千斟萬酌以求一是, 再三更改, 無
傷也; 然改而善者十之七, 改而謬者亦十之
三. 乖隔晦拙, 反走入荊棘叢中去, 要不可以
廢改, 是學人一片苦心也. 爕作詞四十年⁶, 屢
改屢蹶者, 不可勝數. 今兹刻本, 頗多仍舊, 而此中之酸鹹苦辣備嘗而有獲
者亦多矣. 世間爲父師者, 見其子弟之文疏鬆爽豁便喜, 見其拗渺晦拙便
憂. 吾願少寬歲月以待之, 必有屈曲達心、沉著痛快之妙. 天下豈有速成而
能好者乎?

　　少年游冶學秦柳⁷, 中年感慨學辛蘇⁸, 老年淡忘學劉蔣⁹, 皆與時推移而
不自知者. 人亦何能逃氣數也!

역주

1　樓蘭亭 : 雍正 10년(壬子) 南京 鄉試 考試官, 판교의 시험답안지는 그의 추천으
　　로 舉人에 합격했다.
2　鄉試 : 省 단위에서 舉人을 선발하는 과거고시.
3　房師 : 科舉 참가자가 본인의 試卷을 추천한 考試官을 일컫는 말.
4　陸種園 : 판교가 사를 배운 스승. 「2.16 일곱 노래[七歌]」의 주석 참고.
5　二首 : 陸種園 선생의 사로 여기 판교 문집에 수록된 두 수는 「3.16.1 하신랑・
　　사각부 묘지를 조문하며[賀新郎・弔史閣部墓]」와 「3.37.1 만강홍・왕정자에게
　　드림[滿江紅・贈王正子]」 등이다.

6　變作詞四十年 : 판교가 16세에 陸種園 선생에게서 사를 배웠고, 56세 전후에 이 「詞鈔」를 판각했으니 40년인 셈이다.

7　秦柳 : 北宋 詞 작가 秦觀과 柳永. 두 사람 모두 남녀 연정이나 벗들과의 이별, 나그네의 고향 생각 등을 주로 다루면서, 감정이 얽혀 있고 사구가 청려하다는 공통 특징이 있다. 秦觀(1049~1100)에 대해서는 「2.27 전원으로 돌아가는 직방원외 손 선생을 전송하며[送職方員外孫丈歸田]」 주석 참고.

8　辛蘇 : 남송 사 작가 辛棄疾과 북송 사 작가 蘇軾. 두 사람은 개인과 국가의 운명을 웅장하고 호방하게 다룬 호방파 대표 작가들이다.

9　劉蔣 : 남송 사 작가 劉過와 蔣捷. 이들의 사는 호방파 가운데에서도 우울한 분위기가 드러나고, 특히 蔣捷의 사는 부드럽고 전아한 것으로 평가된다.

해제

　판교가 57세에 쓴 「板橋自序」에 보면, "판각한 詩鈔·詞鈔·道情 십수·아우에게 보낸 편지 열여섯 통 등이 세상에 유통되고 있다[所刻詩鈔、詞鈔、道情十首、與舍弟書十六通, 行於世]"라 했고, 여기 「詞鈔·自序」에서는 "이 정섭이 사십 년간 사를 지어[變作詞四十年]"라 했으니 이 「詞鈔」의 판각은 그의 나이 56세 혹은 약간 앞에 이루어진 것으로 보인다.[王錫榮] 이 서문에서 판교는 자신이 사를 배우고 써온 과정을 겸손한 태도로 밝히면서도, 이들이 여러 차례 고심 어린 수정에 의해 이루어진 것임을 강조했다.

3.1 어가오·왕형공 새 거처漁家傲·王荆公新居[1]

장마 그치고 맑게 갠 날, 강은 해를 토해내고　　　積雨新晴江日吐,
작은 다리 강물 부여잡고 안개는 나무들 에워싼다.　小橋著水烟綿樹.
몇 간 초가집, 주인이 누구이던가?　　　　　　　茅屋數間誰是主?

왕개보라네. 王介甫,
이제는 청묘법의 잘못을 알게 되셨는지? 而今曉得靑苗誤.[2]

여혜경 무리야 어찌 거론할 것 있겠는가, 呂惠卿曹何足數,[3]
소동파와의 만남에서도 서로 용서했거늘. 蘇東坡遇還相恕.[4]
천고의 그 문장은 폐부에서 나온 것이니 千古文章根肺腑,[5]
오래도록 선생을 기억하리. 長憶汝,[6]
장산 산 아래 남조의 이 길에서. 蔣山山下南朝路.[6]

역주

1   漁家傲 : 詞牌(詞의 고정된 제목)의 하나. 吳門柳・忍辱仙人・荊溪咏・遊仙咏
    등으로도 불린다. 『詞譜』에서는 "이 가락은 晏殊에서 시작되었는데, 가사에 '신
    선의 노래 한 곡, 어부가 자부하네[神仙一曲漁家傲]'라는 구가 있어서 이를 이름
    으로 삼았다"고 했다. 그러나 송 吳曾의 『能改齋漫錄』卷二에서는 '도를 노래하
    는 가사[唱道之辭]로 설명하고 있는 바, 이처럼 이 가락이 혹시 佛家의 法曲, '神
    仙一曲'이라면 晏殊 이전에 시작되었다고 여겨진다. 雙調 62字, 仄韻을 쓴다.
    『詞譜』一四・『詞律』九 참고. 王荊公 : 王安石(1021~1086). 北宋 文學家이자
    政治家. 자는 介甫, 호는 半山, 撫州 臨川(지금은 江西省에 속한다) 사람. 송 神
    宗 때 재상이 되어 新法이라는 개혁책을 통해 均輸法・靑苗法・市易法・募役
    法・保甲法・保馬法 등을 실시하였다. 하지만 당쟁이 격화되고 정치가 혼란에
    빠지면서 실패하였다. 新法 실패 후, 熙寧 九年에 사임하고 江寧(지금의 南京)
    에 은퇴하여 새로 半山堂을 지어 살았다. 문장력이 뛰어나 唐宋八大家 중의 한
    사람으로 꼽히며, 荊國公에 봉해졌기에 흔히 王荊公이라 부른다.
2   靑苗誤 : 靑苗法은 新法의 중요한 조치였다. 여기서는 王安石이 추진한 新法을
    가리킨다.
3   呂惠卿 : 자 吉甫(1032~1111), 北宋 泉州 晋江(지금의 福建省) 사람. 進士로 처
    음에는 王安石의 신임을 받아 靑苗法・鈞輸法 등의 제정에 참여했으나 후에 王
    安石과 사이가 갈라졌다.
4   蘇東坡 : 蘇軾(1037~1101). 북송 저명한 문인이자 정치가인 蘇軾은 王安石의 新
    法을 반대하다가 貶官된 바 있다. 元豊 7年(서기 1084년), 蘇軾이 黃州에서 汝州
    로 가는 길에 金陵에서 당시 재상 직책에서 은퇴해 사는 王安石을 만나 「次荊
    公韻」을 지었는데, '從公已覺十年遲'란 구절이 있어 지난날의 관계를 다 푼다는
    뜻을 담았다.

千古文章根肺腑：王安石은 金陵에서「桂枝香·金陵懷古」란 詞를 지었는데, 千古의 絶唱으로 평가되었다.

蔣山：南京 鍾山의 별칭. 이 대목은 王安石의「桂枝香」詞 가운데 南朝 흥망에 관한 묘사를 항상 떠올린다는 뜻이다. 왕안석「桂枝香」詞 下闋은 다음과 같다. "옛날을 생각건대, 고귀하고 화려한 것만 좇아갔다네. 문밖 누대에서 탄식하노니, 비애와 한탄이 그치질 않네. 오랜 옛날 높은 곳에서 이곳 대할 때, 영욕에 온통 탄식했었지. 六朝의 옛 영화는 물 따라 흘러가버리고, 방초는 차가운 기운에 시든 풀잎 되었네. 지금은 妓女만 남아,「後庭曲」전해온 노래 간간이 부른다네.[念往昔, 繁華競逐. 嘆門外樓頭, 悲恨相續. 千古憑高對此, 漫嗟榮辱. 六朝舊事隨流水, 但寒烟衰草凝綠. 至今商女, 時時猶唱後庭遺曲.]"

해제

北宋 문학가이자 정치가인 王安石의 故居를 찾아 그의 정치적 부침과는 별도로 문학가로서는 빼어난 詞 작품을 남겼음을 강조했다.

3.2 접련화·저녁 풍경蝶戀花·晩景[1]

온통 푸르른 산 옛 나루터로 이어졌고 　　　一片青山臨古渡,
산 너머 자욱한 노을이 남은 빗방울 거두네. 　山外晴霞漠漠收殘雨;
저 멀리 하늘가로 흐르는 강, 하얀 물결이 　流水遠天波似乳,
안개 가르고 석양 속에 솟구쳐 가네. 　　　斷烟飛上斜陽去.

높은 정자에 기대어 말 한 마디 없으니, 　　徙倚高樓無一語,
제비 돌아오지 않아 물어볼 곳 없음이라. 　　燕不歸來沒個商量處;[2]
까마귀 저녁구름 낀 낡은 성벽에서 시끄러이 울 즈음,

　　　　　　　　　　　　　　　　　鴉噪暮雲城堞古,[3]

달빛이 황혼 안개 속으로 은은히 스며든다.　　　月痕淡入黃昏霧.

역주

1　蝶戀花: 詞牌의 하나. 黃金縷·卷珠簾·明月生南浦·鵲踏枝·鳳棲梧 등으로도
　　불린다. 원래는 당 教坊曲으로 鵲踏枝라 했는데, 후에 詞牌로 쓰이면서 梁 簡文
　　帝의 '계단을 넘나드는 나비, 꽃을 그리는 정[翻階蛺蝶戀花情]'이란 시구 때문에
　　이 이름으로 바뀌었다. 雙調 60字, 상하 각 4구, 仄韻을 쓴다. 『詞譜』 一三·『詞
　　律』 九 참고.
2　燕不歸來沒個商量處: 참고로, 이 구의 '燕'은 '燕子樓'에 관련되어 여성을 비유한
　　것으로 볼 수 있다.[王錫榮] 白居易「燕子樓詩序」: "옛날 徐州의 張 尙書에게
　　盼盼이라는 총애하는 노비가 있었는데, 歌舞에 능하고 자태가 몹시 아름다웠
　　다. …… 尙書가 죽은 후 동쪽 낙양으로 모셔 장례하였는데, 彭城(지금의 徐州)
　　에는 옛 저택이 있어 저택 안에는 燕子라는 작은 정자가 있었다. 盼盼은 이전의
　　사랑을 잊지 못한 채 시집도 가지 않고 그 정자에서 십여 년을 살았다.[徐州故
　　張尙書有愛奴曰盼盼, 善歌舞, 雅多風態. …… 尙書既沒, 歸葬東洛, 而彭城有舊
　　第, 第中有小樓名燕子. 盼盼念舊愛而不嫁. 居是樓十餘年.]" 蘇軾「永遇樂·彭城
　　夜宿燕子樓, 夢盼盼, 因作此詞」: "燕子樓는 텅 비었는데, 佳人은 어디 있는가?
　　[燕子樓空, 佳人何在?]"
3　城堞: 성 위의 화살받이 터.

해제

　　황혼 무렵 한 누대에 올라 고즈넉한 풍광 속에서 누군가를 그리는 외
로운 심사를 담았다.

3.3 어부·원뜻에 따라 漁父·本意[1]

빔 비 그쳐 맑게 개이니 차가워진 깅 기운,　　　宿雨新晴江氣涼,

축축한 안개 속에 버들가지 샛노랗게 터지네.　　　　濕烟初破柳絲黃.
막 상사 절기더니　　　　　　　　　　　　　　　　纔上巳,[2]
다시 청명절이네.　　　　　　　　　　　　　　　　又淸明,
복사꽃 편 마을 주점 술병이 향기롭겠지.　　　　　桃花村店酒瓶香.

고요한 바다구름에 햇살이 마악 새어나오고.　　　　漠漠海雲微漏日,
아득한 봄물에 연못 점점 차오르네.　　　　　　　　茫茫春水漸盈塘.
물결은 가볍게 일고　　　　　　　　　　　　　　　波澹蕩,
제비는 오르락내리락,　　　　　　　　　　　　　　燕低昂,
조각배는 어망을 다리에 널어 말리네.　　　　　　　小舟絲網曬魚梁.

역주

1　漁父 : 詞牌의 하나. 당 張志和의 詞에 처음 보인다. 單調 27자, 平韻을 쓰며, 남
　　송 戴復古와 같이 單調 18자, 平韻을 쓴 경우도 있다. 漁父慢이라고도 하며, 비
　　슷한 이름의 '漁歌子' 詞牌와는 다르다. 『詞律拾遺』 一 참고.
2　上巳 : 음력에서 매달 상순의 巳日. 옛날 三月 上巳는 명절이었다.

해제

　　어떤 詞牌는 후대 작품으로 갈수록 원래 그 사패가 나왔을 때의 내용
에서 멀어진 경우도 적지 않다. 이 작품은 '어부의 생활'이라는 원래 제
재를 담았으므로 '本意'라 한 것이다. 원래는 單調이지만 여기서는 雙調
로 쓰고 있다. 이에 대해 판교 스스로 「6.1.16 유류촌에게 써보낸 책자
[劉柳邨冊子](殘本)」에서 "나 판교는 생김새가 형편없어 세상에서 주목받
지 못했고, 또 나를 기피하는 자들의 방해로 시험에도 합격하지 못했다.
하지만 더욱 분노하고 더욱 곤궁해질수록 한층 단속하고 한층 세심하
게 지내면서 마침내 「어부(漁父)」 한 수를 써냈다. 그 가락을 중첩한 것

은 내 스스로 일가를 이루려는 뜻이다'라고 말한 바 있다.

3.4 낭도사 · 늦은 봄浪淘沙 · 暮春[1]

봄기운 저녁 되어 개이자	春氣晚來晴,
하늘은 맑고 구름 가벼웠는데,	天澹雲輕,
밤 되자 문득 작은 누각 창문에 비 들치는 소리.	小樓忽灑夜窗聲.
누워서 듣는 쏴아쏴아 주룩주룩 비바람 소리,	臥聽蕭蕭還淅淅,
청명을 적시네.	濕了淸明.
절기는 너무 무정도 하여라,	節序太無情,
머물고자 하지를 않는구나.	不肯留停,
봄 잡아두지 못한 채 이 봄을 보내야 하네.	留春不住送春行.
비단 옷 온통 다 젖는 줄도 모르고	忘却羅衣都濕透,
꽃 아래서 생황을 부네.	花下吹笙.

역주

1   浪淘沙 : 詞牌의 하나. 원래는 당 敎坊曲의 하나였다. 당 白居易 詞 가운데 '帝都에 가면 부귀를 중히 여길지나, 그대께선 浪淘의 모래섬 잊지 마세요却到京都重富貴, 請君莫忘浪淘沙'란 부분에서 이 이름이 나왔다. 원래는 28자 平韻 七言絶句體이지만, 후대에는 위 경우처럼 變格 雙調도 등장했다. 『詞譜』 一 · 『詞律』 一 참고.

3.5 낭도사·홍각범 소상 팔경에 화창함浪淘沙·和洪覺範瀟湘八景[1]

3.5.1 소상의 밤비瀟湘夜雨

비바람 치는 밤 차가운 강 기운,　　　　　風雨夜江寒,
뱃지붕 때리는 빗소리 요란하니　　　　　篷背聲喧,
어부는 조용히 누웠는데 나그네 홀로 탄식하네.　漁人穩臥客人嘆.
내일은 날이 갤지 어떨지?　　　　　　　明日不知晴也未?
붉은 여뀌꽃 다 시드는구나.　　　　　　紅蓼花殘.

새벽에 일어나 모래톱 바라보니　　　　　晨起望沙灘,
한 자락 물결이　　　　　　　　　　　一片波瀾,
드넓은 동정호로 솟구쳐 날아 흐르네.　　亂流飛瀑洞庭寬.[2]
어느 곳 비 개어 이전처럼 맑은 날인가,　何處雨晴還是舊?
다름 아닌 군산이라네.　　　　　　　　只有君山.[3]

역주

1　洪覺範: 僧名 惠洪(1071~1128). 宋代 저명한 高僧, 俗姓 彭, 名 覺範. 新昌(지금
　　의 浙江 新昌) 사람. 書法과 詩詞에 능했고, 『冷齋夜話』 등 문집이 있다. 그가
　　쓴 「瀟湘八景」詞는 후대에 많은 和唱이 있었다. 元 馬致遠의 「落梅風」, 鮮于必
　　仁의 「普天樂」 등에서 모두 이 八景을 읊었다.
2　洞庭: 중국 湖南省 북부에 있는 중국 제2의 천연호수. 호수의 남쪽은 湖南省,
　　북쪽은 湖北省에 닿아 있다. 湘江·資水·沅江·澧河 등의 물을 받아들여 岳陽
　　북동쪽의 城陵磯를 거쳐 長江으로 배수한다. 일찍이 瀟湘八景의 하나로 꼽혀
　　아름다운 풍광으로 유명하다.
3　君山: 湘山·洞庭山이라고도 함. 동정호 가운데에는 항상 푸르른 洞庭山이 있
　　기에 '洞庭湖'라고 불리게 된 것이다. 岳陽樓 앞에 있는 이 洞庭山에는 舜帝의
　　죽음을 비탄하여 강물에 몸을 던진 娥皇·女英 두 妃를 모시는 廟宇가 있다.

3.5.2 산마을 산안개 山市晴嵐

비 그치니 바람도 잠잠하고　　　　　　雨淨又風恬,
비취빛 산색이 더욱 푸르러라.　　　　山翠新添,
따뜻한 기운 푸른 창공으로 이어져　　薰蒸上接蔚藍天.
왕손의 방초빛을 불러들이니　　　　　惹得王孫芳草色,[1]
봄날 전원이 무르익고 있구나.　　　　醞釀春田.

아침 햇살엔 여전히 안개 어렸었는데　　　朝景尙拖烟,
한낮 되자 완연히 맑아졌구나.　　　　　日午澄鮮,
작은 다리 산속 주점이 한층 곱게 보인다.　小橋山店倍增妍.
다가서면 아무 색깔도 없는 듯한데　　　近到略無些色相,
멀리서 바라보면 그대로인 걸.　　　　　遠望依然.

역주

1　王孫芳草色 : 『楚辭·招隱士』의 "王孫은 떠돌며 돌아오지 않는데, 봄풀만 무성
　　하다[王孫游兮不歸, 春草生兮萋萋]"란 구절을 원용한 것이다.

3.5.3 어촌의 석양 漁村夕照

산은 멀어 저녁노을이 가리고　　　　　山逈暮雲遮,
세찬 바람에 추운 까마귀들,　　　　　風緊寒鴉,
고기잡이배들마다 강가 모래톱에 묶여 있다.　漁舟个个泊江沙.
강 위 주점 깃발 쉴 새 없이 휘날리는데　　江上酒旗飄不定,
깃발 너머로는 안개와 노을.　　　　　旗外烟霞.

만취한 채 생활하고 있지만　　　　　　　　　　爛醉作生涯,
취한 꿈은 맑고도 아름다워라.　　　　　　　　　醉夢淸佳,
뱃머리에선 개와 닭이 저절로 한 집안 이루고,　　船頭鷄犬自成家.
밤 등불과 가을별이 하나가 되어　　　　　　　　夜火秋星渾一片,
갈대꽃에 희미하게 반짝거리네.　　　　　　　　　隱耀蘆花.

3.5.4 안개 속 절의 저녁 종소리 烟寺晚鍾

해는 온 산봉우리마다 떨어지고　　　　　　　　日落萬山巓,
온통 구름안개라네,　　　　　　　　　　　　　　一片雲烟,
누각 바라보니 끝없이 아득한데　　　　　　　　望中樓閣有無邊.
오로지 종소리만 막힐 것 없어　　　　　　　　　惟有鐘聲攔不住,
강가 하늘에 가득 날아오르네.　　　　　　　　　飛滿江天.

가을 물은 가을 샘으로 떨어져내려　　　　　　　秋水落秋泉,
밤낮으로 졸졸거리는데　　　　　　　　　　　　晝夜潺湲,
절의 종소리 자주 울리지 않아 좋구나.　　　　　梵王鐘好不多傳.
새벽과 황혼녘에 두세 번 제외하곤　　　　　　　除却晨昏三兩擊,
늘 말없이 조용하다네.　　　　　　　　　　　　悄悄無言.

3.5.5 먼 포구에 돌아오는 배 遠浦歸帆

저 멀리 물결은 파도 없이 고요하고　　　　　　　遠水淨無波,
갈대꽃 억새꽃 많기도 하여라.　　　　　　　　　蘆荻花多,
해으름녘 배들, 산자락에 천 겹으로 모여 있네.　暮帆千疊傍山坡.

돌아가고 싶었으나 아직 출발도 못했는데	望裏欲行還不動,
붉은 해는 서쪽으로 떨어진다.	紅日西歹坐.
명리가 과연 무엇이던가?	名利竟如何?
세월은 부질없는데	歲月蹉跎,
몇 번의 풍파, 몇 번의 맑은 날.	幾番風浪幾晴和.
근심의 물, 근심의 바람, 근심은 여태 끝나지 못한 채	愁水愁風愁不盡,
결국 모두 남가일몽이리라.	總是南柯.[1]

역주

1 南柯：南柯一夢. 唐 李公佐의 傳奇소설『南柯太守傳』에서 나온 성어. 주인공이 꿈에 빠져 南柯의 太守가 되는 등 부귀영화를 누리다가 그 꿈을 깨고 난 뒤 허망하고 부질없음을 느끼게 된다는 이야기다.

해제

앞부분에서는 저녁이 되어도 귀가하지 못한 채 정박해 있는 포구의 배들을 그렸고, 뒷부분에서는 명리의 부질없음을 담았다. 양주박물관에 소장된 판교 시 중에 "배 안에 탄 사람들은 名利에 끌려가고, 부두 위 사람들은 名利의 배를 끌고 가네. 강물은 도도하게 끊임없이 흐르는데, 그대에게 묻노니 이 고생 언제까지일런가?(船中人被名利牽, 岸上人牽名利船. 江水滔滔流不息, 問君辛苦到何年?)"란 내용이 있는데, 이 詞의 주제와 통하는 것이라 하겠다.〔王錫榮〕

3.5.6 모래톱 기러기 平沙落雁

가을 강물 모래톱에 출렁거리고　　　　　　秋水漾平沙,
하늘 끝 맑은 노을,　　　　　　　　　　　天末澄霞,
기러기떼 쉴 곳 정하더니 다시 소란스럽네.　　雁行棲定又喧嘩.
모래톱 가장자리 환한 불빛도 두렵고　　　　怕見洲邊燈火焰,
근처 갈대꽃도 두려워서라네.　　　　　　　怕近蘆花.[1]

이곳은 새그물이 있는 곳,　　　　　　　　是處網羅賒,
어찌하여 이 세상 끝에 왔느냐.　　　　　　何苦天涯,
권하노니 서둘러 북쪽으로 돌아가거라.　　　勸伊早早北還家.
강가 경관에 머물러서는 안 되는 까닭,　　　江上風光留不得,
날아가는 까마귀에게 물어보렴.　　　　　　請問飛鴉.

역주

1　怕近蘆花 : 새들을 잡으려는 사냥꾼이 갈대꽃 사이에 숨어 있을까 두렵다는 뜻.

3.5.7 동정호 가을달 洞庭秋月

누가 동정호의 가을을 즐기는가.　　　　　　誰買洞庭秋,[1]
황학루 가에　　　　　　　　　　　　　　黃鶴樓頭,
홰나무꽃 반쯤 시들고 물푸레꽃 촘촘히 피었네.　槐花半老桂花稠.
석양을 서쪽 봉우리로 마악 넘겨 보내자　　　纔送斜陽西嶺去,
달이 솟아 휘장에 걸렸네.　　　　　　　　月上嫌鉤.

깊고도 드넓게 흐르는 호수에
안개 맑아지고 구름 걷히더니
수많은 은빛 물결 일어 하늘로 이어지네.
단장한 놀잇배에 술 마시러 가지 않고도
나는 자유로이 신선처럼 노닌다네.

涾涾大荒流,
烟淨雲收,
萬條銀線接天浮.
不用畫船沽酒去,
我自神遊.

역주

1   洞庭 : 洞庭湖. 「3.5.1 소상의 밤비[瀟湘夜雨]」 주석 참조.

3.5.8 강 하늘 저녁 눈江天暮雪

소상강에 금세라도 눈이 내릴 듯,
하늘 맑은데 구름은 누래졌네.
매화는 얼어 꺾이고 노송 뻣뻣한데
오로지 주점만 홀로 의기양양,
깃발이 휘날리네.

雪意滿瀟湘,
天淡雲黃,
梅花凍折老松僵.
惟有酒家偏得意,
簾旆飄揚.

주렴발 들어 향내 맡을 겨를도 없이
뱃사람을 끌어들이니,
젖은 도롱이 따뜻한 술단지 곁에 말리네.
옥부스러기 눈 밟고 돌아갈 길 멀기만 한데
취한 채 눈 덮인 호수만 가리킨다네.

不待揭簾香,
引動漁郞,
蓑衣燎濕暖鍋傍.
踏碎瓊瑤歸路遠,
醉指銀塘.

해제

눈이라도 흩날릴 듯 추운 소상강의 겨울, 고기잡이 나갔던 뱃사람들 주점에서 옷 말리며 술을 마실 때 저 멀리 호수 너머 집에 돌아갈 일 걱정하는 풍경을 생생하게 담았다.

3.6 낭도사 · 꽃을 심다浪淘沙 · 種花[1]

이어졌던 비 지난밤에 개었건만	宿雨昨宵晴,
오늘도 하늘은 여전히 흐린데,	今日還陰,
발 쳐진 작은 주막 노래 파는 소리.	小樓簾卷賣花聲.
반쯤 얼큰해져 누웠으나 아직도 취기 부족한데	伏枕半酣猶未足,
다시 또 해가 기우네.	又是斜曛.
개이고 흐린 날씨 좀체 종잡을 수 없어	晴雨總無憑,
죽어라 근심 쌓이게 만드네.	誑殺愁人,
꽃을 심는 건 애오라지 나그네 심사 위로하는 일,	種花聊慰客中情.
자라고 열매 맺는 거야 알 수 없어도	結實成陰都未卜,
눈앞에선 파릇파릇한 걸.	眼下靑靑.

역주

1   浪淘沙 : 詞牌의 하나. 「3.4 낭도사 · 늦은 봄浪淘沙 · 暮春」 참고.

해제

주막에 머물며 술에 젖어든 나그네, 오락가락하는 날씨에 근심만 늘 때 결실이야 알 수 없는 꽃을 심는다. 그 꽃은 사실은 여행길에 잠시 만 난 '노래 파는' 여인의 상징이리라.

3.7 하신랑·서청등 초서 한 권 賀新郎·徐靑藤草書一卷[1]

묵즙 향기가 여전히 전해지는 듯,	墨瀋餘香剩,
긴 종이 넘나들며 꽃과 강 미친 듯 펼쳐지고	掃長箋狂花撲水,
흩어진 구름이 산봉우리에 몰려가네.	破雲堆嶺.
구름 다 흘러가고 꽃도 져서 무엇 하나 없을 즈음,	雲盡花空無一物,
광대한 은하수가 쏟아져 깔리더니	蕩蕩銀河瀉影,
다시 기·장·귀·정 여러 별이 반짝이네.	又略點箕張鬼井.[2]
감히 그림 펼쳐 쉽게 감상할 게 아닐지니	未敢披圖容易玩,
안개 노을 헤치고 숭산·화산 정상에 올라서서	撥烟霞直上嵩華頂.[3]
제좌와 함께 한 채	與帝座,[4]
서로 가까이 부른다네.	呼相近.
반평생에 관복일랑 걸쳐보지 못했는데	半生未掛朝衫領,
매서운 가을바람 푸른 깃옷 벗겨내니	狠秋風靑衿剝去,[5]
민둥머리에 목덜미가 그대로 드러나네.	禿頭光頸.
애로라지 문장과 서화, 필묵이 있었을 뿐	只有文章書畫筆,
옛날 지금 할 것 없이 홀로서만 드러났고	無古無今獨逞,

더 이상 자신의 길조차 없어지고 말았네.   幷無復自家門徑.

칼 뽑아 눈과 눈썹 잘라내 버리고   拔取金刀眉目割,

머리 깨고 피 흘려 차가운 이끼에 뿜었다네.   破頭顱血迸苔花冷.[6]

이 또한   亦不是,

보통 사람의 병은 아니라네.   人間病.

역주

1   賀新郎 : 詞牌의 하나. 乳燕飛・賀新涼・風敲竹・金縷歌・金縷詞・金縷曲・貂
　　　裘換酒 등 여러 다른 이름도 있다. 雙調 116字・115字・117字 또는 113字이고,
　　　仄韻을 쓴다. 『詞譜』三六・『詞律』二十 참고. 徐青藤 : 1521~1593. 徐渭. 자는
　　　文長이고, 호는 青藤老人・青藤道士・天池生・天池山人 등이다. 浙江 山陰(지
　　　금의 浙江 紹興) 사람으로, 書畵・詩文・戱曲 등에서 각각 일가를 이룬, 천재적
　　　인 문학가이자 서화가이다. 발광 증세가 있어 수차례 자살을 기도하기도 했고,
　　　후처를 죽여 수년간 감옥살이도 했다. 초서에 뛰어났으며, 회화 방면에서도 독
　　　특하고 참신한 필치로 기존 화조화나 산수화의 한계를 뛰어넘어 훗날 八大山人
　　　이나 揚州八怪에 큰 영향을 미쳤다. 「유현 관아에게 아우에게 보낸 다섯 번째
　　　편지[濰縣署中寄舍弟墨第五書]」 참조.
2   箕張鬼井 : 28宿 별자리 가운데 네 별의 이름.
3   嵩華 : 中岳 嵩山과 西岳 華山.
4   帝座 : 별자리 이름. 『宋書・天文志』 : "帝座 별자리는 天市 가운데 天皇大帝 바
　　　깥쪽에 있다.[帝座一星, 在天市中, 天皇大帝外坐也.]"
5   青衿 : 徐渭는 20세에 수재가 되었는데, 青衿은 秀才의 복장을 뜻한다. 그는 발
　　　광하여 처를 살해한 죄로 감옥에 갔는데, 그때 청금을 벗어야 했다.
6   拔取金刀眉目割, 破頭顱血迸苔花冷 : 徐渭가 발광하여 自害한 일을 가리킨다.

해제

　　앞부분에서는 일련의 비유를 통해 青藤 선생 草書의 超逸高妙의 경
지를 칭송했고, 뒷부분에서는 그의 일생의 불행한 상황을 동정했다. 판
교는 徐青藤의 예술적 성과를 매우 중시하였는데, 蔣寶齡의 「7.7 묵림
금화(墨林今話)」에서도 "(정섭은) 시・사・서・화 모두에서 필적할만한 인

물이 드물 정도로 일가를 이루었다. 그는 옛사람 가운데 따로 마음 깊이 따르는 사람은 없었지만 오로지 서청등(徐靑藤 : 徐渭)의 필묵만은 참된 풍취가 넘쳐나기에 고개 숙이지 않을 수 없었다"고 지적한 바 있다.

3.8 하신랑 · 서촌에서 옛일을 생각하다 賀新郞 · 西村感舊[1]

풍광 둘러보자니 유랑생활 슬퍼지고	撫景傷漂泊,
서풍 대하면 옛 사람 옛 땅 떠올라	對西風懷人憶地,
해마다 가슴에만 담아두었네,	年年擔擱.
특히나 강촌에서 독서하던 그곳을.	最是江村讀書處,
널다리 아래 흐르는 강물과 울타리,	流水板橋笆落,
물안개 길게 둘러싼 두약꽃이 있었지.	繞一帶烟波杜若,[2]
빽빽한 숲에 걸린 구름이며 기와 덮은 등나무,	密樹連雲藤蓋瓦,
녹음 잘라 제치고 한정각에 들어서서	穿綠陰折入閑亭閣,
고요히 앉아	一靜坐,
생각에 잠겼지.	思量着.
오늘 아침 산중 언약에 다시 발길 옮기네.	今朝重踐山中約,
색칠한 담장에 붉은 대문 기울었고	畵牆邊朱門欹倒,
아름다운 꽃들은 적막하게 피어 있네.	名花寂寞.
오이밭과 콩 덕은 하릴없이 서있고	瓜圃豆棚虛點綴,
스러져가는 풀들과 석양의 참새들,	衰草斜陽暮雀,
시골개들 옛사람에게 연신 사납게 짖어대네.	村犬吠故人偏惡.

오로지 청산만은 아직도 옛 모습인데　　　　　　只有靑山還是舊,

지금의 나, 어제 모습 아니라고 저 청산은 비웃을까,　恐靑山笑我今非昨,

양쪽 살쩍머리 줄어들고　　　　　　　　　　雙鬢減,

씩씩한 기상 약해졌다고.　　　　　　　　　壯心弱.

역주

1　西村 : 眞州의 江村. 板橋는 26세 때 이곳에 학당을 열어 생활했다.

2　杜若 : 식물 이름. 竹葉蓮이라고도 함.

해제

앞부분에서는 젊었을 때 西村에서의 생활을 추억하며 그리워했고,
뒷부분에서는 이곳을 다시 찾아왔을 때 느낀 강산과 인간의 今昔之感
을 담았다.

3.9 하신랑 · 고만봉이 산동 상사군 막료로 떠남을 전송하며

送顧萬峯之山東常使君幕[1]

모자 벗어던지고 슬픈 노래 부르면서　　　　擲帽悲歌起,

애당초 부모님 날 낳으시고　　　　　　　　嘆當年父母生我,

화살 걸었던 일 한탄한다네.　　　　　　　　懸弧射矢.[2]

반평생 어린애처럼 의기소침한 채　　　　　半世銷沉兒女態,

고향이라는 굴레를 벗어나기 어려웠네.　　　羈絆難逾鄕里.

멋지게 말고삐 잡은 그대 모습 너무 부럽네.　　健美爾蕭然攬轡,
가는 길에 봄바람 불어 얼음은 녹았을 테고　　首路春風冰凍釋,
넓은 황하의 부두에서 잠시 정박할 때　　泊馬頭浩渺黃河水,
바라보면 끝이 없고　　望不盡,
물결 기세 거세겠네.　　洶洶勢.

하늘에서 떨어진 태산에서 바라보자면　　到看泰岱從天墜,[3]
수 천 수 만 봉우리들 푸른 하늘로 우뚝 섰고　　矗空靑千巖萬嶂,
구름은 부드럽게 달을 씻어준다네.　　雲揉月洗.
봉선비명은 지금도 있는가?　　封禪碑銘今在否?[4]
괴이한 비석의 문자들 보며　　鳥跡蟲魚怪異,
내 대신 진시황 한무제에게 조문 올리게.　　爲我吊秦皇漢帝.
한밤중에는 일관봉에 올라야 하지.　　夜半更須陵日觀,[5]
누렇게 둥근 것 창해에서 솟구쳐 올라　　紫金球涌出滄溟底,
온 천하를 두루 비추니　　盡海內,
참으로 볼만한 광경이라네.　　奇觀矣.

특별히 잊을 수 없는 일이 있으니　　獨有難忘者,
차라리 보지 말 것을, 노모의 검던 머리카락　　寧不見慈親黑髮,
지금은 눈 같은 백발이라네.　　於今雪灑.
빠짐없이 잘 챙겼는지 행낭을 살피면서　　檢點裝囊針線密,
노인네 눈물을 줄줄 흘렸지.　　老漏潺湲而瀉,
꿈속에 혼으로 가서라도 얼마나 애태우실지 아는가. 知多少夢魂牽惹.
나라에 보답하려는 깊은 마음 선비 아니라면　　不爲深情酬國士,
하늘 끝 먼 길 홀로 외로이 가고자 했을까.　　肯孤踪獨騎天邊跨?
나그네는 탄식하고　　游子嘆,
관산에 밤이 내리네.　　關山夜.

주인이 시도 짓는 걸 익히 들었는데　　　　　　頗聞東道兼騷雅,[6]
가장 부러운 건 이어진 십만 봉우리,　　　　　　最美是峰巒十萬,
발아래 푸르게 늘어섰다는 것이었네.　　　　　　靑排脚下.[7]
이번 가면 관각에서 노래 주고받으며　　　　　　此去唱酬官閣里,
정갈한 술병에 담긴 술, 같이 들기도 하겠지만　　酒在冰壺共把,[8]
무엇보다 어진 정치 온 들판에 힘써 펼쳐야겠네.　須亟以仁風遍野.
이처럼 맑은 시기 좋은 풍조 세워야 하나니　　　如此淸時宜樹立,
하물며 노·추나라 옛 풍속이니 교화하기 손쉽겠네.　況魯鄒舊俗非難化,
그러니 너무 빠지지 마시게나,　　　　　　　　休沉溺,
문장 쓰는 일일랑.　　　　　　　　　　　　篇章也!

　　상 선생의 이름은 건극이며, 자는 근진, 만주사람이다. 「태산 절정
에 올라[登泰山絶頂詩]」라는 시에서 "두세 개 별들이 가슴 앞에 떨어지고,
십만 봉우리가 발밑에 푸르다"라 했고, 또 "안개노을 어지럽게 제로(齊
魯)에 퍼졌고, 비석판 조각들 한당(漢唐)에 넘어졌네"라 했는데, 모두 경
고하는 구절들이다.

　　常君名建極, 字近辰, 旗下人. 有『登泰山絶頂詩』云："二三星斗胸前
落, 十萬峰巒脚底靑." 又云："烟霞歷亂迷齊魯, 碑版零星倒漢唐." 皆警句
也.【原註】

역주

1　顧萬峰：이름은 于觀, 다른 자로 桐峰·錫躬이 있고, 江蘇 興化 사람이다. 서예
　　와 시에 능했고, 옛것을 좋아하며 과거에 얽매이지 않았다. 『澥陸詩鈔』四卷이 있
　　다. 『興化縣志·文苑』과 『揚州畵舫錄』 참고. 常使君：이름은 建极, 자는 近辰,
　　滿洲 正旗人으로, 監生 출신이다. 康熙 53년 揚州府泰州州同을, 55년에서 59년
　　까지 山東 泰安府 東平州州判 등을 역임했다. 使君：漢 시기 太守에 대한 호칭.
　　淸 때는 府州縣 長官을 가리켰다.
2　懸弧：옛날에 사내아이를 낳으면 문 왼쪽에 활을 매다는 풍속이 있었다.

3 　泰岱 : 泰山. 별칭이 岱宗이다.
4 　封禪碑銘 : 고대 帝王이 名山에 올라 천지에 제사를 올리는 일을 封禪이라 했고,
　　 이 일을 石碑에 새겨 남겼다.
5 　日觀 : 泰山 봉우리 이름.
6 　東道 : 주인. 여기서는 常使君을 가리킨다.
7 　最美是峰巒十萬, 靑排脚下 : 아래 原註에 보이는 "二三星斗胸前落, 十萬峰巒脚
　　 底靑." 구를 가리킨다.
8 　冰壺 : 청결함의 상징. 姚崇 : 『冰壺誡』 : "冰壺는 淸潔의 극치이다. 君子가 그것
　　 을 대하며 청결함을 잊지 않는다.[冰壺者, 淸潔之至也. 君子對之, 不忘乎淸.]"

해제

　顧萬峰은 板橋와 동향으로, 어린 시절 동학이었다. 이 사는 康熙 末年, 顧萬峰이 山東 常使君의 막료로 떠날 때 쓴 贈別作으로, 板橋와 젊은 시절 친구들의 포부를 엿볼 수 있다.

3.10 하신랑 · 왕일저에게 賀新郞 · 贈王一姐[1]

서로 죽마 타며 놀았던 날들,	竹馬相過日,[2]
목덜미 덮었던 그대의 귀밑머리,	還記汝雲鬟覆頸,
연지 찍었던 이마 아직도 기억하네.	胭脂點額.
어머니 손잡고 아버지 등에 업힐 때는	阿母扶携翁負背,
사내아이처럼 꾸몄었지.	幻作兒郎妝飾,
어린 마음이지만 좋아했었네.	小則小寸心憐惜.
공부 끝나 집에 가는 길, 아직 저물지 않았을 때	放學歸來猶未晩,
그대 사는 홍루에 가면 봄소식 묻곤 했지.	向紅樓存問春消息.

내게 물으며 찾곤 했네.   問我索,
눈썹 그릴 붓 있는가 하고.   畵眉筆.

이십 년 내내 강호의 나그네 되어   廿年湖海長爲客,
모두 다 바람처럼 아득한 꿈에 맡겨버렸네.   都付與風吹夢杳,
황량한 비에 구름처럼 멀어졌네.   雨荒雲隔.[3]
오늘 다시 후원 뜰에서 만나게 되니   今日重逢深院里,
아직도 예전처럼 안부 묻지만   一種溫存猶昔,
지금은 사리는 몸짓이 얼마나 많아졌는지!   添多少周旋形跡!
그때의 귀엽고 장난스럽던 모습 추억한다네.   回首當年嬌小態,
몇 마디 거슬리는 말에도 금세 얼굴 붉혔었지.   但片言微忤容顔赤.
그저 이런 마음,   只此意,
참으로 어려운 일.   最難得.

역주

1   王一姐:「3.35 답사행·무제(踏莎行·無題)」에 나오는 '中表姻親'이 이 작품에
나오는 판교의 사촌 누이 王一姐가 아닌가 한다.
2   竹馬:어렸을 때 함께 놀던 사이.
3   雨荒雲隔:서로 떨어져 오랫동안 만나지 못한 상황.

해제

어린 시절 함께 놀던 친척 누이와의 애틋한 생활을 추억한 뒤, 타지
에서 유랑한 후 지금 다시 만났을 때의 서먹한 심정을 담았다. 이 작품
은 판교 나이 사십 전후에 쓴 것으로 보인다.

3.11 하신랑 · 진주경에게賀新郎 · 贈陳周京[1]

아, 진(陳) 형, 그대는	咄汝陳生者,
천하 동서남북을	試問汝天南地北,
이제 모두 다 편력하셨는가?	游踪徧也.
십오 년 전 광릉길에서는	十五年前廣陵道,
말 타고 훨훨 노니느라	馬上翩翩游冶,
며칠 만에 수염이 한 움큼 무성하게 자랐지.	曾幾日髭鬚盈把.
실의 속에 옛 꿈 찾아 동쪽으로 돌아가	落拓東歸尋舊夢,
차가운 등불심지 자르며 처량한 밤 샜었지.	剔寒燈絮盡凄涼夜,
전혀 아니었네,	渾不似,
굴레 쓴 말일 수는 없었다네.	無羈馬.

그대 선조는 역사의 화폭에 담겨야 할 공신이었고	君家先世丹青亞,[2]
춘추에 빛나는 능연각의 포공(褒公)과 악공(鄂公),	炳千秋凌烟褒鄂,[3]
운대의 경엄(耿弇)과 가복(賈復)과도 겨룰 만했네.	雲臺耿賈.[4]
누가 알았으리, 관서 장군 자제가	誰料關西將家子,[5]
어지럽게 사방을 유랑하며	亂草飄蓬四野,
비에 젖고 서리 맞게 될 줄을.	還一任雨淋霜打.
행여 사람들에게 과거의 일 얘기하지 마소,	莫向人前談往事,
길가 백정과 도부장수가 거짓이라 의심할까 두렵소.	恐道傍屠販疑虛假.
억지로라도	勉强去,
귀머거리 벙어리인 체 하시구려.	粧聾啞.

역주

1 陳周京 : 陝西人. 明末 總兵 陳永福의 후손. 『明史』에 따르면, 崇禎 14년 李自成
   이 南陽과 鄧州 14성을 함락시킨 여세를 몰아 開封을 포위하자, 巡撫 名衡과 總
   兵 陳永福이 전력으로 이에 맞서 이자성의 눈을 화살로 맞추었다고 한다.
2 君家先世丹靑亞 : 【原註】에 "그의 할아버지께서는 도적 틈(闖)의 눈을 화살로 맞
   추었다[令祖射闖賊中目]"고 했다.
3 凌烟褒鄂 : 唐 太宗 貞觀 十七年 二月, 開國功臣을 表彰하기 위해 褒公 段志
   玄・鄂公 尉遲恭 等 24인의 像을 그림으로 그려 서쪽 안 凌烟閣에 모셨다. 『新
   唐書・太宗本紀』 참고.
4 雲臺耿賈 : 동한 明帝 永平 연간에 光武 훈신 耿弇과 賈復 등 32인 상을 남궁의
   雲臺에 그려 모셨다. 『漢書・明帝紀』 참고.
5 關西 : 이전 函谷關이나 潼關 서쪽 일대를 두루 가리키는 말. "관동에서는 재상
   이 나고, 관서에서는 장군이 난다[關東出相, 關西出將]"는 말이 있다. 『後漢書・
   虞詡傳』 참고. 여기서는 陳周京의 조부 陳永福이 陝西人이기 때문에 '關西將'이
   라 썼다.

해제

陳周京이란 인물의 불우한 삶을 다루었다. 앞부분에서는 풍류를 즐
기며 떠도는 陳周京의 생활을, 뒷부분에서는 훌륭한 조상의 후손임에도
불구하고 불우한 그의 현재를 담았다.

3.12 하신랑・드림賀新郞・有贈

옛날 오릉의 나그네 되어	舊作吳陵客,[1]
온종일 소서호에 가서	鎭日向小西湖上,
물가에 앉아 돌과 놀았지.	臨流弄石.

비가 배꽃 씻고 바람은 부드러워지고
이미 나비와 벌 재촉하는 소식 있었건만
뜻밖의 꽃샘추위에 다시 새삼 붙잡혔다네.
듣자하니 그대의 집 멀지 않다고 하였지.
채색한 다리 돌아 서쪽으로 푸른 등나무 문,
가끔씩 들려오는
높은 누각의 피리 소리.

만나자마자 인연 짧아 또 헤어지네.
뉘 알았으리, 저 깊고 먼 바다 구름 쪽으로
간절한 마음으로 석별하게 될 줄.
온 밤 내내 술잔 두고 좋은 벗이 울었으니
작은 등잔 등지고 몰래 눈물 떨굴 때
서로의 비단 저고리로 그 눈물 닦아주었네.
서로 약속했네, 내년 봄이 오자마자
화심과 꽃술 잘근대며 상사초 즙 맛보자고,
서로 같이 물들자고,
간장이 붉어지도록.

雨洗梨花風欲軟,
已逗蝶蜂消息,
却又被春寒微勒.
聞道可人家不遠,[2]
轉畫橋西去蘿門碧,
時聽見,
高樓笛.

緣慳覿面還相失,
誰知向海雲深處,
慇勤款惜.
一夜尊前知己淚,
背着短檠偸滴,
又互把羅衫抆濕.
相約明年春事早,
嚼花心紅蕊相思汁.
共染得,
肝腸赤.

역주

1 吳陵 : 예전에는 海陵・泰州라고도 했다. 지금의 江蘇省 泰州市. 『泰州志』(道光
刊本) : "泰州는 春秋 시기 吳지역이다. 漢 시기에 海陵縣이 설치되었고, 唐 武德
3年에 吳州가 설치되어 吳陵縣으로 불렸다. 7년에 州가 폐지되고, 다시 海陵縣
이 되었다. 邗州에 속했으나 나중에는 揚州에 속하게 되었다.[泰州, 春秋時吳地,
漢置海陵縣. 唐武德三年置吳州(卽以縣置), 更縣曰吳陵; 七年州廢, 縣復曰海陵,
屬邗州. 後屬揚州.]"
2 可人 : 마음이 맞는 사람.

작자가 康熙 末 혹은 雍正 초기에 처음으로 海陵을 갔을 때 지은 작품으로 보인다. 그곳에서 잠시 만난 옛 친구에게 과거를 추억하면서 서로의 깊은 마음과 정감을 드러내고 있다. 같은 남자 사이의 우정을 넘어선 '애정'이 엿보인다.

3.13 하신랑 · 낙화賀新郎 · 落花

매화 아래 잠시 서서	小立梅花下,
묻노니, 올해 따뜻한 봄바람이 채 터뜨리기도 전인데	問今年暖風未破,
어찌하여 이렇게 피어났는가?	如何開也?
꽃 일찍 피어남을 원망하는 게 아니라	不是花開偏怨早,
일찍 피고 나면 일찍 시들기 때문,	總爲早開先謝,
간간히 내리는 비와 안개에 흩날리누나.	被斷雨零烟飄灑.
나비와 벌들, 그 누가 이전의 일 생각할까,	粉蝶游蜂誰念舊;
꺾인 가지 뒤로 한 채 그네 너머 날아가네.	背殘枝飛過秋千架.
떨어진 곳은 결국	只落得,
매달린 거미줄이라네.	蛛絲掛.
강남의 이월은 꽃값이 오르고	江南二月花擡價,
얼마나 많은 한량 소년들 길에 오르나,	有多少游童陌上,
봄 저고리에 멋들어진 말을 타고서.	春衫細馬.
십리길 화려한 수레엔 어여쁜 아가씨들,	十里香車紅袖小,

그림같이 둥그런 아름다운 눈썹,　　　　　　　婉轉翠眉如畵,

주위 사람이 쳐다봐도 모르는 척 하네.　　　　佯不解傍人覰咱.

문득 어지러이 나는 버드나무 꽃솜 보면서　　忽見柳花飛亂絮,

봄 다해 해당화 시들면 뉘에게 시집갈까 걱정한다네.　念海棠春老誰能嫁?

남모르게 흘리는 눈물에　　　　　　　　　　淚暗濕,

비단 수건이 젖어드네.　　　　　　　　　　香羅帕.

해제

　화류계에 떨어진 어린 여자의 불행한 일들과 마음의 아픔을 그리며
작자의 동정을 곁들였다. 앞부분은 매화가 일찍 피어 일찍 져버리는 일
을 화류계 여자의 삶에 비유하였고, 뒷부분에서도 해당화가 봄이 다하
면 시들고 만다는 비유와 함께 여인의 탄식을 담았다.

3.14 하신랑·제자 허저존에게 답가로 賀新郎·答小徒許樗存[1]

십 년 과거에서의 곤궁함,　　　　　　　　　十載名場困,

강호의 질풍과 비바람 겪으며　　　　　　　走江湖盲風怪雨,

외로운 배 부서졌네.　　　　　　　　　　　孤舟破艇.

쏴아쏴아 황엽사로 부는 강바람에　　　　　江上蕭蕭黃葉寺,[2]

온 길마다 초목 날리고 황량한 안개 가득하여　亂草荒烟滿徑,

나그네 석양의 꿈을 한결 차갑게 만드네.　　惹客子斜陽夢冷.

쓰다만 시를 뒤적이며 옛 구절을 찾다가　　檢點殘詩尋舊句,

옛 건물 텅 빈 주랑 유리 그림자 앞에 서성이네.　步空廊占殿琉璃影.

한 글자,	一个字,
확정하기가 어렵네.	吟難定.

편지 보내어 온통 따뜻하게 위로하면서	書來慰勉殷勤甚,
전도 만리에	便道是前途萬里,
바람 잦고 물결 가라앉기를 빌어주었네.	風長浪穩.
황제의 은총을 받았을 때	可曉金蓮紅燭賜,[3]
동파는 양쪽 머리가 이미 늙어졌고	老了東坡兩鬢,
애첩 조운과의 기쁨도 너무나 부질없었네.	最辜負朝雲一枕,[4]
맑은 바람과 밝은 달을 사서라도	擬買淸風兼皓月,
노래하는 무희 불러 이 답답함 풀리라.	對歌兒舞女閑消悶.
더 묻지 말자,	再休說,
청화성의 일.	淸華省.[5]

역주

1 許樗存 : 판교가 眞州 江村에서 학당을 열었을 때 공부하던 학생인 듯하다. 자세한 사적은 분명하지 않다.

2 黃葉寺 : 臥佛寺 또는 十方普覺寺라고도 한다. 西山 북쪽의 壽牛山 남쪽 기슭, 香山의 동쪽에 있다. 唐 貞觀 연간에 지어졌으며, 시대에 따라 다른 이름으로 불리다가 淸 雍正 12년에 새롭게 보수하면서 普覺寺라고 하였다. 唐 시기에 사찰 안에 檀木으로 깎은 臥佛이 있었으며, 元 시기에 거대한 석가모니 동상을 주조하였으므로 臥佛寺라 불리게 되었다.

3 金蓮紅燭 : 궁정용 초. 촛대가 연꽃 모양이라 붙여진 이름. 송 哲宗 元祐 3년, 황제가 밤에 蘇軾을 불러 대화한 후 그가 한림원으로 돌아가는 길에 쓰도록 어전의 金蓮紅燭을 내주었다 한다. 「2.129 금련촉(金蓮燭)」 참고.

4 朝雲 : 소동파의 애첩 王씨의 이름.

5 淸華省 : 翰林院의 다른 이름.

해제

작자가 40세 전후에 焦山 別峰庵에서 독서할 때 지은 작품으로 보인다. 윗부분은 장기간의 과거 준비에 지쳤음을 말하고, 뒷부분은 공명을 포기하고 차라리 가무나 즐기고자 하는 심정을 담았다.

3.15 하신랑 · 시에 대해 논함 두 수 賀新郎 · 述詩二首

시법은 누구를 기준으로 정할까?	詩法誰爲準,
오랜 옛날 희공이 손수 쓴 것을 모아서	統千秋姬公手筆,[1]
공자가 그 틀을 정했다네.	尼山定本.[2]
재주 넘치는 조자건은	八斗才華曹子建,[3]
예스럽고 힘찬 조조에게 양보해야 한다네.	還讓老瞞蒼勁,[4]
또한 담담하게 노래한 도연명을 넣어야지.	更五柳先生澹永.[5]
성철 주공과 공자, 간웅 조조, 시원스레 빼어난 도연명,	聖哲奸雄兼曠逸,[6]
모두 자기만의 개성을 깊이 남겼네.	總自裁本色留深分,
얼른 한 번 읽어도	一快讀,
격이 나뉜다네.	分倫等.

당의 이백과 두보는 쌍봉을 이루면서	唐家李杜雙峰幷,[7]
남의 시 비위나 맞추고 부스러기나 줍는 시인들,	笑紛紛詩奴詩丐,
하찮게 화려한 기교에만 빠져드는 자들을 비웃네.	詩魔詩鴆.[8]
왕유와 맹호연은 고매한 풍격에 지극히 청신하였지만	王孟高標清徹骨,[9]
그 규모 원숙하고 고상한 데까지는 다 이르지 못해	未免規方略近,[10]

구속받는 준마가 된 채 부름 받지 못했다네.
[이상은은 험괴한 『한비』란 큰 도끼 휘둘러
한창려의 기험함은 배우되 그 생경함을 버리니
오히려 그를 뛰어넘어
창려보다 앞섰다네.

似顧步驊騮未聘.[11]
怪殺韓碑揚巨斧,
學昌黎險語排生硬[12]
便突過,
昌黎頂.

문장의 요체는 경세에 있거늘
비루한 시인들, 구름 마르고 달 새기며
화초나 드러내고 좋아할 뿐.
설사 풍류를 평생에 과시한들
한적함 읊다가 그대로 끝날 뿐,
주공과 공자의 정서 가락을 어이 알랴?
「칠월」과 「동산」은 천고에 남으리니
자잘한 민정을 뛰어나게 묘사하였네.
그려낼 수 없다네,
「빈풍」의 작품들.

經世文章要,
陋諸家裁雲鏤月,
標花寵草.
縱使風流誇一世,
不過閒中自了,
那識得周情孔調[13]
七月東山千古在,[14]
恁描摹瑣細民情妙,
畫不出,
豳風稿.

문장이 국운에 연결됨은 아직 작은 일일 뿐,
혼돈스런 천지의 두껍고 얇음 분별하여
그 심원한 경지에 바로 통하게 하는 것이네.
추위나 더위, 음과 양이 늘 바르지는 않는 법,
붓 아래 만회하는 효능 적지 않으니
글 쓰는 일이 하찮은 것이라 여기지 마소.
돌아보면 젊을 때는 유락에 빠져
구름 속 그리움 하며 멋만 찾았네.
너무나 부끄러워라,
두보를 생각하면.

文關國運猶其小,
剖鴻蒙淸寧厚薄,[15]
直通奧窔.
寒暑陰陽多舛忒,
筆底回旋不少,
莫認作書生談笑.
回首少年游冶習,
採碧雲紅豆相思料.
深愧殺,
杜陵老.

역주

1 姬公:周公. 성은 姬, 이름은 旦으로 周 武王의 아우. 전하는 바로는『詩經·豳風』중의「七月」·「東山」등 작품이 周公이 지은 것이라 한다.

2 尼山:孔子.『詩經』三百五篇은 공자가 刪詩해 정리한 것이라는 설이 있다.

3 曹子建:曹植(192~232). 자 子建, 시호 思. 마지막 封地(陳)에 의거해 陳思王이라고도 불린다. 曹操의 아들이며, 文帝 曹丕의 아우이다. 그들 세 사람을 三曹라 하며, 함께 建安文學의 중심적 존재로서 '문학사상의 周公·孔子'라 칭송되었다. 자기를 콩에, 형을 콩대에 비유하여 육친의 불화를 상징적으로 노래한「七步詩」가 유명하다. 문집으로『曹子建集』등이 있다.

4 老瞞:曹操(155~220). 그의 어릴 적 字가 阿瞞이었다.

5 五柳先生:陶淵明(365~427)의 호.

6 聖哲:孔子와 周公을 가리킨다. 奸雄:曹操를 가리킨다.『三國志·魏志』:"許劭가 曹操를 두고 말하기를, '治世의 能臣이요, 亂世의 奸雄이다'고 했다.[許劭謂曹操, 治世之能臣, 亂世之奸雄.]"

7 李杜:李白과 杜甫.

8 詩奴:詩家에서 다른 사람의 기운을 흉내 내는 자. 錢謙益『鄭孔肩文集·序』: "그 이목이 붙잡혀 있고, 그 심지가 갇힌 채 잠꼬대 같은 소리나 질러대면서 줄곧 스스로 주인 되지 못하고 다른 사람의 숨결만 우러러 그 남은 기운이나 받아내는 것은 설사 이룬 것이 있다 할지라도 천고의 노복일 뿐이다. 그래서 노예라 하는 것이다.[傭其耳目, 囚其心志, 呻呼唫囈, 一不自主, 仰他人之鼻息而承其餘氣, 縱其有成, 亦千古之隸人而已矣, 故曰奴也.]" 詩丐:詩家에서 다른 사람의 보잘 것 없는 의견을 줍는 자. 詩鳩:詩家에서 쓸 데 없는 기교에 탐닉하는 자. 『離騷』洪補:"무릇 鳩는 …… 소인배의 지혜이다.[夫鳩 …… 類小人之有智者.]"

9 王孟:성당 전원시인 王維와 孟浩然.

10 規方略近:規와 略은 기획과 모략을, 方과 近은 아직 원숙한 경지에 이르지 못했음을 비유한다.

11 顧步驊騮(화류):구속 받는 준마.

12 韓碑:李商隱의 칠언고시로, 한유가 어명을 받들어「平淮西碑」를 편찬한 과정을 담았다. 시 속에서 韓碑를 높이 평가하면서 한유의 언어를 모방하려는 흔적이 보인다. 하지만 이 시를 통해 한유의 기험함은 배우되 그 생경함을 버림으로써 한유를 뛰어넘었다는 평가를 받게 되었다.

13 周情孔調:周는 周公을, 孔은 孔子를 가리킨다.

14 「七月」·「東山」:『詩經·豳風』중의 두 篇名. 전하는 바로는「七月」은 周公이 '王業을 펼치는' 시이고,「東山」은 '周公勞歸士之詞', 즉 성인이 國計民生에 관심을 기울인 작품이라 한다.

15 鴻蒙:『莊子』:"鴻濛에 맞게 된다.[適遭鴻濛.]" 注:"자연의 원기를 말한다.[自然元氣也.]" 즉, 天地가 나뉘기 전의 混沌 상태. 淸寧:천지.『老子』:"하늘은 맑음

으로 하나 되고, 땅은 평안으로 하나 된다.[天得一以淸, 地得一以寧.]"

해제

시를 논하는 이 詞에서, 첫 수는 예술 풍격의 문제를 제기하면서 격조 높고 기상이 장대한 시, 논리가 명쾌하며 언어가 거침없는 시를 제창하였다. 동시에 사람마다 서로 다른 개성이 있으므로, 기계적인 모방은 반대하였다. 둘째 수는 시의 효용성 문제를 논한 것으로, 시가는 적어도 경세제민의 작용이 있어야 하며, 음풍농월의 작품은 피해야 한다고 강조하였다.

3.16 하신랑·오이를 먹으며 賀新郞·食瓜

오색의 달콤한 박과 과실들,	五色嘉瓜美,
묻노니 동릉고후는 어디 계신지?	問東陵故侯安在,[1]
남새밭은 황폐한 채 없어졌다네.	圃園殘廢.
얼마나 흔하던가, 관직의 명리를 얻은 자들이	多少金臺名利客,
비리고 노린 맛만 쟁취하느라	略啖腥羶滋味,
농가의 맛깔스런 음식일랑 제쳐두는 일.	便忘却田家甘旨.
덩굴 풀 엉킨 문 앞길은 황폐한 채 그대로,	門徑薛蘿荒不剪,
푸른 버들 끊어진 널판다리 아래로 강물 흐르네.	綠楊橋板斷空流水.
늘 생각지 않았네,	總不作,
빠져나갈 계책을.	抽身計.

우리 집은 자욱한 안개 속에 있나니   吾家家在烟波裏,
가을엔 온 성이 연꽃과 갈대잎에 둘러싸여   繞秋城藕花蘆葉,
끝없이 아득한 곳.   渺然無際.
돌아가겠다면서 어찌하여 돌아가지 못하나,   底事欲歸歸不得,[2]
아직 일이 서툰 벼슬아치인지라, 말을 하지만   說是粗通作吏,
그 말 듣는 사람에게는 부끄러운 노릇.   聽此話令人慚恥.
옛 현인들께는 근접도 못할 일,   不但古賢吾不逮,
눈앞엔 지혜롭고 성실한 관리 또 얼마나 많은가! 看眼前何限賢勞輩.
날마다 헛되이   空日費,
관청의 쌀이나 낭비하네.   官倉米.

역주

1   東陵故侯：西漢의 邵平은 秦나라 때 東陵侯에 봉해졌다. 秦이 망한 후에 長安
     城 동쪽에 오이를 심었는데, 세상 사람들이 東陵瓜라고 불렀다. 이 때문에 관직
     을 버리고 은둔생활을 하는 것을 비유한다. 『史記·蕭相國世家』참고.
2   底事：何事. 무슨 일로.

해제

    앞 대목에서는 오이를 먹다가 많은 관록을 받는 관리들이 이런 근본
적인 맛을 잊은 채 비리고 노린 맛, 즉 名利에 얽힌 탐욕적인 일만 찾는
것을 비판한다. 이어 스스로도 무능한 관리인지라 어서 귀향해야 한다
고 말하면서도 여전히 그렇게 관직에 머물러 있는 것을 자책하였다.

첨부 : 육종원 선생 사 한 수附 : 陸種園先生—首

하신랑·사각부 묘지를 조문하며.
賀新郎·弔史閣部墓.[1]

쓸쓸한 무덤, 여우가 구멍을 뚫었다네.	孤冢狐穿礦,
서풍에 종이 잘라 혼을 부르고	對西風招魂剪紙,
끓인 죽과 절인 생선 진설하였네.	澆羹列鮓.[2]
시골노인네 당시 일을 얘기하는데,	野老爲言當日事,
전쟁 일어 날마다 쏘아대는 화살에	戰火連天相射,
한밤중에 고성이 무너지려 했다네.	夜未半層城欲下.
십만 횡마도가 눈처럼 날렸지만	十萬橫磨刀似雪,[3]
외로운 신하 죽을힘 다해 저들 무서워하지 않았다네.	儘孤臣一死他何怕.
그 기백,	氣堪作,
무기개로 걸릴 만하구나!	長虹掛!

한스러운 눈물이 무겁게 쏟아지는데	難禁恨淚如鉛瀉,[4]
사람들이 그 분 의관 묻은 곳이라 말하지만	人道是衣冠葬所,[5]
그 음성과 모습은 그려보기도 힘들다네.	音容難畫.
길 가로 기울어진 소나무와 잣나무,	歙仄路傍松與柏,
날마다 행인들이 말을 매어놓고	日日行人繫馬,
나무꾼이 잘라가도 내버려두네.	且一任樵蘇盡打.[6]
허름한 비석에 글자만 남아서	只有殘碑留漢字,
찬찬히 닦아 봐도 누가 썼는지조차 알 수가 없네.	細摩挲不識誰題者.
반쯤은	一半是,
푸른 이끼가 자리 잡았네.	荒苔藉.

역주

1   陸種園 : 판교가 사를 배운 스승. 「2.16 일곱 노래[七歌]」주석 참고. 史閣部 : 史可法(1602~1645). 明 河南 祥符(지금의 開封) 사람. 자 憲之, 호 道鄰. 淸兵이 南下할 때 揚州를 지키다가 성이 함락 당하자 포로가 되었으나 뜻을 굽히지 않고 죽었다. 揚州 백성들이 梅花嶺 아래에 衣冠冢을 세우고 그를 紀念한다. 지금도 揚州市 內史公祠에 衣冠冢이 보존되어 있다. 문집으로『史忠正公集』이 있다.

2   鮓(자) : 소금에 절인 생선이나 젓갈 종류.

3   十萬橫磨刀 : 橫磨刀는 길고 크고 예리한 칼 이름. 정예부대를 비유하기도 한다.『舊五代史·景延廣傳』: "진나라에는 10만의 橫磨劍을 다루는 병사(정예부대)가 있으니 그대께서 전쟁을 한다면 바로 달려올 것입니다.[晉朝有十萬口橫磨劍, 翁若要戰則早來.]"

4   恨淚如鉛瀉 : 鉛은 무거움의 표현. 李賀 「金銅仙人辭漢歌」: "하늘에선 한나라 달이 궁문을 벗어나고, 그대 생각에 맑은 눈물 납물처럼 흘리네.[空將漢月出宮門, 憶君淸淚如鉛水.]"

5   衣冠葬所 : 史可法 사후 揚州 백성들이 梅花嶺 아래 세운 衣冠冢을 가리킨다.

6   樵蘇 : 樵는 나무하는 일, 蘇는 풀 베는 일.

해제

　판교는 「3.01 사초·자서(自序)」에서 자신이 어렸을 때 사를 배웠던 陸種園 선생을 거론하며 "육종원 선생의 함자는 震으로, 마을의 선배이시다. 이 정섭이 어려서 그 분을 따라 사를 배웠기에 [여기에] 그의 두 수를 함께 刊刻하여 그 일부를 보여주고자 한다"고 했다. 위에 첨부한 사는 바로 그 중의 한 작품이다.

3.17 청옥안·관청의 생활 靑玉案·宦況[1]

십 년 동안 찢어진 황주이불 덮어가며	十年蓋破黃紬被,[2]
관리의 맛 두루 맛보았네.	儘歷遍、官滋味.
비가 관청 지나가니 하늘은 강물처럼 맑아	雨過槐廳天似水,
차 끓이기 딱 맞겠다,	正宜潑茗,
술 마시기 딱 좋겠다.	正宜開釀,
허지만 문건이 또 쌓이네.	又是文書累.
관청에 앉으니 한창 호통 치는 소리,	坐曹一片吆呼碎,
이방은 이 몸을 꼭두각시처럼 재촉하네.	衙子催人粧魂傀,
묶인 관리는 편안할 때도 없단 말인가?	束吏平情然也未?
술은 동이 나고 촛불도 다 닳아가고,	酒闌燭跋,
경루(更漏)의 차가운 물소리, 바람 이는데	漏寒風起,
얼마나 많은 기백 사라져버렸나!	多少雄心退!

역주

1 靑玉案 : 詞牌의 하나. 西湖路·橫塘路 등 다른 이름도 있다. 漢 張衡 「四愁詩」 중 '어떻게 청옥의 사건 알릴까[何以報之靑玉案]'에서 이름이 나왔다. 雙調 66字 내지 68자이고, 仄韻을 쓴다. 『詞譜』 十五·『詞律』 十 참고.
2 破黃紬被 : 관리 생활의 어려움을 비유한 표현이다. 『倦游錄』에 의하면 宋 文彦博이 관직에 있을 때 "관아 문루 한 쪽에 채찍을 걸어 놓고, 채찍이 많든 적든 상관치 않는다네. 누런 비단 이불 안에서 새벽잠에 빠진 채, 머리를 내밀며 관아 일 쉰다 말하네[置向譙樓一面搐, 搐多搐少不知他. 黃綢被裏曉眠熟, 探出頭來道放衙]"라는 시를 적었다 한다.

해제

판교는 50세에 범현령으로 부임했으니 '十年蓋破黃紬被'라는 첫 구에 의거한다면 이 작품은 60세 전후 濰縣에서 쓴 것이라 하겠다. 내용 가운데 관리 생활에 대한 염증의 정서가 강하게 드러나고 있어, 한층 귀향을 생각하고 있는 심정을 짐작하게 한다.

3.18 보살만 · 봄을 붙잡아菩薩蠻 · 留春[1]

봄 붙잡아도 떠나가고 마는데　　　　　留春不住由春去,
봄이 돌아가는 곳, 도대체 그곳은 어디인가?　　春歸畢竟歸何處?
내년에 일찍 찾아오면　　　　　　　　明歲早些來,
그 경치를 간직해야지.　　　　　　　烟花待剪裁.
눈 녹으면 봄은 또 오지만,　　　　　雪消春又到,
봄이 오면 사람은 늙어지는 걸.　　　　春到人偏老.
동풍을 원망하지 말게나,　　　　　　切莫怨東風,
동풍도 그댈 원망하리니.　　　　　　東風正怨儂.[2]

역주

1　菩薩蠻 : 詞牌의 하나. 重疊金 · 子夜歌 · 巫山一片雲 등 다른 이름도 있다. 원래는 당 教坊曲의 하나였다. 雙調 44字, 상하 각 4구, 兩仄韻, 兩平韻을 쓴다. 『詞譜』五 · 『詞律』四 참고.
2　儂 : 나. 강남 방언에선 '그대'의 뜻으로도 쓰인다.

해제

쉽게 지나가고 마는 봄, 다시 나이를 먹어가게 되는 회한을 담았다.

3.19 보살만 · 가을을 붙잡아 菩薩蠻 · 留秋

봄은 잡아둘 수 없었지만 가을은 잡아두고파,	留春不住留秋住,
울타리 밑 국화무리 서리 아래서도 지켜주려네.	籬菊叢叢霜下護.
아름다운 계절이 중양절로 접어드니,	佳節入重陽,[1]
게를 잡고 연한 생강 자른다네.	持螯切嫩薑.
강 위에는 무수한 산들,	江上山無數,
어느 곳에서 높이 오를까.	何處登高去?[2]
솔숲 지나 자그마한 산에 오르니	松徑小山頭,
석양에 새로 연 술집 보이누나.	夕陽新酒樓.

역주

1 　重陽 : 음력 구월구일. 높은 산에 올라가 국화주를 마시며 시를 읊거나 산수를
　　　즐기는 풍속이 있었다.
2 　登高 : 중양절에 높은 산에 올라 즐기는 일을 가리킨다.

해제

서리 맞는 국화의 계절 가을, 생강에 삶은 게와 같은 별미를 맛보다

가 다시 석양 비낀 주막을 찾는 회포를 담았다.

3.20 보살만 · 천과류에 머물며菩薩蠻 · 宿千科柳[1]

어부는 청회구에 배를 대는데	漁家泊在淸淮口,[2]
서풍에 천과류의 벼가 여무네.	西風稻熟千科柳.
초가 객점엔 새로이 붉은 글씨,	茅店掛新紅,
술파는 깃발이 한층 푸르네.	酒旗靑更濃.
물고기를 술로 바꿔 살 수 있으니	買酒將魚換,
그 술 싣고 뱃머리 돌려 돌아간다네.	得酒船頭轉.
강 언덕엔 타작 소리 이어지는데	岸上打場聲,
어부 노래 물 위에서 맑게 울리네.	漁歌水上淸.

역주

1 千科柳 : 千顆柳라고도 쓰며, 丹徒 지명. 長江 남쪽 기슭 丹徒城(鎭江) 동남쪽에
   있다.
2 淸淮口 : 장강 북쪽 기슭에 있으며, 千科柳의 맞은편이다.

해제

어촌에서 사는 어부의 자족하는 생활을 담았다.

3.21 완계사 · 소년浣溪沙 · 少年¹

벼루 위 꽃가지 꺾어 향기를 맡고　　　　　硯上花枝折得香,
베게 옆 나비 불러 정신없더니　　　　　　　枕邊蝴蝶引來狂,
그 사람 사모하는 마음 은밀히 보관하네.　　打人紅豆好收藏.

새소리 이어지면 바보같이 헤아리고　　　　　數鳥聲時癡卦算,
책 빌리는 노점에서 남몰래 그리다가　　　　借書攤處暗思量,
담장 너머 소주아가씨 부르는 소리 듣고 있다네.　隔牆聽喚小珠娘.²

역주

1　　浣溪沙:詞牌의 하나. 浣溪紗나 浣沙溪로도 쓰며, 小庭花 · 減字浣溪沙 · 霜菊
　　　黃 · 廣寒枝 등 다른 이름이 있다. 원래는 당 敎坊曲의 하나였다. 雙調 42字, 44
　　　字 또는 46字, 平仄韻 兩體를 쓴다. 『詞譜』四 · 『詞律』三 참고.
2　　小珠娘:소년이 사랑하는 옆집 아가씨 이름.

해제

　한 소년이 옆집 아가씨를 몰래 사모하여 그리움에 깊이 빠져 있는 것
을 노래한 작품이다. 花枝 · 蝴蝶 · 紅豆는 사랑하는 여인을 상징한다.
그래서 이를 꺾고[折得] 가져와[引來] 간직하려[收藏] 한다는 것이다.

3.22 완계사 · 노병 浣溪沙 · 老兵

만리에 추풍 부니 병든 몸도 가을인데	萬里金風病骨秋,[1]
농서땅에서 다친 흉터에 핏자국 엉킨 채	創瘢血漬隴西頭,[2]
망루에서 한가로이 양가죽옷 깁고 있네.	戍樓閑補破羊裘.
젊을 때는 서울의 소식 좋아했으나	少壯愛傳京國信,
늙어서는 오로지 고향 생각 얘기 뿐,	老年只話故鄕愁,
요즘에는 고향 생각도 아득해졌네.	近來鄕思也悠悠.
주룩주룩 농서 비에 농서 풀이 자라고	隴雨蕭蕭隴草長,
쓸쓸한 석양이 변경 담장에 비치더니	夕陽慘淡下邊牆,
망루에는 바람 불고 저녁 까마귀 나는구나.	敵樓風起暮鴉翔.
아직도 명부에 이름이 남아 점호를 받고	冊上有名還點隊,
군중에 일이 없어도 돌아가질 못한 채	軍中無事不歸行,
다른 사람 대신해 옛 창검을 닦는구나.	替人磨洗舊刀槍.

역주

1 金風 : 秋風
2 隴西 : 옛 지명. 오늘날 甘肅省 남부, 隴山 서부.

해제

나라를 위해 피 흘려 싸우고 공을 세운 노병이 이제는 늙어서 더 싸울 수도 없고 돌아갈 집도 없기에 그저 병영에서 무료한 날을 보내게 된 비참한 처지를 묘사하였다.

3.23 심원춘·한沁園春·恨[1]

꽃도 무지하고	花亦無知,
달도 무료하고	月亦無聊,
술 역시 신통치 않다.	酒亦無靈.
아름다운 복숭아나무 베어서	把夭桃砍斷,
살풍경을 만들고,	煞他風景;
앵무새를 삶아	鸚哥煮熟,
술안주로 삼는다.	佑我杯羹.
벼루와 서첩 불사르고	焚硏燒書,
거문고 부수고 그림 찢고	椎琴裂畫,
문장도 사르고 이름도 다 지웠다.	毁盡文章抹盡名.
형양의 정씨는	滎陽鄭,
가세를 즐겨 노래하며	有慕歌家世,
풍류로 걸식했다.	乞食風情.[2]

외롭고 가난한 풍골은 고치기 어려우니	單寒骨相難更,
석모와 청삼에 비쩍 마른 서생 꼴이 우습다.	笑席帽靑衫太瘦生.[3]
가을풀 더부룩한 누추한 집,	看蓬門秋草,
해마다 허름해지는 골목을 바라본다.	年年破巷;
엉성한 창문에 가랑비 내리고	疎窓細雨,
밤마다 쓸쓸한 등불 밝힌다.	夜夜孤燈.
하늘이 한탄하는 입에	難道天公,
재갈 물릴지라도	還箝恨口,
설마 한두 마디 장탄식마저 허락지 않겠는가?	不許長吁一兩聲?
제대로 미쳐서	顚狂甚,

오사천 백 폭 가져다 　　　　　　　　　　取烏絲百幅,[4]

이 처량함 자세히 그려내야지. 　　　　　細寫凄淸.

역주

1　沁園春:詞牌의 하나. 宋 吳曾의 『能改齋漫錄』 卷一六의 기록에 따르면, 동한 竇憲이 자신의 세력에 의지해 沁水公主 원림을 강탈하자 후대 사람들이 노래로 그 일을 읊어 이 이름이 있게 되었다고 한다. 雙調 114字이지만, 116字·113字·112字 등 다른 형식도 있으며, 平韻을 쓴다. 『詞譜』 三六·『詞律』 一九 참고.

2　乞食風情:鄭元和의 이야기. 滎陽에서 鄭氏는 명망 있는 집안이었지만, 그곳 출신 鄭元和는 長安을 떠돌며 「蓮花落」을 부르며 저자거리에서 걸식하였다. 妓女 李亞仙이 그를 곤경에서 구해 도와주어 나중에 元和는 大官이 되고 亞仙 또한 封國夫人이 되었다. 唐 白行簡의 傳奇소설 『李娃傳』은 바로 이 일을 서술한 작품으로, 내용 중에서는 鄭씨와 李씨로만 표기할 뿐 전체 이름을 드러내지 않았으나 宋人筆記 가운데 이 고사를 다룬 작품에서 이름을 쓰기 시작했다. 明 薛近兗의 『綉襦記』는 이 이야기를 희곡으로 개편한 것이다. 板橋는 자신의 선조 격인 鄭元和의 이 風流韻事에 관심이 많았는지 이 사 외에도 「4.2 도정(道情)」 등 시문에서 여러 차례 언급하고 있다.

3　席帽靑衫:明·淸 때 과거 보는 儒生이나 秀才의 복장.

4　烏絲:검은 실로 欄을 짜고 그 사이에 붉은 먹으로 行을 나눈 서예용 비단.

해제

작자의 가슴 속에 맺힌 여러 가지 한을 드러냈다. 그가 처했던 가난하고 억압받던 위치, 그리고 부귀공명을 향해 매진해야 했던 과정, 예술가로서의 자부심과 고독 등을 절절하게 담았다.

3.24 심원춘·떨어지는 매화 沁園春·落梅

작은 정원 한가로운 창가에
실비 막 개이고,
햇살이 붉은 문짝에 내리네.
막 트인 매화 몇 송이,
짙고 여린 붉은 모습 귀엽고 아리땁구나.
은은한 향 온 길에 가득한데
맑은 하늘에는 엷은 구름,
날아드는 꿀벌 쫓지 않고
진홍나비 반겨 맞아들이네.
바다제비는 오늘 아침 돌아오려는지?
봄에 취해 있을 때
악랄한 동풍 심하게 불어
저 매화 흔들어서 날려버리네.

바람 탓할 것 없다는 건 알고 있지만
동풍 탓하지 않으면 그럼 누굴 탓하리?
떨어진 꽃잎 잘 쓸어
벼루갑 속에 감추어 두고,
남은 가지 하나 잘라 와서
서가 위에 올려놓았네.
어젯밤 삼경,
어렴풋한 달빛, 희미한 등불 속에
처마 끝 철마가 시시비비 가렸었네.
더 말할 게 뭐가 있나,

小苑閑窗,
細雨初晴,
日射朱扉.
正疏梅幾點,
粉嬌紅姹;
幽香滿徑,
天淡雲微.
莫打游蜂,
還邀絳蝶,
海燕今朝歸不歸?
春如醉,
甚東風惡劣,
碎攪花飛.

明知不怪風吹,
奈不怨東風却怨誰?
且落英細掃,
藏諸硯匣;
殘枝一剪,
供在書帷.
昨夜三更,
燈昏月淡,
鐵馬檐前說是非.[1]
全無謂,

우수수 떨어져 처참히 시들었는데 　　　　　到飄零殘褪,
그 빛깔 저리도 질투한단 말인가! 　　　　妬甚光輝!

역주

1　鐵馬 : 옛날 누각 용마루 끝에 달린 쇠로 만든 風磬. 봄바람이 풍경을 흔들어 내
　　는 소리가 과연 누가 매화를 지게 했는지 따지는 것처럼 들린다는 뜻.

해제

　상편은 매화가 마침 활짝 피는 시기에 도리어 동풍을 맞아버린 잔혹
함을, 하편은 이미 매화가 떨어져 지고만 것에 대해 깊은 동정과 아쉬
움을 기탁하였다.

3.25 심원춘 · 서호 달밤에 예전 양주에서 놀던 일을 그리며

沁園春 · 西湖夜月有懷揚州舊遊

달은 하늘에 걸리고 　　　　　　　　飛鏡懸空,[1]
가을 산에 첩첩이 둘러싸인 　　　　萬疊秋山,
한 조각 맑은 호수. 　　　　　　　　一片晴湖.
멀리 숲 속의 등불 　　　　　　　　望遠林燈火,
깜박깜박 거리고, 　　　　　　　　乍明還滅;
가까운 제방에 사람 그림자 　　　　近堤人影,
있는 듯 없는 듯. 　　　　　　　　似有如無.

말 타고 술병 들고	馬上提壺,
모래사장에서 연주하는데	沙邊奏曲,
방초가 유혹하여 누웠으니 부여잡지 말게나.	芳草迷人臥莫扶.
까닭이 없는 것이 아니라네.	非無故,
청춘은 다시 오지 않으리니	爲靑春不再,
시들어간다는 생각 때문이라네.	著意蕭疏.[2]
십 년 양주의 꿈에서 깨어났는데	十年夢破江都,[3]
어찌해 꿈속에선 좋았던 시절 지워지지 않는지?	奈夢裏繁華費掃除.
다시 붉은 누대에서 저녁 잔치 열어	更紅樓夜宴,
천 자루 붉은 초를 켠다네.	千條絳蠟;
단장한 배 봄물 위에 떠 있고	彩船春泛,
사방엔 미녀들 앉혔다네.	四座名姝.
취하여 소리 높여 노래 부르다가	醉後高歌,
미친 듯 통곡하였지.	狂來痛哭,
정 넘치는 우리는 바로 이런 사람들!	我輩多情有是夫!
오늘 밤 달에게	今宵月,
묻노니, 강남과 강북의	問江南江北,[4]
풍경이 어떠하던가?	風景何如?

역주

1 飛鏡 : 달을 가리키는 말.
2 蕭疏 : 시들다. 원래는 가을에 식물이 시드는 것을 가리키지만 여기서는 나이가 들어간다는 뜻.
3 夢破 : 꿈에서 깨다. 江都 : 揚州를 가리킨다.
4 江南江北 : 여기서 강남은 西湖를, 강북은 揚州를 가리킨다고 볼 수 있다.

해제

雍正 10년 판교가 처음으로 西湖에 갔을 때 지은 작품이다. 상편은 서호에서 달밤에 놀던 일을, 하편은 양주에서 놀던 때를 회고하며 당시 작자의 고뇌를 담았다.

3.26 답사행 · 무제 踏莎行 · 無題[1]

사촌 친척,	中表姻親,
시문으로 맺어진 감정,	詩文情愫,
십년 전 어린 시절 응석 서로 받아줬네.	十年幼小嬌相護.
제비 따라 몰래 갈 필요도 없이	不須燕子引人行,
깊숙한 규방까지 들어갈 수 있었지.	畫堂得到重重戶.[2]
미친 듯 그리워했건만	顚倒思量,
운명처럼 액운이 끼었는지	朦朧劫數,[3]
연사(蓮絲)는 길고 연심(蓮心)은 쓴 맛.	藕絲不斷蓮心苦.[4]
분명 한 번 보면 마음잡기 어렵겠지만	分明一見怕銷魂,
오히려 마음 끝까지 가지 못한 게 서글프다네.	却愁不到銷魂處.

역주

1 踏莎行 : 詞牌의 하나. 喜朝天 · 柳長春 · 踏雪行 등 다른 이름도 있다. 당 韓翃 시의 '풀길 밟고 가다가 봄 시내 만났네[踏莎行草遇春溪]'란 구에서 이름이 나왔다고 본다. 雙調 58字이고, 仄韻을 쓴다. 글자를 더 첨가해 만든 형식도 있는데,

雙調 64字 또는 66字이고, 仄韻을 쓴다. 『詞譜』十三・『詞律』八 참고.

2 重重戶 : 깊은 후원의 규방.

3 劫數 : 액운.

4 藕絲不斷 : 끊으려야 끊을 수 없는 남녀 간의 인연이 계속되다. '絲'는 '思', '蓮'은 '戀' 또는 '憐'과 통한다. 辛棄疾 「卜算子・爲人賦荷花」: "뿌리의 연사는 길기만 하고, 꽃 속의 연심은 고통이라네.[根底藕絲長, 花裏蓮心苦.]"

해제

한 남자가 열정적으로 한 여인을 사랑했던 감정을 묘사하였다. 상편은 두 사람의 친밀한 관계를, 하편은 여인을 사모하는 남자의 괴로움을 적었다. '中表姻親' 등 상편의 내용으로 볼 때 이 여인은 아마도 「3.18 하신랑・왕일저에게[賀新郎・贈王一姐]」의 王一姐일 것이며, 작품 속 남자는 바로 작자 자신일 것이다.

3.27 형주정・강가에서 荊州亭・江上[1]

강변의 빗줄기 주룩주룩 굵어지는데	江雨蕭蕭漸大,
답답한 한 사람 선창에 기대어 섰네.	悶倚篷窗一个.[2]
술 사러 간 사람 돌아오지 않으니	沽酒不曾來,
옆 배의 등불을 잠시 빌렸네.	借取鄰舟燈火.
육조는 진귀한 강산을 반쪽만 얻었는데	半擔六朝奇貨,[3]
천년 이은 저녁구름 강남땅에 어려 있네.	千古暮雲江左;[4]
팔아버린 사람은 누구이던가?	販賣是誰家?
자수 매달고 초선옷 입은 고관대작들이라네.	紫綬貂蟬八座.[5]

천 리 흘러온 돛단배는 근심이 없고 千里布帆無恙,
만 리 모래톱엔 갈매기만 오고가네. 萬里沙鷗來往.
석양빛이 푸른 산을 가르니 劃却暮山靑,
강물이 더욱 넘실거리는 듯. 更覺溶溶漾漾.
육조의 사건들은 얼마나 많았던가, 多少六朝閑賬,[6]
지금은 어부도 나무꾼도 다 잊었다네. 近日漁樵都忘;
그저 홍광 시절만을 원망할 뿐, 只是怨弘光,[7]
한낮에 금란전에서 노래나 골랐던 일을. 白晝金鑾選唱.[8]

역주

1 荊州亭 : 詞牌의 하나. 荊州怨 · 淸平樂令이라고도 한다. 雙調. 前 · 後片 각 四
   句, 모두 四十六字이다. 前 · 後마다 第一 · 二 · 四句에서 押韻하는데, 모두 仄
   聲韻을 쓴다.
2 篷窗 : 船窓.
3 半擔六朝 : 강남의 반쪽 지역에 위치했던 육조 시절이란 뜻.
4 江左 : 장강의 동남쪽 지역. 六朝는 모두 江左에 있었다.
5 紫綬 : 옛날 고급관리가 매는 금장식된 허리띠. 貂蟬 : 옛날 황제 시종의 의관 장
   식. 담비 꼬리에 매미 무늬가 있음.
6 八座 : 옛날 尙書省의 尙書令 · 仆射와 六曹를 뜻한다.
7 六朝閑賬 : '閑賬'은 '자신과 상관없는 일'이라는 뜻. 육조시대에 권력투쟁으로 나
   라를 망친 사건들을 반어적으로 가리켰다.
8 弘光 : 南明 황제 朱由崧(1607~1646) 때의 연호. 1645년 정월에서 오월까지 썼
   다.
9 金鑾 : 金鑾殿.

해제

  장강 강변의 풍광 앞에서 이곳의 지난 역사를 뒤돌아보며 특히 南明
小朝廷의 어리석은 신하들이 저지른 매국행위를 비판한 작품이다. 〖華
耀祥〗은 마지막 대목이 孔尙任의 희곡 『桃花扇』 '選優折 중에서 弘光帝

가 국사는 돌보지 않고 阮大鋮로 하여금 歌妓를 뽑아『燕子箋』등 가곡을 훈련시켰던 일을 비판했던 취지를 이은 것이라 지적했다.

3.28 유초청 · 드림柳梢靑 · 有贈[1]

운치 아득히 정은 가까이,	韻遠情親,
눈썹 끝이 말을 하고	眉梢有話,
혀 안에서 봄이 피네.	舌底生春.
술 들고 서로 기대어	把酒相偎,
권하고 또 권하며	勸還復勸,
데우고 또 데운다네.	溫又重溫.[2]
버들가지 강물 위에 파릇거릴 때	柳條江上鮮新,
어찌 꾀꼬리만 사람을 부르던가,	有何限鶯兒喚人.
꾀꼬리는 원래가 다정하고	鶯自多情,
제비 또한 자태가 좋건만	燕還多態,
내겐 오직 그대뿐이네.	我只卿卿.[3]

역주

1 柳梢靑 : 詞牌의 하나. 雲淡秋空 · 雨洗元宵 · 玉水明沙 등 다른 이름도 있다. 雙調 49자나 50자, 平 · 仄韻 두 체가 있다.『詞譜』七 ·『詞律』五 참고.
2 溫 : 식은 술을 데운다는 말이지만, '情'이 한층 뜨거워진다는 이중적 의미를 담은 표현이다.
3 卿卿 : 상대방에 대한 애칭.

해제

　기녀와의 교류 속에서 그녀에게 써 준 작품으로 보인다. 내용 속 '鶯' 이나 '燕' 등은 歌妓를 상징하는 단어들이다. 참고로, 『華耀祥』은 『卞孝萱』을 인용하여 『鄭板橋行書眞跡』에 들어있는 이 詞의 落款에 "板橋居士贈裙郎, 調寄柳梢靑"이라 했으므로 '裙郎'은 판교의 남색 상대인 '孌童'(미소년)일 것으로 여겼다. 이에 따른다면, 내용 가운데 '鶯'이나 '燕' 등이 여성을 가리킨다고 볼 때 "내겐 오직 그대 뿐"이라는 대목은 이들 여성보다 오히려 '그대'가 더 좋다는 의미로, 동성애적 해석이 가능할지?

3.29 우미인 · 무제虞美人 · 無題[1]

어여쁜 십오 세 어린 소녀,　　　　　　　　盈盈十五人兒小,
늘 사람 번민케 만들었지.　　　　　　　　慣是將人惱.
그녀 끌어 꽃 아래서 장기두면서　　　　　撩他花下去圍棋,
일부러 강한 적 내보내 이기게 하곤 했지.　故意推他勁敵讓他欺.

지금은 봄 가고 꽃가지 늙고　　　　　　　而今春去花枝老,
객사에선 석양빛 일찍도 사라지누나.　　　別館斜陽早.
아직도 옛 자태로 귀여움을 보이지만　　　還將舊態作嬌癡,
가련한 그 모습에 자꾸만 그 시절 그립네.　也要數番憐惜憶當時.

1 　虞美人 : 詞牌의 하나. 一江春水・玉壺氷・巫山十二樓・虞美人令 등 다른 이름
　　도 있다. 원래는 당 敎坊曲의 하나였다. 雙調 56字 또는 58字이고, 상하편이 仄
　　韻에서 平韻으로 바뀌는 것을 正體로 삼는다. 전체 또는 상편 전체를 평운으로
　　압운하는 경우도 있다. 『詞譜』 十二・『詞律』 八 참고.

해제

　앞부분에서는 작자가 이전 한 소녀와 만나던 광경을, 뒷부분에서는
지금 그녀는 나이 들어 달라졌는지라 이전 귀여웠던 모습을 새삼 떠올
리게 한다고 했다. 참고로, 〔王錫榮〕은 작자의 삶과 관련해 볼 때 여기
이 여성은 그가 사모했던 사촌누이 王一姐로 보인다고 했다. 그러나 後
片 내용으로 볼 때 이 시각은 동의하기 어렵다.

3.30 염노교・금릉회고 12수念奴嬌・金陵懷古十二首[1]

3.30.1 석두성石頭城[2]

천 자나 깎아지른 절벽,	懸巖千尺,
구야자(歐冶子)의 칼과 오나라 도끼를 빌어	借歐刀吳斧,[3]
강의 성곽을 깎아 만들었다네.	削成江郭.
천리 높은 철벽을 끝없이 휘감으며	千里金城迴不盡,
만리나 되는 조수가 용솟음치네.	萬里洪濤噴薄.
왕준의 망루배가	王濬樓船,

진군 깃발 곧게 세웠을 때　　　　　　　　旌麾直指,

바람 거센데도 어찌 정박할 수 있었던가?　風利何曾泊.[4]

뱃머리에 횃불 달아　　　　　　　　　　船頭列炬,

손쉽게 철책을 끊었다네.　　　　　　　等閒燒斷鐵索.[5]

이제 봄 가고 가을 오니　　　　　　　　而今春去秋來,

강 가득 안개비 내리고,　　　　　　　　一江烟雨,

먼 길 가는 기러기떼만 수 없이 스쳐가네.　萬點征鴻掠.

육조 흥망사에 끝없이 울부짖고　　　　叫盡六朝興廢事

효릉 전각에 목쉬도록 슬퍼하는구나.　叫斷孝陵殿閣.[6]

산색은 처량하고　　　　　　　　　　山色蒼涼,

강물은 급히 몰아치고　　　　　　　江流悍急,

조수는 빈 성곽 아래를 내리치네.　　潮打空城脚.

어부의 피리소리 몇 가닥 들려오고　　數聲漁笛,

갈대꽃이 바람에 쏴아쏴아 흔들린다네.　盧花風起作作.

역주

1　念奴嬌 : 詞牌의 하나. 大江東去·酹江月·百字令·百字謠·赤壁詞·壺中天·
　壺中天慢 등 여러 다른 이름도 있다. 念奴는 당 天寶 연간의 歌女인데, 여기서
　이름이 나왔다. 雙調 100字, 101字 또는 102字이고, 平·仄韻 兩體가 있다. 『詞
　譜』二八·『詞律』一六 참고. 金陵 : 남경의 옛 이름.

2　石頭城 : 원래 B.C. 333년에 지어진 楚 威王의 金陵城. 東漢 建安 16年(211년)에
　吳國 孫權이 중축한 후 이름을 石頭城으로 바꿨다. 남북으로 약 3km 정도의 크
　기이며, 옛터가 지금의 江蘇 南京市 淸涼山 자락에 남아 있다. 성 아래로 큰 강
　이 흐르고 형세가 험준하여 역사상 유명한 군사 요지였다.

3　歐刀吳斧 : 춘추시대 越나라 名工 歐冶子와 吳나라에서 만든 병기들. 歐冶子
　(B.C. 약 514년 전후) : 春秋戰國 시기 越나라 사람. 龍泉이란 寶劍의 창시자로
　그가 만든 보검들은 春秋五霸·戰國七雄의 전쟁 중에 탁월한 위력을 발휘했다.
　吳斧 : 오나라에서 제조한 병기.

4　王濬樓船 …… 風利何曾泊 : 西晉의 장수 王濬이 279년 거대한 함대를 이끌고 吳

를 공격해 파죽지세로 武昌과 吳의 수도 建業(石頭城)을 함락시킨 후 吳를 멸
망시킨 전쟁을 말한다.

5   風利何曾泊 : 王浚이 횃불로 東吳쪽에서 강을 가로질러 세운 쇠밧줄을 끊고 배
    가 통하게 했던 일을 가리킨다. 당시 東吳는 쇠밧줄로 강을 가로질러 晉軍을 막
    았는데, 『晉書 · 王浚傳』에 의하면, "바람이 거세 정박할 수가 없었기에 뱃머리
    에 횃불을 이어 달아 철밧줄이 녹아 끊어지기를 기다렸다[風利不得泊也, 船頭列
    炬, 等閑燒斷鐵索]"고 했다. 결국 王浚은 횃불로 밧줄을 녹여서 끊고 石頭城을
    함락시켜 대승을 거두게 되었다.

6   孝陵 : 명 太祖 朱元璋과 왕후 馬氏의 합장묘지. 南京 紫金山 남쪽에 위치해 있
    으며, 南京 최대의 왕릉이다.

해제

石頭城이 비록 堅固하지만 역사상 왕조의 변환을 막지 못했다는 사적
을 통해 금석지감의 처량한 분위기를 담았다. 六朝의 古都가 오랜 풍파
를 거치는 동안, 이제는 단지 처량한 산색 아래 굽이쳐 흐르는 강물 위로
'一江烟雨'만 남아 있을 뿐이다. 매년 한 번씩 가을에 갔다가 봄이 되면
다시 찾는 기러기떼들만 石頭城 상공을 맴돌면서 六朝 흥망의 옛 일을
부르짖고, 朱元璋의 孝陵 殿閣의 역사가 끊김 또한 슬퍼한다는 것이다.

3.30.2 주유의 저택周瑜宅[1]

주유가 젊었을 때	周郎年少,[2]
참으로 영웅의 민첩한 자태 갖춘	正雄姿歷落,
강동의 인물이었다네.	江東人傑.
팔십만 군대 횃불 하나로 날리니	八十萬軍飛一炬,[3]
바람이 모래톱 앞 누런 잎처럼 말아버렸네.	風卷灘前黃葉.
망루가 무너지고	樓艣雲崩,
깃발들 순식간에 휩쓸리고	旌旗電掃,

불화살 날아 강물은 피가 되어 흘렀네. 熛射江流血.
함양에서 [아방궁 태우느래 석 달 이어진 咸陽三月,⁴
그 불길도 이처럼 처참하진 않았다네. 火光無此橫絶.

그는 호탕한 대나무 악기, 애절한 현악기로 想他豪竹哀絲,
전해오는 곡조를 살폈고, 回頭顧曲,⁵
호피장막에서도 병법 논하면서 쉬었다네. 虎帳談兵歇.
주유와 손책(孫策)은 함께 뛰어났으나 公瑾伯符天挺秀,
애석하게도 도중에 군신이 이별했다네. 中道君臣惜別.⁶
오와 촉의 교류 소원해지고 吳蜀交疏,
한의 정권 시끄러워지자 炎劉鼎沸,
조조는 교활한 계획 성공시켰지. 老魅成姦黠.⁷
오늘까지도 무슨 한 남았는지 至今遺恨,
밤마다 진회 강은 오열하며 흐른다네. 秦淮夜夜幽咽.⁸

역주

1　周瑜宅 : 전하는 바로는 지금의 南京市에 있었고, 明 때는 應天府邸, 淸 시기에는 江寧府邸라 하였다. 그러나 고증에 따르면 이 설은 믿을 수 없다고 한다.〖王錫榮〗周瑜 : 자 公瑾, 三國 東吳 大將. 孫權을 보좌해 일찍이 손권과 유비의 연합군으로 赤壁에서 조조 군대를 크게 무찔렀다.

2　周郎年少 :『三國志・周瑜傳』: 建安 三年 孫策이 周瑜에게 建威中郞將을 제수했는데, "이때 주유의 나이 24세였고, 吳에서는 모두 周郎이라고 불렀다.[瑜時年二十四, 吳中皆呼爲周郎.]" 建安 十三年 조조의 군사를 격파했을 때 그는 겨우 34세였다.

3　八十萬軍 : 曹操의 南征大軍이 八十萬이었다. 선박을 長江 북쪽 기슭 赤壁 아래에 정박해두었는데 周瑜의 부하 장수 黃蓋가 火攻策을 올려 이를 불태워 이길 수 있었다.

4　咸陽三月 : 秦末 項羽가 阿房宮을 불태웠던 일. 불길이 3개월 동안이나 이어졌다 한다. 『史記・項羽本紀』 참고.

5　顧曲 : 豪竹哀絲는 관현악을 지칭한다. 周瑜는 音樂에 통달했으며, 당시 '가락에

잘못 있으면 주랑이 살폈네[曲有誤, 周郎顧]'란 말이 있을 정도였다고 한다.

6 公瑾 : 周瑜의 字. 伯符 : 孫策의 字. 長沙 太守 孫堅의 長子, 孫權의 兄. 周瑜는 孫堅의 아들 孫策과 동갑이었기 때문에 형제처럼 교유하였다. 처음 손견을 섬기다가 그가 죽은 후 손책을 섬겨 江東의 吳·會稽 등 五郡을 할거하고 吳侯에 봉해졌다. 손책이 죽은 후에는 그의 동생 孫權을 섬겼다. 주유가 손책을 섬길 때 요직을 맡겼지만 建安 五年에 손책이 나이 26세 젊은 나이로 죽었기 때문에 '中道惜別'이라 한 것이다.

7 老魅成姦點 : 赤壁 대전 이후에도 吳와 蜀은 荊州 쟁탈 때문에 계속 싸웠고, 東漢 정권이 극도로 불안정했다. 이 때문에 "천자를 등에 업고 제후에게 명령하는 [挾天子以令諸侯]" 曹操의 계책이 성공하였다. 炎劉 : 漢의 劉씨 姓. 老魅 : 曹操.

8 秦淮 : 南京城 안을 흐르는 작은 강.

해제

周瑜의 영웅적인 면모를 칭송한 사로, 앞부분에서는 赤壁之戰을, 뒷부분에서는 周瑜가 최후에 東吳 帝業을 달성시키지 못한 안타까움을 담았다.

3.30.3 도엽도桃葉渡[1]

붉은 널판 다리 바로 아래로	橋低紅板,
진회 강물 길게 흐르고,	正秦淮水長,
초록 버드나무 흔들리고 있다네.	綠楊飄撇.
봄바람에 나부끼니 춤추는 제비 뒤따라가고	管領春風陪舞燕,
이슬에 젖어 처량히 석별 아쉬워하네.	帶露含淒惜別.
배꽃 사이 여린 안개,	烟軟梨花,
한식에 내리는 아리따운 비,	雨嬌寒食,
방초는 시절을 재촉하네.	芳草催時節.
장식한 배에선 피리 불고 북을 치고	畫船簫鼓,

노랫소리 넓은 허공에 퍼지네.　　　　　　　歌聲繚繞空闊.

도대체 도엽과 도근처럼　　　　　　　　　　究竟桃葉桃根,
미모와 재주 함께 뛰어난 여인이　　　　　　古今豈少,
예나 지금이나 어찌 드물겠는가.　　　　　　色藝稱雙絶.
한 가닥 홍실로 발이 묶이면　　　　　　　　一縷紅絲偏繫左,[2]
얼마나 많은 여인 규방에 파묻혔던가.　　　閨閣幾多埋滅.
만일 이광(夷光 : 西施)이란 여인,　　　　　　假使夷光,[3]
영라에서 끝까지 살아갔다면　　　　　　　　苧蘿終老
뉘 있어 절세미인이라 일컫겠는가.　　　　　誰道傾城哲.
왕헌지(王獻之)의 노래 한 곡에　　　　　　　王郎一曲,
'강변의 노' 이야기 천고에 애송된다네.　　千秋艶說江楫.

역주

1　桃葉渡 : 秦淮河와 靑溪가 만나는 부근이다. 전하는 바로는 晉 王獻之가 妾 桃葉을 이 강을 건널 때 전송했는데, 秦淮河는 폭이 넓고 풍랑이 일어서 조심하지 않으면 배가 전복되기 일쑤였다. 桃葉이 매번 강을 건너는 것을 두려워하자 王獻之가 「桃葉歌」를 한 수 써서 桃葉에게 주었고, 그녀가 「團扇詩」로 응답하여 후인들이 이곳을 桃葉渡라 하게 되었다는 것이다. 「桃葉歌」는 『古今樂尋』에 실려 있다.

2　一縷紅絲偏繫左 : 唐 李復言의 傳奇小說 『續玄怪錄 · 訂婚店』에 月下老人이 붉은 실로 발을 묶어 남녀의 혼인을 결정한다는 이야기가 나온다.

3　夷光 : 春秋 시기 越國의 美女 西施. 이름이 夷光이며 浙江 諸暨 苧蘿村 사람이다. 傾城哲 : 絶世美女. 『詩 · 大雅 · 瞻卬』 : "사내가 똑똑하면 나라를 이루고, 여인이 똑똑하면 나라를 망친다네.[哲夫成城, 哲婦傾城.]"

4　千秋艶說江楫 : 王獻之의 『桃葉詩』 한 수로 桃葉이 千古에 전해진다는 뜻. 王獻之와 桃葉이 詩를 주고받은 일은 『晉書 · 五行志』에서 살필 수 있다. "陳 시기에 江南의 유명한 노래 王獻之의 「桃葉詞」는 이렇다. '桃葉아 桃葉아, 강 건널 때 노 젓지 마라. 아무 탈 없이 건너만 오면, 내 가서 널 맞아 오리라.[陳時江南盛歌王獻之「桃葉詞」云 : 桃葉復桃葉, 渡江不用楫; 但渡無所苦, 我自迎接汝.]" 江楫 : 원래는 「桃葉詞」 안의 글자로서, 여기서는 王獻之가 桃葉의 渡江을 마중한 일을 가리킨다.

해제

王獻之가 桃葉이 강을 건널 때 지어준 시 때문에 그녀의 이름이 천고에 남게 되었다는 '桃葉渡'에 얽힌 이야기를 통해 역사 속 미녀의 운명에 대한 感傷을 담았다.

3.30.4 노로정勞勞亭[1]

노로정 가에서	勞勞亭畔,
하룻밤 서풍을 맞더니	被西風一夜,
버드나무 시들고 말았네.	逼成衰柳.
[가지마다] 실타래처럼 끝이 없는 한,	如線如絲無限恨,
안개와 비에 젖은 근심이라네.	和雨和烟僝僽[2]
강 위 멀리 떠날 배에서	江上征帆,
술잔 들고 이별 눈물 흘리며	尊前別淚,
눈앞의 다정한 친구를 바라보네.	眼底多情友.
한 마디 속말도 하지 못할 때	寸言不盡,
석양도 머뭇머뭇 초췌해지네.	斜陽脈脈凄瘦.
반평생 명리를 좇았는데	半生圖利圖名,
곰곰이 생각해보면	閒中細算,
열에 아홉은 내내 잃었네.	十伴長輸九.
원숭이 세계로 뛰어들어 온통 재주나 부리며	跳盡猢猻粧盡戲,
줄곧 사람들에게 놀림 당했네.	總被他家哄誘.
말 위에서 피리를 불거나	馬上旌笳,[3]
길거리에서 구걸하거나	街頭乞叫,

무(無)로 돌아가긴 마찬가지네.　　　　　　　一樣歸烏有.[4]
성공하면 무슨 즐거움 있을 것인가,　　　　達將何樂,
곤궁이 마냥 기다림보다는 한결 낫다네.　　窮更不若株守.[5]

역주

1　勞勞亭 : 옛 터는 南京의 西南쪽에 위치해 있으며, 東吳 때 지어진 送別의 장소
　　라 한다. 望遠亭이라고도 불린다. 옛 사람들은 푸른 버들가지를 꺾어 떠나가는
　　연인이나 친구에게 건네주는 풍습이 있었는데, 이는 ‘柳’의 발음이 ‘留’와 같아
　　비록 헤어지지만 그 애틋한 마음이 오래도록 상대방의 마음에 ‘남기[留]’를 바라
　　는 것이다. 唐 李白은 이곳을 유람하면서 다음과 같은 「勞勞亭」 시를 지은 바
　　있다. : “천하의 마음을 쓰라리게 하는 곳, 임을 떠나보내는 勞勞亭이라네. 春風
　　은 이별의 아픔 알기에, 버들가지 푸른 잎을 피워내지 않는구나.[天下傷心處, 勞
　　勞送客亭. 春風知別苦, 不遣柳條靑.]”
2　僝僽(잔추) : 번뇌, 근심. 앞 구의 ‘如線如絲’는 실처럼 휘늘어진 버드나무 가지를
　　가리키지만 ‘絲’와 ‘思’는 발음이 같아 헤어지며 갖는 그리움을 연상케 하고, 이
　　는 ‘근심’으로 연결된다.
3　馬上旌笳 : 과거에 합격했을 때 풍악 울리며 말 타고 거리를 도는 일을 가리킨
　　다.
4　烏有 : 존재하지 않는 것. 허무. 漢 司馬相如의 『子虛賦』에 나오는 허구적 인물
　　에서 비롯된 말이다.
5　株守 : 『韓非子‧五蠹』 속의 ‘守株待兎’ 고사에서 나온 말. 우연을 바라고 어리
　　석게 기다리는 일을 가리킨다.

해제

　　앞부분에서는 인생 이별의 고통을, 뒷부분에서는 명리를 좇아 헤맨
지나간 세월을 돌이키면서 달관의 심정을 담았다.

원앙 두 글자는   鴛鴦二字,
규방의 아름다운 말,   是紅閨佳話,
과연 그런가, 아닌가?   然乎否否?
얼마나 많은 영웅들에게 여인의 자태는   多少英雄兒女態,
재난과 원망의 원인이 되었던가.   釀出禍胎冤藪.
대전 앞 금으로 된 연꽃,   前殿金蓮,[2]
후원의 옥으로 된 나무,   後庭玉樹,[3]
비바람이 재촉해 부서지고 무너졌다네.   風雨催殘驟.
노씨집 여인은 얼마나 행복한가,   盧家何幸,[4]
한 곡 한 곡 노래가 오래도록 이어지네.   一歌一曲長久

지금 호수의 버드나무는 안개 같고,   卽今湖柳如烟,
호수의 구름은 꿈결 같고,   湖雲似夢,
호수에 이는 물결은 술보다 더 진하구나.   湖浪濃於酒.
산 아래 자등나무, 비취 띠로 휘날리고   山下藤蘿飄翠帶,
호수 건너 노을자락, 춤추는 소매인 듯.   隔水殘霞舞袖.
도엽의 몸은 미천했고,   桃葉身微,[5]
막수의 집안 보잘 것 없었으나   莫愁家小,
오히려 시인의 입 빌어 전해진다네.   翻借詞人口.
풍류가 무슨 죄인가,   風流何罪,
영화도 오욕도 허물도 없는 것이니.   無榮無辱無咎.

역주

1   莫愁湖 : 南京市 水西門 밖에 있다. 『江寧府志』에 의하면, 호수에 莫愁女의 舊居

가 있기에 붙여진 이름이라 한다. 莫愁湖와 관련된 전설은 이러하다. 河南 洛陽의 가난한 집 딸 莫愁는 몹시 아름답고 총명하였다. 그러나 15歲 되던 해 부친이 사망하고, 그 장례를 위해 몸을 팔아야 했다. 마침 石城湖 부근에 사는 盧員外가 洛陽에서 莫愁의 아름답고 총명한 모습을 보고 며느리로 삼기 위해 사들인다. 공교롭게도 혼인 후 얼마 지나지 않아 북쪽 변방의 전란으로 莫愁의 남편은 출정하게 되었고, 입영한 지 10년이 지나도록 소식 한 자 없었다. 莫愁는 주위의 어려운 이들을 도와주고 선행에 힘을 쏟아 이웃들의 칭송이 자자하였다. 그러나 시아버지의 반대에 부딪혀 참을 수 없는 모욕을 당하고 石城湖에 몸을 던져 죽었다. 그 후 사람들이 莫愁를 그리워하며 그녀가 살았던 石城湖를 莫愁湖라 부르게 되었다 한다. 사실 古樂府에 전하는 莫愁는 두 명이다. 한 사람은 石城(지금의 湖北 鐘祥) 사람이고, 다른 한 사람은 洛陽人이다. 후세 사람들이 '石城'을 '石頭城'으로 오해했기 때문에 결국 金陵의 莫愁가 출현하게 되었고, 이두 전설이 金陵의 莫愁로 결합된 셈이다.

2 前殿金蓮:『南史·東昏侯紀』:"(齊帝 蕭寶卷은) 금을 깎아 연꽃을 만들어 땅에 붙여 놓고 潘妃를 그 위에 걷게 하면서 말했다. '걸음걸음마다 연꽃이 피어나는 구나.'[鑿金爲蓮花以貼地, 令潘妃行其上, 曰:此步步生蓮花也.]" 그는 皇帝 즉위 3년도 못되어 신하에게 피살되었다.

3 後庭玉樹:「玉樹後庭花」로 陳後主가 지은 樂府歌辭. 陳後主 陳叔寶는 사치와 방종을 일삼은 전형적인 昏君이었다. 당시 북쪽의 강대한 隋가 남침할 기회를 노리고 있는 터에 陳後主는 이미 멸망의 위기로 들어선 나라는 돌보지 않고 날마다 張貴妃·孔貴人 등과 음주가무에 빠져 시를 짓고 화답하는 데 여념이 없었다.「玉樹後庭花」에서 陳後主는 張·孔 두 妃를 꽃에 비유하면서 총애를 드러냈다. 이런 荒淫無度한 생활 때문에 그는 재위 7년 만에 결국 隋에게 멸망당했다.

4 盧家何幸:齊와 陳 두 황제들이 자신들의 妃를 오래 지키지 못했던 것에 비해 莫愁는 오랫동안 盧家의 부인으로 지냈음을 가리킨다. 李商隱「馬嵬」詩에 "어떻게 四紀가 천자가 되었던가, 盧家의 莫愁에게 미치지 못했다네[如何四紀爲天子, 不及盧家有莫愁]"라는 구절이 있는데, 이와 유사한 표현이다. 盧家:전하는 바로는 莫愁의 시댁이라 한다. 一歌一曲:南朝 釋智匠『古今樂錄』:"石城 서쪽에 莫愁라는 여인이 있었는데, 노래를 잘하였다.[石城西有女子名莫愁, 善歌謠.]"

5 桃葉:王獻之의 妾.「3.29.3 도엽도(桃葉渡)」주석 참고.

해제

莫愁湖에 얽힌 전설을 바탕으로, 역사상 일부 통치자들이 여색에 빠져 나라를 망친 것과 대비되어 민간의 桃葉이나 莫愁와 같은 여성들이 차라리 행복하다는 귀감을 제시하였다.

3.30.6 장간리長干里¹

꼬불꼬불 구부러진 골목,　　　　　　　　　透迤曲巷,
봄날 성 안쪽 비스듬히　　　　　　　　　在春城斜角,
파릇한 수양버들 그늘 속에 이어지네.　　綠楊陰裏
붉고 희고 푸르고 노란 담장의 돌들,　　　赭白靑黃牆砌石,
벽계수에 그 문이 비치네.　　　　　　　　門映碧溪流水.
실비 속 당소 소리,　　　　　　　　　　細雨餳簫,²
석양에 목동 피리소리가　　　　　　　　斜陽牧笛,
복숭아 오얏 사이 꿰뚫고 흐르는구나.　　一逕穿桃李.
바람 불어와 꽃잎은 떨어지고　　　　　　風吹花落,
꽃잎 떨어지니 바람이 다시 부네.　　　　落花風又吹起.

가는 곳마다 물레가 있고,　　　　　　　更兼處處繰車,
집집마다 춘사 제비가 날아들고,　　　　家家社燕,³
강가 풍경은 아름답기도 해라.　　　　　江介風光美.⁴
사월 앵두는 저잣거리 붉게 채우고　　　四月櫻桃紅滿市,
준치 웅어가 눈송이처럼 반짝이네.　　　雪片鰣魚刀鱭.⁵
회수의 가을은 푸르고　　　　　　　　淮水秋靑,⁶
종산의 해질녘은 자줏빛,　　　　　　　鍾山暮紫,⁷
늙은 말이 버려둔 땅 쟁기질하네.　　　老馬耕閒地.
구릉 하나에 골짜기 하나,　　　　　　一邱一壑,
내 여생은 이곳에서 보내리라.　　　　吾將終老於此.

역주

1　　長干里 : 옛날 남경 秦淮河 兩岸의 골목 이름. 지금의 秦淮河 이남 雨花臺까지

강 따라 이어지는 산언덕 사이의 지명이다. 『建康實錄』: "옛 남경 사람들은 산구릉 사이를 '干'이라 하였는데, 建業 남쪽 약 3km에 이르는 지역이 산으로 이어져 있고, 그 사이사이 평지에 서민들이 살았다. 大長干·小長干·東長干 등 여러 지명이 있다.[古代南京人, 稱山隴之間曰干, 建業南五里有山岡, 其間平地, 庶民雜居. 有大長干·小長干·東長干, 幷是地里名.]" 春秋戰國 시대 長干里 일대는 남경의 인구가 가장 모여 드는 곳이었다. 이곳은 물자가 풍부하고 교통이 편리하여 상업이 발달했기에 자연 인구가 집중되었으며, 산과 강으로 둘러싸여 외부의 공격으로부터 방어하기에 용이하였다. 秦·漢·六朝 시기에도 長干里는 남경의 가장 번화한 고장이었다. 역대의 문인들은 자주 長干里를 노래했는데, 이곳이 상업이 번창했던 古城일뿐만 아니라 남경의 불교 중심지였기 때문이다. 晋代에 陸機·陸雲 형제가 여기서 살았으며, 당대 李白·杜甫·杜牧·崔顥 등 대문호들도 長干里를 유람하고 명시들을 남겼다. 唐 崔顥의 「長干曲」四首나 李白의 「長干行」 등이 대표적이다.

2 錫簫(당소) : 사탕 파는 사람이 부는 퉁소.

3 社燕 : 社는 고대 토지신에게 지내는 제사로, 春社와 秋社 두 가지가 있다. 제비는 春社 때 왔다가 秋社 때 남쪽으로 돌아가기 때문에 社燕이라 부른다. 여기서는 立春 후 다섯 번째 戊日인 春社 때의 제비를 가리킨다.

4 江介 : 江邊.

5 刀鱭(도제) : 刀魚. 太湖에서 많이 나는, 길고 얇은 모양의 민물고기. 북방에서 '刀魚'라 부르는 '帶魚'(갈치)와는 다르다.

6 淮水 : 秦淮河를 옛날에는 淮水라 했다. 唐나라 때 秦始皇이 이 강을 팠다는 전설에 따라 이름 앞에 '秦'자를 붙였다. 秦淮河는 南京 지역에서 長江 다음으로 큰 강으로 東·南 두 물줄기가 秣陵關에서 북쪽 흐름과 만나 南京市 西쪽을 거쳐 長江으로 흘러 들어간다.

7 鍾山 : 紫金山. 江蘇省 南京市 동쪽에 있다. 南京의 옛 이름이 金陵이었으므로 金陵山이라고도 한다. 바위 색이 紫紅色인데, 햇살에 반사되면 紫金色을 띠기 때문에 紫金山이라 불리기도 한다. 孝陵·中山陵·靈谷寺 등이 있다.

해제

長干里는 산과 물이 아름다워 李白·杜甫·杜牧·崔顥 등 대문호들도 이곳을 유람한 후 많은 명시들을 남겼다. 판교도 이곳의 순박한 풍속과 아름다운 풍광을 묘사하면서, 그런 곳에 은거하고 싶은 자신의 바람을 담았다. 이곳을 소재로 삼은 작품으로 이 사 외에도 「2.111 장간마을 소녀[長干女兒]」, 「2.112 장간리[長干]」 등 시작품이 있다.

가을 기운은	秋之爲氣,
한 바탕 비바람에	正一番風雨,
한 바탕 소슬해지는 법,	一番蕭瑟.
해지는 계명산을 내려오다가	落日鷄鳴山下路,[2]
대성의 유적을 찾고 싶어졌네.	爲問臺城舊跡.
뱀들이 숨어 있을 무성한 풀숲,	老蔓藏蛇,
피를 뿌려놓은 듯 피어난 꽃들,	幽花濺血,
무너진 성첩(城堞) 위로 안개가 푸르네.	壞堞零烟碧.[3]
누군가 말을 키우며	有人牧馬,
성 위에서 필률을 부네.	城頭吹起觱栗.[4]
[양무제는] 당시 면으로 희생을 대신하고	當初麵代犧牲,
오로지 과일 채소만 먹으며	食惟蓏果,
불법의 계율을 지켰었네.	恪守沙門律.[5]
어찌하여 배고프다 번복하고 쥐를 잡았고	何事餓來翻掘鼠,
새집에 올라가 참새 알 주워 먹었단 말인가?	雀卵攀巢而吸?[6]
그리고는 '허허' 하며	再曰『荷荷』,
가부좌한 채 숨 거두었다네.	趺跏竟逝,[7]
얻었으니 다시 잃은들 어떠하리.	得亦何妨失.[8]
그 아린 마음, 억지스런 말에	酸心硬語,
영웅의 가슴에 눈물 흐른다네.	英雄淚在胸臆.

역주

1   臺城：三國 東吳의 後苑 城. 東晋 成帝 때 건축했으며, 옛터가 지금의 南京市

鷄鳴山 南쪽에 있다. 東晉부터 南朝가 끝날 때까지 이곳에 六朝 臺省과 왕궁이
있었기 때문에 이런 이름이 붙었다. 梁 大同 十二年(546年) '侯景의 亂' 때, 梁
武帝 蕭衍이 이곳에 갇혀 병과 기아로 죽었다.

2 鷄鳴山 : 지금의 南京 解放門 안쪽에 있다. 위에 鷄鳴寺가 있고, 附近에 臺城 등
고적이 있다.

3 城堞 : 전투할 때 사용할 수 있도록 성 위에 톱날 모양으로 쌓은 낮은 담.

4 觱栗(필률) : 중국 서쪽 변방 사람들이 부는 뿔피리.

5 恪守沙門律 : 梁 武帝는 불교를 독실하게 믿어 고기나 생선을 먹지 않았고, 제사
犧牲 대신 면으로 만든 짐승 모양의 제물을 바쳤다 한다. 食惟果菜 : 『南史·梁
武帝紀』: "만년에는 佛道에 심취하여 하루 한 끼에 그쳤으며, 고기나 생선을 먹
지 않고 오로지 변변찮은 밥으로 때웠다.[晩乃溺信佛道, 日止一食, 膳無鮮腴, 惟
豆羹糲飯而已.]"

6 何事餓來翻掘鼠, 雀卵攀巢而吸 : 『資治通鑑·梁紀』武帝 太淸 三年 : "왕武帝은
항상 蔬食을 하였는데, 성이 포위된 날이 길어져 주방에 푸성귀마저 모두 없어
지자 달걀을 먹었다.[上(武帝)常蔬食, 及圍城日久, 上廚蔬茄皆絶, 乃食鷄子.]";
"처음 臺城이 포위되었을 때다. …… 병사들이 고기가 없자 혹은 갑옷을 삶고
쥐를 굽고 참새를 잡아먹었다.[初, 臺城之閉也 …… 軍士無腆, 或煮鎧·熏鼠·捕
雀而食之.]" 그러나 梁 武帝 스스로 쥐를 잡거나 새알을 구하러 나무에 올라가
게 한 적은 없었으니, 이 내용은 과장된 것이다.『王錫榮』

7 再曰『荷荷』, 趺跚竟逝 : 『通鑑』太淸 三年 : "五月 丙辰날에 왕은 淨居殿에 누워
입이 쓰다며 꿀을 찾았는데 얻지 못하자 '허허' 하고 소리 내더니 세상을 떠났
다.[五月丙辰, 上臥淨居殿, 口苦, 索蜜不得, 再曰'荷荷', 遂殂.]" 荷荷 : 한탄하는
소리.

8 得亦何妨失 : 『通鑑·梁紀』: 侯景이 臺城을 쳐들어와 함락시키니 蕭確이 武帝
에게 아뢰었다. 왕(武帝)은 편안히 누워 움직이지도 않은 채 '한번 싸워볼만한
정도인가?' 하고 물었다. 確이 '불가능합니다' 하고 대답하자, 왕이 탄식하며 '내
스스로 얻었고 내 스스로 잃었는데 무슨 여한이 있겠는가!'라고 말했다.[侯景攻
陷臺城, 蕭確告知武帝. 上(武帝)安臥不動, 曰 '猶可一戰乎?' 確曰 : '不可.' 上嘆曰
: '自我得之, 自我失之, 亦復何恨!']"

해제

앞부분에서는 臺城의 가을 풍경을, 뒷부분에서는 예전에 梁 武帝가
侯景의 亂을 당하여 이곳에 갇힌 채 병과 기아로 죽었던 역사의 비극을
되새겼다.

연지정胭脂井[1]

우물의 도르래는 돌고 도는데	轆轤轉轉,
옛 화려한 꿈은	把繁華舊夢,
어떻게 돌려오나?	轉歸何許?
청산만이 옛 나라를 둘러 있고	只有青山圍故國,
서풍에 낙엽이 채마밭에 뒹구네.	黃葉西風菜圃.
옥석 계단에서 상수리 줍고	拾橡瑤階,
궁중 연못에서 고기 잡다가	打魚宮沼,
날 어두워지니 돌아간다네.	薄暮人歸去.
백 장(丈) 깊은 곳 쇠두레박 소리,	銅瓶百丈,
애끓는 슬픔 절절이 하소연하네.	哀聲歷歷如訴.
강 건너 지척 사이 미루를 보니	過江咫尺迷樓,
우문화급이	宇文化及,
또한 한금호가 되지 않았던가.	便是韓擒虎.[2]
우물 밑 연지 바른 여인들 어깨 엉켜 나왔을 적,	井底胭脂聯臂出,
묻노니, 그대 사랑하던 여인들 어디에 있었던가?	問爾蕭娘何處?[3]
'맑은 밤놀이' 노래,	清夜遊詞,
'후원의 꽃' 노래,	後庭花曲,
온통 강변 가기가 부르던 노래라네.	唱徹江關女.[4]
노래마당에서는 뛰어난 사람들,	詞場本色,
제왕의 일에서도 과연 그러했던가?	帝王家數然否?[5]

역주

1 　胭脂井 : 六朝 陳나라 景陽宮 안 景陽井으로, 南京 鷄鳴寺 터의 동쪽에 있다. 전

하는 바로는, 우물 난간을 손으로 잡고 줄곧 물을 긷다보니 연지색으로 변하게
되어 붙여진 이름이라 한다. 서기 589년 隋 大將 韓擒虎가 建康을 공격했을 때,
陳後主가 張麗華・孔貴嬪 두 妃와 함께 이 우물에 숨어 있다가 붙잡혔기 때문
에 '辱井'이라고도 불린다. 『南史・陳後主紀』와 『江寧府志』 참고.

2 過江咫尺迷樓, 宇文化及, 便是韓擒虎 : 隋帝 楊廣이 陳後主의 전철을 밟아 揚州
에 迷樓를 세웠다가 宇文化及에게 죽임을 당했던 일을 가리킨다. 隋의 멸망 또
한 예전에 隋 장군 韓擒虎가 陳을 멸망시킬 때와 비슷한 상황이었던 것이다. 過
江咫尺 : 揚州는 江北에 있어 金陵과는 강 하나 사이에 있다는 뜻. 迷樓 : 隋 煬
帝가 세운 누대. 누대 꼭대기가 지극히 화려하고 맴돌며 들어가기에 잘못 들어
선 사람은 그 문으로 나오지 못한다 해서 '迷樓'라 불린다고 한다. 唐 韓偓 「迷
樓記」 참고. 宇文化及 : 煬帝 때의 右屯衛將軍(?∼619). 大業 十四年 江都(揚州)
에서 隋帝 楊廣을 죽이고 秦王 楊浩를 세웠으나 후에 다시 秦王을 죽이고 스스
로 왕위에 올라 국호를 許라 하였다. 다음해 竇建德에 잡혀 죽었다. 韓擒虎 : 隋
의 명장(538∼592). 이름은 豹, 자 子通. 河南 東垣(지금의 河南 新安) 사람. 서
기 589년 병사를 이끌고 建康에 들어가 陳後主를 포로로 잡았다.

3 問爾蕭娘何處 : 陳後主가 張麗華・孔貴嬪 두 妃와 함께 이 우물에 숨어 있다가
붙잡혔던 일을 가리킨다. 蕭娘 : 唐 이래 蕭娘은 여성을 지칭하는 代詞로 쓰인다.

4 淸夜遊詞 …… 唱徹江關女 : 『隋書・樂志』의 기재에 따르면, 陳後主가 淸樂으로
「玉樹後庭花」란 곡을 지었고, 幸臣과 함께 그 가사를 만들었는데 매우 경박하
고 음탕스러웠다. 남녀가 합창하면 그 음이 매우 애절했다 한다. 또한 『資治通
鑑』 隋 大業 元年 五月 기록에 "왕(煬帝)은 달밤에 수천 필 말을 탄 궁녀들과 西
苑에서 놀면서 「淸夜遊曲」을 지었으며, 그것을 말 위에서 연주하게 했다(上好以
月夜從宮女數千騎遊西苑, 作「淸夜遊曲」, 於馬上奏之)"라는 대목이 보인다.

5 詞場本色, 帝王家數然否? : 「玉樹後庭花」를 지은 陳後主와 「淸夜遊曲」을 지은
隋煬帝가 作詞의 전문가였지만, 제왕의 사업에 있어서도 과연 그렇게 빼어났던
가 라는 反問의 뜻.

해제

陳後主가 두 왕비와 함께 숨었다가 포로로 잡혔다는 '胭脂井'을 돌아
보며, 「玉樹後庭花」를 지었다는 陳後主와 「淸夜遊曲」을 지었다는 隋煬
帝가 여색과 가무에 빠져 나라를 망친 역사를 통해 권계의 뜻을 담았
다. 판교는 진후주와 수양제의 제왕으로서의 위치와 문학적 성과라는
功過에 대해 「2.149 남조(南朝)」에서 "옛사람들이 진후주와 수양제를 한
림으로 간주했던 것은 이 분야의 본색이기 때문이리라. 나는 또한 두목

지와 온비경을 천자로 여기고자 하니, 나라와 몸을 망치기에 족했기 때문이다. 이처럼 행복 속에서 재인으로 산 경우도 있고, 불행 속에서 천자의 지위에 있었던 경우도 있으니, 때를 만나고 만나지 못함은 일반인의 눈 속에 있는 게 아니다"고 제시한 바 있다.

3.30.9 고좌사高座寺[1]

저녁 구름에 햇살 반짝이는데	暮雲明滅,
어슴프레 보이는 방치된 망루,	望破樓隱隱,
황폐해진 사원의 누워버린 종을 바라보네.	臥鐘殘院.
사원 밖은 청산이 천만 겹 에워쌌고	院外青山千萬疊,
계단 아래로 얕은 개천 맑게 흐르네.	階下流泉清淺.
까마귀는 소나무 주랑에서 까악거리고	鴉噪松廊,
쥐새끼가 경전 상자를 뒤집고 있는데	鼠翻經匣,
스님은 외로운 구름 따라 멀리 떠났네.	僧與孤雲遠.
빈 대들보에서 뱀이 허물을 벗자	空梁蛇脫,
제비는 옛 둥지로 다시 돌아오지 않는다네.	舊巢無復歸燕.
가련타, 육조의 흥망이여,	可憐六代興亡,
저 생공과 보지 스님은	生公寶誌[2]
절대 [속세의] 은혜나 원망에 관여치 않았다네.	絶不關恩怨.
손에는 법문 들고 마음으로 창칼 갈았던 이들,	手種菩提心劍戟,
석가의 윤회에 먼저 빠지고 말았네.	先墮釋迦輪轉.
역사에서 지탄 받고	青史譏彈,
불가에서 웃음거리 된 채	傳燈笑柄,
부질없이 혼자 생각만 하는 그런 자가 되었다네.	枉作騎牆漢.[3]

항하의 모래는 셀 수조차 없거니와   恒沙無量,[4]

인간의 겁수는 스스로 짧게 하는 것.   人間劫數自短.[5]

역주

1　高座寺 : 南京市 中華門 밖 雨花臺 梅岡에 있다. 전하기로는 東晉 때 西天竺 승
　　려 尸黎密이 중국에 와서 丞相 王導 등의 예우를 받았기에 그 거처를 '高座'라
　　했고, 죽은 다음 무덤 옆에 사찰을 세웠는데 謝鯤이 이를 高座寺라 명명했다 한
　　다. 光緒重刊『江寧府志』참고. 南朝 梁 天監 六年(507)에 金陵城 南門 밖 高座
　　寺의 雲光法師가 항상 石子崗 위에 단을 설치하고 설법을 했는데, 生動絶妙한
　　그 설법이 부처님을 감동시켜 하늘에서 꽃이 비처럼 쏟아졌기에 雨花臺란 이름
　　이 생겨났다고 한다.
2　生公 : 晉末의 고승 竺道生(355~434). 일반적으로 生公이라고 부른다. 本姓은
　　魏, 鉅鹿(지금의 河北 鉅鹿縣) 사람. 經文 읽기를 즐기고 능통하여 15세에 講座
　　에 올랐을 정도였다. 전하는 바로는 그가 平江 虎丘寺에서 강론할 때 돌들도 고
　　개를 끄덕였다 한다. 寶誌 : 齊梁의 고승(?~514). 本姓은 朱氏, 金城(지금의 蘭
　　州) 사람. 梁 武帝의 존경을 받으며 高座寺 주지를 맡았다.
3　騎牆漢 :『太平廣記』卷九十一 속 阿傳師에 관한 이야기에 나오는 말. 阿傳師가
　　무너진 담장 위에 걸터앉아 채찍질을 하자 담장이 수백 장이나 위로 솟아올랐
　　는데, 그는 마을사람들에게 손을 흔들어 작별을 고하며 그대로 떠났다. 이곳에
　　서는 수행하여 성불한 자가 세상에 아무런 도움도 되지 않으면 부질없는 것일
　　뿐이라는 비판적 의미로 쓰였다.
4　恒沙無量 : 恒沙는 '恒河沙'의 줄인 표현. 恒河는 인도의 갠지즈 강. 불교에서 무
　　수한 수량을 비유하는 말.
5　劫數 : 불교에서 말하는 인간 세상의 주기적인 순환. 여기서는 생명, 수명의 뜻.

해제

　　앞부분에서는 高座寺의 황량하고 퇴락한 지금의 경치를, 뒷부분에서
는 生公과 寶誌 같은 뛰어난 대법사들의 경지와는 전혀 다르게 불교를
맹신할 뿐 오히려 비뚤어진 정치를 자행했던 제왕의 경우를 비판적으
로 회고했다.

동남의 왕 기운이	東南王氣,
일시적 편안의 구습을 쓸어내니	掃偏安舊習,
강산이 안정되었다네.	江山整肅.[2]
늙은 전나무와 소나무가 둘러싼 침전은	老檜蒼松盤寢殿,
이젠 밤마다 교룡이 와서 잠을 잔다네.	夜夜蛟龍來宿.
석상의 의관과	翁仲衣冠,[3]
사자·기린의 머리에는	獅麟頭角,
묵묵히 푸른 이끼만이 지키고 있네.	靜鎖苔痕綠.
석양 아래 끊어진 비석은	斜陽斷碣,
몇 사람이나 말을 세우고 읽겠는가.	幾人繫馬而讀.
물상이 바뀌고 별이 이동하니	聞說物換星移,
신성한 산에 비바람 불고,	神山風雨,[4]
밤중이면 귀신이 통곡한다 하네.	夜半幽靈哭.
그 해 개국일을 기억하지 못하는가,	不記當年開國日,
원 나라 황제 토우들이 눈물 흘린 일을.	元主泥人淚簌.[5]
계란껍질 같은 천하,	蛋殼乾坤,
작디작은 이 세계란	丸泥世界,
몰아치는 바람 앞의 등불과 같다네.	疾卷如風燭.
노승은 산자락에서	老僧山畔,
샘물 한 바가지만 떠서 [차를] 끓이네.	烹泉只取一掬.

역주

1 孝陵 : 명 太祖 朱元璋(1328~1399)과 황후 馬氏의 합장묘로, 南京 紫金山 남쪽

에 위치해 있다. 朱元璋은 젊었을 때 스님이었으나 후에 元末 農民 봉기군에 참가하여 봉기군 領袖 중의 일원이 되었다. 이후 1368년 南京에서 稱帝하고, 국호를 明이라 했다.

2 江山整肅: 朱元璋은 황제로 즉위하기 전 集慶에서 朱升이 "성벽을 높이 쌓고, 군량미를 많이 비축하고, 서서히 왕으로 칭하게 하십시오. 高築牆, 廣積糧, 緩稱帝"라고 올린 건의를 받아들여 자신의 군사력을 키웠다. 후에 봉기군 각 부대를 차례로 없애고 吳王이라 자칭한 후 1368년 大都를 점령해 元朝를 무너뜨리고 전국을 통일했다.

3 翁仲: 翁仲은 원래 秦始皇 시기의 阮翁仲이라는 大力士이다. 전하기로는 一丈三尺의 키에 그 힘을 당할 자가 없었으므로 秦始皇이 臨洮로 파견하여 그곳을 지키고 匈奴를 정복하게 하였다. 翁仲 사후에 진시황이 咸陽宮 司馬門 밖에 그의 동상을 세웠는데, 匈奴 사람들이 咸陽에 와서 이 동상을 보고는 살아있는 阮翁仲으로 여기고 도망쳤다 한다. 이에 후세 사람들은 宮殿이나 廟堂 혹은 陵墓 앞에 동상이나 석상을 세우고 그것을 翁仲이라 하였다.

4 神山: 여기서는 明 太祖의 무덤 孝陵이 있는 산을 가리킨다.

5 元主泥人淚簇: 명이 개국할 때 원나라 황제의 토우가 망국의 슬픔에 눈물을 흘렸다는 뜻.

해제

明 太祖 朱元璋의 墓를 찾아 元·明·淸 세 朝代의 변화, 통치자의 정권 쟁탈 등에 대해 느끼는 感慨의 심사를 담았다.

3.30.11 방효유·경청 두 선생의 사당方景兩先生祠[1]

천하가 기울었을 때	乾坤欹側,
몇 사람 영웅호걸로 인해	藉豪英幾輩,
반이나마 지탱할 수 있었지.	半空撐住.
태고 적 용봉은 원래 죽여서는 안 될 사람,	千古龍逢原不死,
비간 또한 일곱 구멍 폐부라며 죽이고 말았지.	七竅比干肺腑.[2]
죽장에 삼베옷 걸치고,	竹杖麻衣,

붉은 도포에 흰 칼을 숨기고,	朱袍白刃,
고난의 길이건만 진솔하게만 살았네.[3]	朴拙爲艱苦.[3]
마음 따라 행했을 뿐,	信心而出,
스스로도 그 연유일랑 알지 못했네.	自家不解何故.

알다시피 후직·계설·고요·기와,	也知稷、契、皐、夔,
굉요·태진·산의생·적도 있었고,[4]	閎、顚、散、適,[4]
악산은 신령 내려 신백과 보후를 보호했네.[5]	嶽降維申甫.[5]
저들은 태평시대였지만 지금은 갈라 찢긴 시대이니	彼自承平吾破裂,
원래부터 같은 문제는 아니었네.	題目原非一路.
열 친족이 모두 살육당하고	十族全誅,[6]
몸뚱이가 만 갈래로 찢겨졌어도	皮囊萬段,
혼백은 웅대하고 용맹스러웠다네.	魂魄雄而武.
세상의 쥐새끼 무리들아,	世間鼠輩,
어찌하여 호랑이처럼 꾸며대느냐!	如何粧得老虎!

역주

1 方景 : 方孝孺과 景淸. 方孝孺(1357~1402) : 자는 希直·希古, 明代 정치가·문학가. 寧海(지금의 浙江) 사람. 惠帝 때 翰林侍講을 지내고 신임을 얻어 국정에도 많은 자문을 했으며, 『太祖實彔』 및 『類要』 등 서적을 주관해 편찬하였다. 惠帝 建文 元年(1399)에 燕王 朱棣가 京師(지금의 南京)에 진입해 帝位를 찬탈하자, 惠帝의 토벌 명령 격문을 方孝孺가 작성하였다. 朱棣(明 成祖)가 황제가 된 후 그에게 登極詔書 초안을 쓰고 투항할 것을 요구하자 그는 도리어 '燕賊簒位' 네 글자를 쓰고 피살되었으며, 十族(九族과 그의 學生)이 함께 몰살당했다. 景淸 : 眞寧(지금의 甘肅 正寧) 사람으로 明 惠帝 때 宮御史大夫를 지냈다. 燕王이 入京한 후 建文帝에게 충성한 신하들을 죽이자, 그는 예리한 칼을 품고 조정에 들어가 왕을 암살하려 했으나 발각되었다. 왕이 그를 힐책하자 "옛 군주를 위해 복수하려는 것이다[欲爲故主報仇耳]!"라고 하였다. 이에 滅族되었고, 심지어 고향사람들까지도 같이 죽임을 당했다. 후인들이 두 사람의 사당을 紫金山 아래 孝陵 옆에 세웠다.

2   龍逄:關龍逄. 夏 桀王의 신하로 여러 차례 直諫하다가 죽임을 당했다. 比干:
     商 紂王의 숙부. 여러 차례 紂王에게 간언하자, 紂王이 성인의 마음에는 일곱
     구멍이 있다는데 과연 그러한가를 확인하자며 심장을 꺼내는 바람에 죽게 되었
     다.

3   竹杖麻衣:상복. 燕王이 入京한 후 方孝孺를 불러들이자 그는 상복을 입고 조
     정에 들어가 惠帝를 위한 弔喪을 표시했다. 朱袍白刃:景淸이 붉은 관복을 입
     고 칼을 품고 조정에 들어가 燕王을 암살하려 했던 일을 가리킨다.

4   稷契皐夔, 閔顚散適:後稷·契屑·皐陶·夔는 堯 임금 때의 賢臣으로 전해온
     다. 閔夭·太顚·散宜生·適은 文王 때의 賢臣으로 전해온다.

5   嶽降維申甫:『詩·太雅·菘高』:"마침내 이 산이 신령을 내려, 甫씨와 申씨 나
     오셨네.[維嶽降神, 生甫及申.]" 朱熹『集傳』:"높고 큰 嶽山이 그 신령의 靈과 氣
     를 내려 甫侯·申伯을 생겨나게 하였는데, 이들은 周를 보호할 유능한 인물로
     그 덕이 天下에 두루 퍼지게 할 수 있었음을 말한다.[言嶽山高大, 而降其神靈和
     氣, 以生甫侯·申伯, 實能爲周之楨干屛蔽, 而宣其德澤於天下也.]" 甫侯·申伯은
     周 宣王 때의 賢臣이다.

6   十族:부계 四親族, 모계 三親族, 처족 二親族 등이 九族이고, 여기에 함께 희생
     당한 方孝孺의 학생까지 합해 十族이라 한 것이다.

해제

　方孝孺과 景淸의 사당을 찾아 태고 적부터 천하의 정도를 위해 죽음
을 불사한 현신들을 함께 거론하면서 두 사람의 충성과 절개를 칭송했
다.

3.30.12 **홍광**弘光[1]

홍광황제 건국했지만　　　　　　　　　　　　　　弘光建國,

[齊 東昏侯의] '금련'이나 [陳 後主의] '옥수'와 같아서　　　是金蓮玉樹,[2]

나중에는 광객이 되고 말았네.　　　　　　　　　　後來狂客.

초목산천이 어찌 통탄하지 않을까,　　　　　　　　草木山川何限痛,

그저 노래나 탐하고 여색 고를 뿐이었으니.　　　　只解徵歌選色.

'연자전'과   燕子唧箋,

'춘등미'나 즐기며   春燈說謎,[3]

밤은 짧고 하늘 좁은 것이 불만이었네.   夜短嫌天窄.

바다구름에게 분부하여   海雲分咐,

오경에 붉은 해 뜨지 않게 가로막게 했다네.   五更攔住紅日.

마사영·완대성이 왕조를 맡고   更兼馬、阮當朝,

고걸·유택청이 진압을 맡으니   高、劉作鎭,[4]

개돼지가 갓을 쓴 격이었네.   犬豕包巾幘.

강산을 다 팔아먹고도 적다고만 한탄했으니   賣盡江山猶恨少,

그저 동남쪽 반만이 남았다네.   只得東南半壁.

나랏일의 흥망과   國事興亡,

인간의 성패,   人家成敗,

운명을 누가 피해갈 수 있었는가!   運數誰逃得!

태평성세 융경·만력에도   太平隆萬,

이런 인간들 오래전부터 이미 생겨났느니.   此曹久已生出.[5]

역주

1   弘光 : 南明 황제 朱由崧(1607~1646) 때의 연호. 1645년 정월에서 오월까지 썼다. 여기서는 朱由崧을 가리킨다.

2   金蓮玉樹 : 蕭寶卷이나 陳叔寶의 사치한 생활을 상징한다. 朱由崧 또한 齊 東昏侯 蕭宝卷과 陳 後主 陳叔寶 무리와 마찬가지로 荒淫을 즐겼다는 뜻. 「3.30.5 막수호(莫愁湖)」 주석 참고.

3   燕子唧箋, 春燈說謎 : 『燕子箋』·『春燈謎』는 阮大鋮이 지은 傳奇 극본.

4   更兼馬、阮當朝, 高、劉作鎭 : 馬、阮은 馬士英과 阮大鋮. 崇禎 十七年(1644) 李自成이 北京으로 들어오고 崇禎帝 朱由檢이 자결하자, 馬士英·阮大鋮 등은 남경에서 福王 朱由崧을 옹립하고 南明 정권을 수립하였다. 그러나 이 정권은 실제적으로는 馬士英·阮大鋮 등의 수중에 있었다. 그들은 東林黨人을 억압하고 史可法 등을 배척하면서 매관매직과 부정축재를 일삼았으며, 福王을 향락에 빠

트려 정사를 돌볼 수 없게 만들었다. 淸 順治 二年(1645)에 淸軍이 남하하면서 남경이 함락되자 福王 정권은 멸망하였고, 馬士英은 太湖에서 투항하였다. 阮大鋮과 馬士英은 『明史』의 '奸臣傳'에 나란히 실려 있으며, 馬·阮을 병칭하여 대표적인 간신으로 분류한다. 高·劉:高杰과 劉澤淸. 南明 때 江北 前線을 지켰던 장수들이다. 후에 高杰은 망국의 위기 앞에서 권세 쟁탈을 위해 내분을 일으켰고, 劉澤淸은 李自成이 이끄는 청군에 투항하였다.

5 隆萬:隆慶은 明 穆宗 연호(1567~1572). 萬曆은 明 神宗 연호(1573~1620). 이 두 시기에 천하가 태평한 편이었지만 조정에는 嘉靖 때의 嚴嵩 父子, 萬曆 때의 魏忠賢과 客氏처럼 간신이 이미 등장했다는 뜻.

해제

南明 弘光帝 때 군신들이 나라를 망치는 행위를 거듭한 끝에 명나라가 끝내 망하게 된 일을 매우 강한 어조로 비판하였다. 판교는 이 작품 외에도 「3.27 형주정·강가에서[荊州亭·江上]」에서도 망국 앞에서 풍류나 즐겼던 弘光帝의 어리석음을 지적한 바 있다.

3.31 서강월·세상에 경고하노니西江月·警世[1]

가는 빗방울 영롱하게 잎 아래 떨어지고	細雨玲瓏葉底,
봄바람이 꽃 복판을 조용히 흔드네.	春風澹蕩花心;
꿈속에서 꿈을 꾸니 너무나도 달콤한데	夢中做夢最怡情,
나비는 사람 마음 황홀하게 이끄네.	蝴蝶引人入勝.[2]
세속인이 몇 번이나 청사에 올랐었나,	俗子幾登青史,
영웅의 절반은 속세에 묻혀 산다네.	英雄半在紅塵;

호쾌하고 담백한 회포로 주점에 누우니
해질녘 푸른 산이 눈앞에 가득 차네.

酒懷豪淡臥旗亭,
滿目蒼山暮影.

*

세상사는 까닭 없이 매몰차기만 하거니와
늙은이 이 마음을 어디에 둘거나?
고운 여인 머리에 싱싱한 매화만 꽂으며
어제의 꽃가지는 다시 꽂지 않는구나.

世事無端冷淡,
老懷何處安排?
美人頭上揷新梅,
昨日花枝不戴.

흰 나비는 옷 자랑에 금세 떠나 가버리고
꾀꼬리는 소리 아끼며 앞장서서 돌아가네.
취중에는 이 사람을 진애 속에 떨구더니
술 깨고 나자 이제는 아는 체도 않는구나.

粉蝶誇衣徑去,
黃鶯吝舌先回;
醉中丟我在塵埃,
醒後也無瞅眯.

*

노인네 헤진 책에 찢어진 모자 썼건마는
자손들은 녹주 속에 붉은 치마 즐긴다네.
봄 다투어 놀기에는 한 틈 양보 없을진대
순식간에 가을바람 한 자락이 불어오누나.

老子殘書破帽,
兒孫綠酒紅裙;
爭春不肯讓毫分,
轉眼西風一陣.

머리 위로 밝은 달 너무나 좋았는데
사나운 천둥 기둥 내리쳐 연신 놀라고 말았다네.
세상사람 그 얼마나 꿈과 생시 구분하는가,
기장밥이 식는 동안 그 사이일 뿐이라네.

皓月當頭最樂,
疾雷破柱還驚;[3]
世間多少夢和醒,
惹得黃粱飯冷.[4]

역주

1   西江月 : 詞牌의 하나. 步虛詞·江月令·白蘋香 등 다른 이름도 있다. 원래는
    당 敎坊曲의 하나였다. 당 李白「蘇臺覽古」중의 시구 '지금은 다만 서강의 달,
    일찍이 오왕 궁전 안 사람 비추었지[只今惟有西江月, 曾照吳王宮裏人]'에서 이
    름을 얻게 되었다고 전한다. 雙調 50字이지만, 51자 또는 56자를 쓰기도 한다.
    송 柳永 사는 50자, 상하 각 4구, 兩平韻 一仄韻을 正體로 삼는다. 『詞譜』
    八·『詞律』六 참고.
2   蝴蝶引人入勝 : 『莊子·齊物論』: "어느 날 장주가 나비가 된 꿈을 꾸었다. 훨훨
    날아다니는 나비가 되어 …… 문득 깨어보니 다시 장주가 되었다.[昔者周夢爲胡
    蝶, 栩栩然胡蝶也 …… 俄然覺, 則蘧蘧然周也.]" 여기서는 장자가 꿈속에서 나비
    가 되어 즐겁게 날았다는 대목을 빌어 세상사를 잊고 즐기려는 마음을 표현했
    다.
3   疾雷破柱 : 『世說新語』에 의하면, 夏侯 太初가 일찍이 기둥에 기대어 글을 쓰고
    있었는데, 때마침 큰 비가 내려 뇌성벽력이 기대고 있던 기둥을 부숴버렸다. 그
    러나 夏侯는 얼굴빛이 변하지 않은 채 여전히 글을 써내려갔다 한다. 이곳에서
    는 이 의미를 반어법으로 써서 큰일에 쉽게 놀라는 세인의 습성을 비유했다.
4   黃粱飯冷 : 唐 沈旣濟의 傳奇소설 『枕中記』에 나오는 고사. 「2.169 한단 가는 길
    에 두수[邯鄲道上二首]」주석 참고.

해제

　세상 일이 불공평하고 편파적임을 서술하면서 인생에 대한 적막과
권태감을 담았다. 첫수에서는 세상일에 대한 허무감을, 둘째 수는 늙음
에 대한 한탄을, 셋째 수는 주색에 연연하는 세상 사람들을 향한 권계
로 마감했다.

당다령 · 유도사를 그리며, 그리고 주점의 서랑에게唐多

令 · 寄懷劉道士幷示酒家徐郎[1]

저녁 하늘 노을 한 자락	一抹晚天霞,
불그스레 푸른 창살로 비쳐들고,	微紅透碧紗,
차가운 서풍에 놀란 나뭇잎 싸아싸아 떨고 있다.	顫西風涼葉些些.
나그네 시름은 끝날 길이 없는데	正是客愁愁不穩,
버드나무 밖에는	楊柳外,
다시 놀란 까마귀떼.	又驚鴉.

복숭아 자두꽃 시절 그대들과 이별했는데	桃李別君家,
서리 맞은 국화 벌써 처량하게 피었고	霜淒菊已花,
돌아갈 날 손꼽다 보니 흰 눈 덮인 겨울이네.	數歸期雪滿天涯[2]
하교 주점에 술 더 담그라 전해 주게나,	分付河橋多釀酒,[3]
반드시 남겨두고 기다리게나.	須留待,
옛 벗이 외상으로 마실 것이니.	故人賖.

역주

1   唐多令 : 詞牌의 하나. 가락이 劉過의 「龍洲詞」에 보인다. 糖多令으로 쓰기도
    하고, 다른 이름도 더 있다. 雙調 60字 내지 62자이고, 平韻을 쓴다. 『詞譜』 十
    三 · 『詞律』九 참고. 劉道士、酒家徐郎 : 劉道士와 酒家 徐郎은 작자가 진주 서
    촌에 거처할 때의 벗으로 보인다. 판교는 26세 때 여기에서 학당을 열어 생활했
    다. 판교의 詞 「3.8 하신랑 · 서촌에서 옛일을 생각하다賀新郎 · 西村感舊」와
    詩 「2.42 양주에서 나그네 된 채 서촌에 갈 수 없어 쓰다客揚州不得之西村之
    作」 참고.
2   數歸期雪滿天涯 : '(꽃 피는 봄에 이별하고, 지금은 서리 내리는 가을인데) 다시
    만날 수 있는 날은 아마 흰 눈 내리는 겨울이리'라는 이 표현은 실제 계절을 가

리키기 보다는 청년 시대, 중년 시대, 노년 시대를 상징적으로 표현한 것으로
볼 수 있다.〔王錫榮〕
3 河橋 : 양주에 있는 다리. 「2.42 양주에서 나그네 된 채 서촌에 갈 수 없어 쓰다
〔客揚州不得之西村之作〕」 참고.

해제

앞부분에서는 차가와진 가을에 나그네 된 심정을, 뒷부분에서는 두
벗을 향한 우정 속에서 속히 다시 만나고 싶은 심정을 담았다.

3.33 당다령·귀향 생각 唐多令·思歸

인적 끊긴 변새에 기러기 하늘 가르고   絶塞雁行天,
동오 땅에서는 오리부리배 뜨겠지.   東吳鴨觜船,
문단에 나온 지도 어언 삼십 년 넘었는데   走詞場三十餘年.
젊은 날 사람노릇 못하다가 이젠 늙고 말았네. 少不如人今老矣,
양쪽 흰 귀밑머리,   雙白鬢,
뉘 가여워하리오?   有誰憐?

관사에는 싸늘하게 연기조차 없는데   官舍冷無烟,
강남땅에 거친 밭 마련한 게 있거니와   江南薄有田,[1]
청산을 즐기는 데는 청동전이 필요 없지.   買靑山不用靑錢.[2]
초가 몇 칸 여전히 잘 있겠지.   茅屋數間猶好在,[3]
가을 강 너머   秋水外,
석양 가에.   夕陽邊.

역주

1 江南薄有田 : 판교는 실제로 고향 興化에 약간의 전답을 가지고 있었다. 「1.10 범현 관아에서 아우 묵에게 보내는 네 번째 편지[范縣署中寄舍弟墨第四書]」 참고.

2 買靑山不用靑錢 : 『世說新語·排調』에 나오는 支道林 고사를 차용했다. "支道林이 사람을 시켜 深公에게 가서 印山을 사게 했다. 深公이 대답하기를 '巢父와 許由(둘 다 堯 시절의 隱士)가 산을 사서 歸隱했다는 말은 들은 적이 없소'다고 했다.[支道林因人就深公買印山. 深公答曰 : '未聞巢、由買山而隱.']" 「2.119 초산을 유람하며[遊焦山]」 참고.

3 茅屋數間猶好在 : 판교는 고향에서 원래 興化城 동쪽 汪頭에서 아우 墨과 함께 거처하다가 후에 아우가 다른 곳으로 이사해 나갔다. 詩 「2.53 집안 아우 묵을 생각하며[懷舍弟墨]」 참고. 그 후 10여 년 뒤 아우가 집을 마련했고, 판교도 새 집을 지을 계획을 세웠다. 「1.8 범현 관아에서 아우 묵에게 보내는 두 번째 편지[范縣署中寄舍弟墨第二書]」 참고. 그의 집은 興化 東門 밖에 있었는데, 근처가 호수로 연결되므로 다음 구에서 '秋水外'라 표현한 것이다.

해제

　瀰縣에 재직할 때 쓴 것으로 보이는 이 사에서, 官場에 흥미를 잃은 심정과 어서 귀향해 농촌 생활을 즐기고픈 바람을 담았다.

3.34 만강홍·금릉 회고満江紅·金陵懷古[1]

회수 동쪽의 일이	淮水東頭,[2]
언제나 끝날 건가, 달에게 물어 보네.	問夜月何時是了.
달은 헛되이 쓸쓸한 궁전 두루 비추는데	空照徹飄零宮殿,
돌기둥만 처량하네.	淒涼華表.[3]

재자들은 하나같이 술로 일 그르쳤고   才子總緣杯酒誤,
영웅은 그저 바둑 싸움에 시끄러웠네.   英雄只向碁盤鬧.[4]
누가 이겼고 누가 졌는가 물으매,   問幾家輸局幾家嬴,
모두 다 가을풀이 되고 말았네.   都秋草.

끊임없이 흐르는구나,   流不斷,
아득한 저 장강이여.   長江淼;
뽑혀 쓰러지지 않는구나,   拔不倒,
험준한 종산이여.   鍾山峭.
남아 서 있는 낡은 비석과 황폐한 무덤,   賸古碑荒塚,
멀리 까마귀 날고 스러져가는 햇살만 비추네.   淡鴉殘照.
푸른 잎새로 상심하니 망국의 버들이요,   碧葉傷心亡國柳,
붉은 담장 눈물 흘리니 남조의 사당이라네.   紅牆墮淚南朝廟.[5]
묻노니 효릉의 송백은 얼마나 남았던가?   問孝陵松柏多存?[6]
해마다 줄어든다네.   年年少.

역주

1   滿江紅 : 詞牌의 하나. 上江虹 등 다른 이름도 있다. 雙調 93字이지만, 91자, 89
     자, 94자, 97자, 92자 등 다른 여러 體가 있고, 仄韻을 쓴다. 『詞譜』二二・『詞
     律』一三 참고.
2   淮水東頭 : 秦淮河가 南京市로 흘러들어 가는 곳. 紫金山이 이곳에 위치해 있다.
     明 孝陵(朱元璋의 묘)이 이 산 남쪽 기슭에 있다.
3   華表 : 옛날 궁전이이나 능 앞에 장식으로 세운 돌기둥.
4   碁盤 : 전쟁이나 정치 투쟁의 장소를 비유한 말.
5   南朝廟 : 남경이 수도였던 육조 때의 궁전이나 사묘를 가리킨다.
6   孝陵 : 明을 건국한 朱元璋의 묘. 「3.30.10 효릉(孝陵)」 참고.

金陵에서 발생한 여러 가지 역사를 관조하였는데, 전체적으로 정·경과 허·실의 필법이 교차한다. 금릉과 관련되는 역사 변천의 처량한 분위기, 특히 효릉으로 상징되는 명의 멸망에 대한 회고를 마지막에 배치하여 내면의 회포를 담아내고 있다.

3.35 만강홍 · 집 생각滿江紅 · 思家

내가 양주를 꿈꿀 적마다	我夢揚州,
양주가 나를 꿈꾸고 있음을 생각하네.	便想到揚州夢我.
무엇보다도 수나라 언덕 푸른 버들,	第一是隋隄綠柳,[1]
안개에 싸여있는 모습 잊을 수가 없었네.	不堪烟鎖.
삼경에 강물이 과보의 달을 때리고	潮打三更瓜步月,[2]
거센 비 십리에 이어질 때 홍교에는 불빛,	雨荒十里紅橋火.[3]
한층 붉어진 앵두는 차갑게 매달린 채	更紅鮮令淡不成圓,
아직 둥글지 않았었네.	櫻桃顆.
어느 날에나 돌아가	何日向,
강촌에서 은거할까.	江村躱;
어느 날에나	何日上,
강가 누각에 누워볼거나.	江樓臥.
아무개 아무개 시인과	有詩人某某,
술친구 누구누구도 있겠지.	酒人個個.

꽃길은 모두 다 새로 단장되고　　　　　　　　花徑不無新點綴,
모래톱의 갈매기 한가롭기 그지없으리.　　　　沙鷗頗有閒功課.[4]
흰 머리로 다른 이에게 허리 굽히지 않으리라.　將白頭供作折腰人,[5]
잘못된 일이리라.　　　　　　　　　　　　　將毋左.[6]

역주

1　隋隄 : 수나라 때 운하를 파느라 만든 언덕.
2　瓜步 : 양주 서남부, 장강 북쪽 강변에 있는 산 이름.
3　紅橋 : 虹橋. 양주 북문 밖 保障湖에 있던 다리.
4　沙鷗 : 시골에 들어가 갈매기와 벗하며 한가롭게 지낸다는 뜻에서 沙鷗는 '歸隱'의 상징이다. 「2.204 이어·우문준·장빈학·왕문치와 모여 술 마시다李禪, 于文潏, 張賓鶴, 王文治會飮」 참고.
5　折腰人 : 東晉의 시인 陶淵明이 彭澤令으로 있을 때 督郵를 접대해야 하자 '五斗米 때문에 시골 소인배에게 허리를 굽힐 수 없다'고 귀향했다는 고사를 차용했다. 『晋書·陶潛傳』 참고.
6　將毋左 : '將毋'는 선택을 묻는 의문사. '左'는 '拙'이나 '錯'의 의미.

해제

　첫 부분부터 '나는 양주를 꿈꾸고, 양주는 나를 꿈꾸고 있음을 생각하네'라고 하여 고향을 그리는 마음이 얼마나 절실한지 밝혔다. 앞부분이 작자의 꿈결 같은 고향에 대한 기억이라면, 뒷부분엔 더 이상 현실의 구속에 연연할 것 없이 좋은 벗들과 유유자적하는, 그리운 생활로 돌아가려는 다짐을 담았다.

3.36 만강홍 · 초은사滿江紅 · 招隱寺[1]

산머리 돌아드니	轉過山頭,
어렴풋이 소나무숲 한 자락 보이네.	隱隱見松林一片.
그 가운데에 비스듬히 앉은 사찰,	其中有佛樓斜角,
붉은 담장이 반만 보이네.	紅牆半閃.
비 갠 뒤 방초에 들어서니 모랫길이 부드럽고	雨後尋芳沙徑軟,
길 옆 작은 주점에선 시골 막걸리가 싸기도 해라.	道傍小飮村醪賤.
돌 틈 샘 그윽한 시냇물 졸졸대며 흐르는데	聽石泉幽潤響琮琤
맑게 바닥이 보이네.	淸而淺.

사원 문 밖엔	山門外,
금칠한 편액.	金泥匾;
사당 나무 아래엔	祇樹下,
향기 어린 불전.	香塗殿.
몇 왕조의 흥망과	看幾朝營造,
몇 왕조의 포폄을 겪고 보았던가.	幾朝褒貶.
칠층 불탑 허공에 층층이 서있는데	七級浮圖空累積,
한 줄기 두견새 소리 누구에게 들릴까?	一聲杜宇誰聽見?[2]
선방문 향해 합장하며 종파의 풍습 묻노라니	向禪扉合掌問宗風,[3]
멀리서 저녁 햇살 비추네.	斜陽遠.

역주

1 招隱寺 : 남조 때 건립된 사찰로, 江蘇 鎭江市에서 남쪽으로 7리쯤 떨어진 招隱山 속에 있다. 「2.107 초은사 벗을 찾다 5수[招隱寺訪舊五首]」 참고.

2 杜宇 : 두견새. 전하기로는, 周末 蜀國 國王 杜宇의 魂靈이 변해된 새로, '歸去, 歸去' 하고 우는 소리를 낸다고 한다. 이 대목은 누가 두견새의 '돌아가자 歸去'는 울음소리를 듣고 佛門에 귀의할 것인가, 라는 뜻이다.

3 宗風 : 불교는 天台宗 · 華嚴宗과 같이 종파가 나뉘어 전통이 조금씩 다른데, 이를 가리킨다.

해제

앞부분은 招隱寺에 가는 도중의 풍경을, 뒷부분에서는 이 절에 들어서서 느낀 감회를 담았다.

3.37 만강홍 · 농가의 사계절 고락의 노래滿江紅 · 田家四時苦樂歌

'과교'의 새 형식이다.
過橋新格.[1]

가랑비에 가벼운 우뢰소리,	細雨輕雷,
경칩 지나니 따스한 바람에 땅이 풀리네.	驚蟄後和風動土.[2]
노인들은 농사일 어서 서두르라 재촉하고	正父老催人早作,
동쪽 논 남쪽 밭에서 일 시작하네.	東畬南圃.
달밤에 호미 메고 돌아오면 개들이 짖어대고	夜月荷鋤村犬吠,
새벽별에 소 몰고 나가면 산마다 안개가 자욱하네.	晨星叱犢山沉霧
오경에 때 없이 우는 닭 울음소리에 놀라 깨니	到五更驚起是荒雞,[3]
농가는 힘들구나!	田家苦.

성근 울타리 너머 복숭아꽃 붉게 피고　　　　疎籬外, 桃華灼;
연못가엔 버들가지 하늘거리네.　　　　　　　池塘上, 楊絲弱.
초가집 처마 끝엔 차츰 따스한 햇볕 들고　　漸茅簷日煖,
아가씨 옷이 얇아졌구나.　　　　　　　　　小姑衣薄.
부추가 뜰 가득 자라나 마음껏 베어 먹고　　春韭滿園隨意剪,
지난겨울 담근 술 반동이나 남아 벗 청해 함께 마시네.

　　　　　　　　　　　　　　　　　　臘醅半甕邀人酌.[4]

흥겹게 취한 백발노인, 다른 백발노인이 부축하니　喜白頭人醉白頭扶,
농가는 즐겁구나!　　　　　　　　　　　　田家樂.

보리는 바람에 이리저리 물결치고　　　　　麥浪翻風,
볏모는 어느새 반쯤이나 자라났네.　　　　又早是秧鍼半吐.
논두렁 위 물레방아 콸콸콸 울어대며　　　看壟上鳴槹滑滑,
은빛 젖 같은 물 세차게 쏟아놓네.　　　　傾銀潑乳.[5]
삿갓 벗으니 빗줄기가 머리 쓸어내리고　　脫笠雨梳頭頂髮,
김매기에 흘리는 땀, 벼뿌리 잠긴 땅에 떨어지네.　耘苗汗滴禾根土.
뽕잎 따는 아가씨 누에치기에 정신없이 더 바쁘니　更養蠶忙殺采桑娘,
농가는 힘들구나!　　　　　　　　　　　　田家苦.

바람이 넘실넘실 새로 나온 대 휘감으니　　風瀲瀲, 搖新籜;
사각 스윽 소리 내며 죽순껍질 나부끼네.　　聲淅淅, 飄新籜.
푸른 부들 수면에 한창 얼굴 내밀고　　　　正青蒲水面,
붉은 석류꽃 집 모퉁이에 피어올랐네.　　　紅榴屋角.
들판에는 오이 따는 아이들 웃음이 퍼져나고　原上摘瓜童子笑,
못가에서 발 씻을 때 석양이 떨어지네.　　池邊濯足斜陽落.
저녁이면 바람 쐬며 황당한 얘기들 나누니　晚風前個個說荒唐,
농가는 즐겁구나!　　　　　　　　　　　　田家樂.

구름은 맑고 바람이 높아지니
처량한 울음소리 기러기를 전송하네.
가장 큰 걱정이란 타작할 때 날씨라
흐려져서 가을비 오면 다 망친다네.
이삭에 서리 내려 한 해 양식 못 거뒀는데
벌써부터 관아의 공문 밀린 세금 따져드네.
아전들은 관례돈을 관청보다 더 다그치니
농가는 괴롭구나!

雲淡風高,
送鴻雁一聲凄楚.
最怕是打場天氣,
秋陰秋雨.
霜穗未儲終歲食,
縣符已索逃租戶.
更爪牙常例急于官,[6]
田家苦.

자줏빛 게를 삶고 붉은 마름 벗겨 먹고
탈곡기에 박자 맞춰 농가를 불러보네.
지신제사 북소리 떠들썩하게 퍼져나가
온 산에 가득하며 성곽을 뒤흔드네.
거문고 든 영험한 무당 길조를 전하고
지팡이 짚고 선 노인네 큰 술잔을 들었네.
해마다 이와 같이 풍년들길 축원하니
농가는 즐겁구나!

紫蟹熟, 紅菱剝;
桃桔響, 村歌作.[7]
聽喧塡社鼓,
漫山動郭.
挾瑟靈巫傳吉兆,
扶藜老子持康爵.
祝年年多似此豐穰,
田家樂.

오래된 나무마다 가지만 앙상하고
찬바람이 노한 듯 사방 벽을 뒤흔든다.
소오줌 다 치우지 못해 사방에 깔려 있고
분뇨 찌꺼기가 문 앞까지 널려 있다.
초가 위로 해 저물 때 구름 눈 되어 날리고
불어대는 비바람에 긴 제방 길 끊어졌네.
온 마을 등불 밝히고 날 새도록 방아 찧자니
농가는 괴롭구나!

老樹槎枒,
憾四壁寒聲正怒.
掃不盡牛溲滿地,
糞渣當戶.
茅舍日斜雲釀雪,
長隄路斷風吹雨.
儘村春夜火到天明,
田家苦.

짚으로 침상 엮고 갈대로 발 만들고　　　　　草爲榻, 蘆爲幕;

흙으로 솥을 굽고 표주박으로 국자 만든다.　　土爲銼, 瓢爲杓.

눈 덮인 솔가지를 자르고 베어다가　　　　　砍松枝帶雪,

규초를 볶아내고 콩잎도 삶는다네.　　　　　烹葵煮藿.[8]

차조로 빚은 술 익어 이웃과 즐겁게 마시고　　秫酒釀成歡里舍,

관청에 세금 다 물고 성문을 나선다네.　　　官租完了離城郭.

설 쇤다고 분바른 마누라 향해 웃음을 지어보며　笑山妻塗粉過新年,[9]

농가는 즐겁구나!　　　　　　　　　　　　田家樂.

역주

1 　過橋新格 : 謝章鋌『賭棋山莊集』: "「滿江紅」은 이전에 平·仄 두 詞體가 있었는데, 판교가「田家四時苦樂歌」를 쓸 때 한 闋 전후 苦·樂 부분을 나누어 압운하고 '過橋新格'이라 이름 붙였다. 이 또한 사 짓는 문단에서 특별한 가락인 셈이다.[滿江紅舊有平仄二體, 板橋塡「田家四時苦樂歌」, 一闋前後苦樂分押, 目爲'過橋新格', 亦詞苑別調也.]" 이처럼 '過橋'란 한 闋의 전후 苦·樂 부분을 나누어 압운했음을 뜻한다.

2 　驚蟄 : 24절기의 첫 번째로, 대개 음력 정월이나 이월에 있다.

3 　荒雞 : 날이 밝지 않았는데도 우는 닭.

4 　臘醅 : 음력 12월에 담근 술을 말한다. 醅(배) : 거르지 않은 술.

5 　傾銀潑乳 : 하얗게 부서지는 물보라를 표현한 것.

6 　瓜牙常例 : 아전들이 세금 외에 관례적으로 거두는 돈.

7 　桄桔 : 탈곡기.

8 　烹葵煮藿 : 葵는 向日葵·錦葵·冬葵·蜀葵·蒲葵 등 여러 가지가 있는데, 여기서는 정확히 어떤 식물을 말하는지 알 수 없다. 藿(곽)은 콩 종류의 잎.

9 　山妻 : 옛날 은자들이 자신의 처를 부르던 말. 이후로 자신의 아내를 낮춰 부르는 말로 쓰인다.

해제

　사실적이고도 통속적인 언어로 농민의 사계절 생활의 고락을 매우 생동감 있게 그려낸 連作詞다. 이 사를 지은 시기와 관련, 『華耀祥』은 판교의 '明月前身' 印章 한 편에 「田家四時苦樂歌」 중의 가을 부분 한 수를 새기고 "丁卯年(乾隆 12년, 1747년, 판교 나이 55세) 봄에 王文治·郭方儀 등 여러 同年(같이 과거에 합격한 사람)과 노닐 때, 농촌을 보고 느낀 바가 있어 사 두 수를 지었다時丁卯春, 同諸同年王文治、郭方儀遊, 見田家有感興, 作詞二首"고 지적한 바 있다.

3.37.1 첨부 : 육종원 선생의 사 한수附 : 陸種園夫子一首[1]
만강홍 · 왕정자에게 드림滿江紅 · 贈王正子[2]

홀연히 그대를 만나	驀地逢君,
화롯가에서 손 부여잡고 다정한 이야기 나누네.	且携手爐邊細語 :[3]
촉나라 땅 잔도(棧道)와 십 년 봉홧불을 얘기하매	說蜀棧十年烽火,[4]
산마다 울리는 비고 치는 소리.	萬山鼙鼓.[5]
온 산 가득한 단풍잎은 나그네 마음 처량케 하고	楓葉滿林愁客思,
가는 곳마다 노란 국화 돌아갈 길을 잃게 하네.	黃花徧地迷歸路.
타향에서 좋은 경치 보기란 참으로 쉽지 않고	歎他鄉好景最無多,
우리가 만나기란 늘상 어려운 일이라네.	難常聚.

같은 나그네라도	同是客,
그대는 더욱 고생이지.	君尤苦;
두 사람의 한을	兩人恨,
누구에게 하소연할까?	憑誰訴?
보아하니 호주머니 텅텅 비었는데	看囊中罄矣,
술값은 어디에서 구하나?	酒錢何處?
우리들 이처럼 도리 없이 빈한한데	吾輩無端寒至此,
서 부사들 어찌 저처럼 풍족할까,	富兒何物肥如許!

남루한 겉옷 벗어 주모에게 넘겨주곤　　　　　　脫敝裘付與酒家娘,
고개를 흔들면서 떠나가고 말았네.　　　　　　搖頭去.

역주

1　陸種園夫子 : 판교가 사를 배운 고향 스승.「2.16 일곱 노래[七歌]」참고.
2　王正子 : 미상.
3　壚邊 : 술집에서 술독을 올려놓기 위해 흙으로 평평하게 만든 臺.
4　蜀棧 : 四川省의 절벽 사이에 대나무나 나무를 걸쳐 만든 棧道. 여기서는 두 사
　　람 만난 곳이 四川省임을 나타낸다. 十年烽火 : 康熙 12년 雲南王 吳三桂가 淸
　　에 반란을 일으키자 四川으로 출병하였고, 19년에 청군이 마침내 蜀 지역을 평
　　정하였다.
5　鼕鼓(비고) : 옛날 전쟁에서 기세를 돋우기 위해 치던 북이었으나, 훗날 명절 때
　　연행되는 민간예술의 하나로 변모되었다. 몸 앞쪽으로 이 둥글납작한 북을 매
　　고 친다.

해제

　판교가 사를 배운 스승 陸種園의 사로, 나그네가 타향에서 친구를 만
난 일을 통해 고향을 그리는 정과 빈곤에 대한 불만을 토로하였다.

3.38 옥녀요선패 · 신군왕에게 드림玉女搖仙佩 · 寄呈慎郡王[1]

자경 거사,　　　　　　　　　　　　　紫瓊居士,
천상의 신선,　　　　　　　　　　　　天上神仙,
인간 세상을 도우러 내려왔네.　　　　　來佐人間聖世.
하헌이 책을 구하고　　　　　　　　　河獻徵書,[2]

초나라 원왕이 단술 마련했던 것처럼	楚元設醴,[3]
고상한 풍류 한 길이라네.	一種風流高致.
[이 분의] 시와 글씨 논하자면	論詩情字体,
왕유(王維)와 맹호연(孟浩然)을 선구로 삼고	是王孟先驅,
종요(鍾繇)와 장지(張芝) 뒤를 잇는 것이네.	鍾張後起.[4]
어찌 단청 그리는 하찮은 일과 비교하랴,	豈屑屑丹靑繪事,
이미 동원(董源)·거연(巨然)·형호(荊浩)·관동(關仝)을 압도하였네.	已壓倒董巨荊關數子.[5]
풍류 넘치게 말을 몰아	羨一騎翩翩,
산중의 반근선리 찾는 일, 난 부럽네.	肯訪山中盤根仙李.[6]

나 또한 청옥등잔에 불을 밝히고	我亦靑玉燒燈,
박판으로 노랫가락 맞추면서	紅牙顧曲,[7]
취한 채 요대 금침에 누워 있었네.	醉臥瑤臺錦綺.
문득 붉은 대문에서 이별한 후	一別朱門,
육 년 동안이나 산동에서	六年山左,
내내 세속의 관리로 지냈네.	老作風塵俗吏.
늘 먹고 사느라 허리 굽실거렸을 뿐,	總折腰爲米,
언제 민생과 나라 위해 작은 보탬 되었던가!	竟何曾小補民生國計.
청치(靑鴟) 숲을 향해 편지를 보내네.	憑致書靑鴟林邊,[8]
자경의 하늘 위에	紫瓊天上,[9]
시문은 바삐 하는 일 아닌지라	詩文不是忙中事.
고개 들어 멀리 푸른 연산 쪽 바라본다네.	擧頭遙望燕山翠.

역주

1 玉女搖仙佩：詞牌의 하나. 雙調 139字, 前段 十四句 六仄韻, 後段 十三句 七仄

韻을 쓴다. 다른 형식으로 雙調 139字, 前段 十四句 七仄韻, 後段 十三句 七仄韻도 있다. 愼郡王：康熙 황제의 아들 允禧. 호는 紫瓊居士. 「2.03 자경애도인 신군왕 제사紫瓊崖道人愼郡王題詞」 주석 참고.

2　河獻：漢 景帝의 아들 河間獻王 劉德. 책 구하는 일을 좋아했다 한다.

3　楚元：한 高祖 劉邦의 이복동생 劉交. 楚의 元王에 봉해졌다. 設醴：단술을 준비함. 楚의 元王이 어려서 魯나라의 穆生·白生·申公 등과 함께 荀卿의 제자 浮丘伯에게서 시를 전수받았다. 왕이 되자 申公 등을 예로써 공경하였다. 穆生이 술을 좋아하지 않으므로 元王은 매번 술을 준비할 때면 그를 위해 따로 단술을 준비하였다 한다.

4　鍾張：鍾繇와 張芝. 鐘繇는 삼국시대 魏나라 사람으로, 서법에 능했다. 張芝는 東漢 사람으로, 역시 서예로 유명하다.

5　董巨荊關：董은 董源. 五代 南唐의 화가로, 五代·宋의 巨然과 함께 남방 산수화의 주요 유파 중의 하나를 이루었다. 荊浩는 오대 後梁의 화가로, 동시대 關소과 함께 오대·북송 교체기 북방 산수화의 주요 유파 중의 하나를 이루었다.

6　盤根仙李：원래는 老子를 가리키나, 여기서는 梅山 李鍇를 가리킨다. 【原註】에서 "매산 이개를 말한 것이다. 謂梅山李鍇"고 했다. 李鍇는 字가 梅山 또는 鐵君, 自號로 多青山人 등이 있고, 鐵嶺人이다. 명문집안 출신으로, 한때 官場에 있었으나 염증을 느끼고 多青峰 아래 초가를 짓고 살았다. 「2.148.10 이개(李鍇)」 참고.

7　紅牙：붉은 박달나무로 만든, 악곡을 조절하는 拍板. 牙板이라고도 함.

8　青鷹(청치)：【原註】에서 "이써 장원을 말한다李氏莊園"고 했다. 李鍇는 북경 근교의 青鷹에 장원을 짓고 은거하였는데, 바로 이곳을 가리킨다. 青鷹는 盤山의 봉우리 이름.

9　紫瓊天上：愼君王府를 가리킨다.

해제

　愼君王에게 증정한 사로, 상편은 愼君王이 학문을 좋아하고 현인을 예의로 대하며 시·서·화에서 큰 성취를 이루었음을 찬양하였고, 하편은 작자가 愼君王과 이별한 후 산동에서 관직에 있으면서도 여전히 수도에 있는 그를 그리는 심정을 서술하고 있다.

3.39 옥녀요선패 · 느낀 바가 있어 玉女搖仙佩 · 有所感

수양버들 푸르른 깊숙한 골목,	綠楊深巷,
한 여인 붉은 대문에 기대섰는데	人倚朱門,[1]
범상치 않은 모양새일세.	不是尋常模樣.
방금 빨아 입은 듯 봄저고리에	旋浣春衫,[2]
귀밑머리 촘촘히 빗어 넘긴 자태,	薄疏雲鬢,
무척이나 아리땁고 운치 있었네.	韻致十分娟朗.
이웃에게 은밀히 알아보자니	向芳鄰潛訪,[3]
가난한 출신으로 어려서부터	說自小青衣,
남의 집 계집종 신세라 하네.	人家厮養,[4]
게다가 아름다운 여인 알아볼 줄 모르는	又沒個憐香惜眉,[5]
무식하고 짐승 같은 주인에게 잡혀있다네.	落在煮鶴燒琴魔障.[6]
돌연 부질없는 근심이 일어	頓惹起閑愁,
그녀 구할 온갖 묘안 궁리해보네.	代他出脫千思萬想.

결국은 계책이 헛수고 되니	究竟人謀空費,
하늘의 뜻이란 그 언제나	天意從來,
아름다운 여인의 행복 허락지 않네.	不許名花擅長.[7]
손꼽아 보면 역사 속에도	屈指千秋,
얼마나 많은 가난한 여인들,	青袍紅粉,[8]
삶의 질곡에서 부대꼈던가?	多少飄零坑髒.
지난 일은 잠시 접어두고	且休論已往,
내 십년 동안 비첩들을 생각하면서	試看予十載醋瓶齏盎.[8]
눈 속에 핀 꽃들에게 말 전하려네.	憑寄語雪中蘭蕙,
봄은 멀지 않았으니	春將不遠,

이 세상에 아름다움 간직해두면   人間留得嬌無恙,
맑은 진주 티끌먼지로 끝나진 않으리.   明珠未必終塵壤.

역주

1   朱門 : 붉은 칠을 한 대문. 부귀한 집.
2   旋 : '新'의 뜻.
3   潛訪 : 암암리에 알아보다.
4   廝養 : 하인. 천한 일을 하는 사람.
5   憐香惜眉 : 아름다운 여인을 아끼고 좋아하다.
6   煮鶴燒琴 : 학을 삶아먹고 거문고를 땔감으로 쓰다. 좋은 물건을 형편없이 대하
     는 것을 말함. 宋 蔡條의 『西淸詩話』에서 열거한 여섯 가지 '殺風景'에서 나왔
     다. 魔障 : 원뜻은 마귀가 설치해 놓은, 佛法 수행에 장애가 되는 것.
7   名花 : 미녀. 여기서는 계집종을 가리킴.
8   靑袍紅粉 : 가난하여 비천한 젊은 여자.
9   醋瓶虀盎(초병제앙) : 식초 항아리와 잘게 썬 절인 채소를 넣은 항아리. 여기서
     는 작자의 비첩을 비유했음.

해제

　작자는 우연히 부잣집 문 앞에서 여종 차림의 아리따운 여인과 마주
친다. 그 후, 암암리에 그녀의 불행한 처지를 알아내고, 돌연 그녀를 구
해내야 한다는 생각에 여러 묘책을 써보지만 성공하지 못한다. 이 작품
은 이처럼 한 가련한 여종을 구하려는 과정과 그 노력이 수포로 돌아간
후의 아쉬움으로 이어지는, 서사성이 담긴 독특한 작품이다.

3.40 혹상사 · 원뜻에 따라酷相思 · 本意[1]

깊은 정원의 살구꽃 붉기도 한데　　　　　杏花深院紅如許,
화려한 담장 하나가 가로막았네.　　　　　一線畫牆攔住.
지척이 천리인 이 세상 한탄하노라.　　　　歎人間咫尺千山路,
보지 못해도 상사의 고통,　　　　　　　不見也相思苦,
보면서 말 못해도 상사의 고통.　　　　　便見也相思苦.

숨겨둔 천만 갈래 깊은 연정,　　　　　　分明背地情千縷,
이 번민 다 털어 놓으리 마음먹었네.　　　　搵□惱從教訴.[2]
꽃밭에서 느닷없이 마주치니 말문이 막혀　　奈花間乍遇言辭阻,
반 마디인들 토해지나,　　　　　　　　半句也何曾吐,
한 마디인들 토해지나!　　　　　　　　一字也何曾吐!

역주

1　酷相思 : 詞牌의 하나. 程垓의 「書舟詞」에서 시작되었지만 宋 · 金 · 元 詞苑에서
　는 오직 程垓의 작품만 보인다. 詞牌가 형식이 까다로운 '僻調'인지라 쓰기 어려
　웠기 때문으로 보인다. 雙調로 六十六字, 上下片 각각 四仄韻, 一疊韻을 쓴다.
2　搵□惱從教訴 : 中華書局本에서는 "이곳의 글자 하나가 빠진 듯하다(此處疑脫一
　字)"고 주를 달았다. 上下片 같은 형식, 총 66자로 구성되는 이 詞牌의 격식에
　따른다면 이 구절은 上片과 같이 여섯 글자여야 하는데 한 글자가 부족한 것이
　다. 참고로, 1979년 簡體字本에서는 '搵'를 '飖'으로 표기했다.

해제

　한 남자가 마음속으로 한 여인을 사모하나, 정작 만나게 되었을 때는
한 마디도 못하는 답답한 심정과 심리적 갈등을 생동감 있게 그렸다.

한스런 이별을 주제로 삼았던 程垓 「書舟詞」의 분위기를 잇되 이 작품에서는 '짝사랑'의 고통을 잘 담아내고 있다. 참고로, 程垓의 「書舟詞」 원문은 다음과 같다. "서리 내린 숲에 걸린 달, 추위에 떨어져 내릴 듯. 대문 밖에서, 사람을 재촉하네. 이제는 진정 이별이 다가왔다네. 머물고 싶어도 방도가 없기에. 떠나려 해도 그럴 수 없기에. 말에 올라 헤어지는 마음, 옷을 적시는 눈물. 서로가 혼자되고, 같이 말라간다네. 묻노니 강변 길 매화는 벌써 피었는지? 봄이 올 때까지 편지 자주 보내야지. 사람이 올 때까지 편지 자주 보내구려.[月掛霜林寒欲墜. 正門外, 催人起. 奈離別如今眞個是. 欲住也, 留無計. 欲去也, 來無計. 馬上離魂衣上淚. 各自個, 供憔悴. 問江路梅花開也未? 春到也, 須頻寄. 人到也, 須頻寄.]"

3.41 태상인·갈장군의 변방 밖 풍경 얘기를 듣고太常引·聽葛將軍說邊外風景[1]

휘는 이새다.
諱爾壐.

밤하늘 가득한 별빛에 장성이 드러나고	滿天星露長城,
캄캄한 어둠 속에 달이 막 떠오르네.	夜黑月初生.
수많은 성곽, 말 울부짖는 소리 속에	萬障馬嘶鳴,[2]
바람소리, 기러기 울음까지 섞여든다네.	還夾雜風聲雁聲.

붉은 노을 순식간에 퍼지더니　　　　　　　　　　紅霞乍起,

아침햇살 천지를 밝게 비추는데	朝光滿地,
날던 새는 군영 문에 앉아 있다네.	飛鳥立轅門.
변새는 풍파 없이 잠잠할지라도	邊塞靜無塵,
항시 중원의 안위 살펴야 한다네.	須檢點中原太平.

역주

1 太常引 : 詞牌의 하나. '太淸引'이라고도 한다. 四十九字, 雙調, 上下闋 각기 三平
   韻이고, 한 韻으로 이어진다. 噶爾璽(갈이새) : '璽'는 '錫'으로 쓰기도 한다. 만주
   鑲紅旗人으로, 天津都統・靑州將軍 등 직책을 역임했다. 咸豊 己未年刊本『靑
   州府誌』참조.
2 障 : 적을 막기 위해 변방의 험준한 곳에 쌓은 성.

해제

변경의 풍광을 노래한 사로, 상편은 밤에 들리는 짐승들 울부짖는 소
리의 처량함을, 하편은 한낮의 고적함을 묘사하였다. 특히 마지막 두
구는 비록 지금은 평화로운 시기일지라도 항상 방위를 게을리 할 수 없
는 변방의 긴장 상태를 담았다.

3.42 수룡음・귀화성의 갈장군에게 水龍吟・寄噶將軍歸化城[1]

모습 못 본 지 어언 십 년,	十年不見豐儀,[2]
수염도 귀화성 따라 늙었겠지.	髭鬚應向邊庭老.[3]
이장군의 부대 통솔과	李家部曲,

정장군의 큰 솥을 이어	程家刁鬥,[4]
관대함과 엄격함을 두루 갖췄다네.	寬嚴兩到.
해는 비쩍 마른 날이 많고	瘦日偏多,
엷은 구름은 이리저리 흘러 다니고	淡雲無著,
찬바람이 휩쓸고 지나간다네.	涼風易掃.
[그대의] 비단 갖옷과 담비병풍을 생각하네.	想錦裘貂障,
눈 내려 쌓이는 삼경,	三更雪壓,
등불은 아직도 깜박깜박,	燈未滅,
고향 그리는 마음 비추리.	鄉心照.

근래의 문장은 조잡하기만 하고	近世文章草草,
서생을 한껏 담소의 소재로나 여긴다네.	把書生盡情談笑.
팔고가 무슨 득이 있는가,	八股何益,[5]
육경이 아직도 건재하거늘	六經猶在,
어떻게 밀어낸단 말인가?	如何推倒?
백거에서 오나라가 흥기하고	柏舉興吳,[6]
언릉에서 [진군이] 초나라 대파했으니	鄢陵破楚,[7]
병가의 계책이란 참 오묘한 것이라네.	兵機最妙.
동군은 군사 책략 마음에 가득할지라도	寄東君滿腹韜鈐,[8]
좌전 또한 탐구하시길 바란다네.	盲左亦須探討.[9]

역주

1 水龍吟:詞牌의 하나. 李白 詩句 "笛奏水龍吟"에서 나왔다. 句式은 크게 두 가
   지가 있다. 하나는 起句 七字, 第二句 六字 식의 蘇軾詞를 正格으로 삼는다. 총
   102자로, 上片은 十一句 四仄韻, 下片은 十一句 第九句는 모두
   一字豆句法을 쓴다. 다른 하나는 起句 六字, 第二句 七字 식의 秦觀詞를 正格
   으로 삼는다. 총 102자로, 上片은 十一句 四仄韻, 下片은 十句 五仄韻, 後結을

九字 一句, 四字 一句로 삼는다. 噶將軍：噶爾璽. 앞 시 「3.41 태상인·갈장군의 변방 밖 풍경 얘기를 듣고(太常引·聽噶將軍說邊外風景)」 참고. 歸化城：蒙古主都인 呼和浩特의 옛 이름. 16세기 중엽 몽골족의 추장 알탄 칸의 도성으로 건설되어 후트호트(푸른 도성이라는 뜻)라고 부르다가 1571년 알탄 칸과 명나라 사이에 講和가 성립된 후 명나라에서는 '귀화성'이라 칭했다. 청대에 와서 부근에 綏遠城이 건설되었고, 후에 두 곳을 합쳐 歸綏라 부르다가 오늘날에는 몽골의 옛 이름을 따라 '후트호트'라 부른다.

2 豐儀：용모. 자태.

3 邊庭：변경. 여기서는 귀화성을 가리킴.

4 李家部曲, 程家刁鬥：李家는 西漢의 명장 李廣. 隴西 成紀(지금의 甘肅省 靜寧) 사람이다. 匈奴와 70여 차례 교전을 벌이며 침입을 막았다. 그의 군대는 군기를 느슨하게 관리하면서 밤에는 진영에 비상시 두드려 신호를 보내기 위한 대형솥도 설치하지 않은 채 먼 곳에 척후병만 배치하였다고 한다. 程家는 程不識. 李廣과 같은 시기의 명장. 이광과는 상반되게 군대를 엄격하게 통솔하였으며, 야간에 대형솥을 곳곳에 설치하고 경계를 강화했다.

5 八股：時文·制藝라고도 하며, 명·청 시기 과거 시험에서 규정한 문체.

6 柏擧興吳：B.C. 505년 吳王 闔閭는 楚軍과 柏擧(지금의 湖北省 麻城)에서 결전을 벌여 초군을 대패시키고 그 수도를 공격하였다. 『左傳』定公四年 참고.

7 鄢陵破楚：B.C. 575년 晋軍은 鄢陵(언릉)에서 초군을 대파하였는데, 이를 '鄢陵之戰'이라고 한다. 『左傳』成公十六年 참고.

8 東君：噶爾璽 장군이 중국의 동부에서 天津都統과 靑州將軍을 역임했기에 이렇게 지칭했다. 韜鈐：고대 병서 『六韜』와 『玉鈐篇』. 여기서는 군사 책략을 가리킨다.

10 盲左：『左傳』을 가리킴. 『左傳』의 작자인 左丘明이 맹인으로 전해지기 때문에 盲左라고 한다.

해제

상편에서는 변경 지방의 황량한 정경을 상상하면서 옛사람들이 군대를 다스렸던 일을 칭송하였고, 하편에서는 당시 팔고문의 문풍을 비판하면서 유가 경전의 학습도 중시하기를 권고하였다.

3.43 만정방 · 곽방의에게 滿庭芳 · 贈郭方儀[1]

배추절임과
붉은 소금에 삶은 콩,
청빈한 선비 분위기라네.
깨진 술병에 남은 술,
아무렇게나 꽂힌 자잘한 복숭아꽃,
봄날 같은 시월의 볕 그냥 지나칠 순 없기에
죽서 마을 한가로이 거닐어 보네.
평산 위
한 겨울 추위 속 송백은
서리 맞아 한층 푸르다네.

천하의 성쇠는
바둑 한 판인지라
승부 가늠키 어렵다네.
음주가무를 보시라,
호걸지사들이 마음껏 즐긴다네.
한 번 그들에게 패배해도 그만인 것,
그들 또한 어찌 매번 승리하겠나!
차가운 날 창 안에서
차 끓이고 눈을 쓸며
책 읽을 등불 한 접시면 족한 것을.

白菜醃菹,
紅鹽煮豆,[2]
儒家風味孤淸.
破甁殘酒,
亂揷小桃英.
莫負陽春十月,[3]
且竹西村落閑行.[4]
平山上,[5]
歲寒松柏,
霜裏更靑靑.

乘除天下事,[6]
圍棋一局,
勝負難評.
看金樽檀板,[7]
豪輩縱橫.
便是輸他一著,
又何曾著著讓他贏!
寒窗裏,
烹茶掃雪,
一碗讀書燈.

역주

1   滿庭芳:詞牌의 하나. '滿庭花'라고도 하며, 雙調 九十五字, 前闋 四平韻, 後闋
    五平韻, 一韻到底 방식이다. 吳融의 "온 뜰에 방초 가득, 황혼 내리네[滿庭芳草
    易黃昏]"와 柳宗元의 "여기에 안착하려니, 온 뜰에 방초가 가득하다네[偶此卽安
    居, 滿庭芳草積]" 등 詞句에서 이름이 유래했다. 郭方儀:자세한 생평은 미상.
2   紅鹽:붉은 빛이 나는 소금.
3   陽春十月:시월의 따사로운 햇볕을 민간에서는 '小陽春'이라고 한다.
4   竹西:揚州 蜀岡에 있는 竹西 꽃길을 가리킨다. 부근에 竹西亭이 있고 풍경이
    아름답고 쾌적하기로 유명하다.
5   平山:平山堂. 揚州 蜀江 大明寺에 있다. 宋 歐陽脩가 揚州太守로 있을 때 지어
    연회장소로 썼다. 「2.92 평산연회에서 모은 시[平山宴集詩]」참고.
6   乘除:흥망성쇠.
7   金樽檀板:금술잔과 박달나무 박판. 음주가무를 가리킨다.

해제

    郭方儀의 생평에 대해서는 구체적으로 알 수 없으나 앞의 「3.37 만강
홍·농가의 사계절 고락의 노래[滿江紅·田家四時苦樂歌]」해제에서 언급
한 바와 같이 雍正 십년 鄕試에서 판교와 같이 합격한 사람이 아닌가
여겨진다. 판교의 '明月前身' 印章에 함께 언급된 王文治·郭方儀 두 同
年(과거에 함께 합격한 사람) 가운데 王文治는 『揚州畫舫錄』卷三에서 '乾
隆庚辰進士一甲第二人'이라 했다. 이때는 건륭 25년(1760)으로, 판교 나
이 69세 때이다. 그러나 郭方儀에 대한 관련 기록은 더 보이지 않으므
로 그는 鄕試 이후 가난한 독서인으로 지냈던 것으로 추측된다. 이런
맥락에서 이 작품에서는 안빈낙도의 즐거움과 세상사의 무상함을 들어
곤궁에 처한 친구를 위로하고 있는 것이다.

3.44 만정방 · 저녁 풍경滿庭芳 · 晚景

가을 강물 하늘에 맞닿아 있고 秋水連天,
겨울 까마귀 대지를 스쳐 지날 때 寒鴉掠地,
석양이 성근 울타리 사이로 붉게 비치네. 夕陽紅透疎籬.
마른 풀에는 서리가 짙고 草枯霜勁,
싸아싸아 구슬픈 낙엽 소리. 颯颯葉聲悲.
드문드문 어부와 사냥꾼의 집, 幾點漁莊雁戶,[1]
풍랑 일어 낚싯배도 드물어졌네. 爲風波釣艇都稀,

변방의 산은 멀기만 한데 關山遠,
나그네는 어디에 머물고 있나? 征人何處,
구월이건만 옷 준비도 못했을 텐데. 九月未成衣.
사립문은 전혀 쓸 일이 없고 紫扉無一事,
세상은 이렇게 거대하기에 乾坤偌大,
언제든지 그대를 받아들이리. 儘可容伊.
문장 쓰는 일이야 애당초 맞지 않고 但著書原錯,[2]
검술 배우는 것도 온통 그릇되었네. 學劍全非.
마음 가는대로 거문고 타며 흥 돋우지만 漫把絲桐遣興,[3]
누군가 문 밖에서 들을까 걱정된다네. 怕有人戶外聞知.
만일 如相問,
요즘의 종적을 묻는다면 年來蹤跡,
약 캐러 나가 돌아오지 않았다고 전해주게나. 采藥未曾歸.[4]

1　雁戶 : 사냥꾼의 집.
2　著書 : 문장과 관련된 일. 學劍과 더불어 공명을 얻는 文·武 두 방편을 가리켰다.
3　絲桐 : '絲'는 현악기인 거문고를 가리키고, '桐'은 거문고를 주로 오동나무로 만
　　들기 때문에 쓴 표현이다.
4　采藥未曾歸 : 賈島의 「訪隱者不遇」 내용을 끌어왔다. "소나무 아래에서 동자에게
　　물으니, 스승은 약초 캐러 가셨다 하네. 이 산 속에 있는 줄 알겠으나, 구름 깊어
　　어딘지를 알 수가 없네.[松下問童子, 言師采藥去. 只在此山中, 雲深不知處.]"

해제

　은거생활을 묘사한 작품으로, 상편은 시골의 가을 저녁 풍경을 그리
면서 어부와 사냥꾼은 편벽된 곳에서 칩거하고, 나그네는 밖에서 고생
하는 것을 대비시켜 은일의 즐거움을 부각시켰다. 하편에서는 지금의
은일자적하는 생활과 지난날 잘못 선택했던 관료의 길을 대비시키면서
철저히 세상과 단절한 채 살고자 하는 심정을 담았다.

3.45 만정방·노래하는 소녀에게 滿庭芳·贈歌兒

완만하게 들리는 옥피리 소리,	玉笛聲暹,[1]
느릿느릿 울리는 비파 소리,	琵琶索緩,
몇 번을 따라 부르려다 다시 멈추네.	幾回欲唱還停.
알 듯 모를 듯 미소 띠면서	拈花微笑,
수놓인 작은 병풍 앞에 작게 서있네.	小立繡圍屛.
금술잔 들어 권해볼까 하다가도	待把金樽相勸,

지난 취기 가시질 않아 그만둔다네.	又推辭宿酒還醒.
가을의 기루 고요한 채	秋堂靜,
이슬 촉촉이 내려와	露華悄悄,
은촉대 차디찬 삼경이라네.	銀燭冷三更.

가볍게 목 한 번 풀더니	輕輕喉一轉,
아직 절정에 이르지도 않았는데	未曾入破,[2]
소리는 이미 가을별까지 솟아올랐네.	響迸秋星.
다시 낮은 소리로 반복해 부르니	又低聲小疊,[3]
은근하고 간드러지게 정이 묻어난다네.	暗裊柔情.
청춘의 나이 몇인지 물으니	試問靑春幾許,
막수가 시집가기 전 그 나이라네.	是莫愁未嫁芳齡.[4]
이 사람은 참 부끄럽게도	吾慚甚,
수염 희끗희끗 반백인 처지,	髭黃鬢苦,
차마 넋 잃었노라 말 못하겠구려.	未敢說消魂.

역주

1 玉笛聲遲 : 이하 5句는 소녀가 노래하기 전 준비하고 있는 모습을 묘사하고 있다.
2 入破 : 唐宋의 大曲은 매 套가 散序·中序·破 등 3개의 大段으로 나뉘고, 大段
    마다 다시 몇 遍으로 나뉜다. 入破는 제3大段의 제1遍 부분이다.
3 小疊 : 가곡 중의 중창 혹은 疊唱으로 반복해 부르는 부분이다.
4 莫愁 : 南朝 梁武帝 蕭衍의 『河中之水歌』중 인물로 영리하고 솜씨가 뛰어나 15
    세에 부잣집 盧씨에게 시집가서 16세에 아들을 낳고 살았다 한다. "황하의 강물
    은 동쪽으로 흐르는데, 낙양의 소녀 이름 막수라 하네. …… 열다섯에 노씨 집에
    시집을 가서, 열여섯에 아후라는 아들 낳았네.[河中之水向東流, 洛陽女兒名莫
    愁. …… 十五嫁爲盧家婦, 十六生子字阿侯.]" 여기서는 막수가 시집가기 전의 나
    이인 약 13~14세 정도를 가리킨다. 「3.30.5 막수호(莫愁湖)」 참조.

노래하는 소녀에게 증여한 작품으로, 상편은 그녀가 노래하는 상황을 묘사하였고, 하편에서는 그녀의 아름다운 소리에 대한 사랑스러운 감정을 표현하였다.

3.46 만정방 · 시골에 살며滿庭芳 · 村居

풀은 볏모처럼 초록이고	草綠如秧,
볏모는 풀처럼 푸르다네.	秧青似草,
바둑판같은 논이 봄을 그려내는데	棋盤畫出春田.
비가 쏟아지자 뽕잎은 무거워지고	雨濃桑重,
암비둘기는 쾌청한 아지랑이를 부른다네.	鳩婦喚晴煙.[1]
언덕에 비스듬히 걸린 강 위의 다리,	江上斜橋古岸
주루의 깃발은 숲 밖에서 펄럭이네.	掛酒旗林外翩翩.
저 멀리 산성에서	山城遠,
석양에 울려 퍼지는 고각소리,	斜陽鼓角,[2]
성첩은 구름에 닿고자 하네.	雉堞慕雲邊.[3]
이내 몸은 서른 해 동안	老夫三十載,
연나라 땅 남쪽과 조나라 땅 북쪽,	燕南趙北,
남해와 남방 땅까지 두루 오갔다네.	漲海蠻天[4]
옛집에 기쁜 맘으로 돌아오니	喜歸來故舊,
정다운 이야기들 여전하구나.	情話依然.

장난하던 어린 시절 떠올리니   提起髫齡嬉戲,[5]

갈매기한테 했던 옛 맹세 아직도 생생하네.   有鷗盟未冷前言.[6]

기쁘게 다시 상봉해보니   欣重見,

이끌고 안아주던 자식들이   攜男抱幼,

좋은 짝 만나 혼인하게 되었구나.   姻婭好相聯.

역주

1   鳩婦 : 전설에 의하면 암비둘기의 울음소리는 날이 쾌청하기를 바라는 소리인데, 이는 흐린 날엔 수컷이 암컷을 몰아내기 때문이라고 한다. 陸佃 『埤雅』: "발구라는 비둘기는 회색으로 목에 무늬가 없으며, 날이 흐리면 그 암컷을 몰아냈다가 날이 쾌청해지면 불러들인다.[勃鳩, 灰色無綉項, 陰則屛逐其匹, 晴則呼之.]" 속담에도 "비가 오려 하니 비둘기가 암컷을 몰아낸다[天將雨, 鳩逐婦]"라는 말이 있다.

2   鼓角 : 옛날 군대에서 호령용으로 쓰던 북과 나팔.

3   雉堞(치첩) : 성벽이나 요새의 성첩에서 '凹'형으로 된 銃眼.

4   漲海 : 남해의 옛 명칭. 蠻天 : 남방의 하늘.

5   髫齡(초령) : 길게 땋아 늘어뜨린 머리의 나이. 유년.

6   鷗盟 : 갈매기와 한 맹세. 귀향을 뜻한다. 「2.204 이어 · 우문준 · 장빈학 · 왕문치와 모여 술 마시다[李嬗、于文濬、張賓鶴、王文治會飲]」 참고.

해제

작자가 관리 생활을 하다 시골로 돌아와 생활하는 심경을 그렸다. 상편에서는 시골의 아름다운 봄날 풍경을, 하편에서는 시골로 돌아온 후 가족들과 함께 하는 정겨운 생활의 기쁨을 표현하였다. 내용 가운데 "이내 몸은 서른 해 동안……"이라고 했고, 자식들이 커서 혼인하게 되었다는 언급을 고려하면 乾隆 18년(1753년, 61세) 濰縣縣令을 사직하고 돌아온 뒤의 작품으로 보인다.

3.47 서학선 · 어부의 집瑞鶴仙 · 漁家[1]

강물에 풍파가 일어나니	風波江上起,
일엽편주 푸른 버드나무에 묶어 놓고	系扁舟綠楊,
살구꽃 붉게 핀 마을로 들어서네.	紅杏村裏.
어촌 아낙의 모습 부러워하노니	羨漁娘風味,
연지와 분이라고는 안 바르고	總不施脂粉,
머리만 대충 빗어 넘겼네.	略加梳洗.
들꽃 하나 귀밑머리에 꽂았을 뿐인데	野花挿髻,
보석 박힌 비녀, 귀고리보다 아름답다네.	便勝似寶釵香珥.
문득 낭군 불러 뱃전 두드리며 그물 펼치니	乍呼郎撒網鳴榔,[2]
강과 하늘 끝없는 곳에 떠 있는 배 한 척.	一棹水天無際.
풍성한 수확,	美利,[3]
부들광주리에 게를 담고	蒲筐包蟹,
대바구니에 새우를 담고	竹籠裝蝦,
버드나무가지로 잉어 꿰었네.	柳條穿鯉.
성안 저자거리 멀지 않으니	市城不遠,
아침에 떠나면	朝日去,
점심 무렵엔 돌아오겠지.	午歸矣.
그리곤 누구네 집 맛있는 술 한 동이 들고 와	並攜來一甕誰家美醞,
사람과 물새가 어울려 취한다네.	人與沙鷗同醉.
끝없는 갈대밭에 누우니	臥葦花一片茫茫,
석양이 천 리.	夕陽千里.

역주

1 瑞鶴仙 : 詞牌의 하나. 北宋에 시작되었고, 周邦彦의 『片玉詞』에 보인다. 『詞
   譜』에서는 周邦彦의 詞를 正體로 삼는다. 雙調, 102자. 上片은 十一句 七仄韻,
   下片은 十一句 六仄韻이다.
2 鳴榔 : 나무 막대로 뱃전을 두드릴 때 나는 소리. 榔(랑)은 옛날 뱃전을 두드려
   고기를 몰아 잡을 때 쓰던 나무 막대.
3 美利 : 大利, 즉 풍성한 수확을 의미함.

해제

이 작품을 포함해 이하 '瑞鶴仙' 連作詞에서는 漁家 · 酒家 · 山家 · 田
家 · 僧家 · 官宦家 · 帝王家 등 여러 계층의 생활을 묘사하였다. 이 일
곱 편의 사에서는 가난한 사람과 부귀한 사람이란 두 가지 형태의 삶을
대비시켜 부귀와 사회적 명예를 갖춘 삶일지라도 자족하며 살아가는
민간의 소박한 삶보다 나을 것이 없음을 표현하고 있다. 첫째 작품「어
부의 집」에서는 어부 집안의 순박하고 자유스러운 생활을 그렸다.

3.48 서학선 · 주가 瑞鶴仙 · 酒家

강 위에 펄럭이는 주루의 깃발,	青旗江上酒,[1]
가랑비 한창 배꽃을 적시니	正細雨梨花,
청명 전후라네.	清明前後.
새우와 고동이 물고기와 연근이랑 섞여 있고	蝦螺雜魚藕,
황토진흙으로 봉한 오래된 술동이는	況泥頭舊甕,[2]
개봉한 지 얼마 되지 않았네.	新開未久.

맑고 깊은 맛 입안에 감기니　　　　　　　清醇可口,
어부와 나무꾼 노인들 흠씬 취하도록 마신다네.　盡醉倒漁翁樵叟.
마을로 돌아가는 길 몽롱하게 보이고　　　向村墟歸路微茫,
사람이나 석양이나 다 같이 불그레하네.　人與夕陽薰透.

아는가 모르는가,　　　　　　　　　　知否?
세상의 실패와 성공은　　　　　　　　世間窮達,
잎 지고 꽃 스러지는 것과 같아　　　　葉底榮枯,
점괘 속의 길흉일 뿐이네.　　　　　　卦中奇偶.³
무엇을 따지겠는가?　　　　　　　　何須計較,
잔을 들어　　　　　　　　　　　　　捧一盞,
그대의 장수나 기원하노라.　　　　　爲君壽.
원컨대 그대는 장안의 옛 꿈 버리시고　願先生一掃長安舊夢,⁴
중산의 술벗이나 찾아가게나.　　　　來覓中山渴友.⁵
금장식 풀어내어 주루에 줘버리고　　解金貂付與當壚,⁶
지금부터라도 다 벗어나게나.　　　　從今脫手.

역주

1　靑旗: 주루의 깃발. 『續容齋隨筆』: "지금 도성과 군현의 주루와 술파는 일에 종사하는 모든 곳은 밖에 큰 발을 내걸고, 희고 푸른 천 몇 폭으로 그것을 표시한다.[今都城郡縣酒務, 及凡鬻酒之肆, 皆揭大簾于外, 以靑白布數幅爲之.]"
2　泥頭舊甕: 황토 진흙으로 입구를 봉한 오래된 술동이.
3　奇偶: 옛날 팔괘로 운명을 점칠 때 奇는 凶을, 偶는 吉를 뜻했다.
4　長安舊夢: 唐 沈旣濟의 전기소설 『枕中記』에 나오는 고사. 盧生이 장안에서 관직을 구하다가 한단의 주막에서 꿈을 꾸게 되고, 그 꿈속에서 공명을 이루게 된다. 여기서는 공명을 바라는 마음을 뜻함.
5　中山渴友: 술벗. 『搜神記』卷十九: "적희는 중산인으로, 千日酒를 만들 수 있었다. 이 술을 마시면 천 일 동안 취하게 된다.[狄希, 中山人也, 能造千日酒, 飮之, 千日醉.]"

金貂(금초) : 금과 담비 꼬리로 만든 官帽 장식품. 當壚 : 주점에서 술을 올려놓는 곳.

해제

상편은 청명 전후 봄날에 풍성한 안주거리를 놓고 즐기는 취흥을, 하편에서는 모든 공명의 욕심에서 벗어나 주루에서 술을 즐기면서 안빈낙도하는 생활을 노래했다.

3.49 서학선·산중의 집瑞鶴仙·山家

산 깊어 인적 드문데   山深人跡少,
돌은 말라가고 소나무는 살지고   漸石瘦松肥,
구름은 둔해지고 학도 나이 들었네.   雲癡鶴老.
띠풀집은 골짜기에 박힌 섬,   茅齋嵌幽島,
꽃가지 옆으로 뻗으니   有花枝旁出,
덩굴이 올라가 덮어 그늘을 만들었네.   蘿陰上罩.
물고기 노니는 모습 환히 들여다보이고   遊魚了了,
연못물은 맑디맑아 고요히 비치네.   潭水徹澄清寂照.
숲속의 봄 죽순이나 가을 배를 먹으면   啖林中春筍秋黎,¹
영지 신선초나 마찬가지네.   當得靈芝仙草.

어슴푸레한 새벽,   飄緲,
오경이 되어서야 해가 뜨는데   五更日出,

개들은 구름 속에서 짖어대고	犬吠雲中,
닭들은 하늘 끝에서 울어대네.	雞鳴天表.
울타리 서쪽 모퉁이엔	籬笆西角,
별이 아직 반짝이고	星未盡,
달도 여전히 밝게 비추네.	月猶皎.
묻노니 언제나 산중 고아한 선비 찾아나설 건가,	問何年定訪山中高士,[2]
넓은 옷깃 네모진 도포에 커다란 모자,	闊領方袍大帽.[3]
황정은 먹을 필요도 없고	也不須服食黃精,[4]
한가롭기만 해도 그만이라네.	能閑便好.

역주

1 秋黎 : 黎는 梨의 뜻.
2 高士 : 덕과 지식이 뛰어나지만 속세에 나오지 않고 은거하며 지내는 군자.
3 闊領方袍大帽 : 은거하는 사람의 복장을 가리킨다.
4 黃精 : 식용식물. 폐를 부드럽게 하고 기를 보충해주는 효능이 있어 장기 복용하면 장수할 수 있다 한다. 「2.93 양위금에게[贈梁魏金]」 참고.

해제

산중 생활의 고요함과 한적함을 노래하였으며, 隱逸自適하는 한가로운 생활에 대한 동경을 한껏 드러낸 작품이다.

강가에 봄비 그치자　　　　　　　　江天春雨後,
산자락 인가엔　　　　　　　　　　　傍山下人家,
들꽃이 수를 놓은 듯.　　　　　　　　野花如繡.
큰 강어귀 넓은 들판엔　　　　　　　平田大江口,
반가운 밀물 밤 사이에 밀려와　　　　喜潮來夜半,
옥토에 스며들었네.　　　　　　　　土膏浸透.
파릇파릇한 모 총총히 자라고　　　　青秧緢緢,
밭두둑 위에는 참깨와 콩을 뿌렸네.　 埂岸上撒麻種豆.
굽이진 하류 작은 다리엔 봄 배 떠가고, 放小橋曲港春船,[1]
아지랑이 피는 버드나무엔 뻐꾸기소리.　布穀煙中楊柳.[2]

대대로 지켜온 농사일,　　　　　　　株守,
설쳐대는 관리가 가장 혐오스럽고　　最嫌吏擾,
아전의 착취가 무섭다는 건　　　　　怕少官錢,
농사짓는 벗들만 알고 있다네.　　　 惟知農友.
바가지 술잔, 항아리 술독,　　　　　匏尊瓦缶,
농주가 익어 가면　　　　　　　　　村釀熟,
이웃집 영감을 이끌고 온다네.　　　　拉隣叟.
어린 딸 손주녀석 키울 일에 늘 긴 한숨, 每長籲稚女童孫長大,
시집 장가도 보내야만 할 텐데.　　　婚嫁也須成就.
겨울 되면 새색시 들여온 집집마다　　到冬來新婦家家,
시부모 모시고 오순도순 살아간다네.　情親姑舅.

해제

  상편은 그림 같은 강촌 풍경을, 하편에서는 농민들의 순박한 생활을
그려냈다. 특히 株守 이하 4구는 관청의 착취를 농민의 가장 큰 어려움
으로 토로하고 있다.

3.51 서학선 · 스님의 집瑞鶴仙 · 僧家

기울어진 초막 암자,	茅庵欹欲倒,
고목이 부축해주고	倚老樹撐扶,[1]
흰 구름이 에워싸고 있네.	白雲環繞.
깊은 산중 찾는 이 없고	林深無客到,
낮은 골짜기엔 샘물 흐르는 소리,	有澗底鳴泉,
깊은 계곡으로 새가 날아드네.	谷中幽鳥.
맑은 바람 불어와 쓸어대니	淸風來掃,
떨어진 낙엽으로 아궁이에 불 지피네.	掃落葉盡歸爐灶.[2]
문 닫아걸고 잿불에 토란 굽고 등불 내거니	好閉門煨芋挑燈,
등불 다 타면 토란 향기에 날 밝아오네.	燈盡芋香天曉.

시실이지	非嬌,

귀족 자제와도 사귀고	也親貴冑
속세에도 다니지마는	也踏紅塵,
결국은 노을 너머 이곳으로 돌아온다네.	終歸霞表.[3]
남루하고 헤진 승복,	殘衫破衲,[4]
깁고 또 기워	補不徹,
더 기울 수도 없게 되었네.	縫不了.
세상 사람보다 머리카락 몇 가닥 적을 뿐이나	比世人少卻幾莖頭髮,
허다한 번뇌를 줄일 수 있다네.	省得許多煩惱.
부처님 앞에 향불 사르고	向佛前燒炷香兒,
한가로이 잠 한 숨 청하네.	閑眠一覺.

역주

1   倩 : 請.
2   淸風來掃, 掃落葉盡歸爐灶 : 앞 구의 掃는 바람이 주체이고, 뒤 구의 掃는 승려
    가 주체이다.
3   霞表 : 霞外. 노을 밖의 세상, 인간 속세로부터 멀리 떨어진 곳.
4   衲(납) : 승복.

해제

  스님의 거처는 비록 가난하기 짝이 없어 불편해 보일지라도 세속의
피로와 번뇌가 없는 곳임을 표현했다.

3.52 서학선 · 관환가瑞鶴仙 · 官宦家

생황소리 구름 너머 멀어지고　　　　　　　笙歌雲外逈,
등불 빛나고 별도 밝은데　　　　　　　　　正燭爛星明,
꽃은 무성한 채 밤은 길기도 해라.　　　　　花深夜永.
아침노을 누각을 차갑게 비추나　　　　　　朝霞樓閣冷,
모란은 아직도 잠에 빠졌고　　　　　　　　尙牡丹貪睡,
앵무새도 여태 깨지 않았네.　　　　　　　　鸚哥未醒.[1]
미늘창 자루와 홰나무 그림자,　　　　　　　戟枝槐影,[2]
얼마나 많은 황금인장과 인재들이 서 있는가?　立多少金龜玉笋.[3]
삽시간에 구름과 안개 걷히면　　　　　　　霎時間霧散雲銷,
문밖 길엔 참새 그물 펼쳐지리라.　　　　　門外雀羅張徑.

문득 정신이 들고 보면　　　　　　　　　　猛省,
제비가 봄을 물고 가고　　　　　　　　　　燕銜春去,
기러기가 가을 데려오고　　　　　　　　　　雁帶秋來,
서리가 사납게 눈발을 재촉하네.　　　　　　霜催雪緊.
추위에 떨던 몇 집,　　　　　　　　　　　　幾家寒凍,
다시 때가 오면　　　　　　　　　　　　　　又逼出,
매화 소식 기어이 전해진다네.　　　　　　　梅花信.
하늘께서 그 어찌 흥망성쇠 소식을 한정하시리?　羨天公何限乘除消息,
어느 한 집만 정하여 주시는 게 아니라네.　　不是一家慳定.
마음대로 쇠로 빚고 구리에 새기더라도　　　任憑他鐵鑄銅鎸,
결국은 그림의 떡이라네.　　　　　　　　　終成畫餅.

1 尙牡丹貪睡, 鸚哥未醒 : 옛날 牡丹은 부귀를 상징하는 꽃이었고, 앵무새는 부잣
   집에서나 키우는 새였기에 여기서는 부잣집 생활을 가리키는 표현이다.
2 戟枝 : 옛날 궁문에는 미늘창을 늘어 세웠는데, 고관대작의 집에서도 그렇게 세
   우는 경우가 있었다. 槐影 : 조정의 外殿에는 대개 홰나무를 세 그루 심어 三公
   이 순서대로 그 옆에 늘어섰으므로 三公을 三槐라고도 한다. 권세와 명문 있는
   집안에서도 종종 정원에 이 나무를 심었다.
3 金龜 : 거북 꼭지가 달린 금으로 된 高官의 인장. 玉筍 : 뛰어난 인재를 비유한 말.

해제

상편에서는 부귀를 상징하는 모란과 앵무새가 늦잠 자는 정황을 통
해 官宦家의 호사스러움과 게으르고 나태한 분위기를, 하편에서는 그들
도 끝내 쇠락을 피할 수 없음을 표현해냈다.

3.53 서학선 · 제왕가 瑞鶴仙 · 帝王家

산하를 헌신짝처럼 여기고	山河同敝屣,[1]
자식 밀치고 현인에게 [제위를] 물려주니	羨廢子傳賢,
요당의 오묘한 이치일세.	陶唐妙理.[2]
우와 탕은 별다른 계책 세우지 않고	禹湯無算計,
천하의 중책 여전히	把乾坤重擔,
자손이 지게 하였다네.	兒孫挑起.[3]
천 년 만 년의 역사에서	千祀萬祀,
얼마나 많은 영웅들 천하를 다투었나?	淘多少英雄閑氣.[4]

지금껏 옛 [사서의] 종이에서 분분하지 않은가,　　到如今故紙紛紛,[5]
어디 진의 시작이나 한의 끝만 그렇다던가?　　何限秦頭漢尾.[6]

기대지 말지니,　　　　　　　　　　　　　休倚,
몇몇 환관들과　　　　　　　　　　　　幾家宦寺,[7]
몇 번의 번왕과　　　　　　　　　　　　幾遍藩王,
몇 차례의 외척들,　　　　　　　　　　幾回戚里.
동에서 부축하고 서에서 넘어지고　　　東扶西倒,
폐단이 편중되어　　　　　　　　　　　偏重處,[8]
멸망에 이르렀네.　　　　　　　　　　成乖戾.[9]
훗날의 궁중담장, 기왓장을 기약하지만　待他年一片宮牆瓦礫,
가을 연못 연잎은 어지럽게 뒤집히고　　荷葉亂翻秋水.
석양에 야인만이 낡은 배에 남은 채　　剩野人破舫斜陽,
한가로이 고미를 거둔다네.　　　　　　閑收菰米.[10]

역주

1　山河同敝屣(폐사):『孟子・盡心』:"舜임금께서는 천하 버리기를 헌신짝 버리시
　　듯 하셨다.[舜視棄天下猶棄敝蹝.]"
2　羨廢子傳賢, 陶唐妙理:唐堯께서 아들 丹朱를 버리고 천하를 어진 舜에게 선양
　　하신 것은 오묘한 도리라는 뜻. 陶唐은 帝堯. 堯임금은 처음에 陶에 거주하다가
　　나중에 唐에서 책봉되었다.『史記・五帝紀』참고.
3　禹湯無算計, 把乾坤重擔, 兒孫挑起:夏禹가 천하를 아들 啓에게 전했던 일과,
　　夏末 成湯이 군대를 일으켜 夏를 멸망시키고 商을 건국한 후 천하를 아들 大丁
　　에게 전했던 일 등을 가리킨다.
4　淘閑氣:천하를 다투는 투쟁.
5　故紙:史籍을 가리킨다.
6　秦頭漢尾:秦에서 漢으로 왕조가 바뀌었듯 역대 왕조가 교체된 일을 가리킨다.
　　이 번역의 텍스트로 삼은 中華書局『鄭板橋集』에는 '漢'이 '楚'로 표기되었는데,
　　판교의 手稿本 등에서도 '漢'으로 표기되고 있으므로 이를 따라 수정했다.
7　宦寺:환관. 寺人은 고대 궁정에서 심부름을 하는 小官을 말하는데, 후대에는

환관 역시 寺人으로 칭했다.

8 　偏重處 : 나라의 오랜 폐단이 있는 곳.

9 　乖戾(괴려) : 화합하지 못함. 여기서는 멸망을 뜻함.

10 　菰米(고미) : 수생식물인 菰의 열매. 식용으로 쓰임.

해제

천하를 다투는 것은 왕조를 바꾸는 근본 원인으로, 왕조는 모두 투쟁 속에서 일어났으며 또한 반드시 그 투쟁 속에서 멸망하기 때문에 어떠한 영웅도 이 일만은 구제할 수 없다는 이치를 강조했다.

4. 소창小唱

4.1 도정道情[1]

단풍잎 갈대꽃이 나그네 배에 날아들고
강 위의 물안개가 수심에 잠기게 하누나.
그대에게 술 한 잔을 다시 권하노니
어제의 소년이 오늘은 백발 되었구려.

나로 말할 것 같으면 다름 아닌 판교도인이라는 사람입니다. 이 사람의 선조는 원화 할아버지로, 인간세상을 유랑하며 노래를 가르치고 곡을 만들었습니다. 이 사람도 이제 이 도정 10수를 지었으니, 모두 어리석은 자와 귀머거리를 불러 깨우고 번뇌를 제거하고자 하는 것이외다. 푸른 산, 푸른 물을 찾을 때면 이걸 직접 노래하면서 잠시 시름을 떨쳐버릴 수 있을 것입니다. 만일 명리익 각추장에서 부른다면 세상과 사람들을 각성시키기에 딱 좋을 것입니다. 이 또한 대를 이어온 풍류의 일이기도 하고, 가난한 서생의 풀칠할 수단이기도 합니다. 이제 이 노래로 여러분들의 가르침을 청하노니, 한번 웃음거리로 삼아보시기 바랍니다.

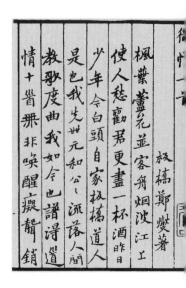

원문

楓葉蘆花幷客舟[2], 烟波江上使人愁[3]; 勸君更進一杯酒[4], 昨日少年今白頭[5]. 自家板橋道人是也. 我先世元和公公[6], 流落人間, 敎歌度曲. 我如今也譜得道情十首, 無非喚醒癡聾, 消除煩惱. 每到山靑水綠之處, 聊以自遣自歌. 若遇爭名奪利之場, 正好覺人覺世. 這也是風流世業[7], 措大生涯[8]. 不免將來請敎諸公, 以當一笑.

역주

1 道情: 曲藝의 한 갈래. 원래 당대에 道敎 고사를 演唱하던 「九眞」·「承天」 등 道曲에서 연원했기 때문에 이렇게 부른다.

2 楓葉蘆花幷客舟: 唐 白居易 「琵琶行」: "심양 강가 밤중에 손님 전송하자니, 단풍과 억새꽃에 가을이 싸늘하다. 주인은 말에서 내리고 객은 배에 오른다. 술 들어 마시려는데 음악이 없구나[潯陽江頭夜送客, 楓葉荻花秋瑟瑟. 主人下馬客在船, 擧酒欲飮無管絃]"에 보인다.

3 烟波江上使人愁: 唐 崔顥 「黃鶴樓」: "석양에 고향은 어디쯤일까? 안개 긴 강에서 근심에 젖네[日暮鄕關何處是? 烟波江上使人愁]"에 보인다.

4 勸君更進一杯酒: 唐 王維 「送元二使安西」: "그대에게 술 한잔 다시 권하니, 서쪽으로 양관 나가면 벗도 없네[勸君更進一杯酒, 西出陽關無故人]"에 보인다.

5 昨日少年今白頭: 唐 許渾 「秋思」: "거울 가린 채 소리 높여 노래 부르니, 어제의 소년이 오늘은 백발[高歌一曲掩明鏡, 昨日少年今白頭]"에 보인다.

6 元和公公: 鄭元和. 唐 白行簡의 傳奇小說 「李娃傳」의 남주인공 鄭生. 전기소설

에서는 구체적 이름을 쓰지 않았으나 元代 石君寶의 희곡 「李亞仙花酒曲江池」에서 鄭生을 鄭元和로, 李娃를 李亞仙이라고 한 후 후대 희곡에서는 이를 따랐다. 鄭元和는 滎陽人으로, 長安의 주루에서 돈을 탕진한 후 생계를 위해 「蓮花落」 가락을 부르며 저자거리에서 乞食하였다. 妓女 李亞仙이 그를 곤경에서 구해 도와주어 나중에 元和는 大官이 되고 亞仙 또한 封國夫人이 되었다. 「3.23 심원춘·한(沁園春·恨)」 주석 참조. 公公은 조상, 할아버지란 뜻.

7 風流世業 : 선조 鄭元和와 후손인 판교도인이 둘 다 '教歌度曲'으로 생업을 삼기에 '世業'이라 표현한 것이다.

8 措大生涯 : 가난한 서생의 생활 수단. 措大는 '醋大'로도 쓰며, 가난한 서생을 경멸해 부르는 표현이다.

1

늙은 어부	老漁翁,
낚싯대 드리우고	一釣竿,
산자락에 기댄 채	靠山崖,
물가 후미진 곳에 있네.	傍水灣;
작은 배 들락날락 자유롭게 오가는데	扁舟來往無牽絆,
점점이 나는 갈매기, 가벼운 물결 저 멀리 이어지네.	
	沙鷗點點輕墨跡作清波遠,
물억새 우거진 항구는 소슬하게 한낮에도 춥고,	荻港蕭蕭白晝寒,
구성진 노래 가락, 석양이 지누나.	高歌一曲斜陽晚.
삽시간에 조수 일어 금빛 그림자 흔들고	一霎時波搖金影,
문득 고개 드니 달이 동산 위에 오른다.	驀擡頭月上東山.

2

| 늙은 나뭇꾼, | 老樵夫, |

혼자서 땔나무 베어	自砍柴,
푸른 솔가지 묶고	綑靑松,
홰나무 가지는 옆에 끼었다.	夾綠槐;
가을 산 주변엔 들풀만 끝없이 자랐구나.	茫茫野草秋山外.
공덕비 서 있던 이곳은 황폐한 무덤이 되어	豐碑是處成荒塚,
높다란 돌기둥은 푸른 이끼 낀 채 누웠고,	華表千尋臥碧苔,[9]
묘 앞의 석마(石馬)는 숫돌조각 되고 말았구나.	墳前石馬磨刀壞.
가욋돈으로 술이나 사 마시고	倒不如閒錢沽酒,[10]
얼근히 취해 산길 돌아오는 게 더 좋아라.	醉醺醺山徑歸來.

3

늙은 행각승,	老頭陀,
오랜 묘당 안에서	古廟中,
혼자서 향을 사르고	自燒香,
스스로 종을 울리네.	自打鐘;
아욱과 귀리가 평상시의 공양이네.	兔葵燕麥閑齋供.
절문은 부서진 채 잠그지도 않았는데	山門破落無關鎖,
청황색 어지러운 소나무에 석양이 비쳐들고,	斜日蒼黃有亂松,
가을별이 무너진 담장 틈새로 반짝인다.	秋星閃爍頹垣縫.
칠흑 같은 어둠 속 부들방석에서 좌선할 때	黑漆漆蒲團打坐,
찻물 끓이는 화로불만 온통 벌겋구나.	夜燒茶爐火通紅.

4

전(田)자 무늬 가사를 입은
늙은 도사,
조롱박을 등에 메고
머리에는 방건 썼다네.
종려나무 신발과 천버선 제법 잘 어울리네.
비파 타고 약 팔면서 온갖 것 할 수 있고
귀신과 요괴 쫓으며 이것저것 할 수 있지만
흰 구름 붉은 단풍 따라 산길로 돌아갔네.
듣자니 매달린 바위에 집 엮어 지었다는데
도대체 어디 가서 그댈 찾으란 말인가.

水田衣,[11]
老道人,
背葫蘆,
戴袱巾;
棕鞋布襪相厮稱.
修琴賣藥般般會,
捉鬼拏妖件件能,
白雲紅葉歸山徑.
聞說道懸巖結屋,
却敎人何處相尋?

5

늙은 서생,
허름한 집 안에서
황제(黃帝)와 요순(堯舜) 얘기하고
고인의 유풍(遺風) 말하는데
허다한 후배들은 진사 급제 하였구나.
문전의 노복은 호랑이처럼 사납고
거리에선 용처럼 깃발 날리며 다니다가
하루아침에 세력 잃고 일장춘몽 되었다네.
누추한 집 궁벽한 골목에 살며
어린 학동 몇에게 글 가르치는 게 나았겠네.

老書生,
白屋中,
說黃虞,
道古風;
許多後輩高科中.
門前僕從雄如虎,
陌上旌旗去似龍,
一朝勢落成春夢.
倒不如蓬門僻巷,
敎幾個小小蒙童.

6

진짜 풍류로구나. | 儘風流,
어린 거지가 | 小乞兒,
「연화락(蓮花落)」 연창하고 | 數蓮花,
「죽지사(竹枝詞)」 노래한다네. | 唱竹枝;[12]
집집마다 북을 치고 거리 따라 다닌다네. | 千門打鼓沿街市.
다리에 해 솟을 때까지 달콤하게 잠을 자고 | 橋邊日出猶酣睡,
산 너머 석양일 때 일찌감치 돌아오네. | 山外斜陽已早歸,
남은 술에 식은 고기라도 꿀맛이라네. | 殘杯冷炙饒滋味.
오래된 묘당 회랑에 취한 채 쓰러져 | 醉倒在回廊古廟,
비바람 몰아치건 말건 그 무슨 상관이랴. | 一憑他雨打風吹.

사립문 닫아건 채 | 掩柴扉,
나가는 게 싫다네. | 怕出頭,
칼날 같은 서풍 불어 | 剪西風,
국화 길은 가을이라네. | 菊徑秋;
보아하니 중양절이 벌써 지났네. | 看看又是重陽後.
몇 줄기 마른 풀이 산성으로 이어지고 | 幾行衰草迷山郭,
한 자락 남은 석양빛 주루에 비추는데 | 一片殘陽下酒樓,
까마귀 몇 마리 쏴쏴 우는 버들 위에 앉았네. | 棲鴉點上蕭蕭柳.
뜬구름 잡는 얘기 몇 구절 모아 엮어 | 撮幾句盲辭瞎話,[13]
철판을 울려가며 노래하게 전해준다네. | 交還他鐵板歌喉.

8

<table>
<tr><td>아득한 당·우 시절,</td><td>邈唐虞,[14]</td></tr>
<tr><td>멀고 먼 하·은 시대,</td><td>遠夏殷[15]</td></tr>
<tr><td>종주였던 주나라.</td><td>卷宗周,[16]</td></tr>
<tr><td>폭력적인 진으로 들어서서</td><td>入暴秦.[17]</td></tr>
<tr><td>다투던 칠웅이 서로 합병했다네.</td><td>爭雄七國相兼幷.[18]</td></tr>
<tr><td>문장 성했다는 양한은 부질없는 자취고</td><td>文章兩漢空陳迹,[19]</td></tr>
<tr><td>사치스러운 남조는 결국 먼지 되었으며</td><td>金粉南朝總廢塵,[20]</td></tr>
<tr><td>이씨 당, 조씨 송 역시 황망히 끝났다네.</td><td>李唐趙宋慌忙盡.[21]</td></tr>
<tr><td>용호의 터전 남경 일이 가장 한탄스러워,</td><td>最可嘆龍盤虎踞[22]</td></tr>
<tr><td>'연자'와 '춘등'으로 끝장나고 말았다네.</td><td>儘銷磨燕子春燈.[23]</td></tr>
</table>

9

<table>
<tr><td>용봉(龍逢)을 애도하고</td><td>吊龍逢,</td></tr>
<tr><td>비간(比干)을 슬퍼하며</td><td>哭比干,[24]</td></tr>
<tr><td>장자(莊子)를 흠모하고</td><td>羨莊周,</td></tr>
<tr><td>노자(老子)를 숭배하네.</td><td>拜老聃;</td></tr>
<tr><td>미앙궁에서 왕손은 참수당했지.</td><td>未央宮里王孫慘.[25]</td></tr>
<tr><td>남쪽에서 싣고 온 율무로 헛된 비방 받았고</td><td>南來薏苡徒興謗,[26]</td></tr>
<tr><td>칠 척 산호는 애오라지 스스로를 해쳤다네.</td><td>七尺珊瑚只自殘.[27]</td></tr>
<tr><td>제갈공명은 부질없이 영웅이 되었으니</td><td>孔明枉作那英雄漢.</td></tr>
<tr><td>초려에 높이 누워 앞일 미리 알았다면</td><td>早知道茅廬高臥,</td></tr>
<tr><td>여섯 번 기산에서 출사하지 않았을 것을.</td><td>省多少六出祁山.[28]</td></tr>
</table>

비파를 뜯는다네.

스윽슥슥 탄다네.

범부와 우매한 자, 일깨워주고

나약하고 무딘 자, 경고한다네.

네 줄 현에는 원한도 많아라.

누런 모래 흰 풀숲 사람 자취 없는 곳,

옛 수루 찬 구름에 뒤섞여 날던 새 돌아왔건만

사냥꾼 그물 걸어 외로운 저 기러기 잡았구나.

고기잡이 나무꾼 일일랑 다 거두었으니

변방 산의 바람과 눈에 상관치 않으리라.

撥琵琶,

續續彈;

喚庸愚,

警儒頑;

四條弦上多哀怨.

黃沙白草無人跡,

古戍寒雲亂鳥還,

虞羅慣打孤飛雁.[29]

收拾起漁樵事業,

任從他風雪關山.

　　풍류 집안의 선조 원화노인이 옛 곡을 새로운 가락으로 바꾸었답니다. 그리고는 장원급제 도포를 찢어버리고, 오사모도 벗어던지고, 이 도정 몇 수를 부르고 나서 산으로 되돌아가셨답니다.

　　風流家世元和老, 舊曲翻新調; 扯碎狀元袍, 脫却烏紗帽, 俺唱這首道情兒歸山去了.

　　이 노래는 옹정(雍正) 7년에 여러 차례 지우고 고쳐가며 지었고, 건륭(乾隆) 8년에 와서야 마침내 판각하게 되었다. 판각한 사람은 사도문고(司徒文膏)다.

　　是曲作於雍正七年, 屢抹屢更;至乾隆八年, 乃付諸梓. 刻者司徒文膏也.

역주

9　華表 : 옛날 궁전이나 묘 앞에 세워진 장식용 돌기둥. 그 위에는 용이나 짐승, 꽃 등의 문양을 새겼다. 千尋 : 尋은 八尺을 뜻하므로, 千尋은 매우 크다는 것을 형용한 말이다.

10　閒錢 : 생활비 외의 여윳돈. 가욋돈.

11　水田衣 : 옷의 네모 무늬가 논밭 경계처럼 보여 붙인 이름.

12　蓮花 : 「蓮花落」, 송대 때부터 유행한 곡예의 일종. 대부분 걸인들이 먹을 것을 얻느라 노래했다. 竹枝 : 「竹枝詞」, 원래는 巴 · 渝(四川 동부) 지역의 민가였으나 唐 劉禹錫이 이를 고쳐 새로 쓴 후 후대 사람들도 그 가락에 맞춰 作詞해 유행하게 되었다.

13　盲辭瞎話 : 근거 없는 민간 이야기. 대개 맹인들이 연창했기 때문에 '盲辭'라 했다.

14　唐虞 : 고대 임금인 陶唐氏 堯와 有虞氏 舜을 아울러 이르는 말.

15　夏殷 : 夏는 禹가 세웠다고 하는 最古의 왕조. 439년간 존속하다가 桀王 때 殷 湯王에게 망하였다. 殷은 B.C. 1100년까지 黃河 중류 지역을 지배한 왕조.

16　宗周 : 周가 천하를 쟁취한 후 同姓이나 異姓을 책봉하여 많은 諸侯 나라가 있게 되었고, 이들 제후국들은 周를 종주국으로 받들었다.

17　暴秦 : 戰國을 통일한 秦이 焚書坑儒 등 포악한 정치를 실시하였음을 가리킨다.

18　七國 : 戰國 시기 秦 · 齊 · 楚 · 燕 · 韓 · 趙 · 魏 등 힘을 겨루던 일곱 大國.

19　文章兩漢空陳迹 : 漢代에는 시 · 부 · 악부 · 사서 등 우수한 문장이 많았음을 가리킨다.

20　金粉南朝 : 南朝의 많은 제왕들이 미색에 빠져 호화롭고 사치스럽게 생활했음을 가리킨다.

21　李唐趙宋 : 唐朝 황제는 李씨 성이고, 宋朝 황제는 趙씨 성임을 가리킨다.

22　龍盤虎踞 : 南京을 가리키는 말. 晉 張勃 『吳錄』 : "유비가 일찍이 諸葛亮을 남경으로 보냈는데 그가 陵山 언덕에서 두루 둘러보고 감탄하며 말하길, '(남경의) 種山은 龍의 기반이요, 石頭는 호랑이가 엎드린 형상이니, 이는 帝王의 집터이다'고 했다.[劉備曾使諸葛亮至京, 因睹秣陵山阜, 嘆曰 : '種山龍盤, 石頭虎距, 此帝王之宅.']"(『太平御覽』 인용) 여기서는 이곳에 도읍했던 南明 왕조를 가리킨다.

23　燕子春燈 : 『燕子箋』과 『春燈謎』. 두 작품 모두 명대가 망할 때 阮大鍼이 지은 전기 극본. 「3.30.12 홍광(弘光)」 참조.

24　龍逢 : 關龍逢. 夏 桀王의 신하로 여러 차례 直諫하다가 죽임을 당했다. 比干 : 商 紂王 숙부. 여러 차례 紂王에게 간언하자, 紂王이 그의 마음에 일곱 구멍이 있다고 하며 심장을 꺼내는 바람에 죽게 되었다. 「3.30.11 방효유 · 경청 두 선생의 사당[方景兩先生祠]」 참고.

25　未央宮里王孫慘 : 漢初 공신 韓信이 漢 高祖에게 의심을 받고 배척당해 未央宮

에서 참수당한 일. 未央宮은 漢 궁전의 이름. 王孫은 韓信을 가리킨다.

26 南來薏苡徒興謗 : 東漢 伏波 장군 馬援이 남방에서 내지로 율무를 운송하다가
    모함을 받은 일. 『後漢書 · 馬援傳』 참조.

27 七尺珊瑚只自殘 : 西晉 부호 石崇과 貴戚 王愷가 富를 다투다가 산호를 깨트린
    사건. 『世說新語 · 汰侈篇』 : "(王愷가) 일찍이 높이가 두 자 남짓이나 되는 산호
    수를…… 석숭에게 보였다. 석숭이 다 보고나서 쇠장식대로 마구잡이로 때려가
    며 산산조각 내고 말았다. 왕개는 아깝기도 하고 또한 자신의 보물을 시기한 것
    이라 여겨 얼굴빛이 매우 안 좋았다. 석숭이 말하길, '아까워할 것 없소이다. 그
    대에게 바로 갚아드리리' 하고는 좌우사람들에게 산호나무를 가져오라 명하
    니 세 자, 네 자나 되는 절세의 가지로, 광채가 넘쳐나는 게 6,7개나 되었다. 왕
    개의 것과 같은 정도는 너무나 많았다. 이에 왕개는 망연자실하고 말았다.[(愷)
    嘗以一珊瑚樹高二尺許…… 示崇, 崇視訖, 以鐵如意擊之, 應手而碎. 愷旣惋惜,
    又以爲嫉己之寶, 聲色甚厲. 崇曰:'不足恨, 今還卿.' 乃命左右悉取珊瑚樹, 有三
    尺四尺, 條幹絶世, 光彩溢目者六七枚, 如愷許比甚衆. 愷惘然自失.]"

28 孔明枉作那英雄漢 : 劉備는 諸葛孔明을 三顧草廬로 軍師로 초빙했다. 劉備가 죽
    은 후 그는 다시 後主 劉禪을 보좌해 여섯 차례나 祁山에서부터 中原을 북벌했
    으나 성공하지 못했다.

29 虞羅 : 山澤의 虞人(사냥꾼)이 설치한 그물.

해제

道情이란 이 講唱 형식은 원래 道敎 고사를 演唱하던 道曲에서 연원
했기 때문에 대부분 세상을 벗어나려는 내용이 위주가 된다. 판교의
「道情十首」는 이러한 전통 형식을 답습하고는 있지만 내용 면에서는
세상을 벗어나 종교적 수양을 구하려는 대목과 더불어 당대 사회의 여
러 면모를 담아내는 부분도 들어 있다. 첫째 노래는 늙은 어부, 둘째 노
래는 늙은 나무꾼, 셋째 노래는 늙은 스님, 넷째 노래는 늙은 도사, 다
섯째 노래는 늙은 서생을 소재로 삼아 그들의 일상과 修道를 담아냈다.
여섯째 노래부터 열 번째 노래까지는 노래나 이야기로 생활하는 거지
나 藝人의 생활과 그들이 다루는 소재를 언급했다. 이처럼 「道情十首」
는 민간의 노래형식을 통해 세상의 명리를 벗어나 산에서 수도하는 道
人의 세계와 노래꾼의 생활을 흥미롭게 보여주고 있다. 판교의 이 「道

情十首」 노래는 근래까지도 강남 지역에서 광범하게 유전되었다고 한다.

中華書局本 편집자 주

광동성박물관(廣東省博物館) 소장 『도정(道情)』 수고본(手稿本)에서는 '시작하는 대목(開場白)'과 '결말(結尾)'이 위 판각본(版刻本)과 다르기에 아래에 참고로 제시하고자 한다.

按廣東省博物館所藏鄭燮道情手稿, 其「開場白」和「結尾」與刻本不同, 附此以供參考:

여름 가니 겨울 오고, 봄이 왔나 싶더니 다시 가을이라네. 석양은 서쪽으로 지고, 강물은 동쪽으로 흐르네. 장군의 전마는 지금은 어디에 있나? 들풀과 들꽃 핀 곳에 근심만 그득하네. 여러분은 이 네 구절의 시구가 어디서 나온 것인지 아시는지요? 바로 진왕(秦王) 부견(苻堅)의 묘비에 새겨진 것이랍니다. 그 비석 뒷면에는 또 칙륵포(敕勒布) 노래가 있어 옛날의 흥망에 대한 감개를 노래하고, 인생이 순식간에 사라짐을 탄식하는데, 처절하고 슬퍼서 사람 마음을 흔들어 놓습니다. 저 진왕 부견은 호걸이었는데, 오로지 선대 신하 왕맹(王猛)의 말을 듣지 않은 채 남쪽으로 내려와 진(晉)을 정벌하였지요. 그러나 뜻밖에도 팔공산 초목이 다 병사인지라 처절하게 패배해 돌아갔고, 자신도 죽고 나라도 망하게 되었으니 어찌 가련한 일이 아니겠습니까? 어찌 우스운 일이 아니겠습니까? 어제 판교도인이 내게 도정 십 수를 전수해주었는데, 뜻밖에도 천지를 뒤바꾸고 세계를 뒤집으며, 수많은 바보와 귀머거리를 일깨워주고 이런저런 춘몽을 깨우는 것이었습니다. 오늘 별일 없이 한가하니 이제 한 바탕 노래해보는 것도 안 될 게 무엇이겠습니까!

暑往寒來春復秋, 夕陽西下水東流. 將軍戰馬今何在? 野草閑花滿地

愁. 列位曉得這四句詩是那里的? 是秦王苻堅墓碑上的. 那碑陰還有敕勒布歌. 無非慨往古之興亡, 嘆人生之奄忽, 淒淒切切, 悲楚動人. 那秦王苻堅也是一條好漢, 只因不聽先臣王猛之言, 南來伐晋, 那曉得八公山草木皆兵, 一敗而還, 身死國滅, 豈不可憐! 豈不可笑! 昨日板橋道人授我道情十首, 倒也踢倒乾坤, 掀翻世界, 喚醒多少癡聾, 打破幾場春夢. 今日閑暇無事, 不免將來歌唱一番, 有何不可!

옥피리 금퉁소 소리 좋은 밤, 붉은 누각 푸른 집에 아름다운 여인. 꽃가지와 새들 노랫소리가 흐드러지게 봄을 부를 때, 순식간에 서풍 한 자락이 스쳐 지나네. 콸콸대는 큰 강물은 동편으로 흐르고, 넘실넘실 붉은 해는 서편으로 기우네. 세상에는 얼마나 많은 꿈과 깨어남 있어 저 황량(黃粱)의 밥을 식게 했던가! 그대 앞산에서 은은한 피리소리 들려오면 판교도인 온 것이라 생각하시구려. 이렇게 달빛 환하고 바람 살랑이면 그의 노래를 따라갈 수밖에요. 오래 머물며 이야기 나눌 수 없으니 자, 여러분 이제 끝내기로 합시다.

王笛金簫良夜, 紅樓翠館佳人, 花枝鳥語漫爭春, 轉眼西風一陣. 滾滾大江東去, 滔滔紅日西沉. 世間多少夢和醒, 惹得黃粱飯冷. 你聽前面山頭上隱隱吹笛之聲, 想是板橋道人來也. 趁此月明風細, 不免從他唱和追隨, 不得久留談話. 列位請了.

題

畫

5. 판교 제화板橋題畵

5.1 대나무竹

5.1.1

우리 집에 두 칸짜리 초가집이 있어 남쪽으로 대나무를 심었다. 여름날 새 대가 자라서 이파리가 나오고 녹음이 사람에게 드리워질 때 거기다 작은 걸상 하나를 놓으면 시원하기가 참으로 그만이다. 가을 가고 겨울 올 무렵, 병풍살을 가져다가 양쪽 끝을 잘라 옆으로 완자 창틀을 만들고는 거기다 얇고 깨끗한 종이를 발랐다. 바람이 잠들고 날이 따스할 때면 추워서 굳어 있던 파리가 완자창 종이를 치면서 동동거리는 작은 북소리를 낸다. 그때 대나무의 그림자가 어른거리거늘 이 어찌 천연의 그림이 아니겠는가? 무릇 내가 그리는 대나무는 결코 누구에게 사숙한 바도 없다. 대부분 저 종이창과 회벽, 햇살과 달그림자 속에서 얻었을 뿐이다.

余家有茅室二間[1], 南面種竹. 夏日新篁初放[2], 綠陰照人, 置一小榻其中, 甚涼適也. 秋冬之際, 取圍屛骨子[3], 斷去兩頭, 橫安以爲窗櫺, 用勻薄潔白之紙糊之. 風和日暖, 凍蠅觸窗紙上, 鼕鼕作小鼓聲. 於時一片竹影零亂, 豈非天然圖畫乎! 凡吾畫竹, 無所師承, 多得於紙窗粉壁日光月影中耳.

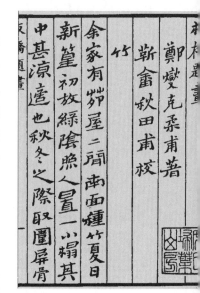

역주

1   余家 : 鄭板橋의 옛집은 당시 興化門 밖에 있었다.
2   新篁 : 새로 나온 어린 대나무. 放 : 이파리가 나오다.
3   圍屛骨子 : 병풍살.

해제

겨울에 병풍살에 흰 종이를 발라 거기서 노는 파리와 대나무 그림자가 어우러지는 모습을 보고 이 '천연의 그림'이 오히려 사람들이 그린 그림보다 한층 멋졌다는 경험을 들어 서화의 '자연스러움'을 강조했다. 즉, '천연의 그림'이란 예술 창작에 있어서 천지·자연의 자태와 특성, 생기를 기본적인 스승으로 삼는다는 의미이다. 작자가 '천연의 그림'을 얻어 기뻐할 수 있는 것은 바로 그가 천지자연을 스승으로 삼은 창작 정신을 중시하기 때문이다. 이 과정은 대상을 유심히 관찰하는 체험을 통해 얻어지는 표현으로서, 자연을 스승으로 삼으려면 단순히 자연을 모방하는 것을 뛰어넘어 철저한 체득을 통해야만 가능하다는 것이다. 이 글은 『竹圖軸』에 쓰인 題畫文으로 乾隆 辛未 가을이라고 찍힌 낙관으로 보아 1751년, 판교 나이 59세에 쓴 것으로 짐작된다.

5.1.2

한 마디 또 한 마디   一節復一節,
천 가지에 이파리가 만 개,   千枝攢萬葉;[1]
나는 본디 꽃을 피우지 않아   我自不開花,
벌 나비 불러 모으지 않는다네.   免撩蜂與蝶.[2]

역주

1   攢(찬) : 많이 모으다.
2   撩(료) : 꾀어내다. 집적거리다.

해제

　강한 마디에 이파리는 풍성하게 매달되 벌・나비 끌어들이는 꽃을
피우지 않는 대나무의 기본 특성은 세속의 유혹에 쉽게 물들지 않고자
하는 작자의 의지와 연결된다 하겠다.

어제는 서호에서 만취해 돌아오는데   昨自西湖爛醉歸,[1]
산자락 빼곡한 대나무가 옷자락 마구 끌어당겼네.   沿山密筱亂牽衣;[2]
흔들거리는 배가 금사항에 닿았을 때   搖舟已下金沙港[3]
돌아보니 비취빛 산머리에 맑은 바람 일고 있네.   回首清風在翠微.[4]

1　爛醉 : 만취하다.
2　山 : 서호 가운데에 있는 孤山을 가리킨다. 筱(소) : 대나무.
3　金沙港 : 金沙井이라고도 하며, 孤山 위에 있다.
4　翠微 : 산색을 형용하며, 여기서는 孤山을 가리킨다.

5.1.3

　　맑은 가을 강변 관사에서 이른 아침 일어나 대나무를 바라보니 안개빛과 해그림자와 이슬기운이 성긴 대나무 줄기와 빽빽한 이파리들 사이에서 함께 넘실거리고 있었다. 가슴 속에 그림을 그리고 싶은 욕망이 강렬하게 일어났다. 사실 '가슴 속 대나무'는 결코 '눈 안의 대나무'가 아니다. 그래서 묵을 갈아 종이를 펼치고 붓을 들어 그 변화하는 모습을 재빨리 그렸지만, '손 안의 대나무' 또한 이미 저 '가슴 속 대나무'가 아니었다. 요컨대, 그리고자 하는 뜻이 붓질보다 먼저인 것, 이게 정해진 법칙이다. 정취가 그 법칙을 벗어나는 것, 이는 변화의 핵심이다. 어찌 그림만 그렇다고 말하겠는가!

　　江館淸秋, 晨起看竹, 煙光、日影、霧氣, 皆浮動於疏枝密葉之間. 胸中勃勃[1]遂有畫意. 其實胸中之竹[2], 並不是眼中之竹[3]也. 因而磨墨展紙, 落筆倏作變相, 手中之竹[4]又不是胸中之竹也. 總之, 意在筆先者, 定則也; 趣在法外者, 化機[5]也. 獨畫云乎哉!

1　勃勃 : 왕성한 모양.
2　眼中之竹 : 눈에 보이는 竹의 自然形態 그대로의 모습.
3　胸中之竹 : 화가의 머리 속에 떠오른 竹의 심미적 意象.
4　手中之竹 : 화가가 창조해낸 '第二自然'으로, 새로운 예술생명체를 가리킨다.

5 化機 : 변화의 중심이나 핵심.

해제

이 짧은 글은 판교 畵論의 핵심이라 할 수 있는 부분이다. 그는 여기
서 '눈 안의 대나무'가 '가슴 속 대나무'를 거쳐 '손 안의 대나무'가 되는
창작 과정을 설명하고 있다. '손 안의 대나무'는 화가가 대상을 보고 그
려낸 '제2의 자연'이지만, 그것은 새로운 예술적 생명체이다. 그 예술적
생명체는 자연 속에 있는 '눈 안의 대나무'에서 왔지만, 그렇다고 그것
은 자연 형태의 복사에 그치는 게 아니다. 화가의 관조와 이입을 통해
획득한 대나무의 '神理'(내면적 이치)에 대한 깨달음, 여기에 화가 자신의
개성·상상·정감 등이 투입될 때 아직 구체적이지는 않지만 어떤 '심
미적 意象'이 구성된다. 이것이 바로 화가의 마음속에 자리 잡은 '가슴
속 대나무'의 단계다. 이제 오랫동안의 훈련을 통해 익힌 숙련된 기법을
운용하되, 기존의 어떤 법도에도 구속되지 않는 창조적 상상을 통해 실
제로 종이 위에 대나무의 형상을 그려낸다. 그것이 '손 안의 대나무', 예
술작품이다. 이와 같은 점진적인 단계가 예술창작의 '원래 법칙(正法)'이
다. 그러나 붓을 휘두를 때면 순간마다 '변화(化機)'하기 때문에, 이러한
正法과 化機가 융합되면서 마침내 생동적인, 韻趣가 正法을 넘어선 창
조적 대나무 그림이 태어난다는 것이다.

5.1.4

문여가(文與可)는 대나무를 그릴 때 가슴에 대나무가 이미 만들어져
있었다. 반면 나 정판교는 대나무 그릴 때 가슴에 이미 만들어진 대나무
가 없다. 옅고 짙음, 성김과 촘촘함, 길고 짧음, 가늘고 굵음이 손길 따

라 이어지면서 자연스레 그림이 이루어지고 그 내면의 정신과 이치가 두루 갖추어지게 된다. 보잘 것 없는 우리 후학들이 어찌 감히 이전의 현인들과 함부로 비교될 수 있겠는가. 그러나 '이미 만들어진 대나무가 있음'과 '이미 만들어진 대나무가 없음'은 사실 한 가지 이치일 따름이다.

文與可畫竹[1], 胸有成竹[2]; 鄭板橋畫竹, 胸無成竹[3]. 濃淡疏密, 短長肥瘦, 隨手寫去, 自爾成局[4], 其神理具足也[5]. 藐茲後學[6], 何敢妄擬前賢. 然有成竹無成竹, 其實只是一個道理.

역주

1　文與可 : 北宋의 문인·화가인 文同(1018~1079). 자가 與可이며, 四川 梓潼人으로, 司封員外郎과 湖州太守 등을 지냈다. 시문과 글씨, 竹畫에 뛰어났으며, 특히 글씨에서는 篆·隸·行·草·飛白을 잘하였다. '一詩, 二楚詞, 三草書, 四畫'라고 하여 '文同 四絶'을 들며, 그의 墨竹은 '자연스럽고 구속을 받지 않는다'고 평가된다.

2　胸有成竹 : 창작 전 마음속에 대나무의 모습이 이미 만들어져 있는 상태.

3　胸無成竹 : 창작할 당시 즉흥적으로 대나무의 모습을 구상하는 경우.

4　自爾 : 자연스럽다.

5　神理 : 神態와 理趣. 내면의 정신과 이치의 정취.

6　藐(막) : 보잘 것 없다. 여기서는 겸양의 의미로 쓰임.

해제

'이미 만들어진 대나무가 있음'이 사전 구상을 뜻한다면 '이미 만들어진 대나무가 없음'은 즉흥적 영감을 뜻한다. '胸有成竹'의 관점은 사실 北宋 文與可의 핵심적 화론으로, 蘇軾은 「文與可畫篔簹穀偃竹記」에서 "대를 그릴 때는 반드시 가슴 속에서 만들어진 대를 얻어야 한다畫竹, 必先得成竹於胸中"고 주장하면서 "문여가가 내게 이렇게 가르쳤다與可之教予如此"고 강조한 바 있다. 그는 또한 「書晁補之所藏與可竹三首」에서 "여가가 대를 그릴 때, 대는 보이되 사람은 보이지 않네. 어찌 사람만 보이지 않나, 홀연 그 몸도 던졌네. 그 몸이 대와 조화 이루어, 청신한 경지가 무궁하다네[與可畫竹時, 見竹不見人. 豈獨不見人, 嗒然遺其身. 其身與竹化, 無窮出淸新]라 했다. 晁補之의 「贈文潛甥楊克一學文與可畫竹求詩」에도 "여가가 대를 그릴 때, 가슴에 이미 대나무 있네[與可畫竹時, 胸中有成竹]"란 구가 보인다. 판교는 이와 같이 송대 화론에서 큰 영향을 미쳤던 문여가의 '胸有成竹' 관점을 수용하면서도, 더 나아가 그 반대의 경우인 '胸無成竹'이란 시각을 제시하였고, 사실은 이 두 가지 모두 서화 창작에서 필요하기에 결국 '한 가지 이치'로 귀결된다고 강조하였다.

5.1.5

　문여가(文與可)는 「묵죽시」에서 "아계견 비단 한 폭 가져다가, 만 자 길이 차디찬 가지 그려내려네"라 하였다. 매도인(梅道人 : 吳鎭)은 "나 또한 깊은 대나무숲에 정자 있으니, 돌아가 가을 소리 들으리라"고 하였다. 모두 시의 의경 자체가 비할 데 없이 맑으니 꼭 그림 때문에 전해지는 것은 아니다. [시가] 그림 때문에 전해지는 게 아닐 뿐만 아니라 오히려 그림을 한층 더 전해지도록 만든다. 나는 시도 잘 쓰지 못하고 그림 솜씨도 형편없지만, 억지로 몇 마디 덧붙여 보고자 한다. "우레 그치고 비 멈춘 후 저녁 햇살 나오니, 새 대나무 한 자락이 빙 둘러 섰네. 푸른 망사창에 그림자 떨구니, 붓 적셔 흰 비단에 그대로 그렸네." 말은 바닥나고 뜻이 궁색하여 두 선현에게 부끄러울 뿐이다.

　文與可墨竹詩云[1] : "擬將一段鵝溪絹[2], 掃取寒梢萬尺長." 梅道人[3]云 : "我亦有亭深竹裏, 也思歸去聽秋聲." 皆詩意淸絶, 不獨以畫傳也. 不獨以畫傳而畫益傳. 燮卽不能詩, 又不能畫, 然亦勉題數語 : 雷停雨止斜陽出, 一片新篁旋剪裁[4]; 影落碧紗窗子上, 便拈毫素寫將來[5]. 言盡意窮, 有慚前哲.[6]

역주

1   文與可:北宋의 문인・화가인 文同(1018~1079). 위 題畵文 주석 참조.
2   鵝溪絹:四川 鹽亭縣 서북 鵝溪지역에서 생산되는 비단. 송나라 이래 서화용으로 높이 평가되었다.
3   梅道人:元 화가 吳鎭(1280~1354). 자가 仲圭, 호는 梅花道人・梅沙彌・梅花庵主. 시와 글씨에 능했으며, 특히 수묵 산수화에 뛰어났고 松竹 역시 높은 평가를 받았다.
4   雷停雨止斜陽出, 一片新篁旋剪裁:『竹石圖』題畵詩의 한 구절로, 乾隆 戊寅年(1758), 板橋 나이 66세 때의 작품이다. 篁(황):대나무.
5   毫素:붓과 흰 비단.
6   前哲:文與可와 梅道人을 가리킨다.

해제

제화시는 그림 속에 시를 담아 그림의 뜻을 전하려는 것이지만, 뛰어난 작가의 시는 그림의 뜻을 전달하는 것에 그치지 않고 그림의 효과를 한층 더 드러낸다는 점을 들어 제화시의 중요성을 강조하고 있다.

5.1.6

．

여가(與可)는 대나무를 그렸으나 노직(魯直:黃庭堅)은 대나무를 그리지 않았다. 하지만 그 서법을 보면 대나무가 아닌 것이 없다. 가늘기도 하면서 두툼하고, 높이 솟으면서도 툭 튀어나오기도 하고, 기울어졌지만 법도가 있고, 굽이져 돌아가면서도 여러 번 끊겼다가 이어진다. 나의 스승이로다! 나의 스승이로다! 그 분이 내 대나무의 가늘면서도 속세를 벗어난 우아함을 이끌었도다! 서법에도 형식이 있거늘 대나무는 더욱 형식을 갖추어야 한다. 서법에 옅고 짙음이 있는 바, 대나무 그림에서는 그 옅고 짙음이 한층 더 요구되며, 서법에 성김과 조밀함이 있는 바, 대나무 그림에서는 더욱 더 그 성김과 조밀함이 요구된다. 이 그림은 상유

북(常酉北) 선생께 바치는 것이다. 유북 선생은 그림을 잘 그렸으나 [실제로] 그리지는 않았고, 그림의 요령을 서법에 스며들게 했지만 나 정섭은 [반대로] 서법의 요령을 그림에 스며들게 하였다. 우리 두 사람이 서로를 보게 되면 웃으리라. 여가와 산곡(山谷 : 黃庭堅) 역시 수긍하리라.

與可畵竹, 魯直不畵竹,¹ 然觀其書法, 罔非竹也². 瘦而腴, 秀而拔; 欹側而有準繩, 折轉而多斷續. 吾師乎! 吾師乎! 其吾竹之淸癯雅脫乎!³ 書法有行款⁴, 竹更要行款; 書法有濃淡, 竹更要濃淡; 書法有疏密, 竹更要疏密. 此幅奉贈常君酉北.⁵ 酉北善畵不畵, 而以畵之關紐⁶, 透入於書. 燮又以書之關紐, 透入於畵. 吾兩人當相視而笑也. 與可、山谷⁷亦當首肯.

역주

1 　魯直 : 북송의 저명한 시인이자 서예가인 黃庭堅(1045~1105). 魯直은 그의 字. 自號는 山谷道人, 晩年 號는 涪翁. 北宋 治平 四年(1067) 進士가 되어 國子監敎授·泰和縣令·(神宗實錄)檢討官·著作佐郞 등 관직을 역임했다. 다른 사람의 모함을 받아 여러 차례 유배되었고, 崇寧 四年(1105)에 宜州 유배지에서 세상을 떠났다.
2 　罔非 : 아닌 것이 없다.
3 　淸癯雅脫 : 가늘면서 속세를 벗어난 우아함.
4 　行款 : 글씨를 쓰거나 그림 그리는 순서, 혹은 형식.
5 　常酉北 :『揚州畵舫錄』卷二 : "常執桓, 자가 友伯이며, 揚州人이다. 서예작품으로「聖敎書」가 있다.[常執桓, 字友伯, 揚州人. 書法聖敎序.]" 酉北이 곧 友伯이다.
6 　關紐 : 요령. 주요한 핵심.
7 　山谷 : 山谷道人. 黃庭堅의 호.

해제

글씨와 그림은 서로 다르기는 하지만 표현 방법상 일맥상통하는 면이 있으므로, 글씨의 요령과 그림의 요령을 서로 스며들게 하는 일의 중요성을 말했다. 즉, 常酉北이 그림 그릴 때의 요령을 書法에 운용하고, 板橋가 서법의 요령을 그림에 운용한 것은 서법이나 그림 사이에는 상호작용이 필요불가결한 일이기 때문이라는 것이다.

서문장(徐文長) 선생은 눈 덮인 대나무를 그릴 때 가는 붓놀림, 낡은 붓놀림, 거친 붓놀림, 끊어진 붓놀림에 능숙하여 어느 하나 비슷한 대나무가 없다. 그런 다음 연한 먹물로 윤곽을 살려낸다. 그러니 가지 사이사이 잎사귀마다 눈이 쌓이지 않은 곳이 없어서, 대나무 전체가 선명한 듯 하되 은은하게 보인다. 요즘 사람들은 가지는 짙게, 이파리는 크게 그려 어느 한 곳이라도 비어 있거나 끊어진 곳이 없고, 게다가 또 색칠까지 더하여 눈과 대나무가 서로 어울리질 못하니 무슨 화법인들 이룰수 있겠는가? 이는 그저 아주 기초적인 구상일 뿐인데도 노력을 기울이려 하지 않으니, 어찌 사소한 기법을 연마하여 아득한 경지까지 이를 수있기를 바라겠는가! 그 까닭을 물은즉, '우리는 뜻을 그리기에 원래 그런 사소한 일에는 구애받지 않는다'고 대답한다. 이는 참으로 '뜻을 그린다(寫意)'는 글자의 의미를 모르기 때문이니 얼마나 많은 것들을 오해한 것인가! 남을 속이고 자기를 기만하면서, 진보를 이루지 못한 채 모두들이 병에 걸려 있다. 아주 능숙하게 된 다음에야 비로소 뜻을 그려낼 수있으니, 능숙하게 되지 못하면 끝내 뜻을 그릴 수 없는 것이다.

徐文長[1]先生畫雪竹, 純以瘦筆·破筆·燥筆·斷筆爲之, 絶不類竹; 然後以淡墨水鉤染[2]而出. 枝間葉上, 岡非雪積, 竹之全體在隱約間矣. 今人畫濃枝大葉, 略無破闕處, 再加渲染, 則雪與竹兩不相入, 成何畫法? 此亦小小匠心, 尚不肯刻苦, 安望其窮微索渺[3]乎! 問其故, 則曰 : 吾輩寫意[4], 原不拘拘於此, 殊不知寫意二字, 誤多少事. 欺人瞞自己, 再不求進, 皆坐此病. 必極工而後能寫意, 非不工而遂能寫意也.

역주

1   徐文長 : 명대 문인이자 서화가인 徐渭(1521~1593). 자는 文長이고, 호는 靑藤老
    人·靑藤道士·天池生·天池山人 등이다. 浙江 山陰(지금의 浙江 紹興) 사람으
    로, 書畵·詩文·戱曲 등에서 각각 일가를 이룬, 천재적인 예술가이다. 발광 증
    세가 있어 수차례 자살을 기도하기도 했고, 후처를 죽여 수년 간 감옥살이도 했
    다. 초서에 뛰어났으며, 회화 방면에서도 독특하고 참신한 필치로 기존 화조화
    나 산수화의 한계를 뛰어넘어 훗날 八大山人이나 揚州八怪에 큰 영향을 미쳤
    다. 「1.16 유현 관아에서 아우 묵에게 보내는 다섯 번째 편지[濰縣署中寄舍弟墨
    第五書]」, 「3.7 하신랑·서청등 초서 한 권[賀新郎·徐靑藤草書一卷]」 주석 참조.
2   鉤染 : 윤곽을 연하게 그리고 색을 칠하는 화법.
3   窮微索渺 : 미세함을 다하고 아득함을 추구하다. 사소한 일을 잘 연마하여 마침
    내 오묘한 경지로 나아간다는 뜻.
4   寫意 : 서화 기법 중의 하나로, 필묵이 격식에 얽매이지 않은 채 간결하면서도
    살아있는 듯한 핍진성을 강조한다.

해제

서문장 같은 대가의 능숙함은 간단하게 이룬 게 아니며 가는 붓, 낡
은 붓, 거친 붓, 끊어진 붓과 같은 여러 놀림을 적절하게 운용하기에 그
리는 대상 전체가 '선명한 듯 하면서도 은은하게 보인다'고 강조했다.
또한 이와는 달리 소소한 노력마저 기피하면서 손쉽게 한 일가를 이루
려는 일부 사람들의 약삭빠른 풍토를 날카롭게 지적했다. 즉, 아직 사
물의 형태를 그리는 것조차 능숙하지 않으면서도 뜻을 그리는 데만 급
급한 자들을 향해 뜻을 그린다는 것은 반드시 사실 그대로의 사물 형태
를 그릴 수 있는 어느 경지에 다다른 뒤에야 비로소 이루어낼 수 있는
것이라 지적한 것이다. 사실, '뜻을 그린다[寫意]'는 말은 元 倪瓚의 '寫胸
中之逸氣'란 표현에서 비롯되었다. 그는 가슴 속의 逸氣를 그리기 위해
"가볍게 쓱쓱 그리면서 형태가 비슷한 것은 따지지 않는[逸筆草草, 不求形
似]" 기법을 제시했던 것이다. 이러한 '寫意畵' 경향은 명·청대를 거치
며 한층 발전하였으며, 특히 徐渭와 石濤·八大山人 등의 시원스럽고

얽매이지 않는 화풍의 영향으로 더욱 성행하게 되었다. 그 결과 심지어 어떤 이들은 자신이 이미 서화의 이치를 다 깨달아서 붓을 몇 번 휘두르기만 하면 뜻을 그려낼 수 있다고 주장하거나, 자신은 본래 뜻만 그리되 사물의 형태는 따지지 않는다고 내세우기도 했다. 이에 판교는 서문장이 능숙한 경지에 이르게 되기까지의 노력은 돌아보지 않은 채 섣불리 겉만 흉내 내려는 부류의 사람들을 '남을 속이고 자기를 기만하는' 자들이라고 비판한 것이다.

석도(石濤)는 대나무를 그리는 데 야전(野戰)을 즐겨서 거의 정해진 법도가 없었으나 법도는 저절로 그 안에 있었다. 이 정섭이 강영장(江穎長) 선생을 위해 이 큰 폭 그림을 그리면서 힘껏 그분을 모방하였다. 옆으로 그리고 위아래로 칠할 때 붓 가는 곳 하나하나마다 모두 법 가운데 있고자 하였으니, 붓질 하나라도 법식을 벗어날 수가 없었다. 차이가 크기도 하구나, 석공(石公)에 미칠 수 없음이여! 역량의 차이를 내 조금도 없앨 수가 없구나. 노(魯)나라 남자가 말한 바 있다. "오로지 유하혜만이 할 수 있고 나는 그렇게 할 수 없다. 내가 할 수 없음을 통해 유하혜의 할 수 있음을 배우고자 한다." 나 또한 석공의 경우를 이렇게 말해야 하리라.

石濤畫竹,[1] 好野戰[2], 略無紀律, 而紀律自在其中. 變爲江君穎長作此大幅,[3] 極力仿之. 橫塗豎抹, 要自筆筆在法中, 未能一筆與於語法外. 甚矣, 石工之不及也! 功夫氣候, 僣差一點不得[4]. 魯男子云[5]: "唯柳下惠則可[6], 我則不可; 將以我之不可, 學柳下惠之可."[7] 余於石工亦云.

1 石濤 : 명말 청초 '四大高僧' 중의 하나인 승려 화가(1630～1724). 本姓은 朱이고 이름은 若極으로, 明末 藩王의 아들이다. 청의 통치를 피하기 위해 출가하여 승려가 되었으며, 法名은 原濟, 자가 石濤이다. 「2.148.2 도청격(圖淸格)」 참고.

2 野戰 : 전투에서는 일상적인 전법에 의존하지 않음을 말하나 여기서는 석도가 대나무를 그릴 때 주로 明礬을 먹이지 않은 화선지 위에 묵을 듬뿍 묻힌 붓을 호방한 필치로 단숨에 휘둘러 완성하는 방식을 가리킨다.

3 康頴長 : 이름은 春이고 호는 鶴亭이며, 翕縣人이다. 팔고문과 시에 능했다. 노년에 양주에 살면서 별장과 정자를 많이 소유하였으며, 기이한 화초 그림들을 폭넓게 수집하였다. 『揚州畫舫錄』卷十二 참조.

4 僭差 : 지나침과 부족함.

5 魯男子 : 『詩經·小雅·巷伯』에 대한 毛傳 : "노나라에 어떤 홀아비가 있었는데, 그 이웃에 홀로 사는 과부가 있었다. 어느 날 밤중에 느닷없이 폭풍우가 몰려와 그 과부의 집이 무너지자 과부가 피해 달려와 [잠시 거처를] 부탁했으나 남자는 문을 닫아건 채 들이지 않았다. …… 남자가 말하기를 '유하혜는 분명히 [여자를 받아들여도 아무 일 없이] 지낼 수 있겠지만 나는 절대 그렇게 해낼 수 없소. 나는 내가 받아들이지 않음으로써 유하혜가 할 수 있었던 것을 배우고자 하오'라 했다.[魯人有男子獨處于室, 鄰之釐婦又獨處于室, 夜, 暴風雨至而室壞, 婦人趨而託之. 男子閉戶而不納. …… 男子曰 : 柳下惠固可, 吾固不可. 吾將以吾不可, 學柳下惠之可.]"

6 柳下惠 : 춘추 魯나라 大夫로 姓은 展이고 이름은 禽이다. 柳下에 살았으며, 시호가 惠이다. 『荀子·大略』 : "유하혜가 뒷문 쪽에 사는 사람과 옷을 함께 입었어도 의심받지 않았다.[柳下惠與後門者同衣而不見疑.]" 이 문장은 유하혜라는 위인의 성품을 보여준다. 추위에 떠는 어느 여인을 보호하기 위해 유하혜가 그 여인을 품에 안아 자신의 옷으로 감싸도 다른 사람들은 결코 의심하는 눈으로 보지 않았다고 한다.

해제

  그림 그리기의 법도를 지키는 일과 그것을 벗어나 창의를 추구하는 일, 양자를 다 같이 추구하는 일의 중요성과 어려움을 지적했다. 石濤는 "至人無法, 非無法也, 無法而法, 乃爲至法"(『畫語錄·變化章』)이라고 하여 사람과 법도와의 관계를 강조하였다. 그가 비록 거칠데 없고 구속됨이 없었을지라도 그 구속되지 않음 속에도 일정한 법도가 있었으며, 방자할 정도로 자유스러운 필법 이면에는 스스로를 조절하는 법도가 담겨 있었다. 그래서 판교는 "붓 가는 곳 하나하나마다 모두 법 가운데 있고자 하였으니, 붓질 하나라도 법식을 벗어날 수 없었다"고 하여, 그에 대한 존경을 드러냈다. 사실 石濤의 화풍은 판교를 포함한 '揚州八怪'의 예술풍격에 중대한 영향을 미쳤다. 그는 '조물주를 스승삼고[師造化]'·'내 법식을 쓴다[用我法]'는 관점을 주창하여 화가들이 대자연 속에서 소재를 구하고 강렬한 자신만의 개성을 지녀야 한다고 강조하였다. 이러한 石濤의 회화 사상은 양주팔괴 구성원들이 옛 법칙의 구속을 과감히 탈피하여 자유분방하고 새롭고 호방한 필치로 거침없는 작품을 내는 원동력이 되었던 것이다. 이런 맥락에서 판교는 위 글 외에도 石濤의 그림에 대해 자주 언급하였다. 예컨대, "석도의 화법은 변화무쌍하여 기이하면서도 고아하고, 적당히 세밀하면서도 빼어나서 八大山人과 비교해볼 때 그를 뛰어넘되 미치지 못하는 바가 없다.[石濤畫法千變萬化, 離奇蒼古, 而又能細秀妥貼, 比之八大山人, 貽有過之無不及處.]"(「5.26.3 근추전의 그림 요청에[靳秋田索畫]」)

5.2 무방상인을 위해 그린 대나무[爲無方上人寫竹][1]

봄 우레가 밤새도록 새 죽순 내리치니	春雷一夜打新篁,
껍질 벗고 만 척이나 솟아올랐네.	解籜抽梢萬尺長;[2]
흰 창호지 찢겨진 창살 틈새로	最愛白方窗紙破,
푸른 그림자 선방 침상에 어른거려 정말 좋구나.	亂穿靑影照禪床.

1 　無方上人 : 판교와 교류하던 스님으로 江西 사람이다. 자세한 내용은 「2.25 옹산 무방상인에게 드리는 두 수贈甕山無方上人二首」 주석 참고. 그는 처음에는 江 西 廬山에 거주하다가 후에 수도의 甕山으로 옮겨와 甕山寺에서 거주했으며, 板橋가 廬山을 여행할 때 알게 된 것으로 보인다.

2 　籜(탁) : 죽순 껍질.

해제

乾隆 元年 혹은 그 이후에 지은 것으로 보인다. 어느 봄날, 無方上人 이 거주하는 선방 앞의 대나무 그림자가 찢어진 창호지 틈새로 뚫고 들 어와 선방 침상 위에 어른거리는 모습을 묘사함으로써, 無方上人의 청 아함을 대나무의 청아함에 비유하였다. 참고로, 板橋가 無方上人에 관 해 쓴 시는 여러 수이다. 乾隆 원년에 북경에 응시하러 갔다가 만나 지 은 「2.25 옹산 무방상인에게 드리는 두 수贈甕山無方上人二首」, 「2.78 옹 산 무방상인에게甕山示無方上人」, 山東에서 관리로 있을 때 지은 「2.104 무방산인을 그리며懷無方上人」, 그리고 비교적 훗날 지은 것으로 보이 는 제화시 「盆蘭을 그려 무방산인이 남쪽으로 돌아오길 권함畵盆蘭勸無 方上人南歸」 등이다.

5.3 열다섯 개 잎 달린 대나무 한 가지, 일곱 태수께 드림一枝 竹十五片葉呈七太守[1]

감히 말하건대, 적게 그리는 것이　　　　　　　　敢云少少許,

많이 그리는 이들보다 낫지 않겠소?　　　　　　　勝人多多許?
가을 소리를 그려내려 했건만　　　　　　　　　　努力作秋聲,
고운 창만 비바람에 얼룩졌구나.　　　　　　　　瑤窗弄風雨.[2]

역주

1　七太守 : 이 시는 범현이나 유현에 재직할 때 쓴 것으로 보이며, 7인의 知府가
　　누구인지는 알 수가 없다.
2　瑤窗 : 옥으로 장식한 아름다운 창.

해제

　시 속에서 들을 수 없는 '가을 소리[秋聲]'와 볼 수 있는 '비바람[風雨]'을
함께 추구함으로써, 양자가 상호 보완되어 '시 속에 그림이 있고, 그림
속에 시가 있는[詩中有畫, 畫中有詩]' 경지를 이뤄내기를 희망했다.

5.4 유현 관아에서 대를 그려 대중승 포괄 어른께 드림濰縣署
中畫竹呈年伯包大中丞括[1]

관아 서재에서 누워 듣는 쏴아쏴아 대나무 소리,　　　衙齋臥聽蕭蕭竹,
백성들 질고에 시달리는 소리일런가.　　　　　　　　疑是民間疾苦聲.
우리는 하찮은 주현의 벼슬아치지만　　　　　　　　些小吾曹州縣吏,[2]
가지마다 잎새마다 모두가 관심이로세.　　　　　　　一枝一葉總關情.[3]

1　包括 : 자는 銀河이며 浙江 錢塘人으로, 乾隆 초 山東 登萊青道에 부임했고, 건
　　룡 7년 山東 布政使로 옮겨 署理巡撫를 지냈다. 年伯 : 과거에 함께 합격한 사람
　　을 '同年'이라 하는데, 이 同年의 부친이나 부친의 同年을 대개 이렇게 부른다.
　　大中丞 : 巡撫에 대한 존칭.
2　吾曹 : 우리들.
3　一枝一葉 : 백성들에 관한 소소한 일들을 비유한 표현.

해제

　　관아 서재 밖으로 들리는 대나무 흔들리는 소리를 백성들이 질고에
시달리는 신음소리로 듣는 작자의 마음, 비록 높지 않은 관리이지만 어
려운 처지에 있는 그들의 사정을 헤아리고자 하는 애정이 이 짧은 제화
시 속에 담겨 있다. 실제 판교는 관직 생활 동안 줄곧 이러한 백성들에
대한 관심과 사랑을 실천했던 淸官이었고, 그가 관직을 떠난 후 주민들
이 사당을 지어 공경했다는 기록은 이를 잘 나타내준다. 판교의 작품
가운데 현재 가장 널리 애송되는 작품이다.

5.5 귀향을 알리며 대를 그려 유현 신사·백성들과 이별함予

告歸里畫竹別濰縣紳士民[1]

검은 관모 벗어던지고 벼슬을 그만두려니　　　　烏紗擲去不爲官,[2]
행장은 쓸쓸하고 양소매가 썰렁하다.　　　　　　囊橐蕭蕭兩袖寒;[3]
깡마른 대나무 한 가지 그려내어　　　　　　　　寫取一枝淸瘦竹,
가을바람 불면 강가에서 낚싯대로 쓰리라.　　　秋風江上作漁竿.

역주

1 紳士 : 옛날 지방의 유력인사나 명사.
2 烏紗 : 검은 官帽.
3 囊橐(낭탁) : 자루를 말하나 여기서는 행장의 뜻.

해제

판교는 乾隆 17년 말에 구재금 문제로 상관과 갈등을 빚은 후 병을 핑계 삼아 관직을 버리고 다음 해 봄에 귀향하였는데, 이 시는 그 시점에 쓴 것이다. 벼슬을 그만 둘 때 "행장은 쓸쓸하고 양소매가 찬 것"은 그가 청백리로 살았음을 말해준다. 淸 曾衍東의 『小豆棚雜記』에서도 이 상황을 두고 "그가 유현을 떠날 때 오직 나귀 세 필 뿐이었다. 한 마리는 방석을 깔아 판교 자신이 탔고, 한 마리는 앙 쪽에 서가판자를 끼워 옆으로 거문고 하나를 묶었다. 하나는 어린 심부름꾼 美童이 올라 길을 안내하였다[當其去濰縣之日, 止用驢子三頭, 其一板橋自乘, 墊以鋪陳; 其一馱兩書夾板, 上橫擔阮弦一具; 其一則小兒隷而孌童者騎以前導]"고 적었다.

5.6 죽순筍竹

강남의 싱싱한 죽순에 준치를 얹어	江南鮮筍趁鰣魚,[1]
춘풍 부는 삼월 초에 푹 조린다네.	爛煮春風三月初;
주방장에게 다 꺾지 말라고 당부함은	分付廚人休斫盡,
맑은 빛 남겨 책 펼 때 환히 보려함이네.	淸光留此照攤書[2]

죽순은 강을 따라 이월이면 새로 나오니　　　　　　筍菜沿江二月新,
집집마다 부엌에선 죽순을 벗긴다네.　　　　　　家家廚爨剝春筍,[3]
이 몸은 천 갈래로 가늘게 갈라져　　　　　　此身願劈千絲蔑,[4]
주렴으로 엮이어 미인 곁에 있고자 했네.　　　　　織就湘簾護美人.[5]

역주

1　鰣魚(시어) : 준치.
2　淸光 : 대나무의 맑은 광택.
3　春筍 : 죽순.
4　蔑(멸) : 얇은 대나무 껍질로, 주렴 등의 재료로 쓰임.
5　湘簾 : 湘竹으로 만든 대나무 주렴.

해제

봄에 새로 올라온 연한 죽순은 대개는 삶아 요리에 쓴다. 그러나 작
자는 죽순을 다 꺾어버리면 독서할 때 밝혀줄 대나무 맑은 빛도 없어질
것이고, 얇게 갈라 미인의 방 주렴 만드는 데 쓸 껍질마저 없게 될 것을
걱정하였다. 대나무의 맑고 아름다운 성정을 좋아하는 심정이 잘 드러
나는 작품이다.

5.7 처음 양주로 돌아와 첫 번째 대 한 폭을 그리다 初返揚州畵
竹第一幅

이십년 전 술병을 들고　　　　　　二十年前載酒瓶,[1]

봄바람 부는 죽서정에 취해 있었지.　　　　春風倚醉竹西亭;[2]
오늘 다시 양주 대나무를 심노니　　　　　而今再種揚州竹,
회남은 여전히 천지가 푸르구나.　　　　　依舊淮南一片靑.[3]

역주

1　二十年前 : 판교는 40세 전후에 양주에서 그림을 그려 팔아 생활한 적이 있는데, 이 시기를 가리킨다.
2　竹西亭 : 揚州 蜀岡 부근에 있는 정자. 「3.43 만정방·곽방의에게[滿庭芳·贈郭方儀]」 참고.
3　淮南 : 양주가 회하 유역의 남쪽에 위치해 있기 때문에 쓴 표현이다.

해제

　건륭 18년 봄에 관직을 버리고 귀향한 후 몇 개월이 지나 다시 양주로 갔을 때 쓴 작품으로 보인다. '오늘 다시 양주 대나무를 심는다'는 대목에 이제 관직을 그만 두고 20년 전의 생업, 즉 대나무 그림을 그려 파는 일을 다시 시작하는 심정이 담겼다.

5.8 마추옥을 위한 부채 그림爲馬秋玉畫扇[1]

자그마한 부채에 긴 대 줄여 그렸건만　　　縮寫修篁小扇中,[2]
시원스런 바람은 그대로 불어오네.　　　　一般落落有淸風.
담장 동편으로 행암의 대숲인지라　　　　牆東便是行庵竹,[3]
그대 집에서 항상 자연의 솜씨 배웠다네.　　長向君家學化工.[4]

내가 지상촌에 머물 때 옆집이 바로 마씨의 행암이었다.

時余客枝上村, 隔壁卽馬氏行庵也.【原註】

성문 근처 아담한 정원에 초당이 있어   小院茅堂近郭門,
모자 벗고 술병 낀 채 하루 종일 노니네.   科頭竟日擁山尊.[5]
밤새 싸아싸아 잎 내리치던 빗소리에   夜來葉上蕭蕭雨,
창밖으로 새로 솟은 대나무 몇 그루.   窗外新栽竹數根.

　나 정섭은 늘 위 시를 그림에 붙여 써왔는데, 그러나 내 스스로 쓴
시는 아니다. 나의 스승이신 육종원 선생도 이 시를 즐겨 쓰셨지만 역시
스승의 작품도 아니다. 이전 현인의 시로 여겨지는데, 그 이름을 찾아보
지는 못했다. 특별히 여기에 밝히는 이유는 나 같은 무리를 남의 재주나
가로채는 도둑이라고 여길까 경계해서다.

　爕常以此題畫, 而非我詩也. 吾師陸種園先生好寫此詩,[6] 而亦非先生
之作也. 想前賢有此, 未考厥姓名耳. 特注明於此, 以爲吾曹攘善之戒.[7]

　나는 큰 폭의 종이 위에 물과 대나무 그리기를 좋아한다. 물과 대나
무는 성질이 서로 비슷하다. 소릉(少陵 : 杜甫)은 "게으른 성격이라 줄곧
물가 대숲에 산다네", "대나무 비치는 강물이 모래밭 사이로 흐르네"라
하였는데, 이야말로 그것을 증명해주는 것이 아니겠는가! 위천(渭川)의
천 무나 되는 넓은 대밭과 기천(淇泉)의 푸르른 대숲이 그러하다. 서북쪽
이 이러한데 소상(瀟湘)과 운몽(雲夢) 사이는 어떠할 것이며, 동정(洞庭)과
청초(靑草) 외곽은 또 어떠한가. 물 없는 곳이 어디 있으며, 대나무 없는
곳이 어디 있는가? 내가 젊었을 적에 진주의 모가교란 곳에서 공부했는
데, 그때는 날마다 대숲 속을 산책하곤 했었다. 조수가 물러가면 촉촉한
진흙과 보드라운 모래가 드러났고, 조수가 밀려오면 물결이 출렁거렸다.
물이 얕아서 모래가 환히 비치고 녹음은 신명하여 참으로 밋진 경관을

이루었다. 가끔씩 피라미 수십 마리가 연못에서 튀어 올라 대나무 뿌리와 작은 수초 사이에서 노닐며 나를 즐겁게 했다. 여태 시를 완성하지 못해 마음이 늘 답답했는데, 이제 마침내 그것을 마무리하였다.

余畫大幅竹好畫水, 水與竹, 性相近也. 少陵云:「懶性從來水竹居.」[8] 又曰:「映竹水穿沙.」[9] 此非明證乎! 渭川千畝,[10] 淇泉菉竹,[11] 西北且然, 況瀟湘、雲夢之間,[12] 洞庭、靑草之外,[13] 何在非水, 何在非竹也! 余少時讀書眞州之毛家橋,[14] 日在竹中閑步. 潮去則濕泥軟沙, 潮來則溶溶漾漾, 水淺沙明, 綠陰澄鮮可愛. 時有儵魚[15]數十頭, 自池中溢出, 遊戲於竹根短草之間, 與余樂也. 未賦一詩, 心常癢癢. 今乃補之曰:

바람 맑은 날 정오의 빽빽한 대숲,	風晴日午千林竹,
숲 속을 가로지르는 시냇물.	野水穿林入林腹.
물결 일지 않건만 무늬 저절로 피어나고,	絶無波浪自生紋,
가끔씩 피라미들 서로 쫓으며 노니네.	時有輕儵戲相逐.
빛줄기가 잠시 그림자를 비추건만	日影天光暫一開,
푸른 가지 초록 잎사귀는 여전히 가려진 채.	靑枝碧葉還遮覆.
노인은 이곳에서 물 한 모금 떠서 즐기니	老夫愛此因一掬,
심장이 차갑게 굳어 퍼렇게 변한다네.	心肺寒僵變成綠.
종이 펼쳐 붓 휘둘러 큰 폭으로 그리니	展紙揮毫爲巨幅,
십 장 긴 종이에 먹물이 세 말이라.	十丈長箋三斗墨.
낮은 짧고 밤이 길어 불 밝혀가며 그리니	日短夜長繼以燭,
한 밤중 바람소리, 대나무소리, 물소리 소슬한 가을이라네.	夜半如聞風聲、竹聲、水聲秋肅肅.

역주

1   馬秋玉:淸 乾隆 때 사람으로, 이름은 日琯(1687~1755), 자가 秋玉, 호는 懈

谷・祁門諸生이다. 양주 新城 東關街에 살았으며, 유명한 鹽商으로 박학다식하고 특히 古文에 능했다. 主事(主政)를 지냈다.

2 修篁 : 긴 대나무.

3 行庵 : 『揚州畫舫錄・新城北錄』: "행암은 馬主政의 집 암자이다. 지상촌 서쪽에 있었고, 지금은 어화원으로 편입되었다. 문이 지상촌 대밭 길에 있었다.[行庵, 馬主政家庵也. 在枝上村西偏, 今歸御花園, 門在枝上村竹徑中.]"

4 化工 : 조물주가 자연을 빚어낸 솜씨.

5 科頭 : 모자를 쓰지 않음. 山尊 : 술잔. '山'자를 쓴 것은 술 마시는 사람이 산중에 은거함을 나타내기 위함이다.

6 陸種園 : 판교가 사를 배운 스승. 「2.16 일곱 노래[七歌]」 주석 참고.

7 攘善 : 남의 재주나 공로를 가로채다.

8 懶性從來水竹居 : 杜甫의 「奉酬嚴公寄題野亭之作」의 일부.

9 映竹水穿沙 : 杜甫의 「秦州雜詩二十首」 중 제13수의 일부.

10 渭川千苗 : 渭水 중하류에 위치한 秦州 일대에 대나무가 많아서 그 무성한 모양을 의미함. 『史記・貨殖列傳』: "제와 노 지역 천 무 땅은 뽕과 삼이고, 위천 천 무 땅은 대나무다. …… 그러므로 그 사람들은 모두 천호를 거느린 후작과 같다.[齊魯千畝桑麻; 渭川千畝竹 …… 此其人皆與千戶侯等.]"

11 淇泉菉竹 : 『詩經・衛風・淇奧』: "저 淇河의 모퉁이를 바라보니, 푸르른 대나무숲 아름답기도 해라.[瞻彼淇奧, 綠竹猗猗.]" 淇는 河南省 林縣에서 발원하여 衛河로 흘러드는 강 이름. 奧는 등성이나 모퉁이를 말함.

12 瀟湘、雲夢 : 瀟湘 : 湘江. 또는 湘江과 瀟水에 대한 통칭. 「3.5.1 소상의 밤비[瀟湘夜雨]」 참고. 雲夢 : 洞庭湖 부근에 있는 호수.

13 洞庭、靑草 : 洞庭 : 중국 湖南省 북부에 있는 중국 제2의 천연호수. 「3.5.1 소상의 밤비[瀟湘夜雨]」 참고. 靑草 : 巴丘湖라고도 하며, 동정호 동남쪽에 있다.

14 眞州之毛家橋 : 儀徵縣 동북쪽 35리에 있고, 江都 경계 부근에 있다. 道光刊本 『儀徵志』 참고.

15 儵魚(조어) : 피라미.

해제

맨 앞 시에서 우선 판교의 대나무 그림은 어떤 특정한 스승에게서 배운 것이 아니라 도처에 자연스럽게 서 있는 대나무가 바로 그의 스승이었음을 토로하고 있다. 뒤편에서는 젊을 때 진주에서 생활하면서 즐겼던 강변 자연의 느낌을 시로 담아낸 과정을 적었다. 이 부채 그림을 받은 馬秋玉은 揚州에서 판교와 교류하던 상인이다. 당시 揚州는 徽商의 중요 활동 지역이었는데, 徽商은 다른 지역 상인들과는 다르게 문화적 소양이 높아 상인이면서 동시에 문인인 인사들이 적지 않았으며, 양주 지역 문인들과 교류하기를 즐겼다. 그들의 이러한 문화적 소양은 양주에서 성공을 거들 수 있었던 요인 중의 하나가 되었으며, 그 대표적인 인물이 바로 이 시에 언급된 馬曰琯·馬曰璐 형제다. 그들은 '揚州二馬'라고 불릴 만큼 시문으로도 이름이 높아 사방의 문인들과 교류를 가졌다. 그들은 문인들의 창작 활동에 장애가 되는 각가지 어려움들을 해결해주고 편의를 제공해 주었으며, 각종 출판에도 출자를 서슴지 않았다. 그들이 거처한 '街南書屋'은 당시 문인들이 모이는 가장 유명한 장소였다. 시 속의 馬氏行庵은 바로 街南書屋 속의 암자이다.

5.9 황릉묘 여도사를 위한 대나무 그림 爲黃陵廟女道士畫竹[1]

상아가 밤중에 상운 안고 울고 있고,	湘娥夜抱湘雲哭,[2]
두견새와 자고새 서로를 좇아 눈물짓네.	杜宇鷓鴣淚相逐.[3]
빽빽한 대숲 조릿대에선 새순들이 솟아나	叢篁密筱遍抽新,
봄 근심을 끊어 없애니 온 강이 푸르네.	碎剪春愁滿江綠.
붉은 용이 소상 강물 모두 말려버리고	赤龍賣盡瀟湘水,
형산이 한밤중 타올라 하늘까지 이어지네.	衡山夜燒連天紫.[4]
동정호 물 말라 모래먼지 휘날려도	洞庭湖渴莽塵沙,
대나무 가지만은 말라 죽지 않으리.	惟有竹枝乾不死.
대나무 끝 이슬방울 창오군에 떨어지고	竹梢露滴蒼梧君,[5]
대나무 뿌리와 마디 가을 무덤가 맴도네.	竹根竹節盤秋墳.

무녀는 양왕의 꿈에 제멋대로 들어가 　　　　　巫娥亂入襄王夢,[6]

한 푼 가치도 없는 천한 구름 되었다네. 　　　　不値一錢爲賤雲.

역주

1　黃陵廟:『括地志』: "황릉묘는 악주 상음현 북쪽 57리에 있는데, 순임금의 두 왕비 신위를 모신다.[黃陵廟在岳州湘陰縣北五十七里, 舜二妃之神.]"『水經注』: "상수는 서쪽으로 흘러 두 왕비묘의 남쪽을 지나는데, 사람들은 이를 황릉묘라 부른다.[湘水西流, 經二妃廟南, 世謂之黃陵廟.]"

2　湘娥: 舜 임금의 두 妃를 지칭함.『文選』속 張衡「西京賦」: "[江神 河馮을 생각하고 상아를 되새기네.[感河馮, 懷湘娥.]" 李善注引王逸曰: "요임금의 두 딸 娥皇·女英이 순임금을 따르지 못하자 상수에 빠져죽어 상부인으로 불리게 되었다.[言堯二女, 娥皇·女英隨舜不及, 墮湘水中, 因爲湘夫人.]" 劉向『烈女傳』: "순임금이 창오에서 세상을 뜨니 중화라 불렀다. 또한 두 왕비가 상강에서 죽으니 세상 사람들이 상군이라 불렀다.[舜陟方死於蒼梧, 號曰重華. 二妃死於江湘之間, 俗謂之湘君.]"

3　杜宇: 전설에 의하면 蜀의 왕 杜宇가 죽어서 두견이 되었다고 한다. 鷓鴣: 자고새. 唐 鄭谷「鷓鴣詩」: "호숫가 푸른 풀에 비 어둑어둑 내리고, 황릉에 꽃필 때 묘 안에서 운다네.[雨昏靑草湖邊過, 花發黃陵廟裏啼.]"

4　赤龍賣盡瀟湘水, 衡山夜燒連天紫: 이 두 구에 관련되는 전고가 따로 있는지는 아직 확인하지 못했다. 일단 '赤龍'이 태양을 상징하는 경우도 있으므로, 뜨거운 태양은 소상강물을 마르게 할 수도 있고, 석양에 형산을 물들여 불타오르게 만든다는 의미로 새겼다. 그런 상태에서 동정호가 실제로 말라버릴지라도 대나무는 여전히 말라 죽지 않을 것임을 강조한 것이다.

5　蒼梧君: 舜 임금을 가리킴.『述異記』: "순임금이 남방을 순시하다가 창오에서 [세상을 떠나 장사지냈다. 요 임금의 두 딸 娥皇·女英이 눈물을 흘려 대나무를 적시니 모두 무늬가 되어 반점을 이루었다.[舜南巡, 葬於蒼梧, 堯二女娥皇·女英淚下沾竹, 文悉爲之斑.]"

6　巫娥亂入襄王夢: 巫娥: 巫山의 여신. 襄王: 楚 襄王. 宋玉의『高唐賦序』에 의하면 宋玉은 楚 襄王을 위해 楚 懷王이 여신을 만난 사건을 기술하였다. 懷王이 高唐을 유람할 때 낮잠을 자다 꿈을 꾸었는데, 무산의 여신이 와서 잠자리를 함께 하고는 돌아가며 懷王에게 말했다. "첩은 巫山의 남쪽에 사는데 …… 아침에는 구름이 되었다가 저녁에는 비로 내립니다. 아침저녁으로만 [남녀가 만나는] 양대로 내려간답니다.[妾在巫山之陽 …… 旦爲朝雲, 暮爲行雨, 朝朝暮暮, 陽臺之下.]"『神女賦序』에서는 이어 다음과 같이 서술한다. 그날 밤 송옥이 과연 꿈속에서 여신과 만났고, 다음날 송옥은 그 일을 양왕에게 고했다 한다. 즉 꿈을 꾼

자는 회왕과 송옥이고, 양왕과는 무관한 일이다. 그러나 「神女賦序」의 두 곳에서 '玉'을 '王'으로 잘못 쓰는 바람에 후세 사람들이 꿈꾼 사람을 양왕으로 착각하게 되었다. 즉 무녀는 회왕의 꿈에도 들어가고, 양왕의 꿈에도 들어가 父子 두 사람과 관계를 맺은 것이 된 셈이다. 그래서 '亂入'이라고 한 것이다. 마지막 두 구는 巫娥와 湘娥를 대비시킨 것이다.

해제

湘娥의 눈물이 떨어져서 생겨난 湘妃竹의 힘차고 곧은 모습은 결코 巫娥의 천박함과는 비교될 수 없음을 강조하고 있다. 이 제화시는 판교가 瀟湘을 유람할 때 黃陵廟를 지나면서 그곳의 여도사에게 대나무 그림을 그려주며 쓴 것으로 보인다. 그가 瀟湘을 유람할 때 쓴 다른 작품으로 「3.5 낭도사·홍각범 소상 팔경에 화창함浪淘沙·和洪覺範瀟湘八景」이 있다.

5.10 난蘭

5.10.1

굴원과 송옥 문장의 초목 고결한 모습,	屈宋文章草木高,[1]
천추에 난의 계보가 모든 시문 앞서네.	千秋蘭譜壓風騷.[2]
어찌해 천박하게 사람들에게 팔기 위해	如何爛賤從人賣,
사거리 짐꾼들과 가격 흥정하겠는가.	十字街頭論擔挑.

이것은 그윽하고 정결한 꽃인지라	此是幽貞一種花,

영달을 멀리하고 안개노을에만 산다네.　　不求聞達只煙霞.
나무꾼이라도 혹여 왕래하는 길일세라　　采樵或恐通來徑,
높은 산 한 자락 그려 가려지게 하였네.　　更寫高山一片遮.

역주

1　屈宋 : '楚辭'의 대표적인 작가 屈原과 宋玉. 그들 작품에서는 아름다운 화초들을
　　많이 등장시켜 인물의 됨됨이와 고결함을 비유하였다.
2　千秋蘭譜壓風騷 : 蘭譜는 난에 관한 여러 가지를 적은 계보. 壓 : 가깝다. 버금가
　　다. 風騷 : 일반적으로 『詩經』과 『離騷』를 뜻하지만, 여기서는 詩文의 총칭으로
　　보았다.

해제

　공자는 "지초·난초는 깊은 계곡에서 자라지만 사람이 없다고 향기
없는 게 아니며, 군자는 도를 닦고 덕을 세우면서 빈곤 때문에 절개를
바꾸지는 않는다[芝蘭生幽谷, 不以無人而不芳; 君子修道立德, 不因貧困而改節]"
(『孔子家語·在厄』)고 하여 난을 군자와 같은 품격으로 비유한 바 있다.
이후로 선비들은 난을 군자의 상징으로 여기며 애호하였다. 당시 淸 康
熙 연간에는 이미 난 시장이 형성되었으며, 가격 또한 상당했던 것으로
전해진다. 이상 두 수에서 판교는 난의 고결하고 정결한 품성을 강조하
면서, 고귀하고 정결한 난을 품위 없이 길거리에서 파는 행위를 비판하
고, 깊은 산속 고결한 난에게 속세 나무꾼의 손길마저 닿지 않기를 바
라는 마음을 담았다.

5.10.2

　백정(白丁) 스님은 난을 그렸는데, 흠결 하나 없이 완벽하였다. 하지

만 만 리 떨어진 운남이라 너무 멀어서 가지 못하니, [그림을 배울 길은] 꿈에나 기댈 뿐이었다. 그는 그림을 그려도 다른 사람에게 보여주지 않는다고 들었다. 그림을 다 그린 다음 아직 채 마르기 전에 물을 내뿜어서 잔잔한 안개처럼 뿌옇게 되면 필묵의 흔적이 자연 사라지게 된다. 그는 남들이 비웃을까 두려워 문을 걸어 닫고 혼자만 그렸는데, 내가 바로 이 점 때문에 그의 오묘한 재능과 빼어난 사고에 탄복했는지도 모른다. 입에서 내뿜는 물과 붓에 적신 물이 무엇이 다른가? 이 어찌 수묵의 오묘함이 아니겠는가? 석도(石濤)화상은 우리 양주에서 수십 년 동안 나그네 생활을 했는데, 양주에서 그린 난 그림을 보면 양도 많고 솜씨 또한 빼어나다. 그러나 나는 절반만 배우고 절반은 버린 채 온전히 배우지는 않았다. 온전히 배우려고 하지 않은 것은 아니나 실상 온전히 배울 수도 없는 일이며, 또한 온전히 배울 필요도 없는 것이다. 시에 이르기를 '열 가운데 일곱 배우고 셋은 버려야 하느니, 누구에게나 영묘한 싹 있어 스스로 찾아야 한다네'라고 하였다. 눈 앞의 석도화상에게도 아직 배우지 못했거늘, 어찌 만 리나 떨어진 운남까지 가서 배울 수 있겠는가?

僧白丁[1]畫蘭, 渾化[2]無痕跡. 萬里雲南, 遠莫能致, 付之想夢而已. 聞其作畫, 不令人見; 畫畢, 微乾, 用水噴噀[3], 其細如霧, 筆墨之痕, 因茲化去. 彼恐貽譏[4], 故閉戶自爲, 不知吾正以此服其妙才妙想也. 口之噀水, 與筆之蘸水何異? 亦何非水墨之妙乎! 石濤和尙[5]客吾揚州數十年, 見其蘭幅, 極多亦極妙. 學一半, 撇一半, 未嘗全學; 非不欲全, 實不能全, 亦不必全也. 詩曰: 十分學七要抛三, 各有靈苗[6]各自探; 當面石濤還不學, 何能萬里學雲南?

역주

1 白丁: 자는 過峰·行民·民道人이며 雲南 사람으로, 明 楚藩의 후예로 명이 멸망하자 승려가 되었다. 「2.195 굴옹산 시집과 석도·석혜·팔대산인 산수화 소폭, 백정의 묵란을 함께 묶은 한 권에 부쳐[題屈翁山詩箚石濤石谿八大山人善水

小幅並白丁墨蘭共一卷」 주석 참고.

2 　渾化 : 흠결 없이 완벽하다.

3 　噴噀(분손) : 噀은 噴과 같이 내뿜다란 의미.

4 　貽譏 : 남들의 비웃음을 사다.

5 　石濤和尙 : 명말 청초 때의 승려 화가(1630~1724). 「2.148.2 도청격(圖淸格)」 등
　주석 참조.

6 　靈苗 : 뛰어난 바탕이나 기질.

해제

　서화에서 대가의 경지를 학습하여 전통을 습득하는 일은 반드시 필
요하지만, 그렇다고 맹목적으로 답습한다면 또한 그 전통에서 벗어나지
못하는 한계가 있게 된다. 그러므로 전통을 충실히 학습하되, 반드시
자신만의 새로운 관점을 세울 필요가 있음을 지적했다. 전체적으로는
예술의 독창성과 창의성을 강조한 글이다. 중국의 文人畫는 唐宋 시기
에 흥성하여 明淸에 이르러서는 각종 화파가 다양하게 생겨났다. 그 중
에서도 '揚州八怪'는 전통을 존중하면서도 이에 구속되지는 않았고, 石
濤·徐渭·朱耷 등의 창작방법을 따라 옛 격식에 얽매이지 않았다. 판
교는 명청 시대에 출현한 수많은 고수들 중에서도 특히 白丁과 石濤 두
사람에게서 많은 영향을 받았다. 그는 白丁에 대해 "근래의 白丁(民道
人)·淸湘(石濤)은 자연스러운 통일, 거침없는 기이함으로 모두 옛 것을
탈피하여 독특하고 새로운 세계를 수립하였다(近代白丁(民道人)·淸湘(石
濤)或渾成或奇縱, 皆脫古維新特立)"(「난, 대나무, 바위 그림에 쓴 글 24종[題蘭竹石
二十四則]」)고 평가하였다. 그는 또한 石濤를 따르면서 많은 영향을 받았
으나 이에 대해 "절반만 배우고 절반은 버린 채 온전히 배우지는 않았
다"고 밝힘으로써, 전통을 따르되 선인들의 기법을 그대로만 답습하는
데 머물지 않고 자신만의 독창적인 방향으로 나아가고자 했다. '열 가운
데 일곱은 배우고 셋은 버려야 하느니, 누구에게나 영묘한 싹이 있어 각
자 스스로 찾아야 한다네'라는 말은 바로 이런 맥락에서 강조한 것이다.

　　내가 키운 난 수십 분이 늦봄이 되자 모두 초췌해지며 제 고향을 생각하는 기색이었다. 그래서 태호석과 황석 사이 응달진 산자락 돌 틈새에 옮겨 심었더니 햇빛도 가려질 뿐 아니라 고슬고슬해졌고, 자연 내 방에도 나쁘지 않았다. 다음해에 꽃대 수십 대가 우뚝 솟아올라 그 진한 향기가 멀리까지 퍼졌고, 다시 한 해가 지나자 한층 무성해졌다. 무릇 사물은 각기 나름대로의 본성이 있음을 알았다. 이에 시를 지어 바친다. "난은 본디 산중의 풀이기에, 산 속에 이 꽃을 옮겨 심었네. 어지러운 속세의 화분에 심어 두는 건, 안개노을 속에 두느니만 못하였구나." 그리고 또 한 수를 지었다. "산중 난은 쑥대마냥 제멋대로건만, 온화한 잎 향기로운 꽃 기품이 그윽하네. 골짝 너머 멀리 퍼지는 향기, 어찌해야 속세까지 전해오려나?" 이 인공산에서도 이와 같거늘, 하물며 실제 산속에서야 오죽하겠는가! 내가 그린 이 화폭에서는 꽃대가 모두 이파리 사이로 오동통하고 힘차게 솟아올랐다. 산중의 난이지 화분 속의 난이 아니기 때문이다.

　　余種蘭數十盆, 三春告暮[1], 皆有憔悴思歸之色. 因移置於太湖石黃石之間[2], 山之陰, 石之縫, 旣已避日, 又就燥, 對吾堂亦不惡也. 來年忽發箭數十[3], 挺然直上, 香味堅厚而遠. 又一年更茂. 乃知物亦各有本性. 贈以詩曰 : 蘭花本是山中草, 還向山中種此花; 塵世紛紛植盆盎, 不如留與伴煙霞.[4] 又云 : 山中蘭草亂如蓬, 葉暖花酣氣候濃; 出谷送香非不遠, 那能送到俗塵中? 此假山耳, 尙如此, 況眞山乎! 余畵此幅, 花皆出葉上, 極肥而勁. 蓋山中之蘭, 非盆中之蘭也.

역주

1　　三春告暮 : '告暮'가 이미 저녁이 가까워졌다는 의미이므로, 이 말은 봄이 거의

끝나간다는 뜻.

2 太湖石黃石 : 太湖石은 太湖에서 나오는 암석으로 투명하고 영롱하며, 黃石은
  黃山에서 나오는 암석으로 그 모양이 특이하면서도 아름답다. 여기서는 이런
  조경석으로 꾸민 정원의 인공산을 말한다.

3 箭(전) : 꽃대. 난촉.

4 煙霞 : 안개 노을. 산수 자연.

해제

원래 깊은 산중 계곡에서 자라는 난을 인간세속의 터전으로 옮겨 기
른다는 것은 사실 그 본성을 생각지 않는 일이다. 그러나 어차피 이처
럼 인공적으로 키울 때에도 최대한 난의 본성을 잘 살펴야만 제대로 자
라 꽃 피운다는 사실을 통해 자연스러운 본성의 중요성을 새삼 강조했다.

5.11 난을 그려 자경애도인께 드리며畫蘭寄呈紫瓊崖道人[1]

산중에서 찾고 또 찾아 헤매다가   山中覓覓復尋尋,
붉은 꽃술 하얀 꽃술 마침내 찾아냈네.   覓得紅心與素心;
그 한 가지 그려서 먼 길에 보내드리오니   欲寄一枝嗟遠道,
썰렁한 이슬 차가운 향기가 여전하리라.   露寒香冷到如今.[2]

역주

1 紫瓊崖道人 : 愼郡王 允禧, 자는 謙齋, 호는 紫瓊崖主人이다. 「2.03 자경애도인
  신군왕 제사紫瓊崖道人愼郡王題詞」 참조.

2 露寒香冷 : 난을 묘사한 것이지만, 작자 자신을 暗喩한 것으로 볼 수도 있다.

해제

紫瓊崖道人, 즉 愼郡王 允禧는 판교와 사회적 지위가 크게 달랐음에도 불구하고 서로 知音처럼 교류하던 사이였다. 이런 맥락에서 그가 어렵게 구한 산중의 난을 그림으로 그려 愼郡王에게 부쳐 보내는 뜻은 이 난처럼 향기롭게 살고자 하는 자신의 뜻을 전하기 위해서다.

5.12 깨어진 분 난꽃破盆蘭花

봄비 봄바람에 예쁜 얼굴 단장하고　　　　　春雨春風洗妙顔,
깊은 산중 작별하고 인간세상 내려왔네.　　一辭瓊島到人間;[1]
지금껏 아무도 알아주지 않으니　　　　　　而今究竟無知己,
검은 화분 깨버리고 산으로 돌아갈까.　　　打破烏盆更入山.

역주

1　瓊島 : 전설 속의 신선이 사는 곳. 여기서는 깊은 산중을 뜻함.

해제

「詩鈔」에 들어있는 「2.192 깨진 분 속 난꽃 그림에 부쳐[題破盆蘭花圖]」와 거의 유사한 내용이다. 난은 고상한 품성을 지켜야 하는데, 세상에서는 이를 알아주지 않으니 아예 자신을 가둔 화분을 깨트리고 원래 살던 산으로 돌아가겠다는 난의 기원은 紅塵 속에서 隱居를 생각하는 선비 마음의 비유라 하겠다.

5.13 반쯤 되는 분의 난꽃半盆蘭蕊

반쯤 가려진 화분,	盆是半藏,
반쯤 머금은 꽃.	花是半含;
드러나길 구하지 않으니	不求發泄,
시듦마저 두렵지 않네.	不畏凋殘.

해제

「詩鈔」에 들어있는 「2.193 절벽 난꽃 그림에 부쳐[題嶠壁蘭花圖]」에서와 마찬가지로 봉오리 상태의 청순한 모습으로 남고자 하는 난의 품성을 담았다. 특히 3,4구에서는 작자의 의지를 난의 품성에 비유하여 이미 세상의 일에 초월했음을 표현하고 있다.

5.14 반쯤 핀 난半開未開之蘭

산 위의 난꽃, 새벽 향해 피려는지	山上蘭花向曉開,
산허리에서 부드러운 꽃대 머금고 있네.	山腰乳箭尙含胎;
화공은 애써 머금은 그 모습 그리건만	畫工刻意教停蓄,
어째서 동풍은 한사코 피게 하려는지?	何苦東風好作媒!

「詩鈔」에 들어있는 「2.193 절벽 난꽃 그림에 부쳐[題嶠壁蘭花圖]」와 같이 봉오리 상태의 청순한 모습으로 남고자 하는 난에 비유하여 출세의 욕망이 없는 자신을 세상은 가만히 놓아주지 않는다는 의미를 담았다. 아래의 시 「5.15 화분의 난[盆蘭]」에서 '세상만사는 사람을 가만 놔두질 못하는구나[事催人莫要呆]'라는 구절과 의미가 상통한다.

5.15 화분의 난[盆蘭]

5.15.1

봄 난 채 지지 않았건만 여름 난 피어나니	春蘭未了夏蘭開,
세상만사는 사람을 가만 놔두질 못하는구나.	萬事催人莫要呆;
꽃 피고 지는 것을 다 보았던 이 화분,	閱盡榮枯是盆盎,
몇 번이나 들어내고 몇 차례나 심었던가!	幾回拔去幾回栽.

해제

『詩鈔』에 들어있는 「2.191 혜초에 기대선 난 화분 그림에 부쳐[題盆蘭倚蕙圖]」와 거의 비슷한 작품으로, 온갖 영고를 겪은 난 화분을 인간사에 빗대 그렸다.

병으로 사직하고 항주로 돌아가는 범현 양 전사에게 화분의 난을
그려 보내면서, 이렇게 썼다.

畫盆蘭送范縣楊典史謝病歸杭州.[1] 題曰:

난화가 걸맞지 않게 먼 산동으로 왔어도	蘭花不合到山東,
그윽한 향기 하늘에 진동함을 뉘 알아주었나.	誰識幽芳動遠空?
화분 하나 그렸으니 가지고 돌아가서	畫個盆兒載回去,
남북 양쪽 높은 봉우리에 심으시게나.	栽他南北兩高峰.[2]

　훗날 호사가들이 그것을 가져가버려서 그는 몹시 애통해하였다. 다
시 십여 년이 흐르고 내가 항주를 지날 때, 양공은 이미 세상을 달리한
지 오래였다. 그의 자손이 그간의 사실을 털어놓으며 다시 한 폭 그려줄
것을 청하였다. 이전 작품에 시를 쓴 다음 다시 한 수를 이어 적었다.

後被好事者攫去,[3] 楊甚惱之. 又十餘年, 余過杭, 而楊公已下世久矣.[4]
其子孫述故, 乞更畫一幅補之. 旣題前作, 又繫一詩曰:

끝없이 그리운 마음 난화에 혼을 실어	相思無計托花魂,
서호로 날아가 묘 앞에 엎드리네.	飄入西湖叩墓門;
먼저 가신 선생 위해 또 붓을 드나니	爲道老夫重展筆,
여전한 모습, 난의 자식과 손자들이네.	依然蘭子又蘭孫[5].

역주

1　典史: 관아에서 죄인을 잡아들이고 감옥을 관리하는 관리로서, 縣丞이나 主簿
　　의 아래 직급이다.
2　南北兩高峰: 남북 두 봉우리는 杭州의 산을 말한다. 모두 항주의 서편에 위치

하며, 하나는 남쪽에 다른 하나는 북쪽에 있다.

3 攫(확) : 다투어 가지다.
4 下世 : 세상을 하직하다.
5 蘭子又蘭孫 : 蘭花는 예로부터 군자에 비유되었으므로, 이 구는 그의 자식과 손
   자들이 군자 같았던 옛 벗의 모습 그대로라는 의미이다.

해제

난화를 빌어 楊 典史의 덕과 재주를 비유하면서 山東에서 고상한 인
품으로 살았던 그를 칭찬했고, 항주의 자손들 또한 선친의 유지를 이어
그렇게 지낼 것을 축원하였다.

5.16 난 한 가지 꺾어折枝蘭[1]

춘풍을 아무리 그려봐도 소용없더니   多畵春風不値錢,
청옥 반가지 고운 자태 솟아올랐네.   一枝靑玉半枝姸,[2]
산중 햇살 지저귀는 숲 속 새 소리   山中旭日林中鳥,
그리움을 이월 하늘에 뿜어내누나.   唧出相思二月天.

역주

1 折枝蘭 : 감상을 위해 화병에 담으려고 꺾어 온 난을 뜻한다.
2 靑玉 : 푸른빛을 띤 난 가지.

산중의 햇살과 숲 속의 새는 난의 오랜 벗들인데, 이제 난이 그들을 떠나버렸으니 분명 이월 하늘 아래 서로의 그리움을 노래할 것이라 묘사했다.

5.17 절벽의 난嶠壁蘭[1]

일천 척 기암절벽,	峭壁一千尺,
창공에 걸려 핀 난.	蘭花在空碧;
그 아래 나무꾼은	下有采樵人,
손 뻗어 꺾지 못하지.	伸手折不得.

역주

1 嶠(교) : 높고도 뾰쪽한 산.

해제

기암절벽에서 자라기에 인간의 손길이 닿지 않는 난을 그렸고, 이는 세속에 물들지 않는 고고한 인품에 대한 비유로 읽을 수도 있겠다.

5.18 난분을 그려 귀향할 예정인 대중승 손 선생을 전송함畵

盆蘭送大中丞孫丈予告歸鄕

휘는 양, 자는 자미, 호는 아산이다.
諱勷, 字子未, 號峩山.[1]

수십 년 된 숙초,	宿草栽培數十年,[2]
뿌리 깊고 잎 튼실하니 한층 아름답네.	根深葉老倍鮮姸;
오늘 산중으로 돌아가니	而今歸到山中去,
눈앞 즐비한 꽃, 모두 뛰어난 후손들일세.	滿眼名葩是後賢.[3]

이는 옹정 삼 년의 일이다. 그 뒤로 십삼 년 후 덕주를 지날 때 찾아뵈니 공의 나이 팔십, 자식이 열하나, 증손도 많고 현손까지 보았다. 다시 이 그림을 꺼내며 시 써주기를 부탁하여 새롭게 스물여덟 자를 적었다.

此雍正三年事也. 後十三年過德州,[4] 公年八十二, 十一子, 孫曾林立, 並見元孫.[5] 復出是圖索題, 又書二十八字:

난분 들고 고향으로 돌아오니	載得盆蘭返故鄕,
하늘의 비이슬 맞고 무성하게 자랐네.	天家雨露鬱蒼蒼;[6]
오늘 아침엔 난촉들이 여기저기 솟고	今朝滿把蘭芽苗,[7]
산중 기후에 잘 커주니 새삼 기쁘구나.	又喜山中氣候長.

1 　孫勤 : 淸初의 관리(1656~1739)로, 今陵縣 사람이다. 자는 子未, 호는 崧山이다. 通政司參議와 大理寺少卿를 지냈다.
2 　宿草 : 여러 해 된 난초. 여기서는 孫崧山을 비유함.
3 　名葩(명파) : 이름난 꽃. 유명한 사람을 일컬음. 後賢 : 손양의 뛰어난 후손들을 말한다. 그는 자손들을 잘 교육시켜 큰 성취를 이루었다.
4 　後十三年過德州 : 건륭 원년 판교는 진사에 합격한 후 아직 관직을 얻지 못했고, 2년간 수도에서 지내다가 귀향했는데 德州를 지난 것이 이 시기가 아닌가 한다. 덕주는 山東省에 위치함.
5 　元孫 : 5대 손.
6 　天家雨露鬱蒼蒼 : 天家는 天子에 대한 칭호. 이 구절을 『王錫榮』은 '황제의 은택을 많이 받았음'을 말한다고 풀이했다.
7 　滿把 : 손에 가득 넘칠 정도로 많다. 蘭芽 : 난촉. 여기서는 孫勤의 자손을 비유한다.

해제

孫勤은 옹정 4년 관직에서 물러나 고향으로 돌아갔는데, 그는 한 해 전에 먼저 자신의 귀향 뜻을 판교에게 말했고, 판교는 시화를 써서 보냈는데 처음 시가 그것이다. 당시 판교는 수도 北京에 체류하고 있었다. 후에 여행길에서 이미 귀향한 孫勤을 다시 찾았을 때 쓴 게 두 번째 시다. 孫勤은 비록 높은 관직에 있었던 것은 아니었지만 매우 기개가 넘치는 관료였다. 고향으로 돌아온 후로는 후학을 가르치고 시문을 짓는 일에 힘을 쏟았다고 한다. 판교는 퇴임하는 그에게 시를 지어 존경을 표시하였던 것이며, 이 일은 『德縣志』에 수록되어 있다.

난분을 그려 무방상인의 남쪽 귀향을 권함畫盆蘭勸無方上
人南歸[1]

만 리 너머 관하는 추위 더위가 달라	萬里關河異暑寒,
[난에게] 자주 물 줘도 시들어만 가네.	紛紛灌漑反摧殘;
여산의 언덕으로 돌아감만 못하리니	不如歸去匡廬皐,[2]
꽃들에게 산 떠나지 말라 당부하시게.	分付諸花莫出山.

역주

1 無方上人 : 판교의 스님 친구. 자세한 사항은 「2.25 옹산 무방상인에게 드리는
   두 수[贈甕山無方上人二首]」 참고.
2 匡廬 : 江西의 廬山(지금의 江西 九江市 남쪽). 無方은 원래 廬山에 거주했다.

해제

　無方上人은 판교와 오랫동안 교류하던 스님으로, 「2.104 무방산인을
그리며[懷無方上人]」에서 "처음 그대 알게 된 것은 강서 땅이었으니, 가는
폭포소리 가을 창가 울렸던 여산이라네"라 하였다. 이 시에서 '여산의
언덕으로 돌아감만 못하리니'라는 구절은 예전 江西 廬山에서 無方上人
과 처음 만나 사이좋게 지냈던 시절을 염두에 둔 것이다. 이런 맥락에
서 그는 無方上人이 북방 수도에서 관료·고관이나 시정무리 사이에
섞여 지내는 것이 바람직한 일이 아니라 여기며 원래 거처인 남쪽 廬山
으로 돌아갈 것을 비유적으로 권고한 것이다. 또한 이는 사실 판교 스
스로의 다짐일지도 모른다.

5.20 여송상인을 위해 그린 가시나무와 난꽃 爲侶松上人畫荊棘蘭花[1]

가시를 받아들이지 못하면 난이 될 수 없는 법,   不容荊棘不成蘭,[2]
다른 길의 마귀들이 차갑게 바라보네.   外道天魔冷眼看.[3]
법문 이르는 길엔 향기와 악취 두루 있어야   門徑有芳還有穢,[4]
비로소 불법의 드넓음을 알게 된다네.   始知佛法浩漫漫.

역주

1 侶松上人 : 미상.
2 容 : 받아들이다.
3 外道天魔 : 外道는 불교에서 다른 종교나 철학을 총칭하는 말. 여기서는 정도에
    맞지 않는 편협한 사람들을 가리킨다. 天魔는 불교에서 말하는 天子魔. 欲界의
    여섯 번째 天魔王波旬, 무수한 眷屬을 거느리고 수시로 佛道를 가로막는다고
    한다.
4 芳 : 꽃. 향기. 穢(예) : 잡초. 추악함.

해제

　난 옆에 가시나무 더미를 함께 그리는 '刑棘蘭畫'는 길고 부드러운 난
잎과 거칠게 뒤얽힌 가시 관목이 서로 대비를 이룬다는 점에서 독특한
분위기를 조성한다. 이때 난이 고결한 군자의 인품을 상징한다면, 가시
나무는 소인의 극악함에 대한 비유라 할 수 있다. 위 시에서 향기와 악
취도 비슷한 대비며, 군자는 이들 고상함과 극악함, 향기와 악취를 두루
수용할 수 있는 포용성과 관용의 정신을 갖추어야 한다고 강조한 것이
다. 그런데 판교는 또한 "東坡는 난을 그릴 때 늘 가시를 곁들여 그림으
로써 군자는 소인을 받아들일 수 있어야 함을 보였다. 그러나 나는 가
시를 소인으로만 간주하지 않으며, 나라의 용맹스런 전사들이나 대신들

처럼 없어서는 안 되는 존재라고 생각한다"(「5.22 여러 난과 가시나무 그림 [叢蘭棘刺圖]」)는 식으로도 말한 바 있다.

5.21 꺾어온 난折枝蘭

새벽바람에 이슬 가시지도 않았는데
수정화병에 난 한 촉 누가 꽂았을까?
양귀비가 막 목욕 마치고서
님 볼까 두려워 얇은 명주치마 두른 듯.

曉風含露不曾乾,
誰揷晶瓶一箭蘭?
好似楊妃新浴罷,[1]
薄羅裙繫怯君看.[2]

역주

1   楊妃新浴 : 唐 玄宗은 楊貴妃를 총애하여 자주 그녀와 함께 驪山 華淸池로 행차
     하여 목욕을 즐겼다.
2   薄羅 : 투명하게 얇은 명주.

해제

수정 화병에 꽂은 난 한 가지, 아직 새벽이슬을 머금은 그 모습을 막
화청지에서 목욕을 마치고 나온 미녀 양귀비의 청초함에 비유하였다.

여러 난과 가시나무 그림叢蘭棘刺圖

　　동파(東坡)는 난을 그릴 때 늘 가시를 곁들여 그림으로써, 군자는 소인을 받아들일 수 있어야 함을 보였다. 그러나 나는 가시를 소인으로만 간주하지 않으며, 나라의 용맹스런 전사들이나 대신들처럼 없어서는 안 되는 존재라고 생각한다. 깊은 산중의 난은 세속의 시끄러운 근심 따위는 없다. 그러나 쥐들은 그것을 먹어치우려 하고, 사슴은 이로 물어뜯으려 하고, 돼지는 뒤집어엎으려 하고, 곰·호랑이·승냥이·새끼사슴·여우같은 무리들은 갉아먹으려고 한다. 또 나무꾼들은 그것을 캐거나 꺾으려고까지 한다. 만일 난을 보호해주는 가시가 있다면, 난을 해치는 것들이 멀어지기 마련일 것이다. 진(秦)이 쌓은 장성은 진의 가시울타리였다. 한(漢)나라엔 한신(韓信)·팽월(彭越)·영포(英布)가 있었으며, 그들이 바로 한의 가시보호막이었다. 세 사람이 모두 주살당한 후, 한 고조는 패(沛) 땅을 지나면서 "사방을 지켜주는 용맹한 장수들을 이제 어디에서 얻을 수 있으랴!" 하고 감회를 토로하였다. 그런즉 질려·철용각·녹각·가시의 배치를 어찌 소홀히 할 수 있겠는가? 내가 이 화폭을 그리면서 산의 위아래에 난과 가시를 적당히 섞어 배치시켰는데, 열에 여섯은 난이요, 나머지 넷은 가시이다. 그림을 다 그리고 나니 탄식이 절로 난다. 저 유병십육주(幽幷十六州)의 고통과 북송·남송의 비애를 참아내기 어렵기 때문이다! 그때는 바로 가시가 없었기 때문이었다.

　　東坡畫蘭,[1] 長帶荊棘,[2] 見君子能容小人也. 吾謂荊棘不當盡以小人目之, 如國之爪牙, 王之虎臣,[3] 自不可廢. 蘭在深山, 已無塵囂之擾; 而鼠將食之, 鹿將齧之,[4] 豕將蹂之,[5] 熊虎豺麛兎狐之屬將齧之,[6] 又有樵人將拔之割之. 若得棘刺爲之護撼, 其害斯遠矣. 秦築長城, 秦之棘籬也. 漢有韓、彭、英, 漢之棘衛也[7]; 三人旣誅, 漢高過沛, 遂有安得猛士守四方之慨.[8] 然則蒺藜[9]、鐵菱角[10]、鹿角、棘刺之設, 安可少哉? 余畫此幅, 山上山下皆蘭

棘相參, 而蘭得十之六, 棘亦居十之四. 畫畢而歎, 蓋不勝幽並十六州之痛[11],
南北宋之悲耳[12]! 以無棘刺故也.

역주

1 　東坡 : 북송의 저명한 문인 蘇軾의 호.
2 　長 : 늘상.
3 　爪牙, 虎臣 : 국가를 보위하고 조정을 지키는 군사와 대신을 비유한 말.
4 　齧(곤) : 嚙(교)와 같은 뜻으로, 깨물다.
5 　蝕(회) : 땅을 뒤집어엎다.
6 　麛(미) : 새끼 사슴.
7 　韓, 彭, 英 : 漢 高祖 劉邦 수하의 장수였던 韓信·彭越·英布. 劉邦이 천하를
　　얻은 다음, 한신과 팽월이 잇달아 죽임을 당했고, B.C. 195년에 영포는 반란을
　　일으켰다가 죽임을 당했다.
8 　安得猛士守四方 : 劉邦 「大風歌」의 한 구절.
9 　蒺藜 : 질려. 열매와 줄기 부분을 약용으로 쓴다. 열매의 모양이 소나 양의 뿔처
　　럼 생겼는데, 여기서는 그런 모양의 가시를 뜻함.
10 鐵菱角 : 철용각. 약재로 쓰이며 열매의 모양이 역시 소나 양의 뿔과 비슷하기에
　　여기서는 가시를 뜻함.
11 幽並十六州 : 936년 石敬塘이 거란의 원조를 받아 後唐을 멸망시키고 後晉을 세
　　운 대가로 거란에 할양한 땅으로, 지금의 河北省과 山西省의 북부지구 幽·
　　雲·涿·薊·檀·順·瀛·莫·蔚·朔·應·新·嬀·儒·武·寰 등 16州를 말
　　한다.
12 南北宋之悲 : 남송이 金에게 빼앗긴 북방의 땅을 수복하지 못함을 한탄한 것이
　　다.

해제

　난과 가시나무를 함께 그리는 연유에 대해 소동파처럼 '군자가 능히
소인을 받아들일 수 있음'으로만 볼 게 아니라 나라를 지키는 용맹스런
전사들이나 왕의 대신들 같이 환난을 보호하는 것으로 여기기에 함께
배치했다는 독창적 시각을 제시했다.

5.23 누 진인을 위해 그린 난 爲婁眞人畫蘭[1]

은오리 금사자 향로, 푸른 망사 안에 따사롭고   銀鴨金猊暖碧紗,[2]
요대의 연묵은 구름노을을 띠었구나.   瑤臺硯墨帶煙霞;[3]
붓 휘둘러 화폭 가득 난촉을 채우니   一揮滿幅蘭芽苴,
어느 순간 그대 집에서 만개할 걸세.   當得君家頃刻花.[4]

역주

1   婁眞人 : 婁近垣. 자가 朗齋이고, 법호는 三臣이며, 自號는 上淸外史이다. 江南 松江 婁縣(지금의 江蘇省 婁縣) 사람으로, 康熙 28년(1689)에 태어났다. 옹정 5 년에 京師에 불려와 光明殿에서 거처했다. 자세한 사항은 「2.131 광명전에 묵으며 누 진인에게 드림[宿光明殿贈婁眞人]」 주석 참고.

2   銀鴨·金猊 : 금과 은으로 도금한 오리와 사자 모형의 구리향로. 碧紗 : 망사로 된 창이나 휘장 따위. 여기서는 향로 덮개란 의미로 쓰인 게 아닌가 한다.

3   瑤臺 : 옛 신화 속에서 신선이 산다는 곳. 여기서는 婁眞人이 사는 곳.

4   頃刻花 : 『太平廣記』에 의하면, 唐 韓愈의 조카 湘이 도를 배워 "준순주(逡巡酒)를 즉석에서 빚어낼 줄 알고, 능히 순간에 꽃을 피울 수 있다[能造逡巡酒, 能開頃刻花]"고 했다. 한유가 재주를 보여줄 것을 재촉하자, 그는 엄동설한 날씨에 즉석에서 모란꽃 두 송이를 피워냈다고 한다.

해제

판교가 누 진인의 광명전에 묵을 때 감상을 적은 시 「2.131 광명전에 묵으며 누 진인에게 드림[宿光明殿贈婁眞人]」에서는 장생불로를 위해 갖은 방법을 찾았던 秦始皇과 漢武帝의 노력도 결국 허사로 끝났음을 강조하면서, 도교 수련자이지만 연단 수련법을 별로 따르지 않았던 婁眞人의 취지에 동감을 표시한 바 있다. 이 시에서는 누 진인의 재능이 언젠가 빛을 발할 것이라 축원하고 있다.

미원장(米元章)이 돌을 논하면서 마른 것[瘦]과 주름진 것[縐]과 새나
감[漏]과 빠져나감[透]을 언급했는데, 돌의 묘미를 두루 다 표현했다고 할
수 있다. 동파(東坡)는 '돌은 무늬가 있으면서 추하다[醜]'고 하였다. '추하
다'는 한 글자에서 돌의 천태만상 모든 게 다 나온다고 할 수 있다. 원장
은 좋은 것의 좋은 점만을 알 뿐, 누추하고 못난 것 가운데도 지극히 좋
은 점이 있음을 알지 못했다. 동파의 가슴 속은 만물조화를 담금질하는
화로로구나! 정섭이 그린 이 돌은 추한 돌이다. 추하지만 기백 있고, 추
하지만 수려하다. 제자 주청뢰(朱靑雷)가 내 그림을 구하려다 얻지 못했
다기에 이것을 보낸다. 청뢰의 소매 속에 아직 원장의 돌 그림이 있었다
면 이젠 버리고 보지 않을 것이다.

米元章論石,[1] 曰瘦曰縐曰漏曰透, 可謂盡石之妙矣. 東坡[2]又曰: 石文
而醜,[3] 一醜字則石之千態萬狀, 皆從此出. 彼元章但知好之爲好, 而不知陋
劣之中有至好也. 東坡胸次, 其造化之爐冶乎![4] 燮畫此石, 醜石也; 醜而雄,
醜而秀. 弟子朱靑雷[5]索余畫不得, 卽以是寄之. 靑雷袖中倘有元章之石, 當
棄弗顧矣.

역주

1 米元章: 北宋 서화가이자 서화이론가인 米芾(1051~1107). 초기의 이름은 黻(불)
    였으나, 후에 芾(불)로 개명했다. 자가 元章이고, 호는 襄陽居士·海岳山人 등
    이다. 원래 太原 사람이나 나중에 湖北 襄陽으로 이사했고, 潤州(지금의 江蘇
    鎭江)에 장기간 거주했다. 그의 그림은 수묵을 점점이 물들이면서 뜻의 비슷함
    만을 추구하되 세밀한 필법에 공을 들이지 않음으로써 이후 '米派'의 독창적인

화풍을 열었다. 각종 서체에 능해 蘇軾·黃庭堅·蔡襄 등과 함께 宋代 四大書
法家로 꼽히며, 돌에 대한 논의는 그의 『畵史』에 보인다.

2 東坡 : 북송 문인 蘇軾의 호.

3 石文而醜 : 宋 羅大經 『鶴林玉露』에서 인용한 蘇軾 「題文同畵梅竹石圖」에 보이
   는 표현이다.

4 造化之爐冶 : 그 가슴 속이 만물 조화를 담금질하는 화로라는 의미.

5 朱靑雷 : 자는 文震, 濟南人이다. 판교가 산동에 있을 때 제자로 삼았는데, 시에
   능했다. 양주에서 거주했으며, 江都의 朱筫(운)과 나란히 이름을 날려 '二朱'라
   고 불린다. 『揚州畵舫錄』 卷三 참조.

해제

돌을 그릴 때 마른 것[瘦]과 주름진 것[縐]과 새나감[漏]과 빠져나감[透]
을 언급한 미원장을 넘어서서 그 추(醜)라는 미학을 지적한 동파의 시각
에 동의하면서, '추하지만 웅장하고, 추하지만 수려한' 돌의 본성을 파악
할 것을 강조했다.

5.24.2

어째서 문장(文章)이라 하는가? 번쩍거리며 환하게 빛나는 모든 것
이 문채[文]를 이루고, 규율과 척도가 모두 장법[章]을 이루기 때문이다.
문채가 없고 장법이 없으면 구구절절 표현했을지라도 그저 말 한 대목
을 쏟아낸 것일 뿐이니 그 무슨 취할 바가 있겠는가? 바위를 그릴 때도
마찬가지다. 옆으로 누운 것도 있고, 서 있는 것도 있고, 네모난 것도 있
고, 둥근 것도 있고, 비스듬히 기댄 것도 있다. 그렇다면 사람들의 눈에
어떻게 보이게 할 것인가? 필경 준법(皴法)을 써서 그 층차를 보여주고,
공백을 두어 나란히 고르게 하며, 공백 밖으로 다시 준법을 써야 한다.
그런 다음 큰 것이 작은 것을 감싸 안고, 작은 것이 큰 것을 에워싸서
전체를 구성하게 한다. 특히 붓과 먹과 물을 절묘하게 나누어야만 하니,

이른바 한 덩어리 원기가 이루어져야만 바위가 만들어지는 것이다. 미산(眉山) 이철군 (李鐵君) 선생의 문장은 천하에 유명한데, 나는 아직 그에게 배우지는 못했지만 바위 두 개를 그려 보내드린다. 하나는 세밀한 준법으로, 다른 하나는 거친 준법으로 그렸는데, 선생의 문장에 어울릴지 모르겠다. 미산은 옛 도리를 지켜 달콤한 말로 세상에 아부하지 않으려 하셨으니, 마땅히 내게 가르침을 주시는 바가 크리라.

何以謂之文章, 謂其炳炳耀耀[1]皆成文也, 謂其規矩尺度皆成章也. 不文不章, 雖句句是題, 直是一段說話. 何以取勝? 畫石亦然, 有橫塊·有豎塊·有方塊·有圓塊·有欹斜側塊. 何以入人之目, 畢竟有皴法[2]以見層次, 有空白以見平整, 空白之外又皴; 然後大包小, 小包大, 構成全局, 尤在用筆用墨用水之妙, 所謂一塊元氣結而石成矣. 眉山李鐵君先生[3]文章妙天下, 余未有以學之, 寫二石奉寄. 一細皴, 一亂皴[4], 不知紡佛公文之似否? 眉山古道, 不肯作甘言媚世, 當必有以教我也.

역주

1 　炳炳耀耀 : 판교가 여기에서 말하는 文은 문장의 수식을, 章은 문장을 만드는 규율과 척도를 가리킨다.

2 　皴法 : 산이나 흙더미 등의 입체감·양감을 표현하기 위한 일종의 동양적 陰影法이다. 秦·漢시대의 山岳圖에서 그 원시적 형태를 볼 수 있으나 거의 비사실적이고 관념적인 형태였다. 그 후 산수화의 발전과 함께 각종 준법들이 나타나 형식화되어 특정한 명칭으로 사용하게 되었다. 요컨대, 산수화의 발전은 준법의 출현에 따라 발전을 거듭했다고 해도 과언이 아니다. 그 중에서도 披麻皴은 麻의 껍질을 벗긴 것 같은 주름이라는 뜻으로 주로 南宗畫에서 사용되었으며, 五代 南唐의 걸출한 화가인 董源이 시작하였다. 解索皴·亂麻皴·芝麻皴·牛毛皴·荷葉皴 등이 이 계통에 속한다. 이에 비하여 斧劈皴은 도끼로 쪼갠 면과 같은 모양의 주름으로 평면적인 성격이 강하며, 北宗畫에서 많이 사용되었다. 여기에는 大·小 2종이 있으며, 大斧劈皴은 李思訓, 小斧劈皴은 李塘이 시작하였다. 이 밖에도 雨點皴은 王維가 시작하였고, 董源과 巨然이 사용한 후 北宋 서화가 米芾이 완성한 것이다.

3 　眉山 李鐵君 : 명대 문인 李鍇(1686~1755). 자는 鐵君, 호는 眉山·腐靑山人·廌靑山人 등, 鐵嶺人이다. 鐵嶺의 명문 출신으로 명대 후기 두 차례나 遼東總兵

을 역임한 조선인 장수 李成梁(1526~1615)의 후예이다. 저서로는 『尙史』·『春秋通義』·『原易』·『睡巢集』 등이 있다.

4 一細皴, 一亂皴 : 바위를 그리는 두 가지 皴法. 細皴은 가늘면서 柔麗한 획으로 그린 준법이고, 亂皴은 거칠고 투박한 획으로 그린 준법이다.

　오늘 바위 세 폭을 그렸는데, 한 폭은 교주(膠州) 출신 고봉한(高鳳翰) 서원(西園) 씨에게 보내고, 한 폭은 연경(燕京) 출신 도청격(圖淸格) 목산(牧山) 씨에게 보내고, 나머지 한 폭은 강남(江南) 출신 이선(李鱓) 복당(復堂) 씨에게 보냈다. 세 사람은 내 바위그림 친구들이다. 옛 사람이 돌은 굴릴 수 있지만 마음은 움직일 수 없다고 말했는데, 그림 속의 바위 역시 굴릴 수 있는 것인지? 천 리 멀리 그림을 보내니 내 마음도 바위를 따라 가버렸다. 조성현(朝城縣)에 있던 날, 그림을 다 그리고 남은 먹이 있어서 현의 벽 위에 누운 바위 하나를 그렸다. 조성현의 송사는 간단하고 형도 가벼워서 누워서도 처리할 정도다. 그래서 이 그림으로 그 뜻을 표현하니, 세 군자가 이 사실을 들으면 나의 관리 생활이 고되지 않고 즐거운 줄로만 알 것이다.

　今日畫石三幅, 一幅寄膠州高鳳翰西園氏[1], 一幅寄燕京圖淸格牧山氏[2], 一幅寄江南李鱓復堂氏[3]. 三人者, 予石友也. 昔人謂石可轉而心不可轉[4], 試問畫中之石尙可轉乎? 千里寄畫, 吾之心與石俱往矣. 是日在朝城縣[5], 畫畢尙有餘墨, 遂塗於縣壁, 作臥石一塊. 朝城訟簡刑輕, 有臥而理之之妙, 故寫此以示意. 三君子聞之, 亦知吾爲吏之樂不苦也.

역주

1　膠州高鳳翰西園氏 : 高鳳翰(1683~1748). 자는 西園, 호는 男村·南阜老人 등이 있고, 山東 膠州사람이다. 자세한 사항은 「2.148.1 고봉한(高鳳翰)」 주석 참조.

그와 관련된 문장은 이 외에도 「6.4.23 고봉한 서책에 쓰다[題高鳳翰畫冊]」, 「6.4.24 고봉한 피갈도 두루마리에 쓰다[題高鳳翰披褐圖卷]」 등도 있다.

2 燕京圖淸格牧山氏 : 圖淸格 : 이름은 淸格, 호는 牧山으로, 만주인이다. 「2.84 도목산에게[贈圖牧山]」, 주석, 「2.85 다시 목산에게[又贈牧山]」 등 참고.

3 江南李鱓復堂氏 : 李鱓(1686~1762). 자는 宗揚, 호는 復堂. 江蘇 興化人이며 '揚州八怪'의 한 사람. 「2.64 이복당 집에서 술 마시다가 짓고 드리다[飮李復堂宅賦贈]」 주석 참고.

4 石可轉而心不可轉 : 『詩·邶風·柏舟』 : "내 마음은 돌이 아닌지라, 구를 수가 없다오. 我心匪石, 不可轉也."

5 朝城縣 : 산동성 서부의 옛 현 이름. 淸 시기에는 范縣에 인접해 있었다.

5.24.4

옛사람은 주석도(柱石圖)를 그리려면 모두들 한가운데에 정면으로 그렸는데, 나는 꼭 그래야한다고는 여기지 않는다. 나라의 주석인 공고보부(公孤保傅)가 신하로서는 최고 지위이면서도 정중앙의 자리를 차지하지 않는 것과 같다. 오늘은 특별히 옆으로 비켜 서 있는 자세로 그린 후 이를 시로 엮고자 한다.

昔人畫柱石圖,[1] 皆居中正面, 竊獨以爲不然. 國之柱石, 如公孤保傅,[2] 雖位極人臣, 無居正當陽之理. 今特作爲偏側之勢, 且繫以詩曰:

하늘을 떠받치고 선 주석 한 기둥,	一卷柱石欲擎天,
모양은 훌륭한데 자세가 기울었네.	體自尊崇勢自偏;
무향후 같은 정신으로 물러나	卻似武鄉侯氣象,[3]
몸 낮춰 근신한 지 몇 해이던가.	側身謹愼幾多年.

역주

1 柱石圖 : 기둥처럼 높고 큰 바위 그림.

2 　公孤保傅 : 公孤는 三公과 三孤의 병칭으로, 조정에서 가장 높은 지위를 일컫는
　다. 『北堂書鈔』卷五十에서는 許愼의 『五經異議』를 인용하여 "천자는 삼공을
　세우는데, 태사와 태부와 태보이다. …… 다시 삼소를 세워 그 부관으로 삼는데,
　소사와 소부와 소보로서, 이를 삼고로 삼는다天子立三公, 曰太師·太傅·太保
　…… 又立三少以爲之副, 曰少師·少傅·少保, 是爲三孤"고 하였다.

3 　武鄕侯 : 제갈량. 劉備가 죽기 전에 제갈량에게 후위를 물려주려 했으나 제갈량
　은 받아들이지 않고 劉禪을 보좌하며 끝까지 근신했다.

해제

柱石이란 바위 중에서도 높고 큰 암석이다. 대부분의 화가들은 柱石
을 그릴 때 대개는 화폭 중앙에 그리고, 현실에서 영웅 또한 중앙 위치
를 차지하고자 한다. 하지만 판교가 생각하기에 예로부터 참된 영웅은
홀로 중앙을 차지하지 않았으니, 그는 다른 사람들의 주석도와는 달리
옆으로 비켜 서 있는 주석을 그려 '나라의 주석'이 있어야 할 위치를 밝
히고자 하였다. 나라의 주석이 높다랗게 한 가운데 위치하면, 모든 공
로가 자신에게서 비롯된 것인 양 다른 사람을 인정하지 않게 되고, 자
신의 말 한마디가 곧 나라의 법이 되고 만다. 다른 사람 위에 군림하는
독불장군은 주석의 바른 모양새가 아닌 것이다. 무릇 주석이란 천하의
어려움을 앞서 걱정하고, 세상이 즐거우면 함께 기뻐하며, 다른 사람에
게 공을 돌리고, 한쪽으로 비켜 자리할 줄 알고 고개를 숙일 줄 아는
자, 예컨대 제갈량 같은 영웅이 바로 제대로 된 주석인 셈이다.

5.24.5

매서운 기골 깊은 대지를 뚫고 나와	老骨蒼寒起厚坤,[1]
태산의 위엄으로 우뚝 솟았네.	巍然直擬泰山尊;[2]
천추에 다시 진시황이 있어도	千秋縱有秦皇帝,

채찍 휘둘러 바다에 몰아넣지 못하리.   不敢鞭他下海門.[3]

역주

1 老骨蒼寒起厚坤 : 蒼寒은 바위의 늠름하고 매서운 기운을 말한다. 厚坤 : 대지.
2 尊 : 위엄.
3 鞭他下海門 : 『三齊紀略』: "진시황이 석교를 만들어 바다 건너 해 뜨는 곳을 보고자 했다. 당시 神人이 있어 돌을 바다 아래로 몰아낼 수 있었는데, 돌이 더디게 나가자 그 신이 자꾸 매질을 해댔다.[始皇作石橋, 欲過海觀日出處. 時有神人能驅石下海, 石去不速, 神輒鞭之.]"

해제

이 제화시 역시 柱石의 매섭고 위엄 있는 형상과 기세를 묘사했다.

5.24.6

우직스런 바위 하나,   頑然一塊石,[1]
여기 이끼 서린 계단에 누웠네.   臥此苔階碧;
비도 이슬도 상관없고   雨露亦不知,
눈서리마저 모르는 듯.   霜雪亦不識.
정원 숲 흥망성쇠 몇 차례인지   園林幾盛衰,
꽃나무는 몇 번이나 바뀌었는지   花樹幾更易;[2]
바위선생에게 여쭤보면   但問石先生,
선생은 모든 것 기억하겠네.   先生俱記得.

해제

우직스런 바위를 그리면서도 사실은 지나간 세월을 묵묵히 견디어
낸 바위 앞에서 인간 영욕이란 무상하다는 심사를 담았다. 특히 마지막
두 구는 돌을 의인화시켜 돌과 대화하는 것인지 아니면 자신에게 묻는
것인지 여운이 남는다.

5.25 난과 대와 돌蘭竹石

5.25.1

바위처럼 흔들림 없이 단단하고, 난처럼 향기롭고, 마디 많은 대나
무처럼 꿋꿋한 성정, 이 모두 『주역』의 이치로서, 군자는 그것을 실천한
다.

介於石,¹ 臭如蘭,² 堅多節,³ 皆易之理也, 君子以之.⁴

역주

1   介於石 : 『易·繫辭下傳』: “바위처럼 흔들리지 않고 견고하면 하루가 가기 전에
    좋아질 것이다.[介於石, 不終日. 貞吉.]” ‘介’는 ‘砎’와 동의어로 돌처럼 단단하다
    는 뜻. 세파에 흔들리지 않고 강직하게 자신을 지켜냄을 의미한다.

臭如蘭 : 난과 같은 향기. 『易·繫辭上』: "마음을 함께 하는 말은 난처럼 향기롭다.[同心之言, 其臭如蘭.]"
3 堅多節 : 마디가 많고 단단한 대나무를 의미함. 『易·說卦』: "그 나무는 단단하고 마디가 많다.[其於木也, 爲堅多節.]"
4 以之 : 그것을 실행한다.

5.25.2

　　복당 이선(李鱓)은 숙련된 화가이다. 장남사(蔣南沙)·고철령(高鐵嶺)의 제자로, 꽃·새·곤충·물고기에 능했으며, 특히 난과 대나무에 뛰어났다. 그러나 나 정섭은 난과 대나무를 그릴 때 결코 그와 같은 방법으로 그리지 않았다. 복당은 웃으며 "스스로 일가를 이룰 수 있는 사람이다"고 하였다. 올해 내 나이 칠십, 난과 대나무에 진전이 있었건만 애통하게도 복당은 작고하고 없으니 다시는 그림 그리는 일을 상의할 사람이 없구나.

　　復堂李鱓[1], 老畫師也, 爲蔣南沙[2]·高鐵嶺[3]弟子, 花卉翎羽蟲魚皆妙絶, 尤工蘭竹. 然燮畫蘭竹, 絶不與之同道. 復堂喜曰 : "是能自立門戶者." 今年七十, 蘭竹益進, 惜復堂不再, 不復有商量畫事之人也.

역주

1　李鱓 : 자는 宗揚(1686~1762), 호는 復堂으로, 江蘇 興化人이며 '揚州八怪'의 한 사람이다. 「2.64 이복당 집에서 술 마시다가 짓고 드리다[飮李復堂宅賦贈]」 참고.
2　蔣南沙 : 蔣廷錫(1669~1732). 江蘇 常熟人으로, 자는 南沙·酉君·楊孫 등이며 호는 西谷·靑桐居士. 淸代의 화가로 花鳥에 뛰어났으며, 『塞外花卉』를 그렸다.
3　高鐵嶺 : 청대의 저명한 화가 高其佩(1660~1734). 자가 韋之, 호가 且園·南村 등으로, 奉天 鐵嶺人이다. 처음에 인물·산수를 그리다가 만년에는 오직 손가락으로 그리는 指畫에 힘썼다. 그의 산수·인물·雨中 煙樹 등이 특히 절묘하다. 자세한 사항은 「2.148.3 이선(李鱓)」 「2.148.5 부문(傅雯)」 참고.

해제

위의 두 제화문은 모두 蘭·竹·石을 함께 그린 그림에 붙인 것이다. 앞 문장은 蘭·竹·石 등 각 소재의 서로 다른 정신을 표현하였고, 뒷 문장은 같이 활동했던 李鱓과도 다르게 자신만의 독창적 세계를 추구했던 과정을 제시했다.

5.26 근추전의 그림 요청에靳秋田索畫[1]

5.26.1

종일 글씨를 쓰고 그림을 그리면서 쉬질 못하면 사람들에게 욕을 하고 싶어진다. 그러다가도 삼일 동안만 붓을 들지 않으면 다시 종이 한 폭을 가져다가 침잠된 기운을 풀어낼 생각을 하니, 이 또한 나 같은 무리의 천한 모양새이다. 오늘은 아침에 일어나 일이 없어서 마당을 쓸고, 분향을 하고, 차를 끓이고, 벼루를 씻고 나니 벗이 보낸 종이가 문득 눈에 들어왔다. 기분이 상쾌해져 붓을 들어 난 몇 가닥, 대나무 몇 그루, 바위 몇 개를 그리고 나니 자못 시원스러우면서도 초탈한 정취가 넘쳤다. 한창 때를 맞추어 붓을 든 시점이라니! 그림을 요청하면 한사코 그리지 않고, 그림을 요청하지 않을 때면 기어이 그리고 싶어지니 참으로 이해하기 힘든 점이리라. 그러나 이를 이해하는 사람은 이럴 때 그저 웃으며 들을 뿐이다.

終日作字作畫, 不得休息, 便要罵人; 三日不動筆, 又想一幅紙來, 以舒其沈悶之氣, 此亦吾曹之賤相也. 今日晨起無事, 掃地焚香, 烹茶洗硯,

而故人之紙忽至[2]. 欣然命筆, 作數箭蘭、數竿竹、數塊石, 頗有灑然淸脫之趣. 其得時得筆之候乎! 索我畫偏不畫, 不索我畫偏要畫, 極是不可解處, 然解人[3]與此但笑而聽之.

역주

1   靳秋田 : 이름은 畲(여), 판교의 벗이다.
2   故人之紙 : 故人은 벗 靳秋田, 그가 그림 요청을 하면서 보낸 종이를 가리킨다.
3   解人 : 사물의 이치에 통달하여 다른 사람의 뜻을 잘 헤아리는 사람.

5.26.2

　　세 칸짜리 초가에 십 리 멀리서 춘풍이 불어온다. 방안에는 난이 그윽하고, 창밖으론 대나무가 높이 자란다. 얼마나 우아한 정취인가! 허나 세상살이에 편안한 사람들은 알지 못할 일이다. 그들은 어리석고 사리에 어두워 즐거움이 어디에 있는지조차 도대체 알지 못한다. 오로지 수고롭게 일하고 고통스럽고 가난하고 병든 사람만이 문득 보름가량 사립문을 닫아걸고, 대나무 길을 쓸고, 향기로운 난을 마주하고, 쌉싸름한 차를 음미하며 느낄 수 있는 여유인 것이다. 때때로 살랑거리는 바람에 가랑비 뿌려 성긴 울타리 좁은 길 사이를 촉촉하게 만들고, 속세의 손님은 들지 않되 좋은 벗이 문득 찾아오리라. 이렇게 지내는 일들은 참으로 얻기 어려워 그야말로 흡족하지 않을 수가 없다. 무릇 내가 난을 그리고, 대나무를 그리고, 바위를 그리는 것은 이로써 천하의 수고하는 사람들을 위로하고자 함이지, 세상에서 편안하게 즐기는 사람들에게 바치려는 게 아니다.

　　三間茅屋, 十里春風; 窗裏幽蘭, 窗外修竹. 此是何等雅趣, 而安享之人不知也. 懵懵懂懂,[1] 沒沒墨墨,[2] 絶不知樂在何處. 惟勞苦貧病之人, 忽得

十日五日之暇, 閉柴扉, 掃竹徑, 對芳蘭, 啜苦茗,[3] 時有微風細雨, 潤澤於
疏籬仄徑之間; 俗客不來, 良朋輒至, 亦適適然[4]自驚爲此日之難得也. 凡吾
畫蘭畫竹畫石, 用以慰天下之勞人, 非以供天下之安享人也.

역주

1   懵懵懂懂(몽몽동동) : 어리석은 모양.
2   沒沒墨墨 : 무지한 모양.
3   啜(철) : 마시다.
4   適適然 : 마음이 기쁜 모양.

5.26.3

석도(石濤)는 그림을 잘 그려 대략 만 여 종이 있지만 난과 대나무
그리는 일은 여가 일이었다. 판교는 오십 여 년 동안 오로지 난과 대나
무만을 그리고 다른 것은 그리지 않았다. 석도는 폭넓게 공을 쏟았으나
나는 전적으로 그 소재에만 매달렸는데, 어찌 이처럼 온전하게 특정한
것에만 매달리는 것이 폭넓은 것만 못하다고 보겠는가! 석도의 화법은
변화무쌍하여 기이하면서도 고아하고, 적당히 세밀하면서도 빼어나서
팔대산인(八大山人)과 비교해볼 때 그를 뛰어넘으면 넘었지 미치지 못할
바가 없다. 그런데도 팔대의 이름은 만천하에 유명하건만 석도의 이름
은 우리 양주를 채 벗어나지 못했다. 어째서인가? 팔대는 순전히 감필(減
筆)을 쓰지만 석도는 미용(微茸 : 細筆)을 쓰기 때문이다. 또한 팔대는 이
름이 하나여서 사람들이 기억하기가 쉬운데, 석도는 홍제(弘濟)니, 청상
도인(淸湘道人)이니, 고과화상(苦瓜和尙)이니, 대척자(大滌子)니, 할존자(瞎
尊者)니 하는 별호가 너무 많아 오히려 분간하기가 어렵다. 팔대는 오로
지 팔대이고, 판교 역시 오로지 판교일 뿐으로 나는 석도 공을 따라갈

수가 없다.

石濤[1]善畫, 蓋有萬種, 蘭竹其餘事也. 板橋專畫蘭竹, 五十餘年, 不畫
他物. 彼務博, 我務專, 安見專之不如博乎! 石濤畫法千變萬化, 離奇蒼古,
而又能細秀妥貼, 比之八大山人[2], 眙有過之無不及處. 然八大名滿天下, 石
濤名不出吾揚州, 何哉? 八大純用減筆[3], 而石濤微茸[4]耳; 且八大無二名,
人易記識, 石濤弘濟, 又曰淸湘道人, 又曰苦瓜和尙, 又曰大滌子, 又曰瞎
尊者, 別號太多, 翻成攪亂. 八大只是八大, 板橋亦只是板橋, 吾不能從石
公矣.

역주

1　石濤 : 명말 청초 '四大高僧' 중의 한 화가(1630~1724). 「2.148.2 도청격(圖淸格)」
　등 참고.
2　八大山人 : 明末 淸初의 저명한 화가(1626~1705). 본명은 朱耷(朱由桵)으로, 明
　江寧 獻王 朱權의 9대손이며, 南昌(지금의 江西에 속함)人이다. 명이 멸망하자
　승려가 되었다가 후에 환속하여 도사가 되었다. 별호로는 雪個 · 個山 · 人屋 ·
　驢漢 · 驢屋驢 등이 있다. 만년에 八大山人라는 호를 취하여 오래도록 사용하였
　다. 八大山人은 산수화와 화조화에 강렬한 개성과 풍격으로 수준 높은 예술적
　성취를 이루어냈다. 특히 간략한 필치로 독특한 풍격과 새로운 전형을 제시하
　였다. 「2.195 굴옹산 시집과 석도 · 석혜 · 팔대산인 산수화 소폭, 백정의 묵란을
　함께 묶은 한 권에 부쳐[題屈翁山詩箚石濤石谿八大山人善水小幅並白丁墨蘭共
　一卷]」 등 참조.
3　減筆 : '細筆'과 대칭되는 중국화의 기법의 하나. 細筆은 '工筆'이라고도 불리며,
　작은 부분까지 세밀하게 그리는 화법을 말하는 반면, 減筆은 가능한 필획을 줄
　여 공간과 여백의 미를 중시하는 화법이다.
4　微茸(미용) : 중국화 기법 중의 하나로, 작은 부분까지 세밀하게 그리는 방식. 대
　개 細筆法 또는 工筆法으로 불린다.

5.26.4

정소남(鄭所南) · 진고백(陳古白) 두 분은 난과 죽을 그리기 좋아하였

으나 이 정섭은 아직까지 그들을 배운 적이 없다. 서문장(徐文長)·고차원(高且園) 두 분은 난과 죽을 그다지 많이 그리진 않았지만 이 정섭은 항상 그분들에게 부지런히 배웠는데, 무릇 그 뜻이 남겨진 형상 사이에 있지 않음을 익혔다. 서문장과 고차원은 재주가 거침없고 호방한 필치인데, 나 정섭 역시 고집이 세고 구속되지 못하는 기질이 있는지라 여기에 자연스럽게 부합된다. 저 진고백·정소남 두 어른은 그 신선 기골이 막고(藐姑)의 빙설과 같으니 나 정섭이 어찌 그들을 따라 배울 수 있는 자격이나 있겠는가! 옛 사람이 초서를 배우며 입신의 경지에 빠져들 때 혹자는 뱀이 싸우는 것을 보면서, 혹자는 여름날의 구름을 보면서 각각의 세계를 얻었다고 한다. 혹자는 공주와 짐꾼이 길을 다투는 것을 보았다고도 하고, 혹자는 공손대낭(公孫大娘)이 서하(西河)의 검무(劍舞) 추는 것을 보았다고도 하는데, 어찌 초서가 정해진 규격만을 취하면서 나름의 격조를 이룰 수 있겠는가! 정신을 한 곳으로 몰입하여 수십 년을 각고분투 하다 보면 신도 도와줄 것이고, 귀신도 알려줄 것이고, 사람도 깨우쳐 줄 것이고, 사물도 [제 이치를] 드러낼 것이다. 각고분투는 하지 않으면서 그저 빠른 효과만 얻으려 한다면 젊어서는 허장성세에나 빠질 것이고, 노후에는 막다른 길에 봉착하게 될 뿐이다.

鄭所南、陳古白兩先生[1]善畫蘭竹, 爕未嘗學之; 徐文長、高且園兩先生[2]不甚畫蘭竹, 而爕時時學之弗輟. 蓋師其意不在迹象間也. 文長、且園才橫而筆豪, 而爕亦有倔強不馴之氣, 所以不謀而合. 彼陳、鄭二公, 仙肌仙骨, 藐姑冰雪[3], 爕何足以學之哉! 昔人學草書入神, 或觀蛇鬪[4], 或觀夏雲[5], 得箇入處; 或觀公主與擔夫爭道[6], 或觀公孫大娘舞西河劍器[7], 夫豈取草書成格而規規倣法者! 精神專一, 奮苦數十年, 神將相之, 鬼將告之, 人將啓之, 物將發之. 不奮苦而求速效, 只落得少日浮誇, 老來窘隘而已.[8]

역주

1 鄭所南 : 송말 원초의 시인이며 화가(1241~1318). 자는 億翁. 福州 連江人으로 송이 멸망하자 蘇州에 은거하고 스스로 所南·思肖 등으로 바꿨다. 난과 대나무를 잘 그렸으며, 멸망한 송에 대한 회포가 담긴 애국주의 사상과 감정을 표현하였다. 陳古白 : 生卒은 미상. 이름은 元素이며 明 萬歷 연간 長洲(지금의 江蘇 蘇州) 사람이다. 해서·초서에 능하며, 산수화·난화에 뛰어났다.

2 徐文長 : 명대 문학가이자 서화가 徐渭(1521~1593). 자는 文長이고, 호로 青藤老人·青藤道士·天池生·天池山人 등이 있다. 浙江 山陰(지금의 浙江 紹興) 사람으로, 書畫·詩文·戲曲 등에서 각각 일가를 이룬, 천재적인 예술가다. 발광 증세가 있어 수차례 자살을 기도하기도 했고, 발광 중에 후처를 죽여 수년 간 감옥살이도 했다. 초서에 뛰어났으며, 회화 방면에서도 독특하고 참신한 필치로 기존 화조화나 산수화의 한계를 뛰어넘어 훗날 八大山人이나 揚州八怪에 큰 영향을 미쳤다. 「3.7 하신랑·서청등 초서 한 권[賀新郎·徐青藤草書一卷]」 등 참조. 高且園 : 청대의 저명한 화가 高其佩(1660~1734). 자는 韋之, 호는 且園·南村 등으로, 奉天 鐵嶺人이다. 처음에 인물·산수를 그리다가 만년에는 오직 指畫에만 힘을 쏟았다. 자세한 사항은 「2.148.3 이선(李鱓)」 주석 참조.

3 藐姑冰雪 : 『莊子·逍遙遊』: "막고야의 산에 신선이 사는데, 그 살갗이 얼음이나 눈 같고 처녀처럼 부드럽다.[藐姑射之山有神人居焉, 肌膚若冰雪, 綽約若處子.]" 「2.172 강칠(江七)과 강칠(姜七)」 참고.

4 蛇鬥 : 『東坡志林』: "고인의 서법마다 각기 연유가 있는데, 문여가는 뱀이 싸우는 것을 보고 초서에 발전을 이루었다고 했다. 아마 거짓은 아닐 것이다.[古人書法皆有所自, 文與可言見蛇鬥而草書長, 殆非誣也.]"

5 夏雲 : 『釋懷素與顏眞卿論草書』: "나는 여름 구름이 기이한 봉우리를 많이 만드는 것을 보고 항상 이를 본받았습니다. 새가 숲에서 나오듯, 놀란 뱀이 풀숲으로 숨어 들어가는 것과 같을 때 참으로 통쾌하지요.[吾觀夏雲多奇峰, 輒常師之, 其痛快處如飛鳥出來林, 驚蛇入草.]" 『佩文齋書畫譜』 참조.

6 公主與擔夫爭道 : 『新唐書·文藝傳』: "장욱이 스스로 말하길, '처음에는 공주와 짐꾼이 길을 다투는 것을 보고, 다시 북과 피리소리를 듣고 필법의 뜻을 얻었다'고 했다.[張旭自言, 始見公主擔夫爭道, 又聞鼓吹而得筆法之意.]"

7 公孫大娘舞西河劍器 : 『新唐書·文藝傳』: "장욱은 공손씨가 검무 추는 것을 보고 그 경지를 이루었다.[張旭觀公孫氏舞劍器, 而得其神.]" 杜甫 「觀公孫大娘弟子舞劍器行·並序」: "옛날 오나라 사람 장욱이 초서를 잘 썼는데, 업현에서 여러 차례 공손대랑이 서하의 검무를 추는 것을 본 뒤로 초서가 크게 발전되었다고 한다.[昔者吳人張旭, 善草書帖, 數常於鄴縣見公孫大娘舞西河劍器, 自此草書長進.]" 西河는 지명으로 春秋시기 衛 지역 또는 戰國 시기 魏 지역이다. 西河劍器는 劍舞의 일종이며, 혹은 舞曲 이름이라고도 한다.

8 窘隘 : 자신의 의지를 펼치지 못하는 곤궁한 처지.

해제

이상 네 편의 제화문은 靳秋田을 위한 그림에 쓴 것으로, 첫째 문장에서는 그림이란 어떤 영감이나 의욕이 생겨난 후에 그려야 제대로 된다는 점을 강조했다. 둘째 문장에서는 고된 상황 끝에 잠시 여유와 휴식을 취하는 맛이 기쁨을 주기에 자신은 천하의 편안한 자들을 위한 게 아니라 수고하는 사람들을 위로하고자 그림을 그리는 것이라고 강조했다. 셋째 문장에서는 자신에게 영향을 준 석도와 팔대산인의 서화 풍격 및 그 명성을 비교하면서 자신만의 독창성 문제를 다시 확인했다. 넷째 문장에서는 자신이 그림 배울 때 스승으로 삼았던 서문장과 고차원, 그리고 풍격이 자신과 달라 따라 배우지 못한 정소남·진고백 등 선인들의 경지를 비교해 논하면서, 결국 스스로 각고의 노력을 통해서만 최고의 경지를 얻게 된다는 사실을 강조했다.

5.27 난과 대와 돌에 '매화 한 가지' 가락을 곁들인 그림에 붙여題蘭竹石調寄一剪梅[1]

5.27.1

긴 대나무 몇 그루, 난 몇 줄기,	幾枝修竹幾枝蘭,
봄에 시드는 것 두렵지 않고,	不畏春殘,
차디찬 가을도 무섭지 않네.	不怕秋寒.
멀리 푸른 구름 너머 산에서 휘날리니	飄飄遠在碧雲端[2]
구름 속에 상산이 있고,	雲裏湘山,

꿈속에 무산이 있네.　　　　　　　　　　　　夢裏巫山.[3]

화공이 늙었다고 흥취 다 사라진 건 아니니,　　畫工老興未全刪,
붓질은 한가롭고　　　　　　　　　　　　　筆也淸閑,
먹빛은 알록달록 빛나네.　　　　　　　　　　墨也爛斑.
그대 그림으로만 보지 말게나,　　　　　　　借君莫作畫圖看,
문장에 한가로움 엮어내고　　　　　　　　　文裏機閑,
글자에 핵심을 담았다네.　　　　　　　　　　字裏機關.

역주

1　一剪梅 : 詞牌의 하나. 宋 周邦彦의 詞 가운데 '一剪梅花萬樣嬌'에서 유래했다.
2　碧雲端 : 구름 너머 높은 산꼭대기를 묘사한 말.
3　湘山‧巫山 : 湖南에 있는 이 두 산에 난과 죽이 많으므로, 이곳은 그들의 고향
　　인 셈이다.

해제

蘭‧竹‧石을 그린 그림에 쓴 「一剪梅」란 詞로, 마지막 부분에서 그
림을 감상할 때는 피상적으로 보지 말고 그 속에 담겨 있는 핵심적 의
미를 잘 살펴 파악해야 한다고 강조하였다.

5.27.2

건륭(乾隆) 21년 2월 3일, 내가 만든 모임에 여덟 사람이 동석하여
각자 백전씩 추렴해 온종일 즐겁게 지냈다. 좌중에는 노인 셋, 젊은이
다섯이 있었다. 백문(白門) 출신 정면장(程綿莊), 칠민(七閩) 출신 황영표(黃

瘦瓢), 나 정섭 이렇게 노인이 셋, 단도(丹徒) 출신 나촌(蘿邨) 이어(李御)와 몽루(夢樓) 왕문치(王文治), 연경(燕京) 출신 석향(石鄕) 우문준(于文濬), 전초(全椒) 출신 종정(椶亭) 김조연(金兆燕), 항주(杭州) 출신 중모(仲謀) 장빈학(張賓鶴) 등 젊은이 다섯이다. 오후에 제남(濟南)의 청뢰(青雷) 주문진(朱文震)이 더 합류하여 아홉 사람이 모이게 되었다. 그래서 '구원(九畹)의 난화'를 그려 모임의 성대함을 기념하기로 하였고, 이런 시를 썼다.

乾隆二十一年二月三日, 予作一桌會, 八人同席, 各攜百錢以爲永日歡.[1] 座中三老人、五少年 : 白門程綿莊[2]、七閩黃瘦瓢[3]、與燮爲三老人; 丹徒李御蘿邨[4]、王文治夢樓[5]、燕京于文濬石鄕[6]、全椒金兆燕椶亭[7]、杭州張賓鶴仲謀[8]爲五少年. 午後, 濟南朱文震青雷[9]又至, 遂爲九人會. 因畫九畹蘭花以紀其盛[10]. 詩曰 :

천상의 문성과 주성,	天上文星與酒星,[11]
동시에 죽서정에 즐겁게 모였네.	一時歡聚竹西亭;[12]
어찌 작약이나 금대꽃으로 자랑하려 애쓰겠는가,	何勞芍藥誇金帶,[13]
이로부터 구원은 천추에 푸르리라.	自是千秋九畹青.

좌중에서 정면장이 가장 연장자여서 정 선생께 이 시를 드려 가져가시게 했다.

座上以綿莊爲最長, 故奉上程先生攜去.

역주

1 　永日 : 온종일.
2 　程綿莊 : 이름은 廷祚(1691~1767), 자는 啓生, 호는 綿莊・淸溪居士이며, 上元(지금의 江蘇 南京) 사람이다. 저서로는 『靑溪文集』이 있다.
3 　黃瘦瓢 : 黃愼(1687~1770). 자는 恭懋, 호는 瘦瓢이며, 福建人이다. 上官周에게 배웠으며 인물화에 능했다. 오랫동안 양주에 거주하면서 만년에는 거친 필법으

로 仙佛을 그렸는데, 그 길이가 한 장(丈)이나 될 정도였다. '揚州八怪' 중의 한 사람이다. 「2.148.8 황신(黃愼)」 참고.

4   李御薌邨 : 江蘇 丹徒人으로 자는 琴夫, 호는 薌村, 晚號는 小花樵長이다. 詩와 書에 능하고 유람을 즐기며 과거를 경시하였으나, 만년에는 빈곤하여 사찰이나 도원에서 기거하였다. 저서로는 『小花詩集』이 있다.

5   王文治 : 자는 禹卿·夢樓이고 江蘇 丹徒人이다. 시에 능했으며, 특히 서법에 정통하였다.

6   于文濬 : 미상.

7   金兆燕 : 生卒년이 모두 정확하지 않으며, 대략 淸 乾隆 40년 전후(1775년)에 생활했다. 자는 鍾越 또는 棕亭, 호는 召名士이며, 안휘 全椒人이다. 저서로는 『棕亭古文鈔』十卷, 『駢體文鈔』八卷 등이 있다.

8   張賓鶴 : 자는 堯峰, 호는 雲汀이며, 浙江 餘抗人이다. 성격이 호탕하여 소소한 법절에 구애되지 않아 당시 사람들이 '미치광이 장[張癲]'이라 했다. 시서에 뛰어났으며, 처음에는 양주에서 거주했으나 나중에는 京師에서 세상을 떴다. 「2.122 장빈학 서호송별도에 붙여[題張賓鶴西湖送別圖]」와 「2.208 이어·우문준·장빈학·왕문치와 모여 술 마시다[李禦、于文濬、張賓鶴、王文治會飮]」 참고.

9   朱文震 : 朱靑雷. 자는 文震이고, 濟南人이다. 판교가 산동에 있을 때 제자로 삼았는데, 시에 능했다. 양주에서 거주했으며, 江都의 朱筭과 나란히 이름을 날려 '二朱'라고 불린다. 「5.24 돌[石]」 참고.

10   九畹蘭 : 『離騷』 : "내 난 九畹을 기르고, 다시 혜초 百畝를 심었네.[余旣滋蘭之九畹兮, 又樹蕙之百畝.]" 『說文』 : "원은 삼십 무이다.[畹, 三十畝也.]"

11   文星·酒星 : 옛날 저명한 문인과 주객은 모두 천상의 별로 다시 태어난다고 한다. 여기서는 아홉 사람을 가리킴.

12   竹西亭 : 揚州 蜀岡 부근에 있는 정자. 「3.43 만정방·곽방의에게[滿庭芳·贈郭方儀]」 참고.

13   芍藥 : 예로부터 모란은 부귀를, 작약은 고관을 상징한다. 金帶 : 金帶圍. 작약과 비슷한 종류의 꽃으로 아주 가끔 피며, 한 번 피면 그 城에서 재상이 나온다는 전설이 있다. 揚州에 많이 서식한다.

해제

아홉 문인이 모여 「九畹蘭花圖」를 그리게 된 과정을 담은 내용으로, 고관과 부귀를 상징하는 모란·작약이 부럽지 않은 九畹의 蘭花가 천추에 푸르게 이어지길 축원하였다.

5.28 도광암에서 송악상인을 위해 그린 그림 韜光庵爲松岳上人作畫[1]

날씨 흐린 날 그림 그리자니	天陰作圖畫,
종이와 먹 모두 축축하다네.	紙墨俱潤澤;
막 개인 날씨가 더 좋은지라	更愛嫩靑天,
네다섯 획만 그리고 말았다네.	寥寥三五筆.

역주

1   松岳上人 : 韜光庵 주지 스님으로 추측된다.

해제

이 시는 제목에 보이듯 판교가 韜光庵에 머물 때 松岳和尙을 위해 그림을 그려줄 때 쓴 것이다. 흐린 날 산사에서 그림을 그리면서 종이와 먹이 습기를 머금은 그 상황을 바로 그림 속에 적어 넣었다. 흐린 날에는 습도가 높아 종이와 먹이 쉽게 축축해져서 渲染이나 潑墨 기법에 적당하고, 날이 개야만 종이와 먹이 말라 경쾌하게 붓을 놀릴 수 있다는 것이다.

정월 초하루에 난과 죽 그려	元日畫蘭竹,

멀리 곽운정에게 보내드리네.

천 리 만 리 물 건너 산 너머에서도

내 나이 들수록 더 젊어진 걸 알게 되리라.

遠寄郭芸亭;[1]

萬水千山外,

知余老更青.

역주

1   郭芸亭 : 郭偉勣. 자는 熙虞, 호가 芸亭이며, 篆書와 隷書에 능하고, 印章을 즐겼다. 乾隆 庚戌년 翰林院檢討를 하사받았다. 집에 좋은 정원이 있었는데, 판교가 濰縣에 있을 때 그와 절친해 자주 그 정원에 가서 쉬었다 한다. 「1.13.2 쓰고 나서 다시 한 장 덧붙이는 글[書後又一紙]」 「6.3.8 '남원 총죽도'에 써서 질전 선생 넷째아우 운정 선생과의 이별에 드림 2수[題南園叢竹圖留別質田先生四弟芸亭先生二首]」 참고.

해제

郭芸亭은 판교가 濰縣에서 근무할 때 자주 그의 정원에 가서 쉬며 교류했던 화가이다. 내용으로 보아 판교가 관직을 떠나 귀향한 후 그에게 그림을 보내며 쓴 것으로 보인다.

5.28.3

옥구슬 봉오리 달린 몇 줄기 난,

새 대나무 잎들은 비취빛 보석이네.

늙은 이 몸은 본디 벼슬아치라

찬 기운은 빼버리고 봄바람만 그리려네.

綴玉含珠幾箭蘭,[1]

新篁葉葉翠琅玕;[2]

老夫本是瓊林客,[3]

只畫春風不畫寒.

1 玉·珠:난 꽃과 봉오리를 옥과 구슬로 표현했다.
2 琅玕(낭간):옥과 비슷한 보석. 여기서는 푸른 비취빛이 도는 대나무의 아름다움을 표현했다.
3 瓊林:宋代 진사 급제자를 위해 연회를 베풀어 주던 정원의 명칭으로, 明淸 시대까지 이어져 내려와 瓊林宴이라고 불렸다. 판교는 진사에 급제했기에 자신을 이렇게 지칭한 것이다.

해제

〖王錫榮〗은 위 「5.28.2 정월 초하루에 난과 죽 그려」와 이 시 「옥구슬 봉오리 달린 몇 줄기 난」을 묶어 「畵蘭竹, 寄郭芸亭」이라는 제목을 달았다. 즉, 이 작품도 郭芸亭에게 쓴 제화시로 본 것이다. 그러나 제3구 '老夫本是瓊林客'란 말에서 「5.28.2 정월 초하루에 난과 죽 그려」와 같이 귀향 후 쓴 것은 아닌 듯하다.

5.29 제멋대로인 난과 대와 돌을 그려 왕희림에게 보냄亂蘭亂

竹亂石與汪希林[1]

하늘을 울리고 땅을 가르는 시문이나 번개와 천둥을 놀라게 하는 서법도, 귀신을 꾸짖는 말이나 고금에 없는 그림도 원래 평범한 안목으로는 이룰 수 없다. 그리기 전에도 어떤 격을 세우지 않고, 그린 후에도 어떤 격을 남기지 않는 것이다.

掀天揭地之文, 震電驚雷之字, 呵神罵鬼之談, 無古無今之畵, 原不在尋常眼孔中也. 未畵以前, 不立一格, 旣畵以後, 不留一格.

해제

뛰어난 시문이나 서화는 반드시 평범한 시각을 뛰어넘어 자신만의
독특한 안목을 갖춘 연후에 가능하다는 점을 재삼 강조하였다.

5.30 국화를 그려 한 관리와의 송별에 주다畵菊與某官留別

나가기엔 무능하고 물러나기 또한 어려워   進又無能退又難,
위축되는 관리생활 지켜내기 힘이 드네.   宦途踢蹐不堪看;[1]
우리집 동쪽 울타리엔 국화도 많은데,   吾家頗有東籬菊,[2]
가을바람에 돌아가 엄동설한 견뎌볼까.   歸去秋風耐歲寒.

역주

1   踢蹐(국척) : 위축되어 나아가지 못하는 모양.
2   東籬菊 : 晉 陶淵明은 만년에 관직을 사임하고 전원에 은거하며 집 동쪽 울타리
      에 국화를 심고 즐겼다. 「飮酒」 : "동쪽 울타리에서 국화 꺾어들고, 멀리 남산을
      바라보네.[采菊東籬下, 悠然望南山.]"

진퇴양난의 관리생활을 청산하고 설사 곤궁을 견뎌야 할지라도 어서
고향으로 돌아가고자 하는 의지를 담은 작품이다.

5.31 대나무와 바위竹石

청산을 악물고 놓아주지 않은 채
뿌리를 쪼개진 바위틈으로 내려세웠네.
천 번 만 번 두들겨도 꼿꼿하기만 하니
동서남북 사방으로 바람이야 불든 말든.

咬定靑山不放鬆,
立根原在破巖中;[1]
千磨萬擊還堅勁,
任爾東西南北風.

역주

1   破巖 : 아무렇게나 쪼개진 바위.

해제

험준한 바위 틈새, 사방에서 불어대는 거센 바람 속에서도 강인하게
자라는 대나무 형상을 짧은 28자 속에 매우 생동적으로 담아냈다. 이
때문에 대나무는 주위 사람들이 가해오는 온갖 시련을 묵묵히 견뎌내
면서 끝내 뜻을 굽히지 않는 군자의 상징이 되는 것이다.

5.32 대나무 네 그루四竿竹

한 그루는 외롭고, 두 그루면 충분하다. 세 그루는 부딪히고, 네 그루는 엉킨다.

一竿瘦,[1] 兩竿夠;[2] 三竿湊,[3] 四竿救.[4]

역주

1 瘦 : 마르다. 여기서는 외롭다는 뜻.
2 夠 : 알맞다. 충분하다.
3 湊 : 모여들어 많다. 서로 모여 있으니 부딪히게 된다는 뜻.
4 救 : '糾'와 통한다. 가로막다. 제지하다. 서로 엉켜 가로막는다는 뜻.

해제

대나무를 그릴 때 한 그루는 너무 단출하고, 서넛 이상은 번잡할 수 있으니 그 숫자나 필묵을 적절히 사용해야 묘미가 있다는 의미다.

5.33 대나무 울타리籬竹[1]

씻은 듯 퍼져있는 녹음 한 자락,
대나무 감싼다며 어이해 싸리나 구기자 쓰나?
울타리도 여전히 대나무가 적격이니
다른 데서 구하느니 제 가진 게 좋은 거지.

一片綠陰如洗,
護竹何勞荊杞?[2]
仍將竹作笆籬,
求人不如求己.

1 籬竹 : 대나무 울타리. 참고로, 『王錫榮』은 '籬'를 동사로 보고 '울타리를 만들어 대를 보호함'이라 풀이했다.
2 荊杞 : 싸리나무와 구기자나무. 가지로 울타리를 만들기도 한다.

해제

대숲 녹음을 보호하기 위해 울타리를 만들 때 싸리나무나 구기자나무를 따로 엮어 만드느니 오히려 대나무 자체로 만드는 게 더 적격이라는 의미다. 하찮은 일에서도 자연스러운 조화를 추구하는 심미적 시각이라 하겠다.

5.34 종이를 벗어난 대나무 한 줄기出紙一竿

화공은 어찌하여 특이한 것 좋아하나,	畫工何事好離奇,
하늘로 솟은 줄기, 끝 간 곳을 모르겠네.	一幹掀天去不知;
묵묵히 담장 아래 서 있게 했었다면	若使循循牆下立,[1]
어느 세월 구름과 해 잡고 노닐겠는가!	拂雲擎日待何時![2]

역주

1 循循 : 규격에 맞춰진 그대로.
2 拂雲擎日 : 위로 솟구쳐 올라 구름과 해를 어루만지다.

해제

화가가 대나무를 그릴 때 전체 중의 일부분만 그리기를 좋아한다. 그런데 작자는 높이 솟은 대나무의 모습을 충분히 표현하기 위해 뿌리와 줄기 부분만 그려내고, 나머지는 종이 밖에 남겨두어 관람자들의 상상력에 맡겨두었다는 것이다. 이런 관점을 관람자와 화가의 문답 형식으로 흥미롭게 다루었다.

5.35 대나무와 바위竹石

좁디좁은 오두막, 네모난 뜰 하나, 쭉 뻗은 대나무 몇 그루, 몇 척이나 되는 석순, 그 땅이 넓지 않으니 값 또한 비쌀 리 없다. 그러나 바람 불고 비 오면 소리 들려주고, 해 솟고 달 뜨면 그림자 만들어주고, 시 짓고 술 마실 땐 정취를 불어 일으키고, 한가할 때나 답답할 때면 벗이 되어주니, 나 혼자만 대와 바위를 좋아하는 게 아니라 대와 바위 또한 나를 좋아하게 된다. 저 [부유한] 사람들은 천만금을 들여 정원과 정자를 꾸며놓고도 사방팔방 벼슬길에 오르느라 끝내 돌아가 즐기지도 못한다. 허나 나 같은 사람들은 유명한 산천을 두루 유람하고 싶어도 잠시 떠나 볼 기회조차 얻지 못한다. 그러니 방 한 칸짜리 작은 오두막에 들르는 느낌과 재미가 어찌 갈수록 새롭지 않을 수 있겠는가! 이 그림을 마주하고 그 정경을 구상한 다음, 그것들을 모아 은밀히 숨겨두었다가 더 큰 의경을 만들 때 다시 꺼내 쓰는 것이 그 어찌 어려운 일이겠는가!

十笏茅齋[1], 一方天井[2], 修竹數竿, 石笋數尺, 其地無多, 其費亦無多也. 而風中雨中有聲, 日中月中有影, 詩中酒中有情, 閒中悶中有伴, 非唯

我愛竹石, 卽竹石亦愛我也. 彼千金萬金造園亭, 或遊宦四方, 終其身不能歸享. 而吾輩欲遊名山大川, 又一時不得卽往.[3] 何如一室小景, 有情有味, 歷久彌新乎! 對此畫, 搆此境, 何難斂之則退藏於密, 亦復放之可彌六合也.[4]

역주

1   十笏 : 笏(홀)은 금은이나 먹을 세는 양사로 쓰이는데, 여기서는 길이를 뜻해 '十笏'은 아주 협소함을 가리킨다.
2   天井 : 정원에 대한 속칭. 중국의 옛집에서 흔히 볼 수 있는, 방과 담 사이에 있는 사면 또는 삼면 형태의 빈 곳. 모양이 우물과 같고 하늘이 보이기 때문에 이렇게 부른다.
3   不得卽往 : 경제적 혹은 시간적 여유가 주어지지 않아서 유람할 기회가 없다는 뜻.
4   對此畫, 搆此境, 何難斂之則退藏於密, 亦復放之可彌六合也. : 참고로, 『王錫榮』은 이 부분을 "對此畫, 搆此境, 何難! 斂之則退藏於密, 亦復放之可彌六合也" 식으로 標點하였다. 彌六合 : 六合은 우주. 우주처럼 더 큰 의경을 채운다는 뜻.

해제

많은 경비를 들여 멋진 정원을 꾸며놓고도 바쁜 관직생활 때문에 제대로 즐기지 못하는 명사들과는 달리, 바위 사이 대나무 몇 그루 자라는 오두막에서도 자연의 정취를 맛보는 멋을 한 폭 그림에 담았다고 했다. 특히 마지막 대목에서, 이 그림을 잘 간직했다가 수시로 감상하다 보면 대자연의 의경과 언제라도 만날 수 있음을 강조했다.

5.36 바위 한 폭—筆石

서강(西江 : 江西) 출신 만(萬) 선생의 이름은 개(个)인데, 바위그림에 뛰어나 그 울퉁불퉁함, 짙고 옅음, 구불구불함, 깡마르고 풍성한 것까지 두루 담아냈다. 팔대산인(八大山人)의 수제자이다. 나 정섭이 우연히 이를 배워 어느 날 새벽 열두 폭을 그렸는데, 어찌 쉬운 노릇이었겠는가! 허나 운필의 절묘함이란 평소 한가할 때 이리저리 시도해보는 데서 나오는 것이지 그냥 마음대로 할 수 있는 게 아니다. 바위는 또한 준법을 여러 번 써야 하는데, 어느 때는 바위의 머리 부분에, 어느 때는 바위의 허리 부분에, 어느 때는 바위의 다리 부분에 써야 하는 것이다.

西江萬先生名个[1], 能作一筆石, 而石之凹凸深淺, 曲折肥瘦, 無不畢具. 八大山人之高弟子也. 燮偶一學之, 一晨得十二幅, 何其易乎! 然運筆之妙, 却在平時打點, 閑中試弄, 非可率意爲也. 石中亦須作數筆皴, 或在石頭, 或在石腰, 或在石足.

역주

1 西江萬先生名个 : 萬个. 江西人이며 八大山人 朱耷(탑)의 제자로 바위 그림에 뛰어났다. 『國朝畵識』참고. 西江은 江西를 말한다.
2 皴 : 皴法. 동양화에서 나무·바위·봉우리 등을 그릴 때 입체감을 드러내기 위해 가벼운 필치로 주름을 넣어주는 화법.

해제

바위 그림을 그릴 때 다양한 화법을 잘 운용하는 일은 평소 꾸준히 시도해보고 단련해야 가능한 것이지 스스로 생각한 것을 붓 가는대로 놀린다고 되는 게 아니라는 의미다.

5.37 난초밭 팔 원八畹蘭

강가에 있는 난초밭 구 원,	九畹蘭花江上田,[1]
팔 원만 그린 채 완성하지 못했네.	寫來八畹未成全;
세상만사 언제 만족할 때 있었던가,	世間萬事何時足,
남겨두어 훗날에 가꿀 현자 기다린다네.	留取栽培待後賢.

역주

1 九畹蘭:『離騷』: "내 난초 구 원을 기르고, 다시 혜초 백 무를 심었네.[余旣滋蘭
之九畹兮, 又樹蕙之百畝.]"『說文』: "원은 삼십 무이다.[畹, 三十畝也.]"「5.27 난
과 대와 돌에 '매화 한 가지' 가락을 곁들인 그림에 붙여[題蘭竹石調寄一剪梅]」
참고.

해제

세상의 일마다 모두 만족하게 이루어질 수는 없는 법, 난을 가꾸고
그리는 일 또한 마찬가지니 기어이 九畹의 땅 난초를 다 채워 그릴 필
요는 없다고 했다. 세상의 모든 일은 늘 여지를 남겨둬야 한다는 철학
을 담았다.

補
遺

6. 보유補遺

6.1 서·발·비·기序跋碑記

6.1.1 『화품』 발문花品跋

　나는 강남의 도망자, 북방의 나그네. 눈앞 가득 온통 풍진이니 어찌 꽃과 달을 안다고 하겠는가. 밤마다 꿈에서는 관문 넘고 강을 건너는 듯 했다. 황금 술잔과 박달나무 박판의 [가무] 생활에서도 성근 울타리와 빽빽한 대나무 사이로 들어가곤 했고, 장식한 배와 은쟁(銀箏) 소리 속에서도 푸른 이끼와 붉은 연꽃 밖에 서 있었다. 너무나 어리석어 미망에 빠진 채 끝없는 슬픔 속에서 헤어나질 못했다. 그러다가 우연히 오사지(烏絲紙)를 얻게 되어 이 『화품』을 베껴 쓰게 되었다. 행간 글자마다 고향 그리는 심정 가득하고, 먹 사이 붓 끝마다 얼마나 많은 수심과 그리움 서려있는지. 글씨가 비록 빼어난 것은 아니지만 모름지기 그 내용을 아는 사람에게만 드릴 것이다. 뜻이 전할 만하다면 소장자는 필히 좀 스는 것을 예방해야 하리라.

옹정(雍正) 삼년 시월 십구일, 판교 정섭이 연경(燕京)의 억화헌(憶花軒)에서 쓰다.

원문

花品跋[1]

僕江南逋客,[2] 塞北羈人.[3] 滿目風塵, 何知花月; 連宵夢寐, 似越關河. 金尊檀板,[4] 入疎籬密竹之間; 畫舸銀箏,[5] 在綠若紅蕖之外.[6] 癡迷特甚, 惆悵絶多. 偶得烏絲,[7] 遂抄花品. 行間字裏, 一片鄕情; 墨際毫端, 幾多愁思. 書非絶妙, 贈之須得其人; 意有堪傳, 藏者須防其蠹. 雍正三年十月十九日, 板橋鄭燮書於燕京之憶花軒.

- 상해 왕봉기 소장 묵적[上海王鳳琦藏墨跡]

역주

1   花品 : 꽃을 종류별로 품평해 놓은 책. 宋 歐陽修『洛陽牡丹記』一卷 속의『二十四花品』을 가리킨다.
2   逋客 : 도망 나온 사람, 세상을 피해 사는 은자, 유랑자 등의 뜻. 여기서는 작자가 강남 고향을 떠나 북방에 있는 수도 燕京에 머무는 처지임을 말한 것이다.
3   塞北 : 長城 以北 지역. 중국 북방 지역의 泛稱으로 쓰이기도 한다. 羈人 : 나그네.
4   金尊檀板 : 술 마시고 노래 부르다. 金尊은 술잔, 檀板은 현악기 박판을 두드림을 뜻한다.
5   畫舸銀箏 : 배를 타고 쟁을 켜다. 畫舸는 화려하게 장식된 배.
6   綠若紅蕖 : 若은 杜若. 蕖는 연꽃을 말함.
7   烏絲 : 烏絲欄. 검은 실로 欄을 짜고 그 사이에 붉은 먹으로 行을 나눈 서예용 비단. 후대에는 검은 선으로 칸을 만든 서예 종이나 편지지를 가리킨다.

해제

宋 歐陽修『洛陽牡丹記』一卷은 꽃 24종을 품평한「花品」, 꽃 이름의 유래를 해석한「花釋名」, 잔치와 꽃 진상 및 꽃 재배 등을 서술한「風俗記」등 3편으로 구성되어 있다. 문장이 고아하고 법도가 있어 당시 蔡襄이 이를 쓰고 판각하여 구양수에게 보냈다. 구양수는 여기에 발문을 썼고, 후에 이 책은 단행본으로 만들어졌다. 판교의 이 발문은 자신이「花品」을 서예로 베껴 쓰고 그 뒤에 붙인 글이다. 雍正 三年 十月에 燕京 憶花軒에서 썼다고 했으니, 그의 나이 33세, 수도에 가서 "선종 고승이나 귀족가문 자제들과 교유하기를 즐기면서, 날마다 고담준론을 마음껏 펼치고 인물의 시비를 따졌기에 이로써 미치광이란 이름을 얻었던[喜與禪宗尊宿及期門子弟游. 日放言高談, 臧否人物, 以是得狂名]"(『淸史列傳·鄭燮傳』) 시기에 쓴 문장이다. 그가 수도에 간 목적은 명승고적을 유람하는 것을 넘어서서 인생의 전환점을 찾고자 함이었지만, 유감스럽게도 그곳에서의 교유는 그의 독설로 인해 성공적이지 못했고, 벽에 갇힌 것처럼 감내하기 힘든 상태였다. 이 글은 그런 막막한 현실 앞에서 강남을 그리워하던 당시 정서가 잘 투영되어 있다.

6.1.2「양주죽지사」서문揚州竹枝詞序

가을 구름 깎아 얇게 다듬듯 '문(文)'을 이루고, 봄 얼음 이리저리 새기듯 영롱하게 '필(筆)'을 이룬다. 형가의 비수를 들이대면 한 오라기 피에 예외 없이 쓰러지듯, 온교의 영험한 물소뿔 태워 비추면 괴이함 온통 드러나는 것과 같은 경지다. 허물과 비방을 불러일으킨대도 혀를 자른들 멈출 수 있을까. 그 가락을 알고 재주를 아끼니, 향 피워 늦게 만났음을 탄식한다. 대저 광릉(廣陵 : 揚州) 풍속의 변화는 갈수록 기이한데,

동(董 : 董偉業) 씨의 장난스런 문장은 명문(銘文)이나 게송(偈頌)과도 같다. 게다가 길 잃은 명사 무리, 집 버린 떠돌이, 누런 관과 검은 옷의 도인, 하급관리와 상인들을 시편에 차례로 싣고, 그것으로 제목을 삼았다. 비유컨대, 양조장 기(紀) 씨 노인에 대해 이백(李白)이 황천에 묻고, 악부(樂部) 이구년(李龜年)을 위해 두보(杜甫)는 강가에서 상심하며, 백거이(白居易)가 비파 켜는 상인의 아내를 노래하고, 헌원(軒轅)의 석정(石鼎)을 창려(昌黎 : 韓愈)가 펼쳐냈던 것과 같은 것이다. 기다란 깃털은 잃었지만 여전히 그 아름다운 새소리를 아끼고, 푸른 이파리 떨어졌지만 어찌 그 고운 꽃의 줄기를 버리랴. 술 생각이 솟아올라 저자거리에서 마부를 부르고, 시흥이 미친 듯 솟구쳐 무덤 위 귀신을 잡아끈다. 즐기고, 웃고, 화내고, 욕하는 가운데 시원스런 풍류의 극치를 두루 갖추었다. 몸이 나뭇잎처럼 가벼운 것은 본래 귀족들에게 의지하지 않았기 때문, 눈을 키(箕)처럼 크게 뜬 채 또한 어찌 저 수전노 따위를 아는 체 하리!

건륭(乾隆) 오년 구월 초하루, 초양(楚陽) 판교거사 정섭 쓰다.

원문

揚州竹枝詞序[1]

秋雲再削, 瘦漏如文; 春凍重雕, 玲瓏似筆.[2] 挾莉軻之匕首,[3] 血濡縷而皆亡;[4] 燃溫嶠之靈犀,[5] 怪無微而不照. 招尤惹謗, 割舌奚辭;[6] 識曲憐才, 焚香恨晩.[7] 蓋廣陵風俗之變,[8] 愈出愈奇; 而董子調侃之文,[9] 如銘如偈也. 更有失路名流, 抛家蕩子, 黃冠緇素,[10] 皁隷屠沽,[11] 例得載於詩篇, 並且標其名目. 譬夫釀家紀叟, 靑蓮動問於黃泉;[12] 樂部龜年, 杜甫傷心於江上.[13] 琵琶商婦, 白老歌行[14]; 石鼎軒轅, 昌黎序次[15]. 修翎已失, 猶憐好鳥之音; 碧葉雖凋, 忍棄名花之本. 酒情跳盪, 市上呼騶; 詩興癲狂, 墳頭拉鬼. 於嬉笑怒罵之中, 具瀟灑風流之致. 身輕似葉, 原不藉乎縉紳; 眼大如箕, 又何知大錢虜[16]. 乾隆五年九月朔日, 楚陽[17]板橋居士鄭燮題.

역주

1 揚州竹枝詞序 : 판교가 벗 董偉業이 揚州를 소재로 한 99수 連作詩 「揚州竹枝詞」에 쓴 서문. 董偉業은 자가 恥夫이고, 호는 愛江으로 沈陽人이다. 「2.148.15 동위업(董偉業)」 참고.

2 秋雲 이하 4句 : 「竹枝詞」의 문장이 간단명료하고 영롱함을 뜻한다. 이곳의 文과 筆은 董偉業의 문장을 가리킨다.

3 挾荊軻 이하 4句 : 董偉業 문장의 신랄한 풍자와 세밀한 통찰력을 강조했다. 荊軻 : 전국시대의 자객(?~B.C. 227). 燕나라 태자 丹의 식객이 되어 秦이 침략한 땅을 되찾아 주거나 秦王을 죽여 달라는 丹의 부탁을 받고 秦王을 알현하고 죽이려 했으나 실패했다.

4 血濡縷 : 피가 실 한 오라기 정도만 나오다. 『史記 · 刺客列傳』 : "趙나라 사람 서부인의 비수를 구해 백금으로 사서 공인에게 약으로 제련하게 한 후 사람에게 시험하니, 피가 실 한 오라기 정도 밖에 나오지 않았는데도 그대로 선 채 죽지 않는 자가 없었다.[得趙人徐夫人匕首, 取之百金, 使工以藥焠之, 以試人, 血濡縷, 人無不立死者.]"

5 燃溫嶠之靈犀 : 晉 溫嶠가 牛渚磯에서 강 속 괴물 때문에 물소 뿔을 태워 비추었다는 고사. 『晉書 · 溫嶠傳』 : "(溫嶠가) 牛渚磯에 이르렀을 때 강물 깊이를 헤아릴 수 없었다. 세상 사람들 말로는 그 아래에 괴물이 많다는 것이었다. 이에 온교는 물소 뿔을 태워 비추어 보았다. 잠시 후 물속의 것들이 나타나 불을 엎었는데, 참으로 기이한 형상들이었다.[(嶠)至牛渚磯, 水深不可測, 世云其下多怪物, 嶠遂燃犀角而照之. 須臾, 見水族覆火, 奇形異狀.]" 牛渚磯는 지금의 안휘성 馬鞍山市 서남쪽 長江가에 있는 牛渚山 북쪽 부분으로, 采石磯라고도 부른다. 唐 李白이 달을 잡는다고 들어가 빠져죽은 곳이라는 전설도 있다.

6 割舌 : 혀를 자르다. 과거에는 혀를 자르는 형벌이 있어 말을 함부로 하는 자를 징벌하였다.

7 焚香 : 분향을 하며 뜻을 맺는다는 뜻.

8 廣陵 : 옛 지명. 秦나라 때 縣을, 漢나라 때 郡 · 國을 설치했는데, 治所를 揚州에 두었기 때문에 양주를 廣陵이라고도 부른다. 「2.99 광릉의 노래[廣陵曲]」 참고.

9 董子 : 「揚州竹枝詞」의 작자 董偉業. 調侃 : 장난스런 문장으로 조소하다.

10 黃冠緇素 : 黃冠은 도사가 쓰는 관. 緇素(치소) : 승려들의 옷. 여기서는 도사와 승려를 가리킨다.

11 皂隷屠沽 : 皂隷는 하급관리. 屠沽는 백정이나 장사꾼.

12 釀家紀叟, 靑蓮動問於黃泉 : 唐 李白의 「哭宣城善釀紀叟」 詩를 가리킨다. "기씨 노인 황천에서도 명주를 빚겠지.[紀叟黃泉裏, 還應釀老春.]"

13 樂部龜年, 杜甫傷心於江上 : 唐 杜甫의 「江南逢李龜年」 詩를 가리킨다. "바야흐로 강남의 아름다운 풍경, 꽃 지는 시절에 그대 다시 만났구려.[正是江南好風景, 落花時節又逢君.]"

14 琵琶商婦, 白老歌行 : 唐 白居易의 「琵琶行」을 가리킨다.
15 石鼎軒轅, 昌黎序次 : 唐 韓愈의 「軒轅彌明石鼎聯句」 시를 가리키는데, 도사 軒
   轅彌明과 進士 劉師服, 詩人 侯喜 세 사람이 聯句로 石鼎을 노래한 것을 담았다.
16 錢虜 : 수전노.
17 楚陽 : 판교의 고향 興化의 별칭.

해제

「竹枝」는 본래 蜀에서 성행하던 민가였는데, 中唐 劉禹錫의 「竹枝
詞」 이래 크게 성행하여 이후 蘇軾·范成大·王士禎·鄭燮·梁啓超 등
다수의 저명한 문인들이 「竹枝詞」를 지었다. 이런 흐름 속에서도 董偉
業은 자신의 別號를 아예 '竹枝'라 칭하면서 「竹枝詞」를 남겼고, 그를
포함해 「揚州竹枝詞」를 지은 청대 작가가 십여 명이 넘는데도 후대 사
람들은 대개 董竹枝를 바로 연상하게 된다. 판교의 이 서문은 바로 이
連作詩 「揚州竹枝詞」에 쓴 글이다. 말미에서 乾隆 5년 9월, 즉 그의 나
이 48세에 썼다 했는데, 이때는 그가 건륭 원년 병진년 44세 때 진사에
합격한 후 이곳저곳을 여행하며 임관을 기다리던 힘든 시기였다. 그런
때문인지 이 「揚州竹枝詞」에는 길 잃은 명사 무리, 집 버린 떠돌이, 누
런 관과 검은 옷의 도인, 하급관리와 상인이 두루 실려 있다는 사실을
특별히 강조했다. 판교 스스로도 후에 濰縣令으로 있을 때 「濰縣竹枝
詞」를 쓰기도 했다.

6.1.3 『수렵시초·화간당시초』 발문隨獵詩草花間堂詩草跋

자경애주인(紫瓊崖主人)은 성조(聖祖) 인황제(仁皇帝)의 아드님으로, 세
종(世宗) 헌황제(憲皇帝)의 아우이자 지금 황상(皇上)의 숙부이시다. 그 마
음속에 부귀를 으스대는 자태가 한 점도 없으므로, 그 문장 또한 세속

먼지가 있을 리 없다. 그저 산속에서 은거하는 이나 쓰러져가는 집의 가난한 선비와 한 편 한 구 한 글자의 장단점을 다투는데, 이는 이 분이 마음을 비우고 아랫사람과 어울리길 좋아해서이기도 하지만, 또한 매서운 솜씨로 다른 사람에게 물러서려 하지 않기 때문이다.

학문이란 두 글자는 나누어 살펴야 한다. 학은 배움이고, 문은 물음이다. 요즘 사람들은 배움만 있을 뿐 묻질 않으니, 만 권을 독파했다 해도 그저 하나같이 우둔한 자일 뿐이다. 자경애주인은 독서를 하며 묻기를 좋아하여 한 번 물어 [답을] 얻지 못하면 두 번 세 번 묻는 것을 개의치 않고, 한 사람에게 물어 얻지 못하면 수십 명에게 묻는 일에 상관치 않는다. 그리하여 의문점을 분명히 하여 정확한 이치가 드러나게 하였다. 때문에 그가 붓을 들면 분명하고 철저해서 불을 보거나 물을 보는 것처럼 명확하다.

독서 잘 하는 것은 공[攻:공격]과 소[掃:소탕]라 할 수 있다. '공'은 겹겹이 싸인 포위망을 그대로 뚫고 들어가는 것이고, '소'는 한 가지도 남김없게 하는 일이다. 자경애도인은 독서에 깊이 빠져들어 깨우쳤기 때문에 그를 어떻게 규정하고 얽매어둘 수 없는 점이 있다. 그 시를 읽어보면 악붕거(岳鵬擧:岳飛)가 병사를 다루듯 장소에 따라 다르게 포진하고 지대에 맞춰 병영을 세워나가므로, 따로 제갈량의 팔진도(八陣圖)가 필요 없다.

이에 맑고, 가볍고, 새롭고, 향기롭다 말하고자 한다. 우연히 시구를 얻어 미처 다 써내지 못했을 때 이리저리 굴리다가 그것을 잃어버리게 되는 날엔 아무리 머리를 쥐어짜도 생각해낼 수가 없다. 한편, 이미 이루어진 구상을 엮어내어 붓을 잡아 흥이 오면 결코 □□하는 게 아니니, 마치 도와주는 신이 있는 것만 같다. 주인은 이런 이치에 밝은지라 두 가지 경지가 시집 속에 두루 들어 있다.

짐승 한 마리 달려오니 온 대중이 소리친다. 이는 대단한 광경이다. 보석 휘상에 장난삼아 길가의 꽃을 꽂아본다. 이는 작은 풍경이다. 우연히 얻었지만 나름의 정취가 있다.

『오경(五經)』, 『이십일사(卄一史)』, 『도장(道藏)』 십이부(十二部) 등을 구구절절 다 읽으려 한다면 이는 곧 우둔한 자이다. 한, 위, 육조, 삼당(三唐), 양송 시인마다 다 배우려 한다면 이는 다름 아닌 바보이다. 자경도인의 독서는 정밀하되 박식함을 추구하지는 않았고, 시는 자연스럽게 성정을 써내되 하나의 격식에 얽매이지 않았으니 [따라야 할] 어떤 고인이 있었던가? 하물며 오늘날 시인은 더 말해 무엇하리!

주인은 깊이 거처하며 홀로 앉아 아무도 없는 듯한 적막함 속에서 자주 오묘함을 깨달았다. 가무 여색을 앞에 가까이 두지 않았고, 시문을 담론하는 선비 또한 방에 들이지 않았다. 무릇 시문을 담론하다 보면 조야거나 농익어 부패한 자가 있고, 곁문이나 바깥 길로 나간 자가 있고, 옛것에 빠져 죽을 때까지 깨닫지 못하는 자도 있으니, 이 모두 사람의 정신을 가장 손상시키는 일로서 오히려 홀로 거처하며 묵묵히 좌정하여 깨닫는 것만 못하기 때문이다.

자경도인은 □□□□□, 연못처럼 묵묵히 자신을 함양하였으나 일단 마음 꽃을 활짝 피우면 태화봉(太華峰) 위 십 장(丈)만큼 커다란 연꽃이 되었다.

다른 사람들이 시를 짓는 것은 어찌 그리 손쉬운가! 하지만 주인이 시를 지을 땐 어찌 그리 어려운가? 천고에 사람들을 관통하는 것은 바로 이 '어려움'이란 글자다. 다른 사람들은 예전에 지은 시를 살필 때 늘 상 득의만면하지만 주인은 옛날 원고를 살피면서 늘 편안하지 못했다. 바로 이 '스스로 편안하지 못한' 점에서 이른바 만 리 길 전도가 길게 이어질 수 있는 것이다.

묻건대, 자경의 시는 이미 극치를 이루었는가? 대답은 아직 그렇지 않다는 것이다. 주인의 나이 이제 겨우 서른 둘, 바야흐로 용맹정진의 시기이다. 지금 판각한 시는 다름 아닌 앞에 내세운 창(槍)일 뿐, 그 중심이 아니며 뒷심 또한 아니다. 이를 들어 도(陶 : 陶淵明) · 사(謝 : 謝靈運)

가 다시 살아났다거나 이(李: 李白)·두(杜: 杜甫)가 다시 지은 것이라 함은 아첨의 극치인 즉, 내 어찌 감히 그럴 수 있겠는가!

두드러지게 빼어난 기세는 두목지(杜牧之)를 닮았고, 봄날처럼 반짝이며 조용하고 담담한 경지는 위(韋)□□과 비슷하다. □□하면서 멀리까지 맑은 자태는 왕마힐(王摩詰)을 닮았고, 침착□□□□□한 것은 두소릉(杜少陵)·한퇴지(韓退之)와 비슷하다. 이처럼 여러 경지에서 주인은 이미 이전 시인들의 틀을 다 갖추었다. 몇 년 사이에 그 집에 올라서고, 그 방으로 들어서서, 요체를 찾아내고 그 숨겨진 바를 드러낸 것이다.

주인에겐 세 가지 뛰어난 것이 있으니 그림과 시와 글씨다. 세상 사람들은 그의 시가 그림보다 높은 경지라고 말하는데, 나는 유독 그의 그림이 시보다 낫고, 시가 글씨보다 낫다고 말한다. 무릇 그 시와 글씨의 오묘함은 마치 구름 없이 떠 있는 달, 이슬 머금은 꽃과 같다. 백세 노인과 삼척동자 모두 즐기지 않는 이가 없다. 그림의 경우, 거친 물결과 무질서한 바위, 사나운 바람과 괴이한 비, 무서운 우레와 내리치는 벼락에 대해서는 나는 알지 못하거니와 주인 역시 알지 못할 것이다. 세인이 그 시를 읽고 다시 그 그림을 보면 저도 모르게 다리를 흔들며 뛰게 되고 손을 저으며 춤추게 될 것이다.

이는 뒤에 붙이는 발문으로, 만약 서문을 쓰기로 한다면 내가 감당하지 못할 일이다. 그런 까닭에 이런 대목 저런 단락 손가는 대로 써서 감히 서문을 쓸 수 없는 뜻을 보이고자 했다.

건륭(乾隆) 칠년 유월 이십오일, 판교 정섭 삼가 거듭 고개 숙여 씀.

원문

隨獵詩草花間堂詩草跋[1]

紫瓊崖主人者、聖祖仁皇帝之子、世宗憲皇帝之弟、今上之叔父也.[2] 其胸中無一點富貴氣、故筆下無一點塵埃氣. 專與山林隱逸、破屋寒儒爭一

篇一句一字之短長, 是其虛心善下處, 卽是其辣手不肯讓人處.

學問二字需要拆開看. 學是學, 問是問. 今人有學而無問, 雖讀書萬卷, 只是一條鈍漢爾. 瓊崖主人讀書好問, 一問不得, 不妨再三問, 問一人不得, 不妨問數十人, 要使疑竇釋然, 精理迸露. 故其落筆晶明洞徹, 如觀火觀水也.

善讀書者曰攻、曰掃. 攻則直透重圍, 掃則了無一物. 紫瓊道人深得讀書三昧, 便有一種不可羈勒之處. 試讀其詩, 如岳鵬擧用兵,[3] 隨方布陣, 緣地結營, 不必武侯八陣圖矣.[4]

曰淸、曰輕、曰新、曰馨. 偶然得句, 未及寫出, 旋又失之, 雖百思之不能續也. 又有成局已搆, 及援筆興來, 絶非□□, 若有神助者. 主人深於此道, 兩種境地, 集中皆有.

一獸奔來萬衆呼, 是大景; 氈幃戲挿路旁花, 是小景. 偶然得之, 便爾成趣.

五經、廿一史、藏十二部,[5] 句句都讀, 便是駃子; 漢魏六朝、三唐、兩宋詩人, 家家都學, 便是蠢才. 紫瓊道人讀書精而不騖博, 詩則自寫性情, 不拘一格, 有何古人,何況今人!

主人深居獨坐, 寂若無人, 輒於此中領會微妙. 無論聲色子女不得近前, 卽談詩論文之士亦不得入室. 蓋譚詩論文, 有粗鄙熟爛者, 有旁門外道者, 有泥古至死不悟者, 最足損人神智, 反不如獨居寂坐之謂領會也.

紫瓊道人□□□□□淵默自涵, 一旦心花怒發,[6] 便如太華峰頭十丈蓮矣.[7] 他人作詩何其易, 主人作詩何其難? 千古通人, 總是此個難字. 他人檢閱舊詩輒便得意, 主人檢閱舊稿輒不自安; 卽此不自安處, 所謂前途萬里長也.

問紫瓊之詩已造其極乎? 曰: 未也. 主人之年纔三十有二, 此正其勇猛精進之時. 今所刻詩, 乃前矛,[8] 非中權,[9] 非後勁也.[10] 執此爲陶謝復生, 李杜再作,[11] 是謟諛之至, 則吾豈敢!

英偉俊拔之氣, 似杜牧之[12]; 春融澹泊之致, 以韋□□[13]; □□淸遠之

態, 似王摩詰[14]; 沉□□□□, 似杜少陵、韓退之[15]. 種種境地, 已具有古人骨幹. 不數年間, 登其堂、入其室、探其鑰、發其藏矣.

主人有三絶：曰畫、曰詩、曰字. 世人皆謂詩高於畫, 燮獨謂畫高於詩, 詩高於字. 蓋詩、字之妙, 如不雲之月, 帶露之花. 百歲老人, 三尺童子, 無不愛玩. 至其畫, 則荒河亂石, 盲風怪雨, 驚雷掣電, 吾不知之, 主人亦不自知也. 世人讀其詩, 更讀其畫, 則不知足之蹈之, 手之舞之.

此題後也, 若作敍, 則非燮之所敢當矣. 故段段落落, 隨手寫來, 以見不敢爲序之意. 乾隆七年六月二十五日, 板橋鄭燮謹頓首頓首.

　　　　　　　　　　　　　　— 상해도서관 소장 간본上海圖書館藏刊本

역주

1　隨獵詩草花間堂詩草跋 : 이는 紫瓊崖主人의 두 가지 시집 『隨獵詩草』・『花間堂詩草』의 합각본에 붙이는 발문이다.
2　紫瓊崖主人 : 肅愼郡王 允禧, 자는 謙齋, 호는 紫瓊崖主人이다. 「2.03 자경애도인 신군왕 제새紫瓊崖道人愼郡王題詞」 참조. 聖祖仁皇帝之子、世宗憲皇帝之弟、今上之叔父 : 淸 聖祖仁皇帝(康熙)의 아들이자 世宗憲皇帝(雍正)의 아우. 乾隆帝의 숙부라는 뜻.
3　岳鵬擧 : 남송의 명장 岳飛(1103~1142). 자가 鵬擧이고, 시호는 武穆・忠武 등이다. 河北(지금의 河南) 相州人이다.
4　武侯八陣圖 : 武侯는 諸葛亮(181~234)으로, 시호가 忠武侯다. 八陣圖는 諸葛亮이 구상한 陣法의 일종으로, 적을 막을 때 돌을 쌓아 石陣을 만들고 遁甲術로 生・傷・休・杜・景・死・驚・開 등 八門을 이뤄 변화무쌍하게 대처했다 한다.
5　五經、十一史、藏十二部 : 五經 : 유가의 경전 『易』・『尙書』・『詩』・『禮』・『春秋』 등. 十一史 : 『史記』・『漢書』・『後漢書』・『三國志』・『晉書』・『宋書』・『南齊書』・『梁書』・『陳書』・『魏書』・『北齊書』・『周書』・『隋書』・『南史』・『北史』・『新唐書』・『新五代史』・『宋史』・『遼史』・『金史』・『元史』 등을 합쳐서 말한다. 藏十二部 : 불교에서는 일체의 경문의 내용을 長行・重頌・孤起・因緣・本事・本生・未曾有・譬喩・論議・無問自說・方廣・記別 등 12종류로 분류해 十二部經 또는 十二分教라고 한다. 이 十二部 가운데 長行・重頌・孤起 등이 經文의 格式이고 나머지 9종은 經文에 기재된 개별 사건에 따라 명명한 것이다. 小乘經에는 無自說・方等・授記 등 3종류가 없고 九部經만 있다.
6　心花怒發 : 마음 꽃이 활짝 피다.

7   太華峰頭十丈蓮 : 唐 韓愈의 「古意」 詩 : "태화봉 위 옥정의 연꽃, 피어나면 열
    장(丈) 되는 배만큼 크지.[太華峰頭玉井蓮, 花開十丈藕如船.]"
8   前矛 : 앞에 내세운 창. 선두부대.
9   中權 : 장군이 위치한 중심 위치. 핵심.
10 後勁 : 행군 시 부대의 후미에서 불시에 들이닥칠 적병을 경계하고 물리치는 일
    을 담당하는 군사. 뒷심.
11 陶謝復生, 李杜再作 : 陶謝는 六朝의 陶淵明과 謝靈運을, 李杜는 唐代의 李白과
    杜甫를 가리킨다.
12 杜牧之 : 晚唐 시인 杜牧(803~약 852). 자가 牧之이고, 호는 樊川居士로서, 京兆
    萬年(지금의 陝西 西安)人이다.
13 韋□□ : 中唐 시인 韋應物을 가리키는 듯하다.
14 王摩詰 : 盛唐 시인 王維(701~761), 자가 摩詰이다. 原籍은 祁(지금의 山西 祁
    縣)이나 蒲州(지금의 山西 永濟)로 옮겨 살았다. 관직이 尙書右丞에 이르렀고,
    佛教에 깊이 심취했으며 만년에는 藍田 輞川別墅에서 거처했다. 自然詩 뿐만
    아니라 서화에도 능했다.
15 杜少陵、韓退之 : 杜少陵 : 杜甫(712~770), 자 子美, 自號를 少陵野老라 했다. 韓
    退之 : 韓愈(768~824), 자가 退之이며, 河陽人이다. 祖籍이 河北 昌黎이기에 韓
    昌黎라고도 부른다. 唐代 古文運動의 중심인물이다.

해제

　紫瓊崖道人 允禧는 황실 사람이면서 평생 詩畵를 몹시 좋아하여 文
士와 교류하기를 즐겼다. 판교와의 교류도 매우 깊었던 것으로 보이며,
판교의 시집에 題詞 「2.03 자경애도인 신군왕 제사[紫瓊崖道人愼郡王題詞]」
도 써준 바 있다. 乾隆 7년(1742) 봄 판교는 范縣知縣으로 부임하기에 앞
서 「2.135 범현 부임에 앞서 자경애주인을 찾아 작별하며[將之范縣拜辭紫
瓊崖主人]」란 시를 지어 그에게 증여했으며, 紫瓊崖道人도 답시를 보낸
바 있다. 이 서문은 판교가 紫瓊崖道人의 두 시집을 위해 쓴 서문으로,
그의 인품과 문학적 세계를 기본적으로 높이 평가하면서도 때로 부족
한 점도 은근한 어조로 지적하고 있다.

6.1.4 「난정집서」 임사본 발문跋臨蘭亭敍

　　황산곡(黃山谷 : 黃庭堅)이 이르길, "세상사람 하나같이 난정(蘭亭 : 蘭亭集敍)의 서체 흉내 내지만, 평범한 기골로 바꿔낼 비법이란 없다네"고 했다. 원래 그 기질이 평범할 수가 없고, 서체 또한 똑같이 흉내 낼 수 없음을 말한 것이다. 하물며 「난정집서」의 원문 형태마저 이미 오래 전에 사라진 상황이 아닌가! 판교도인의 글씨는 중랑(中郎 : 蔡邕)의 서체로 태부(太傅 : 謝安)의 필법을 운용하여 우군(右軍 : 王羲之)의 서법을 이루었지만, 사실은 스스로의 의지에서 나왔다 할 수 있다. 이른바 채(蔡 : 蔡邕)·종(鐘 : 鐘繇)·왕(王 : 王羲之) 세 분의 것도 얻지 못한 상태에서 어찌 다시 난정의 면모를 이룰 수 있었겠는가! 그러나 고인의 서법이 아무리 지극히 오묘한 입신의 경지에 들어섰다 할지라도, 석각이나 목각을 통해 천 번 만 번 변화를 거치는 동안 서체의 원래 모양이 그대로 남아 전해졌다고는 볼 수 없다. 만약 남아있는 그대로의 서체 모양을 본뜨는 데만 골몰한다면 재능 있는 자들은 하나같이 잘못된 길로 빠질 것이다. 그런 까닭에 이 파격적인 서체로 후학들을 경계하고자 하니, 차라리 당대의 명인들에게 가르침을 구하는 것도 안 될 게 없다는 뜻이다.

　　건륭(乾隆) 팔년 칠월 십팔일, 흥화(興化) 정섭이 아울러 씀.

원문

跋臨蘭亭敍[1]

　　黃山谷[2]云 : 世人只學蘭亭面,[3] 欲換凡骨無金丹.[4] 可知骨不可凡, 面不足學也. 況蘭亭之面, 失之已久乎[5]! 板橋道人以中郎之體,[6] 運太傅之筆[7], 爲右軍之書[8], 而實出以己意. 並無所謂蔡鍾王者, 豈復有蘭亭面貌乎! 古人書法入神超妙, 而石刻木刻千翻萬變, 遺意蕩然. 若復依樣葫蘆, 才子俱歸惡道. 故作此破格書以警來學, 卽以請教當代名公, 亦無不可. 乾隆八年七

月十八日, 興化鄭燮並記.

— 목각탁본(木刻拓本)

역주

1 跋臨蘭亭敍: 晉 王羲之(321~379, 혹은 303~361)의 유명한 서예작품 「蘭亭集序」는 永和 9년(353) 3월 3일, 謝安・支遁 등 41인이 會稽山 陽蘭渚의 정자에 모여서 제를 올리고 술을 마시며 시를 지은 후 그 記事와 詠懷를 모아 문집을 만들고 왕희지가 서를 쓴 것이다. 그러나 왕희지 친필 원본은 이미 없어졌고, 唐 太宗 시기 馮承 등 후인들의 모사품만 전한다. 이 발문은 판교가 자신만의 독특한 서체로 王羲之 「蘭亭集序」를 臨寫한 뒤 쓴 것이다.

2 黃山谷: 黃庭堅(1045~1105), 자는 魯直이고, 自號는 山谷道人, 晩號는 涪翁으로, 洪州 分寧(지금의 江西 修水)人이다. 北宋의 저명한 詩人・詞人・書法家로, 江西詩派를 연 인물이기도 하다. 文章과 詩詞에 능했을 뿐만 아니라 書法 또한 뛰어났다. 여기 인용한 "世人只學蘭亭面, 欲換凡骨無金丹." 구절은 五代 서예가 楊凝式을 찬양한 시 「題楊凝式書」의 일부로, 『山谷集』 卷二十八에 들어있다.

3 蘭亭面: 「蘭亭集序」의 필획 구조 등 표면적인 면을 가리킨다.

4 凡骨: 凡人, 또는 凡人의 신체나 기질. 金丹: 옛날 도사가 황금으로 제련한 '金液'과 '丹砂'로 제련한 丸丹. 여기서는 신비한 명약・비법을 뜻함.

5 蘭亭之面, 失之已久: 王羲之의 「蘭亭集序」 원문 필적은 이미 오래 전에 유실되었다는 뜻.

6 中郎之體: 東漢 말 蔡邕(132~192). 관직이 左中郎將에 이르렀다. 서법에 뛰어났는데, 특히 隸書로 유명하다.

7 太傅之筆: 삼국 시대 魏 鐘繇(151~230). 明帝 때 太傅를 지냄. 특히 隸書와 楷書에 뛰어났다.

8 右軍之書: 王羲之는 자가 逸少, 호는 澹齋다. 관직이 右軍將軍에 이르렀기에 '王右軍'이라 부르기도 한다.

해제

이 발문을 쓴 乾隆 八年은 판교가 범현에 부임한 바로 다음 해로, 자신의 「도정」 십 수를 판각한 시기다. 그는 유명한 晉 王羲之의 서예작품 「蘭亭集序」를 필사하면서, 그 서체가 "중랑의 서체로 태부의 필법을 운용하여 우군의 서법을 이루었지만, 사실은 스스로의 의지에서 나왔다"고 하여 자신만의 파격적인 서법으로 필사했음을 밝혔다. 아울러 사람마다 기질은 다를 수 있으므로 옛 사람의 것만을 고집하여 자신의 개성을 파묻어버리는 우를 범하지 말고, 누구에게서도 발견하기 힘든 자신만의 일가를 이루는데 힘쓸 것을 강조했다.

6.1.5 판교 자서板橋自敍

판교 거사는 성이 정(鄭), 이름이 섭(燮)이며, 양주(揚州) 홍화(興化) 사람이다. 홍화에는 '철 정(鐵鄭)'과 '당 정(糖鄭)', 그리고 '판교 정(板橋鄭)' 등 세 정씨가 있다. 거사는 '판교 정'이란 명칭을 좋아하여 모두들 나를 '정판교(鄭板橋)'라 부르게 되었다. 판교의 외조부는 성씨가 왕(汪), 함자가 익문(翊文)으로, 재능이 특출하고 박학한 인물이었으나 벼슬길에 오르지 않은 선비였다. 여식 한 분을 두셨는데, 단아하고 엄숙하며 총명하고 지혜롭기가 남달랐다. 그 분이 바로 판교의 모친이시다. 판교의 문학적 품성은 외가의 기질을 많이 물려받았다. 부친 입암(立庵) 선생께서는 문장과 품행이 남달라 선비들의 모범이셨다. 가르친 학생 수 백 명이 다들 학문의 성취를 이루었다. 판교는 어릴 적부터 부친에게 배웠을 뿐 다른 스승을 모신 적은 없었다.

어렸을 때는 특별히 남과 다른 점이 없었으나, 장성하자 신체는 커졌지만 용모가 볼품이 없어 모두들 업신여겼다. 게다가 큰소리치기를 좋아하고, 지나친 자부심을 지닌 채 때를 가리지 않고 서슴없이 남을 꾸짖곤 했다. 그 바람에 여러 선배들은 다들 눈을 흘기며 [주위 사람들더러] 서로 내왕하지 말도록 막았다. 그러나 학문에 임할 때는 스스로 분발하여 각고의 노력도 마다하지 않았으며, 자신을 바르게 세워 구차하게 시속에 합류하려 하지 않았고, 스스로를 낮추어 얕은 곳으로부터 깊은 곳, 낮은 곳으로부터 높은 곳, 가까운 곳으로부터 먼 곳에 이르기까지 열심

히 탐구하여 선인들의 오묘한 경지를 느끼면서 그 성정과 재주, 능력을
아낌없이 펼쳤다.

사람들마다 '판교는 독서 기억력이 뛰어나다'고 말하는데, 이는 내가
기억을 잘해서가 아니라 암송을 좋아한다는 사실을 모르기 때문이다.
판교는 책을 한 권 읽을 때마다 반드시 백 번, 천 번을 읽었다. 배 안,
말 위, 이불 속에서도 줄곧 읽었고, 식사 때는 젓가락질을 잊기도 하고,
손님이 앞에서 하는 말도 듣지 못하고, 자신이 무슨 말을 하고 있는 지
조차 잊어버릴 때가 있었다. 이 모두가 책을 암송하기 때문이다. 그러
니 기억하지 못할 책이 어디 있겠는가?

평생 경학(經學)을 좋아하지 않고, 주로 사서(史書)와 시 · 문 · 사(詞)를
담은 문집을 탐독하였으며, 전기(傳奇) · 소설류들은 읽지 않은 것이 없
을 정도였다. 때로 경전을 이야기할 때도 경전 속의 아름답고 기이하며
현란한 문장을 좋아했다. 문장의 법식으로 경전을 논했지 '육경(六經)'의
근본을 따지는 게 아니었다.

산수를 매우 좋아했고, 또한 색을 즐겼다. 특히 노래하는 동자나 연
극하는 소년을 좋아했다. 그러나 자신이 나이 들어 늙고 추해도 저들이
다가오는 것은 그저 돈벌이를 위한 것일 뿐임을 알았다. 그들이 외부의
정사(政事)에 관련되는 말 한 마디라도 할 경우엔 그 자리에서 호통 쳐
서 쫓았으니, 일찍이 그들에게 빠져 미혹된 적은 없었다. 산수를 좋아
했으나 멀리까지 갈 수는 없었고, 다녀본 곳 또한 마음껏 유람한 적은
없었다. 건륭(乾隆) 13년, 황상의 어가가 산동(山東)을 순례하실 때 이 정
섭이 서화사(書畵史)를 맡아 황상 휴식처를 책임지는 동안 태산(泰山) 정
상에서 40여 일 동안 머물렀던 것은 자못 자랑스러운 일이었다.

판각한 시초(詩鈔) · 사초(詞鈔) · 도정(道情) 10수 · 아우에게 보낸 편지
16통 등이 세상에 유통되고 있다. 서법을 즐겨 스스로 '여섯 반 품 서체
(六分半書)'라 부른다. 틈이 날 땐 난과 대나무를 그렸는데, 여러 왕공 ·
대인 · 공경 · 사대부 · 시인 묵객 · 산중 노승 · 황관(黃冠)의 도인들까지

그림 한 폭, 글씨 한 자락을 얻으면 다들 진귀하게 여기며 소장하였다. 그러나 판교는 그러한 사람들에게 기대어 명예를 얻고자 하지 않았다. 오로지 같은 고향 복당(復堂) 이선(李鱓)과 우의가 두터웠다. 복당은 집 안에서 효성스럽고 청렴결백한 사람으로, 그림 그리는 일로 내정공봉(內廷供奉)이 되었다. 강희(康熙) 연간에 그 이름이 수도와 장강(長江)·회수(淮水) 일대에 크게 떨쳐 존경과 찬탄을 보내지 않는 자가 없을 정도였다. 당시 판교는 막 동자시(童子試)에 응시해 그 이름을 아는 이가 없었다. 그로부터 20년 뒤, 시·사·문자로 그와 이름을 나란히 하게 되었으니, 그림을 구하는 자는 꼭 복당을 말하고, 시나 글씨를 찾는 이는 필히 판교를 거론하게 되었다. 이는 부끄럽기도 하면서 다행으로 느껴지는 바이니, 빼어난 선배와 병칭될 수 있기 때문이다. 이선은 등현령(滕縣令)에서 파직되었고, 판교는 강희(康熙) 연간에 수재(秀才), 옹정(雍正) 임자년에 거인, 건륭(乾隆) 병진년에 진사가 되었다. 처음에는 범현령(范縣令)으로 나아갔고, 뒤에 유현(濰縣)으로 옮겼다. 건륭 기사년인 지금 쉰일곱이다.

　　판교 시문은 스스로를 표출한 것이지만 그 이치는 반드시 성현에 귀결되며, 문장은 일상에 부합된다. 때로 "스스로 고상하고 예스럽지만 당·송(唐宋)에 가깝다고 한다"고 논하는 이가 있으면, 판교는 번번이 이런 자를 싫어하며 꾸짖어 말한다. "나의 글이 만약 전해진다면 바로 청대의 시, 청대의 문장으로서 그러한 것이고, 만약 전해지지 않는다면 결코 청대의 시, 청대의 문장이 될 수 없기에 그러한 것이리라. 어찌 옛것 운운하며 여러 말 할 필요가 있단 말인가!" 명·청 두 왕조가 팔고문으로 선비를 등용하자 설사 뛰어난 재주와 능력을 지녔을지라도 반드시 팔고문을 통해 입신양명하는 것이 정도가 되었다. 그 속에 담는 이치는 갈수록 정교함을 추구하게 되었고, 그 법식은 갈수록 세밀함을 요구하게 되었다. 전력투구하여 미미한 곳까지 파고들어도 그 재능과 학식만으로는 안심할 바가 못 되니, 이는 거의 탄환이 손을 빠져나갈 때처럼 눈 깜짝할 사이에 써내려가야 하는 그런 경지라고나 할까? 준비가 소홀하여 낙방한 자들은 늘 '난 옛 학문을 하니까'라고 말하지만, 세상 사람들이 다 그 말을 받아들인다고 할 수도 없으니, 그저 스스로를 합리화시키는 것일 뿐이다. 늙도록 뜻을 얻지 못한 채 다른 사람만 바라보며 기대는 것이 그 무슨 내세울만한 일이겠는가!

가의(賈誼) · 동중서(董仲舒) · 광형(匡衡) · 유향(劉向)의 작품은 규범에 들어맞고 일의 대세에도 어긋남이 없다. 한신(韓信)이 단에 올라서서 응대할 때, 제갈공명(諸葛公明)이 융중(隆中)에서 천하를 논의할 때와 같은 문장은 더더욱 실제에 부합되고 또 부합되는 것이다. 이학(理學)에서 견지하는 기강(紀綱)은 한가할 때나 부합될 뿐 위급할 때는 쓰이지 못한다. 판교의 열여섯 통 집안편지는 결코 하늘과 땅을 말한 게 아니라 그저 일상을 쓴 것이지만 자못 친근한 이야기로 원대함을 말한 점이 있으리라.

판교는 문을 닫아걸고 책을 읽는 사람이 아니다. 오래된 소나무, 황폐해진 절, 너른 모래밭, 멀리 흐르는 강, 솟구친 절벽, 쓸쓸한 묘지 사이에서 오래 노닐었지만, 그렇다고 그 어디를 가든 독서를 하지 않은 적은 없다. 정교함을 추구하고 마땅함을 요구하니, 마땅하면 거친 것도 다 정묘하게 되는 법, 마땅치 않으면 정묘함도 다 거칠게 되는 법이다. 생각하고 또 생각하면 귀신에게도 통한다!

이미 쉰여덟 된 해에 판교가 다시 적다.

원문

板橋自敍

板橋居士, 姓鄭氏, 名燮, 揚州興化人. 興化有三鄭氏, 其一爲『鐵鄭』, 其一爲『糖鄭』, 其一爲『板橋鄭』.[1] 居士自喜其名, 故天下咸稱爲鄭板橋云. 板橋外王父汪氏,[2] 名翊文, 奇才博學, 隱居不仕. 生女一人, 端嚴聰慧特絶, 卽板橋之母也. 板橋文學性分, 得外家氣居多. 父立庵先生, 以文章品行爲 士先. 教授生徒數百輩, 皆成就. 板橋幼隨其父學, 無他師也. 幼時殊無異 人處, 少長, 雖長大, 貌寢陋,[3] 人咸易之. 又好大言, 自負太過, 漫罵無擇. 諸先輩皆側目, 戒勿與往來. 然讀書能自刻苦, 自憤激, 自豎立, 不苟同俗, 深自屈曲委蛇,[4] 由淺入深, 由卑及高, 由邇達遠, 以赴古人之奧區, 以自暢 其性情才力之所不盡. 人咸謂板橋讀書善記, 不知非善記, 乃善誦耳. 板橋 每讀一書, 必千百遍. 舟中、馬上、被底, 或當食忘匕筋,[5] 或對客不聽其 語, 並自忘其所語, 皆記書默誦也. 書有弗記者乎?

平生不治經學, 愛讀史書以及詩文詞集, 傳奇說簿之類,[6] 靡不覽究. 有 時說經, 亦愛其斑駁陸離, 五色炫爛. 以文章之法論經, 非六經本根也.

酷嗜山水. 又好色, 尤多餘桃[7]口齒, 及椒風弄兒[8]之戲. 然自知老且醜, 此輩利吾金幣來耳. 有一言干與外政, 卽叱去之, 未嘗爲所迷惑. 好山水, 未能遠跡; 其所經歷, 亦不盡遊趣. 乾隆十三年, 大駕東巡, 燮爲書畫史,[9] 治頓所,[10] 臥泰山絶頂四十餘日, 亦足豪矣.

所刻詩鈔、詞鈔、道情十首、與舍弟書十六通, 行於世. 善書法, 自 號『六分半書』.[11] 又以餘間作爲蘭竹, 凡王公大人、卿士大夫、騷人詞伯、 山中老僧、黃冠鍊客,[12] 得其一片紙、隻字書, 皆珍惜藏庋. 然板橋從不借 諸人以爲名. 惟同邑李鱓復堂[13]相友善. 復堂起家孝廉,[14] 以畫事爲內廷供 奉.[15] 康熙朝,[16] 名噪京師及江淮湖海, 無不望慕歎羨. 是時板橋方應童子 試, 無所知名. 後二十年, 以詩詞文字與之比並齊聲. 索畫者, 必曰復堂; 索 詩字文者, 必曰板橋. 且愧且幸, 得與前賢垺也. 李以滕縣令罷去. 板橋康

熙秀才, 雍正壬子擧人, 乾隆丙辰進士.[17] 初爲范縣令, 繼調濰縣.[18] 乾隆己巳, 時年五十有七.[19]

板橋詩文, 自出己意, 理必歸於聖賢, 文必切於日用. 或有自云高古而幾唐宋者, 板橋輒呵惡之, 曰:『吾文若傳, 便是淸詩淸文; 若不傳, 將並不能爲淸詩淸文也. 何必侈言前古哉?』明淸兩朝, 以制藝取士,[20] 雖有奇才異能, 必從此出, 乃爲正途. 其理愈求而愈精, 其法愈求而愈密. 鞭心入微, 才力與學力俱無可恃, 庶幾彈丸脫手時乎?[21] 若漫不經心, 置身甲乙榜[22]之外, 輒曰:『我是古學』, 天下人未必許之, 只合自許而已. 老不得志, 仰借於人, 有何得意?

賈、董、匡、劉之作,[23] 引繩墨, 切事情.[24] 至若韓信登壇之對, 孔明隆中之語[25] 則又切之切者也. 理學之執持綱紀, 只合閒時用着, 忙時用不着, 板橋十六通家書, 絶不談天說地, 而日用家常, 頗有言近指遠之處.

板橋非閉戶讀書者, 長遊於古松、荒寺、平沙、遠水、峭壁、墟墓之間. 然無之非讀書也. 求精求當, 當則粗者皆精; 不當則精者皆粗. 思之, 思之, 鬼神通之! 板橋又記, 時年已五十八矣.

— 양음부 소장 묵적[楊蔭溥藏墨跡]

역주

1 『板橋鄭』: '板橋'는 鄭씨 일가의 고택이 자리한 興化 성밖 다리를 가리키는 말로, '板橋鄭'은 이 다리 부근에 거주하던 鄭씨를, 그리고 '鐵鄭'이나 '糖鄭'은 글자 그대로 鐵이나 糖을 다루는 그런 직업과 관련 있는 鄭씨를 지칭하는 듯하다.

2 外王父: 외조부. 과거에는 조부를 王父나 大父라고도 하였다.

3 寢陋(침루): 외모가 못생기다.

4 屈曲委蛇: 열심히 노력하여 게을리 하지 않다.

5 匕筯(비저): 수저와 젓가락.

6 傳奇說簿之類: 傳奇는 명・청 시기에 유행하던 희곡을, 說簿는 說部・說郛라고도 쓰며 패관소설류를 가리킨다.

7 餘桃: 『左傳・定公六年』의 기록에 따르면, 衛 靈公의 寵臣 彌子瑕가 일찍이 군

왕의 명령이라는 거짓말로 군왕의 수레를 탔고, 복숭아를 먹다가 맛이 있자 반쯤 남은 것을 군왕에게 바쳤다. 두 가지 일은 당시 위령공에게 칭찬을 받았지만, 후에 미자하가 나이 들자 다시 이때 일을 들어 죄를 물었다. 이 때문에 '餘桃'란 말이 男色을 가리키게 되었다.

8　椒風弄兒 : 椒風은 漢 元帝가 董昭儀의 궁실에 붙여준 이름이다. 이후로 이 말과 '弄兒'란 말은 側室·侍妾을 가리키게 되었다.

9　乾隆十三年, 大駕東巡, 變爲書畫史 : 乾隆은 淸 高宗(1711~1799) 때의 연호(1736~1795). 이 대목은 고종황제가 乾隆 13년(1784) 2월에 태후·황후와 함께 山東에 행차했을 때 판교가 書畫史를 맡았던 일을 가리킨다.

10　頓所 : 머무는 장소. 여기서는 황제가 머문 장소를 말한다.

11　『六分半書』 : 隷書를 '八分 서체'라 부르기도 하는데, 판교의 서체는 반 隷書에 반 行書·楷書를 결합한 서체이다. 예서의 성분이 행서·해서 성분보다 좀 더 많기에 스스로 이처럼 '육분 반 서체'라 불렀다.

12　黃冠鍊客 : 도교의 수련자들. 황색 관을 쓰고 연단을 제련한다는 뜻이다.

13　李鱓復堂 : 李鱓(1686~1762), 자는 宗揚, 호가 復堂이다. 「2.64 이복당 집에서 술 마시다가 짓고 드리다[飮李復堂宅賦贈]」 주석, 「2.157 이삼선을 생각하며[懷李三鱓]」 참조.

14　孝廉 : 鄕試에 합격한 擧人의 별칭.

15　內廷供奉 : 궁정에서 희곡 공연 등을 담당하는 직책.

16　康熙 : 淸 聖朝(1654~1722) 때의 연호(1662~1722).

17　板橋康熙秀才, 雍正壬子擧人, 乾隆丙辰進士 : 판교는 康熙 丙申(55년) 24세에 秀才에, 雍正 壬子(10년) 40세에 擧人, 乾隆 丙辰(원년) 44세에 進士가 되었다.

18　初爲范縣令, 繼調濰縣 : 판교는 건륭 壬戌(7년) 50세에 범현령으로, 丙寅(11년) 54에 유현령으로 부임하였다.

19　乾隆己巳, 時年五十有七 : 건륭 14년, 1749년.

20　制藝 : 八股·時文이라고도 하며, 명·청 시기 과거 시험에서 규정한 문체.

21　彈丸脫手 : 문장 구상과 쓰는 게 총알처럼 빠름을 비유한 말. 蘇軾 「次韻答王鞏」 : "새로 짓는 시 탄환과 같아, 손에서 벗어나 잠시도 멈추지 않네.[新詩如彈丸, 脫手不暫停.]"

22　置身甲乙榜 : 명·청 시기 進士 합격자를 '甲榜', 擧人 합격자를 '乙榜'이라 했다.

23　賈·董·匡·劉之作 : 賈誼 : B.C. 200~B.C. 168. 서한 文帝 때의 문인 겸 학자. 고관들의 시기로 좌천되자 자신의 불우한 운명을 屈原에 비유해 「鵩鳥賦」와 「弔屈原賦」를 지었다. 董仲舒 : B.C. 170?~B.C. 120?. 서한 때의 유학자. 武帝가 즉위하여 크게 인재를 구하므로 賢良對策을 올려 인정을 받았다. 五經博士를 두게 되고, 국가 문교의 중심이 儒家에 통일된 것은 그의 영향이 크다. 匡衡 : 生卒年 미상. 字 稚圭, 西漢 經學家. 『詩經』 講解로 유명하다. 劉向 : B.C. 77~B.C. 6. 原名 更生, 字 子政. 西漢 經學家, 문학가, 목록학자. 『漢書·藝文志』에 따르면 辭賦 33篇이 있다 하나 현재는 『九歎』만 전한다. 『新序』·『說苑』·『列

女傳』 등 서적이 전한다.

24 引繩墨, 切事情 : 繩墨은 규범이나 제도를 뜻하고, 事情은 국가의 제반 상황이나 하늘의 이치, 사람의 감정을 의미한다.

25 韓信登壇之對, 孔明隆中之語 :『史記‧淮陰侯列傳』의 기록에 따르면, 韓信이 장군이 되어 단에 올라 楚‧漢 相爭 형세에 응답하면서 대응책을 제시했다. 또한,『三國志‧蜀志‧諸葛亮傳』의 기록에 따르면, 유비가 제갈량을 隆中에서 방문했을 때 제갈량이 천하 형세를 담론했는데, 이것이 그 유명한 '隆中對'이다.

해제

판교는 57세(건륭 14년, 1749년) 때 濰縣에서 縣令으로 있었다. 몇 해 동안 관직에 있으면서 생활에 염증을 내게 되었고, 차츰 은퇴할 생각이 싹텄다. 이 해 가을, 그는 이 자서를 써서 살아온 삶의 과정과 방향을 서술했고, 다음해에는 말미에 다시 附記를 덧붙였다. 자신의 출신과 독서 생활, 작품에 대한 이 자서 내용에서 그의 문학관과 세계관을 잘 파악할 수 있다. 팔고문에 대한 긍정은 당시 사회의 전반적인 풍조였고, 판교도 그 범주를 벗어나지 못했음도 확인할 수 있다.

6.1.6 유현에서 연초업 경영을 영원히 금지하는 비문 濰縣永禁烟行經紀碑文

건륭(乾隆) 십사년 삼월, 유현 성곽을 수리하는 공사를 마쳐 초루(譙樓), 포대(炮臺), 화살받이터[垛齒], 비예(睥睨) 등이 아주 새롭게 정비되었다. 그러나 토성은 여전히 흙이 무너져 내린 곳이 많았고, 샘구멍은 또한 물이 스며들건만 막지 못한 곳이 많았다. 오뉴월 사이에 큰 비라도 내리면 샘구멍이 넘쳐 분명 토사가 더 깎이고 결국에는 성곽조차 위험할 것이니, 이는 온전한 방책이 아님이라. 내가 이 일을 무척 근심하였다. 여러 연포(烟鋪)에서 이 소식을 전해 듣고 의연금 이백사십만 냥을 모아주어서 토성을 쌓았다. 성이 마침내 완비되어 더 이상 걱정이 없게

되었으니, 그 공이 어찌 적다고 하겠는가! 그런데 조사해보니 유현 연초
업은 원래 따로 매매를 운영하는 경영인이 없었으나, 내가 새로 부임해
온 후로 담배 중개인과 판매원이 계속 충당되어 늘어났음을 알고 이들
을 일괄적으로 몰아내버렸다. 본전이 미약하고 이익은 박한 때문이었
다. 하물며 이제 [연포에서] 온 현에 공을 세워 만민을 위해 안전을 보장
하고 성을 수리했기에 영원히 그 폐단을 고쳐 그들의 공에 보답하고 덕
을 표창해야 할 것이 아니겠는가! 만약 다시 감히 함부로 사사로운 중
개인을 충당하여 경영하고자 하는 자가 있다면 이 비문을 들고 관에 알
려 중책 중벌로 처단하게 하리라!

원문

濰縣永禁烟行經紀碑文

　　乾隆十四年三月, 濰縣城工修訖, 譙樓[1]、炮台、垛齒[2]、睥睨[3], 煥然新
整; 而土城猶多缺壞, 水眼猶多滲漏未塡塞者. 五六月間, 大雨時行, 水眼
漲溢, 土必崩, 城必壞, 非完策也. 予方憂之. 諸煙鋪聞斯意, 以義捐錢二百
四十千, 以築土城. 城遂完善, 無複遺憾, 此其爲工豈小小哉! 查濰縣煙葉
行本無經紀[4], 而本縣蒞任以來, 求充煙牙執秤者不一而足, 一槪斥而揮之,
以本微利薄之故; 況今有功於一縣, 爲萬民保障, 爲城闕收功, 可不永革其
弊, 以報其功、彰其德哉! 如有再敢妄充私牙與槖求作經紀者, 執碑文鳴官
重責重罰不貸!

― 석각탁본(石刻拓本)

역주

1　譙樓 : 성곽의 門樓 또는 鼓樓.
2　垛齒(타치) : 화살 공격을 수비하기 위해 마련한 성곽의 구조물.
3　睥睨(비예) : 톱니 모양의 작은 성곽 담장.

해제

본문 내용에서 '乾隆 14년 3월'에 濰縣 성곽 보수공사가 끝났다고 했으니 이 비문은 건륭 14년 己巳年(1749) 무렵에 쓴 것으로 보인다. 판교가 범현에서 유현으로 전근한 건륭 11년(丙寅)부터 산동에 대기근이 들었는데, 이 성곽 보수공사는 당시 극심한 가난에 빠진 백성들을 살리기 위한 특별 구난 조치 중의 하나였을 것이다.

6.1.7 문창사기 文昌祠記

'문(文)'이란 무엇인가! '행(行)'이란 무엇인가! '신(神)'이란 무엇인가! 그 문장을 닦고, 그 행실을 바르게 하고, 그 신에게 제사지내면 이는 그 뜻을 얻은 것이라 하겠다. 예전에 유현 성 동남쪽 자락에 문창제군(文昌帝君) 사당이 있었다. 외롭게 높이 서서 우뚝 청룡이 머리를 세우고 있는 모양으로, 고을의 문풍이 여기에 의지해왔다. 그런데 건륭(乾隆) 연간에 날이 갈수록 무너져 내렸다. 지금 서둘러 수리하지 않으면 나중에는 분명 벽돌 한 장, 기와 한 장, 나무 한 도막, 돌 한 개마저도 남아있지 않을 것이다. 이에 여러 인사들이 분연히 의연금을 모아 옛 모습으로 복구하고자 하였다. 아울러 그 일에 정통하고 착실한 사람을 골라 조석으로 분향하고 먼지나 지푸라기 같은 쓰레기도 치우기로 하였다. 참으로 장한 거사요, 중요한 일이라 하겠다. 하늘에 계신 제군의 영혼에 보답하고자 우리의 문장을 닦고 우리의 행실을 바르게 함으로써, 제군께서 문형(文衡)을 관장해주시기를 기원하려는 뜻이다. 옛사람이 말하기를 '그 사람을 모시려거든 그 사람을 배워야 하며 별 의미 없이 고개만 조

아려서는 안 된다'고 했다. 가슴이 답답하게 막혀 있으면서 어떻게 살아
오를 수 있겠는가? 격식에 통달한 문장이 어찌 보잘 것 없을 수가 있겠
는가? 행실을 잘 수양한 다음에 어떻게 [다른 사람을] 기만할 수 있단 말
인가? 또한 어찌 이익에만 눈이 멀어 경거망동할 수 있겠는가? 제군께
서 이 일을 우리에게 허락해주셨구나! 유현 고을의 여러 인사들 가운데
문장을 닦고 행실을 바르게 한 다음에 정성을 다해 신에게 제사하는 이
는 자연히 악착스런 무리와는 구분될 것이다. 우리 현은 이 거사를 매
우 가상하게 여겨 아끼고 우러르며 간절한 마음으로 경계로 삼고자 하
니, 이는 바로 백성을 위하는 부모의 마음이다.

건륭 십오년, 경오 이월 초열흘, 은행나무 뜰에 꽃이 한창인 시절에
씀.

원문

文昌祠記

文云乎哉! 行云乎哉! 神云乎哉! 修其文, 懿其行, 祀其神, 斯得之矣.
濰城東南角, 舊有文昌帝君祠[1], 竦峙孤特, 翹然爲靑龍昂首, 闔邑之文風賴
焉. 乾隆年來,[2] 日就頹壞. 今若不葺修,[3] 將來必致一磚、一瓦、一木、一
石而無之矣. 諸紳士慨然捐助, 以復舊觀, 並覓一安貼精幹之人, 以爲朝夕
香火、塵埃草蔓掃除之用; 誠盛擧亦要務也. 旣已安侑帝君在天之靈, 便當
修吾文、懿吾行, 以付帝君司掌文衡之意. 昔人云: 拜此人須學此人, 休得
要混賬[4]磕了頭去也. 心何爲悶塞而肥? 文何爲通套而陋? 行何爲修飾而欺?
又何爲沒利而肆? 帝君其許我乎! 濰邑諸紳士, 皆修文潔行而後致力以祀
神者, 自不與齷齪悲相比數. 本縣甚嘉此擧, 故愛之望之, 而亦諄切以警之,
是爲民父母之心也.

乾隆十五年, 歲在庚午二月初十日, 杏苑花繁之際.

— 석각탁본(石刻拓本)

1 文昌帝君 : '文昌帝' 또는 '文昌君'이라고도 하며, 梓潼帝君을 말한다. 『明史·禮
   志四』: "梓潼帝君은 기록에 의하면, '성이 장씨이고 이름은 아자로, 촉 칠곡산에
   살다가 진에서 벼슬살이를 하다 전사하자 사람들이 묘당을 세웠다. 당송 시대
   에는 여러 차례 지영현왕으로 봉해졌다. 도가에서는 상제께서 梓潼으로 하여금
   문창부 일과 인간세상의 祿籍을 관장하게 했다고 여겨 원나라 때 제군이라 부
   르게 되었고, 천하의 학교 역시 사당을 지어 제사한다'고 했다.[梓潼帝君者, 記
   云 : '神姓張名亞子, 居蜀七曲山, 仕晉戰沒, 人爲立廟. 唐宋屢封至英顯王. 道家謂
   帝命梓潼掌文昌府事及人間祿籍, 故元加號爲帝君, 而天下學校亦有祠祀者.']" 帝
   君 : 신에 대한 존칭.
2 乾隆 : 淸 高宗(1711~1799) 때의 연호(1736~1795).
3 葺修(즙수) : 수리하다.
4 混賬 : 어리석다. 바보 같다.

해제

문장 말미에 따르면, 이 비문은 건륭 15년 庚午(1750), 판교 나이 58세
때 유현에서 근무할 때 썼다 했다. 문창제군 사당 수리의 의의를 文·
行·神 세 측면으로 논술했는데, 사실 이 공사는 당시 대기근을 당한
濰縣의 백성들을 살리기 위한 구난조치였다.

6.1.8 성황묘비기城隍廟碑記

건륭(乾隆) 십칠년 임신(壬申) 오월 유현지사 판교 정섭이 짓고 쓰다.
뿔 하나에 다리 넷이면서 털이 있는 동물을 기린이라 하고, 날개 둘
에 다리 둘이면서 무늬가 있는 새를 봉새라 하고, 다리가 없이 비틀거
리며 가는 동물을 뱀이라 하고, 상하로 벼락과 번개치고 천둥 바람과
우레 구름 속에서 발이 있으나 그 쓸 데가 없는 동물을 용이라 한다. 각
기 그 이름이 있고, 각기 그 사물이 있어 서로 겹치지 않는다. 때문에

우러러 볼 때 푸른 것은 하늘이고, 굽어볼 때 뭉쳐있는 덩어리가 땅이다. 그 안에 이목구비와 수족이 있어 말할 수도 있고 의관과 읍양의 예를 행할 수 있는 게 사람이다. 어떻게 푸른 하늘에 이목구비를 갖춘 사람이 있게 된 것일까? [그 주재자를] 주공(周公) 이래로 상제(上帝)라고 부르며, 세속에서는 또한 옥황(玉皇)이라고도 부른다. 이에 이목구비와 수족이 있으며, 면류관을 쓰고 옥을 잡고 있는 인간의 모습으로, 금으로 쓰고 흙으로 틀을 만들고 나무로 깎고 옥으로 다듬어 세운다. 또한 묘령의 관리로 하여금 따르게 하고, 늠름한 무예 지닌 장수로 하여금 모시게 한다. 천하의 후세 사람들이 차츰 더 따르며 사람으로 모시니, 위에서 위엄을 부리고 좌우에서 장중하다. 부, 주, 현, 읍마다 성이 있어 고리처럼 끝나는 데가 없이 둘러서서 치아 모양처럼 오름과 홈이 이어지는데, 바로 이분이 그러하다. 성의 바깥으로 해자가 있어 성을 둘러싸 안고 흐르며 넘실넘실 콸콸거리는데 바로 이분이 그러하다. 그렇다면 어찌 꼭 관모와 관복을 입혀 인간처럼 만들어야 하는가? 광대한 사해(四海)와 구주(九州)의 대중은 이 분을 인간으로 만들어 제사 드리지 않음이 없다. 나아가 화와 복을 주관하는 권능을 부여하고, 생과 사의 권한을 드린다. 양쪽 주랑은 삼엄하고 엄숙하게 정비해 열 분 왕이 함께 모시게 한다. 게다가 칼꽂, 검모양 나무, 구리뱀, 쇠로 된 개, 검은 바람, 찌는 솥 따위를 두어 두렵게 만든다. 이에 사람들 또한 갈수록 점점 더 두렵게 느낀다. 사람들만 두려워하는 게 아니라 나 역시 두려워한다. 매번 전각 뜰 뒤편이나 침궁 앞을 지날 때면 음침한 창 사이로 쉬익 바람이 불어와 나 역시 모발이 송연해져서 마치 귀신을 만난 것만 같다. 그제야 비로소 귀신의 이치에 대한 옛 제왕의 가르침이 헛된 것이 아님을 알게 된다. 자산(子産)이 가로되, "무릇 이는 꾸며서 끌어들이는 것이니, 어리석은 민중은 꾸며서 끌어들이지 않으면 믿지 않는다"고 했다. 그렇다! 그러하도다!

현의 시쪽에 위치한 유현 성황묘는 아주 잘 정비되어 있었다. 십사

년 큰 비에 양쪽 주랑이 무너졌는데, 동쪽의 피해가 더 심해 볼 때마다 속상했다. 새로 수리할 것을 여러 인사들에게 상의하자 모두들 '좋습니다' 하고 응답했다. 이에 양쪽 주랑을 새로 고치되 옛날 것보다 석 자나 더 높게 했다. 전각 건물, 침실, 신상(神像), 종고(鐘鼓)와 걸침기둥 따위를 단단하면서도 빛나게 했다. 또한 대문 밖에 새로 연극용 누각 한 곳을 세웠다. 그 비용만 해도 천금이었으니 괜한 일을 보탠 게 아닐까? 연극 좋아하는 신이 어디에 있긴 할까? 꼭 그렇지는 않다. 조아비(曹娥碑)에 이르되, "우(盱)는 죽절을 어루만지며 편안히 노래하여 부드럽게 이어지는 소리로 신을 즐겁게 했다"고 했으니, 가무로 신을 맞아들이는 것은 옛사람들이 자주 하던 일이었다. 시에 이르되, "거문고 타고 북 두드리며 농사신 맞이하네"라 했으니, 무릇 농사에는 분명 농사신이 있고, 농사신은 분명 거문고를 좋아한다는 것을 누가 들어서 알았겠는가? 결국 보답 받고자 하는 사람 마음에 따라 그 여러 가지 좋아하실만한 것을 저 위대하신 신께 드리려는 것일 뿐이다. 지금 성황신을 사람의 이치로 제사해 모시니 어찌 가무로 그 분을 즐겁게 하지 못할 까닭이 있단 말인가! 더구나 금원(金元) 원본(院本)은 옛 것을 연행하여 오늘날을 권계하는데, 그 정신을 그대로 각화해서 사람들을 격앙강개하게 만들기도 하고, 기뻐 환호하거나 슬퍼 울부짖게도 만드니 그 공이 참으로 적지 않다. 비천하고 속된 개인적 감정이나 정욕 등은 아예 다시 논할 가치가 없다. 그런즉 연극 누대를 세운 일 역시 불필요한 것은 아니다. 요컨대, 복희·신농·황제·요·순·우·탕·문왕·무왕·주공·공자, 이분들은 사람이면서 신이시니, 마땅히 인간의 이치로 제사지내야 할 것이다. 하늘과 땅의 신, 해와 달의 신, 바람과 우레의 신, 산과 내의 신, 강과 산악의 신, 사직의 신, 성황묘의 신, 토지의 신, 우물과 부엌의 신, 이들은 신이시면서 인간이 아니니, 인간의 이치로 제사지내는 것은 타당치 아니하다. 그러나 예로부터 성인 또한 이 모든 신들을 인간의 이치로 제사 모셨다. 무릇 제사에 바치는 크고 작은 뿔이 난 소, 오미(五

味)를 섞지 않은 고기국물과 제삿술 대신 쓰는 물의 맛, 옥 수레와 부들 방석의 소박함, 오곡을 담아 바치는 제기의 화려함 등은 천지신명께서 언제 그것들을 먹고 마시고 몰고 끌어보기나 하셨겠는가? 무릇 하늘에 있는 소리와 색, 냄새와 맛이 [인간세상과] 같을 수는 없겠으나, 그저 잠시 세상사람들의 간절한 바람을 담아 지극정성으로 숭배하려는 것일 뿐이다. 이런즉 성황묘 비문을 짓는 일은 한 마을 한 고을을 위한 것만이 아니고, 나아가 천고의 예의를 탐색할 수 있는 일인 것이다. 이 일을 이해하는 사람들로 고을의 동지 진상지(陳尙志)와 전정림(田庭琳)·담신(譚信)·곽요장(郭耀章) 등과 제생(諸生) 진취(陳翠), 감생(監生) 왕이걸(王爾傑)·담굉(譚宏) 등이 있었다. 이들 외에도 비용을 모아 힘을 보탠 사람들이 매우 많은데, 나중에 비석 뒷면에 새겨 넣어 영구히 보존할 것이니, 나 또한 어찌 필묵을 아낄 것인가!

원문

城隍廟碑記

　　乾隆十七年歲在橫艾涒灘[1]、月在蕤賓[2], 知濰縣事板橋鄭燮撰並書.

　　一角四足而毛者爲麟, 兩翼兩足而文采者爲鳳, 無足而以齟齬行者爲蛇, 上下震電, 風霆雲雷, 有足而無所可用者爲龍, 各一其名, 各一其物, 不相襲也. 故仰而視之, 蒼然者天也; 俯而臨之, 塊然者地也. 其中之耳目口鼻手足而能言、衣冠揖讓而能禮者, 人也. 豈有蒼然之天而又耳目口鼻而人者哉? 自周公以來, 稱爲上帝, 而俗世又呼爲玉皇, 於是耳目口鼻手足冕旒執玉而人之; 而又寫之以金, 範之以土, 刻之

以木, 琢之以玉; 而又從之以妙齡之官、陪之以武毅之將. 天下後世, 遂袞袞然[3]從而人之, 儼在其上, 儼在其左右矣. 至如府州縣邑皆有城, 如環無端, 齒齒齗齗[4]者是也; 城之外有隍, 抱城而流, 湯湯汩汩者是也. 又何必烏紗袍笏[5]而人之乎? 而四海之大, 九州之衆, 莫不以人祀之; 而又予之以禍福之權, 授之以死生之柄; 而又兩廊森肅, 陪以十殿之王; 而又有刀花、劍樹、銅蛇、鐵狗、黑風、蒸鑼[6]以懼之. 而人亦袞袞然從而懼之矣. 非惟人懼之, 吾亦懼之. 每至殿庭之後, 寢宮之前, 其窗陰陰, 其風吸吸, 吾亦毛髮豎慄, 狀如又鬼者, 乃知古帝王神道設敎不虛也. 子產曰:『凡此所以爲媚也, 愚民不媚不信.』[7] 然乎! 然乎! 濰邑城隍廟在縣治西, 頗整翼. 十四年大雨, 兩廊壞, 東廊更甚, 見而傷之. 謀葺[8]新於諸紳士, 咸曰:『兪.』爰是重新兩廊, 高於舊者三尺. 其殿廈、寢室、神像、鼓鍾筍虡,[9] 以堅以煥, 而於大門之外, 新立演劇樓居一所. 費及千金, 不且多事乎哉! 豈有神而好戲者乎? 是又不然, 曹娥碑[10]云:『盱能撫節安歌, 婆娑樂神.』則歌舞迎神, 古人已累有之矣. 詩云:『琴瑟擊鼓, 以迓田祖.』[11] 夫田果有祖, 田祖果愛琴瑟, 誰則聞知? 不過因人心之報稱, 以致其重疊愛媚於而大神爾. 今城隍旣以人道祀之, 何必不以歌舞之事娛之哉! 況金元院本[12], 演古勸今, 情神刻肖, 令人激昂慷慨, 歡喜悲號, 其有功於世不少. 至於鄙俚之私, 情欲之昵, 直可置弗復論耳. 則演劇之樓, 亦不爲多事也. 總之, 虙羲、神農、黃帝、堯、舜、禹、湯、文、武、周公、孔子, 人而神者也, 當以人道祀之; 天地、日月、風雷、山川、河嶽、社稷、城隍、中霤[13]、井竈[14], 神而不人者也, 不當以人道祀之. 然自古聖人亦皆以人道祀之矣. 夫繭栗握尺之牛[15], 太羹元酒之味[16], 大路越席之素[17], 瑚璉簠簋之華[18], 天地神祇豈嘗食之飮之驅之御之哉? 蓋在天之聲色臭味不可髣髴, 姑就人心之慕願, 以致其崇極云爾. 若是則城隍廟碑記之作, 非爲一鄉一邑而言, 直可探千古禮意矣. 董其事者, 州同知陳尙志、田庭琳、譚信、郭耀章, 諸生陳翠, 監生王爾傑、譚宏. 其餘益蜀貲助費者甚夥, 俟他日摹勒碑陰, 壽諸永久, 愚亦未敢惜筆墨焉.

一 석각탁본(石刻拓本)

역주

1 橫艾涒灘(횡애군탄) : 橫艾는 歲星 紀年法 中의 歲陽 이름. 太歲가 壬에 있는 해를 가리킨다. 涒灘은 歲陰申의 별칭.

2 蕤賓(유빈) : 古樂 十二律 가운데 第七律. 옛날 사람들은 十二律과 十二月을 서로 대응시켰는데, 이를 律應이라 한다. 蕤賓은 음력 五月에 해당한다.

3 裒裒然(부부연) : 많이 모여드는 모양.

4 齒齒齧齧 : 齧(설)은 이빨로 문다는 뜻. 여기서는 齒와 마찬가지 뜻으로, 성곽이 이빨처럼 凹 모양으로 들쭉날쭉한 것을 가리킨다.

5 袍笏(포홀) : 조정의 관복과 손에 드는 手板. 상고시대에는 조회 때 天子부터 大夫·士人에 이르기까지 모두 관복을 입고 손에는 笏을 들었다. 후대에는 조정 관료가 군왕을 알현할 때 입는 관복을 가리킨다.

6 刀花、劍樹、銅蛇、鐵狗、黑風、蒸瓅 : 여러 가지 陰界에서 쓰이는 刑具들. 蒸瓅(증력)은 솥의 일종.

7 子産曰 : 『凡此所以爲媚也, 愚民不媚不信.』 : 『左傳·昭公七年傳』에 나오는 내용이다. 子産(?~B.C. 522)은 이름은 僑, 자가 子産이다. 鄭나라 穆公의 후손으로 태어나 B.C. 543년 내란을 진압하고 재상이 되었다. 북쪽의 晉나라와 남쪽의 楚나라 등 대국 사이에 끼어 어려운 처지에 있던 정나라에서 외교적으로 성공을 거두었다. 내정에서도 중국 최초의 成文法을 정하여 인습적인 귀족정치를 배격하였고, 농지를 정리하고 농지세를 제정하여 국가재정을 강화하였다. 또한 미신적인 행사를 배척하는 등 합리적·인본주의적 활동을 함으로써 공자의 사상적인 선구가 되었다.

8 葺新(즙신) : 새롭게 수리하다.

9 筍虡(순거) : 종이나 경쇠를 거는 틀의 양쪽 기둥과 걸침대. 양쪽 기둥을 '虡'라 하고, 걸쳐놓은 橫梁을 '筍'이라 한다.

10 曹娥碑 : 曹娥의 묘비. 曹娥는 東漢 會稽郡 上虞縣 사람으로, 전하는 바에 따르면 그의 아버지가 오월 오일 迎神하다가 강에서 익사하여 시체가 유실되자 14살이던 그녀가 강을 따라 가며 17일 동안 주야로 통곡하다가 강에 뛰어들어 죽었다 한다. 이에 사람들은 비를 세우고 그녀의 효성을 기렸다. 『後漢書·列女傳·孝女曹娥』,『世說新語·捷悟』, 劉孝標 注 인용 晉 虞預『會稽典錄』등 참고. 曹娥碑는 東漢 上虞 度尙이 세우고 그 제자 邯鄲淳이 문장을 지었는데, 비는 전하지 않고 문장만 『古文苑』卷十九에 보인다.

11 詩云 : 『琴瑟擊鼓, 以迓田祖.』 : 『詩·小雅·甫田』의 구절. 田祖 : 전설 속 농경을 시작했다는 神農氏를 가리킨다.

12 院本 : 金元 시대 중국 전통극의 각본. 당시에는 雜劇이 妓館인 '行院'에서 연행되었기에 붙여진 이름.

13 中霤(중류) : 고대 사람들이 제사를 드렸던 다섯 신 가운데 하나로, 后土의 神을 가리킨다.

14 井竈(정조) : 우물과 부뚜막. 여기서는 이 두 곳의 신을 가리킨다.
15 繭栗握尺之牛 : 繭栗(견률)은 소뿔이 처음 자라난 모양으로, 모양이 고치나 좁쌀처럼 작다는 뜻. 『禮記·王制』: "천지에 제사 드리는 소는 뿔이 누에고치나 좁쌀처럼 작고, 종묘에 쓰는 소는 뿔이 잡을만하고, 빈객에게 쓰는 소는 뿔이 한 자 정도이다.[祭天地之牛, 角繭栗; 宗廟之牛, 角握; 賓客之牛, 角尺.]"
16 太羹元酒之味 : 太羹(태갱)은 곧 大羹으로, 다섯 가지 맛을 갖추지 못한 고기국물. 元酒는 곧 玄酒로, 고대에 술 대신으로 쓰던 물.
17 大路越席之素 : 大路는 곧 大輅로, 옛날 천자가 타던 옥 수레. 越席 : 부들로 짠 방석. 明 歸有光 『明君恭己而成功』: "그러므로 천자의 수레는 옥 수레에 부들방석을 깔았으니, 그 몸을 기르기 위함이다.[故天子之車, 大路越席, 所以養其體也.]"
18 瑚璉簠簋之華 : 瑚璉(호련)·簠簋(보궤)는 모두 종묘에서 黍稷稻粱 등을 바칠 때 쓰던 禮器.

해제

시작 부분 내용에 따르면, 이 글은 '건륭 십칠년, 임신년 오월'에 썼다고 했다. 또한 "(건륭) 십사년 큰 비에 양쪽 주랑이 무너졌는데, 동쪽 주랑 쪽이 한층 피해가 심해 볼 때마다 속상했다. 새로 수리할 것을 여러 신사들과 상의하자 모두들 '좋습니다' 하고 응답했다"는 부분을 통해 이 보수공사 역시 판교가 유현에 근무할 당시 수재로 극심한 가난에 빠진 백성들을 살리기 위한 구난 조치 중의 하나였음을 알 수 있다.

6.1.9 『서주시고』발문跋西疇詩稿

그 기세는 깊고, 그 함량은 아득하기만 하다. 향산(香山 : 白居易)의 부드럽고 한적한 필치를 농익히고 단련하여 왕(王 : 王維)와 맹(孟 : 孟浩然)으로 들어섰다. 「마반사(馬半槎)에게」나 「숭천(崇川)」 같은 작품을 보건대, 모두가 포와 비단, 콩과 좁쌀처럼 대소·귀천을 함께 담은 문장으로 자연스럽고 고아 담백하여 반복해 읽노라면 그 사람을 만나보고 싶은 생각이 들 정도이다.

아우 판교 정섭 삼가 씀.

원문

跋西疇詩稿[1]

其氣深矣, 其養邃矣. 以香山[2]溫逸之筆, 烹鍊而入於王孟[3]. 觀其柬馬半槎及崇川諸作, 皆布帛菽栗之文, 自然高淡, 讀之反覆想見其人. 板橋弟鄭燮拜手.

— 양주 이매각 소장 묵적[揚州李梅閣藏墨蹟]

역주

1 西疇詩稿 : 작가를 포함해 이 시집에 관해서는 더 조사가 필요하다. 다만, 발문 내용 중의 '馬半槎'와 교유한 시인임을 알 수 있다. 半槎는 당시 문인 馬日璐의 호. 생졸년은 알 수 없고 대략 1729년 무렵에 활동했던 문인. 자는 佩兮, 號로 南齋와 半槎 등이 있다. 安徽 祁門人. 國子生으로 候選知州. 乾隆 元年(1736) '博學鴻詞'에 합격했으나 나아가지 않았다. 형과 함께 재능이 유명해 '揚州二馬'라 불렸다. 『南齋集』이 전한다.
2 香山 : 香山居士. 唐代 시인 白居易의 만년 시기 별호.
3 王孟 : 唐代 시인 王維와 孟浩然.

해제

『西疇詩稿』를 위한 跋文으로, 현재 정확한 작자를 확인할 수 없지만 당시 판교와 교류하던 문인의 시집으로 추정된다.

_{6.1.10} 『사자서 진적』 서문四子書眞蹟序

판교는 평생 기억력 좋은 사람을 가장 싫어하면서도, 『사서』・『오

경』만은 한 시 한 순간이라도 잊어본 적이 없다. 다른 이유가 있어서가 아니라 잊어야 할 것은 마땅히 잊어버려야만 하지만, 또한 잊지 말아야 할 것은 결코 잊어서는 안 되기 때문이다. 무신(戊申)년 봄, 천녕사(天寧寺)에서 독서할 때 낭독하던 여가에 장난삼아 육(陸)·서(徐) 등 여러 서예 벗들과 『경』□의 숙련 정도를 겨룬 적이 있었다. 시정 방간(坊間)의 인쇄 격식에 따라 날마다 서너 장, 혹은 한두 장, 혹은 예닐곱 장, 십 여 장의 종이를 외워 썼다. 때로 흥이 일어나면 잠깐 사이에 이삼십 장도 쓸 수 있었기에 두 달이 채 못 되어 완성할 수 있었다. 비록 글자는 초서이기 때문에 비뚤거리거나 간략해져서 고르지는 못했지만, 어구는 실로 추호의 착오도 없었다. 분명 부지런하게 낭송해 읽은 때문이며, 또한 힘들여 노력한 증거이기도 했다.

공자께서 책을 없애버린 것은 성인이기 때문이다. 진시황이 책을 불태운 것은 폭군이기 때문이다. 그런즉 진시황과 공자가 아니면 앞사람의 저작을 함부로 없앨 수 없는 법이다. 근래 고루한 학자나 천박한 인간들이 『예(禮)』의 전체 내용을 다 배우는 것은 어린아이들에게 불편하다고, 심지어 [거인과 진사] 두 차례의 과거시험장에서도 불편하다 하여 이를 간략하게 만들어 『예주(禮註)』라 하고, 다시 간략하게 만들어 '제요(提要)'라 하고, '심전(心典)'이라 하니 참으로 통탄할 일이다. 대저 『예』를 과연 자를 수 있다면 이전 사람들이 어찌 꼭 『경』으로 만들었단 말인가! 이미 『경』으로 만들었는데 우리가 다시 이를 자른다면 공자를 모방하고 진시황을 섬기고자 하는 것과 무엇이 다른가? 그럴 수 있는 일인가, 없는 일인가? 이를 요약하는 것은 사실 아주 탓할 일만은 아니다. 다만 이들 천한 인간, 고루한 학자들의 생각은 그저 어린아이들 공부에 불편하고, 두 과거시험장에서 불편하기 때문에 그렇게 한다는 것이다. 무릇 어린아이들 공부에 불편하다는 그 식견은 어린아이를 넘지 못하는 것이며, 과거시험장에서 불편하다는 그 식견은 거인 합격, 진사 합격이나 바라보다가 하찮은 관리가 되어 돈 몇 푼 받아 마누라와 자식들

부양하는 수준을 넘지 못한다. 말하자면, 저 해와 달이 하늘을 운행하고, 강물이 땅에 흘러가듯, 아직 [재야에] 머물러 있을 때는 바른 마음 성실한 뜻을 지니고, 나아가 임관해서는 임금께 충성하고 백성을 윤택하게 하는 일, 그 의의는 실로 무한히 넓은 것이다. 그런데도 꼭 구차스럽게 저들과 자를 수 있는가 없는가를 논한다는 것은 이 또한 귀머거리에게 소리를 들려주고 소경에게 색깔을 알려주는 것과 다를 바가 무엇이겠는가!

황부옹(黃涪翁 : 黃庭堅)에게는 두보(杜甫) 시를 쓴 초본이 있고, 조송설(趙松雪)에게는 『좌전(左傳)』 초본이 있었다. 모두 당시에는 부러움의 대상이었고 후대사람들은 그것을 보물처럼 아끼며 소장해 심지어는 분쟁이 일어나 소송에 이르기도 했다. 판교는 부옹처럼 힘찬 기세도 없으면서 송설의 매끄럽게 정련된 것은 또 하찮게 여겨, 부질없이 기이함만을 긍지삼아 진서와 예서가 서로 섞인 서법을 창안하고 행서와 초서를 섞었다. 내 마음 가는대로 연구해 혼자 쓰려는 것이어서 볼만한 것도 없지만, 다행히 박식하고 고상한 선비들이 이를 여전히 『경』으로 중시하였으니, 서법의 우열은 결코 따질 필요가 없으리라.

원문

四子書眞蹟序[1]

板橋生平最不喜歡人過目不忘, 而四書五經自家又未嘗時刻而稍忘; 無他, 當忘者不容不忘, 不當忘者不容不不忘耳. 戊申之春[2], 讀書天寧寺, 呫嗶之暇[3], 戲同陸、徐諸硯友賽經□生熟[4]. 市坊間印格, 日默三五紙, 或一二紙, 或七、八、十餘紙; 或與之所至, 間可三二十紙. 不兩月而竣工. 雖字有眞草訛減之不齊, 而語句之間, 實無毫釐錯謬. 固誦讀之勤, 亦刻苦之驗也.

孔夫子刪書, 聖也; 秦始皇燒書, 暴也.[5] 則非始皇與孔子, 前人著作,

不得妄加芟除矣. 近見有腐儒老僧, 以全禮不便幼學, 甚且不便兩闈[6], 簡而爲禮註, 又簡而爲提要, 爲心典, 殊可痛恨. 夫使禮果可刪, 前人亦何必著之爲經? 旣已著之爲經, 吾人復從而刪之, 不幾欲法孔子而師始皇乎? 可乎, 不可乎? 而要之亦無足深怪. 此老僧腐儒之見, 亦僅爲不便幼學, 不便兩闈. 夫不便幼學, 則其見不出乎小兒; 不便兩闈, 則其見不過望着中擧、中進士, 做個小官, 弄幾個錢養活老婆兒女. 以言夫日月經天, 江河行地, 處而正心誠意, 出而致君澤民, 其義固茫乎莫辨也. 而必沾沾焉與之論可刪不可刪, 亦何異饋聾以聲, 論瞽以色!

黃涪翁有杜詩抄本[7], 趙松雪有左傳抄本[8], 皆爲當時欣慕, 後人珍藏, 至有爭之而致訟者. 板橋旣無涪翁之勁拔又鄙松雪之滑熟, 徒矜奇異, 創爲眞隸相參之法, 而雜以行草, 究之師心有自用[9], 無足觀也. 博雅之士, 幸仍重之以經, 而書法之優劣, 萬不必計.

─『정판교 사자서 진적』영인본(鄭板橋四子書眞跡影印本)

역주

1 四子書: 유가의 네 경전 『論語』・『孟子』・『大學』・『中庸』을 가리킨다.

2 戊申之春: 雍正 6년(1728), 판교가 36세 되던 때이다. 그는 이 무렵 고향 興化의 天寧寺에서 독서했다.

3 呫嗶(첩필): '佔嗶(점필)' 등으로도 쓴다. 원래 의미는 경전을 가르치는 스승이 經義를 강의하지 않고 문자 誦讀 위주로 가르치는 것, 후대에는 誦讀을 통칭하는 뜻으로 사용된다.

4 陸、徐諸硯友: 두 사람에 대해서는 자세히 알 수 없다.

5 孔夫子刪書, 聖也; 秦始皇燒書, 暴也: 일설에 공자는 『尙書』를 상고 문헌에 의거해 편수했다고 전해지고, 『史記・孔子世家』에서 『詩經』이 원래 삼천 여 편이었으나 공자가 305편으로 정리했다고 하여 이른바 '孔子刪詩說'을 제기한 이래, 후대에 계속 찬반 논의가 이어졌다. 秦始皇燒書: 진시황의 焚書坑儒를 가리킨다. 「1.4 초산 별봉암에서 비오는 날 일이 없어 아우 묵에게[焦山別峯庵雨中無事書寄舍弟墨]」 참고.

6 兩闈: 봄과 가을에 시행되었던 擧人과 進士 선발 과거시험을 가리킨다.

7 黃涪翁: 黃庭堅(1045~1105), 자는 魯直이고 自號는 山谷道人, 晩號는 涪翁으로, 洪州 分寧(지금의 江西 修水)人이다. 北宋의 저명한 詩人, 詞人, 書法家로, 江西

詩派를 창시한 인물이다. 文章과 詩詞에 능했을 뿐만 아니라 書法에도 정통했다.

8　趙松雪: 趙孟頫(1254~1322). 元나라 화가·서예가. 서예에서는 王羲之의 전형
에 복귀할 것을 주장하고 그림에서는 당·북송의 화풍으로 되돌아갈 것을 주장
하였다. 그림은 산수·화훼·죽석·인마 등에 모두 뛰어났고, 서예는 특히 해
서·행서·초서의 품격이 높았으며, 당시 복고주의의 지도적 입장에 있었다.

9　師心: 마음을 스승 삼아 스스로 그렇다고 여긴다는 뜻. 나아가 기존의 관점에
구속되지 않고 스스로 길을 창조함을 가리킨다.

해제

雍正 6년(1728) 戊申年 봄, 판교 나이 36세 되던 때 쓴 서문이다. 그는
이 무렵 擧人이 되기 위한 과거시험을 준비하느라 고향 興化의 天寧寺
에서 독서했는데, 여기에서 틈틈이 『四書』를 자신의 필체로 베껴 쓰는
작업을 했다. 지금 전하는 이 서책의 필체를 보면 이른바 '板橋體'라 부
르는 그의 독특한 서법이 이미 시작되고 있음을 알 수 있다.

6.1.11 『왕·이 사현 수초본』 발문 跋王李四賢手卷

사물은 오래된 게 아니면 화기(火氣)가 사람에게 강하게 밀려온다. 옛
사람의 좋은 시, 좋은 글씨를 수십 년 후에 표구할 때 그 종이는 모두
옛 색깔이지만, 서법과 시의 뜻은 한층 더 묘연하고 아득하기만 하다.
왕(王)·이(李) 등 네 분은 우리 고을에서 시, 글씨, 문장의 으뜸으로, 응
당 수십 세대에 걸쳐 진귀하게 여겨지리라.

건륭(乾隆) 병자(丙子)년, 후학 정섭 씀.

원문

跋王李四賢手卷[1]

物不舊則火氣逼人. 古人之佳詩佳書, 裝潢於數十年之後, 其紙皆有古
色, 書法詩意, 更復杳然藐然也. 王李四賢, 爲吾邑詩字文章弁冕[2], 當數十
世寶貴之, 乾隆丙子[3], 後學鄭燮題.

— 양주 이매각 소장 묵적[揚州李梅閣藏墨跡]

역주

1   王李四賢 : 구체적으로 어떤 작가들을 가리키는지는 알 수 없다.
2   弁冕 : 弁·冕은 모두 고대에 남자가 쓰는 禮帽로, 경사스런 예식에서는 冕을,
      보통 예식에서는 弁을 썼다. 또한 '冠'이란 뜻에서 '우두머리'라는 의미로 확대되
      어 쓰인다.
3   乾隆丙子 : 乾隆 21년(1756), 판교 나이 64세 때이다.

해제

본문에 밝혔듯이 이 발문은 乾隆 丙子年, 즉 乾隆 21년(1756) 판교 나
이 64세 때 쓴 것이다. 이 시기에 그는 濰縣縣令을 사임하고 귀향해 서
화를 팔아 생활하고 있었다.

6.1.12 직문 형께 써서 드린 글書贈織文世兄

직문(織文) 형과 헤어진 지 이십여 년이다. 나는 산좌(山左 : 山東)에 살
면서 항상 그대를 생각했고, 그대는 또 강남(江南)에 있으면서 늘 내가
있는 산동에 오고 싶어 했다. 비록 그 바람을 이루지는 못했으나 두 사
람은 한 순간도 서로를 잊지 않고 그리워하였다. 건륭(乾隆) 정축(丁丑)
년 고우(高郵)에 갔을 때 배를 사서 방문하려고 계획하고 있던 차에 직
문이 먼저 노를 저어 내 거처로 찾아왔다. 이에 시골로 초대해 수십 일
을 머물면서 이십 년 기갈을 채웠다. 직문은 시에 능했으나 내 졸작을

좋아하여 수십 편을 암송할 수가 있었다. 내가 늙고 추함을 잊은 채 근래 썼던 초고 십 여 장을 다시 베껴 써서 병풍첩으로 만들어 그에게 가르침을 청했다. 옛날 태종(太宗)은 병풍에 고인들의 훌륭한 언행을 골라 썼으나 나는 내 시사(詩詞)를 스스로 썼으니, 이 무지하고 자만하는 행동이 참으로 고인들에게 부끄럽지만 그냥 주인의 뜻을 따랐노라고 변명하련다. 다 쓰고 나서 시를 붙였다.

항주에서는 오직 김농과 절친했고
관직 생활에서는 늘 이선을 따라 노닐었지.
허나 매 번 높은 산 절경에 이를 때면
숲 속 누대에 같이 기대던 그대 생각나네.

판교노인 정섭.

원문

書贈織文世兄[1]

織文世兄, 別去二十餘年. 余在山左[2], 常念念; 君在江南, 亦常想至吾在山左. 雖不果厥志, 而兩心相思, 無一刻忘也. 乾隆丁丑[3], 來高郵, 方圖買舟過訪, 而織文已蕩槳而至, 叩余寓齋. 邀歸村落, 流連數十日, 以嘗卄年饑渴. 織文極能詩, 而謬愛拙作, 輒能誦數十篇. 不辭老醜, 更錄近草十數紙, 爲屛風帖以請敎. 昔太宗屛風摘古人嘉言懿行[4], 而余自寫其詩詞, 無知自大, 眞有愧古人, 亦曰從主人之意耳. 書畢繫以詩 : 杭州只有金農好[5], 宦海長從李鱓遊[6]; 每到高山奇絶處, 思君同倚樹邊樓. 板橋老人鄭燮.

— 양주박물관 소장 묵적(揚州博物館藏墨跡)

역주

1 織文世兄 : 미상.
2 山左 : 山東省을 가리킨다. 이곳이 太行山의 左(東)에 있기 때문이다.
3 乾隆丁丑 : 乾隆 22년(1757), 이 해에 판교는 여행길에서 高郵를 지났는데, 이때
   「2.71 흥화에서 맴돌아 고우에 이르며 쓴 일곱 수[由興化迂曲至高郵七截句]」를
   쓴 것으로 보인다.
4 太宗 : 당 태종 李世民을 말한다. 당나라 제2대 황제로, 정치가·전략가·서예가
   였다. 그는 서예를 매우 좋아해 직접 쓰기도 했는데, 이 구절은 아마 현재까지
   도 전하는 『唐太宗草書屛風帖』을 가리키는 듯하다.
5 金農 : 자는 壽門, 호는 冬心先生·稽留山民 등이고, 浙江 仁和(지금의 杭州) 사
   람이다. 청대의 저명한 서화가로 전각에도 빼어났다. 오랫동안 양주에 거처했
   으며 '揚州八怪'의 한 사람이다. 「2.89 김농에게[贈金農]」 등 시 참고.
6 李鱓 : 자는 宗揚, 호는 復堂으로, 江蘇 興化人이다. 청대 저명한 화가로 '揚州八
   怪' 중의 한 명이다. 「2.148.3 이선(李鱓)」 등 참고.

해제

본문에서 乾隆 丁丑年, 즉 乾隆 22년(1757)에 여행길에 高郵를 지날
때 織文과 재회했다고 했다. 이때는 판교 나이 65세로 濰縣縣令을 사임
하고 귀향해 서화를 팔아 생활했던 시기로, 이 글은 20년 만에 만난 오
랜 벗 織文을 위해 병풍에 글씨를 써주며 쓴 글이다.

6.1.13 판교의 가격 책정板橋潤格

대폭은 6냥, 중폭은 4냥, 소폭은 2냥, 세워 거는 대련은 1냥, 부채와
사방 한 자 크기는 5전이외다. 무릇 예물과 음식물 보내는 일은 결국
은전보다는 멋질 리 없겠지요. 그대들이 보내는 것이 꼭 내가 좋아하는
것은 아닐 겁니다. 현금을 보낸다면 마음이 즐거워져서 글씨와 그림 모
두 훌륭해질 것이오. 예물도 이미 번거로운 일에 속하거늘 외상은 더군

다나 장부에 의존해야 하는 게 아니겠소? 또 나이가 드니 몸이 피로하여 여러 군자들을 모시고 쓸 데 없는 말은 나눌 수가 없구려.

대나무 그림은 대나무 사는 값보다 비싸니,
화폭이 여섯 자면 값이 삼천 냥이오.
옛날에 알고 지냈다는 말 같은 것은
가을바람이 귓전을 스치는 것으로나 여기겠소.

건륭(乾隆) 기묘(己卯)년, 졸공(拙公)화상이 글로 손님 사절을 당부하기에, 판교 정섭.

원문

板橋潤格

　　大幅六兩, 中幅四兩, 小幅二兩, 條幅對聯一兩[1], 扇子斗方五錢[2]. 凡送禮物食物, 總不如白銀爲妙; 公之所送, 未必弟之所好也. 送現銀則中心喜樂, 書畫皆佳. 禮物旣屬糾纏, 賒欠尤爲賴賬. 年老體倦, 亦不能陪諸君子作無益語言也.

　　畫竹多於買竹錢, 紙高六尺價三千. 任渠話舊論交接, 只當秋風過耳邊. 乾隆已卯, 拙公和尙屬書謝客. 板橋鄭燮.

　　　　　　　　　　　　　　　　─ 석각탁본(石刻拓本)

역주

1　條幅: 세워 걸 수 있는 긴 서화. 단 폭은 單條, 조를 이룬 것은 屛條라 한다.

2　斗方:書畵에서 쓰이는 사방 한 자 크기의 종이나 그런 크기의 서화.

해제

본문에서 乾隆 己卯, 즉 乾隆 24년(1759)에 썼다 했으니, 이는 그의 나이 67세 때이다. 당시는 그가 관직을 사임하고 고향에서 서화를 팔아 생활하던 때로, 높아가는 명성과 함께 이러저러한 서화 요청이 많아지자 그는 拙公和尚 핑계를 대면서 아예 이렇게 값을 공시한다. 서화가 고상한 예술과 생활의 수단이라는 양면성을 지닌 상황에서 이 글은 판교의 독특한 개성을 그대로 드러낸다.

6.1.14 **자재암기**自在庵記

흥화(興化)에는 산이 없다. 사이사이 채마밭과 오이밭, 거위 키우는 집과 어부의 집이 자못 화가의 평화롭고 심원한 뜻에 맞는다. 마을 하나, 동네 하나마다 꼭 자그마한 초가 암자가 있는데, 고승이 은거하고 수도승이 거처하는 곳이다. 그러나 평망장(平望莊)의 자재암(自在庵)이 세워진 것은 꼭 이 때문만은 아니다. 이 암자는 현령 장울생(張蔚生) 공에게서 시작되었다. 공은 청렴하고 결백하면서도 자상하고 온화한지라 물 많은 고을 곤궁한 백성들의 뼈와 관을 장사지낼 만한 곳이 없음을 안타까이 여겨 성 북쪽 9리 평망 동편에 땅을 매입해 의총(義冢)을 만들었으니, 모두 십이 무 이 분 정도의 넓이였다. 이어 그 땅에 불전을 세우고 스님을 주지로 모셨다. 본디 부처님을 모시는 일이었지만 사실은 곤궁한 백성들의 무덤을 다듬고 보호하려는 것이었다. 장공이 세상을 떠난 후, 불사는 황폐해지고 무덤의 흙마저 패어져나가 지나는 이들의 마음을 아프게 했다. 마침 혜원상인(慧圓上人)이 직접 대대적인 수리를 맡고

나서자 사람들도 그 순수한 취지를 존경하며 다 같이 동참했다. 이에
절간 이십 이 칸을 지었다. 장공이 밭 오십 이 무를 마련했었고, 혜원(慧
遠)이 사십 무를, 효달(曉達)이 십 무를 더 마련해 마침내 총 백이십 무가
되었다. 또한 효달의 스승, 혜원의 제자 상원(祥元)은 비록 새로 늘린 바
는 없지만 건륭(乾隆) 시기 칠, 팔년간이나 계속된 수재 속에서도 혼신
의 노력으로 암자가 사라지지 않게 보존했으니 그 공 또한 적지 않다.
산의 밭이 여러 스님들 공양을 충족시켜주니 자재암은 오래도록 없어
지지 않게 되었다. 암자가 있고 스님이 계시니, 농사짓고 고기 잡는 틈
틈이 삼태기와 가래 하나씩 들고 와서 무덤을 다듬는다면 유골들은 이
곳에서 편히 쉴 수 있으리라. 불사가 마무리되고 유골들도 모아졌으니
백성과 만물에 대한 장공의 애정은 천고에 남을 것이다. 일반적으로 암
자는 생겨났다가 사라지기도 하지만, 이 암자는 그 은혜가 유골에 닿아
있으니 불법이 깊어 오래도록 사라지지 않으리라.

원문

自在庵記

　　興化無山, 其間茱畦瓜圃, 雁戶漁莊, 頗得畫家平遠之意[1]. 一村一落, 必
有茅庵精舍, 爲高僧隱流焚修棲息之所. 而平望莊自在庵之建, 不盡爲此也.
庵始於邑侯張公蔚生[2], 廉明慈惠[3], 念水鄕窮民棺骨無葬地, 於城北九里平
望東偏買地爲義冢, 凡一十二畝三分. 卽於是莊建佛殿, 招僧爲住持; 固以奉
佛, 實以修護窮民之冢也. 張公去後, 佛舍荒, 冢地蕩, 過者傷之. 慧圓上人
毅然以重修爲己任, 衆亦敬其素操, 翕然從之. 爰造梵宇二十二間. 張公置田
五十二畝, 慧遠置四十畝, 曉達置十畝, 計田一百二畝. 而曉達之師、慧圓之
徒祥元者, 雖未有所創造, 乾隆中疊遭水災七八載, 祥元竭力支持, 使此庵不
廢, 則其功亦不可不書也. 山田足供僧衆, 而自在庵永不廢矣. 有庵有僧, 耕
漁之暇, 持一奮一鍤以修冢, 而枯骨於茲托矣. 佛舍修、枯骨聚, 而張公仁民

愛物之心, 傳於千古矣. 凡庵有興有廢, 而是庵澤及枯骨, 深得佛理, 當久而
弗替也.

— 『흥화현지(興化縣志)』 권일(卷一)

역주

1 平遠 : 평평하게 멀리 이어지는 地勢, 흉금이 평화롭고 원대한 것 등을 가리킨
   다. 산수화에서는 가까운 산에서 먼 산으로 이어지며 의경이 넓게 퍼져나가게
   하는 묘사 방법이다.
2 邑侯 : 현령.
3 廉明 : 청렴결백.
4 水鄕 : 물이 많은 고을. 여기서는 판교의 고향이 있는 강남의 향촌들을 말한다.

해제

「7.9 鄭板橋年表」에 따르면, 이 문장은 건륭 24년 己卯(1759), 판교 나
이 67세 때 고향에서 생활할 때 썼다. 수해에 제대로 안장되지 못한 마
을의 유골을 위해 佛事를 벌여 덕을 베푼 張蔚生 현령을 비롯한 여러
사람들의 공덕을 밝혀 적었다.

6.1.15 판교 자서板橋自序

판교 거사는 독서할 때 정독을 하지 다독을 추구하지 아니한다. 이는
다독하지 않고자 함이 아니라 꼼꼼히 읽어야만 많이 읽어낼 수 있고,
그저 많이 읽기만 하다보면 헛되이 썩어버리기 때문이다. 두보(杜甫)의
칠언 율시, 오언 율시, 칠언 고시, 오언 고시, 배율(排律) 등은 절묘하여
한 수 한 수가 모두 천금이다. 판교는 이를 꼼꼼히 읽지 않은 게 없지
만, 그중에서도 특히 칠언 고시를 좋아한다. 무릇 성정이 끌리는 바가

거기에 편중되었기 때문이리라. 「조 장군 단청에 붙여[曹將軍丹靑引]」・
「미파행(渼陂行)」・「병든 말[瘦馬行]」・「수레의 노래[兵車行]」・「왕손을 슬
퍼함[哀王孫]」・「병마를 씻기며[洗兵馬]」・「닭 잡는 노래[縛雞行]」・「필사요
에게[贈畢四曜]」 등은 그 가운데서도 우선 손에 꼽힌다. 그 다음으로는
불과 3,40수 정도인데, 「물고기 잡는 노래[打魚歌]」 전・후 두 수는 포함
시켜야 한다. 이들 작품은 『좌전(左傳)』이며 『사기(史記)』이고, 『장자(莊
子)』나 『이소(離騷)』와 비슷하며, 육조(六朝) 시부의 화려함까지도 간혹
노복처럼 쓰인다. 위대하다, 두보시여! 담아내지 않은 것이 없구나.

칠언 율시 「추흥(秋興)」 8수・「여러 장수[諸將]」 5수・「고적에 대한 영
회[詠懷古迹]」 5수 등은 모두 여기에서 이어져 나온 것이고, 오언 율시
「진주 잡시(秦州雜詩)」 20수・「영물(詠物)」 30여 수・「행재소에 이르러[達
行在所]」 3수 등도 여기에서 이어져 나온 것이다. 오언 고시 「전・후 출
새(出塞)」・「신혼의 이별[新婚別]」・「늘그막의 이별[垂老別]」・「집 없는 이
별[無家別]」・「북정(北征)」・「팽성관아 노래[彭衙行]」와 배율 중의 「소릉을
지나며[經昭陵]」・「다시 소릉을 지나며[重經昭陵]」・「엄・가 두 원로와 이
별하며[別嚴賈二閣老]」・「고잠과 헤어지며[別高岑]」까지도 모두 여기에서
이어져 나온 것이다. 뜻을 바르게 하고 흐트러지지 않으면 그 정신세계
에 집중할 수 있다.

판교는 평생에 지기와의 사귐이 없지 않았으나 지기는 단 한 사람도
없다. 자신의 시문과 서화는 늘상 사람들의 애호를 받았으나, 그들은
쉴 틈도 없이 찾아와 요청했다가 조금이라도 뜻에 맞지 아니하면 성을
내고 돌아간다. 그런 까닭에 오늘은 형제 사이가 되었다가도 내일이면
금세 낯선 사람이 되고 만다.

자경애주인(紫瓊崖主人)은 판교를 몹시 아꼈는데, 일찍이 서신을 보내
초대하면서 직접 변려체 문장 500자를 써서 뜻을 밝히고, 역조계(易祖
械)・부개정(傅凱亭)을 시켜 보내왔다. 판교가 그 집에 가면 주인은 옷자
락을 부여잡고 고기를 씹어 대접하며 "옛닐 이태백은 임금께서 친히 국

맛을 보셨다지만, 오늘 판교에게는 친왕(親王)이 있어 고기를 썰어 대접하니, 선후가 있을 뿐 어찌 크게 다르겠소?"라고 말씀하셨다.

판교는 산수 유람한 일이 많지는 않지만 적지도 않고, 읽은 책도 많지는 않지만 적지도 않으며, 또한 천하의 이름난 명사들과 교유를 맺은 일도 많지는 않지만 적지도 않다. 처음에는 그지없이 가난했으나 나중에는 다소 형편이 나아졌고, 그러다가 다시 조금씩 가난해졌다. 그러므로 판교의 시문 속에는 없는 것이 없다.

누헌(陋軒:吳嘉紀)의 시는 곤궁함의 표현이 빼어나지만 애석하게도 산수 유람이 많지 않고, 교유 관계가 넓지 못하여 부귀하거나 화려한 부분이 하나도 없다. 그래서 그의 시가 일가를 이루기는 하였으되 천하의 재인이라고 볼 수는 없다. 판교의 시 가운데 「일곱 노래」, 「고아의 노래」, 「악독한 시어미」, 「기황의 유랑 노래」, 「귀가의 노래」 등을 한 번 누헌의 시와 함께 읽어 보면 그리 뒤떨어지지는 않는다. 이밖에 산수, 짐승, 성곽, 궁실, 인물에 관한 시들도 아름다우며 나름대로 뛰어난 글귀가 많다. 또한 사와 집안편지가 있어 세상에 널리 회자되고 있다. 하지만 백년 후에나 평가가 이루어질 것이니, 결론은 아직 알 수 없는 것이리라.

건륭 경진(庚辰), 왕(王) 씨의 문원(文園)에서 극유(克柔) 정섭이 스스로에 대해 썼으니 「유류촌(劉柳邨)에게 보낸 책자」와 함께 읽으면 그 대강을 알 수 있으리라.

늙음을 한탄하고 비천함을 탄식하는 것은 한 인간 한 집안의 일이요, 국가를 근심하고 백성을 걱정하는 것은 천지만물의 일이다. 성스러운 임금께서 위에 계시니 근심할 바가 없겠으나, 예로부터 지금까지 어느 것 하나 가슴에 파고들지 않는 일이 있었던가! 늙음을 한탄하고 비천함을 탄식하며, 꽃에 빠져들고 노래를 들으면서 잠시 마음을 기대어볼 수도 있으니, 또한 무엇을 탓하겠는가?

정섭이 다시 적다.

원문

板橋自序

板橋居士讀書求精不求多, 非不多也, 唯精乃能運多, 徒多徒爛耳. 少陵[1]七律、五律、七古、五古、排律皆絶妙, 一首可値千金. 板橋無不細讀, 而尤愛七古, 蓋其性之所嗜, 偏重在此. 曹將軍舟青引、渼陂行、瘦馬行、兵車行、哀王孫、洗兵馬、縛雞行、贈畢四曜, 此其最者; 其餘不過三四十首, 并前後打魚歌, 盡在其中矣. 是左傳、是史記、似莊子、離騷, 而六朝香豔[2], 亦時用之以爲奴隷. 大哉杜詩, 其無所不包括乎!

七律詩秋興八首、諸將五首、詠懷古跡五首, 皆由此而推之; 五律詩秦州雜詩二十首、詠物三十餘首、達行在所三首, 皆由此而推之; 五言古詩前後出塞、新婚別、垂老別、無家別、北征、彭衙行, 以及排律之經昭陵、重經昭陵、別嚴賈二閣老、別高岑, 皆由此而推之. 立志不分, 乃疑於神.

板橋平生無不知己, 無一知己. 其詩文字畫每爲人愛, 求索無休時, 略不遂意, 則怫然而去. 故今日好, 爲弟兄, 明日便成陌路.

紫瓊崖主人[3]極愛惜板橋, 嘗折簡相招, 自作駢體五百字以通意, 使易十六祖式、傅雯凱亭[4]持以來. 至則袒而割肉而相奉, 且曰:『昔太白御手調羹[5], 今板橋親王割肉, 後先之際, 何多讓焉!』

板橋遊歷山水雖不多, 亦不少; 讀書雖不多, 亦不少; 結交天下通人名士雖不多, 亦不少. 初極貧, 後亦稍稍富貴; 富貴後亦稍稍貧. 故其詩文中無所不有.

陋軒[6]詩最善說窮苦, 惜其山水不多, 接交不廣, 華貴一無所有. 所謂一家言, 未可爲天下才也. 板橋詩如七歌, 如孤兒行, 如姑惡, 如逃荒行、還家行, 試取以與陋軒同讀, 或亦不甚相讓; 其他山水、禽魚、城郭、宮室、人物之茂美, 亦頗有自鑄偉詞者. 而又有長短句及家書, 皆世所膾炙, 待百年而論定, 正不知鹿死誰手.

乾隆庚辰, 鄭燮克柔甫自敍於汪氏之文園[7], 與劉柳邨冊子合觀之[8], 亦足以知其梗槪.

歎老嗟卑, 是一身一家之事; 憂國憂民, 是天地萬物之事. 雖聖帝明王在上, 無所可憂, 而往古來今, 何一不在胸次? 歎老嗟卑, 迷花顧曲, 偶一寓意可耳, 何諄諄[9]也! 燮又記.

— 서평우 소장 묵적[徐平羽藏墨跡]

역주

1   少陵: 唐 시인 杜甫(712~770). 字 子美, 自號 少陵野老.

2   六朝香豔: 육조의 문풍은 형식을 중시하고 화려함을 추구하는 추세였기에 이렇게 표현한 것이다.

3   紫瓊崖主人: 康熙 황제의 아들이며 雍正 황제의 아우. 肅愼郡王 允禧, 자 謙齋, 호 紫瓊崖主人. 「자경애도인 신군왕 제사[紫瓊崖道人愼郡王題詞]」 참조.

4   易十六祖式, 傅雯凱亭: 易祖栻: 자는 張有이고 호는 嘯溪이며, 시·서·화에 능했다. 傅雯: 자가 凱亭이며 궁정화에 뛰어났으며, 평생 관직에 나아가지 않았다.

5   昔太白御手調羹: 李陽冰 『草堂集序』에 따르면, 이백이 長安에 이르자 당 현종은 七寶床에 음식을 내리고, 친히 국간을 맞춰 식사하게 했다 한다. 「1.3 의진현 강촌 찻집에서 아우에게[儀眞縣江村茶社寄舍弟]」 주석 참조.

6   陋軒: 吳嘉紀. 자는 賓賢이고 호는 野人으로, 명말청초의 泰州人이다. 자신의 거처를 자조적으로 '陋軒'이라 불렀다.

7   汪氏之文園: 자세한 것은 알 수 없다. 작자와 교류가 많았던 꽃 파는 汪鼐을 생각해볼 수 있는데, 그는 乾隆 원년 이후 양주에 와서 枝上村에서 차를 팔았고, 나중에 小園을 만들어 정원 안에 누대와 집 20여 칸을 세웠다.(『揚州畫舫錄·城北錄』 참고.) 그러나 후에 이 정원은 이씨에게 넘겨졌기에 '李氏小園'이라 불렸는데, 판교가 이 서문을 쓴 것이 건륭 25년임을 고려하면 관련성이 적다.

8   劉柳邨冊子: 판교가 이 서문을 쓰던 그해 가을, 柳村의 劉三에게 12쪽짜리 책자를 써주면서 자신의 평생 경력과 의지를 표현했다. 지금은 일부만 남아 있다. 「6.1.16 유류촌에게 써보낸 책자[劉柳邨冊子]」 참고.

9   諄諄: 공손하다, 불평하다, 경고하다 등 여러 가지 뜻이 있지만 여기서는 '불평하다, 탓하다'는 뜻으로 보았다.

해제

판교 나이 68세(건륭 25년, 1760년) 때 汪씨 文園에 기거하면서 柳村의 劉三에게 12쪽 책자를 써주었고, 또한 이 서문을 써서 평생의 삶을 서술했다. 이때는 濰縣의 관직에서 벗어나 고향으로 온 지 8년이 된 해였다. 이 글에서 그는 자신의 삶을 되돌아보면서 때로 탄식하고, 늙음과 가난을 생각하며 비감에 젖기도 한다. 자신의 시문을 당시 陋軒의 시문과 비교하면서 민생을 소재로 삼는 일의 중요성을 강조하고 있다. 이보다 10여 년 전인 57세(건륭 14년, 1749년) 때 쓴 「6.1.5 板橋自敍」와 비교해 가며 읽을 필요도 있겠다.

6.1.16 유류촌에게 써보낸 책자劉柳邨冊子(殘本)

판교는 수도에서 실의에 빠져 돌아와 「사시행락가(四時行樂歌)」를 지었고, 또 「도정(道情)」 십 수를 지었다. 나이 마흔에 향시(鄕試)에서 거인(擧人)이 되고, 마흔넷에 진사(進士)가 되고, 오십에 범현령(范縣令)이 되어 문집을 판각했다. 이때가 건륭(乾隆) 칠년이다.

「도정」 십 수는 옹정(雍正) 칠년에 짓고, 십사 년에 고치고 다듬은 뒤 나중에 출판하여 세상에 나왔다. 수도에까지 전해지면서 어린 소녀 초가(招哥)가 먼저 노래했고, 노승 기림(起林)도 불렀으며, 여러 귀인들 또한 서로 전해가며 낭송함으로써 사와 함께 유명해졌다.

졸집(拙集)의 시와 사를 놓고 수도의 인사들은 모두 "시가 사만 못하다"고 했고, 양주사람들 또한 "사가 시보다 낫다"고 했다. 그런즉 나 역시 뭐라고 말하기 어렵다.

서호(西湖)를 유람할 때 항주(杭州)태수 오작철(吳作哲) 공을 찾아가자, 그가 종이 두 폭을 내밀면서 서화를 요청한 적이 있었다. 이에 한 폭엔 대나무를 그리고, 한 폭엔 글씨를 써주었다. 훗날 호주(湖州)태수 이당견(李堂見) 공이 그것을 보고 놀라워하면서 "그대는 어디에서 이것을 구했소?" 하고 끝내는 가져가버렸다. 오 공은 "얻기 어려운 건 아니오. 그 사람이 지금 여기 와있으니 공께서 남병정사(南屏靜寺)로 찾아가 보시오. 내가 미리 소개해줄 수도 있지요" 하고 말해주었다. 다음날 이당견 공이 배를 타고 찾아와 호수 위에 술을 차려놓고 환대했다. 술이 얼큰해지자 그는 내게 「도정」을 불러주며 같이 즐거워했다. 그러면서 "십년전 임청(臨淸)의 왕(王) 지주(知州) 관저에서 그림을 얻고 지금까지 흠모만 해왔는데 오늘 여기서 이렇게 만날 줄은 정말 몰랐구려!" 하였다. 결국 서호로까지 초청하여 소계(苕溪), 삽계(霅溪), 변산(卞山), 백작(白雀)을 함께 유람하였는데, 그 중에서는 도장산(道場山)이 자못 빼어났다. 특히 관청의 정자와 연못, 관사의 활터가 참 아름다웠는데, 그 모두를 우리 양주의 오청옹(吳聽翁) 선생께서 만든 것이라 한다.

호돈(虎墩) 오기상(吳其相)이란 사람은 바다에서 소금 제조업을 하는데 용모는 내세울 것이 없어도 「사시행락가」를 낭송할 줄 알았다. 한 번은 술을 직접 빚어 내게 선사하기도 했다. 벗들이 다들 혀를 내두르며 보기 드문 일로 여겼다.

고려국(高麗國 : 朝鮮)에서는 내 글씨를 구하고자 그 나라 재상 이간(李艮)이 명첩을 가져왔다. 높이가 한 자 두 치, 넓이가 다섯 치, 두께가 반 치로 금판(金版)이나 옥편(玉片)처럼 생겨 사람을 덮칠 수도 있을 것 같았다. 지금은 지상촌(枝上村) 문사상인(文思上人)에게 보존되어 있는데, 즉 천녕사 서쪽 채이다.

묘진정진인(妙眞正眞人) 누근훤(婁近垣)이 나와 막역한 사이여서 그의 시종 십삼랑(十三郎)더러 내 시사를 부르게 하였는데, 마치 구름 너머 훨훨 나는 듯한 천상의 소리였다. 내가 그를 어여뻐 여기자 마침내 내게 보내 거두게 했다. 동치부(董恥夫)도 그에게 「죽지사(竹枝詞)」를 부르게 하였다. 삼년이 지나자 울면서 떠나고 싶어 하기에 붙잡을 수가 없어 다시 누근훤에게 되돌려 보냈다. 그 신선 같은 모습을 생각하면 혹여 이 소란한 인간세상에서 오래 머물고 싶지 않은 것은 아닐까?

신안(新安) 효렴(孝廉) 조(曹) 형은 서예가 조소공(曹素功)의 후예다. 일찍이 소장한 먹 서른두 정을 나에게 가져와 「사초」 한 권과 바꾸면서 말하였다. "공의 사 중에 「관환가(官宦家)」라고 있지요. '아침노을 누각을 차갑게 비추나, 모란은 아직도 잠에 빠졌고, 앵무새는 여태 깨지 않았네.' 글자의 운용이 전아하고 아름다울 뿐만 아니라, 방탕 속에서 멸망으로 치닫는 분위기가 깊이 서려있어 한층 오묘한 느낌입니다." 고향사람 조 공은 서로 말을 이해하는 사람으로 그 역시 사로 정평이 높다.

자경애도인(紫瓊崖道人)은 신군왕(愼郡王)이다. 내게 증여한 시에서 "가락 맞춰 쓴 시 멀리 달 궁전 노래 전하고, 분방하게 써내려간 시 교룡궁전의 구슬일세"라 했는데, 감당하기 부끄러운 내용이긴 하지만, 또한 멋진 시구다.

남통주(南通州) 이첨운(李瞻雲)은 같이 과거에 급제한 사람의 자제이다. 일찍이 성도(成都) 마하지(摩訶池)에서 어떤 사람이 내 「한(恨)」이라는 사를 낭송하는 것을 들었는데 "가을풀 더부룩한 누추한 집, 해마다 허름해지는 골목을 바라본다. 엉성한 창문에 가랑비 내리고, 밤마다 쓸쓸한 등불 밝힌다."란 대목에 이르러서는 모두들 탄식하며 눈물을 흘리는 것만 같았다. 나중에 낭송하는 사람을 찾아 물으니, 이미 [이 사를] 집집마다 연주하고 음송한 지 몇 년이나 되었다고 한다. 생각건대, 비이(費二)가 수레 몰고 돌아갈 때 가져간 게 아닐까?

「난정(蘭亭 : 蘭亭集序)」 6종 대추나무 판각, 「무왕십삼명(武王十三銘)」 팔분체(八分體) 비문은 범현에 있다. 임제(臨濟)가 온 천하에 퍼트렸으나 [그가 승려였던지라 조상의 집안을 다듬지 못한 것은 슬픈 일이다. 내가 비를 만들어 그것을 새롭게 하였으며, 대명부(大名府) 동관(東關) 바깥에 있다. 「유현 성황묘비(濰縣城隍廟碑)」가 가장 좋은데, 애석하게도 그 탁본은 많지 않다.

【중간에 네 쪽이 없어짐】

　판교는 생김새가 형편없어 세상에서 주목받지 못했고, 또 나를 기피하는 자들의 방해로 시험에도 합격하지 못했다. 하지만 더욱 분노하고 더욱 곤궁해질수록 한층 단속하고 한층 세심하게 지내면서 마침내 「어부(漁父)」 한 수를 써냈다. 그 가락을 중첩한 것은 내 스스로 일가를 이루려는 뜻이다.

　판교는 너무도 곤궁하고 힘겨운 생활에 외모마저 볼품이 없어서 오랫동안 세상 사람들과 어울리질 못했다. 그러나 발분하여 스스로의 웅지를 불사르고, 다른 사람과 경쟁하지 않고 나 자신 마음으로 겨루었다. 사십을 넘어 이름이 약간 알려졌으니, 이른바 제생(諸生)인 "만영(萬盈)이 사십에야 비로소 이름을 알리게 되었네"라 한 그런 경우다. 그 이름이 점점 더 알려지고 줄어들지는 않았지만, 단지 그 가운데 액즙이 있었을 뿐이다. 장자는 말했다. "붕새가 노해 날아가면 그 날개가 하늘을 드리운 구름과 같다." 고인은 또한 "초목은 분노로 생겨난다"고 했다. 그런즉 만사와 만물에 어찌 분노가 없을 수 있겠는가? 판교 서법은 한나라 팔분체에 해서, 행서, 초서를 섞었고, 안노공(顔魯公: 顔眞卿) 「좌위고(座位稿)」를 행관(行款)으로 삼으니 이 또한 분노가 다른 사람과 다름을 나타내고자 함이다.

　건륭 경신 가을, 유촌(柳邨) 류삼(劉三) 형을 위해 이상 열두 쪽을 썼다.

원문

劉柳邨冊子(殘本)

　板橋自京師落拓而歸, 作四時行樂歌[1], 又作道情十首. 四十擧於鄕, 四十四歲成進士, 五十歲爲范縣令, 乃刻拙集. 是時乾隆[2]七年也.

　道情十首, 作於雍正[3]七年, 改削十四年, 而後梓而問世. 傳至京師, 幼

女招哥[4]首唱之, 老僧起林[5]又唱之, 諸貴亦頗傳誦, 與詞刻並行.

拙集詩詞二種, 都人士皆曰:『詩不如詞.』 揚州[6]人亦曰:『詞好於詩.』
卽我亦不敢辯也.

遊西湖, 謁杭州太守吳公作哲,[7] 出紙兩幅, 索書畫. 一畫竹, 一寫字.
湖州[8]太守李公堂見而訝之曰:『公何得有此?』 遂攫之而去. 吳曰:『是不難
得, 是人現在此, 公至南屏靜寺[9]訪之, 吾先之作介紹可也.』 次日, 泛舟相
訪, 置酒湖上爲歡; 醉後, 卽唱予道情以相娛樂. 云:『十年前得之臨清[10]王
知州處, 卽愛慕至今, 不知今日得會於此!』 遂邀至湖, 遊茗溪、雪溪、卞
山、白雀, 而道場山猶勝也. 府署亭池館樹甚佳, 皆吾揚吳聽翁先生所修
葺.

虎墩吳其相者, 海上鹽鹻戶[11]也, 貌粗鄙, 亦能誦四時行樂歌; 制酒爲
壽. 同人皆以爲咄咄怪事.

高麗國索拙書, 其相李艮來投刺[12], 高尺二寸, 闊五寸, 厚半寸, 如金版
玉片, 可擊扑人, 今存枝上村文思上人[13]家, 蓋天寧寺西院也.

妙眞正眞人婿近垣[14]與予善, 令其侍者十三郎歌予詩詞, 飄飄有雲外之
響. 予愛之, 遂擧以贈. 董恥夫亦令其歌竹枝焉. 後三年, 求去, 泣不可留,
仍返於婿. 想其仙骨, 不樂久住人世囂熱耶?

新安孝廉曹君, 是墨人曹素功後裔[15]. 嘗持藏墨三十二挺, 謁予易詞鈔
一冊, 且云:『公有官宦家詞:「朝霞樓閣冷, 尙牡丹貪睡, 鸚哥未醒.」[16] 不
但措辭雅令, 而一種荒淫滅亡之氣, 已藏其中, 所以甚妙.』 故鄉曹公知言,
故亦以詞稱.

紫瓊崖道人, 愼郡王[17]也. 贈詩:『按拍遙傳月殿曲, 走盤亂瀉蛟宮
珠.』[18] 愧不敢當, 然亦佳句.

南通州李瞻雲, 吾年家子也.[19] 曾於成都摩訶池[20]上聽人誦予恨字詞,
至『蓬門秋草, 年年破巷; 疏窗細雨, 夜夜孤燈』[21], 皆有齊咨涕洟[22]之意. 後
詢其人, 蓋已家弦戶誦有年. 想是費二執御[23]挾歸耶?

蘭亭六種棗木刻[24], 武王十三銘八分書碑[25], 在范縣. 臨濟[26]派滿天下,

祖庭不修可悲也. 予作碑以新之, 在大名府東關外. 濰縣城隍廟碑最佳, 惜
其搨本少爾.

(中闕四頁)[27]

板橋貌寢, 旣不見重於時, 又爲忌者所阻, 不得入試. 愈憤怒, 愈迫窘,
愈斂厲, 愈微細, 遂作漁父一首, 倍其調爲雙疊, 亦自立門戶之意也.

板橋最窮最苦, 貌又寢陋, 故長不合於時; 然發憤自雄, 不與人爭, 而
自以心競. 四十外乃薄有名, 所謂諸生曰『萬盈四十乃知名』[28]也. 其名之所
到, 輒漸加而不漸淡, 只是中有汁漿耳. 莊生謂: 『鵬怒而飛, 其翼若垂天之
雲.』[29] 古人又云: 『草木怒生.』[30] 然則萬事萬物何可無怒耶? 板橋書法以漢
八分雜入楷行草, 以顔魯公座位稿爲行款[31], 亦是怒不同人之意.

乾隆庚辰秋日, 爲柳邨劉三[32]兄書此十二頁.

－ 청도 진자량 소장 묵적[青島陳子良藏墨跡]

역주

1　四時行樂歌 : 작자의 詞 「3.37 만강홍・농가의 사계절 고락의 노래[滿江紅・田家
四時苦樂歌]」를 가리키는 듯 하다.

2　乾隆 : 淸 高宗(1711~1799) 때의 연호(1736~1795).

3　雍正 : 淸 世宗(1678~1735) 때의 연호(1723~1735).

4　招哥 : 수도의 어린 기녀 이름. 「2.140 초가에게[寄招哥]」 참고.

5　老僧起林 : 수도의 스님으로 보이는데 자세한 사적은 미상. 「2.82 기림상인과 함
께 다시 인공을 방문하다[同起林上人重訪仁公]」 등 참고.

6　揚州 : 江蘇省 중부에 위치한 도시. 長江과 京杭運河가 만나는 곳이다.

7　杭州太守吳公作哲 : 杭州는 浙江의 古都. 吳作哲은 蕭縣人. 판교가 유현에서 근
무할 때 그는 직속상관인 萊州知府였다.

8　湖州 : 浙江에 있는 지명.

9　南屛靜寺 : 杭州 서쪽 南屛山에 있는 절.

10　臨淸 : 지금의 山東省 臨淸縣. 運河의 입구이다.

11　鹽鹻戶(염별호) : 소금을 끓여 정제하는 사람. 虎墩은 지명인데, 구체적으로 어
딘지 자세하지 않다.

12　高麗國 …… 其相李艮 : 고려국은 당시 조선을 가리키는데 李艮에 관해서는 자
세히 알 수 없다. 投刺 : 名帖을 건네거나 남기다.

13 文思上人 : 자는 熙甫, 양주 枝上村 天寧寺의 스님. 시에 능했고, 두부국을 잘 끓여 '文思豆腐'라 불렸다 한다. 『揚州畫舫錄』참고.

14 妙眞正眞人婁近垣 : 江西人으로 수도에 불려와 光明殿에 거처했다. 「2.131 광명전에 묵으며 누 진인에게 드림[宿光明殿贈婁眞人]」참고.

15 曹素功 : 安徽 歙縣 岩鎭人, 明 萬曆 四十三年(1615)에 태어나 淸 康熙 二十八年(1689)에 죽었다. 原名은 孺昌, 後에 聖臣으로 바꿨고, 字는 昌言이며, 素功은 호이다. 汪近聖·汪節庵·胡開文 등과 같이 淸代 四大 서예가로 꼽힌다. 앞 新安은 安徽의 지명.

16 「朝霞樓閣冷, 尙牡丹貪睡, 鸚哥未醒.」: 판교의 詞 「3.52 서학선·관가[瑞鶴仙·官宦家]」의 일부.

17 紫瓊崖道人, 愼郡王 : 康熙 황제의 아들, 이름은 允禧, 紫瓊崖道人은 自號이다. 愼靖郡王에 봉해졌고, 문집으로 『花間堂詩鈔』가 있다. 「2.03 자경애도인 신군왕 제사[紫瓊崖道人愼郡王題詞]」등 참고.

18 『按拍遙傳月殿曲, 走盤亂瀉蛟宮珠.』: 紫瓊崖道人 愼郡王이 판교를 위해 쓴 「2.03 자경애도인 신군왕 제사[紫瓊崖道人愼郡王題詞]」의 일부.

19 南通州李瞻雲, 吾年家子也 : 南通州는 江蘇의 지명. 年家子는 같은 해에 과거에 급제한 사람 중에서 나이가 어린 사람, 또는 같은 해에 급제한 사람의 子弟를 일컫는 말이다. 여기서는 李瞻雲이 '揚州八怪'의 한 사람이면서 판교의 절친한 벗 李方膺의 조카이기 때문에 年家子라고 한 것 같다. 李瞻雲, 이름 霞, 자는 赤中, 『殘雲詩草』가 있다.

20 成都摩訶池 : 四川 成都 동남쪽에 있는 연못.

21 『蓬門秋草, 年年破巷; 疏窗細雨, 夜夜孤燈.』: 판교의 사 「3.23 심원춘·한(沁園春·恨)」의 일부.

22 齊咨涕洟(체이) : 탄식하며 콧물을 훔치다.

23 費二執御 : 청초 학자 費密의 孫 費軒, 자 執御, 「揚州夢香詞」가 있다.

24 蘭亭 : 王羲之 「蘭亭集序」를 가리킨다. 「6.1.4 난정집서 임사본 발문[跋臨蘭亭叙]」참고.

25 武王十三銘 : 「武王踐阼」銘文을 가리키는 것 같은데, 더 조사가 필요하다.

26 臨濟 : 元代의 高僧. 속세의 姓은 邢이고 이름은 義이며, 南華人이다. 元初, 黃蘗和尙 아래서 수도했는데, 뜻과 행실이 변함없었으며, 佛法의 大意를 깊이 깨달았다 한다. 후에 鎭州 臨濟院에서 입적했다.

27 中闕四頁 : 이 번역의 저본인 中華書局本에는 이처럼 4쪽이 빠져있다고 했는데, 『王錫榮』의 책에서는 『書法叢刊』(1993년 제3기)에 실린 故宮博物館藏 墨迹에 근거하여 판교의 사 작품에 관해 언급한 일부 내용을 보충했다. 『王錫榮』의 『名家講解鄭板橋詩文』, 長春出版社, 2009, 557~558쪽 참조.

28 諸生曰『萬盈四十乃知名』: 唐 高適의 시 「別從甥萬盈」: "萬盈이란 제생이 있으니, 사십에야 이름이 알려졌다네.[諸生曰萬盈, 四十乃知名.]" 이에 근거하면 中華書局本이 "諸生曰『萬盈四十乃知名』"이라 표점한 것은 "『諸生曰萬盈, 四十乃

29 『鵬怒而飛, 其翼若垂天之雲.』:『莊子·逍遙遊』의 구절.

30 『草木怒生.』:『莊子·外物』: "봄에 비가 내릴 때 초목은 화가 난 듯 [힘차게] 올
라온다.[春雨日時, 草木怒生.]"

31 顔魯公 : 顔眞卿(709~785), 唐代의 저명한 서예가. 자는 淸臣, 琅琊이고 孝悌里
(지금의 臨沂市 費縣) 사람이다. 趙孟頫·柳公權·歐陽詢 등과 더불어 '楷書四
大家'로 꼽힌다. '魯郡公'에 封爵되었기 때문에 顔魯公으로도 불린다. 座位稿:
「論座帖」 혹은 「與郭仆射書」라고도 한다. 唐 廣德 二年(764년) 顔眞卿이 郭英
之에게 쓴 行草書體 편지로 7장 64행이 전해진다. 行款 : 書法 또는 인쇄에서 글
자의 배열과 행간의 형식이나 체재.

32 柳邨劉三 : 구체적 사적을 알 수 없다.

해제

본문 말미에서 '乾隆 庚辰 秋日'이라 했으니 이 글은 건륭 25년(1760)
판교 나이 68세 때 쓴 것이다. 이미 노년에 이른 이 해에 그는 이 글과
「6.1.15 판교 자서(板橋自序)」 등을 통해 자신의 평생 경력과 지향, 작품
의 유전 내용 등을 구체적으로 기록하고 밝혔다.

6.2 서찰書札

6.2.1 초오두에게 보내는 편지與焦五斗書

아침에 노복에게 묵란 한 폭을 보냈는데, 이미 받아 보았을 것으로
생각하며 가르침 청합니다. 벽 바르는 데나 쓸 것일 뿐 고상한 사람이
감상하기엔 부족할 겁니다. 왕석삼(汪錫三) 형 집에 문상(問喪)이 시작되
어 이 아우가 손님을 맞이해야 하기에 흰 바깥저고리를 입어야 합니다.

작년에 빌렸던 무명겹옷을 보내주시길 부탁드립니다. 사용한 후 즉시 돌려드리겠습니다. 눈이 갠 후 다시 같이 한 번 모이는 즐거움을 생각해보기로 하지요.

아우 판교 정섭, 오두(五斗) 장형께 인사 올리며 드립니다. 평안하시길 비오며.

원문

與焦五斗書[1]

　早間遣奴子送墨蘭一幅, 想已呈覽, 乞爲敎正. 不過糊牆黏壁之物, 未足入高人賞鑒也. 汪錫三兄家開弔[2], 弟爲治賓, 仍需白裏外褂. 去年所借宮紬夾套. 祈發來手, 用後卽趙上[3]. 待雪晴後更當謀一聚之歡也. 弟板橋鄭燮頓首五斗老長兄前. 慶餘.

　　　　　　　　　　　　— 상해도서관 소장 묵적[上海圖書館藏墨跡]

역주

1　焦五斗 : 미상.
2　汪錫三 : 미상. 開弔 : 喪事가 있는 집에서 발인 전까지 조문객을 맞는 일.
3　趙上 : 趙는 '서두르다'는 뜻. 서둘러 바치다.

해제

　편지를 받는 焦五斗에 관해서는 자세한 사적을 알 수 없는데, 참고로 〚王錫榮〛은 이 편지 제목을 '與焦土紀書'라 달았다. 편지 내용으로 볼 때 고향 사람인 듯하다.

자경애주인께 드리는 편지與紫瓊崖主人書

자경애주인 전하께.

작별인사 드린 후 풍채 뵐 수 있기를 생각지 않은 날이 하루도 없었
습니다. 과분하게도 시 속에서 기억해주시니 진정 전하의 정이 깊고도
깊다는 것을 알게 됩니다. 시 판각은 이미 올려드렸으리라 여겨 구구한
말씀 드리지 않겠습니다.

범현령 정섭 삼가 머리 숙여 인사 올립니다.

원문

與紫瓊崖主人書[1]

紫瓊崖主人殿下 :

拜別後, 無日不想望風裁, 蒙詩中見憶, 固知吾王之意眷眷也. 詩刻想
已獻納, 不盡區區. 范縣令鄭燮謹頓首.

― 『국조명인척독(國朝名人尺牘)』 권이십(卷二十)

역주

1 　紫瓊崖主人 : 康熙 황제의 아들이며 雍正 황제의 아우. 肅愼郡王 允禧, 자 謙齋,
　호 紫瓊崖主人. 「1.03 자경애도인 신군왕 제사(紫瓊崖道人愼郡王題詞)」 참조.
2 　眷眷 : 간절하게 생각하다.

해제

판교와 紫瓊崖主人 愼郡王은 줄곧 밀접한 교류가 있었는데, 편지 내
용으로 보아 그의 시문집 출판을 축하하는 題詩를 보내는 과정에서 오
간 편지인 것 같다.

강빈곡·강우구에게 보내는 편지與江賓谷、江禹九書

　학자는 마땅히 스스로 기치를 세워야 한다오. 무릇 쌀과 소금 계산하는 일은 상인에게 정황을 들어야 하겠지만, 문장과 학문까지도 그들에게서 자문을 구해야 한다는 소리는 일찍이 들어 보질 못했다오. 우리 양주의 선비들이 그들 집을 분주하게 드나들며 그들의 말 한 마디에 기쁘거나 슬프게 되니, 선비의 품격을 깎고 기를 손상시키는 일이 참으로 더는 말할 수 없을 지경이오. 현명한 아우들은 조용히 문 걸어 잠근 채 사람 없는 것처럼 적막하게 지내니, 산처럼 높고 바다처럼 드넓은 그 기상이 참으로 헤아릴 수 없을 정도구려. 아아, 얼마나 고귀한 일이오!

　문장에는 대승법(大乘法)이 있고 소승법(小乘法)이 있다오. 대승법은 쉬우면서도 공이 있고, 소승법은 수고롭지만 일컬을 만한 게 없지요. 『오경(五經)』·『좌전』·『사기』·『장자』·『이소』, 그리고 가의(賈誼)·동중서(董仲舒)·광형(匡衡)·유향(劉向)·제갈량(諸葛亮)·한유(韓愈)·유종원(柳宗元)·구양수(歐陽修)·증공(曾鞏)의 산문, 조조(曹操)·도잠(陶潛)·이백(李白)·두보(杜甫)의 시들이 이른바 대승법에 속한다오. [이 글들은] 분명한 이치와 유창한 언어로 천지 만물의 정, 국가의 흥망성쇠 원인을 두루 포괄하고 있지요. 독서를 깊게 하고 기상을 충분히 길렀기 때문에 자유자재 여유가 있는 것이라오. 육조 시대의 부미(浮靡)한 문장과 서릉(徐陵)·유신(庾信)·강엄(江淹)·포조(鮑照)·임방(任昉)·심약(沈約)의 시들은 소승법에 속한다오. 이들은 청색을 자주색과 배합하고, 일곱을 셋에 맞추려하지만 단 한 글자, 한 구절도 부합되질 않는다오. 그런데도 누런 수염을 비틀어 꼬아 끊으며 애만 쓰고, 쓸데없이 이런저런 책들만 들먹이게 되지요. 그러니 어찌 성현과 천지의 마음, 만물과 백성의 운명을 함께 할 수 있겠소? 이른바 비단옷처럼 꾸미는 재자(才子)란 모두 천하의 폐물들인데, 오히려 그 '비단옷'도 되지 못하는 것이오! 이야말로 수고만 하지 일컬을 만한 것은 전혀 없는 경우지요.

무릇 독서 작문이란 것이 어찌 그저 문장만을 이르는 것이겠소? 열린 마음과 분명한 이치를 지니고 안으로는 수양하고 밖으로는 구제하는 일이지요. 뜻을 얻으면 이를 백성에게 이롭게 사용하고, 뜻을 얻지 못하면 홀로 자신을 잘 수양하며, 또한 향리를 교화하고 젊은이들을 가르칠 수가 있지요. 절대 풍조를 그대로 따라가서는 아니 될 것이오. 예컨대 양주 사람들이 수도 사람들이 입는 옷과 쓰는 모자를 그대로 흉내 내면서 겨우 그 뒤를 따라간대도 저들은 금세 또 다르게 변해버리는 이치와 같지요. 그러니 성현의 심오한 사상과 선배들의 뛰어난 문장이 만세에 영원한 것과 어찌 같을 수 있겠소? 현명한 아우들은 스스로 기치를 세워 오래토록 스러지지 않을 것이니, 내 비록 미약한 인간이지만 또한 군모를 쓰고, 용(勇)자 새겨진 조끼를 입고, 범인 잡는 몽둥이를 쥐고, 군중(軍中)의 큰 깃발 아래 치달리면서 온 힘을 다할 것이오. 그 어찌 멋진 일이 아니겠소! 그 어찌 통쾌한 일이 아니겠소!

조(曹) 씨 부자, 소(蕭)씨 형제는 한 집안이긴 하지만 대소가 다른 길이라오. 조 씨 중의 조비(曹丕)와 조식(曹植), 소씨 중의 소통(蕭統)과 소역(蕭繹)은 모두 공자(公子)나 수재의 기질이라 소승에 속한다오. 조조(曹操)의 「단가행(短歌行)」, 소연(蕭衍)의 「하중의 강물[河中之水]」은 힘차고 호방한 기세가 있으니 대승이라오. 저들은 차라리 독사나 맹수일지언정 귀뚜라미 울음소리나 나비의 춤과는 다르고자 하는 것이오. 하물며 [상서로운] 기린과 난새와 봉새의 비상이 비와 구름에 어우러지는 일과 견줄수 있겠소!

사마상여(司馬相如)는 대승이었지만 소승에 포함되니 그 문사가 지나치게 화려하고 아첨하며 영합했기 때문이오. 이상은(李商隱)은 소승이었지만 대승에 포함되니 「다시 느낌이 있어[重有感]」, 「군대 따라 동으로[隨師東]」, 「안정성 누대에 올라[登安定城樓]」, 「유씨 분묘에서 통곡하며[哭劉蕡]」, 「감로에 통곡하며[痛甘露]」 같은 시들이 하나같이 사람 마음과 세상 도리에 대한 근심을 담고 있기 때문이라오. 「한비(韓碑)」는 특히 기이함의 극치라 하기에 충분할 것이오. 청련(靑蓮:이백)은 거침없는 기질이 넘치기에 정황을 서술함에서 철저함은 없지요. 비경(飛卿:온정균)은 늙고 비천한 처지를 한탄하면서도 아름답고 방탕한 가락에 뛰어났다오. 그러나 비록 이백과 두보를 병칭하고, 온정균과 이상은을 함께 거론할지라도 이 두 갈래 시인들을 나란히 두는 것은 아니 될 일이오.

사는 시와 달라 완려함을 정격으로 삼고 호탕함을 변격으로 여기지요. 잠시 극장을 예로 삼아 논하자면, 동파(東坡:蘇軾)는 대정(大淨:남자 주인공)이고 가헌(稼軒:辛棄疾)은 외각(外脚:남자 조연), 영숙(永叔:歐陽修)·방경(邦卿:史達祖)은 정단(正旦:여자 주인공), 진회해(秦淮海:秦觀)·유칠(柳七:柳永)은 소단(小旦:여자 조연)이오. 주미성(周美成:周邦彦)은 정생(正生:남자 배역), 남당(南唐) 후주(後主:李煜)는 소생(小生:젊은 남자 배역)이니 세상 사람들은 분명 정생보다 소생을 한층 더 사랑할 것이오. 장죽산(蔣竹山:蔣捷)·유개지(劉改之:劉過)는 절묘한 부말(副末:조연 남자)이고, 초창(草窗:周密)은 첩단(貼旦:여자 조연), 백석(白石:姜夔)은 첩생(貼生:남자 조연)이오. 이런 비교에 그대들이 과연 동의할지 모르겠구려.

아우 판교 정섭이 일곱째 형 빈곡(賓谷), 아홉째 형 우구(禹九) 두 장형 책상 앞에 인사 올리며, 건륭(乾隆) 무진(戊辰)년 구일 유현에서 드림.

원문

與江賓谷、江禹九書[1]

學者當自樹其幟. 凡米鹽船算之事, 聽氣候於商人, 未聞文章學問, 亦聽氣候於商人者也[2]. 吾揚之士, 奔走蹙踖於其門, 以其一言之是非爲欣戚, 其損士品而喪士氣, 眞不可復述矣. 賢昆玉悄然閉戶, 寂若無人, 而嶽嶽蕩蕩, 如海如山, 令人莫可窮測. 嗟呼, 其可貴也! 文章有大乘法, 有小乘法[3]. 大乘法易而有功, 小乘法勞而無謂. 五經、左、史、莊、騷、賈、董、匡、劉、諸葛武鄕侯、韓、柳、歐、曾之文[4], 曹操、陶潛、李、杜之詩[5],

所謂大乘法也. 理明詞暢, 以達天地萬物之情, 國家得失興廢之故. 讀書深, 養氣足, 恢恢遊刃有餘地矣[6]. 六朝靡麗, 徐、庾、江、鮑、任、沈[7], 小乘 法也. 取靑配紫, 用七諧三, 一字不合, 一句不酬, 撚斷黃鬚, 繙空二酉[8]. 究 何與於聖賢天地之心, 萬物生明之命? 凡所謂錦繡才子者, 皆天下之廢物 也, 而況未必錦繡者乎! 此眞所謂勞而無謂者矣. 且夫讀書作文者, 豈僅文 之云而哉? 將以開心明理, 內有養而外有濟也. 得志則加之於民, 不得志則 獨善其身; 亦可以化鄉黨而敎訓子弟. 切不可趨風氣, 如揚州人學京師穿衣 戴帽, 才趕得上, 他又變了. 何如聖賢精義, 先輩文章, 萬世不祧也[9]. 賢昆 玉果能自樹其幟, 久而不衰, 變雖不肖, 亦將戴軍勞帽, 穿勇字背心, 執水 火棍棒[10], 奔走效力於大纛之下[11], 豈不盛哉! 豈不快哉! 曹氏父子, 蕭家骨 肉, 一門之內, 大小殊軌. 曹之丕、値, 蕭之統、繹, 皆有公子秀才氣, 小乘 也. 老瞞短歌行, 蕭衍河中之水歌, 勃勃有英氣[12], 大乘也. 彼雖毒蛇惡獸, 要不同於蟋蟀之鳴, 蛺蝶之舞; 況麒麟鸞鳳之翔, 化雨和風之恰乎! 司馬相 如, 大乘也, 而入於小乘, 以其逞詞華而媚合也. 李義山, 小乘也, 而歸於大 乘, 如重有感、隨師東、登安定城樓、哭劉蕡、痛甘露之類, 皆有人心世 道之憂, 而韓碑一篇, 猶足以出奇而制勝. 靑蓮多放逸[13], 而不切事情. 飛卿 歎老嗟卑[14], 又好爲艷冶蕩逸之調, 雖李、杜齊名, 溫、李合噪, 未可並也. 詞與詩不同, 以婉麗爲正格, 以豪宕爲變格. 變竅以劇場論之: 東坡爲大淨, 稼軒外脚[15], 永叔、邦卿正旦[16], 秦淮海、柳七則小旦也[17]; 周美成爲正生[18], 南唐後主爲小生[19], 世人愛小生定過於愛正生矣. 蔣竹山、劉改之是絶妙副 末[20], 草窗貼旦[21], 白石貼生[22]. 不知公謂然否? 板橋弟鄭燮頓首賓谷七哥、 禹九九哥二長兄文几. 乾隆戊辰九日, 濰縣頓首.

　　　　　　　　　　　　　　　　— 상해박물관 소장 묵적[上海圖書館藏墨跡]

역주

1　江賓谷、江禹九 : 江賓谷은 江昱(1706~1775). 賓谷은 그의 자. 江蘇 儀徵 사람.

양주에 거주하면서 판교와 교류했다. 「2.172 강칠과 강칠[江七姜七]」 참고. 江禹九에 관한 사적은 미상.

2　氣候 : 여기서는 어떤 일의 상황·결과·성취·전도 등이나 書畵와 詩文의 氣韻·風格 따위를 가리킨다.

3　文章有大乘法, 有小乘法 : 원래 불교에서 大乘은 글자 그대로 큰 수레를 의미하며, 대승의 교법이란 한꺼번에 많은 사람들을 구제할 수 있는 것을 말한다. 부처님이 입멸한 후 불교 교단은 교리해석을 둘러싸고 갈수록 분열하게 되고, 여러 논쟁 속에서 敎學은 상당히 발전하였으나 일반 민중에게서 점차 유리되어 가는, 바람직스럽지 못한 현상이 초래되었다. 또한 승려들이 僧院 안에서 자기 수도에만 전념하여 인간 구제라는 불교 본래의 입장을 잊게 되었다. 이러한 보수 교단의 소극적 경향에 불만을 품은 진보적 승려들과 일부 신자들은 모든 사람의 구제를 이상으로 삼는 새로운 불교를 주창하게 되었다. 탑 신앙을 중심으로 모인 이들은 스스로를 大乘(Mahayana)이라 칭하였으며, 이와 다른 입장을 취하는 사람들을 貶下하여 小乘(Hinayana)이라 불렀다. 판교는 이러한 불교 개념을 문장에 적용시켜 국가와 백성을 근심하는 작가와 작품을 대승법으로, 작가의 개인적 감정이나 음풍농월이 주요 소재인 작가나 작품을 소승법으로 대비시켰다.

4　五經、左、史、莊、騷、賈、董、匡、劉、諸葛武鄕侯、韓、柳、歐、曾之文 : 五經은 유가의 다섯 경전인 『易』·『尙書』·『詩』·『禮』·『春秋』 등을, 左는 『左傳』, 史는 司馬遷의 『史記』, 莊은 莊子의 『莊子』, 騷는 屈原의 『離騷』, 賈는 賈誼, 董은 董仲舒, 匡은 匡衡, 劉는 劉向, 諸葛武鄕侯는 諸葛亮, 韓은 韓愈, 柳는 柳宗元, 歐는 歐陽脩, 曾은 曾鞏을 가리킨다.

5　李、杜之詩 : 李는 李白, 杜는 杜甫를 가리킨다.

6　恢恢遊刃有餘地矣 : 『莊子·養生主』에서 뛰어난 백정이 소를 잡는 과정을 설명하면서 나온 표현. 백정이 文惠君을 위해 소를 잡는데 그 기술이 빼어남을 칭찬받자 이렇게 말했다. "지금 제 칼은 19년이 되었고, 잡은 소의 숫자도 천 마리가 되지만 칼날은 막 숫돌에서 간 것과 같습니다. 저 마디에는 간격이 있고, 칼날은 두껍지 않은데, 두껍지 않은 것을 간격이 있는 곳에 넣으니 칼날 움직이는 길이 넓어서 반드시 여지가 있습니다.[今臣之刀十九年矣, 所解數千牛矣, 而刀刃若新發於硎. 彼節者有間, 而刀刃者無厚, 以無厚入有間, 恢恢乎其於遊刃, 必有餘地矣.]"

7　徐、庾、江、鮑、任、沈 : 이상 6명은 남북조 시대의 저명한 문인들로, 徐는 徐陵(507~583), 庾는 庾信(513~581), 江은 江淹(444~505), 鮑는 鮑照(約414~466), 任은 任昉(460~508), 沈은 沈約(441~513)을 가리킨다.

8　二酉 : 湖南省 沅陵縣 西北에 있는 大酉·小酉 두 山. 두 산 모두 동굴이 있는데, 전하는 바로는 小酉山 동굴 속에는 책 천 권이 있어 진나라 사람이 여기에서 몰래 공부했다 한다. 이후로 '二酉'는 풍부한 장서를 가리키게 되었다.

9　不祧 : 고대 제왕의 종묘는 家廟와 遠祖廟로 구분되며, 遠祖廟를 祧라 한다. 家

廟 중의 神主는 始祖를 제외하고는 순서에 따라 祧廟로 옮겨 合祭하는데, 영원히 옮기지 않는 신을 '不祧'라 한다. 이런 맥락에서 여기서는 영원히 변치 않음을 뜻한다.

10　水火棍 : 옛날 衙門 差役이 사용하던 몽둥이로, 위는 둥근 모양으로 검고, 아래는 넓은 모양으로 붉다.

11　大纛(대독) : 軍中이나 儀仗隊에서 쓰는 커다란 旗.

12　英氣 : 뛰어나고 호방한 기개.

13　靑蓮 : 당 시인 李白. 靑蓮은 그의 호.

14　飛卿 : 晚唐 시인 溫庭筠(801~866), 본명은 岐, 자는 飛卿으로, 太原 祁(지금의 山西 祁縣) 사람이다.

15　稼軒 : 남송 詞人 辛棄疾(1140~1207), 자는 幼安, 호가 稼軒으로, 曆城(지금의 山東 濟南) 사람이다.

16　永叔、邦卿 : 永叔은 송대 문인 歐陽修(1007~1072), 자는 永叔, 자호는 醉翁, 晚年의 호는 六一居士, 시호는 文忠으로, 吉安 永豐 사람이다. 邦卿은 송대 문인 史達祖(1163~1220?), 자는 邦卿, 호는 梅溪으로, 汴(河南) 사람이다.

17　秦淮海、柳七 : 秦淮海는 북송 문인 秦觀(1049~1100), 자는 太虛 또는 少遊이며, 호는 邗溝居士로, 揚州 高郵사람이다. 柳七은 북송 문인 柳永(약 987~약 1053)이며, 崇安(지금의 福建 武夷山) 사람으로, 婉約派의 가장 대표적 작가이다.

18　周美成 : 周邦彦(1056~1121), 자는 美成, 호는 淸眞居士이며, 錢塘(지금의 浙江 杭州) 사람이다.

19　南唐後主 : 李煜(937~978), 五代十國 시기 南唐 군주로, 자는 重光, 호는 鍾隱 또는 蓮蓬居士로서, 徐州사람이다. 南唐 元宗 李璟의 여섯째아들로 宋 建隆 二年(961年)에 繼位하였기에 後主라 칭한다. 정치적으로는 무능했지만 예술적으로는 시・서・화・음악 등 여러 방면에서 뛰어났다.

20　蔣竹山、劉改之 : 蔣竹山은 蔣捷으로 자는 勝欲, 호는 竹山으로, 陽羨사람이다. 劉改之 : 남송 문인 劉過(1154~1206), 자는 改之, 호는 龍洲道人으로, 吉州 太和 (지금의 江西 泰和) 사람이다.

21　草窗 : 南宋 詞人 周密(1232~1298), 자는 公謹, 호는 草窗・四水潛夫・弁陽老人・華不注山 등, 吳興 사람이다.

22　白石 : 南宋 詞人 薑夔(1155~1221), 자는 堯章, 江西 鄱陽人이며, 自號는 白石道人이다.

해제

江賓谷・江禹九 두 형제에게 보낸 이 편지는 건륭 13년 戊辰年(1748) 판교 나이 56세, 濰縣縣令으로 부임한 지 2년이 된 해에 쓴 것이다. 이 편지에서 그는 역대 문인과 그들의 작품을 구체적으로 예시하면서 자신의 문학관을 피력했다. 특히, 역대 저명한 작가·작품을 국가 흥망과 민중의 처지에 관심을 쏟는 '대승법'과, 경세치용보다는 개인적 정서나 문장 수식에 더 관심을 갖는 '소승법'으로 구별해 평가하였다.

6.2.4 단옹에게 드리는 편지與丹翁書

어제 사람이 와서 노형이 일을 잘 마무리하신 소식을 몇 마디 전했는데, 맞는지 모르겠습니다. 곰곰 생각해보니 참으로 대단한 필력이 아니고서는 해낼 수 있는 일이 아니었습니다. [호구를] 허위로 조작하여 구제금을 받아가는 일은 관청에서 가장 먼저 막아야할 일이지요. 노형께서 "구제부를 기록할 때는 본디 일곱 식구였다. 후에 딸 하나 시집가고 노복 하나 도망가서 다섯 식구만 남았다. 현재 남은 사람은 모두 [수령해 갈] 이유가 있으니 수령하는 수를 원래 허위로 속인 게 아니다." 라고 하셨다지요. 주관(州官)께서 보시고 마음에 들으셨을 것이고, 나도 듣고 무릎을 탁 쳤습니다. 이러한 판결문은 분명 용속한 손으로 써낼 수 있는 바가 아니며, 또한 지독한 처리 방식도 아니라는 점에서 참으로 연관된 매듭을 풀 수 있는 오묘한 방법입니다. 그런 오묘함을 [다른 이들이] 어떻게 모방할 수 있겠습니까! 천고에 뛰어난 문장은 그저 경치를 묘사하고 느낌을 썼을 뿐인데도 거기에는 사실이 담겨 있고 이치가 들어 있으니, 꼭 경전을 인용하고 법도를 따져야만 하는 건 아닙니다. 이를 두고 대단한 솜씨라 하지요. 제가 어찌하면 이 세상에서 노형 같은 분을 만나 날마다 문장의 미묘함과 경서·사서의 정수를 담론할 수 있겠는지요! 참말이지 긴 여름과 추운 밤을 견뎌낼 수 있는 힘이 되겠습니다.

아드님 병은 참으로 걱정스럽습니다. 그저 조용히 쉬면서 문을 나서지 않는 게 좋겠습니다. 따님께서 친정으로 돌아오셨다는데 제가 따로 드릴 게 없으니 다음에 서화 한두 통 준비해 마음이나 전할까 합니다. 여기 은 두 냥을 거두어주시기 바랍니다. 그림 세 폭은 조카분에게 보내는 것으로, 같이 받아주시면 따로 연락할 필요가 없겠습니다.

언부(言溥) 형이 편지와 함께 팔 냥 금전을 보내며 누차 거듭해서 부탁했고, 그림 한 장, 대련 한 쌍, 옛날 대련 베껴 쓴 것 등을 전해왔습니다. 노형이 조력해주신다면 무슨 말씀으로 감사드려야 할지요.

아우 판교 정섭, 단옹(丹翁) 장형 선생 앞에 머리 숙여 올립니다.

원문

與丹翁書[1]

昨有人傳老兄息辭數語, 不知的否? 細味之, 眞非大筆不能也. 冒濫領賑[2], 當途所最忌. 乃云: 寫賑時原有七口, 後一女出嫁, 一僕在逃, 只剩五口; 在首者旣非無因, 而領者原非虛冒. 宜州尊見之而賞心[3], 板橋聞之而擊節也[4]. 此等辭令, 固非庸手所能, 亦非狠手所辦, 眞是解連環妙手. 夫妙則何可方物乎? 千古好文章, 只是卽景卽情, 得事得理, 固不必引經斷律, 稱爲辣手也[5]. 吾安能求之天下如老長兄者, 日與之談文章祕妙, 經史神髓乎? 眞可以消長夏度寒宵矣.

令公子病, 甚爲憂心. 只宜閑靜, (少)出門爲妙. 令愛君歸寧[6], 弟無物堪贈, 他日當作書畫一兩通表意耳. 來銀二金收訖. 畫三幅與令侄, 並照入, 遂不復另啓也.

言薄兄書來八金九申[7], 畫一張、聯一幅, 代書舊聯, 承老長兄推轂[8], 謝復何言. 板橋弟鄭燮頓首丹翁世長兄先生尊前.

— 상해박물관 소장 묵적[上海圖書館藏墨跡]

역주

1 丹翁 : 未詳.
2 冒濫 : 자격이 못되는데도 마음대로 임용하거나 쓰다.
3 州尊 : 한 州의 우두머리, 州牧.
4 擊節 : 무릎을 치다. 매우 즐겁게 여기다.
5 辣手 : 노련하고 능숙한 솜씨.
6 歸寧 : 시집간 여자가 친정에 돌아와 부모를 뵙는 일.
7 八金九申 : 金은 화폐 단위. 銀 一兩이나 銀幣 一元이 一金이다. 九申 : 여러 차례 반복해 아뢰다.
8 推轂 : 轂(곡)은 수레바퀴. 이를 밀어 앞으로 나가게 하듯 일이 성사되도록 돕다.

해제

丹翁이라는 관리에게 言溥라는 친구와 관련된 모종의 일을 부탁하는 편지로, 전후 내용으로 보아 丹翁은 州府의 문서 담당관으로 보인다. 丹翁이 쓴 訟事 판결문을 한껏 칭찬한 뒤 말미에 은근하게 사적 부탁을 전하고 있어 판교의 강직한 성격이나 세상을 초월하고자 하는 풍류 정신이 드러나는 詩·文과는 다른, 서신 문장만의 독특한 분위기를 느낄 수 있다.

6.2.5 아우 묵에게 보내는 편지與墨弟書

은 삼십 냥을 보내네. 큰 여식에게 세 냥을 주고 나머지는 집에 두고 쓰기 바라네. 화찬(華燦)이 전당잡힌 것은 이미 은을 주어 직접 찾아오게 했다네.

처음에 항주(杭州)에 갔을 때 오(吳) 태수가 매우 기뻐하며 술자리에 초대하였고 호수 유람을 시켜주었네. 또 다음 일정지로 전송해주면서 비단 예물을 한 차례, 은 사십 냥을 보내주었네. 정(鄭) 분사(分司)는 마치

친족처럼 대해주었는데, 이전에 양주(揚州)에서 그 여덟째 형과 열째 형을 만난 적이 있기 때문이라네. 그가 날 칠, 팔 차례나 초대했고, 호수를 두 번씩이나 유람시켜 주면서 은 열여섯 냥까지 보내주는 후대를 했다네. 하지만 경비가 적지 않게 들어 많이 가지고 돌아가진 못하겠네.

액현(掖縣)의 교유(敎諭) 손(孫)씨가 오정(烏程) 현령으로 부임했는데, 나와는 옛날부터 서로 맞지가 않았지. 항주태수가 화해를 시켜줘서 이전의 유감을 다 풀었다네. 호주(湖州)태수 이당(李堂)이란 분은 임술(壬戌) 년 진사인데, 내 이름을 오래 전부터 들어 익히 알고 있다가 항주태수가 갖고 있던 나의 서화를 억지로 빼앗아 갔다네. 오정현령 손 씨는 그분 아랫사람인지라 나를 맞아들여 막무가내로 호주로 끌고 가서는 한 달간이나 유람시켜 주었네. 너무나 후한 대접을 받고 잠시 여러 명산을 즐겁게 유람하게 되었네. 그 중 최고는 전당강(錢塘江)을 건너 우혈(禹穴)을 탐방하고 난정(蘭亭)을 유람한 후 산음(山陰)의 길을 왕래한 것인데, 그야말로 평생의 쾌거였지. 후산(吼山)이 특히 절묘했는데, 돌아가서 하나하나 이야기해줌세. 화찬은 며칠 더 남아 머물 예정이고, 난 단오 지난 후 꼭 돌아갈 것이네.

형 섭이 아우 묵에게.

원문

與墨弟書[1]

來銀三十兩, 大女兒與之三兩, 餘留家用. 華燦所當, 以與銀令其自贖矣.

初到杭州, 吳太守甚喜, 請酒一次、請遊湖一次、送下程一次、送綢緞禮物一次、送銀四十兩. 鄭分司與認族誼[2], 因令兄八哥十哥在揚州原有一拜; 甚親厚, 請七八次、遊湖兩次、送銀十六兩. 但盤費不少[3], 故無多帶回也.

按縣教諭孫陞任烏程知縣[4], 與我舊不相合. 杭州太守爲之和解, 前憾盡釋. 而湖州太守李公諱堂者, 壬戌進士, 久知我名, 硬奪杭守字畫. 孫烏程是其下屬, 欲逢迎之, 强拉入湖州作一月遊. 其供給甚盛, 姑且遊諸名山以自適. 第一是過錢塘江[5], 探禹穴、遊蘭亭[6], 往來山陰道上[7], 是平生快擧; 而吼山[8]尤妙, 待歸來一一言之. 華燦且留住數日, 我於端午後必回.

兄燮興墨弟.

— 『명청양조화원척독(明淸兩朝書苑尺牘)』

역주

1   墨: 판교의 사촌 아우 鄭墨. 「1.1 옹정 10년, 항주 도광암에서 아우 묵에게[雍正十年杭州韜光庵中寄舍弟墨]」 참고.
2   分司: 明淸 시대 鹽運司 아래 설치되어 소금 전매 일을 관리하던 관원.
3   盤費: 여행 경비.
4   按縣教諭孫陞任烏程知縣: 按縣은 지금의 萊州市. 산동반도 서북부에 있다. 教諭: 明淸 시기 縣에 '縣儒學'을 설치해 교육을 담당케 하였는데, 그 안에 教諭 한 명과 訓導 몇 명을 두었다. 府學教諭는 대부분 進士 출신으로 조정에서 직접 임명했다. 府學訓導와 縣學教諭・訓導・囑托 등은 대부분 擧人이나 貢生 출신으로 藩司에서 지명 파견하였다. 陞任: 승급하다. 승진하다. 烏程: 浙江省 湖州市의 옛 명칭.
5   錢塘江: 浙江省에서 가장 큰 강으로, 옛 명칭은 浙江・折江・之江이었다. 「2.58 조수 구경 노래[觀潮行]」 참고.
6   禹穴: 지금의 浙江省 紹興 會稽山에 위치한 禹王의 묘. 蘭亭: 浙江省 紹興市 서남쪽 40㎞ 蘭渚山 아래에 위치한 정원으로, 東晉의 서예가 王羲之가 기거하던 곳.
7   山陰: 지금의 浙江 紹興. 會稽山 北方(陰)이기에 이렇게 불린다. 「2.73 호천유 아우에게[贈胡天游弟]」 참고.
8   吼山: 紹興 동쪽 皐埠鎭에 위치한 명승지.

해제

판교는 40세 되던 강희 19년(1732)에 남경으로 향시를 보러 갔을 때 杭州를 유람했고, 그 후 관직에서 물러난 뒤 62세 때인 건륭 19년(1754)

에 다시 杭州와 高郵 등지를 유람했다. 이 편지는 두 번째 杭州 여행길에서 아우 鄭墨에게 보낸 것으로, 판교의 그림을 구하기 위해 그를 친절하게 대접하는 현지 관리와의 교유 등을 상세하게 전하고 있다.

6.2.6 항세준에게 보내는 편지與杭世駿書

그대는 홍박(鴻博) 거인(擧人)으로 높은 지위에 있으니 구양수(歐陽脩)가 한림원에 있을 때 그랬던 것처럼 마땅히 고질적인 관습에 따라 실속 없이 형식적이기만 문풍을 일거에 씻어버려야 할 것이오. 부디 구차하게 구습을 답습하고 부화뇌동하면서 시류를 따르지 말기를 바라오. 우린 여러 해 서로 알고지낸 사이로, 친구 사이에도 좋은 길 가도록 권하는 법이니 부디 모독이라 여겨 죄 삼지 마시구려. 이는 같이 사를 짓는 사람에게 바라는 바를 적은 것이라오.

근포(董浦) 사형(詞兄)께 섭이 머리 숙이며 드림.

원문

與杭世駿書[1]

君由鴻博[2], 地處淸華[3], 當如歐陽永叔[4]在翰苑時, 一洗文章浮靡積習, 愼勿因循苟且, 隨聲附和, 以投時好也. 數載相知, 於朋友有責善之道, 勿以冒瀆爲罪, 是所冀於同調者. 董浦詞兄, 燮頓首.

― 『천지우문(天咫偶聞)』 권육(卷六)

역주

1 　杭世駿 : (1695~1772), 자는 大宗이고 호는 董浦로, 杭州人이다. 「2.148.19 항세

준(杭世駿)」 참고.
2   鴻博 : 博學鴻詞科. 秀才나 擧人 자격에 관계없이 督撫의 추천을 받아 北京에서
    과거를 치를 수 있게 한 제도다. 杭世駿은 鴻博科 擧人으로 翰林苑編修에 제수
    되었다.
3   清華 : 杭世駿이 근무하는 翰林苑을 가리킨다.
4   歐陽永叔 : 歐陽修(1007~1072), 자 永叔, 호 醉翁·六一居士, 吉州 永豐(지금의
    江西省 吉安市 永豐縣) 사람. 北宋의 저명한 정치가, 문학가.

해제

康熙 32년(1693) 출생인 판교보다 두 살 아래인 杭世駿은 같이 시·사
를 즐겨 짓는 벗이었다. 당시 翰林苑編修로 활동하는 杭世駿으로서는
문학 창작에서 형식적인 구습을 따르기 쉬운 환경이라는 점을 고려해
부디 그런 시류에 휩싸이지 말 것을 정중하게 권한 편지다. 자신만의
개성적인 시·사 풍격을 수시로 강조했던 판교의 시각이 거듭 확인되
는 내용이라 하겠다.

6.2.7 항세준에게 보내는 편지 與杭世駿書

내가 항주에 온 후로 줄곧 소소(蘇小)의 묘소를 묻자 모두들 서냉교(西
冷橋) 언덕에 있다고 하면서 그곳이 바로 그의 옥(玉)같은 시신을 묻은
곳이라는 것이었소. 그런데 화군(禾郡)에 지금까지도 소소의 무덤이 있
다는데 어느 쪽이 맞는지 모를 일이라오. 내 생각에 소소는 아마 전당
(錢塘)에 묻혔더라도 꼭 호숫가는 아닐 것이니, 여러 일에 소상한 군자
께서는 분명 탁견이 있으리라 믿소이다. 소소하고 잡스러운 일인지라
대아지당(大雅之堂)에서 말할 것은 못되겠지만, 명사의 풍류로 봐서는 깊
이 따져보지 않을 수가 없소. 가르침을 바라며, 알게 된다면 참으로 다
행, 또 다행이겠습니다.

근포(董浦) 사형(詞兄)께, 아우 섭 드림.

원문

與杭世駿書[1]

燮到杭州, 徧詢蘇小墓所[2], 皆云西泠橋畔[3], 是其埋玉處也[4]. 然禾郡[5]至今有蘇小墳, 未知孰是? 竊意蘇小或葬錢塘, 未必卽在湖畔, 博物君子, 必有灼見. 雖閭巷瑣事, 大雅所不屑道, 在名士風流, 未嘗不深考也. 希指示, 幸甚幸甚. 董浦詞兄, 弟燮狀.

―『천지우문(天咫偶聞)』권육(卷六)

역주

1 杭世駿 : 「2.148.19 항세준(杭世駿)」과 앞의 「6.2.7 항세준에게 보내는 편지[與杭世駿書]」 등 참고.
2 蘇小 : 蘇小小. 자세한 생평은 알 수 없다. 전하는 바로는 南齊 시기 錢塘의 名妓로, 19세 때 각혈하며 죽어 西泠 언덕에 장사지냈다 한다. 樂府에 「蘇小小歌」가 전한다.
3 西泠橋 : 杭州 西湖 孤山 아래의 명승지.
4 埋玉 : 미녀의 시신을 묻다. 玉은 옥 같은 미인의 피부를 상징한 말.
5 禾郡 : 浙江省 嘉興府(지금의 嘉興縣).

해제

판교가 항주에 여행가서 南齊 시기 錢塘 名妓 蘇小小 무덤의 정확한 위치를 杭世駿에게 묻는 편지다. 두 사람 다 詞를 즐기는 문인으로서 蘇小小에 관한 전설은 풍류의 관심사였음을 말해주는 내용이다.

보내주신 「칠석시(七夕詩)」는 그야말로 그 어휘와 담겨 있는 의미가 엄정하여 옛 사람들의 틀을 완전히 탈피했기에, 당나라 사람들이 외설스런 언어로 한 유파를 형성했던 것과는 다르다고 말할 수 있겠습니다. 무릇 직녀는 옷의 원천이고 견우는 음식의 근본인지라 하늘의 별 가운데서도 가장 귀하거늘, 어찌 그런 불경스런 말로 짓는단 말입니까! 작자가 말한 바는 참으로 내 눈이 크게 뜨이도록 도와주었으니, 세상 사람들이 여태껏 말하지 않은 건 안타깝고도 참으로 탄식할 일입니다. 우리가 책을 읽으며 옛일을 생각할 때 어찌 부화뇌동할 수 있겠습니까! 세속사람들은 견문이 좁아 모든 것이 신기하게 보일 뿐, 말을 듣고도 믿지 않는 게 공통된 병폐입니다. 이 편지 받으시거든 부디 가벼이 다른 이에게 보여주지 말기 바랍니다.

수문(壽門) 은사(隱士)께 아우 섭 머리 숙이며 드림.

원문

與金農書[1]

賜示七夕詩[2], 可謂詞嚴正義, 脫盡前人窠臼, 不似唐人作爲一派藝狎語也[3]. 夫織女乃衣之源, 牽牛乃食之本, 在天星爲最貴, 奈何作此不經之說乎! 如作者云云, 眞能助我張目者, 惜世人從未道及, 殊可歎也. 我輩讀書懷古, 豈容隨聲附和乎! 世俗少見多怪, 聞言不信, 通病也. 作札奉寄, 愼勿輕以示人. 壽門徵君[4], 弟燮頓首.

ー『천지우문(天咫偶聞)』 권육(卷六)

1   金農 : 자 壽門, 호는 冬心先生·稽留山民 등이고, 浙江 仁和(지금의 杭州) 사람.
     청대 저명한 서화가로 전각에도 빼어났다. 오랫동안 양주에 거처했고, '揚州八
     怪'의 한 사람이다. 저서로『冬心先生集』이 있다. 판교와는 편지를 주고받으며
     사이가 매우 가까웠다.「2.89 김농에게[贈金農]」등 시 참고.
2   賜示七夕詩 : 현존하는 金農의 시문집『冬心先生集』에는 '七夕'을 소재로 한 시
     가 보이지 않아 구체적 내용을 확인하기 어렵다.
3   唐人作爲一派藝狎語 : 唐代에 李商隱을 포함해 수십 명의 시인들이 '七夕'을 소
     재로 한 시들을 썼는데, 그 내용이 대부분 牽牛와 織女의 애정에 초점을 두었음
     을 가리킨다. 藝狎(설압) : 버릇없고 음란하다.
4   徵君 : 조정의 부름을 받지 못한 隱士에 대한 尊稱.

해제

　　七夕을 소재로 한 역대 시가 대부분은 견우와 직녀의 애정에 초점을
두는데, 판교는 이 현상에 비판적이다.「1.10 범현 관아에서 아우 묵에
게 보내는 네 번째 편지[范縣署中寄舍弟墨第四書]」에서도 "당나라 사람의
「칠석」시에서 견우·직녀를 노래하면서 온통 만남과 이별의 애달픈
말들만 쓰여 있어 실소를 금치 못한 적이 있다네. 그 제목의 본뜻을 완
전히 잃어버렸기 때문이지. 직녀는 입는 옷의 원천이고, 견우는 먹는
음식의 바탕이기에 하늘의 별 가운데 가장 귀한 존재라네. 하늘이 이
때문에 이들을 중히 여기는데, 사람들이 어찌 되려 중히 여기지 않을
수 있단 말인가? 근본에 힘쓰도록 백성들을 권면하기 위하여 그들의 빛
나는 모습을 드러내어 귀감이 되도록 하려는 것일세"라 강조한 바 있는
데, 金農에게 보낸 이 편지도 그런 맥락에 있다. 이렇게 견우·직녀 고
사의 교훈성을 강조하기는 했지만, 판교 자신도「2.161 칠석(七夕)」에서
두 사람의 애정을 다룬 것이 또한 흥미롭다.

김농에게 보내는 편지與金農書

사(詞) 짓는 일은 이백(李白)에게서 시작되었는데, 오직 청련(靑蓮 : 李白)의 작품이 대략 몇 수만 보일 뿐 다른 사람의 작품은 들어본 적이 없습니다. 태백(太白 : 李白)의 「보살만(菩薩蠻)」 두 수는 참으로 천고의 절창입니다. 사를 짓는 이치는 지나치게 모나면 시에 가깝고, 지나치게 둥글면 곡(曲)으로 흐르니 사학(詞學)이란 참으로 어려운 일입니다. 전해주신 새로운 사 수 결(闋)은 모두가 소식(蘇軾)이나 신기질(辛棄疾)에 부족함이 없었습니다. 비록 사 짓기를 몹시 좋아하는 저이지만 그런 주옥같은 작품을 앞에 두고 보니 [스스로의] 모습이 오히려 한층 비루하게만 느껴질 뿐입니다.

아우 판교 정섭이 수문(壽門) 노형께 보냅니다.

원문

與金農書¹

詞學始於李, 唐人惟靑蓮諸子², 略見數首, 餘未有聞也. 太白菩薩蠻二首³, 誠千古絶調矣. 作詞一道, 過方則近於詩, 過圓則流於曲, 甚矣詞學之難也. 承示新詞數闋, 俱不減蘇辛也⁴. 燮雖酷好塡詞, 其如珠玉在前⁵, 翻多形穢耳. 板橋弟燮書寄壽門老哥展.

─ 『천지우문(天咫偶聞)』 권육(卷六)

역주

1   金農 : 자 壽門, 호는 冬心先生・稽留山民 등이고, 浙江 仁和(지금의 杭州) 사람.
    '揚州八怪'의 한 사람으로, 판교와 사이가 매우 가까웠다. 앞의 「6.2.8 김농에게
    보내는 편지[與金農書]」와 「2.89 김농에게[贈金農]」 등 참고.
2   詞學 : 5언시나 7언시, 민간 가요에서 발전한 詞는 唐代에 등장하여 宋代에 성행

했다. 가장 이른 시기의 작품으로 이백의 「菩薩蠻」이 전하므로 사가 그로부터 시작했다고 한 것이다. 靑蓮 : 李白. 靑蓮은 그의 호, 太白은 자이다.

3 太白菩薩蠻二首 : 그 원문은 다음과 같다. "平林漠漠烟如織, 寒山一帶傷心碧. 暝色入高樓, 有人樓上愁. 王階空佇立, 宿鳥歸飛急. 何處是歸程, 長亭更短亭." 이 사는 宋初 『尊前集』과 『湘山野彔』, 楊繪 『時賢本事曲子集』 등에 이백의 작품으로 수록되어 있지만, 明 胡應麟 이래 여러 학자들은 후대 작가가 李白의 이름으로 僞托한 것으로 여기면서 논의가 끊이지 않고 있다.

4 蘇辛 : 송대 시인 蘇軾과 辛棄疾.

5 珠玉在前 : 金農의 새로운 詞를 가리킨다.

해제

판교는 자신의 시와 사에 대해 "수도 인사들마다 '시가 사만 못하다' 고 했고, 양주사람들 또한 '사가 시보다 낫다'고 했다"(「6.1.16 유류촌에게 써보낸 책자(劉柳邨冊子)(殘本)」)고 말한 바 있다. 이 편지에서 그는 "사를 짓는 이치는 지나치게 모나면 시에 가깝고, 지나치게 둥글면 곡으로 흐르니 사학이란 참으로 어려운 일입니다"라고 고백하고 있다. 엄격한 형식과 고아한 경지를 추구하는 近體詩에 비해 사는 좀 더 자유스러운 형식이라 할 수 있다. 원대 이후로 사는 다시 상대적으로 그보다 더 자유스러운 곡으로 변천된 바 있다. 이런 맥락에서 이 말은 사의 정취가 너무 고아하면 시와, 너무 통속적이면 곡과 차별을 이룰 수 없다는 뜻이다. 판교의 사가 높이 평가받는 것은 그가 이처럼 塡詞의 본질을 제대로 파악한 후 부단히 노력한 결과임을 알 수 있다.

6.2.10 김농에게 보내는 편지與金農書

골동이란 분야에서는 진품이 있으면 반드시 위조품이 있기 마련입니다. 문장에서도 꼭 많은 모방작들이 나오는 것과 마찬가지로, 진위를 제대로 감별하는 사람이 아니고서는 구별해낼 수가 없습니다. 하(夏)나라의 솥과 상(商)나라의 술병은 세상에 흔하지 않은 것이라 본 사람조차 아주 드뭅니다. 노형께서는 고상하게도 박물에 뛰어나시기에 제가 일찍 이 "아홉 자 산호는 수레만한 구슬 비출 수 있고, 자줏빛 수염 푸른 눈은 오랑캐 상인을 모았네"는 시를 써서 드린 적이 있습니다. 하지만 저는 또한 이렇게 말한 적도 있습니다. "세상에서 귀중한 보물로 삼을 만한 것은 『역상(易象)』·『시』·『서』·『춘추』·『예』·『악』일 것이니, 이것들이야말로 세상에서 너무나 중요한 옛 물건이 아니겠는가! 이들을 귀중하게 여기지는 않고, 다른 사물을 즐기는 데 정신이 팔려 중심을 잃는다면 그 어찌 취할 바라 하겠는가!" 그러나 이 또한 이해할 수 있는 분께만 드리는 말씀이지요. 분별없고 어리석은 제 의견을 고명하신 분께 삼가 여쭙고자 합니다.

수문(壽門) 은사(隱士)께 섭 올림.

원문

與金農書[1]

　骨董一道, 眞必有僞, 譬之文章, 定多贗作, 非操眞鑒者, 不能辨也. 夏鼎商彝, 世不多有, 而見者殊希. 老哥雅擅博物, 燮曾有『九尺珊瑚照乘珠, 紫髯碧眼號商胡』詩以持贈矣[2]. 然竊有說焉[3] : 世間可寶貴者, 莫欲易象[4]、詩、書、春秋、禮、樂, 斯豈非世上大古器乎! 不此之貴, 而玩物喪志[4], 奚取焉! 然此祇堪爲知者道耳. 狂愚之論, 敢以質之高明. 壽門徵士[5], 燮奉簡.

　　　　　　　　　　　　　　　　　　　─『천지우문(天咫偶聞)』권육(卷六)

역주

1　金農 : 金農 : 자 壽門, 호는 冬心先生·稽留山民 등이고, 浙江 仁和(지금의 杭州) 사람. '揚州八怪'의 한 사로, 판교와 사이가 매우 가까웠다. 앞의 「6.2.8 김농에게 보내는 편지[與金農書]」 등 편지와 「2.89 김농에게[贈金農]」 등 참고.

2　『九尺珊瑚照乘珠, 紫髥碧眼號商胡』詩 : 판교의 시 「2.148.21 김사농(金司農)」의
　　한 대목이다.
3　竊有說 : 「2.94 골동(骨董)」에서 언급한 내용이다.
4　易象 : 『周易』.
4　玩物喪志 : 쓸데없는 물건을 가지고 노는 데 팔려 소중한 본성을 잃음.
5　徵士 : 조정의 부름을 받지 못한 隱士에 대한 존칭.

해제

　金農은 골동품 수집을 좋아하고 감식안도 뛰어났던 것으로 보인다.
판교는 이러한 그의 능력을 높이 평가하지만, 정작 자신은 골동품 수집
자체를 비판하고 있으며(「2.94 골동(骨董)」), 옛것을 좋아한다면 오히려 경
세치국의 이치를 담은 '옛 경전과 문장'을 더 중시해야 한다고 강조한
다. 이 편지의 취지도 그런 맥락과 상통한다.

6.2.11 욱종상인께 드리는 편지與勗宗上人書

　제가 전에 금대(金臺)에 있을 때 낮이면 상인(上人)과 서산(西山)을 유
람하고 밤엔 등불 돋우고 차를 끓였지요. 대나무 집에서 연달아 시를
읊으면, 몸이 티끌세상에 있다는 걸 거의 잊어버린 채 그야말로 사람바
다 속에 속해 있지 않은 것만 같았습니다. 이제와 생각해보면 그렇게
좋은 만남은 진정 쉽게 이루어질 수 없는 법입니다. 서늘한 가을이 돌
아오면 꼭 짐 꾸려 북으로 올라갈 생각입니다. 마침 수도로 가는 인편
이 있어 먼저 이 소식 전합니다. 여기 작은 시 한 편은 제 마음을 적은
것입니다. "그대 수도에 이르면 꼭 산에 가게나, 산의 서쪽 기슭에 사원
이 있다네. 구월에 내가 가서 머물겠으니, 흰 구름 방 반 칸 준비하시라
전해주게나."
　욱(勗) 존자께, 아우 섭 머리 숙여 인사드림.

與旵宗上人書[1]

　爕舊在金臺[2], 日與上人作西山之遊[3], 夜則挑燈煮茗, 聯吟竹屋, 幾忘身處塵世, 不似人海中也. 迄今思之, 如此佳會, 殊不易遘. 玆待涼秋, 定擬束裝北上. 適有客入都之便, 先此寄聲; 小詩一章[4], 聊以道意:『昔到京師必到山, 山之西麓有禪關; 爲言九月吾來往, 檢點白雲房半間.』旵尊者, 弟爕頓首.

―『천지우문(天咫偶聞)』권육(卷六)

1　旵宗上人 : 미상.
2　金臺 : 수도 北京을 가리킨다.
3　西山 : 북경 서쪽 교외의 瓮山.
4　小詩一章 :「2.95 수도 가는 나그네 만나 욱종상인에게 말 전해주기를 부탁하다[逢客入都寄旵宗上人口號]」를 가리킨다.

　「詩鈔」에 들어있는 「2.95 수도 가는 나그네 만나 욱종상인에게 말 전해주기를 부탁하다[逢客入都寄旵宗上人口號]」란 시를 인편에 부치며 쓴 편지로, 건륭 6년 가을 임관을 기다리기 위해 수도로 가기 전 쓴 것으로 보인다.

6.2.12 동위업에게 보내는 편지與董偉業書

　어제 강 건너 연극 관람하자 약속해놓고, 밤중에 느닷없이 작은 탈이

나서 함께 가지 못한 점 정말 미안하게 생각하오. 이에 좋은 벗 애강(愛江)에게 특별히 전합니다.

아우 섭 드림.

원문

與董偉業書[1]

昨承訂渡江觀劇, 中宵忽抱小恙, 不獲奉陪同往矣, 殊深歉仄也[2]. 特也覆愛江良友, 弟燮白.

─『천지우문(天咫偶聞)』권육(卷六)

역주

1 董偉業 : 자는 恥夫 호는 愛江으로, 沈陽人이다. 「2.148.15 동위업(董偉業)」 참고.
2 歉仄(겸측) : 미안하다.

해제

판교는 董偉業이 揚州를 소재로 한 99수 連作詩 「揚州竹枝詞」를 높이 평가하면서 이를 위해 서문을 써준 바 있다.(「6.1.2 양주죽지사 서문(揚州竹枝詞序)」) 이 짧은 편지글에도 두 사람의 막역한 교유 관계가 엿보인다.

6.3 시詩

6.3.1 교관시教館詩

교관은 본래 하찮은 일이라	教館本來是下流,
다른 사람에게 의지해 세월 지냈네.	傍人門戶渡春秋.
때론 굶주리고 때론 배부른 한가한 나그네,	半飢半飽淸閒客,
족쇄도 칼도 없건만 스스로 죄수가 되었지.	無鎖無枷自在囚.
적게 가르치면 학부형은 게으르다 싫어하고,	課少父兄嫌懶惰,
공부 많으면 학생들이 원수처럼 여기네.	功多子弟結寃仇.
오늘 다행히 청운의 길을 얻어	而今幸得靑雲步,[1]
그때의 부끄러움 반이나마 덜어보네.	遮却當年一半羞.

역주

1 靑雲步 : 과거에 합격해 관리로 나아가는 길.

해제

板橋는 26세 때 眞州 江村에 학당을 열어 학생들을 가르쳤는데, 이 시는 과거에 합격한 후 당시를 회상하며 쓴 것으로 보인다. 「2.18 시골 서당에서 생도들에게村塾示諸徒」와 같은 맥락에 있는 작품이다.

십년을 못 봤어도 이처럼 다를 바 없고	十年不見亦如斯,
날마다 함께 한 시간 참으로 유달랐네.	逐日相從了不奇.
남새 캐는 낡은 광주리 벽에 여전하고	挑茉舊籃猶掛壁,
꽃 심은 새 언덕은 연못으로 통하네.	種花新隴欲通池.
바람서리 닥쳐오는데 옷 깁을 생각 않고	風霜漸逼憳縫衲,[2]
종이와 먹 연신 찾아 시구만 구한다네.	楮墨重尋但索詩.
이번엔 이별해도 머지않아 만나리니	此別無多應會面,
말머리에 눈발 휘날리는 시절이겠지.	雪花飄落馬頭時.

이 시는 옹정 십일 년 구월 구일 매감화상과 헤어지며 쓴 것으로, 이때는 서로 사귄 지 이미 십 년이 넘었다.

　　此雍正十一年重九日奉別梅鑒和尙之作, 時結交已十餘載.

　　　　　　　　　　　　　　　　　　－ 임내갱(任乃賡), 「정판교연보(鄭板橋年譜)」

역주

1 　梅鑑和尙 : 彌陀庵 주지 스님. 道光刊本 『泰州(海陵)志・寺觀』: "彌陀庵은 光孝寺 암자로 南山寺 동남쪽에 있으며, 興化 사람 鄭燮의 시가 있다.[彌陀庵, 一屬光孝寺; 一在南山寺東南, 興化鄭燮有詩.]" 「2.41 매감상인과 헤어지며[別梅鑑上人]」 참고.
2 　衲 : 衲衣. 스님의 옷.

해제

판교는 雍正 초년과 11년 등 두 차례 海陵을 여행했는데, 그때마다 梅鑑和尙이 주지로 있는 이곳 彌陀庵에 거처했다. 이 시는 雍正 11년에 梅鑑上人과 재회 한 후 쓴 것이다.

6.3.3 고세영이 아우를 위해 첩을 들여 준 일에 대해 직접 쓴 7언율시 한 수 爲顧世永代弟買妾事手書七律一首[1]

하룻밤 사이 꽃가지와 울면서 헤어진 후	一夜花枝泣別離,
춘풍에도 좋은 기약 다시 맺지 못하였네.	東風無復訂佳期.
앵도가 익은 후엔 사람들이 따가고	櫻桃熟後憑人摘,
매실이 새콤해지는 때는 스스로 안다네.	梅子酸時只自知.
가난한 여인과의 이전 약속 지키게 했고	何幸荊釵完夙契,[2]
파경 뒤의 그리움 면했으니 참으로 다행이지.	免敎破鏡惹相思.
인간세상 곳곳마다 풍파가 있다 해도	人間處處風波在,
원앙과 해오라기는 잡지 않는 법이라네.	莫打鴛鴦與鷺鷥.[3]

　덕원(德遠) 노인장께서 그 아우 세미(世美)를 위해 첩을 들이기로 하여 값도 이미 정했는데, 그 여인에게 남편이 있다는 소식을 듣고는 즉시 돌려보냈다. 그 위법을 따지지 않았고 돈도 그대로 보냈다. 이는 의로운 일이다. 중존(中尊) 왕(汪) 선생께서 그 집안을 칭찬하면서 이 사건을 노래하였다. 내가 부족한 견문을 생각지 않고 시를 읊어 삼가 화창하였다. 때는 옹정(雍正) 십이 년 칠월 구일이다.

　德遠老親臺老年翁爲其弟世美買妾, 旣成價矣, 聞其有夫, 卽遠之, 不責其値[4], 且贈以金. 此義擧也. 中尊汪夫子旣旌其廬, 復歌詠其事. 爕不揣固陋, 賦詩謹和. 時雍正十二年七月九日也.

　　　　　　　　　　　　　 ─ 임내갱(任乃賡), 「정판교연보(鄭板橋年譜)」

역주

1　顧世永 : 자가 德遠. 자세한 사항은 미상. 顧世永·世美 형제는 부친이 일찍 돌아가시자 세영이 집안 살림을 책임지면서 동생 세미를 공부시켰다. 훗날 재산

을 분배할 때 세미가 말했다. "제가 어렸을 적 집안이 가난했는데, 형님이 아니셨으면 지금에 이르지 못했을 것입니다. 그러므로 나누어 받은 천여 畝의 땅에서 나온 삼 년간의 수확은 형님께 돌려드리고자 합니다." 세영은 받아들이지 않았다. 언젠가 세영이 여인을 돈으로 맞아들이고 하였는데 그 안색이 좋지 못하여 물으니 이미 지아비가 있는 몸이었다. 세영은 그 남편을 찾아 여인의 혼수품 외에도 금 삼십 냥을 더 얹어주었다. 이에 현령 盛宏邃·汪芳藻이 앞다투어 그를 표창하였다.[顧世永、世美, 同懷兄弟. 父早歿, 永操家政, 教弟讀書. 後析產, 美曰:予幼孤, 家故貧, 非兄不能至此, 願將承分田千餘畝歸兄收獲三年. 永終不受. 永嘗買妾, 有戚容, 詢之, 已字某矣. 永覓其夫, 奩具外, 贈三十金. 縣令盛宏邃、汪芳藻, 先後額旌之.] 관련내용이 『興化縣志·參錄舊志』에 보인다.

2 荊釵: 가시나무로 만든 비녀. 옛날 가난한 집 부녀자가 상용했기에 가난한 집 여성을 가리킨다.

3 莫打鴛鴦與鷺鷥: 鴛鴦과 鷺鷥는 암수 사이가 좋은 새이기 때문에 어느 한 쪽을 잡아 사이를 갈라놓는 일을 하지 말라는 뜻. 喪妻한 아우를 위해 첩을 들이다가 그녀의 사정을 알고 난 후 본 남편에게 돌려보내준 顧世永의 미담을 비유했다.

4 値: 범하다. 위반하다.

해제

顧世永이 아우의 재혼을 추진하다가 상황이 적절치 않자 상대쪽을 탓하지 않고 오히려 덕으로 대했다는 미담을 소재로 삼았다. 앞 4구는 顧世永의 아우가 상처한 후 재혼해야 하는 상황을, 뒤 4구에서는 혼인을 약속한 가난한 집 여인이 사실은 유부녀임을 알게 된 후에도 덕행으로 처리했기 때문에 그 여인이 破約의 짐을 벗게 되었음을 강조했다.

6.3.3 양주 복국화상께서 범현에 오셔서 시 두 수를 지어 전송함揚州福國和尚至范賦二詩贈行[1]

빈산에 적막하게 누워 있지 않으시고 不向空山臥寂寞,
홍진 더미 속에서 절간 기둥 붙들었네. 紅塵堆裏刹竿招.[2]
현령은 비바람 속에 아침배 세우고 宰官風雨朝停泊,[3]

뱃사람은 밤물결에 놀라 소리친다네.　　　　　艇子驚呼夜聽潮.

발아래 구름들 기이하게 펼쳐지는데　　　　　眼底浮雲眞幻化,

지팡이와 짚신으로 까마득히 오르네.　　　　　杖頭芒屩自迢遙.

비처럼 내리는 불법의 가없음 미리 아시고　　懸知法雨無邊際,[4]

허망한 속세 단장 이십사교에서 씻어버렸네.　洗盡鉛華廿四橋.[5]

범현성은 작은 현이라 찾는 사람 없건만　　　范城小縣無人到,

황혼녘 한 스님이 홀연히 문 두드리네.　　　　忽漫袈裟暮扣門.

차가운 등잔으로 부처님 앞 불 밝히니　　　　一盞寒燈供佛火,

서까래 몇 개, 띠풀 지붕의 산촌이라네.　　　　數椽茅茨卽山村.

지켜온 조상의 덕은 청백하게 남았어도　　　支持祖德留淸白,

몰락한 고향 농원이 형제들에게 부끄럽네.　冷落鄕園愧弟昆.[6]

본래의 칼과 망치 그대는 다 벗으셨는데　　本分鉗鎚公透脫,

그 깨달음 이 후손에게 어찌 다시 전하실까?　更何了悟敎諸孫.[7]

　　　　　　　　　　　　　　　　　　　　　　　　　　　　　　　— 건륭(乾隆) 이십일 년, 『조주부지(曹州府志)』

역주

1　福國和尙 : 판교의 從祖인 스님. 「2.132 낡은 승복[破衲]」 참고.
2　刹竿 : 사찰 앞의 기둥.
3　宰官 : 관리. 縣官.
4　懸知 : 미리 생각하다. 예견하다. 法雨 : 佛法. 佛法이 衆生을 널리 제도하는 일
　이 만물을 윤택하게 하는 비와 같다고 해서 비유한 것.
5　鉛華 : 부녀자들이 화장할 때 쓰는 鉛粉. 여성의 아름다운 용모나 수식 위주의
　言辭를 비유하는 데 쓰이기도 한다. 廿四橋 : 양주에 있는 다리 이름. 福國和尙
　이 양주에서 출가하여 스님이 되었음을 표현한 것이다.
6　弟昆 : 형제. 여기서는 고향에서 어려운 집안을 이끄는 형제들을 가리킨다.
7　更何了悟敎諸孫 : 福國和尙이 從祖이기 때문에 자신을 '孫'이라 표현했다.

해제

「2.132 낡은 승복破衲」에는 '집안 조부 복국상인을 위해 씀 爲從祖福國上人作'이란 주석이 달려 있어, 두 사람의 관계를 알 수 있다. 판교가 범현에 근무할 때 바로 이 집안 조부 福國和尙이 찾아온 적이 있었는데, 이 작품은 당시 그를 전송하면서 지은 것이다. 특히 둘째 수에서는 가난한 從祖의 스님이 초탈의 경지에 이른 덕행으로 고향 후손들에게 가르침을 전해주시길 기원하고 있다.

6.3.4 범현 옛 서리에게贈范縣舊胥

범현의 민심에는 옛 풍속 남아	范縣民情有古風,
하나같이 화목하고 감싸준다네.	一團和藹又包容;
늙은이 떠나온 뒤 그리는 정 간절하여,	老夫去後相思切,
그 사람들 평안하고 풍년들기만 기원하네.	但望人安與歲豐.

　옛 서리가 찾아와 글씨를 부탁하기에 열 장을 써주었는데, 이것은 그 끝 폭이다. 정 따라 시로 읊자니 나도 모르게 눈물이 흐른다. 파관 후 범현에서 이사 나올 때 형제처럼 혼인 알리며 살아가자 약속했었다. 판교 정섭.
　舊胥來索書, 爲作十紙, 此其末副也. 感而賦詩, 不覺出涕. 罷官後, 當移家於范, 約爲兄弟婚姻.[1] 板橋鄭燮.

— 유방시도서관 소장 묵적[濰坊市圖書藏墨跡]

역주

1　兄弟婚姻：이 부분은 몇 가지 해석이 가능하다. '婚姻'을 친척으로 풀이하여 '친

척처럼 대하자'는 의미로 볼 수도 있고, 서로 '자녀들의 혼사도 연락하는 사이'
가 되자는 식으로 해석할 수도 있다. 더 나아가 나중에 '서로의 자녀들을 맺어
주는 사이'로 해석할 수도 있다. 혹자는 판교의 동성애 취향을 고려하여 이 부
분을 그런 관점으로 해석하는 경우도 있는데, 이는 지나친 확대 해석이다.

해제

자신이 근무했던 범현에서 고향으로 돌아온 그를 찾아온 옛 서리에
게 그림을 그려주면서 쓴 시다. 그곳을 생각하자니 "나도 모르게 눈물
흐른다"는 표현에서 이전 근무지에 대한 작자의 깊은 애정을 느낄 수
있다.

6.3.5 **우왕대 북쪽 지방이 수재를 당해**禹王臺北勘災[1]

푸른 바다 되어 아득하게 하늘에 잇닿으니	滄海茫茫水接天,
풀 가운데 이따금씩 밭 한 뙈기 드러나네.	草中時見一畦田.
파도가 지나간 곳이면 모두가 소금기,	波濤過處皆監鹵,
예로부터 풍년이란 말 해본 적 있었던가!	自古何曾說有年!

― 곽유수(郭楡壽), 『유원잡록(楡園雜錄)』

역주

1 禹王臺 : 古侯臺라고도 하며 開封城 밖 동남쪽으로 약 1.5㎞ 떨어진 곳에 있다.
역대로 開封이 여러 차례 수재를 당하자 우왕의 治水를 생각해 古臺가 있던 이
곳에 禹王廟를 지으면서 禹王臺란 이름이 생겨나게 되었다.

해제

乾隆 초 북방에 계속되었던 수재 때 백성을 걱정하는 마음을 담은 것으로 보인다. 당시 판교는 유현에 근무하면서 재난으로 고통 받는 백성들을 위해 여러 가지 선정을 베풀었지만, 후에 구제비용 문제로 상관과 갈등을 빚어 결국 사임하고 말았다.

6.3.6 이별하며 종계명에게 贈鍾啟明並留別[1]

건륭 임신년 십이월.
乾隆壬申十二月.

한 집안에 다섯 세대는 고금에 드문 일,	一堂五世古今稀,
부친, 조부, 증조부, 고조부, 아들이 성을 따르네.	父祖曾高子姓依.
관직에 있어봐야 좋을 게 없다 말하지 말게,	漫道在官無好處,
덕을 쌓아야 광채 있음을 알아야 한다네.	須知積德有光輝.

— 『지나묵적대성(支那墨蹟大成)』 제팔권(第八卷)

역주

1 鍾啓明 : 미상.

해제

鍾啓明이란 사람에게 준 증여시로, 原註에서 乾隆壬申年이라 했으므로 乾隆 17년(1752) 유현에서 파관되기 직전에 쓴 것이다.

유현 죽지사 사십 수濰縣竹枝詞四十首

1

삼경에도 등불 꺼진 적 없으니
저자거리 주루마다 산해진미 그득하네.
구름 너머 맑은 노랫소리, 꽃 너머 피리 소리,
유현은 본디 작은 소주라네.

三更燈火不曾收,
玉膾金齏滿市樓.[1]
雲外淸歌花外笛,
濰州原是小蘇州.

역주

1   玉膾金齏(옥회금제) : 산해진미. 玉膾는 가늘게 저며 만든 고기요리. 金齏는 가
    늘게 썰어 정성을 들인 채소요리.

2

투계와 사냥은 당연한 연례행사,
풍류만 즐기고 돈 귀한 줄 모르네.
도박의 외상빚 이미 삼십 만 냥이건만
기루에서 여자 낀 채 자고 있구나.

鬥雞走狗自年年,
只愛風流不愛錢.
博進已賖三十萬,
靑樓猶伴美人眠.

3

고운 여인의 집은 푸른 수양버들 다리 근처,
봄바람에 나무 아래 주막깃발 펄럭이네.
향은 타 내리며 남국을 원망하고
살구꽃 떨어지면 말발굽도 멀어지네.

美人家處綠楊橋,
樹裏春風酒旆招.
一自香銷怨南國,[1]
杏花零落馬蹄遙.

역주

1   南國 : 江南을 가리킨다. '미인'의 님이 말발굽 소리와 함께 상업의 중심지인 강

남으로 떠났기에 그쪽을 향해 원망한다는 뜻.

4

사방이 산이요, 수풀도 깊고　　　　　　　四面山光樹木深,
기름진 들녘 좋은 작물 천금의 값이라네.　良田美產貴千金.
도박으로 온 밤 내내 붉은 촛대 살라가며　呼盧一夜燒紅蠟,[1]
귀한 재산 탕진해도 신경 쓰지 않는다네.　割盡膏腴不掛心.[2]

역주

1　呼盧:賭博의 일종.
2　膏腴:부귀 또는 부귀한 집안.

5

꽃 심기 좋아하는 부잣집 풍조,　　　　　　豪家風氣好栽花,
외국 국화, 외국 도화 입만 열면 자랑이네.　洋菊洋桃信口誇.
어젯밤 교주에서 새로 보내왔다는　　　　　昨夜膠州新送到,[1]
붉고도 요염한 보주차 화분.　　　　　　　一盆紅豔寶珠茶.[2]

역주

1　膠州:山東 서남부에 있는 지명.
2　寶珠茶:山茶나무의 일종.

6

큰 입 가진 커다란 은비늘 물고기,　　　　大魚買去送財東,[1]
부잣집에서 사가고 나니 새벽시장 휑하네.　巨口銀鱗曉市空.[2]
그래도 각 성에서 올라온 진미 또 있으니　更有諸城來美味,
서시설이 옥생반에 올라간다네.　　　　　西施舌進玉盤中.[3]

7

작은 누각 오동 그늘에 햇살이 비껴들고　　　　小閣桐陰日影斜,
저녁 바람에 말리화 향기 퍼져 날리네.　　　　晚風吹放茉莉花.¹
옷이야 남쪽이 으뜸, 하나같이 말하노니　　　　衣裳盡道南中好,²
가는 갈포, 향기로운 비단, 만자 쓰인 옷감들.　細葛香羅萬字紗.³

8

푸른 소매 상강 치마 어린 하녀가 거들고　　　翠袖湘裙小婢扶,¹
흥이 나면 고소 서시처럼 화장한다네.　　　　時興打扮學姑蘇.²
마을의 부녀자들 서로서로 뽐내며　　　　　村中婦女來相耀,
가짜 진주 박힌 은관도 다투어 써보네.　　　亂戴銀冠釘假珠.

9

몇몇 집이 호구책으로 푸른 산을 팔았으니　　　幾家活計賣靑山,[1]
바위들이 비단처럼 얼룩덜룩 드러났네.　　　石塊堆來錦繡斑.
해질녘 돌아오는 수레에 사람은 반쯤 취해　　　薄暮回車人半醉,
어지러운 까마귀 울음 속에 노랫소리 퍼지네.　　　亂鴉聲裏唱歌遠.

역주

1　活計 : 생계를 꾸리다. 賣靑山 : 나무를 팔 때 산을 통째로 파는 행위. 지주들에
　　게 산을 빌려 나무를 키워 시장에 내다 파는 가난한 백성들이 생활고에 시달리
　　다 보니 아직 채 자라지도 못한 나무들을 통째로 헐값에 넘기는 행위를 뜻한다.

10

강물은 굽이굽이 나무는 겹겹이,　　　水流曲曲樹重重,
숲속에는 봄 깃든 산 한 두 봉우리.　　　樹裏春山一兩峰.
깊숙한 초가에 사람은 안보이고　　　茅屋深藏人不見,
석양에 때때로 닭 울음, 개 짖는 소리.　　　數聲雞犬夕陽中.

11

사람들 돌아가니 저자문도 닫히고　　　集散人歸掩市門,
기루에 등불 켜지며 황혼이 저무네.　　　市樓燈火定黃昏.[1]
백랑하 물결은 무정도 하여라,　　　白狼河水無情甚,[2]
한시도 쉬지 않고 온 밤을 달려가네.　　　不肯停留盡夜奔.

역주

1　市樓 : 저자거리 술집.
2　白狼河 : 白狼山에서 발원하는 강 이름. 지금의 遼寧省 경내의 大凌河.

12

기다란 제방 두 줄로 늘어선 가로수,　　　　　兩行官樹一條堤,[1]

동쪽 등래에서 서쪽 제땅에 이른다네.　　　　東自登萊達濟西.[2]

다섯 도시 가운데 물품 많기로 하자면　　　　若論五都兼百貨,

당연히 청제 땅에서 유현이 으뜸이지.　　　　自然濰縣甲青齊.[3]

역주

1　官樹 : 관청에서 만든 큰 도로 양편에 심어 놓은 가로수.
2　登萊 : 山東의 登州와 萊州. 濟 : 濟水 유역.
3　青齊 : 山東의 青州와 齊 지역. 齊는 춘추시대 齊나라 지역인 山東 泰山 북쪽 지역을 가리킨다.

13

구름 맞닿은 웅장한 상서부,　　　　　　　　連雲甲第尚書府,

원림 딸린 태수의 저택.　　　　　　　　　　帶宅園林太守家.

가을 물 드넓은 이 연못엔　　　　　　　　　是處池塘秋水闊,

흰 연꽃 속 점점이 박힌 붉은 연꽃.　　　　紅荷花減白荷花.

14

성곽 서쪽 청송길 십 리,　　　　　　　　　倉松十里郭西頭,

소나무 둥치에 말 매어두고 주루에 오르네.　繫馬松根上酒樓.

하늘 너머 저녁노을 붉은 기운 남았는데　　天外暮霞紅不盡,

가을 산 비취빛 떠도는 곳이 바로 청주라오.　秋山浮翠是青州.

15

북쪽 늪지 깊은 곳 고기 잡기 좋아서　　　　北窪深處好拿魚,

봄바람 살랑 부는 이월 초에 찾는다네.　　　淡蕩春風二月初.

얼음은 벌써 녹아 강물 다 풀렸으니   河水盡開冰盡化,
집집마다 마을 자락에서 그물을 말린다네.   家家網罟曝村墟.

16

억새 갈대밭 가을바람 물굽이 따라 맴돌고   秋風荻葦路灣環,
낚시하는 노인은 엉킨 풀밭 속에 숨었네.   釣叟潛藏亂草間.
문득 해오라기떼 놀라며 날아 솟아오르니   忽漫鷺鷥驚起去,
한 자락 푸른 눈발이 서산에 피어나네.   一痕青雪上西山.

17

작은 풀 너른 모래밭 가을기운이 충만하고   淺草平沙秋氣高,
푸른 햇살 고요한데 바다빛이 요동치네.   青光不動海光搖.
홀연 방울 소리 울리며 말 한 필 솟구치더니   忽騰一騎鸞鈴響,[1]
수놓은 화살 앞 언덕에 날자 검은 독수리 떨어지네. 繡箭前坡落皂雕.[2]

역주

1 鸞鈴 : 말방울.
2 皂雕(조조) : 검은 색을 띤 독수리의 일종.

18

황양 사냥 끝내고 산을 내려와   射罷黃羊裂罷山,[1]
장식한 활은 노송 사이에 걸어두었네.   雕弓掛在老松間.[2]
장막 안에 간드러지게 이어지는 피리소리,   帳中嫋嫋聞吹笛,
새로 팔려온 오 땅의 기녀 '소만'이라 하네.   新買吳姬號小蠻.[3]

1 黃羊 : 野生羊의 일종. 양보다 크며, 수컷에만 뿔이 있고 꼬리는 토끼 꼬리와 비
　 슷하다. 여름에는 털빛이 엷은 밤색이고 겨울에는 잿빛 갈색으로 변한다.
2 雕弓 : 조각 장식된 활.
3 小蠻 : 원래 唐 白居易의 舞妓 이름이었지만, 여기서는 酒樓의 기녀를 가리킨다.

19

성벽 위 봄 구름이 장식한 누대 스치고　　　　　城上春雲拂畫樓,
성 바깥 봄 강물은 하늘까지 흘러가네.　　　　城邊春水泊天流.
어젯밤 내린 비에 뭇 산이 짙푸르고　　　　　昨宵雨過千山碧,
휘날려 지던 복사꽃 계곡물에 떠있구나.　　　亂落桃花出澗溝.

20

며느리 맞는 혼인잔치 멋지게 장만하고　　　　迎婚娶婦好張羅,[1]
꽃가마 붉은 등에도 금수비단 드리웠네.　　　彩轎紅燈錦繡拖.
두 줄로 선 고악대 서로 어울려 연주하고　　　鼓樂兩行相疊奏,
작은 운라 소리가 기세 등등 울리네.　　　　漫騰騰響小雲鑼.[2]

역주

1 張羅 : 대접하다. 초대하다.
2 雲鑼 : 타악기의 일종. 대개 열 개 정도의 서로 다른 작은 징을 네모난 나무틀에
　 매달아 나무채로 두드려 연주한다.

21

천막을 높이 치고 멀리서 혼백 불러　　　　席棚高揭遠招魂,
친척 친우 다 함께 묘당 앞에 참배하네.　　　親戚朋交拜墓門.
풍성하게 진설한 고기와 술 자랑하는데　　　牢醴漫誇今日備,[1]
생전에도 닭과 돼지 제대로 올려드렸나?　　逮存曾否薦雞豚?

1   牢醴 : 제사에 쓰는 고기와 술.

22

돼지고기 절이느라 떨군 피에 온 성이 벌겋고   醃豬滴血滿城紅,[1]
남쪽의 고소, 북쪽 계(薊)땅까지 팔러 간다네.   南販姑蘇北薊中.[2]
천금을 마음껏 부리며 수익을 자랑하니   縱使千金誇利益,
[백정의] 칼날이 부귀, 몽둥이가 최고일세.   刀頭富貴挺頭雄.

역주

1   醃豬(엄저) : 돼지고기를 소금에 절여 말린 육포.
2   南販姑蘇北薊中 : 姑蘇는 蘇州 지역을, 薊(계)는 薊州 지역을 뜻한다.

23

천도에 따르면 저절로 잘살게 되거늘   天道由來自好生,
집집마다 살육이 참으로 무정하구나.   家家殺戮太無情.
이 늙은이가 보리수라도 심어서   老夫欲種菩提樹,[1]
십리 봄바람 온 성에 붉게 하려네.   十里春風作化城.

역주

1   菩提樹 : 석가모니가 그 아래에서 변함없이 진리를 깨달아 佛道를 이루었다고
하는 나무. 여기서는 佛法의 교화를 가리킨다.

24

성곽 둘러싼 넓디넓은 옥토는   繞郭良田萬頃賖,
모두가 부호 집안의 소유라네.   大都歸併富豪家.

불쌍타, 궁벽한 북해의 땅에서　　　　　　可憐北海窮荒地,
소금 반 광주리 지고 오다 또 붙잡혔구나.　半蔞鹽挑又被拏.

25

소금 장사는 원래 상인이 하는 일인데　　　行鹽原是靠商人,
어째서 상인으로 저리 가난하단 말인가?　其奈商人又赤貧?
관에서 사사로운 매매 금지하니 판매 끊겨서　私賣怕官官賣絶,
바닷가 굶주린 제염업자 원한서린 도깨비불 되네.　海邊餓竈化寃燐.

26

창 스무 자루, 칼 열 자루,　　　　　　　二十條鎗十口刀,
대낮에 살인하며 호걸이라 자칭하네.　殺人白晝共稱豪.
너희들이야 목숨을 파리처럼 여기지만　汝曹軀命原拚得,[1]
부모와 처자식은 처참하게 울부짖는 걸.　父母妻兒慘泣號.

역주

1　軀命 : 목숨. 拚得 : 方言으로, 서슴없이 버리다. 아까워하지 않는다는 뜻.

27

두목 녀석이 백 냥을 가로채　　　　　行頭攫得百錢文,[1]
고기 삶고 내장 끓이고 탁주에 얼근.　爛肉燒腸濁酒醺.
내일 아침 되어 일거리 없으면　　　到得來朝無理料,
또 눈먼 돈 찾아 온갖 소란 피우겠지.　又尋瞎帳鬧紛紛.[2]

1 　行頭: 軍隊 行列의 우두머리나 상회 조합의 수령. 여기서는 건달 두목을 가리킨
　　다. 참고로, 일부 墨跡本에서는 '街頭'로 되어 있다. 1962년 中華書局本의 '行頭'
　　를 1979년 簡體字本에서는 '街頭'로 고쳤지만, 본 역주본은 전자를 따랐다. 錢文
　　: 동전. 文은 옛날 화폐를 세는 단위이다.
2 　瞎賬: 적당한 계승자나 관리자가 없는 재산.

28

봄바람 담은 얼굴에 그윽한 눈빛 담고서　　　　　面上春風眼上波,
어부아내로 분장하고 목청껏 앙가 부르네.　　　　秧歌高唱扮漁婆.[1]
연지분 바르지 않은 자연스런 모습으로　　　　　　不施脂粉天然俏,
달빛처럼 하얀 비단 한 폭 머리에 둘렀구나.　　　　一幅纏頭月白羅.

역주

1 　秧歌: 원래는 농사 현장에서 시작된 모내기 노래였으나, 후대에는 설날이나 대
　　보름 등 명절과 연중 세시풍속, 경삿날에 등에 연행되는 민간의 풍습으로 발전
　　하였다.

29

가난한 동쪽집 아이 서쪽집의 종이 되어　　　　　東家貧兒西家僕,
서쪽집은 가무소리, 동쪽집은 통곡소리.　　　　　西家歌舞東家哭.
오로지 담장 하나 건너편으로 나뉘어서　　　　　骨肉分離只一牆,
내 새끼 욕먹고 매 맞는 소릴 들어야 한다네.　　　聽他笞罵由他辱.

30

시서 공부했건만 성공 늦다 원망치 말게,　　　　　莫怨詩書發跡遲,
요즘 풍속은 문장을 비웃는다네.　　　　　　　　近來風俗笑文辭.
명문대가집 총명한 자식이었지만　　　　　　　　高門大舍聰明子,

어린 나이에 저자거리 잡배 된다네.　　　　　化作朱顏市井兒.

31

백년 고생에 꼴이 참 애달프다,　　　　　百歲辛勤貌可哀,
응석받이로 키운 자식 재목이 못된다네.　　養兒嬌從不成材.
이런저런 도박판에 문 열자마자 들어서서　骰盆博局開門去,
삼경이 지나도록 돌아오지 않는다네.　　　待得三更徑不回.

32

죄수 석방 조치내리니 눈물이 주루룩,　　　放囚宣詔淚潺潺,
성은에 감사하고 돌아서자 침울해지네.　　拜謝君恩轉戚顔.
이제부턴 감옥밥조차 먹을 길이 없으니　　從此更無牢獄食,
다시 도적질해 체포되는 수밖에.　　　　　又爲盜竊觸機關.

33

마사 남북은 산자락 땅이라　　　　　　　馬思南北是山田,
돌무더기 모래투성이 하잘 것이 없다네.　石塊沙窩不殖錢.
삼할 밖에 안 되는 곡식을 거두면서도　　待到三分秋稼熟,
사람들 모두 풍년이라 크게 기뻐한다네.　大家歡喜說豊年.

34

세금이 늦었다고 한사코 재촉하니　　　　徵發錢糧只恨遲,
오막살이엔 또다시 절망이 찾아드네.　　茅簷篳室又堪悲.
채소씨앗 다 쓸어 모아도 석 되 반 뿐인데　掃來草種三升半,
관아에 세금 내려면 누구에게 팔아야 할고?　欲納官租賣與誰?

35

유현은 원래 부유한 도시건만
백성들은 언제나 살 에이듯 가난하네.
다른 주현에 참으로 부끄러운 지경이니
재난 구제 관리에게 편지 몇 통 띄워야겠네.

濰城原是富豪都,
尙有窮黎痛剝膚.
慚愧他州兼異縣,
救災循吏幾封書.

36

나무도 주리고 물도 말라 온통 가뭄인데
오늘 아침 천운이 다시 돌아왔구나.
북쪽 성곽 남쪽 교외 잠깐 거닐어보니
푸르디푸른 보리밭 정말 보기 좋구나.

木屐水毀太凋殘,
天運今朝往復還.
間行北郭南郊外,
麥隴靑靑正好看.

37

관동에 유랑 간 사람 몇이나 돌아왔나,
처자식을 데려오니 옛 문짝을 알아보네.
초가집 새로 고치고 담장 다시 쌓으니
앞뜰에 봄 부추도 빗속에서 굵어지네.

關東逃戶幾人歸,
攜得妻兒認舊扉.
茅室再新牆再葺,
園中春韭雨中肥.

38

흐르는 눈물 이승에선 끝내 마르지 못하리니
청명이 다가와도 보리밭 바람 차갑구나.
요양 땅에서 돌아가신 늙은 어버이 생각하니
그 백골 어느 날에나 지고와 고향땅에 모실꼬.

淚眼今生永不乾,
淸明節候麥風寒.
老親死在遼陽地,[1]
白骨何曾負得還.

역주

1   遼陽：遼東 지역.

아이 팔고 마누라 팔고 정신없이 떠나와   賣兒賣婦路倉皇,
천리 밖 편지로는 고향소식 알 길 없네.   千里音書失故鄉.
임금의 깊은 은혜로 다시 만날 수 있게 되어   帝主深恩許重聚,
농사일 풍년들길 상의할 수 있었으면.   豊年稼熟好商量.

40

사치를 부려가며 남방만 따라하는데   奢靡只愛學南邦,
남방 흉내만 낸다고 좋은 일은 아니지.   學得南邦未算强.
삼 할이라도 순박한 뜻 제대로 간직하여   留取三分淳樸意,
우리 함께 손잡고 도당 시절로 들어가세나.   與君攜手入陶唐.[1]

         – 민국 이십년 석인본民國二十年石印本

역주

1   陶唐 : 帝堯의 시기. 태평성대를 뜻한다.

해제

'竹枝詞라는 詩體는 고대 樂名에서 기원해 오래 전부터 전해온 것이다. 본래 巴喩 지방의 노랫가락으로 蜀道 지방 사람들이 즐겨 부른 것인데, 후에 그 지방 민요풍의 가사만을 지칭하는 데 그치지 않고 7언절구로 지방 특유의 자연이나 인사를 향토색 짙게 읊은 시가를 모두 '죽지사'라 일컬었다. 죽지사가 民歌에서 文人詩體로 변화된 출발은 대개 唐代 劉禹錫의 「竹枝」 九篇으로 본다. 당시의 白居易와 李涉, 그 후의 皇甫松과 孫光憲 등도 죽지사를 쓴 적이 있다. 판교의 이 「유현죽지사」 40수는 유현의 독특한 풍속과 생활, 백성들의 喜怒哀樂을 다양하게 묘사했다. 특히 乾隆 11년(1746)에 濰縣으로 부임한 이래 판교는 이곳이 보통 사람의 눈으로 보면 참으로 번화한 지방이지만 사실은 빈부 격차가 매우 심한 고을임을 간파하여 백성들의 고단한 삶을 여실히 표현해냈던 것이다. 판교는 董偉業이 양주를 소재로 쓴 「양주죽지사」에 서문을 써준 적도 있어 이 시체에 대한 그의 깊은 관심을 알 수 있다.

6.3.8 '남원 총죽도'에 써서 질전 선생 넷째아우 운정 선생과의 이별에 드림

2수題南園叢竹圖留別質田先生四弟芸亭先生二首[1]

우뚝 솟은 대, 오래된 산수로 이름난 정원,	名園修竹古煙霞,[2]
요주태수 저택이라네.	云是饒州太守家.[3]
서쪽 강에서 마신 물 한 잔,	飮得西江一杯水,
아직까지 맑은 정취 숲속에 가득하다네.	如今淸趣滿林遮.
유현에서 칠 년 동안 봄바람 맞으며	七載春風住濰縣,
곽선생 정원에서 우뚝 솟은 대나무 즐겼네.	愛著修竹郭家園.
오늘은 그림에 담아 곽 선생께 돌려드리니	今日寫來還贈郭,
보는 사람 항상 구화헌을 생각하리라.	令人常憶舊華軒.[4]

— 곽유수(郭楡壽), 『유원잡록(楡園雜錄)』

역주

1 質田先生四弟芸亭先生 : 郭偉勣(1710~1789). 山東 濰縣 사람으로 字가 熙虞, 號가 芸亭·柏園·松筠道人이며, 康熙 시대 饒州太守 郭一璐의 조카이다. 「1.13.2 쓰고 나서 다시 한 장 덧붙이는 글[書後又一紙]」 주석 참조.
2 煙霞 : 안개 노을. 고요한 산수 경치를 뜻한다.
3 饒州太守家 : 原註에서 "요주태수는 운정의 백부이다[饒州太守芸亭胞伯也]"라고

했다. 胞伯 : 백부.
4   舊華軒 : 판교가 주로 찾았던 곽씨 정원의 북쪽 건물.

해제

판교가 근무하던 濰縣의 인사 郭芸亭의 개인 정원이었던 '곽씨 정원'
은 인공산과 연못, 송죽 등으로 공들여 꾸민 곳으로, 특히 舊華軒이라
는 편액이 걸려 있던 북쪽 건물은 아주 아름답고 정결하였는데, 판교는
그곳에서 그림 그리고 글씨 쓰며, 때로 주인을 찾아온 인사들과도 교류
하였다. 이 작품은 판교가 관리생활을 청산하고 고향으로 돌아올 때 郭
芸亭에게 대나무를 그려주면서 쓴 것이다.

6.3.9 항철상인과 이별하며離別恒徹上人[1]

성 너머 울창하게 우거진 곳은 어디던가,	隔城何處鬱蒼蒼,
소나무 숲 나지막한 담장으로 석양이 드네.	落照松林短畫牆.
강물 닮은 하늘가 청아한 풍경 소리,	淸磬一聲天似水,
한밤중 은하수 사이로 서리 같은 달.	長河半夜月如霜.
오가는 이 없는 골짜기 스님은 한가롭기만 한데	僧閒地僻行難到,
사직하고 구름 따라 돌아가려니 아쉬운 작별이네.	官罷雲回別可傷.
포도나무 덕에는 포도송이 주렁주렁,	滿架葡萄珠萬斛,
추풍 불면 이 늙은이와 맛보던 일 생각하겠지.	秋風猶憶老夫嘗.

　　　　　　　　　　　　　 ─ 곽린(郭麐), 「유현죽지사(濰縣竹枝詞)」 자주(自注)

역주

1   恒徹上人 : 濰縣城의 濠外路 북쪽 關帝廟의 주지. 寺廟에 포도를 많이 심었는데,

포도가 익으면 판교는 항상 그곳에서 恒徹上人과 포도를 맛보며 담소하였다고 한다.

해제

恒徹和尙의 寺廟는 濰縣 성 외곽 깊은 골짜기에 위치하였지만 板橋는 오히려 자주 그곳을 방문하여 스님과 교류하였다. 이 시는 이제 관직을 내려놓고 귀향하려는 길에 이 절에 들러 스님과 회포를 풀고 작별의 아쉬움을 나눈 내용이다.

6.3.10 **제녕 오정지현 손확도께 드림 두 수**贈濟寧烏程知縣孫擴圖二首[1]

오흥 산수에서 여러 사람 시를 지었으니	吳興山水幾家詩,[2]
제일 좋기로는 관청 한가해 붓 놀릴 때였지.	最好官閒弄筆時.
동파가 운노에게 시를 지어 보냈다던데	寄取東坡與耘老,[3]
우리들도 그러한 손님과 주인이로세.	吾曹賓主略如斯.

육천 삼만이나 되는 태호의 물결,	六千三萬太湖波,[4]
일흔 두 봉우리로 높이 솟았네.	七十二峯高峨峨.
그대에게 장수와 복을 비는 술을 권하노니	祝君壽嘏晉君酒,
초계(茗溪) 삽계(霅溪)에 다시 백 잔 더 따르리.	茗霅重添百叵羅.[5]

건륭 갑술 오월, 오정사군 영회 노선생의 장수를 봉축하며, 아우 판교 정섭.

乾隆甲戌葵賓之月[6], 奉祝烏程使君[7]靈匯老先生壽. 板橋弟鄭燮.

— 제녕 이기도 소장 묵적[濟寧李旣旬藏墨跡

역주

1 濟寧烏程知縣孫擴圖 : 濟寧은 浙江 州縣의 하나. 明朝에 濟寧府에 속했다가 후에 兗州府에 속했고, 淸朝에는 濟寧直隸州가 되었다. 烏程 : 浙江 湖州府에 속한 縣. 孫擴圖 : 자는 充之, 호는 適齋, 山東 濟寧人이다. 烏程의 현령을 지냈다.

2 吳興 : 浙江 湖州의 옛 이름.

3 東坡與耘老 : 東坡는 송대 문인 蘇軾. 耘老는 북송 문인 賈收. 자가 耘老이며, 浙江 湖州人이다. 『茗溪漁隱叢話』 : "가운노가 이전에 茗溪에 누각을 하나 가지고 있었는데, 풍광이 좋고 막힘이 없었다. 동파가 태수로 있을 때 여러 차례 그곳에 가서 벽에 시를 짓고 대나무를 그렸다.[賈耘老舊有水閣在茗溪之上, 景物淸曠. 東坡作守時屢過之, 題詩畫竹於壁間.]" 賈收는 蘇軾 · 秦觀 등과 酬唱했지만 그 시는 전하지 않는다.

4 太湖 : 江蘇省 남부와 浙江省 북쪽 경계에 있는 담수호. 이 호수 주위에 江蘇 蘇州 · 無錫 · 宜興 등과 浙江 湖州 등의 도시가 있다.

5 茗雪 : 茗溪 · 雪溪 두 강의 병칭이며, 浙江省 湖州에 있다. 叵羅(파라) : 西域語의 음역으로 술잔의 일종이다.

6 蕤賓(유빈) : 古樂 12율 가운데 제 7율. 옛날에는 음률과 음력 날짜를 배합했는데, 蕤賓은 午에 위치해 五月에 있으므로 음력 오월을 가리킨다.

7 使君 : 漢代에 太守刺史를 가리키던 말. 漢 이후로는 州縣 長官에 대한 존칭으로 쓰였다.

해제

孫擴圖에게 준 이 교유시에서 판교는 吳興의 山水와 두 사람의 우정, 太湖와 茗溪의 풍광 등을 묘사했다. '乾隆甲戌蕤賓之月'이라 했으므로 건륭 19년 판교 나이 62세 때 관직에서 돌아와 항주를 유람하면서 쓴 시로 보인다.

6.3.11 노아우 '홍교에서 배 띄우고'에 창화함和盧雅雨紅橋泛舟[1]

금년 봄빛은 무슨 마음일까,	今年春色是何心,
따스한 햇살 보이더니 어느새 음울한 기색.	才見陽和又帶陰.

푸르른 버들가지 안개 너머로 물들어오고　　　　　柳線碧從烟外染,
붉은 복사꽃 빗속에서 짙어가네.　　　　　　　　　桃花紅向雨中深.
생황소리 유람선 따라 흔들거릴 때　　　　　　　　笙歌婉轉隨游舫,
드문드문 등불이 숲속 멀리 반짝거리네.　　　　　　燈火參差出遠林.
좋은 시절 좋은 경치에 맘껏 취하노니　　　　　　　佳境佳辰拚一醉,
술잔에 옷자락 적신들 무슨 상관이랴!　　　　　　　任他杯酒漬衣襟.

－ 임내갱(任乃賡),「정판교연보(鄭板橋年譜)」

역주

1　盧雅雨 : 盧見曾. 자는 抱孫, 호는 雅雨山人으로, 山東 德州人이다. 대대로 고위
　관직을 지낸 德州 명문가 출신으로 江淮鹽運使를 역임했다. 江淮鹽運使의 衙門
　이 있는 揚州에서 공무를 집행하는 한 편, 그곳의 문인과 화가들, 특히 板橋와
　袁枚 같은 사람들을 자신의 문하에 받아들이고 왕래하면서 당시 양주 일대의
　詩風과 문화를 일으키는 데 큰 공헌을 하였다. 그 자신 또한 雅雨山人이란 호로
　왕성한 창작활동을 하여 『雅雨堂詩集』을 남겼다. 「2.86 도전운 노공을 전송하
　며[送都轉運盧公]」, 「2.205 아우산인 홍교수계에 화창함[和雅雨山人紅橋修禊]」,
　「2.206 노아우에게 다시 화창하는 네 수[再和盧雅雨四首]」 등 참고.

해제

　『揚州畫舫錄』에 따르면 乾隆 22년 丁丑年에 당시 都轉運職에 있던
盧雅雨가 주최하는 修禊가 揚州 紅橋에서 열렸는데, 그가 지은 칠언율
시에 화창한 문인이 7,000명이 넘었다 하니 그 규모를 짐작할 수 있다.
「2.205 아우산인 홍교수계에 화창함[和雅雨山人紅橋修禊]」, 「2.206 노아우
에게 다시 화창하는 네 수[再和盧雅雨四首]」 등과 같이 이 작품도 그때 쓴
것으로 보인다.

유현을 그리며 두 수 곽윤승에게 懷濰縣二首贈郭倫昇[1]

그리움이 채 가시기 전 다시 그리워지는,　　　相思不盡又相思,
유수(濰水)의 봄은 어디나 늦게 온다네.　　　濰水春光處處遲.
강기슭에 펼쳐진 삼십 리 복사꽃,　　　　　隔岸桃花三十里,
원앙묘에서 유랑사까지 이어진다네.　　　　鴛鴦廟接柳郎祠.[2]

종이꽃 눈처럼 하늘 가득 날리며　　　　　紙花如雪滿天飛,[3]
아가씨가 사방으로 그네를 타네.　　　　　嬌女鞦韆打四周.
오색 비단치마 바람에 흩날리니　　　　　五色羅裙風擺動,
봄 다투어 돌아온 나비로구나.　　　　　　好將蝴蝶鬪春歸.

　　이 '유현을 그리며' 두 수는 윤승(倫昇) 형의 귀향을 전송하려는 것이
다. 때는 건륭 이십팔 년, 계미년 여름 사월이다. 판교 정섭, 관직을 떠
난 지 십 년, 나이 일흔 하나다.

　　懷濰縣二首, 卽送倫昇年兄歸里. 時乾隆二十八年, 歲在癸未夏四月,
板橋鄭燮去官十載, 壽七十又一.

　　　　　　　　　　　　　　　　—『문물(文物)』1960년 제7기(一九六○年第七期)

역주

1　郭倫昇 : 濰縣의 옛 친구로 보이는데, 정확한 사적은 알 수 없다.
2　紙花 : 여자들의 머리에 꽂는 장식용 종이꽃. 通草花라고도 한다. 원료는 종이나
　　通草(나도등심초)이며, 비단도 많이 쓰인다.
3　鴛鴦廟 : 濰縣의 제방 부근 河灘鎭 宋家雙廟村에 있는 두 廟宇. 부근에 宋씨 마
　　을과 尹씨 마을이 있어서 宋家雙廟와 尹家雙廟라고 불린다. 판교는 나란히 있
　　는 이 묘우를 이처럼 '원앙묘'라고 표현하였다. 柳郎祠 : 濰縣 동남쪽의 柳毅山
　　정상에 있는 柳毅祠를 가리킨다.

해제

판교가 만년에 양주에서 지낼 때 濰縣에서 찾아온 친구 郭倫昇을 전송하면서 유현의 풍광을 그리워한 시이다. 自註에서 '건륭 이십팔 년, 계미년 여름 사월', '관직을 떠난 지 십 년, 나이 일흔 하나'에 썼다고 했는데, 이처럼 유현을 떠나온 뒤로 십 년 세월이 흘렀어도 여전히 "그리움이 채 가시기 전 다시 그리워지는" 작자의 마음을 표현했다.

6.4 제화題畫

6.4.1 대나무 그림에 적은 글 67종題畫竹六十七則[1]

역주

1 六十七則 : 67則이라 했지만 이하 일련번호에 의하면 66則이다. 아래 8의 시 두 수를 따로 셈한 것인지, 數目 차이가 나는 이유가 확실치 않다.

1

대나무는 군자요,	竹君子,
바위는 대인이라.	石大人.
천년의 벗으로	千歲友,
사시사철 봄이라.	四時春.

— 상주 하내양 소장 묵적[常州何乃揚藏墨跡

2

한 자 대나무에
몇 치 뿌리.
어디에 심었나?
옛 질그릇 화분.

一尺竹,
數寸根;
何處栽?
古瓦盆.

판교.
板橋.

─『지나남화대성(支那南畫大成)』

3

바위는 대나무에 기대고
대나무는 바위에 기댄다.
여린 풀 고운 꽃들은
끼어들지 못하도록.

石依於竹,
竹依於石;
弱草靡花,
夾雜不得.

─ 중국미술가협회 소장 묵적[中國美術家協會藏墨跡]

4

대 심으니 가지 흔들린다.
먼지 털리고 이슬 떨군다.
군자가 이를 취하면
유용함 비길 데 없으리라.

栽竹拂枝,
拂塵灑露.
君子取之,
最有用處.

─ 상주 하내양 소장 묵적[常州何乃揚藏墨跡]

5

물기 적은 붓 담백한 묵으로
가는 대 그려낸다.

乾筆淡墨,
畫出細竹.

마음의 실 뽑아내니 抽得心絲,
그야말로 곡진하다. 無不肯曲.
— 상주 하내양 소장 묵적[常州何乃揚藏墨蹟

6

대나무 안에 대나무 있고, 竹中有竹,
대나무 밖에 대나무 있네. 竹外有竹.
위천의 천 무 땅, 渭川千畝,[1]
이는 큰 [대나무] 집안일세. 此爲巨族.
—『서원(書苑)』

역주

1   渭川 : 渭水. 陝西 중부의 큰 강. 『史記·貨殖列傳』: "陳·夏 지역은 千畝 땅에
    漆이 나고, 齊·魯 지역은 千畝 땅에 桑麻가 나며, 渭川 유역은 千畝 땅에 竹이
    자란다. 이에 이 지역 사람들은 모두 千戶侯 등급과 맞먹을 정도다.[陳夏千畝漆;
    齊魯千畝桑麻; 渭川千畝竹 …… 此其人皆與千戶侯等.]"

7

문득 담백하다가도 忽焉而澹,
홀연히 진해진다. 忽焉而濃.
그 가슴 속을 헤아리면 究其胸次,
만상이 다 텅 비었다. 萬象皆空.
—『서원(書苑)』1권 10호(一卷十號)

8

대를 심고 대를 기르니 種竹種竹,
세속 티끌 전혀 없네. 毫無塵俗.

창문에서 흔들거리니　　　　　　　　依依在牖,
가을바람 사방에서 들어온다.　　　　秋風四入.

긴 가지 잎 드물고　　　　　　　　枝長葉少,
짧은 가지 잎이 많다.　　　　　　　枝短葉多.
세상도 이와 같으니　　　　　　　　世間如此,
영웅은 어찌할거나!　　　　　　　　英雄奈何!

　　판교.
　　板橋.

—『고분각서화기(古芬閣書畫記)』권십팔(卷十八)

9

봄바람도 아니고　　　　　　　　　不是春風,
가을바람도 아니라네.　　　　　　　不是秋風;
새 대가 막 솟아나는　　　　　　　新篁初放,
여름 시절이라네.　　　　　　　　在夏月中.
내 더위 몰아내주고　　　　　　　能驅吾暑,
가슴 확 트이게 해준다네.　　　　　能豁吾胸.
군자의 덕이요,　　　　　　　　　君子之德,
대왕의 웅지라네.　　　　　　　　大王之雄.

　　판교도인.
　　板橋道人.

—『서원(書苑)』1권 5호(一卷五號)

10

대를 군자라 칭하고	竹稱爲君,
바위를 어른이라 부르네.	石呼爲丈.
멋진 이름 내려졌으니	錫以嘉名,
천추에 변함이 없네.	千秋無讓.
빈산에서 맺은 맹세	空山結盟,
절개가 분명하네.	介節貞朗.
오색이 기이할지라도	五色爲奇,
청색 하나로 우러르기 족하다네.	一靑足仰.

건륭 갑신, 판교 정섭 쓰다.
乾隆甲申,[1] 板橋鄭燮寫.

— 『몽원서화록(夢園書畫錄)』 권이십삼(卷二十三)

역주

1　乾隆甲申 : 淸 高宗 乾隆 29년(1764).

11

산승이 내 그림 좋아하니	山僧愛我畫,
대나무 그려 그 바램 채워주네.	畫竹滿其欲.
붓 내려놓자 아삭아삭한 포도를 대접하네.	落筆餉我脆蘿蔔.

건륭 계미년.
乾隆癸未.[1]

— 『지나남화대성(支那南畫大成)』

1   乾隆癸未：淸 高宗 乾隆 28년(1763).

12

가시나무 함부로 뽑아내지 마시고   莫漫鋤荊棘,
대나무와 더불어 자라게 하시라.   由他與竹高.
『서명』에 이런 말 있지 않았나,   『西銘』原有說,[1]
만물은 모두 다 동포라고.   萬物總同胞.

　　　　　　　　　　　　　　　　　　　　— 『서원(書苑)』 1권 3호(一卷三號)

1   『西銘』：북송 철학자 張載(1020~1077)의 글. 원래 『正蒙·乾稱篇』 중의 일부분
     이었는데, 張載가 그것을 따로 적어 학당 창문 오른쪽에 걸어두고 「訂頑」이라
     하였다. 훗날 성리학자 程頤가 「西銘」이라는 독립된 篇名으로 고쳐 불렀다. 張
     載는 「西銘」에서 "백성은 내 동포요, 사물은 내 동료다[民吾同胞, 物吾與也]"라
     고 하였는데, 후에 二程(程顥·程頤)가 「河南程氏遺書」에서 "맹자 이후로 이 분
     에 미칠 수 있는 사람이 없다[孟子以後, 未有人及此]"고 그를 칭송한 바 있다.
     판교는 家書 「1.4 초산 별봉암에서 비오는 날 일이 없어 아우 묵에게[焦山別峯
     庵雨中無事書寄舍弟墨]」에서도 "장횡거(張橫渠)의 서명(西銘) 한 편은 육경을
     이어 우뚝 지어졌으니, 오호라, 참으로 빼어난 것일세[張橫渠西銘一篇, 巍然接
     六經而作, 嗚呼休哉!]"라 언급한 바 있다.

13

이웃집에서 긴 대나무 심어   鄰家種修竹,
때때로 담을 넘어온다네.   時復過牆來.
온통 초록 빛,   一片靑蔥色,
결국 날 위해 심은 셈이네.   居然爲我栽.

고요한 대밭에 밤새 눈 내려   幽篁 ·夜雪,

드문드문 모습들 푸른빛 잃었네.   疎影失靑綠.

요동치는 바람에 부서지지 말기를,   莫被風吹簸,

차디차고 영롱한 구슬이여.   玲瓏碎寒玉.

         — 금산사문물관 소장 탁본金山寺文物館藏拓本

  14

잎은 그저 몇 조각 뿐,   不過數片葉,

종이 그득 마디들이네.   滿紙混是節.

만물은 무릇 뿌리까지 봐야지,   萬物要見根,

반 뚝 잘라진 것만 볼 게 아니네.   非徒觀半截.

비바람에도 흔들리지 않고   風雨不能搖,

눈서리도 견뎌낼 수 있다네.   雪霜頗能涉.

종이 밖을 다시 살펴보면   紙外更相尋,

구름 뚫고 하늘궁전까지 오르고 있다네. 干雲上天闕.[1]

           — 『미술연구(美術研究)』

역주

1 干雲上天闕 : 干雲 : 높이 솟아 구름까지 들어서다. 天闕 : 하늘의 궁궐.

해제

이 그림은 대나무의 뿌리나 줄기 끝 부분은 담지 않고 가지와 잎만 그렸다는 것. 그러나 지면에는 뿌리가 보이지 않아도 비바람과 눈서리를 능히 견딜 수 있고, 화폭 끝에서 끝난 가지는 밖으로 나가 하늘까지 치솟고 있다고 강조했다. 이는 상상을 통해 감상해야 하는 '종이 밖 그림[紙外之畵]' 화법이다. 「5.34 종이를 벗어난 대나무 한 줄기[出紙一竿]」 참조.

15

대나무 그릴 때 생각이 붓보다 먼저이고,　　　　　　　畫竹意在筆先,
먹물은 빽빽하면서도 담백하게 한다네.　　　　　　　用墨乾淡並兼.
배움에서 이 이치 얻지 못하면　　　　　　　　　　　從人不得其法,
올해나 작년이나 매 일반이리.　　　　　　　　　　　今年還是去年.

　　　　　　　　　　　　　　　　─ 상주 하내양 소장 묵적[常州何乃揚藏墨蹟]

16

우연히 운림의 바위 화법을 배우고,　　　　　　　偶學雲林石法,[1]
마침내 여가의 새 대나무 본떴네.　　　　　　　　遂摹與可新篁.[2]
한 바탕 푸르른 기색,　　　　　　　　　　　　　一片靑蔥氣色,
분명코 비 지나간 뒤의 햇살이라네.　　　　　　　居然雨過斜陽.

　　　　　　　　　　　── 「동남일보금석서화(東南日報金石書畫)」 제71기(七十一期)

역주

1　雲林 : 元代畫家이자 詩人인 倪瓚(1301∼1374). 初名은 珽, 자 泰宇, 호는 雲林居
　　士·雲林子·雲林散人, 荊蠻民·淨名居士·朱陽館主·蕭閑仙卿·幻霞子·東
　　海農·無住庵主·絶聽子·曲全叟·滄海漫士·懶瓚·東海瓚·奚元朗 등 여러
　　別號가 있다. 無錫 사람. 詩·畫, 특히 산수화에 뛰어났고, 『淸閟閣集』이 있다.
2　與可 : 北宋의 문인·화가 文同, 자는 與可이며, 四川 梓潼縣人이다. 「5.1 題
　　畫·竹」 참고.

17

하나 둘 셋 대나무 가지,　　　　　　　　　　　一兩三枝竹竿,
넷 다섯 여섯 대나무 잎.　　　　　　　　　　　四五六片竹葉;
자연스럽게 담담하고 성글어야지　　　　　　　自然淡淡疎疎,
어찌 꼭 겹겹이 포개져야 하나?　　　　　　　何必重重疊疊?

건륭 신미년 가을, 판교거사 정섭.

乾隆辛未秋,[1] 板橋居士鄭燮.

— 상해박물관 소장 묵적[上海博物館藏墨跡]

역주

1　乾隆辛未 : 淸 高宗 乾隆 16년(1751).

18

비록 크고 작고 진하고 연한 구분은 있어도,　雖然高下分濃淡,
어쨌든 새로 솟은 대나무가 한창일 때라네.　總是新篁得意時.

— 상주 하내양 소장 묵적[常州何乃揚藏墨跡]

19

잎 없는 이 대나무, 낚싯대 만들어야 하리니　禿竹應須作釣竿,
강기슭 비바람 속에서 추위와 맞서 있구나.　江頭風雨不辭寒.

섭 그림.

燮畫.

—『지나남화대성(支那南畫大成)』

20

눈앞 가득 누런 모래 어쩔 수 없어　滿目黃沙沒奈何,
산동에서 그저 찐빵 먹고 있었네.　山東只是喫饆饠.[1]
우연히 강남의 대나무 그리자마자　偶然畫到江南竹,
봄바람 속 수많은 죽순 떠올랐다네.　便想春風燕筍多.[2]

건륭 무인년 이월 십칠일, 판교 정섭 그리다.

乾隆戊寅³二月十七日, 板橋鄭燮畫.

— 석각(石刻)

역주

1   饅饅(마마) : 찐빵.
2   燕筍 : 봄에 나는 죽순의 일종. 제비가 올 때 자란다 하여 일컫는 이름이다.
3   乾隆戊寅 : 淸 高宗 乾隆 23년(1758).

21

어젯밤 가을바람 소상강을 건너와   秋風作夜渡瀟湘,[1]
미친 듯 바위 때리고 숲 뚫고 지나갔네.   觸石穿林慣作狂;
오로지 대나무 가지만 두려움 없이   惟有竹枝渾不怕,
의연하게 천 바탕이나 맞서 싸웠네.   挺然相鬪一千場.

건륭 무인년 삼월, 판교 정섭 그리고 쓰다.

乾隆著雍攝提格姑洗之月[2], 板橋鄭燮畫幷題.

— 중국미술가협회 소장 묵적[中國美術家協會藏墨跡]

역주

1   瀟湘 : 湖南에 있는 湘江, 또는 湘江과 瀟水의 병칭.
2   著雍 : 十干 중 戊의 별칭. 攝提 : 亢宿에 속하는 별자리 이름. 모두 여섯 개로,
    大角星 양편에 위치해 왼쪽 세 별은 左攝提, 오른쪽 세 별이 右攝提이다. 여기
    서는 '攝提格'의 줄인 말로 쓰여 太歲가 寅에 있을 때를 가리킨다. 姑洗 : 十二律
    중의 하나이며, 율과 역을 배치시켜 음력 三月을 가리킨다. 乾隆 戊寅年은 淸
    高宗 乾隆 23년(1758).

22

사십년 동안 대나무가지 그렸는데. 四十年來畫竹枝,
낮엔 붓 휘두르고 밤에는 고심했네. 日間揮寫夜間思.
번잡하면 두루 잘라 깔끔하게 남겼으니 冗繁削盡留淸瘦,
자연 그대로 그렸을 때가 바로 원숙해진 때였네. 畫到生時是熟時.

건륭 무인 시월 하순, 판교 정섭 그리고 쓰다.
乾隆戊寅[1]十月下浣, 板橋鄭燮畫幷題.

― 상해박물관 소장 묵적[上海博物館藏墨蹟]

역주

1 乾隆戊寅 : 淸 高宗 乾隆 23년(1758).

댓잎 별로 없고 산도 많지 않은데 無多竹葉沒多山,
맑은 바람은 그 사이에 저절로 부네. 自有淸風在此間.
내년 기다려 새 죽순 나올 때 되면 好待來年新筍發,
온 숲 푸르러지고 비취 구름 머물리. 滿林靑綠翠雲灣.[1]

영옹(瀛翁) 노장형을 위해, 판교 정섭이 또 쓰다.
爲瀛翁年學老長兄正, 板橋鄭燮又題.

― 상해박물관 소장 묵적[上海博物館藏墨蹟]

역주

1 灣 : 停泊하다.

24

대나무 속엔 가을바람 분명 더 많이 불겠지.　竹裏秋風應更多,
창 때리고 문 두드리며 그림자가 춤을 추네.　打窓敲戶影婆娑.[1]
이 노인네 그것들 없애지 않으려 함은　老夫不肯刪除去,[2]
삼경에 밀려드는 졸음 쫓으려 함이네.　留與三更警睡魔.[3]

　건륭 신사년, 판교 정섭 그리고 쓰다.
　乾隆辛巳,[4] 板橋鄭燮畫并題.

　　　　　　　　— 양주 서립초 소장 묵적[揚州徐笠樵藏墨跡]

역주

1　婆娑 : 하늘거리며 춤추는 모양.
2　老夫 : 나이가 지긋한 사람이 자신을 낮추어 부르는 말.
3　睡魔 : 참을 수 없는 졸음.
4　乾隆辛巳 : 淸 高宗 乾隆 26년(1761).

25

세 가지 축원으로 대나무 세 그루,　寫來三祝仍三竹,
화봉(華封)의 뜻 담아 두 봉우리 그렸네.　畫出華封是兩峯.[1]
사람들 언제나 진심으로 받드니　總是人情眞愛戴,[2]
모두들 늘어서서 주인께 경배하네.　大家羅拜主人翁.

　건륭 임오년.
　乾隆壬午.[3]

　　　　　　　　— 『지나남화대성(支那南畫大成)』

1 華封 : 華封三祝의 뜻. 『莊子·天地』에서 華땅을 지키는 사람이 요임금에게 장
　수·부·자식 세 가지가 많아지기를 축원하자 요는 이를 사양했다는 고사가 있
　는데, 이로써 후대에 '華封三祝'을 祝頌의 의미로 쓰게 되었다.
2 愛戴 : 받들어 모시다. 추종하다.
3 乾隆壬午 : 淸 高宗 乾隆 27년(1762).

26

칠십 노인이 대나무와 바위 그리니　　　　　七十老人寫竹石,
바위는 더욱 험준하고 대는 한층 꼿꼿하네.　石更崚嶒竹更直.[1]
이로써 노인네 필법 비범함을 알 것이니　　乃知此老筆非凡,
우뚝 솟은 천 심 높이의 절벽이로세.　　　挺挺千尋之壁立.[2]

　　　　　　　— 상주 하내양 소장 묵적[常州何乃揚藏墨跡]

역주

1 崚嶒(능증) : 험준하다.
2 尋 : 옛날 길이를 재던 단위, 대개 八尺을 가리킨다.

27

길게 뻗은 대 두 그루 하늘 높이 솟았는데　兩枝修竹出重霄,[1]
이파리 몇 장 새 대 끝에 거꾸로 매달렸네.　幾葉新篁倒挂梢.
본시 같은 뿌리며 같은 태생일지니　　　　本是同根復同氣,[2]
낮은 처지 높은 위치가 어디 있겠나!　　　有何卑下有何高!

　　건륭 을유년 오월 삼일, 판교 정섭.
　　乾隆乙酉[3]五月三日, 板橋鄭燮.

　　　　　　　— 고궁박물원 소장 묵적[故宮博物院藏墨跡]

역주

1   重霄 : 九霄. 하늘 높은 곳을 가리킨다.
2   同氣 : 일반적으로 형제사이를 가리키나, 뜻이나 의견이 자연스럽게 투합되는
    사이를 나타내기도 한다.
3   乾隆乙酉 : 淸 高宗 乾隆 30년(1765). 판교는 이 해 12월에 세상을 떠났다.

28

관리 생활에서 돌아오니 양 소매가 텅텅 비어	宦海歸來兩袖空,
사람들 만나면 대나무에 맑은 바람 그려 파네.	逢人賣竹畵淸風.
그런데도 근거 없는 말들 입방아에 근심 쌓이니	還愁口說無憑據,
몰래 뇌물 챙겼다는 비방이 온 산동에 퍼지다니.	暗裏贓私偏魯東.[1]

　　판교노인 정섭이 자찬하면서 또한 자조하다. 건륭 을유년, 여행길
에 그리고 쓰다.
　　板橋老人鄭燮自贊又自嘲也. 乾隆乙酉,[2] 客中畵幷題.

―『지나남화대성(支那南畵大成)』

역주

1   魯東 : 山東省의 별칭으로, 齊魯 혹은 東魯라고도 한다.
2   乾隆乙酉 : 淸 高宗 乾隆 30년(1765).

해제

　　乾隆乙酉年 여행길에 썼다고 했는데, 위에서 언급한 대로 판교는 이
해 12월에 세상을 떠났다. 山東 范縣과 濰縣에서 근무할 때 그는 청렴
하게 생활하면서, 특히 재난을 만난 백성을 위해 여러 가지 구제책을
마련하기도 한 청백리였다. 건륭 18년(1753)에 사직하고 귀향해 양주에

서 서화로 생활한 지 이미 10년이 넘게 지났음에도 불구하고 그를 두고
온갖 비방이 이어져왔음을 알 수 있다. 젊었을 때부터 "큰소리치기를
좋아하고, 지나친 자부심을 가지고 때를 가리지 않고 서슴없이 남을 꾸
짖곤 하는"(「6.1.5 판교 자서」) 등 남들과 잘 어울리지 못하는 성격과 관련
이 있는지도 모르겠다.

29

높다란 줄기에 두 가지, 잎은 별로 많지 않다네.	兩枝高幹無多葉,
부드러운 대나무에 어찌 가지가 많겠는가.	幾許柔篁大有柯.
서리 맞고 풍설 견디는 일로 말하자면	若論經霜抵風雪,
그 무엇이 저리 꼿꼿하면서도 늘어지겠는가!	是誰挺直又婆娑.[1]

유옹□ 노장형께, 판교 정섭 그리고 쓰다.

維翁□老年長兄正, 板橋鄭燮畫幷題.

— 『문물(文物)』 1960년 제7기(一九六〇年第七期)

역주

1   婆娑 : 하늘거리며 흔들리는 모양.

30

하찮은 관직에 묶여 힘들기 그지없을 때	我被微官困煞人,
그대 정원 찾아와 정신 추스르곤 했다네.	到君園館長精神.
쏴아쏴아 소리 그득 이 대나무들 보게나,	請看一片蕭蕭竹,
그림 속 계단 앞은 세속 완전히 끊었다네.	畫裏階前總絶塵.

— 『문물(文物)』 1960년 제7기(一九六〇年第七期)

31

굽이굽이 고요하고 도도하게 흐르면서
모래 가르고 대나무 숨긴 채 이끼를 떨치네.
이곳의 청량한 기분을 그 누구와 나눌까,
오로지 고상한 사람과 차 나눠야 어울린다네.

曲曲溶溶漾漾來,[1]
穿沙隱竹破莓苔.
此間淸味誰分得,
只合高人入茗杯.

목재 노장형께, 판교 정섭. 건륭 계미년.
爲木齋[2]老長兄政, 板橋鄭燮. 乾隆癸未.[3]

—『보우각서화록(寶迂閣書畫錄)』

역주

1   溶溶 : 물이 세차게 흐르는 모양 또는 교교한 모양. 漾漾 : 물결이 출렁이는 모양.
2   木齋 : 미상.
3   乾隆癸未 : 淸 高宗 28년(1763).

32

죽순으로 둘러싸인 멋진 대 가지와 줄기들,
그 가운데 주석은 하나같이 깎아지른 듯.
봄 바람 여름 비에 맑은 햇살 가득하고
가을 겨울 다가올수록 푸르름이 더해지네.

繞膝龍孫好節柯,[1]
居中柱石老嵯峨.[2]
春風夏雨淸光滿,
歷到秋冬翠更多.

건륭 갑신년 가을날, 판교도인 정섭.
乾隆甲申秋日,

—『몽원서화록(夢園書畫錄)』 권이십삼(卷二十三)

1 　繞膝：무릎 아래에 둘러 모이다. 자녀들이 부모 모심을 비유한다. 龍孫：죽순의
　　別稱. 다른 사람의 후손을 지칭하는 말로도 쓰인다.
2 　嵯峨：산세가 높고 험하다.

33

대나무는 새로 심고 바위는 예전에 둔 것인데　　　　　竹是新栽石舊栽,
대는 푸른 비취 품고 바위엔 이끼 앉았네.　　　　　　竹含蒼翠石含苔.
창문 가득한 비바람 속 삼경의 달,　　　　　　　　　一窗風雨三更月,
작은 서재에서 은자와 마주 앉았네.　　　　　　　　相伴幽人坐小齋.[1]

　　판교 정섭이 그리고 쓰다.
　　板橋鄭燮畫幷題.

　　　　　　　　　　　　　　　　　ー 진강박물관 소장 묵적[鎭江博物館藏墨跡]

역주

1 　幽人：隱者.

34

대 가지와 바위덩어리 서로 잘 어울리니　　　　　　竹枝石塊兩相宜,
수많은 꽃들이야 모두 다 버렸다네.　　　　　　　　羣卉羣芳盡棄之.
봄, 여름, 가을 내내 변함없지만　　　　　　　　　春夏秋時全不變,
눈 속의 고상함이 유달리 청아하네.　　　　　　　　雪中風味更淸奇.

　　판교 정섭.
　　板橋鄭燮.

　　　　　　　　　　　　　　　　　ー 신강박물관 소장 묵적[鎭江博物館藏墨跡]

35

관직에 있을 때 대나무 심었던 곳, 記得爲官種竹枝,
태산 아래 역산 자락 생각이 나네. 泰山脚下嶧山陲.[1]
지금은 새 대가 솟아났을 것이니 應知爾日新篁發,[2]
맑은 바람 분명 날 기억할 때 있으리. 定有清風憶我時.

— 금산사문물관 소장 탁본金山寺文物館藏拓本

역주

1 泰山脚下嶧山陲 : 泰山은 山東에 있는 큰 산. 五岳 중의 하나로, 岱宗이라고도
  불린다. 嶧山은 山東 西南部 鄒城 근처에 있는 산.
2 爾日 : 지금. 당시.

36

새벽에 강변의 대나무 가지 바라보니 晨起江邊看竹枝,
비취빛 그윽한 그림자 무성하구나. 一團青翠影離離.[1]
모란과 작약은 저마다 색깔 뽐내고 牡丹芍藥誇顏色,
나 역시 맑고 편안하여 흡족한 때라네. 我亦清和得意時.

건륭 을축년, 판교 정섭.
乾隆乙丑, 板橋鄭燮.

— 금산사문물관 소장 탁본金山寺文物館藏拓本

역주

1 離離 : 초목이 무성한 모양.

37

성글게 혹은 빽빽하게 우뚝 서서　　　　　　　　疎疎密密復亭亭,
작은 뜰 안쪽 대밭이 온통 푸르네.　　　　　　　小院幽篁一片靑.
제일 좋기로는 저녁 바람 속 등나무평상 위,　　最是晩風藤榻上,
온 몸은 서늘하고 하늘 가득 별이 나왔네.　　　滿身涼露一天星.

　　　　　　　　　　　　　　－ 금산사문물관 소장 탁본金山寺文物館藏拓本

38

황산곡은 글씨 쓸 때 대나무 그리듯 하고　　　山谷寫字如畫竹,[1]
소동파는 대나무 그릴 때 글씨 쓰듯 했지.　　東坡畫竹如寫字,[2]
평범한 필묵과는 비할 수가 없으니　　　　　不比尋常翰墨間,
저마다 거침없고 웅대한 뜻 담아냈다네.　　蕭疎各有凌雲意.[3]

　　　　　　　　　　　　　　　　　　　　　－ 탁본(拓本)

역주

1　山谷 : 北宋의 저명한 문인이자 서법가인 黃庭堅(1045~1105), 자 魯直, 自號 山
　　谷道人, 晩號는 涪翁이며, 洪州 分寧(지금의 江西 修水) 사람.
2　東坡 : 北宋의 저명한 문인이자 서법가인 蘇軾(1037~1101), 자 子瞻, 호 東坡居
　　士.
3　蕭疎 : 자연스럽고 구속되지 아니함. 凌雲意 : 높이 날고자 하는 커다란 포부.

39

어젯밤 산 속에 동풍 불더니　　　　　　　　東風昨夜入山來,
향기로운 난초들 이곳저곳 피었네.　　　　　吹得芳蘭處處開.
오직 대나무 홀로 군자의 벗 되느니　　　　唯有竹爲君子伴,
뭇 꽃들과는 함께 심지 않으려네.　　　　　更無衆卉許同栽.

　　　　　　　　　　　　　　　　　　　　　－ 탁본(拓本)

40

강가 집집마다 대나무 많이 심어
그 옆에 돌을 두니 한층 운치 있네.
한 풍경 안에 서로를 바라보게 하니
상산에 신녀(神女)가 서 있는 것만 같네.

江上家家種竹多,
傍添石塊更阿那,[1]
且應一景相看待,
恍似湘山立楚娥.[2]

판교 정섭.
板橋鄭燮.

— 세계서국(世界書局), 「정판교전집(鄭板橋全集)」 삽도(揷圖)

역주

1   阿那 : 부드럽게 아름다운 모습.
2   湘山 : 君山 혹은 洞庭山으로도 불리며, 湖南의 洞庭湖 안에 위치하여 岳陽樓에
    서 감상할 수 있다. 楚娥 : 전설 속에서 巫山에 산다는 神女를 가리키는 말.

41

대나무 뿌리, 가지를 바위 사이에 그렸더니
바위가 대나무 가지보다 한 자나 더 높구나.
비록 바위한테 한 자 높이 양보했지만
내년엔 하늘까지 닿는 내 힘을 보여주리.

畫根竹枝挿塊石,
石比竹枝高一尺.
雖然一尺讓他高,
來年看我掀天力.

— 상주 하내양 소장 묵적[常州何乃揚藏墨跡]

42

하늘 찌르고 땅을 덮는 대나무를 그리면서
거친 바람 몰아치는 비도 붓끝으로 심었네.
내 이제 다른 사람의 화법 따르지 않고

畫竹挿天蓋地來,
翻風覆雨筆頭栽.
我今不肯從人法,

세죽과 관음죽도 같이 그려내리라.　　　　　　　　　寫出龍鬚鳳尾排.[1]

　　　　　　　　　　　　　　　　　　　　　　— 상주 하내양 소장 묵적[常州何乃揚藏墨跡

역주

1　龍鬚鳳尾：龍鬚는 細竹으로, 키가 크지 않고 줄기가 아주 가늘어 화분에 키울
　　수 있다. 鳳尾는 觀音竹을 가리킨다.

43

대나무 뿌리와 가지에 바위 그려 넣으니　　　　　　寫根竹枝栽塊石,
군자와 대인이 차례로 드러나네.　　　　　　　　　君子大人相繼出.
해마다 변함없는 저 푸름 보면서　　　　　　　　　年年歲歲看長靑,
시시각각 옛 모습도 살펴보리라.　　　　　　　　　日日時時瞻古色.

　　　　　　　　　　　　　　　　　　　　　　— 상주 하내양 소장 묵적[常州何乃揚藏墨跡

44

오래된 대나무 짙푸르게 여린 가지 터뜨리니　　　老竹蒼蒼發嫩梢,
올해엔 신묘한 변화 얻어 시문을 이어가리.　　　當年神化走風騷.[1]
산에는 온 밤 내내 봄비와 우레소리,　　　　　　山頭一夜春雷雨,
새로운 대에 봉황 털 같은 잎 자라나겠네.　　　又見龍孫長鳳毛.[2]

　　　　　　　　　　　　　　　　　　　　　　—『명인제화록(名人題畵錄)』

역주

1　風騷：원래 風은『詩經』의 國風, 騷는 屈原의『離騷』를 의미하나, 일반적으로는
　　문학(작품)을 두루 지칭한다.
2　龍孫：새로 솟은 대. 鳳毛：봉황의 날개털. 대나무 잎을 형용한다.

45

해마다 대나무 그려 맑은 기운 사는데
맑은 기운 사건만 가격은 낮춰 부르네.
고아함은 많길 바라고 돈은 적게 내려드니
대부분 주점 주인에게 주고 만다네.

年年畵竹買淸風,
買得淸風價便鬆.
高雅要多錢要少,
大都付與酒家翁.

판교.
板橋.

— 『지나남화대성(支那南畵大成)』

46

긴 대 가지 두 개가 담을 너머 자라나니
날 위해 심은 이웃에게 얼마나 감사한지.
그대 아직 빈 대 좋은 걸 잊지 않았다면
여기 와서 거친 차 두 세 잔 들어보게나.

兩枝修竹過牆來,
多謝鄰家爲我栽.
君若未忘虛竹好,
請來粗茗兩三杯.

판교.
板橋.

— 『지나남화대성(支那南畵大成)』

47

이제부터 다시는 향기로운 난 그리지 않고
쏴아쏴아 차가운 대나무 그 운치만 그리리라.
짧은 마디 마른 가지 천 개 만 개 그득하니
그대 뜻에 맞는 걸 골라 낚싯대로 쓰시게나.

從今不復畵芳蘭,
但寫蕭蕭竹韻寒.
短節零枝千萬个,
憑君揀取釣魚竿.

— 탁본(拓本)

48

한 바탕 광풍이 휘몰아쳐 불어오니　　　　　　　一陣狂風倒卷來,
대나무 가지 뒤집혀 하늘 향해 누웠다네.　　　　竹枝翻迴向天開.
구름과 안개 없애는 게 진짜 내 일인데　　　　　掃雲掃霧眞吾事,
어찌 자질구레 땅바닥이나 쓸겠는가?　　　　　豈屑區區掃地埃.

　　판교가 장난삼아 쓰다.
　　板橋戲題.

　　　　　　　　　　　　　　　─『서원(書苑)』1권 7호(一卷七號)

49

가지 하나 우연히 벼랑가로 뻗었는데　　　　　一枝偶向崖邊出,
산중에 조릿대, 왕대 많다는 걸 알게 되었네.　　便曉山中篠簜多.[1]
부탁하노니 나뭇꾼이여, 탐내지 말고　　　　　寄語采樵人莫羡,
저 군자를 바위 모퉁이에 남겨두게나.　　　　　留他君子在巖阿.[2]

　　　　　　　　　　　　　　　─『서원(書苑)』1권 8호(一卷八號)

역주

1　篠簜(소탕) : 篠는 조릿대. 簜은 왕대.
2　巖阿 : 바위 모퉁이.

50

어느 집에 새 죽순이 새 흙에서 솟아났나,　　　誰家新筍破新泥,
어젯밤 봄바람이 죽서에 불었다네.　　　　　　昨夜春風到竹西.[1]
문건대 죽서의 대나무가 얼마나 되던가?　　　　借問竹西何限竹,
수만 댓줄기 어느 새 구름 오르는 사다리라네.　萬竿轉眼上雲梯.[2]

　　　　　　　　　　　　　　　─『서원(書苑)』2권 1호(二卷一號)

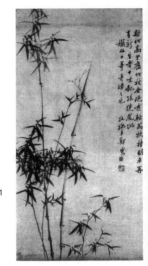

51

새 대나무 옛 대나무보다 높이 솟았으니	新竹高於舊竹枝,
온전히 이전 줄기가 붙잡아 준 덕분이지.	全憑老幹爲扶持.
내년에 다시 솟는 새 가지가 늘어나면	明年再有新生者,
백 척 높이 대나무들이 봉새 연못 두르리라.	十丈龍孫繞鳳池.[1]

열째 난석(蠟石) 형의 득남 경사에, 아우 판교 정섭.
蠟石十哥弄璋之兆,[2] 板橋弟鄭燮.

— 양주박물관 소장 묵적[揚州博物館藏墨跡]

52

몇 자 봉우리도 산을 막아서지 못하는데	數尺峯巒不當山,
몇 가지 댓잎은 푸르게 영롱하네.	幾枝竹葉翠珊珊.
자그만 창가 포근한 바람 누구를 찾아드나?	小窗風暖誰相對?
반 칸 방엔 책벌레 한 사람 뿐인데.	只有書獃屋半間.

— 『십백제서화록(十百齋書畵錄)』

53

작은 누대 동편에 촘촘히 심었더니 曾栽密密小樓東,
밤 비 속에 솨아솨아 소리 들리네. 又聽疎疎夜雨中.
벼루 그득 성에꽃 세 치로 맺혔는데 滿硯冰花三寸結,
그대 위해 맑은 옛 기운 그리고 쓴다네. 爲君圖寫舊淸風.

판교 정섭.
板橋鄭燮.

―『고연췌록(古緣萃錄)』 권십사(卷十四)

54

독서와 서화는 앞선 깨달음 있어야 하거늘 讀書寫畫要先知,
이 기이한 재능 없이는 특출하기 어렵네. 除此奇能未足奇.
하나하나 최상품이라 말하지는 말게, 莫謂個中皆上品,
두 줄기 긴 대에도 높고 낮음 있다네. 兩竿修竹有高低.

―『몽원서화록(夢園書畫錄)』 권이십삼(卷二十三)

55

사람들은 초 땅의 비와 상강의 안개 전하지만 人傳楚雨帶湘烟,
나의 뜻은 전혀 그렇지가 않았네. 我意蕭疎竟不然.
동해에서 해곡 찾아 나선 일 기억하는데 記得東瀛尋嶰谷,[1]
흰 구름 누런 대나무가 몇 천 년 되었다오. 白雲黃竹幾千年.

가옹(佳翁) 장형 육십 장수에, 판교 정섭.
佳翁年學[2] 長兄六十榮壽. 板橋鄭燮.

역주

1 東瀛(동영) : 東海. 嶰谷(해곡) : 崑崙山 北谷. 漢 應劭의 『風俗通·聲音序』에 "옛
날 황제가 伶倫에게 명하여 大夏의 서쪽, 崑崙의 북쪽으로 가서 嶰谷의 대나무
를 구해오게 했다. 그는 구멍이 고르고 굵은 것을 골라 두 마디를 잘라 불어보
고는 黃鍾의 피리로 만들었다.[昔黃帝使伶倫自大夏之西, 崑崙之陰, 取竹於嶰谷,
生其竅厚均者, 斷兩節而吹之, 以爲黃鍾之管.]"
2 佳翁年學 : 佳翁에 관해서는 미상. 年學은 같은 해에 과거에 합격한 사람.

56

동서남북 사방에서 [비바람] 부는데 　　　　　南北東西四面吹,
이 군자는 들리지 않는 듯 무심하다네. 　　　此君淡若不聞知,
비 개고 바람 그치자 우뚝 섰으니 　　　　　雨晴風定亭亭立,
맑은 빛 한 갈래 늠름한 기상이라네. 　　　一種淸光是羽儀.[1]

역주

1 羽儀 : 대개 왕의 호위병을 가리키지만, 여기서는 재덕을 갖춘 늠름한 모습이란
뜻.

57

작은 정원에 마른 대 새로 심으니 　　　　　新裁瘦竹小園中,
바위 위에 두 세 더미씩 무성하게 되었네. 　　石上淒淒三兩叢.
대나무도 크지 않고 봉우리 또한 낮으니 　　竹又不高峰又矮,
이 모두 겸손한 가풍 때문이라네. 　　　　　大都謙退是家風.

58

청산이 앞서도록 양보할 처지이니 　　　　　且讓靑山出一頭,
드문 가지 마른 줄기로는 견줄 수 없네. 　　疎枝瘦幹未能遒.[1]
내년에 백 척 대나무 자라난 뒤엔 　　　　　明年百尺龍孫發,[2]

아마도 청산이 한 발 뒤지게 되리.   多恐靑山遜一籌.

역주

1 遜(주) : 접근하다. 다가오다.
2 龍孫 : 새로 나온 대. 판교는 아래 부분에서 "신비스런 용은 머리는 보여도 꼬리는 보이지 않는다. 대나무는 용의 종족이다. 그 뿌리를 그리고, 그 가지는 숨기니 이야말로 용의 뜻과 같지 않은가[神龍見首不見尾. 竹, 龍種也; 畫其根, 藏其末, 其猶龍之義乎!]"라 언급한 바 있다.

59

손길 가는대로 지나가면 온통 대나무,   信手撚來都是竹,[1]
어우러진 가지와 잎에 차가운 이슬 스치네.   亂葉交枝憂寒玉.
양주의 문 태수에게 웃음 짓나니   卻笑洋洲文太守,[2]
이미 오래 전에 구상 되어 있었다네.   早向從前搆成局.
내 가슴 속엔 십만 그루 대가 있어   我有胸中十萬竿,
순식간에 휘두르니 먹물 아직 흥건하네.   一時飛作淋漓墨;
봉새 되고 용이 되어 구천에 오르고   爲鳳爲龍上九天,
구름노을 물들이며 신록을 드러내네.   染徧雲霞看新綠.

        — 이상 『서원(書苑)』 1권 7호(一卷七號)

역주

1 信手 : 손길 가는대로.
2 洋洲文太守 : 洋洲는 陝西에 있는 지명. 文太守는 미상.

60

 예전 동파거사(東坡居士)가 고목과 죽석을 그릴 때 고목과 바위만 있지 대나무가 없어서 쓸쓸하고 무미건조했다. 그래서 나는 대나무와 바위를 그릴 때 원래부터 고목과 함께 그리지 않는다. 목적이 대나무 그리는 데 있으니 대나무를 중심으로 하면서 바위는 보조로 한다. 오늘은 바위가 오히려 대나무보다 크고, 대나무보다 많으니 이 또한 격식에서 벗어난 것이다. 옛 법식에 얽매이지 않고, 자신의 견해를 고집하지 않으며, 오로지 생동감을 따질 뿐이다.

점(漸) 노형 부탁으로, 건륭 갑술년 구월 구일, 판교 정섭 그리다.

昔東坡居士作枯木竹石[1], 使有枯木石而無竹, 則黯然無色矣. 余作竹作石, 固無取於枯木也. 意在畫竹, 則竹爲主, 以石輔之. 今石反大於竹, 多於竹, 又出於格外也. 不泥古法, 不執己見, 惟在活而已矣. 漸老年兄屬, 乾隆甲戌重九日[2], 板橋鄭燮畫.

— 상해박물관 소장 묵적上海博物館藏墨跡

역주

1 東坡居士 : 북송 문인이자 화가인 蘇軾의 호.
2 乾隆甲戌重九日 : 乾隆甲戌은 청 고종 19년(1754). 重九日 : 음력 9월 9일.

61

내가 처음 대를 그릴 때 적게 그릴 수는 있어도 많게는 그릴 수 없었다. 많게 그릴 수 있게 되자 다시 적게 그릴 수가 없었다. 이런 단계의 공력이 가장 어려운 일이다. 근래 육십을 넘어서서야 비로소 가지를 줄이고 잎을 줄이는 법을 알게 되었다. 소계자(蘇季子 : 蘇秦)가 말하길 "간결함을 단련하면 헤아릴 수 있게 된다"고 했다. 문장과 그림 일이 어찌 다른 길이랴! 이 그림은 간결함의 비결을 얻은 것이리라.

판교 정섭.

始余畫竹, 能少而不能多; 旣而能多矣, 又不能少 : 此層功力, 最爲難也. 近六十外, 始知減枝減葉之法. 蘇季子曰[1] : 簡鍊以爲揣摩[2]. 文章繪事,

豈有二道! 此幅似得簡字訣. 板橋鄭燮.

—『서화감영(書畫鑑影)』 권이십사(卷二十四)

역주

1   蘇季子 : 전국시기 종횡가 蘇秦(B.C. 337~B.C. 284), 자가 季子이다.
2   揣摩 : [대상의 상황을] 헤아리다. 이 구절의 원문은 다음과 같다.『戰國策·秦策
一』: "(蘇秦이) 밤에 책을 꺼내 수십 권을 책 상자에서 펼쳐보다가 강태공『陰
符』의 계책을 얻어 엎드려 암송해 그 간결함을 단련하여 헤아리게 되었다.[(蘇
秦)乃夜發書, 陳篋數十, 得太公『陰符』之謀, 伏而誦之, 簡練以爲揣摩.]"

62

신비스런 용은 머리는 보여도 꼬리는 보이지 않는다. 대나무는 용의 종족이다. 그 뿌리를 그리고, 그 가지를 숨기니 이야말로 용의 뜻과 같지 않은가!

건륭 신사년, 판교 정섭 그리고 쓰다.

神龍見首不見尾. 竹, 龍種也; 畫其根, 藏其末, 其猶龍之義乎! 乾隆辛巳[1], 板橋鄭燮畫幷題.

—『서원(書苑)』 1권 1호(一卷一號)

역주

1   乾隆辛巳 : 淸 高宗 26년(1761).

63

양주(揚州) 왕사신(汪士愼)은 자가 근인(近人)으로, 대나무 그림에 빼어나다. 일찍이 대나무 두 그루와 마른 바위 하나를 그려 항주(杭州) 김농(金農) 수문(壽門)에게 제영(題詠)을 부탁했다. 김농은 붓을 들어 스물여덟 자를 쓰고 난 후, 그 뒤에 열네 자를 이렇게 덧붙였다. "맑고 마른 대나무 두 그루, 옥을 깎아 수양산 아래 백이·숙제를 세운 듯." 예로부터 대나무에 글을 단 이래 이제껏 고죽군(孤竹君)의 일을 쓴 사람이 없었는데, 이렇듯 수문이 처음 언급한 것이다. 수문은 [세상에서] 뜻을 얻지 못할수록 시가 한층 기묘했으니, 사람이 또한 어찌 부귀에 빠져 스스로 비루해질 필요가 있단 말인가! 운정(芸亭) 형 한 바탕 웃으시라고. 판교 정섭.

揚州汪士愼[1], 字近人, 妙寫竹. 曾作兩枝, 並瘦石一塊, 索杭州金農壽門題詠.[2] 金振筆而書二十八字, 其後十四字云:『淸瘦兩竿如削玉, 首陽山下立夷齊[3].』自古今題竹以來, 從未有用孤竹君[4]事者, 蓋自壽門始. 壽門愈不得志, 詩愈奇, 人亦何必汨富貴以自取陋! 芸亭年兄一粲[5]. 板橋鄭燮.

— 주기첨 소장 묵적[朱屺瞻藏墨跡]

역주

1 汪士愼 : 청대 문인이자 화가(1686~1759). '揚州八怪' 중의 한 명으로, 자는 近人, 호는 巢林 외에 士峰·甘泉山人·甘泉寄樵·成果里人·晩春老人·溪東外史 등이 있다. 詩·書·畵·印 등 여러 방면에 뛰어났다.
2 金農 : '揚州八怪' 중의 한 명. 자는 壽門, 호는 冬心先生·稽留山民 등이고, 浙江 仁和(지금의 杭州) 사람. 청대 저명한 서화가로 전각에도 빼어났다. 「2.89 김농에게[贈金農]」 등 참고.
3 首陽山下立夷齊 : 伯夷와 叔齊 고사. 두 사람은 본래 殷나라 孤竹國(河北省 昌黎縣 부근)의 왕자였는데, 아버지가 죽은 뒤 서로 후계자가 되기를 사양하다가 끝내 두 사람 모두 나라를 떠났고 가운데 아들이 왕위를 이었다. 그 무렵 周 武王이 은나라 紂王을 討滅하여 주 왕조를 세우자, 두 사람은 무왕의 행위가 仁義에 위배되는 것이라 하여 주나라의 곡식을 먹기를 거부한 채 首陽山에 들어가 몸을 숨기고 고사리를 캐먹고 지내다가 굶어죽었다 한다. 『사기·백이열전』 참고.
4 孤竹君 : 伯夷와 叔齊의 부친. 여기서는 伯夷와 叔齊의 고사를 말함.
5 一粲 : 一笑의 뜻.

64
짧은 마디 오래된 줄기, 땅 밑의 편(鞭) 병기가 문득 지상으로 날아오른 듯. 그렇다면 어찌 지상의 대나무인들 천상으로 날아오를 수 없겠는가! 높고 낮음은 진실로 하나로 정해진 게 아니다.

短節古幹, 如地下之鞭[1], 忽飛騰地上. 然則地上之竹, 獨[2]不可飛騰於天上耶! 高卑固無一定也.

―『서원(書苑)』

역주

1 鞭 : 고대 병기의 일종. 철제로 마디를 이루며 칼날은 없다. 鋼鞭·竹節鞭 등이 있는데, 여기서는 마디가 있는 대나무 뿌리를 가리킨다.
2 獨 : 어찌.

65

사람들은 큰 화폭에 대나무 그리는 걸 어렵게 여기지만, 오히려 나는 쉽게 생각한다. 우선 날마다 천천히 여유를 가지고 한 그루씩만 완전하게 그린다. 그렇게 5일이나 7일 동안만 그리면 다섯 그루나 예닐곱 그루의 대나무가 나란히 세워진다. 그런 다음 그 사이사이에 연한 대, 작은 대, 자잘한 대를 가로 세로로 이리저리 그려 세운다. 혹은 성글거나 조밀하게, 혹은 짙거나 연하게, 혹은 길거나 짧게, 굵거나 가늘게, 생각대로 완급을 조절하기만 하면 곧 전체적인 화폭이 구성된다. 옛날 [한 나라] 상국(相國) 소하(蕭何)가 미앙궁(未央宮)을 지을 때, 먼저 동쪽 궁궐, 북쪽 궁궐, 앞 궁전, 무기고, 큰 창고를 세운 후에 별전, 내전, 침전, 궁실, 좌우 행랑채, 동서 긴 골목 등을 가로 세로로 배치해 마침내 천 개 만 개의 문과 궁전을 만들어냈다. 결국 먼저 그 큰 것을 세우고 나니 작은 것은 쉽고도 쉬울 따름이었다. 사실 언덕 하나, 구덩이 한 개의 처리나 아주 작은 풀 하나, 작은 꽃 하나를 드러나게 하는 것도 어려울 점이 있으며, 큰 것에서부터 시작하고 크게 휘둘러 쓰는 일 또한 쉬울 때가 있으니, 그 요점은 사람의 의경이 어떠한가에 달려 있을 뿐이다. 판교 정섭.

畫大幅竹, 人以爲難, 吾以爲易. 每日只畫 竿, 至完至足, 須五七日

畫五七竿, 皆離立完好[1]. 然後以淡竹、小竹、碎竹經緯其間. 或疎或密, 或濃或淡, 或長或短, 或肥或瘦, 隨意緩急, 便構成大局矣. 昔蕭相國何造未央宮[2], 先立東闕、北闕、前殿、武庫、太倉, 然後以別殿、內殿、寢殿、宮室、左右廊廡[3]、東西永巷經緯之[4], 便爾千門萬戶. 總是先立其大, 則其小者易易耳, 一邱一壑之經營, 小草小花之渲染[5], 亦有難處; 大起造、大揮寫, 亦有易處, 要在人之意境何如耳. 板橋鄭燮.

— 양주박물관 소장 묵적[揚州博物館藏墨跡]

역주

1 　離立 : 나란히 서다.
2 　蕭相國何 : 西漢 초기 정치가 蕭何(B.C. 257~B.C. 193). 沛人이며, 劉邦을 도와 漢 건국에 많은 일을 담당하여 후에 相國에 배수되었다.
3 　廊廡(낭무) : 집 앞쪽의 행랑채.
4 　永巷 : 宮中의 긴 도로.
5 　渲染 : 묵이나 엷은 색으로 윤곽을 발라서 형체를 두드러지게 하는 畵法의 하나.

66

　그림은 종이 안에 있는 게 있고, 종이 밖에 있는 게 있다. 이 그림에서는 대나무 줄기가 이파리보다 많은데, 바람에 흔들리고 비에 젖으며 이슬 머금고 안개 토해내는 게 모두 종이 바깥에 숨어 있도다! 그러나 종이 안에서도 푸른 옥을 뽑아내는 듯, 푸른 보석을 깎아내는 듯, 바람 불면 부딪히는 소리가 영롱하고 아름답다. 아름답게 울리면서 우렁차게 퍼지면 가슴을 풀어주고 적막을 깨기에 충분하다. 이에 종이 안의 그림은 다시 종이 바깥보다 더 맑게 되는 것이다.

　건륭 갑신, 일흔두 살 노인 판교 정섭이 여기에 쓰다.

　畫有在紙中者, 有在紙外者. 此番竹竿多于竹葉, 其搖風弄雨, 含露吐霧者, 皆隱躍[1]于紙外乎! 然紙中如抽碧玉, 如削青琅玕[2], 風來戛擊之聲, 鏗然而文[3], 鏘然而亮, 亦足以散懷而破寂. 紙中之畫, 正復淸于紙外也. 乾隆

6. 보유(補遺) 371

甲申³, 七十二老人板橋鄭燮寫此.

— 황묘자 제공(黃苗子提供)

역주

1 隱躍 : 숨어 있어 분명하지 않다.
2 琅玕(낭간) : 珠玉과 비슷한 아름다운 돌.
3 鏗然(갱연) : 금속이나 옥 등 사물이 부딪히며 내는 소리. 文 : 아름답다.
4 乾隆甲申 : 淸 高宗 29년(1764). 판교 나이 72세 때로, 그는 다음해에 세상을 떠났다.

6.4.2 난 그림에 쓴 글 19종題畫蘭十九則

1

잎 저절로 짧아지고	葉自短,
꽃 스스로 자라난다.	花自長.
그 힘을 모아 놓았다가	蓄其力,
향기를 터트린다.	揚其芳.
꽃은 방안에,	花在室,
향기는 온 집안에.	香滿堂.

판교도인.
板橋道人.

— 상해박물관 소장 묵적上海博物館藏墨跡

2

| 난초 분 두 개, | 兩盆蘭草, |

하나는 늦고 하나는 이르다.　　　　　　　　　　　　　一晚一早.
차례로 꽃 피워내네,　　　　　　　　　　　　　　　先後得花,
봄 끝자락 여름 새벽에.　　　　　　　　　　　　　春末夏曉.

ー 상주 하내양 소장 묵적[常州何乃揚藏墨蹟]

3

난초 세 대를 그리는데　　　　　　　　　　　　　蘭草寫三臺,
아무도 감히 붓 들어 심지 못하네.　　　　　　　無人敢筆栽.
진기한 새 화법 받아들이니　　　　　　　　　　取得新奇法,
묵향이 그대로 풍겨 나누나.　　　　　　　　　墨香吹出來.

　　판교가 뜻을 얻어 쓰다.
　　板橋得意寫之.

ー 상주 하내양 소장 묵적[常州何乃揚藏墨蹟]

4

잎 길면 꽃이 적고　　　　　　　　　　　　　　葉長花則少,
잎 적으면 꽃이 많다.　　　　　　　　　　　　葉少花則多.
세상은 남아도는 지경인데　　　　　　　　　　世上有餘不盡,
영웅호걸은 어찌할까!　　　　　　　　　　　英雄豪杰如何!

5

　　광풍이 몰아쳐도 잎은 흩날리지 않는다. 기품이 우아하고 꽃마저
향기롭다. 누구와 벗하는가 물으니, 나 정대랑(鄭大郎)이라네. 텅 빈 계곡
에서 그와 벗하며 염량세태일랑 좋아하지 않네. 나의 후손은 저 난처럼
혼인 맺기 바란다네.

　　風雖狂, 葉不揚; 品旣雅, 花亦香. 問是誰與友, 是我鄭大郎. 友他在空

谷, 不喜見炎涼. 願吾後嗣子, 婚媾結如蘭.

—『몽원서화록(夢園書畫錄)』권이십삼(卷二十三)

6

사철 내내 시들지 않는 난, 백 마디 이어지며 우뚝 솟은 푸른 대나무, 만고풍상에도 끄떡없는 바위, 천 년이 지나도 변함없는 사람, 이들 세 자연과 뛰어난 군자를 그려 네 가지 아름다움으로 삼는다.

四時不謝之蘭, 百節長青之竹, 萬古不移之石, 千秋不變之人, 寫三物與大君子爲四美也.

— 금산사문물관 소장 탁본(金山寺文物館藏拓本)

7

향기로운 난 분 속에 심었더니	芳蘭纔向盆中植,
어느 새 영지가 땅에서 솟아나네.	便有靈芝地上生.
푸른 햇살 봄 정령께 부탁하노니	寄語青陽司節候,[1]
이 좋은 봄날을 제남성에 먼저 보내주시라.	好春先送濟南城.

회계(會稽)의 도사달(陶四達) 선생이 잠시 역성(歷城)에 머무시는데, 마침 부부가 함께 계시기에 이것으로 축하드린다. 아우 판교 정섭.

會稽陶四達先生時客歷城[2], 正偕燕婉[3], 故有此祝. 弟板橋鄭燮.

— 상해박물관 소장 묵적(上海博物館藏墨蹟)

역주

1   青陽 : 봄. 司 : 주관하다.
2   會稽陶四達 : 會稽는 浙江의 古都. 陶四達에 관해서는 미상. 歷城 : 濟南市에 있으며, 남으로는 泰山, 북으로는 黃河와 맞닿아 있다.
3   燕婉 : 부부가 화목하며 해로함을 뜻하는 말.

8

가파른 벼랑에 매달린 만 여 촉의 난,   峭壁垂蘭萬箭多,

산자락 푸른 꽃봉오리 또한 아리땁구나.   山根碧蘂亦婀娜.

하늘은 비와 이슬 공평하게 내리시거늘,   天公雨露無私意,

높고 낮음 구별하는 이 세상은 어찌된 건가?   分別高低世爲何?

판교 섭.

板橋變.

— 산동성박물관 소장 묵적[山東省博物館藏墨跡]

9

질그릇에 막 피어나는 난을 사오니   買得沙壺花正開,[1]

빈 계곡에 특별한 존재가 되었네.   化爲空谷不凡材.

귀로 듣고 코로 향기 맡고 속내 나누니   耳聞鼻臭同心語,

조상이 왕조의 어사대였는지?   先在王朝御史臺.[2]

판교.

板橋.

—『몽원서화록(夢園書畫錄)』권이십삼(卷二十三)

역주

1   沙壺 : 붉은 진흙으로 만들어 구운 질그릇.
2   御史臺 : 官署 명칭. 秦·漢代에 설치된 이래 명칭은 다소 바뀌었으나 대대로 監察 업무를 맡았다.

10

이 판교도인 아는 게 별로 없으니   板橋道人沒分曉,

종이 가득 난 그림, 끝이 없다오. 滿幅畫蘭畫不了.

난의 자식, 난의 손자, 백 세대 넘게 蘭子蘭孫百輩多,

그대 부부 늙을 때까지 이어지리라. 累爾夫妻直到老.

　　건륭(乾隆) 신사(辛巳)년, 양봉(兩峯) 나(羅) 사형(四兄) 댁 형수 방(方)
부인이 삼십을 막 넘겼기에. 정섭 초고.
　　乾隆辛巳[1], 爲兩峯羅四兄[2]尊嫂方夫人[3]三十初度. 鄭燮草稿.
　　　　　　　　　　　　　　　　　　－『서화감영(書畫鑑影)』 권이십사(卷二十四)

역주

　로 安徽 歙縣 사람. 나중에 揚州에서 활동하여 '揚州八怪'의 일원이 됨. 羅四兄
　: 羅聘은 다섯 형제 중 넷째임을 나타냄.
2　尊嫂 : 다른 사람의 부인에 대한 존칭. 方夫人 : 당시 方 씨 가문은 대대로 관료
　를 지낸 집안이었으나 方夫人의 부친은 그리 내세울만한 인물이 아니었기 때문
　에 가세가 형편없었던 羅聘과 혼인이 이루어질 수 있었다고 한다.

해제

　羅聘의 부인 삼십 세 생일을 축하해주기 위해 쓴 題畫文이다. 방 부
인이 여성이기 때문에 '蘭'을 그리면서 자손이 번성하길 기원하는 마음
으로 '蘭子蘭孫'이란 표현을 썼다. 아울러 판교는 羅聘과 절친한 사이였
으므로 말미 서명에 '草稿'라고 적음으로써 그에 대한 친밀감과 존중의
뜻을 표시하였다

　　11

오직 그대 마음밭에 지초, 난초가 있어 唯君心地有芝蘭,

십 경이나 넓은 땅에 지초, 난초 심었다네. 種得芝蘭十頃寬.

티끌 분분한 세상에서 그 누가 알아보나,　　　　塵世紛紛誰識得,

이 노인이 꺼내들어 사람들에게 보여주리.　　　　老夫拈出與人看.

　　건륭 신사, 첨교(瞻喬) 노형을 위해 그리고 쓰다. 판교 정섭.

　　乾隆辛巳[1], 爲瞻喬[2]老長兄畫幷題. 板橋鄭燮.

> ─『몽원서화록(夢園書畫錄)』권이십삼(卷二十三)

역주

1　　乾隆辛巳:淸 高宗 26년(1761).

2　　瞻喬:미상.

12

귀족집안 자제들 얼마나 번성한가,　　　　　烏衣子弟何其盛,[1]

남조의 왕(王)·사(謝) 두 가문 꼭 닮았네.　　酷似南朝王謝家.[2]

백세 노인이 덕을 많이 심었으니　　　　　　百歲老人多種德,

자연히 아홉 원(畹)에 온통 꽃이 핀다네.　　　自然九畹盡開花.[3]

　　건륭 신사년, 판교 정섭.

　　乾隆辛巳[4], 板橋鄭燮.

> ─『지나남화대성(支那南畫大成)』

역주

1　　烏衣子弟:귀족 출신의 젊은이. 東晉 때 王導와 謝安 兩大家族이 烏衣巷에 살
　　　았기 때문에 나온 말이다.

2　　南朝王謝家:六朝 시기 명문 귀족인 王氏와 謝氏.

3　　畹:1畹은 30畝. 보통은 화원이나 정원의 크기를 말함.

4　　乾隆辛巳:淸 高宗 26년(1761).

13

잎은 적고 꽃 드물며 뿌리 또한 가는데　　　　　　葉少花稀根亦微,
바람 앞에서는 은은하게 향기 날리네.　　　　　　風前也有暗香飛.
누가 나를 사발화분에 심었나?　　　　　　　　　何人種我砂盆鉢,
단단한 뿌리에 흙 돋아주면 비 온 후 튼튼해질 텐데.　固本添泥雨後肥.

　　판교거사.
　　板橋居士.

　　　　　　　　　　　　　　　　　　　　─『지나남화대성(支那南畫大成)』

14

난초 분 하나, 지초 분 하나,　　　　　　　　　一盆蘭草一盆芝,
마음밭에 키운 지 얼마나 되었나?　　　　　　　心地栽培幾許時.
대 가지 걸어두면 무슨 소용이 있나?　　　　　掛取竹枝何用處,
티끌 털고 이슬 씻는 게 가장 좋은 일이라네.　拂塵灑露最相宜.

　　　　　　　　　　　　　　─ 소주 이원 목각[蘇州怡園木刻]

15

몸이 뭇 산들 정상에 있으니　　　　　　　　身在千山頂上頭,
솟은 바위 깊은 틈에 오묘한 향기 그득하네.　突巖深縫妙香稠.
발 아래 뜬구름 소란스러울 때도 있지만　　非無脚下浮雲鬧,
올 때도 알리지 않고 떠나가도 잡지 않네.　來不相知去不留.

　　　　　　　　　　　　　　　─『예원진상(藝苑眞賞)』

16

검게 칠한 작은 탁자, 대나무 창살 속　　　　烏皮小几竹窗紗,
화분에 담긴 몇 촉 꽃을 비웃는다네.　　　　堪笑盆栽幾箭花.

초 땅의 비, 상강의 구름 천만 리,　　　　　　楚雨湘雲千萬里,
청산이 바로 내 외갓집이거늘!　　　　　　　青山是我外婆家.

17

　　옛사람이 말하길 "지초·난초 있는 방에 들어가 오래 있으면 그 향기를 잊는다"고 했다. 무릇 지초·난초를 방에 들이면 방은 아름답게 되지만 지초·난초는 즐겁지 못하다. 나는 깊은 산 외딴 계곡에 거처하며 지초가 있어도 파오지 않고 난이 있어도 뽑지 않은 채 각기 그 천성에 맞고 각기 그 본성을 온전하게 유지하기를 원한다. 이에 이렇게 시를 썼다.

　　昔人云: 入芝蘭之室, 久而忘其香. 夫芝蘭入室, 室則美矣, 芝蘭勿樂也. 吾願居深山絶谷之間, 有芝弗采, 有蘭弗掇, 各適其天, 各全其性. 乃爲詩曰:

높은 산 험준한 벼랑의 지초와 난초,　　　　　高山峻壁見芝蘭,
대 그림자 몇 자락 한기 비껴 막아주네.　　　　竹影遮斜幾片寒.
천지 자체를 커다란 집으로 삼았으니　　　　　便以乾坤爲巨室,
이 노인네 높은 베개로 그 사이에 누웠구나.　　老夫高枕臥其間.

　　건륭 신사년 삼월, 판교도인 정섭.
　　乾隆辛巳[1]三月, 板橋道人鄭燮.

　　　　　　　　　　　　　　　　－ 상해박물관 소장 묵적[上海博物館藏墨跡]

역주

1　乾隆辛巳 : 淸 高宗 26년(1761).

18

항주(杭州) 김수문(金壽門)이 난 그림에 붙인 시에서 "봄바람에 힘들게 끌려 나와서, 파·마늘과 함께 거리에서 팔리네"라 했다. 대저 시절을 잘못 만났으나 또한 스스로는 결연히 그곳을 벗어날 수 없음을 슬퍼한 것이다. 운정(芸亭) 형이 내 그림을 구하면서 더불어 수문의 시구도 써주기를 부탁하였다. 일을 함에 있어서 그대들처럼 재능 있는 이를 아낀다면 수문이 어찌 이런 한스런 시구를 써냈겠는가?

杭州金壽門題墨蘭詩云[1]：『若被春風勾引出, 和蔥和蒜賣街頭.』蓋傷時不遇, 又不能決然自引去也. 芸亭[2]年兄索余畫, 並索題壽門句, 使當事盡如公等愛才, 壽門何得出此恨句?

— 『문물(文物)』 1960년 제7기(一九六〇年第七期)

역주

1 金壽門 : '揚州八怪' 중의 한 사람이며, 판교의 벗인 金農. 壽門은 金農의 자. 「2.89 김농에게[贈金農]」 등 참고.
2 芸亭 : 미상.

양주(揚州)의 어느 부잣집에서 나의 난 그림을 청하기에 이렇게 썼다. "난 이파리 그리면서 꽃은 넣지 않았네. 꽃가지 그리면서 가리는 잎 넣지 않았네. 우리가 어찌 전체를 다 손에 넣을 수 있겠는가, 그럭저럭 맞춰가며 살아가야 한다네." 그런데 김수문(金壽門 : 金農)이 이를 보고 좋아하기에 곧장 그에게 건네주었다. 거기에 쓰기를, "어젯밤 여신이 구름 봉우리에서 내려와, 꽃가지 꺾어서 창공에 뿌렸네. 세상의 평범한 뿌리와 잎들, 어찌 그 속에 함께 놓일 수 있겠나?" 수문의 시문이 세속을 벗어났음을 말한 것이다.

揚州豪家求余畫蘭, 題曰 : 寫來蘭葉並無花, 寫出花枝沒葉遮. 我輩何能

購全局, 也須合攏作生涯. 金壽門[1]見而愛之, 卽以爲贈. 題曰: 昨宵神女降雲
峯, 折得花枝灑碧空. 世上凡根與凡葉, 豈能安頓在其中? 以壽門詩文絶俗也.

역주

1   金壽門 : '揚州八怪' 중의 한 사람이며, 판교의 벗인 金農. 壽門은 金農의 자.
    「2.89 김농에게[贈金農]」 등 참고.

6.4.3 난, 대나무, 바위 그림에 쓴 글 24종 題蘭竹石二十四則

1

난과 대와 바위,	蘭竹石,
서로 어우러져 드러난다.	相繼出.
훌륭한 군자들,	大君子,
서로 떨어질 수 없다네.	離不得.

　　　　　　　　　－ 상주 하내양 소장 묵적[常州何乃揚藏墨蹟]

2

난초는 이미 줄기가 솟아나	蘭草已成行,
산중에서 뜻을 키우네.	山中意味長.
스스로 굳센 기개 품고 있으니	堅貞還自抱,
무엇 때문에 뭇 꽃들과 다투겠는가?	何事鬪群芳?

　　판교.
　　板橋.

　　　　　　　　　－『지나남화대성(支那南畫大成)』

3

굴대부의 청아한 풍격,　　　　　　　　　　屈大夫之淸風,[1]
위무공의 큰 덕.　　　　　　　　　　　　　衛武公之懿德.[2]

판교 섭.
板橋燮.

　　　　　　　　　　　　　　　　一『지나남화대성(支那南畫大成)』

역주

1　屈大夫 : 전국시대 楚나라 三閭大夫 屈原(B.C. 약 340~B.C. 약 278), 이름은 平이
　　고, 자는 原이다. 초나라의 왕족으로 태어나 친척이었던 懷王의 신임을 받았으
　　나 政敵 上官大夫와 충돌해 중상모략으로 면직당하자, 장편 시가 「離騷」를 써
　　서 자신의 결백을 표출하였다. 회왕이 죽자 큰아들 頃襄王이 즉위하고 막내 子
　　蘭은 令尹이 되었다. 굴원은 회왕을 객사하게 한 자란을 비난하다가 다시 모함
　　을 받아 추방되었고, 끝까지 자신의 결백을 주장하다가 돌을 안고 汨羅江에 몸
　　을 던졌다.
2　衛武公 : 衛 康叔 9대손인 衛侯의 아들(B.C. 약 853~B.C. 758). 성은 姬이고, 이
　　름은 和, 衛 수도 朝歌 사람이다. 재위 기간에 많은 선정을 베풀었다.

4

대 하나, 난 하나, 바위 하나,　　　　　　一竹一蘭一石,
절개 있고 향기로우며 기골이 있다.　　　有節有香有骨.
군자들이 온 집안에 가득,　　　　　　　滿堂君子之人,
사시사철 맑은 바람 솔솔.　　　　　　　四時淸風拂拂.

　　　　　　一 상주 하내양 소장 묵적[常州何乃揚藏墨跡]

5

이 노인네 청산을 자처하며　　　　　　老夫自任是靑山,
봄바람에 대와 난 잘 길러냈다네.　　　頗長春風竹與蘭.

그대는 욕심 없고 깨끗한 마음 지닌 분이니　　　　君正虛心素心客,
바위처럼 서로 의지함이 또한 어찌 어려우랴.　　　巖阿相借又何難.

　　건륭(乾隆) 임오(壬午)년 봄, 양주(揚州) 객사에서 육원(六源) 학형에게
그려 드리며, 아울러 스물여덟자로 뜻을 쓰다. 판교도인 정섭.
　　乾隆壬午[1]春日, 揚州客齋寫贈六源[2]同學兄, 並題二十八字見志. 板橋
道人鄭燮.

　　　　　　　　　　　　　— 양주박물관 소장 묵적[揚州博物館藏墨跡]

역주

1　　乾隆壬午 : 淸 高宗 27년(1762).
2　　六源 : 미상.

6

바위 위에 난 걸치고 다시 대를 심으니　　　　石上披蘭更披竹,
미인이 깊은 계곡에서 함께 벗하네.　　　　　　美人相伴在幽谷.
묻건대 동풍은 어디로 부는가?　　　　　　　　試問東風何處吹?
상강 물결에 불어드니 온 강이 푸르다네.　　　吹入湘波一江綠.[1]

　　건륭 임오, 판교 정섭.
　　乾隆壬午[2], 板橋鄭燮.

　　　　　　　　　　— 『자이열재서화록(自怡悅齋書畫錄)』 권칠(卷七)

역주

1　　湘 : 湘江. 湖南에 있는 큰 강.
2　　乾隆壬午 : 淸 高宗 27년(1762).

7

날마다 홍교에서 술잔을 다투는데	日日紅橋鬪酒巵,[1]
집집마다 복사꽃 어여쁜 모습.	家家桃李豔芳姿.
문 걸어 닫고 난과 대만 심으니	閉門只是栽蘭竹,
봄빛이 사시사철 이어진다네.	留得春光過四時.

건륭 임오년, 판교 정섭.
乾隆壬午[2], 板橋鄭燮.

— 상해 타운헌 목각수인[上海朶雲軒木刻水印

역주

1 紅橋 : 虹橋라고도 한다. 揚州 북문 밖 保障湖에 있다. 원명은 炮山河이며, 성을
  보호하기 위한 호수다.
2 乾隆壬午 : 淸 高宗 27년(1762).

8

이 꽃은 세간의 꽃이 아닐지니	此花不是世間花,
청산의 푸른 대로 잘 가려줘야지.	好與靑山翠竹遮.
그림 솜씨 얼마나 비슷한가 묻노니	借問畫工何髣髴,
선생의 마음밭에 신령한 싹 돋우리.	先生心地發靈芽.

희옹(希翁) 노선생의 그림 가르침에 판교 정섭이 두 손 모아 인사드
림.
希翁年老先生大人敎畫, 板橋鄭燮拜手.

— 상해박물관 소장 묵적[上海博物館藏墨跡

9

동파와 여가는 아주 미친 사람들,　　　　　　東坡與可太顚狂,[1]

대나무 그리며 천 줄기에 만 가지.　　　　　畫竹千枝又萬行.

소매 속 영민한 솜씨, 바위까지 있으니　　　袖裏玲瓏還有石,[2]

붓질이 미원장을 눌러 압도한다네.　　　　　撚來壓倒米元章.[3]

판교.

板橋.

　　　　　　　　　　　　— 상해박물관 소장 묵적[上海博物館藏墨跡]

역주

1　　東坡與可 : 東坡는 북송 문인인자 화가 蘇軾, 與可는 북송 문인인자 화가 文與可.

2　　袖裏玲瓏 : 소맷자락 속에 감춰진 남다른 영민함.

3　　米元章 : 북송 서화가이자 서화이론가인 米芾(1051~1107). 「5.24.1 돌[石]」 주석
　　　참조.

10

사시사철 화초야 많고 많지만　　　　　　　四時花草最無窮,

시절 되어 꽃 피우면 그만이라네.　　　　　時到芬芳過便空.

오로지 산중의 난과 대만이　　　　　　　　唯有山中蘭與竹,

봄 지나 여름 거쳐 가을과 겨울까지.　　　　經春歷夏又秋冬.

은천 형께, 판교 정섭.

殷薦二兄正畫, 板橋鄭燮.

　　　　　　　　　　　　— 중국미술가협회 소장 묵적[中國美術家協會藏墨跡]

11

대의 강함, 난의 향기는 본성이 그러한 것,	竹勁蘭芳性自然,
남산의 바위는 한층 굳세지.	南山石塊更遒堅.
그대 화갑은 따질 것 없는 연세일 뿐,	祝君花甲應無算,
우선 곱절 더하여 백이십년 장수하시길.	加倍先過百廿年.

성삼(省三) 노옹 육십세를 축하드리며, 판교 정섭.

奉祝省三老親翁六十榮壽, 板橋鄭燮.

― 강소인민출판사(江蘇人民出版社), 『정판교 고사(鄭板橋的故事)』삽도(揷圖)

12

난과 대 향기는 범상한 게 아니어서	蘭竹芳馨不等閒,[1]
뿌리끼리 가지끼리 서로 의지한다네.	同根並蒂好相攀.
백년의 형제들 회포를 풀지니	百年兄弟開懷抱,
이 산 저 산 갈라져 사는 일 거론치 말세나.	莫謂分居彼此山.

탄부(誕敷) 대형 한 번 웃으시라고, 아울러 여러 자제들의 노고를 위해. 칠십 노인 판교 정섭.

誕敷大兄一笑, 並爲諸郎君勗之. 七十老人板橋鄭燮.

― 남경박물원 소장 묵적(南京博物院藏墨跡)

역주

1 等閒 : 평범하다. 일반적이다.

13

날마다 묵과 벼루 들고 못에 나가지만	日日臨池把墨研,

언제 저 지분(脂粉)과 멋진 걸 다툰 적 있나?　　何曾粉黛去爭妍?

화법은 서법과 통하는 걸 알아야 하느니　　要知畫法通書法,

난과 대나무도 초서·예서나 마찬가지네.　　蘭竹如同草隸然.

판교.

板橋.

─『지나남화대성(支那南畫大成)』

14

청산 한 자락, 난 한 자락　　　　　　　一片青山一片蘭,

난 향기와 푸르른 대나무 감상한다네.　　蘭芳竹翠耐人看.

동정호와 운몽호 삼천리인데　　　　　　洞庭雲夢三千里,[1]

춘풍 한껏 불어 한기라곤 느낄 수 없네.　　吹滿春風不覺寒.

판교.

板橋.

─『지나남화대성(支那南畫大成)』

역주

1　　洞庭 : 中國에서 두 번째로 큰 淡水湖. 湖南省 북부 長江 남쪽에 위치한다. 雲夢 : '雲瞢'으로도 쓴다. 雲夢은 원래 雲夢澤을 포함한 지금의 湖北省 동남부를 가리키나, 여기서는 雲夢澤, 즉 江漢平原 위의 호수들을 의미한다.

15

반은 청산, 반은 대나무,　　　　　　　一半青山一半竹,

반은 녹음, 반은 보옥.　　　　　　　　一半綠陰一半玉.

그대기 치 끓이고 잠에서 깨어날 때　　請君茶熟睡醒時,

마주대하면 온전히 석실 속에 있게 되리.　　　　　對此渾如在石屋.[1]

판교가 감람헌에서 그리다.
板橋畫於橄欖軒.

　　　　　　　　　　　　　　　　— 『지나남화대성(支那南畫大成)』

역주

1　石屋 : 산 속의 돌로 된 집. 대개는 隱士의 거처를 상징한다.

16

봄바람아, 꽃 너무 재촉하지 말거라.　　　　春風莫漫催花急,
채 못다 핀 가지는 남겨뒀다 피우리니.　　　留取纔開未放枝.
빈 뜰에 빗방울 떨어지니　　　　　　　　滴瀝空庭,
대 소리 빗소리가 어지럽게 어우러지네.　　竹響共雨聲相亂.

건륭 정묘 정월 이십삼 일.
乾隆丁卯正月廿三日.

　　　　　　　　　　— 상해박물관 소장 묵적[上海博物館藏墨跡]

역주

1　乾隆丁卯 : 淸 高宗 12년(1747).

17

　대나무 그리는 법은 정해진 틀에 따르는 것을 중시하지 않는다. 중
요한 것은 사람의 심오한 정신을 마음으로 깨닫는 데 있으니, 그런 의미
에서 매도인(梅道人 : 吳鎭)이야말로 최고의 경지를 넘어설 수 있었다. 무

릇 대나무의 형체는 가늘고 굳세며 고고하다. 가지마다 혹한의 눈을 견디어내고 마디마다 하늘에 닿음이 마치 군자의 호방한 기세가 구름을 뚫고 세속에 굴하지 않음과 같다. 때문에 판교는 대를 그릴 때 특별히 대의 정신만을 그리는 것이 아니라 대의 모양새도 따져 그린다. 가늘고 굳세며 고고한 것은 그 정신이다. 호매하여 구름을 뚫는 것은 그 모양새다. 바위에 기대되 바위에 얽매이지 아니하니, 이는 그 절조다. 색상에서는 떨어지더라도 전체 구성에 막히지 않는 것, 이는 그 품격이다. 대나무에게 지각이 있다면 분명히 나에게 사리를 아는 사람이라고 말할 것이다. 또한 바위에게 영혼이 있다면 마땅히 나에게 수긍할 것이다.

갑신(甲申) 가을 끝자락, 한강(邗江)에서 돌아와 행화루(杏花樓)에 머물 때, 내리는 비를 보며 홀로 한 잔 하다가 취한 후 먹과 벼루를 꺼내 이 한 폭을 휘둘러 주인에게 드린다. 판교.

畫竹之法, 不貴拘泥成局, 要在會心人深神, 所以梅道人能超最上乘也[1]. 蓋竹之體, 瘦勁孤高, 枝枝傲雪, 節節干霄, 有似乎士君子豪氣凌雲, 不爲俗屈. 故板橋畫竹, 不特爲竹寫神, 亦爲竹寫生. 瘦勁孤高, 是其神也; 豪邁凌雲, 是(其)生也; 依於石而不囿於石, 是其節也; 落於色相而不滯於梗槪[2], 是其品也. 竹其有知, 必能謂余爲解人; 石也有靈, 亦當爲余首肯. 甲申[3]秋杪, 歸自邗江[4], 居杏花樓. 對雨獨酌, 醉後研墨拈管, 揮此一幅, 留贈主人. 板橋.

— 상해박물관 소장 묵적[上海博物館藏墨跡]

역주

1 梅道人 : 원대 서화가 吳鎭(1280~1354). 자는 仲圭이며 호는 梅花道人, 自署는 梅道人이다.
2 梗槪 : 전체적 구성. 대략적인 내용.
3 甲申 : 乾隆 29년(1764)을 말한다.
4 邗江(한강) : 江蘇省 중부의 長江 三角洲 중심부, 長江과 淮河가 만나는 곳에 있

는 강. 서쪽으로 南京, 남쪽으로 長江, 북쪽으로 淮水와 만난다.

18

난을 그리는 법은 가지 셋, 잎 다섯에 있다. 바위를 그리는 법은 셋을 모으고 다섯을 합치는 데 있다. 이 모두 처음 시작할 때의 수법이다. 난과 대 그리는 길이 오직 여기에만 있는 게 아니며 다 익히기까지는 평생이 걸리는 학문이다. 옛날 그림을 잘 그리는 사람은 대부분 자연을 스승으로 삼았다. 하늘이 만든 바를 곧 우리가 그리는 것이니, 항상 원기를 끌어 모아 그려야만 한다. 이 그림은 비록 자그마한 경치이긴 하나, 산자락 아래 동굴 곁의 난이지 화분 속 돌덩이를 모아 심은 난이 아니다. 그 기운이 온전한 것임을 말하려 함이다. 잠시 다음 스물여덟 자를 뒤에 덧붙인다. "내 그림엔 스승이 없다 감히 말하긴 해도, 사실 배우며 깨우쳤던 초보시절도 있었네. 천기(天機)가 드러나는 바를 그리게 되자, 지금도 없고 예전도 없음을 한 치 마음으로 깨달았네." 건륭(乾隆) 경신(庚申)년 가을, 판교 정섭.

畫蘭之法, 三枝五葉; 畫石之法, 叢三聚五. 皆起手法, 非爲蘭竹一道僅僅如此, 遂了其生平學問也. 古之善畫者, 大都以造物爲師. 天之所生, 卽吾之所畫, 總需一塊元氣團結而成. 此幅雖屬小景, 要是山脚下洞穴旁之蘭, 不是盆中磊石湊栽之蘭, 謂其氣整故爾. 聊作二十八字以繫於後: 敢云我畫竟無師, 亦有開蒙上學時. 畫到天機流露處, 無今無古寸心知. 乾隆庚辰[1]秋, 板橋鄭燮.

— 중국미술가협회 소장 묵적[中國美術家協會藏墨跡]

역주

1 乾隆庚辰 : 乾隆 25년(1760).

19

평생 소남(所南 : 鄭思肖) 선생과 진고백(陳古白 : 陳元素) 선생의 난과 대나무 그림을 좋아했다. 또한 대척자(大滌子 : 石濤)가 그린 바위를 보면, 혹은 준법(皴法)에 따르기도 하고, 혹은 따르지 않기도 하며, 혹은 전체를, 혹은 부분을, 혹은 완전하게, 혹은 불완전하게 그렸다. 그 뜻을 취하여 바위의 기세를 구성하고, 그런 다음 난과 대를 그 사이에 채워 넣었다. 비록 두 대가에게서 배웠지만 [나의] 필묵은 한 기운이다. 굉옹(宏翁) 장형은 서화를 품평하고 쓰는 데 뛰어나기에 마침내 규범에 맞게 되었다. 판교 정섭.

平生愛所南先生及陳古白畵蘭竹[1]. 旣又見大滌子畵石[2], 或依法皴[3], 或不依法皴, 或整或碎, 或完或不完. 遂取其意, 構成石勢, 然後以蘭竹彌縫其間. 雖學出兩家, 而筆墨則一氣也. 宏翁[4]同學老長兄善品題書畵, 故就正焉. 板橋鄭燮.

— 양주박물관 소장 묵적[揚州博物館藏墨跡]

역주

1   所南先生 : 송말 시인·화가 鄭思肖(1241~1318). 자는 憶翁, 호는 所南이며, 連江人이다. 본명은 명확치 않으나 송 멸망 후 蘇州에서 은거하며 이름을 思肖로 바꿨다. 墨蘭 그림에 뛰어났다. 陳古白 : 명대 화가 陳元素(생졸년 미상), 자는 古白·孝平·金剛이며, 호는 素翁·處廓先生. 蘇州府 長洲(지금의 江蘇 蘇州) 사람으로, 詩文과 書法에 뛰어났다.
2   大滌子 : 명말 청초 '四大高僧' 중의 한 사람인 石濤. 大滌子·淸湘遺人·淸湘陳人·靖江後人·淸湘老人·瞎尊者·零丁老人 등 많은 별호가 있다. 「2.148.2 도청격(圖淸格)」 참고.
3   皴 : 皴法. 동양화에서 나무·바위·봉우리를 그릴 때 입체감을 드러내기 위해 가벼운 필치로 주름을 넣어주는 화법.
4   宏翁 : 미상.

20

예전 이섭(李涉)이 환동강(皖桐江)을 건널 때 도적이 나타나 그를 위협하였다. 도둑이 [신상을] 묻다가 그가 섭인 것을 알자 물건 대신 시를 요구했다. 이에 섭이 읊었다. "가랑비 산들바람이 강에 봄을 부르는데, 녹림호걸이 밤중에 [내 누군지] 알기를 원하네. 이렇게 서로 만났으니 피할 필요는 없겠지. 지금 세상은 절반이 그대 같은 사람이니." 서민(書民) 형이 저녁에 내 거처를 지나다가 한사코 그림을 요청했는데, 그 정도가 너무 심했다. 이에 나 또한 이렇게 시를 써서 질책했다. "가랑비에 산들바람 이는 강변 마을, 해질녘 녹림호걸이 대문을 두드리네. 이렇게 서로 만났으니 피할 필요는 없겠지. 푸른 대, 지초, 난초 화분 몇 개 그리면 되는 거지." 미치광이의 말인지라 괴이한 망발이나 그대가 이 때문에 날 몽둥이질이야 하겠는가! 계유(癸酉)년 구월 가을, 판교 정섭.

昔李涉[1]過皖桐江上, 有賊劫之. 問是涉, 不索物而索詩. 涉曰: 『細雨微風江上春, 綠林豪客夜知聞; 相逢不用相迴避, 世上於今半是君.』 書民二哥[2], 晚過寓罍, 强索予畫, 且橫甚. 因亦題詩誚讓之曰: 『細雨微風江上村, 綠林豪客暮敲門; 相逢不用相迴避, 翠竹芝蘭畫幾盆.』 狂夫之言, 怪迂妄發, 公其棒我乎! 癸酉[3]九秋, 板橋鄭燮.

— 곡부현 문관회 소장 묵적[曲阜縣文管會藏墨蹟]

역주

1 李涉: 唐代 시인으로 生卒年이 명확치 않음. 自號는 淸溪子이며, 洛陽人이다. 문집으로 『李涉詩』 一卷이 있다.
2 書民: 미상.
3 癸酉: 乾隆 25년(1760).

21

연로하신 대정(岱丁) 장형은 형산(衡山)·곽산(霍山)·숭산(嵩山)·화산(華山)의 험준한 절벽의 자태를 그리는 데 뛰어났다. 진(秦)나라 소나무, 한(漢)나라 측백나무가 모두 이 산록 속에 기대서 있으니 대정이란 자호(自號)가 허세가 아님을 알 수 있다. 그림 속 솟아 있는 바위는 그 백의 하나도 흉내 내기 어려울 것이다. 대정은 본디 우리 강남사람으로, 그윽한 난초의 절조, 가느다란 대나무의 아름다움, 향기와 절개를 담는 일에서 도성 사람들과 다투지 않았고, 남북의 정수를 뽑아 그 한 몸에 끌어 모았다. □ 감히 아래 풍격으로 덕을 흠모하고자 함이다. 아우 판교 정섭.

　　岱丁年老長兄[1], 以巉巖嶠壁之姿, 爲衡霍嵩華之長[2]. 秦松漢柏, 皆依麗[3]於是麓間, 自號岱丁不虛.[4] 畫中峭石, 恐不足方百之一也. 岱丁本吾江南人, 幽蘭之貞, 竹箭之美, 含芳植節, 莫與京抗, 合南北之靈秀, 萃集一身. □敢在下風, 以欽德意. 板橋弟鄭燮.

－ 곡부현 문관회 소장 묵적[曲阜縣文管會藏墨跡]

역주

1　岱丁 : 미상.
2　衡霍嵩華 : 衡山・霍山・嵩山・華山. 衡山 : 南岳으로도 불리며, 湖南省 衡陽市 南岳區에 위치함. 霍山은 安徽省 서부에, 嵩山은 河南省 登封市 서북쪽에, 華山은 陝西省 西安 渭南市 華陰縣에 각각 위치한 중국의 명산들.
3　依麗 : 의지하다. 속하다.
4　自號岱丁不虛 : '岱丁'이란 호에 이미 五嶽 중의 하나인 '岱山'을 담았다는 뜻.

22

문여가(文與可)와 매도인(梅道人 : 吳鎭)은 대나무는 그렸어도 난은 그리지 않았다. 난과 대의 오묘한 어울림은 소남(所南 : 鄭思肖) 옹에서 시작되어 고백(古白 : 陳元素) 선생으로 이어졌다. 정(鄭 : 鄭所南)은 원대의 품격이고, 진(陳 : 陳古白)은 명대의 필법이다. 근대 백정(白丁)과 청상(淸湘 : 石濤)은 아주 자연스럽고도 뛰어난 호방함으로 옛 품격을 벗어나 새롭게 우뚝 섰다. 근래의 우(禹) 홍려(鴻臚)의 대나무 그림은 자못 난법(亂法)에 능숙해 매우 오묘하다. 난(亂)이란 글자가 참으로 타당한지고! 적절한지고! 건륭(乾隆) 경신(庚申) 가을 구월, 높이 오르려 했으나 그러지 못한 채 오공(吳公)을 지나는 길에 호수에서 쓰다. 판교 정섭.

文與可梅道人畫竹[1], 未畫蘭也. 蘭竹之妙, 始於所南翁, 繼以古白先生[2]. 鄭則元品, 陳則明筆. 近代白丁、淸湘[3], 或渾成[4], 或奇縱[5], 皆脫古維新特立. 近日禹鴻臚畫竹[6], 頗能亂, 甚妙. 亂之一字, 甚當體任, 甚當體任! 乾隆庚辰[7]秋九月, 登高不果, 過吳公[8], 湖上寫此. 板橋鄭燮.

― 『중국명화집(中國名畫集)』

역주

1　文與可梅道人 : 文與可는 北宋의 문인・화가 文同. 梅道人 : 원대 서화가 吳鎭 (1280~1354), 자가 仲圭, 호는 梅花道人이며, 自署가 梅道人이다.

2　所南先生 : 송말의 시인・화가 鄭思肖(1241~1318), 자는 憶翁, 호는 所南이며, 連江人이다. 原名은 잘 알 수 없으나 송이 망한 후 蘇州에서 은거하며 이름을 思肖로 바꿨다. 墨蘭 그림에 뛰어났다. 陳古白 : 陳元素, 명대 화가.

3　白丁、淸湘 : 白丁은 자가 過峰・行民・民道人 등이며 雲南 사람. 明 楚藩의 후예로 명이 멸망하자 승려가 되었다. 「5.10 난(蘭)」 참조. 淸湘 : 명말 청초의 화가 石濤(1630~1724)의 별호. 詩文과 書畫에 능했고, 특히 山水와 蘭竹에 뛰어났다.

4　渾成 : 渾然天成. 詩文의 구성이 아주 자연스럽고 언어의 운용이 추호의 흔적도 남기지 않는다는 의미.

5　奇縱 : 기이하고 호방하다.

6　禹鴻臚 : 청대 화가 禹之鼎(1647~1716). 자는 尙吉・尙基이고, 호는 愼齋이다. 廣陵(지금의 江蘇 興化) 사람이지만 후에 江都(지금의 江蘇 揚州)로 옮겨가 살았다. 康熙 20년(1681) 鴻臚寺序班에 올랐으며, 그의 그림은 사실적인 풍격으로 유명하다. 鴻臚는 鴻臚寺를 뜻하며, 明淸 양대에 朝會・筵席・祭祀贊相 등 의례를 관장하던 관직이다.

7　乾隆庚辰 : 淸 高宗 25년(1760).

8　吳公 : 이 번역본의 저본인 中華書局本에서는 한 단어로 된 고유명사로 표기했는데, 인명 또는 지명인지 확실하지 않다.

23

대나무를 그린 이전 사람 중에서는 대개 문여가(文與可)·소자섬(蘇子瞻: 蘇軾)·매도인(梅道人: 吳鎭)을 손꼽는다. 하지만 난을 그린 사람은 들은 바가 없다. 근세에 진고백(陳古白: 陳元素), 우리 집안의 소남(所南: 鄭思肖) 선생이 난 그림으로 이름을 알렸으나 대나무로는 뛰어난 편이 아니다. 오직 청상(淸湘) 대척자(大滌子: 石濤)만이 산수, 화훼, 인물, 새 그림에서 두루 이름을 떨쳤는데, 특히 난과 죽이 절묘하여 한 시대의 으뜸이었다. 무릇 대나무 줄기와 잎은 모두 푸르고, 난의 꽃과 잎도 그러하니 색이 서로 비슷하다. 난은 그윽한 향기가 있고, 대나무에는 굳센 마디가 있으니, 덕이 서로 비슷하다. 대나무는 추위와 더위를 거치면서도 시들지 않고, 난은 사계 내내 꽃술이 있으니, 수명 또한 비슷하다. 청상은 꽃과 대의 이런 이치를 깊이 체득했던 것이다. 그러기에 나는 그의 뜻을 비슷하게라도 따르고자 한다. 듣기로는 명대 삼백 년 문인들 모두가 난과 죽에 뛰어났다 하는데 지금은 거의 보이지 않으니 무슨 까닭인지 모르겠다. 건륭(乾隆) 이십칠 년, 때는 임오(壬午)년 시월에, 판교 정섭.

昔人畫竹者稱文與可、蘇子瞻、梅道人[1]. 畫蘭者無聞. 近世陳古白、吾家所南先生[2], 始以畫蘭稱, 又不工於竹. 惟淸湘大滌子山水、花卉、人物、翎毛無不擅場[3], 而蘭竹尤絶妙冠時. 蓋以竹幹葉皆靑翠, 蘭花葉亦然, 色相似也; 蘭有幽芳, 竹有勁節, 德相似也; 竹歷寒暑而不凋, 蘭發四時而有蕊, 壽相似也. 淸湘之意, 深得花竹情理. 余故髣髴其意. 又聞有明三百年, 文人皆善蘭竹, 今不槪見, 不識何故. 乾隆二十七年, 歲在壬午小春月[4], 板橋鄭燮.

— 『지나남화대성(支那南畫大成)』

역주

1 文與可、蘇子瞻、梅道人: 文與可는 北宋의 문인·화가 文同. 蘇子瞻은 북송 문

인·화가 蘇軾. 梅道人은 원대 서화가 吳鎭.

2 陳古白、吾家所南先生:陳古白은 명대 화가 陳元素. 所南先生은 송말 시인이자 화가인 鄭思肖이다. 판교와 같은 鄭씨라 '吾家'라 했다.

3 淸湘大滌子:명말 청초 화가 石濤. 별호가 많은데, 大滌子·淸湘遺人·淸湘陳人·靖江後人·淸湘老人·瞎尊者·零丁老人 등이 있다.

4 小春月:음력 10월. 宋 陳元靚『歲時廣記』卷三七引『初學記』:"冬月의 햇살에 만물이 돌아간다. 봄처럼 온난하기에 小春이라 하고, 또한 小陽春이라고도 한다.[冬月之陽, 萬物歸之. 以其溫暖如春, 故謂之小春, 亦云小陽春.]" 乾隆二十七年 壬午는 서기 1762년으로, 판교 나이 70세 때다.

24

그림 전체를 군자로 채워놓고, 그 뒤에 가시나무로 마감했으니 무슨 까닭인가? 대저 군자는 능히 소인을 받아들일 수 있어야 하므로, 소인이 없으면 또한 군자가 될 수 없음이다. 그런고로 가시나무 속의 난은 그 꽃이 한층 크고 무성하다. 석교(石橋) 노형은 군자다. 이런 뜻을 지니고 경기(京畿) 지방에 거처하니 이롭지 않을 리가 없다. 천리 밖에서 드릴 게 없어 잠시 이로써 편지 봉하는 것으로 삼고자 한다. 아우 판교 정섭.

滿幅皆君子, 其後以棘刺終之, 何也? 蓋君子能容納小人, 無小人亦不能成君子. 故棘中之蘭, 其花更碩茂矣. 石橋老哥[1], 君子也. 持此意以處京畿, 無往不利. 千里之外, 無所贈寄, 姑以此爲壓緘[2]之物耳. 板橋弟鄭燮.

－ 남경박물원 소장 묵적[南京博物院藏墨跡]

역주

1 石橋老哥:미상.
2 壓緘:편지를 봉하다.

6.4.3 가을 규초와 석순 그림秋葵石筍圖

모란은 부귀하여 꽃 중의 왕이라 일컫고　　　　　　牡丹富貴號花王,
작약은 조화로워 재상의 상서로운 기운 있다네.　　 芍藥調和宰相祥.
나 또한 낙방의 한을 품은 진사가 되었으니　　　　 我亦終葵稱進士,[1]
이제 붉은 계수나무 꺾은 장원랑을 따르리라.　　　 相隨丹桂狀元郎.[2]

판교 정섭 쓰다.
板橋鄭燮題.

— 『신주대관집(神州大觀集)』

역주

1　終葵 : 약초 식물의 일종. 葵는 向日葵・錦葵・冬葵・蜀葵・蒲葵 등 여러 가지
　　가 있는데, 여기서는 정확히 어떤 종류를 말하는지는 알 수 없다. 또한 終葵는
　　같은 발음인 鐘馗(종규)에 관한 전설을 의식하고 쓴 말이라 생각된다. 당 明皇
　　(玄宗, 713~755 재위)이 병환 중에 큰 귀신이 작은 귀신을 잡아먹는 꿈을 꾸었
　　는데, 이때 큰 귀신이 자칭 鐘馗라고 하면서 이전에 진사 과거에 응시했으나 급
　　제하지 못하여 죽은 후에 세상의 요괴를 모두 없앨 것을 결심했다고 말했다. 명
　　황은 꿈에서 깨어나 吳道子에게 종규의 모습을 그리도록 했는데, 매우 흉악한
　　모습이었다. 이런 맥락에서 판교는 그림 속의 終葵와 과거 낙방의 한을 품은 鐘
　　馗를 연결시켜 표현했다고 생각한다.
2　丹桂 : 계수나무의 일종. 예전에는 '계수나무를 꺾음[折桂]'으로 과거 급제를 비
　　유했기에 여기서는 과거급제를 가리킨다.

6.4.5 세 벗이 그린 그림에題三友圖

복당(復堂 : 李鱓)의 기이한 붓 노송을 그리고　　　　復堂奇筆畫老松,[1]
청강(晴江 : 李方膺)의 빽빽한 먹 매화를 꽂는다.　　晴江乾墨挿梅兄,[2]

판교는 이를 본떠 바람 속 대를 그리니 板橋學寫風來竹,
다 마치자 세 벗이 함께 하옹을 축하해주네. 圖成三友祝何翁.[3]

건륭(乾隆) 을해(乙亥)년, 정섭이 함께 쓰다.
乾隆乙亥[4], 鄭燮幷題.

— 상주 하내양 소장 묵적[常州何乃揚藏墨跡]

역주

1 復堂 : 李鱓. 자가 宗揚이고 호는 復堂으로, 江蘇 興化人이다. 청대 저명한 화가
  로 '揚州八怪' 중의 한 명이다. 「2.148.3 이선(李鱓)」 참고.
2 晴江 : '揚州八怪' 중의 하나인 李方膺(1695～1755), 자 虯仲, 호 晴江, 별호 秋
  池·抑園·白衣山人 등. 通州人. 松·竹·蘭·菊·梅·雜花·虫·魚 등을 두
  루 잘 그렸고, 人物·山水에도 능했으며, 특히 梅 그림에 뛰어났다.
3 何翁 : 미상.
4 乾隆乙亥 : 청 고종 20년(1755).

6.4.6 소나무를 그려 소공에게 드림畫松贈肅公[1]

건륭(乾隆) 이년 정사(丁巳)년에 동학 노형 소공(肅公)과 처음 교유하
게 되었다. 소박하고 정이 많으며 진실하면서도 옛 뜻이 넘치는 이 분을
보면, 마치 산 위에 선 송백과 같아 뭇 꽃에 비할 바가 아니었다. 그로부
터 십여 년 후에 재회했을 때도 마찬가지였다. 다시 삼 년 뒤에 만났을
때도 여전하였다. 봄·여름에 화려함을 다투지 않고, 가을·겨울에도
찬바람에 떨어지지 않는 송백의 본성에서 나온 그 바탕과 어찌 다르다
하겠는가! 이에 두 그루 소나무를 그려 올리고자 한다. 이 아우는 재주
가 형편없으나 슬며시 소나무 대열에 끼어 넣어 나이 먹은 두 사람이
서로 좋아하며 의지하는 한 증표로 삼고자 한다.

아울러 그 사이에 작은 대를 배경으로 넣어 대가 무리를 이루고 소나무가 무성하도록 그린 것은 공의 자손들이 대대손손 모두 현명하고 명철한 인물들이 될 것임을 나타낸다. 무릇 소박하고 정이 많으며 진실함에 대한 필연적인 보답이리라. 건륭 이십삼 년, 무인(戊寅)년 삼월 이일, 아우 판교 정섭 그리고 쓰다.

乾隆二年丁巳, 始得接交于蕭公同學老長兄. 見其樸茂忠實[2], 綽有古意, 如松柏之在巖阿[3], 衆芳不及也. 後十餘年, 再會如故. 又三年復會, 亦如故. 豈非松柏之質本于性生, 春夏無所爭榮, 秋冬亦不見其搖落耶? 因畫雙松圖奉贈. 弟至不材, 亦竊附松之列, 以爲二老人者相好相倚藉之一證也.

又畫小竹襯貼其間, 作竹苞松茂之意, 以見公子孫承承繩繩, 皆賢人哲士; 蓋樸茂忠實之報有必然者. 乾隆二十三年, 歲在戊寅[4], 三月二日, 板橋弟鄭燮畫并題.

— 산동성박물관 소장 묵적[山東省博物館藏墨跡]

역주

1 蕭公: 미상.
2 樸茂: 소박하고 정이 많음.
3 巖阿: 산 위의 굽이진 곳.
4 乾隆二十三年, 歲在戊寅: 서기 1758년. 첫머리에 나오는 乾隆二年丁巳年은 서기 1737년.

6.4.7 감국 계곡의 샘甘菊谷泉

| 남양의 감곡에는 집집마다 국화, | 南陽甘谷家家菊,[1] |
| 만고에 오래 살게 하는 꽃이라네. | 萬古延年一種花. |

판교 정섭.

板橋鄭燮.

— 남경박물원 소장 묵적[南京博物院藏墨跡]

역주

1   南陽甘谷:고대부터 국화의 즙이나 국화주를 마시면 장수한다는 견해가 오랫동
안 전해왔다. 漢 獻帝 때 應劭의 『風俗通義』에서 "국화 즙액을 마시면 장수할
수 있다[渴飲菊花滋液可以長壽]"라 하면서 당시 宮中에서 重陽節에 菊花酒를
마시는 풍습을 적었다. 南朝 梁宗懍의 『荊楚歲時記』에서도 "국화주를 마시면
장수할 수 있다[飲菊花酒, 令人長壽]"라 했다. 한편, 南宋 陳永輯의 『全芳備
祖』에서는 "남양 여현에 감곡이 있는데, 계곡의 물이 향기롭다. 그 위에 큰 국
화가 떨어지는 물이 있어 산을 타고 내려오다가 수액이 된 것이다. 계곡의 이십
가구가 이 물을 섬겨 마시니 오래 사는 이는 백이십, 삼십 세를 살고, 중간도 백
세가 넘는다[南陽酈縣, 有甘谷, 谷中水香美, 其上有大菊落水, 從山流下得滋液,
谷中二十家, 仰飲此水, 上壽百二、三十, 中壽百餘歲]"고 했다. 南陽甘谷의 전고
는 여기서 나왔다.

_{6.4.8} 소나무 무성한 남산_{松茂南山}

    남산처럼 장수하시라, 태부인(太夫人)께 드리는 축하입니다. 소나무
의 무성함처럼 자신의 덕행과 자손이 두드러지길 축원합니다. 탄(誕) 노
형에게, 판교 정섭.

    如南山之壽[1], 祝其太夫人[2]也; 如松之盛, 祝其身之德行幷子孫之挺拔
也. 誕老年學兄其並承之[3]. 板橋鄭燮.

— 남경박물원 소장 묵적[南京博物院藏墨跡]

역주

1   南山之壽:南山은 終南山. 壽命이 終南山처럼 장수하기를 비는 말. 『詩經·小

雅·天保』: "남산처럼 장수하시어, 이지러지거나 무너지지 마시기를!如南山之壽, 不騫不崩.」"

2   太夫人 : 귀족이나 관료의 부인을 높여 부르는 말.

3   誕老年學兄 : 미상.

6.4.9 바위기둥 그림柱石圖

누가 황량한 서재에서 적막함을 함께 하나?   誰與荒齋伴寂寥,

구름 속 하늘로 솟은 기둥 하나라네.   一枝柱石上雲霄.

곧게 일어선 것은 그야말로 도원량,   挺然直是陶元亮,[1]

다섯 말 쌀 때문에 어찌 내 허리 굽히랴!   五斗何能折我腰?

탄(誕) 노형께, 판교 정섭.

誕老年學兄正.[2] 板橋鄭燮.

— 남경박물원 소장 묵적[南京博物院藏墨跡]

역주

1   陶元亮 : 東晉의 저명한 田園詩人 陶淵明(약 365~427), 이름은 潛, 자는 元亮, 자호는 五柳先生이며 潯陽人이다. 彭澤 縣令으로 있을 때 권세에 아부하기 싫어 관직을 버리고 전원에 은거하며 살았다. 史傳에 따르면, 상관의 순시 때에 出迎을 거절한 채 "나는 五斗米를 위하여 향리의 小人에게 허리를 굽힐 수 없다"고 했다.

2   誕老年學兄正 : 미상.

6.4.10 매화와 대나무梅竹

평생 동안 매화를 그린 적 없어   一生從未畫梅花,

고산처사의 집일랑 알지 못했네.　　　　　　　　　不識孤山處士家.[1]

오늘 매화와 대나무 그리니　　　　　　　　　　　今日畫梅兼畫竹,

세한의 심사에 안개 노을 가득하네.　　　　　　歲寒心事滿煙霞.

― 고궁박물원 소장 묵적故宮博物院藏墨跡

역주

1　孤山處士：孤山은 浙江 杭州 西湖에 있는 산. 北宋의 저명한 은일 시인 林逋
(967∼1028)가 여기서 은거하며 매화를 심고 학을 길렀다. 이에 사람들이 그를
孤山處士라 부른다.

6.4.11 매화梅

모란과 작약 저마다 어여쁨 다투면서　　　　　　牡丹芍藥各爭妍,

잎과 꽃 어지러이 날며 한낮 하늘에 향기 풍기네.　葉亂花翻臭午天.

대울타리 정갈한 초가집,　　　　　　　　　　　何似竹籬茅屋淨,

아침 안개에 솟은 맑고 가는 대 하나에 어찌 견주랴!　一枝淸瘦出朝烟.

　판교 정섭 쓰다.

　板橋鄭燮題.

―『지나남화대성(支那南畫大成)』

6.4.12 귤과 국화橘菊

귤껍질 향기롭게, 국화꽃도 향기롭게,　　　　　橘皮香與鞠花香,

다 같이 도가의 술항아리에서 걸러지네.　　　　都入陶家漉酒缸.

취한 뒤에야 봄맛이 넘쳐나니　　　　　　　　醉後便饒春意味,
천지에 가을서리 내린 걸 느끼지 못하네.　　　　不知天地有秋霜.

　　판교 정섭.
　　板橋鄭燮.

　　　　　　　　　　　　　　　　　— 『보우각서화록(寶迂閣書畫錄)』

6.4.13 정섭과 진복이 함께 그린 이끼 낀 바위 그림鄭燮陳馥合作苔石圖[1]

정 씨는 돌 그리고　　　　　　　　　　　鄭家畫石,
진 씨는 이끼 그려　　　　　　　　　　　陳家點苔,
오묘한 두 손길로　　　　　　　　　　　出二妙手,
이 바위산 만들었네.　　　　　　　　　　成此巒嵓,[2]
사람들 알지 못하고　　　　　　　　　　傍人不解,
어디서 날아왔는가 하네.　　　　　　　　何處飛來.

　　진복과 정섭이 그리고 쓰다.
　　陳馥、鄭燮畫幷題.

　　　　　　　　　　— 남경박물원 소장 묵적[南京博物院藏墨跡]

역주

1　陳馥 : 청대 화가로, 자는 松亭, 杭州人이다. 『墨林今話』・『畫人補遺』・『甌鉢羅
　室書畫過目考』 등 참고. 『清朝書畫家筆錄』・『揚州畫舫錄』 등에는 자가 里門,
　호는 春渠이며, 杭縣人으로 되어 있는데 같은 사람인지는 불확실하다.
2　巒嵓(만암) : 바위로 된 산.

남양의 국화수에 노인네가 많으니　　　　　　　　南陽菊水多耆舊,[1]
오래 살게 하는 꽃이라 그렇다네.　　　　　　　　此是延年一種花.
팔십 노인이 부지런히 따서 마시면　　　　　　　　八十老人勤採啜,
분명 흰 서리된 귀밑머리 까마귀처럼 검게 되리.　　定敎霜鬢變成鴉.

　　판교거사 정섭 그리고 쓰다.
　　板橋居士鄭燮畵幷題.

　　　　　　　　　　　　　　　　　　　　　　　ー『지나남화대성(支那南畵大成)』

역주

1　南陽菊水多耆舊 : 南宋 陳永輯의 『全芳備祖』에서 남양의 감곡 아래 사는 주민
　들이 국화 떨어진 물을 마시기에 백세가 넘도록 장수한다고 했다. 「6.4.7 감국
　계곡의 샘[甘菊谷泉]」 참고.

6.4.15 원추리꽃과 고양이萱貓

규중의 아녀자가 가장 가련하나니　　　　　　　　最得閨中婦女憐,
상아 침상 자수 이불에 속절없이 잠든다네.　　　　牙牀繡被任他眠.
우연히 꽃 아래서 나비 찾아 나서지만　　　　　　偶來花下尋蝴蝶,
좋은 만남은 구십 년 전에 미리 기약해야 한다네.　吉兆先期九十年.

　　판교노인.
　　板橋老人.

　　　　　　　　　　　　　　　　ー 양주 심화 소장 묵적[揚州沈華藏墨跡]

앵무새八哥

까치와 같은 부류이나 좀 작지 않을까?　　　　類同乾鵲將毋小,[1]
까마귀와 비슷하나 꼭 그런 건 아니고.　　　　族比慈烏未是多.[2]
묻건대 인간세상 어떤 족속이　　　　　　　　借問人間何手足,[3]
이 새를 만나자마자 형이라 불렀나?　　　　　相逢此鳥便稱哥?[4]

　　판교노인 정섭.
　　板橋老人鄭燮.

　　　　　　　　　　　　— 양주 심화 소장 묵적[揚州沈華藏墨跡]

역주

1　乾鵲: 喜鵲. 까치. 將毋: 추측을 나타내는 虛辭.
2　慈烏: 까마귀의 일종. 어미새에게 反哺한다고 해서 붙여진 이름이다.
3　手足: 형제·족속의 의미.
4　稱哥: 앵무새를 '八哥'라 부른 것을 두고 한 말이다.

메추라기鶉鶉

메추라기 쌍쌍이 부르며 동행하는데　　　　　鶉鶉兩兩喚同行,
원래부터 의좋은 형제에 뒤지지 않네.　　　　不減原令好弟兄.
세상에 옛 도리 사라진 걸 탄식하노니　　　　可歎世人無古道,
굶주리게 만들고 싸움질로 내몬다네.　　　　　釀他飢餓逼他爭.

　　건륭 갑신, 판교 정섭.
　　乾隆甲申,[1] 板橋鄭燮.

　　　　　　　　　　　　— 양주 심화 소장 묵적[揚州沈華藏墨跡]

1   乾隆甲申: 淸 高宗 29년(1764).

6.4.18 해오라기鷺鷥

해오라기 다리 세우고 시냇가에 서있네.	鷺鷥拳足立溪邊,
붉은 여뀌꽃 시들고 강물엔 하늘의 달.	紅蓼花殘水月天.
서릿빛 흰 깃으로 서리 계절에 맞서려	欲把霜翎鬪霜色,
외로운 학 따라 하늘로 치솟아 날아간다네.	直隨孤鶴去摩天.

    판교 정섭.
    板橋鄭燮.

                                ― 양주 심화 소장 묵적[揚州沈華藏墨跡]

6.4.19 국화菊花

둥그런 국화 속은 빛나는 진주,	菊花盤裏是明珠,[1]
금빛 주발 붉은 중심은 푸른 잎이 받쳐주네.	金椀紅心翠葉鋪[2]
서늘한 기운 오지 않고 서리도 내리지 않은	涼氣未來霜未落,
가을바람 속 부귀가 그림에 다 담겼네.	秋風富貴儘堪圖.

    판교.
    板橋.

                                ― 양주 심화 소장 묵적[揚州沈華藏墨跡]

역주

1 菊花盤 : 작은 쟁반처럼 생긴 국화의 모양.
2 金椀紅心 : 금빛 주발 모양에 중심에는 붉은 부분이 있는 국화의 모양새를 그린
  표현.

6.4.20 부용芙蓉

참 가련하구나, 붉은 화장에 몇 줄기 눈물자국,	最憐紅粉幾條痕,
강물 밖 다리 곁에 작은 대나무 문.	水外橋邊小竹門.
제 그림자에 놀랐다가 스스로 애달파하는,	照影自驚還自惜,
서시는 원래 저라촌 사람이라네.	西施原住苧蘿村.[1]

정판교.
鄭板橋.

— 양주 심화 소장 묵적[揚州沈華藏墨跡

역주

1 西施原住苧蘿村 : 춘추시대 越나라 미녀 西施는 貂蟬 · 王昭君 · 楊貴妃 등과 함
  께 고대 4대 미녀로 손꼽힌다. 그녀의 원래 이름은 施夷光으로, 春秋末 越國의
  시골마을 苧蘿에서 자랐다고 전해진다. 越王 勾踐이 臥薪嘗胆하며 세운 복수
  계획에 따라 吳王 夫差에게 바쳐진 후, 그의 총애를 이용하여 망국에 이르게 하
  였다.

6.4.21 이맹의 세조도에 쓰다題李萌歲朝圖[1]

한 병 한 병 또 한 병,	一瓶一瓶又一瓶,[2]

세조도의 붓놀림이 살아있는 것 같네.　　　　歲朝圖畫筆如生.
종이가 찢겨나갔다 탓하지 마소,　　　　　　莫將片紙嫌殘缺,
삼백 년 된 옛 정을 아낀다네.　　　　　　　三百年來愛古情.

　을축(乙丑) 겨울 십이월, 양주 동쪽에서 놀다가 저자에서 이 그림을
보았는데 거의 다 찢어지고 헤어져 몹쓸 지경인지라 표구하는 사람에게
부탁하여 수리했다. 항상 책상 사이에 걸어놓았으니, 애오라지 원대 초
의 필법이기 때문이다. 판교 정섭 등불 아래 적다.

　乙丑³冬十有二月, 遊揚州東郭. 見市上有此畫, 幾于破爛不堪, 屬裝畫
者托之, 常掛几席⁴間, 聊以存元初筆仗云. 板橋鄭燮燈下志.

　　　　　　　　　　　　　—『자이열재서화록(自怡悅齋書畫錄)』 권일(卷一)

역주

1　李萌歲朝圖 : 李萌은 元初 화가. 歲朝圖는 지난해의 사악한 기운을 몰아내고 새
　　로운 해의 평안과 복을 기원하는 의미의 그림이다.
2　瓶 : 歲朝圖 속의 그림은 여러 종류가 있으나 꽃이 꽂힌 화병 그림이 많다. 또한 화
　　병 위에 직접 歲朝圖를 그리는 경우도 있다. 여기서는 그림 속의 화병을 말한다.
3　乙丑 : 乾隆 10년(1745). 판교 나이 53세 때로, 范縣에서 근무하고 있었다.
4　几席(궤석) : 작은 탁자.

6.4.22 이방응 묵죽화에 붙여題李方膺墨竹¹

　이 장대 두 개는 퉁소를 만들 수도 있고 피리를 만들 수도 있는데,
그러려면 반드시 구멍을 뚫어야만 한다. 그러나 세상 사물에게 구멍을
만들어 주는 일은 구멍 없는 것보다 더 나을 게 없는 법이다. 청강도인
(晴江道人 : 李方膺)이 몇 장 이파리를 그려 가려주면서 또한 이르길, '그
구멍 뚫는 것을 막으려 한다'고 했다.

此二竿者可以爲簫, 可以爲笛, 必須鑿出孔竅; 然世間之物, 與其有孔竅, 不若沒孔竅之爲妙也². 晴江道人³畫數片葉以遮之, 亦曰免其穿鑿.

— 고궁박물원 소장 묵적[故宮博物院藏墨跡]

역주

1 李方膺: '揚州八怪' 중의 한 명으로, 자는 虯仲(1695~1755), 호는 晴江, 별호로 秋池·抑園·白衣山人 등이 있으며, 通州人이다. 松·竹·蘭·菊·梅·雜花·虫·魚 등을 두루 잘 그렸고, 人物·山水에도 능했으며, 특히 梅 그림에 뛰어났다.

2 與其有孔竅, 不若沒孔竅之爲妙:『莊子·應帝王』에 南海의 제왕 儵과 北海의 제왕 忽이 중앙의 제왕 混沌에게 보답하기 위해 그의 몸에 날마다 구멍 하나씩을 뚫어주자 7일 뒤에 混沌이 죽고 말았다는 우언이 나온다. 이 구절은 이 우언을 의식한 표현이다. 孔竅(공규): 구멍.

3 晴江道人: 李方膺의 호.

6.4.23 고봉한 서책에 씀題高鳳翰畫冊[1]

이 그림은 바위 세 개가 온 화폭을 가득 채웠는데, 푸른 것, 붉은 것, 검은 것이 얼마나 분명한가! 높은 것, 낮은 것, 안에 있는 것, 밖에 있는 것의 노선이 어찌 이리 분명한가! 또한 이끼와 풀로 단장되어 달라붙지도 않고 벗어나지도 않으면서 서로 어우러져 정감이 있으니 얼마나 빼어난가! 서원(西園:高鳳翰) 노형은 수재(秀才) 출신인 까닭에 그 화법이 두루 안목을 갖추었다. 근래 들어 옛것으로 시를 쓴다는 자들이 수재를 욕하고 팔고문(八股文)을 욕하는데, 거의 참을 수 없을 지경에 이르렀다. 이는 옛것으로 시를 쓸 때 팔고문을 따르지 않으면 조리가 없이 뒤섞여 버리고 만다는 걸 알지 못하기 때문이다. 입을 열면 산천과 풍월이고, 썼다 하면 복사꽃과 버드나무와 살구꽃인데, 장(張)씨의 모자를 이(李)씨가 쓰는 셈이니 그야말로 한 빈 웃어넘길 수민도 없는 일이다. 성스러운 천자께서 팔고문으로 선비를 뽑으시니, 선비들이 다투어 응시한다. 이에 명·청 두 왕조의 선비들이 정신을 집중한 게 바로 이 분야였다. 서원 형의 그림을 보자면, 당대 문장 기운이 전혀 없으면서도 오히려 요즘사람의 팔고문에서 나왔음을 알 수 있다. 건륭(乾隆) 신사(辛巳)년, 부족한 아우 판교 정섭 쓰다.

此幅三石擠塞滿紙, 而其爲綠、爲赭、爲墨, 何淸晰也! 爲高、爲下、爲內、爲外, 何徑路分明也! 又以苔草點綴², 不黏不脫, 使彼此交搭有情, 何雋永³也! 西園老兄⁴, 秀才出身, 故畵法具有理解. 近日詩古家罵秀才、罵制藝⁵, 幾至於不可耐. 不知詩古不從制藝出, 皆無倫雜湊. 滿口山川風月, 滿手桃柳杏花, 張哥帽, 李哥戴, 直是不堪一笑耳. 聖天子以制藝取士, 士嚵應之⁶. 明淸兩朝士人, 精神聚會, 正在此處. 試看西園兄畵, 絶無時文氣, 而却從時人制藝出來. 乾隆辛巳⁷, 愚弟板橋鄭燮題.

— 『지나남화대성(支那南畵大成)』

역주

1　高鳳翰 : '揚州八怪'의 한 사람으로, 자는 西園(1683~1748), 호는 男村, 만년 호는 南阜老人이다. 병으로 장애가 온 후에는 스스로 丁巳殘人·尙左生이라는 호를 썼다. 서법과 전각에 능했고, 산수와 화훼에 빼어났다. 「2.148.1 고봉한(高鳳翰)」 등 참고.

2　點綴 : 꾸미다.

3　雋永 : 의미심장하다. 의미가 심오하다.

4　西園老兄 : 西園은 高鳳翰의 字.

5　制藝 : 明淸 시기 과거시험에서 쓰이던 八股文을 가리킨다.

6　嚵(참) : 饞(참)의 뜻. 욕심내다.

7　乾隆辛巳 : 淸 高宗 26년(1761).

고봉한 '피갈도' 두루마리에 씀題高鳳翰披褐圖卷[1]

어찌 인간세상의 거친 베옷 무리이랴,	豈是人間裋褐徒,[2]
가슴의 금수비단 희미해지려 하네.	胸中錦繡要模糊.
하물며 비바람 맞고 벗겨진 후에는	況經風雨離披後,
천오와 자봉 도안 다 사라졌다네.	廢盡天吳紫鳳圖.[3]

남부산인(南阜山人)이 그린 「피갈도(披褐圖)」는 적막하여 쓸쓸하면서도 시원하고 담백하다. 이미 치아가 빠져서 채소나 먹으면서도 원망하지 않는 모습이다. 허나 판교거사가 이를 위해 스물여덟 자를 쓸 때는 외려 원망을 가득 담았다. 그렇다고 거사가 실제로 원망하는 건 아니다. 이에 다시 「회포를 담아」라는 옛날 작품 한 수를 두루마리 안에 덧붙여서 앞 편과 연결되는 뜻을 분명히 하고자 한다.

南阜山人作披褐圖[4], 寂寥蕭澹. 既已蔬食沒齒無怨矣. 板橋居士爲題二十八字, 則又怨甚, 然居士實不怨也. 復錄遺懷舊作一首, 寄於卷內, 以與先篇相發明焉：

강과 바다 떠돌며 큰 명성을 훔쳤고	江海飄零竊大名,
어사화를 관모에 가벼이 꼽기도 했다네.	宮花曾壓帽簷輕.[5]
존귀한 분 앞에서 고운 위랑 동반하면서도	尊前更挾韋娘豔,[6]
청빈을 원망한다면 진정 사리에 맞지 않겠네.	再怨淸貧太不情.

못난 아우 정섭.
愚弟鄭燮.

— 산동성박물관 소장 묵적[山東省博物館藏墨蹟]

역주

1 高鳳翰 : 자는 西園, 처음 호는 男村, 만년 호는 南阜老人. 「2.148.1 고봉한(高鳳翰)」, 앞 시 「6.4.23 고봉한 서책에 씀[題高鳳翰畫冊]」 등 참고.

2 短褐(수갈) : 가난한 사람이 입는 거친 베옷.

3 天吳紫鳳 : 天吳는 水神 이름. 『山海經・海外東經』: "조양 계곡에 신이 사는데 천오라 하며, 이는 그 水伯이다.[朝陽之谷, 神曰天吳, 是爲水伯.]" 紫鳳은 전설 속의 神鳥. 여기서는 옷의 두 가지 도안을 가리킨다.

4 南阜山人 : 高鳳翰의 호.

5 宮花 : 과거에 합격한 선비가 황제가 베푼 연회에서 머리에 꽂는 견직물로 만든 꽃. 어사화.

6 韋娘 : 즉 杜韋娘. 당대 유명한 歌妓로, 여기서는 歌妓를 가리킨다. 후 2구는 작자가 高鳳翰을 앞에 둔 채 歌妓와 함께 즐기면서 가난을 원망하는 건 사리에 맞지 않는 일이라고 농담조로 자책한 것이다.

6.4.25 고봉한 '한림아진도'에 붙여題高鳳翰寒林雅陣圖[1]

고서원(高西園 : 高鳳翰)은 교주(膠州) 사람으로 처음에 호를 남촌(南村)이라 했다. 이 그림은 그가 젊었을 때 그린 것으로, 그 후 병으로 장애가 되어 왼손을 쓰게 되면서 서화가 한층 기묘해졌다. 사람들은 단지 그 말년의 노련한 화필을 애호할 뿐, 규범과 기준을 지키면서도 자연스럽고 기이하게 빼어나 세속을 초월했던 것을 알지 못한다. 젊었을 때 이미 모든 이들을 압도했던 것이다. 서원은 만봉(晩峯)선생을 위해 그림을 그린 적이 있다. 나는 만봉 선생을 볼 기회가 없었지만 서원은 만나 뵈었던 것이다. 후인들은 서원을 볼 기회가 없겠지만 나는 벗으로 지냈다. 이렇게 위로 올라가다 보면 어떤 옛사람을 보지 못하겠는가? 이렇게 아래로 내려가다 보면 어떤 후인에게 전하지 못하겠는가? 이런즉 그림 한 폭에는 천년을 넘나드는 요원한 생각이 담겨 있는 것이다! 판교 정섭.

高西園[2], 膠州[3]人, 初號南村. 此幅是其少作, 後病癈用左手, 書畫益奇. 人但羨其末年老筆, 不知規矩準繩自然秀異絶俗, 於少時已壓倒一切

矣. 西園爲晚峯先生⁴畫, 余不及見晚峯, 而西園見之; 後人不及見西園, 而
予得友之. 由此而上推, 何古人之不可見? 由此下推, 何後人之不可傳? 卽
一畫有千秋遐想焉! 板橋鄭燮.

― 청도시 문관회 소장 묵적[靑島市文管會藏墨跡]

역주

1 高鳳翰: 자는 西園, 초년 호는 男村, 만년 호는 南阜老人이다. 「2.148.1 고봉한
   (高鳳翰)」, 앞 시 「6.4.23 고봉한 서책에 씀[題高鳳翰畫冊]」, 「6.4.24 고봉한 '피갈
   도' 두루마리에 씀[題高鳳翰披褐圖卷]」 등 참고.
2 高西園: 西園은 高鳳翰의 자.
3 膠州(교주): 山東 서남부에 있는 지명.
4 晚峯先生: 미상.

6.4.26 **이복당 '추가만송도'에 붙여**題李復堂秋稼晚菘圖¹

  벼이삭 노랗게 익어 고픈 창자를 채워준다. 채소 잎 파래지니 탕을
끓인다. 그저 담백한 맛이지만 여운은 오래 남는다. 만인의 생명은 이
두 가지가 감당하느니. 촉촉한 먹물 몇 점이 커다란 문장 한 폭을 이룬
다. 판교 쓰다.

  稻穗黃, 充饑腸; 菜葉綠, 作羹湯. 味平淡, 趣悠長. 萬人性命, 二物²耽
當. 幾點渹渹³墨水,一幅大大文章. 板橋題.

―『몽원서화록(夢園書畫錄)』 권이십삼(卷二十三)

역주

1 李復堂: 李鱓. 자는 宗揚, 호는 復堂, 江蘇 興化人이다. 「2.148.3 이선(李鱓)」 참고.
2 二物: 쌀과 채소를 가리킨다.
3 渹(유): 濡(유). 적시다.

附

錄

7. 부록附錄

7.1 『청사열전』「정섭전」清史列傳鄭燮傳

정섭(鄭燮)은 자가 극유(克柔)이며, 강소(江蘇) 흥화(興化)인이다. 건륭(乾隆) 원년에 진사(進士)가 되어 산동(山東) 범현지현(范縣知縣)을 지냈고, 유현(濰縣)으로 전근한 후 구재(救災) 비용 요청 일로 상관을 거스르게 되자 병을 핑계로 귀향했다. 어려서부터 총명했으며, 독서할 때는 남다른 이치를 구하고자 했다. 집안이 가난했으나 성격은 대범하고 구속받기를 싫어했으며 선종의 고승이나 귀족가문 자제들과 교유하기를 즐겼다. 날마다 고담준론을 거침없이 펼치면서 인물의 시시비비를 따졌기에 결국엔 미치광이란 별명까지 얻었다. 관직에 있을 때는 일의 진위를 상세히 파악하여 백성들이 원하는 바를 최대한 살펴 해결해주었다. 유현에 재직하던 어느 해 흉년이 들어 사람이 사람을 잡아먹는 형국에까지 이르게 되었다. 이에 정섭은 대대적인 수리 공사를 일으켜 원근의 굶주린 백성들이 공사장에 와서 벌어먹을 수 있게 했다. 또한 고을 유지들에게 도움을 청해 창고를 개방하고 죽을 끓여 백성들이 돌아가며 먹을 수 있게 했다. 곡식을 저장해둔 사람이 있으면 염가로 판매하도록 독려함으로써 당시 살아난 사람 수가 헤아릴 수 없을 정도였다. 이에 당시 사람들은 그를 '순리(循吏)'로 여겼다.

시에 빼어났고 서·화에 능해 사람들이 '정건(鄭虔) 삼절'에 견주어 일컬었다. 그의 시는 간절하게 감정을 드러내고 사실을 서술하여 감동을 일으킨다. 시체나 격식에 얽매이지 않고 흥이 일어나면 바로 지었으니, 이는 향산(香山 : 白居易)과 방옹(放翁 : 陸游)에 가깝다. 서화에는 뚜렷한 정취가 있는데, 젊어서는 해서에 능했고 나이가 들어서는 전서·예서를 섞어 그 중간을 자신의 필법으로 삼았다. 그가 그린 난과 대나무·바위 또한 정교하고 아름다워서 사람들이 다투어 귀중하게 소장하였다. 사는 옛 역사를 슬퍼하는 마음을 담았고, 특히 전쟁터 내용을 쓰는 데 뛰어나서 혹자는 장사전(蔣士銓)과 비교하기도 한다. 집안에서의 행실은 삼가면서 바르게 하였고, 어려서 의지할 부모를 잃고 유모에게 길러졌음을 평생도록 잊지 않았다. 그가 쓴 가서(家書)는 진실되고 따뜻하면서도 진지하며, 광록(光祿 : 顔延之)의 「정고(庭誥)」나 [안지추(顔之推)의] 「안씨가훈(顔氏家訓)」과 같은 유지가 담겨 있다. 만년에는 귀향해 농사를 지으며 가끔씩 군성을 왕래하면서 시와 술로 창화(唱和)하였다. 일찍이 자루 하나를 마련해 돈과 과일 등 먹을거리를 담아두고 벗의 자제나 마을사람 가운데 가난한 자에게 손닿는 대로 꺼내주었다. 원매(袁枚)와는 만난 적이 없었지만 그가 죽었다는 소식을 전해 듣고 절을 하며 끝없이 통곡했다 한다. 저서로 『판교시초(板橋詩鈔)』가 있다.

鄭燮, 字克柔, 江蘇興化人. 乾隆元年[1]進士, 官山東范縣知縣, 調濰縣, 以請賑忤大吏, 乞疾歸. 少穎悟, 讀書饒別解. 家貧, 性落拓不羈[2], 喜與禪宗尊宿[3]及期門[4]子弟游. 日放言高談, 臧否[5]人物, 以是得狂名. 及居官, 則又曲盡情僞[6], 壓塞[7]衆望. 官濰縣時, 歲歉, 人相食. 燮大興修築, 招遠近飢

民赴工就食; 籍邑中大戶, 令開廠煮粥輪飼之. 有積粟責其平糶[8], 活者無算. 時有循吏[9]之目. 善詩, 工書畫, 人以『鄭虔三絶』[10]稱之. 詩言情述事, 惻惻動人[11], 不拘體格, 興至則成, 頗近香山放翁[12]. 書畫有眞趣, 少工楷書, 晚雜篆隷, 間以畫法. 所繪蘭竹石亦精妙, 人爭寶之. 詞弔古攄懷, 尤擅勝場, 或比之蔣士銓[13]. 內行醇謹[14], 幼失怙恃[15], 賴乳母敎養, 終身不敢忘. 所爲家書忠厚懇摯, 有光祿『庭誥』、『顔氏家訓』[16]遺意. 晚年歸老躬耕, 時往來郡城, 詩酒唱和. 嘗置一囊, 儲銀及果實, 遇故人子及鄕人之貧者, 隨所取贈之. 與袁枚[17]未識面, 或傳其死, 頓首痛哭不已云. 著有板橋詩鈔.

역주

1 乾隆元年 : 乾隆은 淸 高宗(1711~1799) 때의 연호(1736~1795). 乾隆元年은 서기 1736년.
2 落拓不羈 : 성격이 대범하고 구속받지 않다.
3 尊宿 : 연로하고 명망 있는 高僧.
4 期門 : 원래는 漢代 관직 이름이나, 여기서는 귀족 가문을 뜻한다.
5 臧否 : 褒貶. 대상을 평가하다.
6 情僞 : 상황의 진위.
7 壓塞 : 해결하다. 풀어주다.
8 平糶(평조) : 흉년이나 재난으로 양식이 부족할 때 관아의 창고에 저장된 곡식을 염가로 판매하는 일. 責 : 요구하다.
9 循吏 : 이치에 따라 법을 지키는 관리.
10 鄭虔三絶 : 鄭虔(685~764)은 盛唐의 저명한 문학가이자 서화가. 자는 若齊이고, 河南 滎陽人이다. 天寶 9년(750) 그가 唐 玄宗에게 산수화 한 폭을 題詩와 함께 바치니 玄宗이 '鄭虔三絶'이라며 크게 칭찬한 후 특별히 廣文館을 國子監 안에 설치해 그에게 首任博士를 제수하고 불러들였다. 이에 그의 이름이 천하에 널리 알려지게 되었다. 판교가 그와 同姓이기 때문에 사람들이 '鄭虔三絶'과 연관지어 평가한 것이다.
11 惻惻(측측) : 悲痛하다. 간절하다.
12 香山放翁 : 香山은 당대 시인 白居易(772~846)의 호. 放翁은 송대 시인 陸游(1125~1210)의 호. 둘 다 사회 현실과 백성의 삶에 관심을 기울인 작품을 썼다.
13 蔣士銓 : 자는 心餘·苕生(1725~1784). 호는 藏園·淸容居士이며 鉛山人이다. 乾隆 22년 進士에 합격해 翰林院編修가 되었다. 관직을 떠난 후에는 서원을 열어 주로 강의하는 데 힘썼다. 袁枚·趙翼과 함께 乾隆 三大家라 불렸다. 시의

경향은 사회적인 모순을 폭로하고 백성들의 질고를 동정하는 사회적인 의의를 지닌 것도 일부 있지만, 대부분은 개인 감정을 묘사하거나 옛 역사를 회고하는 시들이다.

14 內行 : 평소 집에 거처할 때의 행동.

15 怙恃(호시) : 의지하는 것. 여기서는 父母의 뜻.

16 光祿『庭誥』, 『顔氏家訓』: 『庭誥』는 南朝 宋 문학가 顔延之(384~456)가 쓴 가훈 성격의 문장. 顔延之는 자가 延年이고 臨沂人이다. 東晋 말엽 江州刺史劉柳后軍功曹라는 관직에 있다가 宋이 건국되자 太子舍人이 되었고, 文帝 때 金紫光祿大夫에 이르렀기에 그를 顔光祿이라 칭한다. 『顔氏家訓』은 顔之推(531~591)가 자신의 경력과 사상 · 학식으로 자손에게 알려 경계하는 글이다. 顔之推는 자가 介이고, 臨沂人으로, 남북조시기 저명한 思想家 · 敎育家 · 詩人 · 文學家이다.

17 袁枚 : 자는 子才, 호는 簡齋로, 浙江 錢塘人이다. 관직에 나갔다가 40세에 병으로 물러나 江寧 小倉山 아래 집을 짓고 호를 隨園이라 하였다. 「2.206 원매에게 [贈袁枚]」참고.

7.2 『양주부지』揚州府志

정섭(鄭燮)은 자가 극유(克柔)이며, 흥화(興化)인이다. 건륭(乾隆) 원년에 진사(進士)가 되어 산동(山東) 범현(范縣)에 제수되었고, 후에 유현(濰縣)으로 전근했다. 유현 고을에 한(韓)씨라는 서생이 있어 가난하지만 공부를 좋아하였다. 정섭이 밤길을 가다가 그가 책 읽는 소리를 듣고는 마음에 들었다. 이에 수시로 물자를 제공하였고, 그가 훗날 진사가 되자 서로 지기(知己)의 정을 나누었다.

기근을 만난 어느 해, 길거리에 굶어죽은 이들이 즐비하자 상부에 보고하는 절차를 기다리지 않은 채 서둘러 곡식창고를 열어 양식을 빌려주었다. 가을에 다시 흉년이 들자 스스로 의연금을 마련해 대신 갚아주고, 그 차용증은 불살라버렸다. 이에 유현 백성들은 그를 위해 생사당

(生祠堂)을 세웠다. 정섭은 남다르게 기이한 재능을 지녔고, 성격이 호방하여 사소한 일에는 신경 쓰지 않았으나 백성들에 관한 일에서는 아주 세심하면서도 주도면밀하였다. 산동성 관직생활 십이 년 동안 [처리하지 못한] 문건을 남기지 않았으며 억울함을 지닌 백성도 없었다. 병을 사유로 귀향할 적에 짐이라곤 단지 책 몇 권뿐이었다. 시는 도연명(陶淵明)과 유종원(柳宗元)을 본받았고, 서법은 한나라 예서를 따르되 자신만의 새로운 세계를 개척하였다. 아울러 틈이 나면 난과 대나무를 그렸다. 비단에 그린 한 폭, 종이에 그린 한 장마다 전국에서 다투어 소장하고자 했다. 저서로『판교시초』·『사초』·『가서』와 『제화시』가 세상에 전한다. 일흔 셋에 세상을 떴다.

鄭燮, 字克柔, 興化人. 乾隆元年進士, 授山東范縣, 徙濰縣. 濰邑韓生貧而好學[1], 燮夜行, 聞讀書聲, 心許之. 時給薪水[2], 後成進士, 有知己之感. 値歲饑, 道殣相望, 不俟申報, 卽出倉穀以貸. 秋又歉, 捐廉[3]代輸, 取領券火之. 濰人爲建生祠.[4] 燮生有奇才, 性曠達, 不拘小節, 於民事纖悉必周. 官東省先後十二年, 無留牘[5], 無冤民. 以疾歸, 囊槖蕭然,[6] 圖書數卷而已. 詩宗陶柳[7], 書出入漢隸中而別開生面. 兼以餘事寫蘭竹, 一縑一楮, 海內爭重之. 著有板橋詩鈔、詞鈔、家書與題畫詩行世. 卒年七十三.

— 중수(重修),『양주부지(揚州府志)』권사십팔(卷四十八)

역주

1 韓生:『7.3 흥화현지(興化縣志)』에서는 韓夢周라 밝혔다. 韓夢周(1729~1798)는 자가 公復, 호는 理堂이며 濰城 東關人이다. 젊어서 어렵게 공부해 乾隆 17년 鄕試에서 擧人이 되고, 乾隆 22년 進士가 된 후 乾隆 31년 安徽 來安縣知縣에 임명되어 善政을 베풀었다.
2 薪水:땔나무와 물. 생활에 필요한 물자.
3 捐廉:의연금을 내다. 廉은 청대에 관리에게 정식 봉급 외로 직급에 따라 주던 금전. 養廉銀(청렴을 지키는 돈)이라고도 부른다.
4 生祠:生祠堂. 옛날 감사나 수령의 善政을 기려 백성들이 그 사람이 아직 살아

있는데도 불구하고 제사처럼 받들어 모시던 사당.

5 　留牘 : 미해결로 쌓인 문건이나 안건.

6 　囊橐(낭탁) : 곡식을 넣는 큰 자루. 여기서는 이삿짐 보따리를 말함. 蕭然 : 텅 비다.

7 　陶柳 : 東晉의 전원 시인 陶潛(365~427)과 唐代 문학가 柳宗元(773~819). 유종원은 韓愈와 더불어 고문운동으로 유명하지만, 시에서는 산수전원시가 빼어나 도연명과 비교하는 경우가 많다.

7.3 『흥화현지』興化縣志

정섭(鄭燮)은 호가 판교(板橋)이며, 건륭(乾隆) 원년에 진사(進士)가 되었다. 범현(范縣) 현령으로 있을 때 백성들을 자기 자식처럼 사랑했다. 뇌물을 거절했으며, 서류를 미루는 일이 없었다. 공무를 보고 남은 시간에는 자주 문인들과 술잔을 나누며 시를 읊곤 했는데, 그럴 때면 자신이 상관이란 사실조차 잊어버리곤 했다. 유현(濰縣)으로 전근한 뒤 지독한 기근이 들어 사람이 사람을 잡아먹는 상황이 벌어졌다. 정섭이 창고를 열어 구재(救災) 곡식을 나눠줄 때 이를 저지하는 사람이 있자 이렇게 말했다. "지금이 어떤 상황인가? 이리저리 보고를 올리다 보면 그때까지 남아 있는 백성은 한 명도 없을 것이다. 이를 견책한다면 내가 책임지겠다." 그리고는 상당한 양의 곡식을 풀어 백성들로 하여금 수령증을 가져와 배급받게 하니, 그렇게 살린 사람이 만 명을 넘었다. 상사가 그 능력을 가상히 여겼다. 가을에 다시 흉년이 들자 의연금을 마련해 베풀었다. 떠나는 날에 [차용]증서를 다 거둬들여 불태워버리자 유현 백성들은 그 은덕에 감격해 사당을 세웠다. 정섭은 남다르게 기이한 재능을 지녔고, 성격이 호방하여 사소한 일에는 신경 쓰지 않았으나 백성들에 관한 일에서는 아주 세심하면서도 주도면밀하였다. 일찍이 밤에 외출했다가 초가에서 나는 책 읽는 소리를 듣게 되었는데, 알아보니 한몽주(韓夢周)라는 가난한 집 자제였다. 이에 물자를 보내주며 도왔다. 한몽주가 진사가 되자 서로 지기(知己)의 정을 나누었다. 산동성 관직생활 십이 년 동안 [처리하지 못한 문건을 남기지 않았으며 억울함을 지닌 백성도 없었다. 사직을 요청해 귀향할 적에 짐이라곤 거의 없었고, 서화를 팔아 자급자족하였다. 문장은 해박하고 웅장하면서도 미려하고, 시는 범성대(范成大)와 육유(陸游)를 본받았으며, 특히 사가 빼어났다. 서법은 한나라 예서를 따르되 자신만의 새로운 세계를 개척하였다. 틈이 나면 난과 대나무를 그렸는데, 뜻 가는대로 붓을 놀리고 색칠해 독특한 서화의 정취가 물씬 풍긴다. 그가 관직을 기다리거나 부임해 있는 동안 신군왕(愼君王)이 극진한 예로써 그를 존중하였다. 비단에 그린 한 폭, 종이에 그린 한 장 그림마다 국내에서만 이를 귀중히 여기는 것이 아니라 나라 밖에서까지도 다투어 구매하였다. 저서로는 『판교시초』 등 몇 가지가 있다.

鄭燮, 號板橋, 乾隆元年進士. 知范縣, 愛民如子. 絶苞苴[1], 無留牘[2]. 公餘輒與文士觴詠, 有忘其爲長吏者. 調濰縣, 歲荒, 人相食. 燮開倉賑貸, 或阻之, 燮曰:『此何時? 俟輾轉申報, 民無孑遺矣. 有譴我任之.』發穀若干石[3], 令民具領劵借給, 活萬餘人. 上憲嘉其能. 秋又歉, 捐廉代輸[4]. 去之日, 悉取劵焚之. 濰人戴德[5], 爲立祠. 燮生有奇才, 性曠達, 不拘小節; 於民事則纖悉必周. 嘗夜出, 聞書聲出茅屋, 詢知韓生夢周[6], 貧家子也. 給薪水助之. 韓成進士; 有知己之感焉. 官東省先後十二載, 無留牘, 亦無冤民. 乞休歸, 囊橐蕭然, 賣書畫以自給. 文宏博雄麗, 詩宗范陸[7], 詞尤工妙. 書出入漢隷中而別開生面. 以餘事寫蘭竹, 隨意揮灑, 筆趣橫生[8]. 其需次春明也[9], 愼郡王極敬禮之. 一縑一楮, 不獨海內寶貴, 卽外服亦爭購之[10]. 著板橋詩鈔諸書.

　　― 함풍 원년 중수(咸豐元年重修), 『흥화현지(興化縣志)』 권팔(卷八)

역주

1   苞苴(포저) : 苞는 '包'와 通字, 증여품·뇌물이란 뜻.
2   留牘 : 쌓인 문건이나 안건.
3   石 : 섬. 양식을 세는 단위.
4   捐廉 : 옛날 관리가 정식 봉록 외에 의연금을 내는 일. 上憲 : 上法 또는 上司.
5   戴德 : 은덕에 감사해 하다.
6   韓生夢周 : 韓夢周. 자는 公復, 호는 理堂으로 濰城區 東關人이다. 위 「7.2 양주
    부지(揚州府志)」 참고.
7   范陸 : 남송 시인 范成大(1126~1193)와 陸游(1125~1210). 范成大 : 자는 致能, 호
    는 石湖居士로 平江 吳郡(지금의 江蘇 吳縣)人이다. 尤袤·楊萬里·陸游와 더
    불어 '中興 四大詩人'이라 칭해진다. 시가는 江西派에서 시작했지만 나중에 白
    居易·王建·張籍 등의 新樂府운동 정신을 이어 일가를 이루었다. 시의 제재가
    광범하나 농촌생활을 반영한 작품의 수준이 높다. 특히 晩年에 쓴 「四時田園雜
    興」 六十首가 유명하다. 陸游 : 자는 務觀, 호는 放翁으로 남송 애국 시인이다.
    抗金 주장을 했기 때문에 계속 투항파의 억압을 받았고, 이때 많은 시가를 창작
    했다.
8   橫生 : 돌연히 또는 전면적으로 발생하다.
9   需次 : 옛날 관리가 관직을 제수 받은 후 순서에 따라 보충되기를 기다리는 일.
    春明 : 벼슬길.
10 外服 : 王畿 이외 지방.

7.4 『청대학자상전』淸代學者像傳

정섭(鄭燮)은 자가 극유(克柔), 호가 판교(板橋)이며, 강남 흥화(興化)인
이다. 건륭(乾隆) 원년에 진사(進士)가 되었으며, 산동(山東) 유현지현(濰縣
知縣)으로 관직에 나가 선정(善政)의 명성을 얻었다. 재임 십이 년간 감옥
이 텅 빈 경우가 여러 번이었다. 어느 해 기근이 들어 백성을 위해 구재
자금을 요청하다가 상관에게 거슬려 마침내 병을 핑계로 귀향을 청했
다. 관직에서 떠나는 날, 백성들이 통곡하며 가로막고 만류하였으며 집

집마다 초상화를 그려 제사지냈다. 선생은 사람됨이 호방하고 자유스러 웠으며, 천성이 유달리 성실하였다. 난과 대나무 그림을 잘 그렸는데, 난초잎은 빽빽한 먹으로 붓을 휘둘러 그렸고, 초서 가운데 세로로 길게 삐치는 법을 운용하였다. 한편, 대나무 그림의 기운은 동파(東坡)와 비슷 하여 많아도 어지럽지 아니하고 적어도 성글지 않았으며, 시류에서 완 전히 벗어나 수려하고 힘찬 게 그지없이 독창적이었다. 서법 또한 특별 한 운치가 있어, 예서·해서·초서 세 가지 서체를 서로 섞어 원숙하게 매끄럽고 예스럽고 수려했다. 해서가 특히 뛰어나지만 작품은 많지 않 다. 시는 향산(香山: 白居易)과 방옹(放翁: 陸游)에 가깝고, 옛 사적을 회고 한 작품들은 격앙강개를 담았다. 사 또한 익숙해진 표현을 쓰고자 하지 않았다. 이에 당시 사람들이 '정건(鄭虔) 삼절'과 견주어 평가했다. 저서 로『판교시초』가 있는데, 손수 쓴 간행본이 세상에 전한다. 이 시집 뒤 에 붙여 판각한 가서(家書) 몇 편은 진실된 감정과 솔직한 표현으로 [가족 을] 염려하는 마음을 담고 있어 사람을 감동시킨다.

鄭燮, 字克柔, 號板橋, 江南興化人. 乾隆元年進士, 官山東濰縣知縣, 有政聲[1]. 在任十二年, 圄圄囚空者數次. 以歲饑爲民請賑, 忤大吏, 遂乞病 歸. 去官日, 百姓痛哭遮留, 家家畫像以祀. 先生爲人疏宕灑脫, 天性獨摯. 工畫蘭竹, 蘭葉用焦墨揮毫[2], 以草書之中豎長撇法運之; 畫竹神似坡公[3], 多不亂, 少不疏, 脫盡時習, 秀勁絶倫[4]. 書有別致, 以隸楷行三體相參, 圓 潤古秀[5]; 楷書尤精, 惟不多作. 詩近香山放翁[6], 弔古諸篇, 激昂慷慨. 詞亦 不肯作熟語. 時有『鄭虔三絶』[7]之目. 所著有板橋詩鈔, 手書刊刻行於世. 集 後附刻家書數篇, 情眞語摯, 悱惻動人[8].

— 『청대학자상전(淸代學者像傳)』

역주

1   政聲: 관리의 정치적 명성.

2   焦墨 : 물기가 적어 뻑뻑한 상태의 먹물.
3   坡公 : 북송 문인이자 화가인 蘇東坡(1036~1101).
4   秀勁絶倫 : 秀勁은 수려하고 힘찬 모양. 絶倫 : 매우 빼어나다.
5   圓潤 : 원숙하고 매끄럽다.
6   香山放翁 : 香山은 당대 시인 白居易(772~846)의 호. 放翁은 송대 시인 陸游 (1125~1210)의 호.
7   『鄭虔三絶』: 唐 玄宗이 鄭虔(685~764)의 詩畫를 보고 '鄭虔三絶'이라 御署했다 한다. 판교가 鄭虔과 同姓이기 때문에 '鄭虔三絶'과 연관 지어 평가한 것이다. 앞의 「7.1 청사열전·정섭전(淸史列傳鄭燮傳)」참고.
8   悱惻(비측) : 걱정하여 가라앉은 모양.

7.5 『정섭소전』鄭燮小傳

정방곤(鄭方坤)[1]

정섭(鄭燮)은 자가 극유(克柔), 호가 판교(板橋)이며, 흥화(興化)인이다. 건륭(乾隆) 병진(丙辰)년에 향시(鄕試)에서 거인(擧人)이 되고 이어 진사(進士)에 급제하였다. 범현지현(范縣知縣)에 제수되었고, 후에 유현(濰縣)으로 전근했으나 병을 사유로 귀향을 청했다. 판교는 어려서부터 영민하여 독서할 때 남다른 이치를 구했고, 문장으로 이름이 드러났다. 집안이 아주 가난하였지만 성격이 대범하여 구속받기를 싫어했다. 젊어서는 수도에 머물며 선종 고승이나 귀족·고관 자제들과 교유하기를 즐겼다. 날마다 고담준론을 거침없이 펼치면서 인물의 시시비비를 따졌기에 결국엔 미치광이란 별명까지 얻었다. 관직에 나간 후에는 자상하고 친근하게 백성들에게 다가가 더불어 쉬곤 하니 사람들도 익숙해져 편안히 받아들였다. 그러나 [세상과] 떨어져 우뚝 홀로 섰던지라 현령이라는 자리가 실로 맞지 않는 노릇이었다. 세상은 바야흐로 거세고 강해져서 냉혹함을 능사로 여기는데, 판교는 일개 서생으로서 청정무위(淸淨無爲)를 추구하는 고상한 도리에만 머물고자 했으니, 듣는 자들은 실로 그를 미워하거나 아니면 화내고 욕하며 꾸짖기에 이르렀던 것이다. 서법에 뛰어나 진서·행서에 전서·주서의 필법을 두루 갖추었는데, 마치 눈보라 속의 송백(松柏)처럼 속세로부터 벗어나 홀로 높이 서 있는 자태이다. 그가 그린 난초와 대나무와 바위 또한 특별한 운치로 명성이 높다. 시 속에서 "때때로 그림 그리네, 흐트러진 바위들에 가을 이끼 얹어서. 수시로 글씨 쓴다네, 예스러움과 아름다움 함께 갖춰서"라 말한 바가 이것이다. 시는 성정에 따라 그 뜻을 드러내고자 힘썼다. 「자서(自序)」에서 "내 시의 품격은 하찮기만 하고, 특히 칠언율시는 육방옹(陸放翁)의 습성이 많다. 잘 아는 벗 두 셋은 자주 이를 탓하고 비난했지만, 호사가는 그와는 달리 나더러 이를 출판하도록 재촉하는 것이었다. 내 스스로 가늠컨대 앞으로도 꼭 나아질 수 있을 것 같지 않아 잠시 부추기는 말을 따르고자 하나, 등에서는 부끄러움의 땀줄기가 흘러내린다"고 했는데, 그가 결코 자만하지 않았음을 보여준다. 그러나 그의 시는 영혼을 드러내주고, 티끌이나 먼지를 깨끗이 씻어내며, 세상에서 답답하게 응어리진 채 풀리지 않는 일, 즉 비분으로 목이 막혀 토해낼 수 없는 말이란 없음을 보여준다. 비나 눈이 내린 텅 빈 산, 홀로 선 고매한 지사, 안개 흩어지는 가을 숲, 스스로 푸르러지는 바위의 골격 등을 거의 남김없이 그려내었다. 입만 열면 백병전(白兵戰 : 常用字 금지법)을 내세우며 자신들이 전고 쓰지 않는 것을 자부하는 자들과는 달랐다. 판교는 그 거친 언행 때문에 사람들에게 비난받았지만, 그러나 그 사람됨을 보면 집안에서는 행실을 삼가며 바르게 했고, 마음속에 시시비비가 분명하였다. 판각한 「아우에게 보낸 편지」 몇 통은 모두 온화하고 신중하면서도 진실된 언어로 쓰여 있어 광록(光祿 : 顔延之)의 「정고(庭誥)」와 [안지추(顔之推)의] 「안씨가훈(顔氏家訓)」 같은 뜻이 많이 담겨 있다. 방탕을 고상한 것으로 여기는 자

들과는 다르니, 진정 어진 이는 [그 속내를] 헤아리기 어려운 법이다. 옛
날 진(晉) 문왕(文王)이 원사종(阮嗣宗)을 지극히 신중한 사람으로 칭찬했
는데, 나도 판교에 대해 그렇게 말하고자 한다.

鄭燮, 字克柔, 號板橋, 興化人. 乾隆丙辰²擧於鄉, 連登進士第. 授范
縣知縣, 改調濰縣, 以疾乞歸. 板橋幼穎悟, 讀書饒別解, 綽有文名. 家固
貧, 落拓不羈, 壯歲客燕市, 喜與禪宗尊宿及期門、羽林諸子弟遊. 日放言
高談, 臧否人物, 無所忌諱, 坐是得狂名. 既得官, 慈惠簡易, 與民休息, 人
亦習而安之. 而嶔崎歷落³, 於州縣一席, 實不相宜. 世方以武健⁴嚴酷爲能,
而板橋以一書生, 欲清淨無爲, 坐臻⁵上理, 聞者實應且憎, 否則怒罵譙訶及
矣. 雅善書法, 眞行俱帶篆籀意⁶, 如雪柏風松, 挺然而秀出於風塵之表. 所
畫蘭草竹石, 亦峭蒨別致⁷. 詩內所云 : 時時作畫, 亂石秋苔; 時時作字, 古
與媚偕者是已. 詩取道性情, 務如其意之所欲出. 其自序有云 : 余詩格卑下,
七律尤多放翁習氣⁸, 屢爲知己訝病, 好事又促余付梓. 自度後來亦未必能
進, 姑從諛而背直慚愧汗下云云, 其言可謂不自滿矣. 然其詩流露靈府, 蕩
滌埃壒, 視世間無結轄不可解之事⁹, 卽無梗咽不可道之詞¹⁰. 空山雨雪, 高
人獨立; 秋林煙散, 石骨自青, 差足¹¹肖之. 非彼藉口白戰¹², 以自詡爲羌無
故實¹³者也. 板橋徒以狂故不理於口¹⁴, 然其爲人內行醇謹¹⁵, 胸中具有涇渭¹⁶.
所刻寄弟書數紙, 皆老成忠厚之言¹⁷, 大有光祿庭誥、顏氏家訓遺意¹⁸. 異
乎放蕩以爲高者, 信賢者之不可測也. 昔晉文王稱阮嗣宗爲至愼¹⁹, 吾於板
橋亦云.

— 『국조기헌류징(國朝耆獻類徵)』 초편(初編) 권이백삼십삼(卷二百三十三)

역주

1   鄭方坤 : 서기 1729년 전후 사람. 자는 則厚, 호는 荔鄕이며 福建 長樂 玉田鎭人
이다. 康熙 56년 鄕試에서 擧人이 되고, 雍正 癸卯 元年에 進士가 되어 知直隷
邯鄲縣에 제수되었다. 저서로 『蔗尾詩集』 十五卷, 『文集』 二卷, 『補五代詩話』
十卷, 『全閩詩話』 十二卷, 『國朝詩鈔小傳』 二卷, 『嶺海叢編』 百卷 등이 있다.

2 乾隆丙辰 : 乾隆 元年. 서기 1736년.

3 嶔崎歷落 : 嶔崎(금기)는 높고 험한 모양, 歷落은 이리저리 떨어져 있는 모양이다.

4 武健 : 거세고 강하다.

5 臻(진) : 이르다. 도달하다.

6 眞行 : 眞書와 行書. 또는 行書이면서 眞書의 筆意가 담긴 서체의 일종. 篆籀 : 篆文과 籀文.

7 峭蒨(초전) : 높이 솟은 모양.

8 放翁 : 송대 문인 陸游(1125~1210). 자는 務觀, 호 放翁.

9 結轖 : 轖(색)은 가죽을 엮어 만든 수레 주변 가리개라는 뜻 외에 기가 막혀 답답하다는 의미가 있다.

10 梗咽(경인) : (悲憤으로) 목이 막히다.

11 差足 : 거의 도달하다.

12 白戰 : '禁體詩'를 쓸 때 상용되는 글자를 금지하는 방식. 예컨대, 歐陽修가 潁州太守로 있을 때, 손님들과 술 마시며 '雪'을 읊을 때 '玉·月·梨·梅·絮·鶴·鵝·銀·舞·白 등 글자는 쓰지 않고 시를 짓기로 정했다 한다.

13 羌無故實 : 詩文에서 전고를 쓰지 않는 것. 羌(강)은 말머리에 쓰이는 의미 없는 조사.

14 不理於口 : 사람들의 입에 오르내리거나 비난받다.

15 內行 : 집안에서의 행동거지.

16 涇渭 : 渭水는 평원을 지나 황하로 유입되며, 涇水는 渭水의 가장 큰 지류이다. 옛날부터 涇水는 혼탁하고 渭水는 맑았기 때문에 涇渭는 우열이나 시비가 분명함을 의미한다.

17 老成 : 온건하고 신중하다.

18 光祿庭誥、顔氏家訓 : 『庭誥』는 南朝 宋 문학가 顔延之(384~456)가 쓴 가훈 성격의 문장이며, 『顔氏家訓』은 顔之推가 자신의 경력과 사상·학식으로 자손에게 알려 경계로 삼기 위해 쓴 글이다. 앞의 「7.1 청사열전·정섭전(淸史列傳鄭燮傳)」 참고.

19 阮嗣宗 : 阮籍(210~263), 三國시기 魏나라 시인. 자는 嗣宗이며 '建安七子' 중의 한 명인 阮瑀의 아들이다. '竹林七賢'의 한 사람으로, 정치적인 면에서 曹魏 황실에 기울고 司馬氏 정권에는 불만을 느꼈지만, 세상이 뜻대로 되지 않음을 느끼고 시비에 간섭하지 않고 明哲保身의 태도를 취했다.

7.6 일의 기록書事

법곤굉(法坤宏)[1]

유현지현(濰縣知縣) 판교(板橋) 정섭(鄭燮)은 양주(揚州) 사람이다. 건륭(乾隆) 병진(丙辰)년에 진사(進士)가 되었고, 우리 교주(膠州)의 남부노인(南阜老人) 고봉한(高鳳翰)과 친했다. 내가 일찍이 남부노인의 거처에서 정섭이 보내온 서찰을 본 뒤로 마음으로 그 사람을 흠모하였다. 신미(辛未)년 오월, 과거에 낙방하여 귀향하는 길에 유현을 지나다가 벗의 집에 초대되어 술을 마신 적이 있었다. 유현의 풍속은 상인을 중시했으니 자연히 상인 손님 두 세 사람과 더불어 이야기를 나누게 되었다. 판교 이야기가 나오자 내가 서둘러 물었다.

"[그 분이] 어떻습니까?"

여러 상인들이 이렇게 대답했다.

"정 현령께서는 문채와 풍류는 있으시지만 정치하는 일은 부족하십니다."

내가 물었다.

"어찌 시와 술 때문에 일을 그르친단 말입니까?"

"일은 좋아하십니다. 병인(丙寅)·정묘(丁卯) 연간에 흉년이 계속되어 사람이 사람을 잡아먹는 상황까지 이르렀죠. 조 한 말이 천 냥, 백 냥이나 나갔습니다. 그러자 그 분은 성을 수리하고 연못을 파는 등 큰 공사를 일으켜 원근의 굶주린 백성들을 불러 모아 밥벌이를 할 수 있게 해주었답니다. 고을 유지들에게도 도움을 청해 창고를 개방하고 죽을 끓여 돌아가며 먹게 했지요. 곡식을 저장해둔 사람이 있으면 염가로 판매하도록 독려하기도 했고요. 그리고 송사가 벌어지면 가난한 사람 편에 서서 부자나 상인을 내쳐버립니다. 감생(監生)이 와서 일을 해결해달라고 아뢰면, 즉시 법정을 열고 사안에 따라 크게 꾸짖습니다. '돈 싣는 나귀가 그 무슨 하소연할 거리가 있단 말이냐? 이것이 네게 어찌 부족하단 말이냐!' 그러면서 하인에게 명하여 그 모자를 벗겨 발로 밟아버리게 하지요. 어느 때는 머리채를 붙잡고 얼굴에 글자까지 새겨 내쫓아 버리기도 하고요."

내가 물었다.

"현령께서는 평소 인재를 아끼고 선비를 사랑하시는데 어찌 그런 방식을 쓰신단 말입니까?"

"결단코 돈 가진 자와는 일을 도모하지 않습죠."

이에 내가 웃으며 말했다.

"현명한 현령이십니다. 그런 잘못은 나쁜 게 아니지요!"

상인들은 서로 쳐다보더니 벌떡 일어나서 나가버렸다. 속담에 '상인의 말, 의원의 마음'이란 말이 있다. 이 일을 기록하여 풍속 채록자를 기다리고자 한다.

濰縣知縣鄭板橋燮, 揚州人. 乾隆丙辰[2]進士, 與吾膠南阜老人高鳳翰善[2]. 余曾於南阜處見鄭往來筆札, 心慕其人. 辛未五月, 下第歸[3], 過濰, 招飲友人家. 濰俗重賈, 二三賈客與語焉. 語次及板橋, 余亟問曰：『何如?』羣賈答曰：『鄭令文采風流, 施於有政, 有所不足.』余曰：『豈以詩酒廢事乎?』曰：『喜事. 丙寅丁卯間, 歲連歉, 人相食, 斗粟値錢千百. 令大興工役, 修城鑿池, 招徠遠近飢民, 就食赴工; 籍邑中大戶, 開廠煮粥, 輪飼之; 盡封積粟之家, 責其平糶[4]. 訟事則右窶子而左富商[5]. 監生[6]以事上謁, 輒庭見, 據案大罵：駄錢驢有何陳乞[7], 此豈不足君所乎! 命皁卒脫其帽, 足蹴之, 或捽頭黝面驅之出.』余曰：『令素憐才愛士, 此何道?』曰：『惟不與有錢人面作計.』余笑而言曰：『賢令, 此過乃不惡!』羣賈相視愕起坐去. 語曰：商賈之言, 醫匠之心. 錄其事以俟採風者.

—『국조기헌류징(國朝耆獻類徵)』초편(初編) 권이백삼십삼(卷二百三十三)

역주

1 法坤宏 : 자는 直方・鏡野(1699~1785), 호는 迂齋로, 山東 膠州人이다. 乾隆 6년에 大理寺評事에 제수되었다. 저서로 『學古編』・『綱目要略』・『春秋取義測』 十二卷 등이 있다.

2 乾隆丙辰 : 乾隆 元年. 서기 1736년.

3 膠南皐老人高鳳翰 : 膠는 山東 膠州를 말한다. 高鳳翰 : 자는 西園, 처음 호는 男村, 만년 호가 南皐老人이다. 「2.148.1 고봉한(高鳳翰)」, 「6.4.23 고봉한 서책에 씀[題高鳳翰畫冊]」, 「6.4.24 고봉한 피갈도 두루마리에 씀[題高鳳翰披褐圖卷]」 등 참고.

3 下第 : 과거시험에 낙제하다.

4 平糶(평조) : 재난 때 곡식을 염가로 판매하다.

5 窶子(구자) : 가난한 사람.

6 監生 : 명청 시대 國子監 학생.

7 馱錢驢(타전려) : 돈을 실은 나귀. 부자를 가리키는 말. 陳乞 : 요청을 진술하다.

7.7 『묵림금화』墨林今話

장보령(蔣寶齡)[1]

　　판교도인(板橋道人) 정섭(鄭燮)은 흥화(興化) 사람이다. 시・사・서・화 모두에서 필적할만한 인물이 드물 정도로 일가를 이루었다. 그는 옛 사람 가운데 따로 마음 깊이 따르는 사람은 없었지만 오로지 서청등(徐青藤 : 徐渭)의 필묵만은 참된 풍취가 넘쳐나기에 고개 숙이지 않을 수 없었다. 도인이 그린 난과 대나무의 빼어남은 장과전(張瓜田)이 이미 상세하게 논한 바 있다. 마음 가는대로 그려낸 꽃과 잡품은 기이하면서도 호방하여 천부적인 재능이 아닌 평범한 손재주로는 해낼 수 없는 것으로, 이는 청등과 매우 흡사하다. 서법은 예서와 해서가 어우러졌는데, 스스로 '육분반체(六分半體)'라 불렀다. 가늘면서도 힘찬 서체는 그 운치가 최고에 이르렀고, 사이사이에 화법을 운용하기도 했다. 이런 까닭에 심여태사(心餘太史 : 蔣士銓)는 시에서, "판교가 쓴 글씨는 난을 그린 것 같아, 삐쳐 그린 기이하고 고아한 모양이 나풀거리네. 판교가 그린 난은 글씨를 쓴 것 같아, 무성한 잎 듬성한 꽃 멋진 자태 드러내네"라 했다. 또한 다른 절구에서, "고집스런 신선 정판교를 알지 못하나, 이 사람 부처도 요괴도 아니라네. 만년에는 경학과 산곡을 따르면서, 서예 연못에 새롭게 길을 냈다네"고 했는데, 그 정수를 잘 드러냈다 하겠다. 판교는 성품이 호방하고 구애를 받지 않아 진사에 합격하고 범현령이 되어서도 날마다 시와 술을 즐겼다. 유현으로 전근된 후에도 또한 여전하여 상관들에게는 배척당했다. 그리하여 마음 내키는 대로 산수를 찾아 문인·승려와 어울려 술에 취하고 시골을 유람하였다. 그러는 중에 종종 무리지어 자라는 난과 거친 바위를 주점 주랑이나 절 담벽에 그리고 손 가는대로 시구를 썼는데, 보는 이마다 그 절묘함에 감탄하였다. 부호나 귀족들이 문에 줄지어 서서 요청했지만 종이 한 치나 그림 한 자도 쉽게 얻어가지 못했다. 집안이 몹시 가난했으나 태도는 굽힘이 없었다. 붓으로 그려 받은 돈은 손길 닿는 대로 다 써버리고 만년에는 남은 게 없어 동향 이선(李鱓)의 집에 더부살이 하면서도 그 호기는 여전했다. 노아우(盧雅雨)가 양주에서 운송일을 할 때 이런 시를 보냈다. "한 때 청아하고 아름다운 문장들 넘쳐났고, 고운 봄 높은 누각 잔치 끝에 각기 떠나갔네. 풍류는 잠시이나 봄 풍경은 여전하니, 시인 정판교를 다시 만나리." 그가 엮은 시집은 직접 써서 간행되었고, 잡저와 소창(小唱)이 뒷부분에 붙어 있다. 판교의 제화 작품은 글씨·그림과 병칭되기에 그 절묘함을 느낄 수 있으니 타인이 배울 수 없는 바이다. 몇 수를 골라 적어 그 남다른 맛을 간직하려 한다.

봄비 봄바람이 고운 모습 길러냈건만
그윽한 심성 고상한 정취 속세로 떨어졌네.

지금껏 날 알아주는 이 끝내 없는 세상이니
검은 화분 깨부수고 산으로 다시 돌아가려네.
　　　　　　　　　　－「깨진 분 속 난꽃 그림에 부쳐」

이제부터 다시는 향기로운 난 그리지 않고
쏴아쏴아 차가운 대나무 그 운치만 그리리라.
짧은 마디 마른 가지 천 개 만 개 그득하니
그대 뜻에 맞는 걸 골라 낚싯대로 쓰시게나.
　　　　　　　　　　－「낚시하는 은자의 그림에」

　　板橋道人鄭燮, 興化人. 詩詞書畫皆曠世獨立, 自成一家. 其視古人亦
罕所心服, 惟徐靑藤²筆墨眞趣橫逸, 不得不俛首耳. 道人蘭竹之妙, 張瓜田³
論之已詳. 其隨意所寫花卉雜品, 天資奇縱⁴, 亦非凡手所能, 正與靑藤相
似. 書隸楷參半, 自稱六分半書, 極瘦硬⁵之致, 亦間以畫法行之. 故心餘太
史⁶詩有云:『板橋作字如寫蘭, 波磔奇古形翩翻⁷; 板橋寫蘭如作字,秀葉疎
花見姿致.』又一絶云:『未識頑仙鄭板橋, 其人非佛亦非妖; 晚摹瘞鶴兼山
谷⁸, 別闢臨池⁹路一條.』可謂抉其髓矣. 板橋性疎放不羈, 以進士選范縣
令, 日事詩酒; 及調濰縣, 又如故, 爲上官所斥. 於是恣情山水, 與騷人野衲
作醉鄕游, 時寫叢蘭瘦石於酒廊僧壁, 隨手題句, 觀者歎絶. 豪貴家雖踵門
請乞, 寸箋尺幅, 未易得也. 家酷貧, 不廢聲色. 所入潤筆錢隨手輒盡, 晚年
竟無立錐, 寄居同鄕李三鱓宅¹⁰, 而豪氣不減. 盧雅雨轉運揚州¹¹, 寄詩云:
『一代淸華盛事饒, 冶春高讌各方鑣. 風流暫顯煙花在, 又見詩人鄭板橋.』
其所定詩集手書刊行, 並附雜著小唱於後. 板橋題畫之作, 與其書畫悉稱,
故覺妙絶, 他人不宜學也. 略鈔數首, 以存別調. 題破盆蘭云:『春雨春風洗
妙顔, 一辭瓊島到人間. 而今究竟無知己, 打破烏盆更入山.』¹² 漁隱圖云:
『從今不復畫芳蘭, 但寫蕭蕭竹韻寒. 短節零枝千萬个, 憑君揀取釣魚竿.』¹³
　　　　　　　　　　－『묵림금화(墨林今話)』권일(卷一)

역주

1 蔣寶齡: 청대 화가이자 시인으로, 자는 子延·霞竹, 호는 琴東逸史이며, 江蘇 昭文人이다. 시화에 능했다. 저서로 『墨林今話』·『琴東野屋詩集』 등이 있다.

2 徐青藤: 명대 화가 徐渭(1521~1593). 자는 文長이고, 호는 靑藤老人·靑藤道 士·天池生·天池山人 등이다. 浙江 山陰(지금의 浙江 紹興) 사람으로, 書畫· 詩文·戲曲 등에서 각각 일가를 이루었다.

3 張瓜田: 청대 화가로, 이름은 庚, 호는 瓜田逸士, 浙江 秀水人. 산수화와 시문에 능했고, 문집으로 『强恕齋詩文集』이 있다.

4 奇縱: 특이하고 호방하다.

5 瘦硬: (서체가) 가늘면서도 힘차다.

6 心餘太史: 心餘는 蔣士銓의 字. 蔣士銓(1725~1784)은 자가 心餘·苕生, 호는 藏園·淸容居士로, 鉛山人이다. 乾隆 22년 進士에 합격해 翰林院編修가 되었 다.

7 波磔(파책): 서법의 하나. '永'자 八法의 제8법 삐침법. 여기서는 필법의 범칭으 로 쓰였다. 翩翩: 나풀나풀 나는 모양.

8 瘞鶴兼山谷: 瘞鶴(예학)은 「瘞鶴銘」을 가리킨다. 「瘞鶴銘」은 원래 鎭江 焦山 西 側강변 절벽에 새겨져 있었는데, 唐代 後期나 조금 늦은 시기에 강 속에 떨어지 는 바람에 부서지게 되었다. 宋代에 『瘞鶴銘』의 殘石이 발견된 이래, 역대 서법 가들은 이를 높이 평가하고 그 작자와 창작 연대 등을 고증했지만 아직까지 정 론은 없다. 이 銘은 '大字之祖'로 불리며 중시되고 있다. 山谷는 黃山谷, 송대 문인이자 화가인 黃庭堅을 말한다.

9 臨池: 서예를 가리킨다. 『晉書·衛恒傳』: "한이 흥하자 초서가 생겨났다. …… 홍농 장백영이란 사람이 이에 갈수록 정통하고 빼어났다. 집안 옷감에는 반드 시 글씨를 쓴 다음 삶게 할 정도였다. 연못에 가서 서예를 공부했는데 연못의 물이 온통 검게 되었다.[漢興而有草書……弘農張伯英者, 因而轉精甚巧. 凡家 之衣帛, 必書而後練之. 臨池學書, 池水盡黑.]" 이후로 '臨池'는 書法의 代稱으로 쓰인다.

10 李三鱓: 李鱓(1686~1762). 「2.64 이복당 집에서 술 마시다가 짓고 드리다[飮李 復堂宅賦贈]」 주석 참고.

11 盧雅雨轉運揚州: 盧雅雨는 盧見曾. 자는 抱孫, 호는 雅雨山人으로, 山東 德州人 이다. 「2.86 都轉運 盧公을 전송하며[送都轉運盧公]」, 「2.201 아우산인 홍교수계 에 화창함[和雅雨山人紅橋修禊]」, 「2.202 노아우에게 다시 화창하는 네 수[再和 盧雅雨四首]」 등 참고. 轉運: 都轉運: 전체 이름은 '都轉運鹽運使司鹽運司'로, 주요 소금생산지에 설치해 소금 사업을 관리하게 하는 관직이다. 盧見曾은 건 륭 2년에 兩淮鹽運使에 부임한 후 4년에 파직되었다가 18년에 재임되었다.

12 題破盆蘭云: 「5.12 깨진 분 속 난꽃 그림에 부쳐[破盆蘭花]」를 말한다.

13 漁隱圖云: 「6.4.1 대나무 그림에 적은 글 67종[題畫竹六十七則]」 중의 한 대목.

7.8 『동고서당유고』銅鼓書堂遺藁

사례(査禮)[1]

정섭(鄭燮)은 자가 극유(克柔), 호가 판교(板橋)로, 양주(揚州) 홍화(興化)인이다. 건륭(乾隆) 병진(丙辰)년에 진사(進士)가 되었고, 산좌(山左∶山東) 유현령(濰縣令)에 제수되었다. 재능과 식견을 지니고 떠돌았으며, 호방하여 구속되지 않았다. 시와 고문에 능했고, 사는 특별한 정취가 있다. 아직 뜻을 얻지 못했을 때 다음과 같은 「심원춘·회포를 쓰다」 한 수를 썼다.

꽃도 무지하고
달도 무료하고
술 역시 신통치 않다.
아름다운 복숭아나무를 베어서
살풍경을 만들고,
앵무새를 삶아
술안주로 삼는다.
벼루와 서첩을 불사르고
거문고 부수고 그림 찢고
문장도 사르고 이름도 다 지웠다.
형양의 정씨는
가세를 즐겨 노래하며
풍류로 걸식했다.

외롭고 가난한 풍골은 고치기 어려우니

석모와 청삼에 비쩍 마른 서생 꼴이 우습다.

가을풀 더부룩한 누추한 집,

해마다 허름해지는 골목을 바라본다.

엉성한 창문에 가랑비 내리고

밤마다 쓸쓸한 등불 밝힌다.

하늘이 한탄하는 입에

재갈 물릴지라도

설마 한두 마디 장탄식마저 허락지 않겠는가?

제대로 미쳐서

오사천 백 폭을 가져다

이 처량함 자세히 그려내야지.

이 호방한 정신, 청신한 기세는 그야말로 옛사람을 밀쳐낸다. 판교는 서법에도 빼어났는데, 행서와 해서 사이에 예서 서법이 많이 들어 있다. 뜻 가는대로 붓을 시원스레 놀리면서도 힘차고 고졸(古拙)하여 남달리 높은 경지에 이르렀다. 난과 대나무를 잘 그렸는데 너무 떨어지지도 않고 너무 밀착되지도 않게 항상 담백함과 초탈이 묻어났다. 화폭 안에는 자주 '칠품관일 뿐(七品官耳)'이란 인장이나 '강희 수재, 옹정 거인, 건륭 진사'란 인장을 썼다.

鄭燮, 字克柔, 號板橋, 揚州興化人. 乾隆丙辰[2]進士, 除山左[3]濰縣令. 才識放浪, 磊落不羈. 能詩・古文, 長短句別有意趣. 未遇時曾譜沁園春・書懷一闋云[4]:『花亦無知, 月亦無聊, 酒亦無靈. 把夭桃斫斷, 煞他風景; 鸚哥煮熟, 佐我杯羹. 焚研燒書, 椎琴裂畫, 毁盡文章抹盡名. 滎陽鄭, 有敎歌家世, 乞食風情. 單寒骨相難更, 笑席帽靑衫太瘦生. 看蓬門秋草, 年年破巷; 疎窗細雨, 夜夜孤登. 難道天公, 還箝恨口, 不許長吁一兩聲? 顚狂甚, 取烏絲百幅, 細寫凄淸.』其風神豪邁, 氣勢空靈[5], 直逼古人. 板橋工書, 行楷中筆多隸法, 意之所之, 隨筆揮灑, 遒勁古拙, 另具高致. 善畫蘭竹, 不離

不接, 每見疎淡超脫. 畫幅間常用一印日:『七品官耳』[6], 又一印日:『康熙秀才雍正擧人乾隆進士.』[7]

―『동고서당유고(銅鼓書堂遺藁)』 권삼십이(卷三十二)

역주

1   查禮 : 원명은 禮(1716~1783), 다른 이름은 學禮이며, 자는 恂叔, 호는 儉堂·榕巢·鐵橋 등이 있다. 宛平(지금의 北京) 사람이다. 관직은 湖南巡撫를 지냈으며, 古印章을 좋아해 金石·書·畵 등을 많이 소장했다. 저서로 『銅鼓書堂遺稿』 三十二卷 등이 있다.

2   乾隆丙辰 : 乾隆 元年(1736).

3   山左 : 山東.

4   沁園春·書懷 : 「3.23 심원춘·한(沁園春·恨)」을 가리킨다. 이하 이 작품에 관한 주석은 해당 부분을 참고.

5   空靈 : (시문이) 청신하고 생기가 있음.

6   『七品官耳』 : 范縣과 濰縣의 縣令(七品官)을 지낸 판교가 자신을 겸손하게 표현한 인장.

7   『康熙秀才雍正擧人乾隆進士.』 : 판교는 「6.1.5 판교 자서(板橋自敍)」에서 "板橋康熙秀才, 雍正壬子擧人, 乾隆丙辰進士"라 했고, 「6.1.16 유류촌에게 써보낸 책자[劉柳邨冊子](殘本)」에서 "四十擧於鄕, 四十四歲成進士, 五十歲爲范縣令"이라 했다. 즉, 그는 康熙 55년 丙申年 24세에 秀才에, 雍正 10년 壬子年 40세에 擧人, 乾隆 元年 丙辰年 44세에 進士가 되었다.

7.9 정판교 연표鄭板橋年表

693 청 강희 32년 계유. 10월 25일 자시에 선생이 태어남. 선생의 성은 정(鄭)씨, 이름은 섭(燮), 자는 극유(克柔), 호는 판교(板橋)이며, 흥화현(興化縣) 사람임. 선조는 소주(蘇州)에 살다가 명(明) 홍무(洪武) 연간에 흥화성(興化城)의 왕두(汪頭)로 옮겨오기 시작함. 증조는 신만(神萬)으로, 자는 장경(長卿)이며, 상생(庠生 : 옛 지방학교 학생)이었음. 조부는 식(湜)으로, 자는 청지(淸之)이며, 유관(儒官 : 學務 담당 관원이나 교사)이었음. 부친 지본(之本)은 자가 입암(立庵), 호는 몽양(夢陽)이며, 품생(稟生 : 童試 합격자인 生員, 즉 秀才 중에서 성적이 가장 좋은 사람)으로, 성품과 학문이 두루 빼어나 집에서 학생들을 가르쳤으며, 그 수가 수백 인이 되었음. 모친은 왕(汪)부인, 계모는 학(郝)부인임. 숙부 지표(之標)는 자가 성암(省庵)이고, 그의 아들 묵(墨)은 자가 오교(五橋)로, 상생(庠生)이었음.	一六九三 清康熙三十二年癸酉. 十月二十五日子時, 先生生. 先生姓鄭氏, 名燮, 字克柔, 號板橋, 興化縣人, 先世居蘇州, 明洪武間始遷居興化城內之汪頭. 曾祖新萬, 字長卿, 庠生. 祖湜, 字清之, 儒官. 父之本, 字立庵, 號夢陽, 廩生, 品學兼優, 家居授徒, 先後數百人. 母汪夫人, 繼母郝夫人. 叔之標, 字省庵. 生子墨, 字五橋, 庠生.
694 33년 갑술(甲戌), 2세.	一六九四 三十三年甲戌, 二歲.
695 34년 을해(乙亥), 3세.	一六九五 三十四年乙亥, 三歲.
696 35년 병자(丙子), 4세. 모친 왕(汪)부인이 돌아가시고, 유모 비(費)씨가 양육함. 「일곱 노래七歌」: "내 태어난 지 세 살에 어머니 돌아가시며", 「유모시(乳母詩)」 서문: "나는 네 살 때 어머니를 잃게 되어 이 유모에게 양육되었다."	一六九六 三十五年丙子, 四歲. 母汪夫人卒, 育於乳母費氏. 七歌云: "我生三歲我母無." 乳母詩序云: "燮四歲失母, 育於費氏."
697 36년 정축(丁丑), 5세.	一六九七 三十六年丁丑, 五歲.
698 37년 무인(戊寅), 6세.	一六九八 三十七年戊寅, 六歲.
699 38년 기묘(己卯), 7세.	一六九九 三十八年己卯, 七歲.
700 39년 경진(庚辰), 8세.	一七〇〇 三十九年庚辰, 八歲.
701 40년 신사(辛巳), 9세.	一七〇一 四十年辛巳, 九歲.
702 41년 임오(壬午), 10세.	一七〇二 四十一年壬午, 十歲.
703 42년 계미(癸未), 11세.	一七〇三 四十二年癸未, 十一歲.
704 43년 갑신(甲申), 12세.	一七〇四 四十三年甲申, 十二歲.
705 44년 을유(乙酉), 13세.	一七〇五 四十四年乙酉, 十三歲.
706 45년 병술(丙戌), 14세. 이 해에 계모 학(郝)부인 돌아가심. 「일곱 노래七歌」: "부질없이 눈물 콧물 줄줄줄 흘려가며, 새어머니 생각하자니 이 마음 찢어지네. 십 년 동안 집안 살림에 온갖 고생하시면서, 이 내 몸 춥거나 배고프게 안하셨네 ……."	一七〇六 四十五年丙戌, 十四歲. 是年繼母郝夫人卒. 七歌云: "無端涕泗橫欄干, 思我後母心悲酸. 十載持家足辛苦, 使我不復憂饑寒 ……."

1707 46년 정해(丁亥), 15세.	一七〇七 四十六年丁亥, 十五歲.
1708 47년 무자(戊子), 16세	一七〇八 四十七年戊子, 十六歲.
1709 48년 기축(己丑), 17세 진주(眞州)의 모가교(毛家橋)에서 공부함. 「제화(題畫)」: "내가 젊었을 때 진주의 모가교에서 공부했다." 지은 연월을 고증할 길이 없으므로 잠시 여기에 넣기로 한다.	一七〇九 四十八年己丑, 十七歲. 讀書於眞州之毛家橋. 題畫云: "余少時讀書眞州之毛家橋." 因年月無考, 姑系於此.
1710 49년 경인(庚寅), 18세.	一七一〇 四十九年庚寅, 十八歲.
1711 50년 신유(辛酉), 19세. 선생의 지기 이선(李蟬)이 향시에 합격함.	一七一一 五十年辛卯, 十九歲. 先生至友李蟬擧鄕試.
1712 51년 임진(壬辰), 20세. 고향 선배 육종원(陸種園)선생에게 사(詞)를 배움. 죽루(竹樓) 왕국동(王國棟)·동봉(桐峯) 고우관(顧于觀)과 같이 사숙함. 「일곱 노래[七歌]」: "종원(種園) 선생께서는 우리의 스승이셨고, 죽루와 동봉 두 벗은 문장이 빼어났지. 십 년을 고향에서 함께 어울려 지내면서, 건장한 마음 큰 배포로 안 해본 것 없었네." 주: 「일곱 노래」는 30세에 지었으므로, 20세부터 육종원에게 배웠음을 알 수 있다.	一七一二 五十一年壬辰, 二十歲. 從鄕先輩陸種園先生學塡詞, 與王竹樓國棟、顧桐峯于觀同塾. 七歌云: "種園先生是吾師, 竹樓桐峯文字奇. 十載鄕園共遊憩, 壯心磊落無不爲." 案七歌作於三十歲時, 故推知二十歲從陸就學.
1713 52년 계사(癸巳), 21세.	一七一三 五十二年癸巳, 二十一歲.
1714 53년 갑오(甲午), 22세.	一七一四 五十三年甲午, 二十二歲.
1715 54년 을미(乙未), 23세. 이 해에 서(徐)부인이 시집 옴.	一七一五 五十四年乙未, 二十三歲. 是年徐夫人來歸.
1716 55년 병신(丙申), 24세.	一七一六 五十五年丙申, 二十四歲.
1717 56년 정유(丁酉), 25세. 사촌아우 묵(墨) 태어남. 「사촌아우 묵을 생각하며[懷舍弟墨]」: "내 나이 마흔 둘, 아우 나이 열여덟"이라고 하여, 이 해가 묵이 태어난 해임을 알 수 있다.	一七一七 五十六年丁酉, 二十五歲. 堂弟墨生. 懷舍弟墨云: "我年四十二, 我弟十八," 故推知當生於是年.
1718 57년 무술(戊戌), 26세. 진주(眞州)의 강촌(江村)에서 서당을 열고, 시 「시골 서당에서 여러 생도들에게[村塾示諸徒]」를 지음.	一七一八 五十七年戊戌, 二十六歲. 設塾於眞州之江村, 有村塾示諸徒詩.
1719 58년 기해(己亥), 27세.	一七一九 五十八年己亥, 二十七歲.
1720 59년 경자(庚子), 28세.	一七二〇 五十九年庚子, 二十八歲.
1721 60년 신축(辛丑), 29세.	一七二一 六十年辛丑, 二十九歲.
1722 61년 임인(壬寅), 30세. 부친 입암(立庵)공 돌아가심. 「일곱 노래[七歌]」를 지음. 이때 이미 2녀 1남을 둠. 「일곱 노래[七歌]」: "정생 나이	一七二二 六十一年壬寅, 三十歲. 父立庵公卒. 作七歌. 是時已有二女一子. 七歌中有"鄭生三十無

삼십에 뭐 하나 이룬 게 없이", "금년에 부친 돌아가시자 남기신 책 판 뒤에", "이 내 몸 딸 둘에 아들 하나 두었는데" 등 표현이 보인다.	一營", "今年父歿遺書賣", "我生二女復一兒"等語.
1723 옹정(雍正) 원년 계묘(癸卯), 31세. 친구 고만봉(顧萬峯)이 산동(山東)의 상사군(常使君) 막료로 감. 선생이 「하신랑(賀新郎)」 3결(闋)을 지어 증여함.	一七二三 雍正元年癸卯, 三十一歲. 友人顧萬峰赴山東常使君幕, 先生作賀新郎詞三闋贈之.
1724 2년 갑진(甲辰), 32세. 강서(江西)로 여행을 떠나 여산(廬山)에서 무방산인(無方山人)을 알게 됨.	一七二四 二年甲辰, 三十二歲. 出遊江西, 識無方上人於廬山.
1725 3년 을사(乙巳), 33세. 북경으로 가서 선종(禪宗)의 스님들과 귀족·고관의 자제들과 교유하며 거침없는 고준담론을 펼치고 거리낌 없이 인물을 비평하여, 이로 인해 미치광이란 이름을 얻음. 「연경잡시(燕京雜詩)」 3수·「화품 발문(花品跋)」 등 여러 작품을 씀.	一七二五 三年乙巳, 三十三歲. 出遊北京, 與禪宗尊宿及期門羽林諸子弟遊, 日放言高論, 臧否人物, 無所忌諱, 坐是得狂名. 有燕京雜詩三首. 花品跋諸作.
1726 4년 병오(丙午), 34세.	一七二六 四年丙午, 三十四歲.
1727 5년 정미(丁未), 35세. 통주(通州)를 여행함. 친구 고봉한(高鳳翰)이 흡현현승(歙縣縣丞)이 됨.	一七二七 五年丁未, 三十五歲. 客於通州. 友人高鳳翰爲歙縣縣丞.
1728 6년 무신(戊申), 36세. 흥화(興化) 천녕사(天寧寺)에서 공부하면서 책을 낭송하는 여가에 『논어』·『맹자』·『대학』·『중용』 등을 한 부씩 필사함.	一七二八 六年戊申, 三十六歲. 讀書興化之天寧寺, 呫嗶之暇, 手寫論語、孟子、大學、中庸各一部.
1729 7년 기유(己酉), 37세. 「도정(道情)」 10수 초고를 완성함.	一七二九 七年己酉, 三十七歲. 完成道情十首初稿.
1730 8년 경술(庚戌), 38세.	一七三○ 八年更戌, 三十八歲.
1731 9년 신해(辛亥), 39세. 양주(揚州)에 머무르며 「양주에서 나그네 된 채 서촌에 갈 수 없어[客揚州不得之西村]」라는 시를 지음.(역자 주: 시집에서는 「2.42 양주에서 나그네 된 채 서촌에 갈 수 없어 쓰대[客揚州不得之西村之作]」란 제목으로 되어 있다.) 이 해에 서(徐)부인이 병으로 세상을 떠남. 다음해 항주(杭州)를 여행하며 「도광암(韜光庵)」을 지었는데, 그 중에 "내 이미 집이 없어 돌아가지 않으려네"란 구절이 있음.(역자주: 시집에서는 「2.62 도광(韜光)」이란 제목으로 되어 있다.) 또한 다음해에 지은 「남쪽에서 온 기쁜 소식 듣괴[得南闈捷晉]」란 시에도 "거울 보는 이 없으니 휘장 엿볼 마음 생길 리 없네"라는 구절이 있음. 시 「제석 하루 전 중존 왕부자께[除夕前一日上中尊汪夫子]」를 지음.	一七三一 九年辛亥, 三十九歲. 客於揚州, 有客揚州不得之西村詩. 是年徐夫人病歿, 次年遊杭州, 作韜光庵詩, 中有"我已無家不願歸"之句. 又次年所作得南闈捷晉詩有"無人對鏡嬾窺幃"之句. 有除夕前一日上中尊汪夫子詩.
1732 10년 壬子, 40세. 이 해 가을 항주(杭州)를 여행하다 전당강(錢塘江)의 조수를 바라보며 시 「도광암(韜光庵)」·「조수 타기 노래[觀潮行]」 등을, 「심원춘(沁園春)」 곡조로 詞 「서호 달밤에 예전 양주에서 놀던 일을 그리며[西湖夜月有懷揚州舊遊]」 등을 지음. 가서 「항주 도광암에서 아우 묵에게[杭州韜光庵中寄舍弟墨]」를 씀. 남경에 가서 향시(鄕試)를 치르고 거인(擧人)에 합격함. 「판교자서(板橋自叙)」에서	一七三二 十年壬子, 四十歲. 是年秋, 遊杭州, 觀潮於錢塘江上. 作韜光庵、觀潮行詩. 作詞西湖夜月有懷揚州舊遊調寄沁園春. 有家書杭州韜光庵中寄舍弟墨. 赴南京鄉試, 中擧人. 板橋自叙云: "板橋康熙秀才, 雍正壬子擧人, 乾隆丙辰進士."

"판교는 강희(康熙) 연간에 수재(秀才), 옹정(雍正) 임자(壬子)년에 거인(擧人), 건륭(乾隆) 병진(丙辰)년에 진사(進士)가 되었다"고 했음.
시 「남위에서 온 회소식을 듣고[得南闈捷音]」와 사 「염노교·금릉회고[念奴嬌·金陵懷古]」 12수를 지음.

作得南闈捷音詩, 念奴嬌·金陵懷古詞十二首.

1733 11년 계축(癸丑), 41세.
숙부 성암(省庵)공 돌아가심. 「집안아우 묵을 생각하며[懷舍弟墨詩]」에서 "내 나이 마흔 둘, 아우 나이 열여덟. …… 몇년 사이 아버지와 숙부 다 돌아가시니, 다른 집을 빌려 이사해 나가야만 하네 …… "라고 하였음.
해릉(海陵)에 머물며 「매감화상에게[贈梅鑒和尙]」란 작품을 씀.

一七三三 十一年癸丑, 四十一歲.
叔省庵公卒. 懷舍弟墨詩云:「我年四十二, 我弟年十八. ……年來父叔歿, 移家僦他宅. ……」
客海陵, 有贈梅鑒和尙之作.

1734 12년 갑인(甲寅), 42세.
「집안아우 묵을 생각하며[懷舍弟墨]」를 지음. 또 「고세영이 아우를 위해 첩을 들여 준 일에 대해 쓴 칠언율시 한 수」를 씀.(역자 주: 시집에서는 「6.3.3 고세영이 아우를 위해 첩을 들여 준 일에 대해 직접 쓴 7언율시 한 수[爲顧世永代買妾事手書七律一首]」라 되어 있다.)

一七三四 十二年甲寅, 四十二歲.
作懷舍弟墨詩. 又爲顧世永代買妾事作七律一首.

1735 13년 을유(乙卯), 43세.
진강(鎭江)의 초산(焦山)에서 공부함. 「초산에서 독서하다가 아우 묵에게[焦山讀書寄舍弟墨]」·「의진현 강촌 찻집에서 아우에게[儀眞縣江村茶社寄舍弟]」·「초산 별봉암에서 비 오는 날 일이 없어 아우 묵에게[焦山別峰庵雨中無事書寄舍弟墨]」·「초산 쌍봉각에서 아우 묵에게[焦山雙峰閣寄舍弟墨]」 등 가서(家書) 네 통을 씀.

一七三五 十三年乙卯, 四十三歲.
讀書鎭江之焦山. 有焦山讀書寄舍弟四弟墨, 儀眞縣江村茶社寄舍弟, 焦山別峰庵雨中無事書寄舍弟墨, 焦山雙峰閣寄舍弟墨等家書四封.

1736 건륭(乾隆) 원년 병진(丙辰), 44세.
북경에 가서 예부(禮部)에 응시, 합격하여 진사(進士)가 됨. 「가을 규초와 석순 그림[秋葵石筍圖]」를 그리고 그 제시(題詩)에서 "모란은 부귀하여 꽃 중의 왕이라 일컫고, 작약은 조화로워 재상의 상서로운 기운 있다네. 나 또한 낙방의 한을 품은 진사가 되었으니, 이제 붉은 계수나무 꺾은 장원랑을 따르리라"고 썼다.
이복납(伊福納)·겸오(兼五)와 함께 서산(西山)을 유람함.
「옹산 무방산인에게[贈甕山無方上人]」·「옹산에서 무방산인에게[甕山示無方上人]」·「도목산에게[贈圉牧山]」·「중서사인 방초연 아우에게[酬中書舍人方超然弟]」·「한창려의 '재상에게 올린 글'을 읽고[讀昌黎上宰相書因呈執政]」·「향산 와불사를 유람하며 청애화상을 방문해 건너편 창람학사, 허정시독의 원작에 화창함[遊香山臥佛寺訪靑崖和尙和壁間晴嵐學士虛亭侍讀原作]」·「청애화상에게[寄靑崖和尙]」·「산중에서 밤에 일어나 다시 기림상인과 더불어[山中夜坐再陪起林上人作]」 등의 시를 지음.

一七三六 乾隆元年丙辰, 四十四歲.
赴北京, 試禮部中式成進士, 作秋葵石筍圖, 題詩云:「牡丹富貴號花王, 芍藥調和宰相祥, 我亦終葵稱進士, 相隨丹桂狀元郎.」
與伊福納兼五遊西山.
有贈甕山無方上人、甕山示無方上人、贈圉牧山、酬中書舍人方超然弟、讀昌黎上宰相書因呈執政、遊香山臥佛寺訪靑崖和尙和壁間晴嵐學士虛亭侍讀原作、寄靑崖和尙、山中夜坐再陪起林上人作諸詩.

1737 2년 정사(丁巳), 45세.
「유모시(乳母詩)」를 지음.
양주로 내려와 친구 고만봉(顧萬峰)과 다시 만남. 고만봉이 「판교 정 진사에게 드림[贈板橋鄭大進士]」이란 시를 증여함. 내용은 이러하다. "정공은 학문 쌓아 늦게 이름 얻었으니, 평생을 생각하면 슬픈 생각 드는구나. 마음 깊은 곳에 별들이 맴돌고, 힘든 절개 얼음같이 굳게 지키며 나무의 덕 제련했네. 문장을 이루고 지금사람들 즐겨하였고, 관직에 나가서도 옛 현인 책망 부끄럽다네. 눈보라치는 양주에서 나와 만나면, 흠뻑 취했어도 서로의 뜻 아득했네. 구릉(邱陵)에서 같이 사각부(史閣部: 史可法)를 찾았고, 사묘 너머 다시 동광천(董廣川: 董仲舒)을 건넜네. 기이함을 다투었지만 이해될 길 없었고, 미친 듯한 말을 쏟아내려니 사람들 놀랄까 걱정했네.

一七三七 二年丁巳, 四十五歲.
作乳母詩.
南歸揚州, 復與友人顧萬峰相遇. 顧有詩贈板橋鄭大進士:鄭生積學晚有名, 感念平生意淒惻. 深心地底迴星芒, 苦節堅冰煉木德. 文成亦愛今人賞, 宦達仍慚古賢哲. 遇我揚州風雪天, 酒闌相向意茫然. 邱陵同尋史閣部、祠廟還過董廣川. 亦有爭奇不可解, 狂言欲發怒人駭. 下筆無令愧六經, 立功要使能千載. 世上顧連多鮮民, 誰其攸之唯邑宰. 讀爾文章天性眞, 他年可以親吾民.【顧萬峰·潯陸詩鈔】

...을 들자면 「육경」에 부끄럽지 않아야겠고, 공을 세우려면 천 년은 갈 수 있어야지. ...상이 뒤집히니 불쌍한 백성들 많은데, 그 누가 거둬줄까? 오직 이 현령 있을 ...다. 그대 문장 읽으면 천성이 진실하니, 앞으로도 우리 백성 보살펴 줄 수 있으리라."(고 ...봉, 『해륙시초(瀣陸詩鈔)』)

...738 3년 무오(戊午), 46세. ...이 해 강남에 큰 가뭄이 들었음. ...강남 대방백 안 노선생께[上江南大方伯晏老夫子]」 7언 율시 4수를 지음. 그 셋째 ...에 "혹독한 가뭄에 여태껏 근심 줄지 않으니, 넓은 그림에 저 유랑민을 어찌 ...그려낼까!"라는 구절이 있어서 이 해에 지은 작품임을 알 수 있다.	一七三八 三年戊午, 四十六歲. 是年江南大旱. 作上江南大方伯晏老夫子七律四首. 七律之三有"赤 旱於今憂不細, 披圖何以繪流亡"之句, 故知作於此 年.
...739 4년 기미(己未), 47세. ...견증(盧見曾)이 회남(淮南) 감운사(監運使)가 됨. 10월, 선생이 칠언율시 4수를 ...어 증여함. 시 후제(後題)에 "건륭 4년 시월 이십일, 삼가 칠언율시 네 수를 지어 ...우산인 노 선생 앞에 올리며 가르침을 구한다"라 썼다.	一七三九 四年己未, 四十七歲. 盧見曾爲淮南監運使. 十月, 先生作七律四首贈之. 詩後題云: "乾隆四年十月廿日, 恭賦七律四首, 奉呈 雅雨山人盧老先生老憲臺, 兼求教誨."
...740 5년 경신(庚申), 48세. ...월에 동위업(董偉業, 자 耻夫)의 「양주죽지사(揚州竹枝詞)」에 서문을 써줌. 이 ...죽지사(竹枝詞)의 첫 수에 "양주에서 술 마시고 꿈에서 깨어나니, 밝은 달 아래 ...디에서 미인의 퉁소 소리? 죽지사 지었으나 누가 감상해주나, 절세의 풍류 시인 ...판교라네"라 썼다.	一七四〇 五年庚申, 四十八歲. 五月, 爲董偉業耻夫揚州竹枝詞作序. 竹枝詞之一云 : "夢醒揚州一酒瓢, 月明何處玉人簫? 竹枝詞好憑誰 賞, 絶世風流鄭板橋."
...741 6년 신유(辛酉), 49세. ...수도 가는 나그네 만나 육종상인에게 말 전해주기를 부탁하다[逢客入都寄勗宗上人口 號]를 지음. ...도에 감. 「회안 배안에서 아우 묵에게[淮安舟中寄弟墨書]」를 씀. ...도에서 관직 임명을 대기하는 동안 신군왕(愼郡王)이 그를 극진히 대우함.(신군왕 ...회(愼郡王允禧)는 자가 겸재(謙齋)이고, 호가 자경도인(紫瓊道人)임.)	一七四一 六年辛酉, 四十九歲. 作逢客入都寄勗宗上人口號. 入京, 有淮安舟中寄弟墨書. 需次春明, 愼郡王極敬禮之.(愼郡王允禧, 字謙齋, 號 紫瓊道人.)
...742 7년 임술(壬戌), 50세. ...이 해 봄, 범현 현령이 되었고, 시사집(詩詞集)을 정리하여 필사본을 출간함. 「유류촌 ...[劉柳邨冊子]」에, "나이 마흔 향시(鄉試)에서 거인(擧人)이 되고, 마흔넷에 진사 ...(進士)가 되고, 오십에 범현령(范縣令)이 되어 문집을 판각했다. 이때가 건륭(乾隆) ...년이다"고 했음. ...임에 앞서 신군왕 윤희와 서로 화답하며 「범현 부임에 앞서 자경애주인을 찾아 ...별하며[將之范縣拜辭紫瓊崖主人]」를 짓고, 윤희 역시 「범령령으로 떠나는 판교 ...섭의 범현령 부임을 전송하며[送板橋鄭燮爲范縣令]」란 시를 지음. 자경도인(紫瓊 ...人)이 글씨로 써서 판각한 「수렵시초(隨獵詩草)」·「화간당시초(花間堂詩草)」가 ...성되자 선생이 이를 위해 발문을 씀. 「자경도인에게 드리는 편지[紫瓊道人書]」에 ...인다.	一七四二 七年壬戌, 五十歲. 是年春, 爲范縣令, 始訂定詩·詞集, 並手寫付梓. 劉 柳邨冊子云: "四十擧於鄉, 四十四歲成進士, 五十歲 爲范縣令, 乃刻出集. 是時乾隆七年也." 將之任, 與愼郡王允禧相唱和, 作將之范縣拜辭紫瓊 崖主人, 允禧亦有送板橋鄭燮爲范縣令詩. 先生爲紫 瓊道人寫刻之隨獵詩草·花間堂詩草完成, 并爲撰 跋. 見與紫瓊道人書.
...743 8년 계해(癸亥), 51세. ...도정(道情) 10수를 몇 번의 수정을 거쳐 비로소 출간함. 판각자는 상원(上元) ...도문고(司徒文膏)임. ...「분수[止足]」를 씀. 「난정집서 임사본 발문[跋臨蘭亭序]」를 씀.	一七四三 八年癸亥, 五十一歲. 道情十首, 幾經更定, 至是方付梓. 刻者上元司徒文 膏. 作止足詩. 有跋臨蘭亭序.
...744 9년 갑자(甲子), 52세.	一七四四 九年甲子, 五十二歲.

「범현시(范縣詩)」・「수도로 가는 진곤 수재를 전송하며[送陳坤秀才入都]」・「두 서생에게[贈二生]」(역자 주: 시집에서는 「2,156 두 서생을 위한 시[二生詩]」라 되어 있음)・「범현성 동쪽 누대에 올라[登范縣東城樓]」・「음포(晉布)」 등의 시를 지음.
「범현 관아에서 아우 묵에게[范縣署中寄舍弟墨]」・「아우 묵에게 보내는 두 번째 편지[寄舍弟墨第二書]」・「아우 묵에게 보내는 세 번째 편지[寄舍弟墨第三書]」・「아우 묵에게 보내는 네 번째 편지[寄舍弟墨第四書]」 등을 씀.
이 해에 첩 요(饒)씨가 아들을 낳음. 「유현 관아에서 아우 묵에게 보내는 두 번째 편지[濰縣署中與舍弟墨第二書]」에서 "내 나이 쉰둘에 아들을 얻게 되었으니 어찌 사랑스럽지 않을 까닭이 있겠는가!"라 했음.

1745 10년 을축(乙丑), 53세.
「범현에서 요 태수에게[范縣呈姚太守興漢]」・「양주 옛집을 그리며[懷揚州舊居]」・「강칠 강칠을 그리며[懷江七姜七]」(역자 주: 시집에서는 「2,172 강칠 강칠[江七姜七]」이라 되어 있음)・「악독한 시어머니[姑惡]」・「이삼선을 생각하며[懷李三鱓]」・「관청에서 아우 묵에게[范縣署中示舍弟墨]」 등을 지음.
선생의 종조부(從祖父) 복국화상(福國和尙)이 범현(范縣)으로 찾아왔기에 「양주 복국화상께서 범현에 오셔서 시 두 수를 지어 전송함[揚州福國和尙至范賦二詩贈行]」을 지음.
「범현 관아에서 아우 묵에게 보내는 다섯 번째 편지[范縣署中寄舍弟墨第五書]」를 씀.

1746 11년 병인(丙寅), 54세.
선생이 범현(范縣)에서 유현(濰縣)으로 옮겨 근무함.
이 해는 산둥(山東)에 대기근이 들어 사람들이 서로 잡아먹게 되자, 선생은 창고를 열어 난민을 구제하기로 하고 백성들에게 구제식량 차용증을 발급하여 공급했다. 또한 성을 수리하고 연못을 파는 등 공사를 크게 벌여 기근에 빠진 원근 백성들이 와서 일하고 식량을 구하게 했다. 마을의 지주들에게는 돌아가며 창고를 열어 죽을 끓여 제공하게 하고, 곡식 가진 집들은 다 봉해 양곡 방출의 책임을 지게 함으로써 만 여 명을 살렸다. 가을에 다시 흉년이 들자 스스로 의연금을 내 빚을 갚아주니 살린 백성이 셀 수가 없을 정도였다.
유현(濰縣)의 굶주린 백성들이 먹을 것을 구하러 관(關)을 빠져 나가니, 선생은 그 감정을 「기황의 유랑 노래[逃荒行]」에 묘사함.

1747 12년 정묘(丁卯), 55세.
사 「옥녀요선패・신군왕께[玉女搖仙佩・寄呈愼郡王]」를 지음.
이 해에도 기황이 끝나지 않자 선생은 고빈(高斌: 당시 救災策을 펼치던 大臣)을 수행하며 구재용 식량을 방출함. 「고 상공이 산둥에서 구휼하는 중에 반가운 비를 만나고, 오일에는 생일을 맞아 자축한 작품에 화창함[和高相公給賑山東道中幷五日自壽之作]」을 지음.
덕보(德保)가 산둥(山東)의 주 시험관이 되고, 선생도 함께 시험장에 있어서 서로 창화(唱和)함. 선생이 「제남 시험장에서 궁첨 덕 주사께서 내려주신 시에 화답함[濟南試院奉和宮詹德大主師枉贈之作]」을 짓자, 덕보(德保) 역시 「정 대윤 판교에게 드림[贈鄭大尹板橋]」이란 시를 써서 서로 주고받음. 그 내용은 이러하다. "중추절에 산둥 시험장에서 여러 동료들을 불러 모아 조촐한 연회를 베푸는데, 이 자리에서 정판교 대윤에게 증여한 시가 있다. '너른 가을 빛 들판에 맑은 달, 규원(奎垣) 별자리에 비쳐 그림자 한층 밝네. 손님맞이가 공북해(孔北海: 孔融)에게 한층 부끄럽고, 시를 논함에 한사코 정강성(鄭康成: 鄭玄)을 편애하네. 좋은 계절이라 고향

444 정판교집(鄭板橋集) 하

각하는 게 아니라, 그저 차가운 마음으로 물정을 드러낸다네. 세 줄기 촛불 다할 게 되면, 몇 사람이나 고개 들어 봉래산과 영주를 우러를까?(『낙현당시초(樂賢堂詩抄)』)

학사자 우전원 선생께서 내려주신 시에 화창함[和學使者于殿元敏中枉贈之作]・어사 심초원 선생이 남지를 새로 수리하고 소릉서원을 세운 후 잡극을 신에 바치며 제시 가무로 제사함에[御史沈椒園先生新修南池建少陵書院幷作雜劇侑神令歲時歌以祀] 등의 시를 지음.

748 13년 무진(戊辰), 56세.

건륭(乾隆)황제의 동순(東巡) 때 선생이 서화사(書畫史)가 되어 거처하시는 곳을 관리하며 태산(泰山) 절정에서 40여 일을 보내게 되었음. 항상 이 일을 자랑스럽게 여기며 인장에 "건륭동봉서화사(乾隆東封書畫史)"라 새기기도 했음.

유현의 가뭄 이재민들이 관문 밖으로부터 끊임없이 고향으로 돌아오니 선생은 「귀가의 노래[還家行]」를 써서 그 일을 기록함.

강빈곡・강우구에게 보내는 편지[與江賓谷・江禹九書]를 써서 '문장은 응당 스스로 기치를 세워야 하고, 민생의 일상에 관한 내용이 있어야 한다'고 주장하였으며, 동시에 당시 풍조를 좇아가는 일이나 수식만 따지는 문풍에 대해 공격적인 비평을 가했음.

749 14년 기사(己巳), 57세.

아들을 글방에 보내 선생님께 배우게 함.

유현에서 아우 묵에게[濰縣與舍弟墨] 등 가서(家書) 5통을 씀.(주: 「유현에서 아우에게 보내는 첫 번째 편지와 두 번째 편지[濰縣與舍弟墨第一書・第二書]」는 연월을 기록하지 않았는데, 그 뒤 3통과 함께 묶어 이곳에 기록하기로 한다)

가서(家書) 16통・시초(詩抄)・사초(詞抄)를 수정하여 손수 쓴 글씨체로 간행함.

판교자서(板橋自叙)를 써서 자신의 생애와 지향하는 바를 아주 상세히 서술함.

아들이 흥화(興化)에서 병으로 죽음.

어사 심정방(沈廷芳)과 椒園과 곽씨 정원을 구경할 때 그가 「유현을 지날 때 판교 현령의 초대로 효렴 주천문, 둘째형 방중과 더불어 곽씨 정원에 피서하며[過濰縣鄭令板橋招同朱天門孝廉家房仲兄納涼郭氏園]」란 시를 지어 판교에게 증여함. 그 내용은 이러하다. "乾隆 己巳년 여름 오월에, 정 공이 화원에 날 초대했다네. 때는 찜통같이 무더운 여름철, 날마다 냇물 길에 단비가 지나갔네. 땀 찬 발 양말 벗고 옷도 내던진 채(역자 주: 원문의 船은 穿의 오자로 보임), 시원한 개울 노닐며 좋은 주인 만났다네. 문을 들어서니 푸르고 시원한 숲 둘러서서, 아름다운 나무들이 빽빽하게 들어찼네. 푸른 이끼 오솔길엔 작은 오두막들 자리잡고, 검푸른 돌 깊은 동굴에 느티나무 가로막았네. 높디높은 정자엔 시원한 바람 불고, 漱玉과 麓臺가 눈에 보일 듯 가까웠네. 오래 전 상서(원주: 尙書 郭尙友, 萬曆 시절의 進士로, 시골 생활을 좋아했다)가 이 화원을 구상하고, 귀향 후 노후 즐기며 늘상 문 걸어 닫았다네. 지금까지 그 복은 世家로 전한다 할 수 있으니, 백년 저택에 사랑채나 두었구나. 나 홀로 더위 식히며 호방하게 즐기나니, 꿈인 양 낭랑한 노래로 천모산인듯 노니네. 그대에게 청하노니 書畵의 비책을 발휘하여, 謝惠連(역자 주: 원문의 少는 惠의 오자로 보임)과 謝康樂(謝靈運) 형제처럼 겨뤄보시게. 오래된 벼루와 비단 갑 속 좋은 인장, 岐山의 북과 진 나라 비석처럼 묵향을 토해낸다네. 그 향기 끝내 코를 넘어 눈에 이르러, 禹書(山海經)처럼 신들의 자취 峋嶁峯에 전한다네. 하물며 그대 三絶은 태주 넘어 유명하거늘, 풀들의 왕 신선의 영지를 黑知黑主에서 얻는데. 유현의 종이에 죽과 난을 그려 題詩하니, 선배인 청등(徐渭)이 어찌 견줄 수 있겠는가? 정 공이여, 정 공이여, 그대 기이한 재주로 풍격이 예스러우니, 정치하면서 그 어찌

一七四八 十三年戊辰, 五十六歲.

乾隆東巡, 先生爲書畫史, 治頓所, 臥泰山絶頂四十餘日, 常以此自豪, 鐫一印章云: "乾隆東封書畫史". 濰縣饑民由關外絡繹返鄉, 先生爲撰還家行以紀其事.

有與江賓谷・江禹九書, 暢論爲文應自樹旗幟, 有關於民生日用; 幷對當時趨風氣、講詞藻之文風予以抨擊.

一七四九 十四年己巳, 五十七歲.

子入塾就師.

有濰縣與舍弟墨等家書五通. 按: 濰縣與舍弟墨第一書、第二書未署年月, 姑與後三通一幷系於是年. 重訂家書十六通・詩鈔、詞鈔, 幷手寫付梓.

撰板橋自叙, 述己之生平志趣頗詳.

子於興化病歿.

與御史沈廷芳椒園同遊郭氏園, 沈有過濰縣鄭令板橋招同朱天門孝廉家房仲兄納涼郭氏園詩贈板橋: 乾隆己巳月夏五, 鄭君邀我過花園, 是時炎夏氣鬱蒸, 連日川途走湔雨, 汗脚不襪衣不船(穿), 喜得涼逕觀覽主. 入門一圍青雪林, 蔚然迤地多嘉樹, 蒼苔小徑蝸盧盤, 紺石幽洞董樅堪. 高高亭子冷冷風, 漱玉麓臺近塘畔. 細惟尙書昔構此, (郭尙書尙友, 萬曆進士, 善居鄉.) 告歸娛老門嘗杜. 即今云祀能世家, 百年東第有堂廡. 我來消夏興獨豪, 即吟恍夢遊天姥. 請君圖書發秘藏, 少連康樂爭摩拊. 老硯名印細匣藏, 岐鼓秦碑墨香吐. 最後鷹鼻還流臚(臚), 禹書神迹傳峋嶁. 況君三絶過台州, 草聖仙芝得黑知黑主, 詩題剡紙點筠篤, 先輩青藤安足數?鄭君鄭君爾才奇特風義古, 爲政豈在守文瓿?一官楗散鬢如絲, 萬事蒼茫心獨苦. 人生作達在當前, 惟有清遊豁靈府. 酒酣勿起商瞿悲, 生子還應勝賈虎. (板橋方抱西河之痛.)『濰縣志』

高鳳翰卒, 壽六十七.
원 선 植

공문 장부만 지키겠는가? 세상에 맞지 않는 관리로 귀밑머리 희어지고, 만사가 부질없어 홀로 마음 괴로웠지. 인생의 放達이 여기 눈앞에 있거늘, 마음을 활짝 열고 한가로이 즐기시라. 좋은 술 앞에 두고 商瞿의 슬픔(춘추시대 商瞿처럼 늙도록 자식이 없음)일랑 생각지 마시게, 자식을 낳으려면 賈虎(漢代에 용맹으로 유명했던 사람)를 이길 용기 내야지.(원주: 판교는 당시 아들을 잃는 아픔을 겪었다)"(『유현지(濰縣志)』)

벗 고봉한(高鳳翰)이 향년 67세로 타계함.

1750 15년 경오(庚午), 58세. 2월 10일, 「유현문창사기(濰縣文昌詞記)」를 지음. 「판교자서(板橋自叙)」 뒷부분에 다시 수십 마디를 더 보충함.	一七五〇 十五年庚午, 五十八歲. 二月十日, 撰濰縣文昌詞記. 於板橋自叙後又綴附記數十言.
1751 16년 신미(辛未), 59세. 선생이 관료생활 10년을 보내며 관직세계의 혼탁함에 많은 불만을 느끼고 귀향의 뜻을 보임. 시 「귀향을 생각하며(思歸行)」과 사 「만강홍·집 생각[滿江紅·思家]」·「당다령·귀향 생각[唐多令·思歸]」 등에 이러한 자신의 의지를 서술함.	一七五一 十六年辛未, 五十九歲. 先生服官十年, 對官場黑暗多致不滿, 乃有歸田之意. 撰詩思歸行、詞滿江紅·思家、唐多令·思歸等述志.
1752 17년 임신(壬申), 60세. 유현의 명사들이 성황묘를 수리하는데 선생이 그 일을 주관하면서 「성황묘비기(城隍廟碑記)」를 씀.	一七五二 十七年壬申, 六十歲. 濰縣諸紳修城隍廟, 先生主其事, 并爲撰城隍廟碑記.
1753 18년 계유(癸酉), 61세. 이 해 봄, 선생은 상관을 거스르고 규휼을 요청한 일로 결국 파관됨. 정씨의 묵적으로 된 「유현을 그리며-곽승륜의 귀향을 전송하면서[懷濰縣送郭昇倫歸里]」 시 뒤에 붙은 발(跋)에서 "건륭(乾隆) 28년, 계미(癸未) 여름 4월에 판교 정섭이 관직에서 물러난 지 10년 되었고 나이는 71세다"라고 밝히고 있음. 이로써 정씨가 관직을 그만둔 날은 건륭 18년임을 알 수 있음. 대나무를 그려 유현 명사들과 백성들에게 이별을 하고, 시를 덧붙임. 선생은 성격이 활달하여 자잘한 일에 구속받지 않았으나, 백성의 일에는 반드시 섬세하고 꼼꼼하게 살폈다. 송사가 있으면 오른쪽에는 가난한 자를 왼쪽에는 부자를 자리하게 했다. 산동성(山東省)에서 12년 남짓 관료생활을 하는 동안 미뤄 놓은 공문도 없었고, 백성의 원망을 산 일도 없었다. 유현(濰縣)에서는 곡식 창고를 열고 자신의 의연금을 내놓아 배고픈 백성들을 구휼함으로써 살아난 사람이 헤아릴 수 없었다. 이에 유현 백성들은 감격하여 그를 몹시 우러러 받들었다. 선생이 관직을 그만두던 날, 백성들이 길을 막고 만류를 하였으며, 집집마다 초상을 걸어놓고 살아있는 분의 제사를 모셨다. 또한 생사당(生祠堂)을 지어서 뇌광표(賴光表: 역시 유현에서 선정을 베푼 관리) 등과 함께 제사 지냈다. 선생은 유현 임기 중에 많은 저술을 썼으며, 시·사·소곡(小曲)이 민간에 널리 전하여졌다. 그의 「유현죽지사(濰縣竹枝詞)」 40수는 유현의 풍토와 인정 및 백성들의 질고가 완곡하면서도 남김없이 묘사되어 더욱 인구에 회자되었다.	一七五三 十八年癸酉, 六十一歲. 是年春, 先生終以請賑忤大吏罷官. 據鄭氏墨迹懷濰縣送郭昇倫歸里詩後附跋云: "乾隆二十八年, 歲在癸未夏四月, 板橋鄭燮去官十載, 壽七十有一." 知鄭氏去官之日在乾隆十八年. 畫竹別濰縣紳民, 并繫以詩. 先生性曠達, 不拘小節, 於民事則纖悉必周, 訟事則右寠子而左富商. 官東省先後十二年, 無宿牘, 無怨民. 在濰縣會開倉捐廉以賑饑民, 活人無算, 故濰人民極爲感戴. 先生去官之日, 百姓遮道挽留, 家家畫像以祀. 并爲建生祠, 與賴光表等同祀. 先生在濰縣任中頗多著述, 所輯詩詞小曲, 在民間廣泛流傳. 其濰縣竹枝詞四十首, 描摹濰縣風土人情及民生疾苦, 曲盡委婉, 尤爲膾炙人口.
1754 19년 갑술(甲戌), 62세. 이 해 봄 항주를 여행함. 또한 오정(烏程) 지현(知縣) 손확도(孫擴圖)의 초대에 응하여 호주(湖州)에서 한 달 동안 지냄. 다시 전당(錢塘)을 지나 회계(會稽)에 이르러 우혈(禹穴)을 탐방하고 난정(蘭亭)을 유람하였고, 산음(山陰)의 길을 왕래하며 그 스스로 평생의 쾌거라고 말함. 5월 흥화(興化)로 돌아옴. 「아우 묵에게[與墨弟書]」·「제녕 오정지현 손확도께 드림[贈濟寧烏程知縣孫擴圖]」 2수를 지음.	一七五四 十九年甲戌 六十二歲. 是年春, 遊杭州. 又應烏程知縣孫擴圖邀至湖州住一月, 復過錢塘, 至會稽, 探禹穴, 遊蘭亭, 往來山陰道上, 自云爲平生快擧. 五月, 返興化. 有與墨弟書、贈濟寧烏程知縣孫擴圖二首. 秋, 與汪仲升堂、藥根上人等集百尺樓, 分韻賦詩.

가을, 왕당(汪堂, 자 仲升)·약근상인(藥根上人) 등과 백척루(百尺樓)에 모여 운을 나누어 시를 지음. 이복조(李福祚)의 「소양술구편(昭陽述舊編)」에 보임.

見李福祚昭陽述舊編.

1755 20년 을해(乙亥), 63세.
이복당(李復堂)·이방응(李方膺)과 함께 「세한삼우도(歲寒三友圖)」를 그리고, 선생이 제시(題詩)함.

一七五五 二十年乙亥, 六十三歲.
與李復堂、李方膺合作歲寒三友圖, 先生幷題詩.

1756 21년 병자(丙子), 64세.
정금장(程錦莊) 등 9인들과 양주(揚州)에서 모여 술 마시며 「구원방란도(九畹芳蘭圖)」를 그려서 그 성대함을 기록함.
흥화(興化) 「왕·이(王·李) 사현(四賢)수초본 발문」을 씀.

一七五六 二十一年丙子, 六十四歲.
與程錦莊等九人聚飲揚州, 幷作九畹芳蘭圖以紀其盛.
跋興化王李四賢手卷.

1757 22년 정축(丁丑), 65세.
건륭(乾隆) 을해(乙亥)년에 노아우(盧雅雨)가 다시 양회(兩淮. 회남과 회북)의 운사(運使)가 됨. 이 해에 홍교(紅橋) 수계(修禊). 삼월 삼짓날 지내는 액막이 제사가 아주 성대히 열림. 『양주화방록(揚州畵舫泉)』 卷十:"노견증의 자는 포손, 아호는 아우산인, 산동 덕주 사람이다. …… 시문을 잘했고, 성품이 고상하고 넓어 작은 예절에 구애받지 않았다. 생김이 왜소하고 말라 당시 사람들이 矮盧라 했다. 신묘년 거인으로 兩淮轉運使를 지냈다. …… 정축년 修禊虹橋를 주최해 七言律詩 四首를 지었다. …… 그때 이 修禊의 韻에 화창한 자가 칠천 명이 넘었다. 이를 순서대로 엮으니 삼백여 권이 되었다." 선생 역시 그 모임에 참여하여 「아우산인 홍교수계에 화창함和雅雨山人紅橋修禊」 시 4수·「다시 노아우에게 다시 화창함再和盧雅雨」 4수 등을 지음.
고우(高郵)를 유람하며 「흥화에서 맴돌아 고우에 이르며 쓴 일곱 수由興化迂曲至高郵七截句」를 지음.

一七五七 二十二年丁丑, 六十五歲.
乾隆乙亥, 盧雅雨再爲兩淮運使. 是年紅橋修禊甚盛. 揚州畵舫錄卷十:"盧見曾, 字抱孫, 號雅雨山人, 山東德州人. …… 公工詩文, 性度高曠, 不拘小節. 形貌矮瘦, 時人謂之矮盧. 辛卯擧人, 歷官至兩淮轉運使. …… 丁丑修禊虹橋, 作七言律詩四首云. …… 其時和修禊韻者七千餘人, 編次得三百餘卷." 先生亦預其會, 有和雅雨山人紅橋修禊詩四首、再和盧雅雨四首.
遊高郵, 作由興化迂曲至高郵七截句.

1758 23년 무인(戊寅), 66세.
5월, 친구 신군왕(愼郡王) 타계.
「하신랑(賀新郎)」 곡조로 사 「서촌에서 옛일을 생각하다[西村感舊]」를 지음.
「진주 잡시 팔수, 좌우 강가 현을 아울러 쓰다[眞州八首幷及左右江縣]」·「진주 팔수에 화창이 분분하여 모두 즐거워하매 늙어 추함을 생각지 않고 다시 앞 운에 맞춰 쓰다[眞州八首屬和紛紛皆可喜不辭老醜再疊前韻]」 등의 시를 지음.

一七五八 二十三年戊寅, 六十六歲.
五月, 友人愼郡王卒.
作詞西村感舊調寄賀新郎.
有眞州八首幷及左右江縣、眞州八首屬和紛紛皆可喜不辭老醜再疊前韻諸詩.

1759 24년 기묘(己卯), 67세.
졸공화상(拙公和尙)의 의견에 따라 스스로 자신의 서화 가격을 정함.
「흥화 성북에서 자재암을 보며[興化城北望鋪自在庵記]」를 씀.(역자 주: 본문에는 「6.1.14 자재암기(自在庵記)」라 되어 있다.)

一七五九 二十四年己卯, 六十七歲.
從拙公和尙議, 自定書畫潤格.
撰興化城北望鋪自在庵記.

1760 25년 경진(庚辰), 68세.
양주(揚州) 왕(汪)씨의 문원(文園)에서 「판교자서(板橋自序)」 및 「유류촌에게 써보낸 책자[劉柳邨冊子]」를 써서 자신의 생애와 지향을 아주 상세히 서술함.

一七六〇 二十五年庚辰, 六十八歲.
撰板橋自序及劉柳邨冊子於揚州汪氏之文園, 叙己之生平志趣頗詳.

1761 26년 신사(辛巳), 69세.
고봉한(高鳳翰)의 화첩에 제사(題詞)를 씀.

一七六一 二十六年辛巳, 六十九歲.
題高鳳翰畫冊.

1762 27년 임오(壬午), 70세.
난·죽·석(蘭竹石)을 그리고 글을 써서, "…… 올해 70으로, 난과 죽이 더욱 진보가

一七六二 二十七年壬午, 七十歲.
畫蘭竹石, 幷題云:"…… 今年七十, 蘭竹益進, 惜復

있으나, 복당(復堂)이 없으니 애석하게도 다시는 그림을 상의할 사람이 없구나"라고 하였다. 양주(揚州)의 기거하는 방에 난·죽·석을 그려 육원(六源) 동학(同學)에게 주면서, 28자의 제(題)를 써서 자신의 뜻을 드러냄.	堂不再, 不復有商量畵事之人也." 揚州客齋寫蘭竹石贈六源同學, 幷題二十八字見志.
1763 28년 계미(癸未), 71세. 노아우(盧雅雨)가 양회도전운(兩淮都轉運)에 임명되어 청명절에 선생과 여러 명사들을 불러 홍교(紅橋)에서 뱃놀이를 하니, 각기 시로써 기록함. 노아우(盧雅雨)의 연회 자리에서 원매(袁枚)와 서로 만남. 원매는 「판교명부에 드림[投板橋明府]」란 시를 씀. 그 내용은 이러하다. "정섭은 삼절로 오랫동안 이름 높은데, 한강에서 만나다니 곱절도 더 반갑네. 나이 들어 만나서 서로 살쩍머리 짧아짐을 걱정하고, 이제는 구주가 넓음도 어렵지 않게 느끼네. 홍교 주루의 등 그림자는 바람에 어지럽고, 산동 관리의 죽마 소리 싸늘하기만 하네. 무슨 일로 동파노인 죽었다고 와전되었듯, 뜻밖의 헛된 일로 그대의 눈물만 허비했네."(『興化縣志』) 곽승륜(郭昇倫)의 귀향을 전송하며 「유현을 그리며[懷濰縣]」 2수를 지음.(역자 주 : 시집에서는 「6.3.12 유현을 그리며 두 수 곽윤승에게[懷濰縣二首贈郭倫昇]」라 되어 있다)	一七六三 二十八年癸未, 七十一歲. 盧雅雨官兩淮都轉, 淸明日招先生及諸名人泛舟紅橋, 各紀以詩. 與袁枚相晤於盧雅雨席上, 袁枚有詩投板橋明府. 鄭燮三絶聞名久, 相見邗江意倍歡. 遇晩共憐雙鬢短, 才難不覺九州寬. 紅橋酒影風燈亂, 山左官聲竹馬寒. 底事誤傳坡老死, 費君老淚竟虛彈.【興化縣志】 作『懷濰縣』二首送郭昇倫歸里.
1764 29년 갑신(甲申), 72세. 주위사람의 화책(畵冊)에 제사(題詞)하면서 고양이(萱貓)·앵무새(八哥)·메추라기(鵪鶉)·해오라기(鷺鷥)·국화(菊花)·부용(芙蓉) 등 6가지 시를 지음.	一七六四 二十九年甲申, 七十二歲. 爲人題畵冊, 有萱貓、八哥、鵪鶉、鷺鷥、菊花、芙蓉等六詩.
1765 30년 을유(乙酉), 73세. 12월 12일 타계함. 향년 73세. 흥화현(興化縣) 성 동쪽 관완장(管阮莊)에 묻힘. 아들 둘이 있었으나 모두 일찍 사망하여, 아우의 아들 전(田. 자는 연경 硯耕)을 후사로 삼음. 딸은 둘인데, 큰 딸은 조(趙)씨에게, 작은 딸은 원(袁)씨에게 시집을 갔고, 손자로 용(鎔. 자는 范金), 증손으로 국장(國璋. 자는 文址)이 있다.	一七六五 三十年乙酉, 七十三歲. 十二月十二日卒, 享年七十有三. 葬於興化縣城東管阮莊. 有二子均早卒, 以弟子田(字硯耕)嗣. 女二, 長適趙, 次適袁. 孫鎔(字范金), 曾孫國璋(字文址).

부록 정판교 시론(試論)

부포석(傅抱石)[1]

관아의 서재에 누워 듣는 쏴아쏴아 대나무 소리,	衙齋臥聽蕭蕭竹,
백성들 질고에 시달리는 소리일런가.	疑是民間疾苦聲.
우리는 하찮은 주현의 벼슬아치지만	些小吾曹州縣吏,

---

* 이 글은 원래 「前言：鄭板橋試論」이라는 제목으로 中華書局本 『鄭板橋集』 앞머리에 들어있었으나 이 역주본에서는 부록으로 옮겨 실었다. 자세한 사항은 본 역주본의 '해제' 내용을 참고하기 바란다. 이하 주석 부분은 기본적으로 역자 주이며, 소수의 원저자 주는 【원주】라 표시했다.

1) 傅抱石 : 현대화가(1904~1965), 이름은 長生·瑞麟, 호는 抱石齋主人, 江西 新餘人(일설은 江西 南昌)으로, '新山水畫'의 대표적 화가이다. 어려서 집이 가난하여 11세에 옹기점에 들어가 기술을 배웠고, 독학으로 서예·전각·회화를 공부했다. 1926년 省立第一師範 예술과를 졸업하고 학교에 남아 후학을 지도했다. 1933년 徐悲鴻의 도움으로 일본에 유학하여 1935년 귀국한 후 中央大學 예술과에서 가르쳤다. 중국인민공화국 성립 후, 中國美術家協會 부주석·美協江蘇分會 주석·江蘇省書法印章研究會 부회장 등을 역임했고, 제3회 全國人民代表大會 대표·제2회 政協全國委員會 위원 등을 지냈다. 1952년 南京師範學院 미술과 교수, 1957년 江蘇省 中國畫院 원장을 맡았고, 1965년 9월 29일 南京에서 병사했다. 그의 화법은 전통기법 위에 새로운 기법을 가미해 자신만의 예술세계를 창작하여 중국인민공화국 수립 이후의 산수화에 영향을 끼쳤다. 『國畫源流槪述』(1925), 『中國繪畫變遷史綱』(1929) 등 저서와 다수의 논문이 있다.

가지마다 잎새마다 모두가 관심이로세.　　　　　一枝一葉總關情.[2]

이 시는 '양주팔괴(揚州八怪)'의 한 사람인 정판교가 산동(山東) 유현(濰縣) 현령으로 재직할 때 순무(巡撫) 포괄(包括)에게 보낸 대나무 그림에 적은 4구이다. 나는 이 4구시가 왕권사회에서 "학문의 뜻은 성현에 있고, 관리의 마음은 임금과 나라에 있다[讀書志在聖賢, 爲官心存君國]"는 의식으로 백성을 위해 일하고자 했던 한 '친민지관(親民之官)'의 간절한 기원을 충실하게 묘사하고 있다고 생각한다. 물론 그러한 기원은 당시 왕권사회에서는 참으로 실현되기 어려운 일이었다.

정판교는 '강희 연간의 수재, 옹정 연간의 거인, 건륭 연간의 진사[康熙 秀才, 雍正 擧人, 乾隆 進士]'였다. 그가 처한 시대는 청 왕조가 전국적인 통치 질서를 확립한 후, 정권의 공고화를 위해 일부 온건정책을 시도한 결과 생산력이 회복되고 사회질서도 점점 안정되어 가던 시기였다. 하지만 한편으로는 지식인에 대한 회유책과 강경책이 동시에 실시되었던 시대이기도 했다. 즉, '박학홍사과(博學鴻詞科)'[3]라는 인재 초빙의 기치를 여러 차례 내세웠던 반면, 역사에 전례 없는 문자옥을 단행함으로써 그 참극이 최고조에 달했던 상황이었다.

이러한 시대 속에서 이른바 문인·사대부라는 지식인이 취할 수 있는 행동은 그저 통치자들의 공덕을 찬양하거나 고개 숙여 묵묵히 따르는 것 외에는 달리 출구가 없었다. 신분 상승을 위해서는 오직 한 길, 즉 과거 응시에 몰두하는 일 뿐이었다. 청초 이래 한학과 금석고증학이 성행한 이유도 지식인들이 정치와 현실은 외면한 채, 그저 옛 문서더미에만 머리를 파묻고 있었기 때문이다. 이처럼 당시 고증학의 발전과 정신 사상의 엄격한 통제는 서로 아주 밀접한 관계가 있다.

---

2) 「5.4 유현 관아에서 대를 그려 대중승 포괄 어른께 드림[濰縣署中畫竹呈年伯包大中丞括]」.
3) 정기적인 과거시험 외에 특채 형식으로 인재를 뽑던 과거 형식.

회화 방면에서도 이러한 경향은 매우 뚜렷했다. 명·청 교체기부터 형식주의적인 경향이 갈수록 심해졌으며, 회화 역시 십중팔구가 복고를 숭상하며 송·원만을 따르고자 했다. 화단은 '4왕(四王)'4)의 산수화가 천하를 지배하여 현실과 유리된 채 그저 옛 작가들의 필묵만을 따르는 세상이었다. 그들은 대부분 사대부 출신 지식인들로서 높은 지위에 앉아 지식과 정보를 장악하고, 서로를 치켜세워가며 돈독한 유대관계를 형성하였다. 그들의 보루는 삼엄하기 그지없었다. 우리는 서화라는 이 재주놀이에 대한 통치자들의 '관심'과 '흥미'를 과소평가해서는 안 된다. 사실 통치계급은 이러한 정신세계에 대한 통제를 결코 느슨하게 놔둘 수가 없었다. 석도(石濤)5)의 경우가 그 생생한 예로서, 깊이 음미해볼 필요가 있다. 그는 강희제 앞에서 '만세(萬歲)'를 외쳤던 기회가 두 차례나 있었고, 보국대장군(輔國大將軍) 박이도(博爾都)6)와는 막역한 사이로 왕래가 빈번하였다. 그러나 이상하게도 오늘날 고궁 장서 속에서 찾을 수 있는 그의 대나무 그림은 단 한 폭 밖에 없다. 그 그림은 바로 박이도에게 보낸 것으로, 그것도 왕원기(王原祁)를 시켜 원래의 그림에 바위 하나를 더 첨가시킨 형태로 전한다. 이는 그가 '만세'를 외쳤던 황제와, 서로 아주 절친하게 지냈던 '대장군'마저도 그의 그림을 궁정에 들여놓을 수 있게 하지는 못했음을 증명해준다. 그의 그림은 왕권 통치자와 사대부 계층이라는 한가한 어르

---

4) '淸六家' 화가 중 王時敏·王鑒·王翬·王原祁 등 4인에 대한 통칭. 그들은 師弟나 친구사이였고, 회화 풍격이나 사상 면에서 직·간접적으로 董其昌의 영향을 받았다. 이러한 복고적 화풍은 후대에 큰 영향을 미쳤다.

5) 石濤: 명말 청초의 승려 화가(1630~1724). 姓은 朱, 이름은 若極으로, 明末 藩王의 아들이다. 청의 통치를 피하기 위해 출가하여 승려가 되었으며, 法名은 原濟, 자는 石濤이다. 승려가 된 후 이름을 元濟·超濟·原濟·道濟 등으로 바꾸고, 苦瓜和尙이라 자칭했다. 大滌子·淸湘遺人·淸湘陳人·靖江後人·淸湘老人·瞎尊者·零丁老人 등 여러 별호가 있다. 평생 동안 은둔자로 지내며 나라 잃은 유랑자의 정서를 시문과 서화 속에 표출해 냈는데, 특히 산수화와 난죽화에 뛰어났다. 기존의 화풍을 탈피한 참신한 山水畵·花卉畵·人物畵로 후대 화단의 발전에 적지 않은 영향을 미쳤으며, 만년에는 揚州에 살며 그림으로 생계를 유지했다.

6) 博爾都: 1649~1708. 자는 大文·間亭, 호는 東皐漁父로, 滿族이며 詩畵에 뛰어났다. 石濤와는 막역한 사이로 50세가 된 석도를 수도로 초청한 바 있다.

신네들의 구미에는 맞지 않았던 것이다. 결국 석도는 다시 예전 상황으로 돌아가 여기저기 떠돌다가 양주에서 죽음을 맞이해야 했다.

판교는 진사에 합격한 후 산동에서 '칠품관七品官耳'을 지낸 십수 년을 제외하고는 대부분 '집집마다 여자아이 노래 먼저 가르치고, 십 리 길가 꽃을 심어 농사짓듯 돌보는[千家養女先敎曲, 十里栽花算種田]'[7] 번화한 양주에서 활동하였다. 당시 양주는 전국 경제 중심지의 하나로서, 소금·면(綿)·마(麻)·차(茶) 등과 같은 상품, 특히 소금을 동남 지역에 제공하는 기지였다. 때문에 교통이 편리하여 남북을 이어주는 요충지가 되었고, 수공업 또한 상당히 발달하였다. 이러한 새로운 상업경제의 발전은 시민들의 경제생활과 문화생활에 신속한 변화를 가져왔고, 그들은 끊임없이 새로운 면모를 요구하였다. 특히 문화 방면에서 그들은 과거의 고리타분한 인습에 불만을 느끼고, 그동안 답습해왔던 소위 '정종(正宗)' 또는 정통이라는 틀로부터의 '변화'를 요구하였으며, 현실에 밀착되어 있는 생동적인 정신세계를 누리고자 하였다.

석도가 양주에 정착한 이후의 과정을 통해 우리는 '팔괴(八怪)'가 양주에서 탄생한 이유, 양주가 '팔괴'를 만들어냈던 원인을 분명하게 인식할 수 있게 된다. 즉, '양주팔괴'의 등장은 아주 자연스러운 전개였으며, 당시 역사적·사회적 조건의 산물이다. 그러나 '정종(正宗)' 또는 정통을 자처하는, 모든 것을 이전사람들에게 기대는 화가들, 예컨대 화정(華亭)·오문(吳門)·누동(婁東)·우산(虞山) 같은 사람들은 오히려 저들 '팔괴'를 '주변자[旁門外道]'나 '이단'으로 단정하고, 곱지 않은 시선으로 바라보면서 대아지당(大雅之堂)에 오를 수 없는 무리라고 여겼던 것이다. 정판교와 이선(李鱓)·김농(金農)·고상(高翔)·왕사신(汪士愼)·황신(黃愼)·이방응(李方膺)·나빙(羅聘) 등이 훗날 '팔괴'라고 불리게 된 이치는 이렇듯 아주 분명하지 않은가?

---

7) 「2.10 양주(揚州)」의 한 부분.

'(양주)팔괴'란 지칭은 결코 그들 모두 양주사람이라는 의미가 아니라, 양주에서 형성된 여덟 명의 화가가 공통적으로 지닌 어떤 특징을 의미하는 것으로, 양주화파라 불리기도 한다. 그들 대다수는 화조화(花鳥畵: 매·난·국·죽이 주요 소재)에 종사했고, 다음으로는 인물화를 중시했고, 산수화는 오히려 그다지 중시하지 않았다. 이것은 당시 지도적 지위를 차지하고 있던, '사람 없이 텅 빈 산空山無人', '가는 구름 흐르는 물行雲流水'과 같은 경지를 추구하던 산수화가들에게는 크나큰 충격임과 동시에 강력한 도전이었다. 물론 '팔괴' 이외에 화조화와 인물화를 그린 작가가 없었다고 말할 수는 없다. 그리고 그런 그림들의 발전과 예술 연원 또한 선조들의 우수한 전통으로부터 유래한 것이다. 문제는 이데올로기 형태로서의 조형 예술은 마땅히 시대와 현실 생활의 반영이어야 하며, 누구도 그 풍부한 생활상에 억지로 어떤 제한을 둘 수는 없다는 것이다. 예를 들어, 어떤 것만 그려야 한다, '고아하기' 때문이다. 어떤 것은 그려서는 안 된다, '용속하기' 때문이다. 이런 식으로 단정한다면 이는 곧 화가들 개개인을 결국 '태초에 신처럼 노닐면서 불로 만든 인간의 음식을 먹지 않는神遊太初而不食人間烟火' 상태로 만들자는 게 아니겠는가? 이런 맥락에서 17·18세기의 화단에서 '양주팔괴'의 공헌은 화조화를 창조적으로 발전시키고, 다른 많은 생동적인 재제들을 확장시키고, 현실적 내용을 한층 풍부하게 했으며, 시·서·화·인(印)의 종합적 발전을 제창했다는 점에 있다. '양주팔괴'의 형성과 발전은 분명 근대 중국회화사에서 한 차례 혁신적인 돌파였으며, 현실주의의 우수한 전통을 크게 한 걸음 전진시킨 일이었다.

만일 나의 이런 시각에 어느 정도 긍정적인 부분이 있다면, 곧장 이렇게 한 마디 덧붙일 것이다. 이들 '양주팔괴' 가운데 가장 두드러진 인물은 당연히 정판교라고.

*

"판교에게는 삼절(三絶 : 세 가지 빼어남)이 있다. 그림과 시와 서예다. 삼절 가운데 다시 삼진(三眞 : 세 가지 참됨)이 있으니, 참된 기세[眞氣]요, 참된 뜻[眞意]이요, 참된 정취[眞趣]다."[8] 나는 이 말이 상당히 뜻 깊은 견해라고 생각한다. 사실 판교의 시·서·화는 그의 붓 끝에서 형성된, 한 가지 총체적인 사상의 몇 가지 다른 표현 형식이다. 즉, 이들 서로 다른 형식들 속에는 유기적으로 결합하고 호응하는 가장 본질적인 것이 분명 존재한다. 그의 초기 작품에 속하는 칠언고시 「우연히 짓다[偶然作]」 첫 부분 4구는 이렇다.

영웅이 어찌 꼭 경서 사서 읽어야 하리,	英雄何必讀書史,
그 혈기 곧장 드러내면 문장이 되는 법.	直攄血性爲文章.
신선도 부처도 성인도 아니지만	不仙不佛不聖賢,
필묵을 넘어서서 주장이 드러나네.	筆墨之外有主張.

이 네 구는 '삼절(三絶)' 정판교가 동경하는 것과 추구하는 바가 무엇인지를 충분히 보여준다. 아울러 그의 사상과 포부, 그 사람됨의 기본 태도를 어느 정도 설명해준다.

판교의 일생에 관해 더 논증해나가기 위해서는 아직 자료가 부족한 형편이다. 그러나 한 가지 단정할 수 있는 부분이 있다. 즉, 그는 어려서부터 가정이 빈곤했다는 점이다. 「일곱 노래[七歌]」의 첫째 노래 중 "썰렁한 아궁이 땔나무는 떨어졌고, 문 앞에선 문 두드리며 빚 독촉을 해대네[爨下荒涼告絶薪, 門前剝啄來催債]"라는 대목은 경험에서 나온 아픔의 언어이다. 그는 수재에 합격하고도 그림을 팔았고, 거인에 합격하고도 그림을 팔았고, 현령직을 마치고 돌아온 후에도 그림을 팔았다. 일생 동안 생활면에서 그는 철저히 '가난한 선비[貧儒]'였고, 화려하게 영달해본 적이 없

---

8) 『송헌수필(松軒隨筆)』, 마종곽(馬宗霍) 『서림조감(書林藻鑑)』 379쪽.【원주】

었다. 나는 이런 삶의 과정이 그의 '괴(怪)'와 절대적인 관계에 있다고 여긴다. 판교는 학문을 좋아했고, 또한 박학다식했다. 비록 57세 나이에 쓴 '자서(自序)'에서 "평생 경학을 좋아하지 않고, 주로 사서(史書)와 시·문·사를 담은 문집을 탐독하였으며, 전기(傳奇)·소설류들은 읽지 않은 것이 없었다[平生不治經學, 愛讀史書以及詩文詞集, 傳奇說簿之類, 靡不覽宛]"[9]고 말했긴 하지만, 나는 그가 끝까지 유가사상에 깊이 심취한 채 환상을 가졌다고, 즉 '수신·제가·치국·평천하'라는 틀에서 벗어나지 않았다고 본다. 설사 그의 일생이 험난한 가시밭길이었고 가난에 쪼들렸다 할지라도, 그의 가슴 깊은 곳에는 시종일관 적극적인 요소가 자리하고 있었다. '자서'에서 말한 "판교 시문은 스스로를 표출한 것이지만 그 이치는 반드시 성현에 귀결되며, 문장은 일상에 부합된다[板橋詩文, 自出己意, 理必歸於聖賢, 文必切於日用]"[10]는 부분이 또한 이를 증명하기에 충분하지 않은가? 진사에 합격하자 현령이 되어 어두운 사회현실과 민간의 질고에 몸소 부딪히면서 그는 점점 "한 자 관청 문이 민정을 갈라놓고[縣門一尺情猶隔]"[11], "쓸모없는 돈꾸러미 모아 놓은 듯, 항구에 잘리어진 배 받쳐 놓은 듯[如收敗貫錢, 如撑斷港航]"[12]한 상황을 의식하게 되었다. 세상은 결코 그렇게 단순히 "뜻을 얻으면 이를 백성에게 이롭게 사용할[得志澤加於民]"[13] 수 있는 곳이 아니었던 것이다. "방자하게 재자란 이름 등에 업은 채, 질곡 속 백성들 어찌 구하지 않는가[浪膺才子稱, 何與民瘼求!]"[14] 그리하여 그의 넘치던 환상은 점점 깨지고 사라져갔고, 결국 "이제부턴 강남에서 더 굳세게 살아가리[從此江南一梗頑]"[15]라고 결심하고 양주로 돌아가기로 생각을 정

---

9) 「6.1.5 판교 자서(板橋自敍)」.
10) 「6.1.5 판교 자서(板橋自敍)」.
11) 「2.138 범현(范縣)」.
12) 「2.175 귀향을 생각하며[思歸行]」.
13) 「6.2.3 강빈곡·강우구에게 보내는 편지[與江賓谷、江禹九書]」.
14) 「2.186 우연히 짓다[偶然作]」.
15) 「2.86 도전운 노공을 전송하며[送都轉運盧公]」.

했다. 하지만 사상 상의 갖가지 모순은 결코 그렇게 쉽게 해결되지 않는 법이다. 판교는 한편으로는 현실사회를 마주대할 때 극도의 불만을 느끼면서 비웃고 분노하고 욕했고, 모든 것을 돌아보지 않은 채 공정하게 밝혀내고 규탄하였으며, 부도덕하고 몰염치한, 그리고 민생을 돌보지 않는 암울한 현실을 남김없이 폭로하였다. 이는 우리가 인정해주고 중시해야 할 중요한 측면이다. 그러나 이와는 다른 일부 작품들 속에서는 기로에 서서 방황하고 실망하고 비관하며 이렇게 썼다.

명리가 과연 무엇이던가?	名利竟如何?
세월은 부질없는데	歲月蹉跎,
몇 번의 풍파, 몇 번의 맑은 날.	幾番風浪幾晴和.
근심의 물, 근심의 바람, 근심은 여태 끝나지 못한 채	愁水愁風愁不盡,
결국 모두 남가일몽이리라.	總是南柯.16)

이처럼 소극적인 정서가 매우 분명하게 나타난다. 그가 쓴 '어리석음 얻기가 어려워라[難得糊塗]'라는 글씨는 당시에 그토록 널리 환영받지 않았던가? 특히 사촌동생에게 보내는 가서(家書) 몇 통에서는 어떻게 전답을 사고, 집을 지을 것인지에 대해 언급하였고, 늦은 나이 52세에 얻은 아들이 "가장 중요한 것은 도리를 분명히 알고 참한 사람이 되는 데 있다[第一要明理做個好人]"17)는 걸 알기를 희망하였다. 더군다나 사람과 사람, 특히 가난한 사람과의 관계를 잘해야 한다고, 요컨대 목전에서 손해 보는 것이 더 나은 것이라고 아주 심혈을 기울여가며 반복해서 설명했던 것이다. "세간에서 계산을 잘한다는 사람을 보게나. 다른 사람을 조금이라도 생각하는 적이 어디 있던가? 오로지 자신 것만 따질 뿐 아니던가. 슬프고 한탄할 노릇이라네.[試看世間會打算的, 何曾打算得別人一點, 直

---

16) 「3.5.5 먼 포구에 돌아오는 배[遠浦歸帆]」.
17) 「1.13 유현 관아에서 아우 묵에게 보내는 두 번째 편지[濰縣署中寄舍弟墨第二書]」.

是算盡自家耳! 可哀可歎!"[18]

정판교의 '문장'(경·사·문학······ 등을 모두 포괄하는 총칭)에 대한 견해와 주장에서도 그의 사상 변화를 살펴볼 수 있다. 그는 '문장'이라는 것은 경국의 대업이고 불후의 성대한 사업으로, "성현과 천지의 마음, 만물과 백성의 운명[聖賢天地之心, 萬物生明之命]"[19]을 체득하여 헛되이 빈말만 할 게 아니라 종묘사직과 민생을 위해 문제를 해결할 수 있어야 한다고 여겼다. 오로지 "제왕의 사업을 펼쳐 설명하고, 백성의 수고와 고통을 노래하고, 성현의 오묘한 이치를 밝히고, 영웅호걸의 풍모와 계략을 묘사하는[敷陳帝王之事業, 歌詠百姓之勤苦, 剖晰聖賢之精義, 描摹英傑之風猷]"[20] 것만을 비로소 '문장'이라 칭할 수 있다고 보았다. 이 밖의 것은 모두 다 필요하지 않은 것, 또는 별다른 의미가 없거나 심지어 사람을 해치는 것이라 여겼다.

문장에는 대승법(大乘法)이 있고 소승법(小乘法)이 있다오. 대승법은 쉬우면서도 공이 있고, 소승법은 수고롭지만 일컬을 만한 게 없지요. 『오경(五經)』·『좌전』·『사기』·『장자』·『이소』, 그리고 가의(賈誼)·동중서(董仲舒)·광형(匡衡)·유향(劉向)·제갈량(諸葛亮)·한유(韓愈)·유종원(柳宗元)·구양수(歐陽修)·증공(曾鞏)의 산문, 조조(曹操)·도잠(陶潛)·이백(李白)·두보(杜甫)의 시들이 이른바 대승법에 속한다오. [이 글들은 분명한 이치와 유창한 언어로 천지 만물의 정, 국가의 흥망성쇠 원인을 두루 포괄하고 있지요. 독서를 깊게 하고 기상을 충분히 길렀기 때문에 자유자재 여유가 있는 것이라오. 육조 시대의 부미(浮靡)한 문장과 서릉(徐陵)·유신(庾信)·강엄(江淹)·포조(鮑照)·임방(任昉)·심약(沈約)의 시들은 소승법에 속한다오. 이들은 청색을 자주색과 배합하고, 일곱을 셋에 맞추려지만 단 한 글자, 한 구절도 부합되질 않는다

18) 「1.16 유현 관아에서 아우 묵에게 보내는 다섯 번째 편지[濰縣署中寄舍弟墨第五書]」.
19) 「6.2.3 강빈곡·강우구에게 보내는 편지[與江賓谷、江禹九書]」.
20) 「1.16 유현 관아에서 아우 묵에게 보내는 다섯 번째 편지[濰縣署中寄舍弟墨第五書]」.

오. 그런데도 누런 수염을 비틀어 꼬아 끊으며 애만 쓰고, 쓸데없이 이런저런 책들만 들먹이게 되지요. 그러니 어찌 성현과 천지의 마음, 만물과 백성의 운명을 함께 할 수 있겠소?

文章有大乘法, 有小乘法. 大乘法易而有功, 小乘法勞而無謂. 五經、左、史、莊、騷、賈、董、匡、劉、諸葛武鄕侯、韓、柳、歐、曾之文, 曹操、陶潛、李、杜之詩, 所謂大乘也. 理明詞暢, 以達天地萬物之情, 國家得失之興廢之故. 讀書深、養氣足, 恢恢遊刃有餘地矣. 六朝靡麗, 徐、庾、江、鮑、任、沈, 小乘法也. 取靑配紫, 用七諧三, 一字不合, 一句不酬, 撚斷黃鬚, 繡空二酉. 究何與於聖賢天地之心, 萬物生明之命?[21]

여기서는 비록 불교의 대승과 소승으로 비유하였지만, 실제로는 대승을 숭상하고 소승을 멀리하며, 육경을 숭상하고 백가를 멀리한다는 점에서 뚜렷한 유가사상의 반영인 셈이다. 그는 자신까지 포함해 경세지학에 힘을 쏟지 않는 문인 재자들을 여러 차례 엄중히 질책하였다.

이른바 '비단옷처럼 꾸미는 재자'란 모두 천하의 폐물들이오!

凡所謂錦繡才子者, 皆天下之廢物也![22]

옛사람들은 문장으로 세상을 다스렸는데 우리 시대 사람들이 하는 짓이란 음풍농월로 술이나 꽃을 노래할 뿐이다. 경치를 찾아다니고, 미인을 그리워하고, 곤궁함을 한탄하고, 늙음이나 상심하고 있으니 비록 그 외형을 쪼개고 껍데기를 벗겨서 정수를 골라 모은다 하더라도 그저 한낱 '시단의 문객'에 불과할 따름이다. 그 어찌 나라와 백성을 살피는 일을 도모하려는 '삼백편'의 취지와 함께 할 수 있겠는가!

古人以文章經世, 吾輩所爲, 風月花酒而已. 逐光景, 慕顔色, 嗟困窮, 傷老大, 雖

---

21) 「6.2.3 강빈곡・강우구에게 보내는 편지[與江賓谷、江禹九書]」.
22) 「6.2.3 강빈곡・강우구에게 보내는 편지[與江賓谷、江禹九書]」.

剜形去皮, 搜精抉髓, 不過一騷壇詞客爾. 何與於社稷生民之計, 三百篇之旨哉![23]

"실의에 젖어 헤진 갖옷 하나로 양주 떠돌며[落拓揚州一敝裘]"[24] 지냈던 판교의 일생에서 뜻을 얻어 여유롭게 지낸 기간은 불과 얼마 되지 않는다. 산동에서 관리 생활을 했던 십여 년 동안만 하더라도, 특히 유현에서는 몇 년간이나 계속된 재난으로 백성들은 도탄에 빠져서 연명하기조차 어려웠다. 이러한 현실의 교훈은 그에게 성인이 말씀하신 바 "영달하면 두루 천하를 이롭게 한다[達則兼善天下]"는 게 단지 이상적인 명언일 뿐이라는 점을 깊이 각인시켰다. 봉건통치의 암흑세계 속에서 백성을 여전히 동정만 하고 있는 것, 이것이 '칠품관'의 모습이란 말인가? 그가 산동을 떠나 양주로 돌아와 그림을 팔던 시기는 아마 그의 나이 이미 60세 전후였을 것이다. 어쩔 수 없는 상황에서 그저 '궁하면 홀로 제자신을 선하게 하며[窮則獨善其身]' '대승'을 '소승'에 기탁한 채 시·사(詞)·서·화를 통해 그의 가슴 가득 묻어둔, 백성에 대한 동정과 현실에 대한 불만들을 이리저리 필묵 너머로 기탁하는 수밖에 다른 방도가없었다. 그리하여 "장원급제 도포를 찢어버리고, 오사모도 벗어던지는[扯碎狀元袍, 脫却烏紗帽]"[25] 것, 이것이 바로 판교가 '괴'를 행한 사상적 근원이자 사회적 연원인 것이다.

판교는 이른바 '성현의 책을 읽을 때 배울 바가 무엇이던가[讀聖賢書, 所學何事]'라 강조하면서 환상을 지녔던 청년 시기가 있었다. 나라와 백성을 위한 청렴한 관리가 되려는 포부로 가득 찼던 것이다. 그러나 십수년의 현령 생활을 겪은 후, 그의 환상은 깨졌다. 그는 고민하고 방황했으며, 세상에 대한 분노로 가차없이 그 암흑을 폭로하고 불합리한 모든현상들을 꾸짖고 질책하였다. 하지만 그것은 소용이 없었고, 관직을 떠

---

23) 「2.02 후각시집 서(後刻詩序)」.
24) 「2.66 윤 대중승 어르신께서 비단을 보내와서[大中丞尹年伯贈帛]」.
25) 「4.1 도정(道情)」.

나 여전히 '이십년 전 옛날 판교二十年前舊板橋'로 돌아가야 했다. 그러나 또한 나날을 살아가기 어려웠기에, 분개한 나머지 결국 세상을 벗어나 겠다는 소극적 사상이 점점 싹트기 시작했다. 이것은 사실 당시 정직한 문인 사대부에게서 자주 발견되는 일반적인 법칙이었다. 그러므로 우리 가 판교를 논할 때는 그가 나머지 '칠괴'와 다른 점을 생각해볼 필요가 있을 것인데, 그것은 바로 그가 당시 정치에 대해서 이처럼 '괴'를 지녔 다는 점이다. 비록 그러한 정치에 그가 어떤 힘을 쓸 수 없었을지라도.

*

판교의 시·사·문(家書 위주)은, 특히 시의 경우는 오늘날 읽을 수 있 는 것에 근거해 볼 때 대부분 현실과 생활에서 나온 것들이다. 언어 가 운데 사물이 있고, 느낀 바가 있어 표출한 것이다. 지금 읽어봐도 마치 이 '괴인'-백성들에 대한 동정으로 가득 찬-노인이 분노의 눈을 부릅 뜨고 우리 앞에 나타나서 때로는 당당하고 차분하게 말하기도 하고, 때 로는 눈물 떨구며 얘기하는 것을 보는 듯하다.

저편에 인색하고 내편에 후한 이치 바뀌지 않아	嗇彼豐茲信不移,
나는 이미 곤궁함을 마다하지 않는다네.	我于困頓已無辭;
끼 삭이고 처세해도 방종이라 미워하고	束狂入世猶嫌放,
졸박한 문장 써보아도 특이하다 싫어하네.	學拙論文尙厭奇.
달 마주하면 사람들 모두 가버려도 무방하고	看月不妨人去盡,
꽃 마주한 채 그저 술 더디 오는 걸 탓할 뿐.	對花只恨酒來遲;
우습구나, 흰 비단에 글씨 받으려는 무리들,	笑他縑素求書輩,
선생이 만취할 때만 기다렸다 졸라대누나.	又要先生爛醉時.[26]

26) 「2.4 스스로를 달래며[自遣]」.

우리는 소위 "마음속의 일들 나누고 싶어, 더불어 술집에 오르는[欲談心裏事, 同上酒家樓]"[27], 고귀한 현실주의 정신으로 가득 찬 판교 시의 중요한 핵심을 간과해서는 안 된다. 만일 이러한 적극적인 사고를 당시 "나뭇가지나 자르고, 정자나 짓고, 골동품을 판별하고, 차맛을 품평하면서[剪樹枝, 造亭榭, 辨古玩, 鬥茗茶]"[28] 부호 상인을 위해 문 앞의 길이나 꾸미는, 보통의 한가한 시인 묵객 부류의 행위와 동일시한다면 그것은 분명 착오이다. 판교의 '삼절'인 시·서·화를 나누어 살펴볼 때, 내 얕은 견해로는, 그림 방면에서 그의 노선이 비교적 협소하다는 건 분명한 사실이다. 판교 스스로도 자신이 이복당(李復堂)에 미치지 못한다고 인정한 바 있다. 시 쪽에서는 서당(西唐 : 高翔)·소림(巢林 : 汪士愼)·동심(冬心 : 金農) 모두 나름의 풍격을 지니고 있으며, 천추에 남을 만하다. 서법의 경우, 영표(癭瓢 : 黃愼)의 순후(醇厚)한 경지, 동심의 고졸(古拙)한 풍격이 꼭 판교의 '육분반서(六分半書)'에 많이 양보해야 할 상황은 아닐 것이다. 그러나 총체적으로 살펴보건대 '팔괴' 가운데 과연 그를 제외한 어느 다른 '괴'가 당시 황음무치하고 민생을 돌보지 않는 현실을 향해 백성을 동정하는 말 몇 마디라도 쏟아내는 '괴'를 드러냈던가?

판교의 문학 작품 속에서 시와 사 및 다른 것 모두에서 가장 두드러지는 점은 독자들이 작자의 강렬하고 풍부하면서도 진실된, '백성과 사물을 함께하는[民胞物與]' 감정을 느낄 수 있다는 데 있다. 이러한 감정은 그의 백성들에 대한 폭넓은 동정심에 기인한다. 그는 이렇게 말했다. "나는 천지간에 첫째가는 사람은 농부뿐이며 …… 다들 부지런히 힘들게 고생하면서 농사지어 천하의 사람들을 기른다네. 천하에 농부가 없다면 온 세상은 다 굶어죽게 되는 거야.[我想天地間第一等人, 只有農夫, …… 皆苦其身, 勤其力, 耕種收穫, 以養天下之人. 使天下無農夫, 擧世皆餓死矣.]"[29] 이런 그가

---

27) 「2.67 유협도에 쓰다[題遊俠圖]」.
28) 「1.16 유현 관아에서 아우 묵에게 보내는 다섯 번째 편지[濰縣署中寄舍弟墨第五書]」.
29) 「1.10 범현 관아에서 아우 묵에게 보내는 네 번째 편지[范縣署中寄舍弟墨第四書]」.

수재나 가뭄 때 인간 지옥에서 발버둥치며 고통에 신음하는 농민들을 직접 목도하면서 어찌 눈물을 쏟아내지 않을 수 있겠는가? 그래서 판교의 문집 속에서는 이러한 사상이 담긴 작품들이 가장 중요한 부분이며, 본질적인 부분이라고 말할 수 있다. 「포악한 관리[悍吏]」·「사형의 해악[私刑惡]」·「고아의 노래[孤兒行]」·「고아의 노래 속편[後孤兒行]」·「포악한 시어머니[姑惡]」·「유랑의 노래[逃荒行]」·「귀가의 노래[還家行]」…… 등과 같은 시편들, 「만강홍·농가의 사계절 고락의 노래[滿江紅·田家四時苦樂歌]」·「서학선·어가(瑞鶴仙·漁家)」·「서학선·농가(瑞鶴仙·田家)」…… 등과 같은 사들은 모두 "가로 세로 칠하고 바르기 수 천 폭이 되건만, 먹물 점은 많지 않고 눈물 점이 더 많아[橫塗豎抹千千幅, 墨點無多淚點多]"[30] 깊은 감동을 주는 작품들이다.

「포악한 관리」와 「사형의 해악」에서는 말단 관리 앞잡이들이 향민을 제멋대로 유린하는 죄악 행위를 심도 있게 묘사하였다.

현령이 장정 조직하여 병제를 만들겠다는데	縣官編丁著圖甲,
혹독한 아전은 마을에 들어와 거위·오리만 잡아 가네.	悍吏入村捉鵝鴨.
현령은 노인 공양으로 의복과 고기 내렸는데	縣官養老賜帛肉,
난폭한 아전은 마을을 뒤져 곡식을 훑어가네.	悍吏沿村括稻穀.
승냥이와 이리처럼 어디라도 그냥 지나침 없이	豺狼到處無虛過,
사람들 숨통을 끊어놓지 않으면 눈을 후비네.	不斷人喉抉人目.

― 「2.37 포악한 관리[悍吏]」

관청 형벌이야 개인 형벌 혹독함에 비길 바 못되니	官刑不敵私刑惡,
아전은 사람 잡아 돼지인양 두들겨 패네.	掾吏搏人如豕搏;
(…중략…)	

---

30) 「2.191 굴옹산 시집과 석도·석혜·팔대산인 산수화 소폭, 백정의 묵란을 함께 묶은 한 권에 부쳐[題屈翁山詩箚石濤石谿八大山人善水小幅並白丁墨蘭共一卷]」.

본시 헐벗고 배고파 나쁜 짓 하게 된 것,　　　　　本因凍餒迫爲非,

제 배만 채우려는 간악한 자 만났다네.　　　　又値姦刁取自肥;

한 올 한 톨까지 깡그리 훑어갔으니　　　　　　一絲一粒盡搜索,

피골만 남은 몰골로 그 위엄에 응하네.　　　　　但憑皮骨當嚴威.

　　　　　　　　　　　　　　　ㅡ「2.38 사형의 해독[私刑惡]」

　백성들은 아직 목숨이 붙어있는 것인지? 그 자신이 현령이건만 도대체 무슨 수가 있단 말인가? "현령이 선행을 좋아해도 백성은 근심에 젖거늘, 하물며 바르지 못하게 백성을 다스린다면야[長官好善民已愁, 況以不善司民牧]"[31], "이에 현인과 군자는 지극히 마음이 아플 수밖에 없다[仁人君子, 有至痛焉]"[32]며 크게 탄식할 뿐이다.

　「기황의 유랑 노래」·「귀가의 노래[還家行]」는 모두 그가 유현(濰縣)에서 재직할 때 몇 차례의 지독한 재난을 겪은 후 농촌이 파산한 상황을 기록한 실록이다.

열흘 만에 자식 하나 팔고　　　　　　　　十日賣一兒,

닷새 만에 마누라 판다.　　　　　　　　　五日賣一婦,

다음엔 제 몸만 남아　　　　　　　　　　來日賸一身,

망망한 유랑길에 오른다.　　　　　　　　茫茫卽長路.

길은 구불구불 멀기도 한데　　　　　　　長路迂以遠,

변경 산악엔 승냥이 호랑이가 득실거린다.　關山雜豺虎;

흉년이 들어도 호랑이는 주리지 않고　　　天荒虎不飢,

험준한 곳에서 엿보다가 사람을 잡아먹는다.　肝人伺嚴阻.

승냥이와 이리가 대낮에도 나타나니　　　豺狼白晝出,

마을마다 요란스레 북을 두드린다.　　　　諸村亂擊皷.

---

31)　「2.37 포악한 관리[悍吏]」.
32)　「2.38 사형의 해독[私刑惡]」.

아! 살갗과 머리털은 생기를 잃고 嗟予皮髮焦,

뼈가 끊기고 허리며 등이 꺾어질 듯, 骨斷折腰膂.

사람을 보면 눈동자가 먼저 뒤집어지고 見人目先瞪,

음식을 먹으면 삭이지 못하고 토해버린다. 得食咽反吐.

호랑이의 주린 배도 채울 수 없을 정도라 不堪充虎餓,

호랑이도 먹지 않고 내팽개친다. 虎亦棄不取.

길가에 버려진 아기가 보여 道傍見遺嬰,

가련한 마음에 짐 위에 얹는다. 憐拾置擔釜;

제 자식은 모두 팔아먹고 賣盡自家兒,

오히려 다른 자식을 보살피다니. 反爲他人撫.

(…중략…)

몸은 편하나 마음은 오히려 슬퍼라. 身安心轉悲.

하늘 남쪽 아득한 어디가 고향이뇨? 天南渺何許.

이 모든 일 이루 다 말로 할 수 없기에 萬事不可言,

바람을 마주한 채 눈물만 줄줄 쏟아낸다. 臨風淚如注.

― 「2.173 기황의 유랑 노래[逃荒行]」

어디로 피해 간단 말인가? 다행히 구사일생으로 남은 목숨을 연명하고, 고향 형편이 조금 나아져 다시 천신만고 끝에 돌아온다. 이 땅의 농민은 이렇게 다시 새 생활로 돌아가게 된다.

돌아오니 무엇이 남아있던가, 歸來何所有,

텅 빈 채 네 벽만 우뚝 솟아있구나. 兀然空四牆;

부뚜막에선 개구리가 튀어나오고 井蛙跳我竈,

침상에는 여우가 누워 있구나. 狐狸據我床.

(…중략…)

옛 처자식을 생각하자니 念我故妻子,

동남장에 팔려서 매어있는 신세.	羈賣東南莊.
성은이 귀속을 허락하시니	聖恩許歸贖,
돈 꾸러미에 곡식 자루 짐 지고 찾아나선다.	攜錢負橐囊.
아내는 남편이 왔다는 말 듣자마자	其妻聞夫至,
기쁨 속에서도 어쩌면 좋을지 걱정이 든다.	且喜且彷徨;
(…중략…)	
젖 먹이던 아이를 떼어놓자니	摘去乳下兒,
칼 뽑아 내 창자 가르는 듯하네.	抽刀割我腸.
아이가 영영 이별이라는 걸 아는지	其兒知永絶,
목 꼭 끌어안고 엄마 연신 부르다가	抱頸索阿娘;
땅에 떨어져 몇 차례고 나뒹굴어지니	墮地幾翻覆,
얼굴 그득 온통 눈물범벅 흙범벅.	淚面塗泥漿.
(…중략…)	
새 남편은 나이가 젊어	後夫年正少,
비통한 마음 견디기 더 어렵다.	慚慘難禁當;
이웃집에 몸을 숨긴 채	潛身匿鄰舍,
석양 아래 큰 나무에 기대서서 바라본다.	背樹倚斜陽.

― 「2.174 귀가의 노래[還家行]」

이것이야말로 바로 인간 비극이 아니겠는가?

「고아의 노래[孤兒行]」·「고아의 노래 속편[後孤兒行]」·「악독한 시어머니[姑惡]」 등 몇 수는 고아와 어린 며느리 두 사람이 당하는 비인간적인 처지를 통해 계속해서 덮쳐온 재난으로 황폐해진 농촌의 참상을 생생하게 그려냈다. 아울러 오랜 세월 동안 유지되어 내려온 봉건 종법사회의 어두운 죄악을 강도 높게 고발하였다.

고아가 걸음 머뭇거리며	孤兒躑躅行,

고개 숙인 채 숨을 죽이고   低頭屛息,

감히 소리도 내지 못하네.   不敢揚聲.

숙부는 대청 위에 앉아 있고,   阿叔坐堂上,

숙모는 험악한 얼굴, 서슬이 퍼렇다네.   叔母臉厲秋錚錚.

(…중략…)

응석동이는 대청 위에 앉아 있고   嬌兒坐堂上,

고아는 대청 밑을 바삐 달리네.   孤兒走堂下;

응석동이는 쌀밥에 고기반찬 먹는데   嬌兒食粱肉,

고아는 조심조심 음식 그릇을 나르며   孤兒兢兢捧盤盂,

혹시 넘어져서 욕먹고 매 맞을세라 두려워하네.   恐傾跌, 受笞罵.

아침이면 나가서 물을 긷고   朝出汲水,

저녁이면 꼴 베어 말을 먹이네.   暮芟芻養馬.

꼴 베다 손가락을 베어서   芟芻傷指,

피가 철철 흘러도   血流瀉瀉.

고아는 감히 아프단 말을 못하네.   孤兒不敢言痛,

숙부는 돌보기는커녕   阿叔不顧視,

그저 죽은 형과 형수에게   但詈死去兄嫂,

이런 무능한 놈 낳았다고 욕을 해대네.   生此無能者.

응석동이는 자줏빛 갖옷을 입었는데   嬌兒著紫裘,

고아는 마냥 헤진 옷만 입는다네.   孤兒著破衣;

응석동이는 말 타고 나가는데   嬌兒騎馬出,

고아는 문짝에 기대어 서서   孤兒倚門扇.

고개 들어 멍하니 바라보다가   擧頭望望,

눈물을 감추고 돌아오네.   掩淚來歸.

— 「2.162 고아의 노래[孤兒行]」

열 살에 아버지를 여의고,   十歲喪父,

열여섯에 어머니 여의었네.　　　　　　　十六喪母.

고아에게 장인이 있어　　　　　　　　　孤兒有婦翁,

패물과 금전을 그 손에 맡겼네.　　　　　珠玉金錢付其手.

(…중략…)

아침에는 밥조차 주지 않고　　　　　　　朝不與食,

저녁에는 잠자리 주지 않아　　　　　　　暮不與棲止,

고아는 세상천지에 의지할 곳이 없다네.　孤兒蕩蕩無倚.

밥을 빌어먹고 돌아다니다　　　　　　　乞求餐飯,

열흘이나 돌아오지 않았어도　　　　　　旬日不返;

장인 장모 상관치도 않으니　　　　　　　外父外母不問

어찌 그 생사 가늠할 수 있으랴!　　　　　曷論生死!

밤이면 들판 사당에 누워 지새는데　　　　夜宿野廟,

거친 갈대밭이 끝없이 펼쳐져 있네.　　　荒葦茫茫.

(…중략…)

숲속의 도적떼들 몰려와서　　　　　　　綠林君子,

강제로 횃불 들고 앞서게 하니　　　　　　勒令把火隨行.

고아는 포악한 무리 따라야 했네.　　　　孤兒不敢不聽從強梁.

일이 터지고 도적이 잡히게 되어　　　　　事發賊得,

피해가 고아에게 같이 미치네.　　　　　　累及孤兒;

(…중략…)

악랄하고 지독한 장인이란 자,　　　　　　丈丈辣心毒手,

갖은 수단으로 매수해대니　　　　　　　悉力買告,

없는 죄 꾸며내어 도적 따라 죽게 하네.　令誣涅與賊同歸.

서녘 해도 비통한 빛 가득할 때　　　　　西日慘慘,

도적들의 처형이 시작되었네.　　　　　　羣盜就戮.

도적이 고아를 돌아보자니　　　　　　　顧此孤兒,

살결이 옥처럼 맑게 빛나네.　　　　　　　肌如瑩玉.

자신의 죽음은 한탄치 않고	不恨己死,
고아의 억울함에 비통해 하네.	痛孤寃毒.
망나니 눈에서도 연신 눈물 흐르네.	行刑人淚相續.

　　　　　　　　　　－「2.163 고아의 노래 속편[後孤兒行]」

　　하나는 숙모가 편파적으로 조카를 학대하는 내용이고, 다른 하나는 인성이 말살된 장인이 탐관오리와 짜고 무고한 사위를 사지로 내모는 내용이다. 오늘날 읽어도 머리카락이 솟구치는 분노를 금할 수 없다. 「악독한 시어머니[姑惡]」 역시 차마 끝까지 읽어내기 어려운 문장이다.

어린 며느리 나이 열두 살,	小婦年十二,
집 떠나 시부모를 섬기네.	辭家事翁姑.
아직 부부의 정을 알지 못해	未知伉儷情,
지아비를 오빠라 부르네.	以哥呼阿夫.
(…중략…)	
시어머니가 대답하네.	姑曰:
"어려서 가르치지 않으면,	"幼不敎,
커서 누가 단속하나요?	長大誰管拘?
(…중략…)	
오늘은 실컷 욕을 해대고	今日肆罵辱,
내일이면 마구 매질을 하네.	明日鞭撻俱.
닷새에 성한 옷 없고	五日無完衣,
열흘에 몸 성한 곳 없다네.	十日無完膚.
(…중략…)	
아아! 가난한 집 이 딸이여,	嗟嗟貧家女,
어찌 강물에 뛰어들지 않을 수 있으리?	何不投江湖?
강물의 물고기, 자라의 밥이 될지언정	江湖飽魚鼈,

이 지독한 고통은 면할 수 있으리.   免受此毒茶.

아아, 하늘이시여. 비천한 이 몸의 하소연 들어주소서.   嗟哉天聽卑,

어찌해 이 원한의 소리 들리지 않나요?   豈不聞怨呼?

(…중략…)

그 어찌 친정부모 온 적 없을까,   豈無父母來?

눈물 닦고 즐거운 척 꾸몄던 거네.   洗淚飾歡娛.

형제들이 소식 물은 적 어찌 없었나,   豈無兄弟問?

아픔 참고 시어머니 부지런함 강조하였네.   忍痛稱姑勅.

상처 자국이야 헤진 옷으로 가리고   疤痕掩破襟,

드문 머리카락 병 때문이라 한다네.   禿髮云病疎.

한 마디라도 시어머니 흉을 보다간   一言及姑惡,

이 목숨 언제 끊길지 모를 일이네!   生命無須臾!

　　　　　　　　　　　　　－「2.168 악독한 시어머니[姑惡]」

「유현 죽지사(濰縣竹枝詞)」 40수의 발견은 아주 중요한 사건이다. "유현은 본디 작은 소주(濰縣原是小蘇州)"[33]이지만, 그가 유현에 재직할 때 그 번화한 정경을 한가롭게 구경할 만한 여유는 없었으므로 그저 솔직하게 현지의 풍속과 민정, 특히 가난한 백성들의 비참한 생활 등을 묘사하였다.

성곽 둘러싼 넓디넓은 옥토는   繞廓良田萬頃賖,

모두가 부호 집안의 소유라네.   大都歸併富豪家.

불쌍타, 궁벽한 북해의 땅에서   可憐北海窮荒地,

반 광주리 소금 지고 오다 또 붙잡혔구나.   半蔓鹽挑又被拏.

　　　　　　　　　　　　　－「6.3.7 유현 죽지사(濰縣竹枝詞)」 24

---

33) 「6.3.7 유현 죽지사(濰縣竹枝詞)」 1.

소금 장사는 원래 상인이 하는 일인데　　　　　　行鹽原是靠商人,

어째서 상인으로 저리 가난하단 말인가?　　　　其奈商人又赤貧?

관에서 사사로운 매매 금지하니 판매 끊겨서　　私賣怕官官賣絶,

바닷가 굶주린 제염업자 원한서린 도깨비불 되네.　海邊餓竈化寃燐.

　　　　　　　　　　　－「6.3.7 유현 죽지사(濰縣竹枝詞)」25

가난한 동쪽집 아이 서쪽집의 종이 되어　　　　東家貧兒西家僕,

서쪽집은 가무소리, 동쪽집은 통곡소리.　　　　西家歌舞東家哭.

오로지 담장 하나 건너편으로 나뉘어서　　　　骨肉分離只一牆,

내 새끼 욕먹고 매 맞는 소릴 들어야 한다네.　聽他笞罵由他辱.

　　　　　　　　　　　－「6.3.7 유현 죽지사(濰縣竹枝詞)」29

흐르는 눈물 이승에선 끝내 마르지 못하리니　　淚眼今生永不乾,

청명이 다가와도 보리밭 바람 차기만 하네.　　清明節候麥風寒.

요양 땅에서 돌아가신 늙은 어버이 생각하니　老親死在遼陽地,

그 백골 어느 날에나 지고와 고향땅에 모실꼬.　白骨何曾負得還.

　　　　　　　　　　　－「6.3.7 유현 죽지사(濰縣竹枝詞)」38

　　오늘날 50세 전후의 사람들은 초등학교 시절에 "늙은 어부, 낚싯대
드리우고, 산자락에 기댄 채, 물가 후미진 곳에 있네[老漁翁, 一釣竿, 靠山
崖, 傍水灣]"라는 이 「도정(道情)」 곡을 적지 않게 불렀을 것이다. 누구의
악보였는지는 진즉 잊었지만34) 아직도 나는 그 중의 몇 수, 특히 「늙은
어부[老樵夫]」・「늙은 행각승[老頭陀]」・「늙은 서생[老書生]」 대목을 가끔씩
부른다. 막 서당에서 빠져나와 '양학당(洋學堂)'에 들어갔던 소년이 아침
부터 저녁까지 의무적으로 마주대해야 하는 고리타분한 선생에게 호감

---

34)　근래 삼민서국(三民書局)에서 출판한 『시엽신성(詩葉新聲)』 역시 정판교의 「道情」을
　　수록했는데, 그 곡조는 기본적으로 과거 학교에서 불렸던 것과 비슷하였다.[원주]

을 가질 리 없었다. "…… 하루아침에 세력 잃고 일장춘몽 되었다네. 누추한 집 궁벽한 골목에 살며, 어린 학동 몇에게 글 가르치는 게 나았겠네.[一朝勢落成春夢. 倒不如蓬門僻巷, 教幾個小小蒙童.]"35) 그때는 이렇게 부른 가사의 의미를 충분히 알지는 못했어도 어쨌든 그것은 선생님을 조소하는 훌륭한 무기였다.

　나 같은 비전문가의 눈으로 볼 때도 그의 시는 형상화에 능숙하다는 특징이 있다. 바로 옛 사람이 말한 '시 속 그림[詩中有畵]'이다. 그는 본디 화가이면서 시인이었으므로, 민간의 질고를 부각시켜 써낸 「소창(小唱)·도정(道情)」 10수, 「유현죽지사」 40수는 모두 한 수 한 수가 그림이면서 또한 시이다. 더 중요한 것은 왕권사회의 수많은 어두운 단면들을 부단히 들추어내고, 이른바 '성세지민(盛世之民)'이 죽음의 길목에서 몸부림치는 정경을 그려냈다는 점이다. 만일 「포악한 관리」·「사형의 해독」을 '역사서'라고 한다면, 「유랑의 노래」·「귀가의 노래」는 차마 펼쳐보기 힘든 한 폭의 '유민도(流民圖)'인 셈이다. 이외에도 인물과 경치를 묘사한 작품들 역시 매우 감동적이다. 그 예로 손 가는 대로 두 수를 골라본다.

변 선생 집은 달팽이껍질처럼 작아도	邊生結屋類蝸殼,
문득 창을 열면 드넓은 하늘과 통한다네.	忽開一窗洞寥廓;
갈대와 물억새 몇 줄기 안개와 서리를 막아섰고	數枝蘆荻撑煙霜,
한 줄기 강물, 맑은 노을에 정자는 고요하네.	一水明霞靜樓閣.
싸늘한 밤, 별들이 희미한 빛 드리우고	夜寒星斗垂微茫,
서풍이 발 속으로 쳐들어와 촛불을 흔드네.	西風入簾搖燭光.
강 건너 어렴풋이 들리는 추위 속 개 울음소리,	隔岸微聞寒犬吠,
수염 쓰다듬어가며 시 짓는 밤은 길기만 하네.	幾撚吟髭更漏長.

　　　　　　― 「2.19 회음 변수민의 위간서옥[淮陰邊壽民葦間書屋]」

---

35) 「4.1 도정(道情)」.

강물은 굽이굽이 나무는 겹겹이,　　　　　　　水流曲曲樹重重,

숲속에는 봄 깃든 산 한 두 봉우리.　　　　　樹裏春山一兩峰.

깊숙한 초가에 사람은 안보이고　　　　　　　茅屋深藏人不見,

석양에 때때로 닭 울음, 개 짖는 소리.　　　　數聲雞犬夕陽中.

　　　　　　　　　　　　　　　　　　　　－「유현죽지사」10

＊

　따지고 보면 결국엔 걸출한 화가였던 판교는 그의 나이 사십여 세 무렵 진사에 합격하기 전 양주에서 그림을 팔았다. 육십 세 전후, 유현에서 다시 양주로 돌아왔을 때 "하루아침에 관직에서 돌아온 시·서·화 삼절은"[36] 여전히 그림을 팔아 생계를 유지해야 했다. 그가 그린 작품의 소재는 죽(竹)·난(蘭)·석(石)·국(菊) 위주로 종류가 그리 다양하지는 않다. 그렇기는 하지만 특히 죽과 난은 오늘날 전 세계에 두루 퍼져서 세계인들이 애호하고 중시한다.

　전에 나는 이런 문제들을 생각한 적이 있었다. 그는 왜 죽·난·석·국만을 주로 그렸을까? 원래 양주와 그 인근에는 대나무가 많아 도처에 군락을 이루고 있긴 하지만, 다른 한편 양주인들은 꽃나무도 몹시 좋아하여 오늘날까지도 그 흔적이 분명히 남아 있다. 자연 환경이 이처럼 다양하게 아름다운데, 판교는 왜 하필 죽·난·석·국 위주로만 그렸을까? 이것이 문제 중의 하나다. '팔괴' 가운데 대나무와 돌 그림에 뛰어났던 다른 몇 사람 '괴', 예컨대 이청강과 김동심, 특히 '팔괴'보다 약간 이전 시기의 석도는 같은 길에서 서로 영향을 주고받았을 것이다. 이 또한 문제다. 판교의 대나무는 다른 사람들의 것과 사뭇 다르기 때문이다. 그는 대개 죽·난·석을 한 폭의 화면 위에 생동적으로 조화시키는

---

36)　양장거(梁章鉅) 『영련총화(楹聯叢話)』 卷二 : "三絶詩書畫, 一官歸去來."【원주】

화법을 마음껏 발휘하여 필묵 외의 많은 느낌을 제공한다.

'매·난·죽·국'은 송대 이래, 특히 남송 이래로 '사군자'로 불려왔다. 왕권통치사회 지식인으로서 문인 사대부들은 국가와 민족이 핍박을 받고 있지만 자신은 유약하여 항거할 힘이 없을 때, 이들 자연 속 몇 가지 사물을 형상화 시키고, 자리 잡게 하고, 필묵을 써서 어떤 새로운 사상이나 감정을 불어넣어줌으로써, 현실에 대한 불만과 통치계급에 협조할 의지가 없음을 표출하였다. 그리하여 청고(淸高)·유결(幽潔)·허심(虛心)·은일(隱逸) 등 특정한 기본 내용 외에 다시 많은 다른 의미들이 거기에 부여되었다. 이는 중국회화사에서 애국주의 화가들의 우수한 전통이기에 충분히 존중되어야 할 가치가 있다. 판교가 이런 몇 가지 것들만 전문적으로 그린 까닭은 바로 이것이 그의 사상 감정의 요구에 부합되었기 때문이라 생각한다. 그가 제발문(題跋文) 속에서 정소남(鄭所南)·서청등(徐靑藤)·진고백(陳古白)·백정(白丁)·석도(石濤) 등 몇 화가들을 부단히 추앙하는 것도 결코 우연이 아니다.

여기서 중시할 것은, 그의 문학 작품과 마찬가지로, 예술창작에 대한 그의 사상과 방법 문제이다. 그의 회화는 고립적으로 형식만을 따르는 ―고인을 모방하는 것부터 시작하는 필묵이 아니라, 먼저 스스로의 생활 자체에서 시작한다.

우리 집에 두 칸짜리 초가집이 있어 남쪽으로 대나무를 심었다. 여름날 새 대가 자라서 이파리가 나오고 녹음이 사람에게 드리워질 때 거기다 작은 걸상 하나를 놓으면 시원하기가 참으로 그만이다. 가을 가고 겨울 올 무렵, 병풍살을 가져다가 양쪽 끝을 잘라 옆으로 완자 창틀을 만들고는 거기다 얇고 깨끗한 종이를 발랐다. 바람이 잠들고 날씨가 따스할 때면 추워서 굳어 있던 파리가 완자 창 종이를 치면서 동동거리는 작은 북소리를 낸다. 그때 대나무의 그림자가 어른거리거늘 이 어찌 천연의 그림이 아니겠는가? 무릇 내가 그리는 대나무는 결코 누구에게 사숙한 바도 없다. 대부분 저 종이창과 회벽, 햇살과 달그림자 속에서 얻었을 뿐이다.

余家有茅室二間, 南面種竹. 夏日新篁初放, 綠陰照人, 置一小榻其中, 甚涼適也.
秋冬之際, 取圍屏骨子, 斷去兩頭, 橫安以爲窗欞, 用匀薄潔白之紙糊之. 風和日暖,
凍蠅觸窗紙上, 蓬蓬作小鼓聲. 於時一片竹影零亂, 豈非天然圖畫乎! 凡吾畫竹, 無
所師承, 多得於紙窗粉壁日光月影中耳.

― 「5.1 제화·대나무[題畫·竹]」

그는 한편으로는 생활에서 착수하고, 다른 한편으로는 우수한 전통
을 배척하지 않고 받아들여 양자를 결합시켰다. 이러한 방법은 오늘날
에도 일정한 현실적 의의가 있다고 생각한다. 판교는 큰 화폭의 난·
죽·석을 그린 그림에 이렇게 쓴 적이 있다.

평생 소남(所南 : 鄭思肖) 선생과 진고백(陳古白 : 陳元素) 선생의 난과 대나무
그림을 좋아했다. 또한 대척자(大滌子 : 石濤)가 그린 바위를 보면, 혹은 준법(皴
法)에 따르기도 하고, 혹은 따르지 않기도 하며, 혹은 전체를, 혹은 부분을, 혹
은 완전하게, 혹은 불완전하게 그렸다. 그 뜻을 취하여 바위의 기세를 구성하
고, 그런 다음 난과 대를 그 사이에 채워 넣었다. 비록 두 대가에게서 배웠지만
[나의] 필묵은 한 기운이다.

平生愛所南先生及陳古白畫蘭竹. 旣又見大滌子畫石, 或依法皴, 或不依法皴, 或
整或碎, 或完或不完. 遂取其意, 構成石勢, 然後以蘭竹彌縫其間. 雖學出兩家, 而
筆墨則一氣也.

― 「6.4.3 난, 대나무, 바위 그림에 쓴 글 24칙[題蘭竹石二十四則]」

나는 이 제화문(題畫文)에서 전통을 어떻게 학습할 것인가라는, 중요
한 문제를 다루었다고 생각한다. 그는 선인들의 자취를 생략하되 '그 뜻
을 취한' 것이다. 다른 한 폭의 그림에도 이렇게 쓴 적이 있다.

정소남(鄭所南)·진고백(陳古白) 두 분은 난과 죽을 그리기 좋아하였으나 이 정섭은 아직까지 그들을 배운 적이 없다. 서문장(徐文長)·고차원(高且園) 두 분은 난과 죽을 그다지 많이 그리진 않았지만 이 정섭은 항상 그분들에게 부지런히 배웠는데, 무릇 그 뜻이 남겨진 형상 사이에 있지 않음을 익혔다.

鄭所南、陳古白兩先生, 善畫蘭竹, 變未嘗學之; 徐文長、高且園兩先生, 不甚畫蘭竹, 而變時時學之弗輟. 蓋師其意不在迹象間也.

— 「5.26 근추전의 그림 요청에[靳秋田索畫]」

판교는 대나무를 그리면서 큰 화폭이든 작은 화폭이든 상관하지 않았고, 어느 때는 난과 돌도 함께 배치함으로써 기운차게 뻗어나가면서도 고상하고 참신한 정신을 돌출시켰다. 이것은 그의 "오늘 다시 양주 대나무를 심노니, 회남은 여전히 천지가 푸르구나[而今再種揚州竹, 依舊淮南一片靑]"[37]라는 사상·바람과 완전히 일치한다. 그러나 그가 그린 대나무는 결코 자연 그대로의 복제품이 아니라 개괄되고 제련을 거쳐 다듬어진 것이다. 그는 이를 아주 예리한 언어로 표현한 적이 있다.

맑은 가을 강변 관사에서 이른 아침 일어나 대나무를 바라보니 안개빛과 해그림자와 이슬기운이 성긴 대나무 줄기와 빽빽한 이파리들 사이에서 함께 넘실거리고 있었다. 가슴 속에 그림을 그리고 싶은 욕망이 강렬하게 일어났다. 사실 '가슴속 대나무'는 결코 '눈 안의 대나무'가 아니다. 그래서 묵을 갈아 종이를 펼치고 붓을 들어 그 변화하는 모습을 재빨리 그렸지만, '손 안의 대나무' 또한 이미 저 '가슴 속 대나무'가 아니었다. 요컨대, 그리고자 하는 뜻이 붓질보다 먼저인 것, 이게 정해진 법칙이다. 정취가 그 법칙을 벗어나는 것. 이는 변화의 핵심이다. 어찌 그림만 그렇다고 말하겠는가!

江館淸秋, 晨起看竹, 煙光、日影、霧氣, 皆浮動於疏枝密葉之間. 胸中勃勃遂有

---

37) 「5.7 처음 양주로 돌아와 첫 번째 대 한 폭을 그리다[初返揚州畫竹第一幅]」.

畫意. 其實胸中之竹, 並不是眼中之竹也. 因而磨墨展紙, 落筆倏作變相, 手中之竹
又不是胸中之竹也. 總之, 意在筆先者, 定則也; 趣在法外者, 化機也. 獨畫云乎哉!

－「5.1.3 제화・대나무[題畫・竹]」

　　확실히 회화뿐만 아니라 다른 예술 창작 역시 그렇다. 화가는 생활이
나 자연으로부터 느낌을 전달받아 감동을 하고 '가슴 속에 그림을 그리
고 싶은 욕망이 강렬하게 일어난' 뒤에야 가슴 속에 한 폭의 그림이 마
련된다. 이러한 그림은 비록 눈에서 얻어진 것일지라도 이제 생활 속
자연의 재현과는 다르며, '가슴속 그림을 그리고 싶은 욕망'을 통과하여
개괄되고 제련된 결과이다. 한 폭 그림으로 말하자면 눈 속 그림에 비
해 훨씬 구체적이 된 것이다. 실제 창작에 이르러서는 또한 필히 당시
의 사상과 정서 및 필묵 등의 조건을 종합하고 변화시켜 종이나 비단
위에 자유자재로 그려낸다. 이때 뜻은 붓끝보다 더 넘치고, 흥취는 법
도를 더 넘어선다. 그래서 '손 안의 그림', 즉 그림 속 '대나무'는 또한
"더 이상 가슴 속 대나무가 아니다." 사람을 감동시키는 작품의 성공 여
부는 바로 이 잠깐 사이에 달려 있다. 우리가 형상으로 볼 때는 같은 한
폭의 대나무 그림이지만 작자가 부여한 사상과 정서는 서로 다르다.
"깡마른 대나무 한 가지 그려내어, 가을바람 불면 강가에서 낚싯대로
쓰리라.[寫取一枝淸瘦竹, 秋風江上作漁竿.]"[38] 이는 그리는 방식 중의 하나
다. "묵묵히 담장 아래 서 있게 했었다면, 어느 세월 구름과 해 잡고 노
닐겠는가![若使循循牆下立, 拂雲擎日待何時!]"[39] 이 역시 그리는 방식 중의
하나다. "빽빽한 대숲과 조릿대에선 새 순들이 솟아나, 봄 근심을 끊어
없애니 온 강이 푸르네.[叢篁密筱遍抽新, 碎剪春愁滿江綠.]"[40] 이 또한 그리

---

38) 「5.5 귀향을 알리며 대를 그려 유현 신사・백성들과 이별함[予告歸里畫竹別濰縣紳
　　士民]」.
39) 「5.34 종이를 벗어난 대나무 한 줄기[出紙一竿]」.
40) 「5.9 황릉묘 여도사를 위한 대나무 그림[爲黃陵廟女道士畫竹]」.

는 방식 중의 하나다.

그가 난을 그리고 바위를 그리는 것도 마찬가지였다. 그저 단순히 그것들의 모양새를 모사하는 것이 아니라, 가슴 가득 찬 정서를 거쳐 생동감 있는 필치를 통하여 새로운 의경을 부여한다. 그는 분란(盆蘭) 그리기를 좋아했다.

> 지금껏 날 알아주는 이 끝내 없는 세상이니　　　　而今究竟無知己,
> 검은 화분 깨부수고 산으로 다시 돌아가려네.　　　打破烏盆更入山.
> 　　　　　－「2.188 깨진 분 속 난꽃 그림에 부쳐[題破盆蘭花圖]」 중에서

> 꽃 피고 지는 것을 다 보았던 이 화분,　　　　閱盡榮枯是盆盎,
> 몇 번이나 들어내고 몇 차례나 심었던가!　　　幾回拔去幾回栽.
> 　　　　　－「5.15 화분의 난[盆蘭]」 중에서

> 반쯤 가려진 화분,　　　　盆是半藏,
> 반쯤 머금은 꽃.　　　　花是半含;
> 드러나길 구하지 않으니　　　不求發泄,
> 시듦마저 두렵지 않네.　　　不畏凋殘.
> 　　　　　－「5.13 반쯤 되는 분의 난꽃[半盆蘭蕊]」

볼수록 음미할 가치가 있는 작품들이다. 그는 또 추석(醜石) 그리기를 좋아해 "추하지만 웅장하고, 추하지만 수려하다[醜而雄, 醜而秀]"[41]고 했다. 대나무를 그리고 난을 그리는 것과 마찬가지로 이미 일반적인 육안 중의 사물을 벗어나 "바위처럼 흔들림 없이 강하고, 난처럼 향기롭고, 마디 많은 대나무처럼 꿋꿋한[介於石, 臭如蘭, 堅多節]"[42] 경지로서, 이를

---

41) 「5.24 돌[石]」.
42) 「5.25 난과 대와 돌[蘭竹石]」.

하나의 도덕 표준으로 삼아 가늠하고, 발휘하고, 고취시켰던 것이다.

그는 왜 일생동안 그림 그리기에 종사했는가? 그 자신의 답변이 아주 통쾌하다.

무릇 내가 난을 그리고, 대나무를 그리고, 바위를 그리는 것은 이로써 천하의 수고하는 사람들을 위로하고자 함이지, 세상에서 편안하게 즐기는 사람들에게 바치려는 게 아니다.

凡吾畫蘭畫竹畫石, 用以慰天下之勞人, 非以供天下之安享人也.

— 「5.26 근추전의 그림 요청에[靳秋田索畫]」

나는 진실로 바로 이런 면이 판교가 사랑스럽고 존경할 만한 점이며, 앞으로도 우리가 끊임없이 연구하고 배울 가치가 있는 부분이라 믿는다.

*

판교의 서법은 자칭 '육분반서체[六分半書]'로, 그의 시나 그림보다 더욱 호평을 받는다. 『동음논서(桐陰論書)』에서는 그의 그림을 그저 '능품(能品)' 위치에 놓았지만, 그의 서법에 대해서는 "한 자 한 필획이 여러 오묘함의 장점을 겸했다一字一筆, 兼衆妙之長"고 인정하였다. 대체적으로 볼 때, 그의 글씨는 진서·초서·예서·전서 네 종류 서체를 진서·예서 위주로 결합시킨 새로운 서체로서, 그림 그리는 방법으로 글씨를 쓴 것이다. 이는 당시 사람들을 경악시키는 파격적인 변화였으며, 이와 같이 스스로 창조·형성해낸 일파는 몇 천 년 이래 본 적이 없는 것이었다. '팔괴' 가운데 김동심만이 「국산비(國山碑)」와 「천발신참비(天發神讖碑)」를 기초로 한 '분예(分隸)' 일파를 이루어 그와 우열을 다투었다. 그러나 동심은 아직 그 범위가 형식상의 서체 결합에만 머물렀기에, 때로 글자의 본의도 고려하지 않았던, 그리하여 참으로 '괴'의 본령에 달했다고 말할 수 있는 판교와는 차이가 있었다. 건륭 시기 유명한 사곡(詞曲) 문인 장사전(蔣士銓)은 판교의 난 그림에 제화시 한 수를 남겨 그의 서화를 언급하였다.

판교가 글씨 쓸 때는 난을 그리듯　　　　　　　　板橋作字如寫蘭,
물결치고 갈라지며 기이하고 예스러운 모습 날아오르네. 波磔奇古形翩翻;
판교가 난을 그릴 때는 글씨 쓰듯 하니　　　　　板橋寫蘭如作字,
아름다운 잎 성근 꽃이 멋진 자태 드러내네.　　　秀葉疎花見姿致.
붓을 휘두를 때 스스로 남다른 일가를 이루었으매　下筆別自成一家,
서화를 두고 보통사람들 칭찬이야 원치 않았네.　　書畫不願常人誇.
무너지고 쓰러지고 일어서서 저마다 모습 갖췄는데　頹唐偃仰各有態,
사람들마다 온통 '괴짜 판교'라 비웃는다네.　　　　常人盡笑板橋怪.[43]

　이 평가는 상당히 높은 점수를 주면서도 구체적이다. 네 가지 서체를 합쳐 하나로 만들었고, 다시 글씨와 그림을 서로 잘 섞었으며, 또한 '육서(六書)'의 틀과 수시로 충돌해 온전한 서체를 이루지 못하니 사람들이 어찌 '괴'라고 말하지 않을 수 있겠는가? 사람들이 어떻게 걱정하지 않을 수 있겠는가? 양수경(楊守敬)과 강유위(康有爲)는 그와 김동심의 글씨에 대해 또 다른 견해를 밝힌 바 있다. 양수경이 말했다.

　판교의 행서와 해서, 동심의 '분예서'는 모두 전인의 속박을 받지 않고 스스로 길을 개척한 것이다. 그러나 이를 후학들이 모범으로 본받는다면 아마 사악한 길에 떨어질 것이다.
　板橋行楷, 冬心分隸, 皆不受前人束縛, 自闢蹊徑. 然以爲後學師範, 或墮魔道.[44]

강유위는 이렇게 말했다.

---

43)　장사전(蔣士銓) 『충아당시집(忠雅堂詩集)』.【원주】
44)　『송헌수필(松軒隨筆)』, 마종곽(馬宗霍) 『서림조감(書林藻鑑)』 381쪽.【원주】

건륭 시절에 이미 옛 학문에 염증을 느껴 동심과 판교가 예서 필법을 섞어 썼다. 그러나 실패해 괴이함에 빠졌으니, 이는 변하고자 했으나 변화라는 것을 모르기 때문이었다.

乾隆之世, 已厭舊學, 冬心、板橋, 參用隸筆, 然失則怪. 此欲變而不知變者.[45]

양수경의 말은 비교적 타당성이 있다. 사실 누구도 그들의 창조성 자체를 부인할 수는 없을 것이다. 그런데 이를 어떻게 배울 것인가 문제는 응당 서로 구분해 연구해야만 한다. 그들이 간 길을 따라간 후에 그들을 뛰어넘는 것, 이것이 한 방법이다. 본질은 버리고 잎사귀만 취하며, 그들의 발전 과정은 무시한 채 단지 형식주의적인 외양만 같아지기를 추구한다면, 이것은 문제가 된다. 복고사상으로 가득 찬 경학자 강유위는 판교의 글씨 같은 것을 받아들일 수가 없었던 것이다.

한편, '팔괴' 중 대다수가 인장을 새길 수 있었는데, 특히 판교도 전각에 뛰어났다. 그러나 안타깝게도 우리는 이 방면의 실제 자료들(인장과 탁본)을 많이 확보하지 못한 상태다. 이 부분은 앞으로 더 많이 연구할 필요가 있다. 당시의 회화예술은 이미 서·화·문(詩詞와 題跋)·인장 등이 어우러진 '교향악' 형태를 이루었으며, 인장은 그 전체 화폭 가운데 유기적인 한 부분이었다. 또한 '팔괴'의 시대는 전각예술의 전성기였으므로, 판교가 전각에 뛰어난 것은 이상한 일이 아니다. 그가 서화에 사용했던 인장의 대부분이 고서원(高西園 : 高鳳翰)·심범민(沈凡民)이 새긴 것임을 적지 않은 자료가 밝혀주고 있다. 우리가 흔히 볼 수 있는 인장으로 살펴볼 때 그럴 가능성이 있다는 점을 인정해야 한다. 그와 서원은 절친한 사이였다. 훗날 서원의 오른손이 병으로 못쓰게 되었을 때, 판교는 '연전생계(硯田生計)'라는 인장을 새겨 그에게 보냈다. 또한 변관(邊款)[46]위에 시 한 수를 새긴 후 이런 글을 붙였다. "서원은 시화에 능

---

45) 『송헌수필(松軒隨筆)』, 마종곽(馬宗霍) 『서림조감(書林藻鑑)』 382쪽.【원주】
46) 일반적으로 인장의 측면이나 뒤쪽에 새기는 문자나 題跋.

하지만, 특히 전각에 뛰어나다. 병으로 장애가 온 후로 왼팔을 쓰게 되면서 그 서화가 한층 기묘해졌다. 나는 이 인장을 새겨 그에게 주며, 마침내 그의 '뇌문(雷門)의 장애'를 잊게 되었다.[西園工詩畫, 尤善印篆, 病廢後用左臂, 書畫更奇. 余作此印贈之, 竟忘其雷門.]"[47] 이 문장의 마지막 구를 우리는 겸손의 의미로 볼 수도 있고, 이 인장에 대해 매우 만족한다는 의미로 받아들일 수도 있다.

『동음논서(桐陰論書)』의 저자 진조영(秦祖永)이 정경(丁敬)·김농(金農)·정섭(鄭燮)·황역(黃易)·해강(奚岡)·장인(蔣仁)·진홍수(陳鴻壽) 등 일곱 사람의 인장 변관·제발을 모아 『칠가인발(七家印跋)』로 엮은 덕분에 판교의 인발(印跋)도 전해지게 되었다. 일곱 사람 중에 정판교와 동심을 제외한 다섯 사람은 모두 절파(浙派)의 대가들이다. 비록 오늘날 판교의 전각이라고 확정할 수 있는 작품 수는 매우 적지만, 일곱 사람을 함께 든 것은 그들의 풍격이 아마 큰 차이가 없기 때문일 것이다. 그렇다면 판교의 전각이 절파와 어떤 관계가 있는 것은 아닌지 또한 모를 일이다.

부포석,
1961년 12월 5일, 양주에서

*

이제 중화서국에서 편집한 『정판교집』이 곧 출판될 것이라 한다. 나는 이 소식을 크게 환영하면서 진심으로 경축하고자 한다. 하지만 나에게 서를 써달라는 부탁을 받고 보니 문제가 상당히 심각해진다. 나는

---

47) 일본인 야하타 세키타로[八幡關太郎] 『지나화인연구(支那畫人硏究)·鄭板橋』 298쪽.
【원주】雷門 : 浙江省 紹興縣 동남쪽에 위치한 會稽의 성문. 『會稽志』에 따르면 雷門에 큰 북이 있어서 그 소리가 洛陽까지 들렸다 한다. 나중에 이 북이 깨지자 학 두 마리가 북 안에서 날아갔는데, 그 후로 소리가 멀리까지 이르지 못한다 했다. 여기서는 이 전설로 高西園이 오른손을 쓰지 못하게 된 장애를 비유했다.

단지 판교 예술의 애호가일 뿐이다. 우선은 이론이 수준 미달이고, 다음으로는 학문이나 교양 수준이 매우 부족하다. 이론이 수준 이하이니 정확하게 상황을 논하여 그의 재능을 알릴 능력이 없다. 또한 학문과 수양이 뒤떨어지니 깊이 파고 들어가 그 사람을 토대로 삼아 예술을 분석해낼 수가 없다. 더구나 문학 방면은 철저하게 문외한인데 어찌 한마디라도 언급할 수 있을 것인가? 그리하여 경황없이 이렇게나마 쓰고 보니 불완전하고 너무 거칠다. 잠시 졸렬한 견해로 다른 이들의 고견을 끌어내고자 함이니, 삼가 독자들의 가르침을 바란다.

포석이 다시 씀